BARATARIA

JUAN LÓPEZ BAUZÁ

BARATARIA

Planeta

Diseño de portada: REVILOX / Oliver Barrón
Imágenes de portada: © MaxyM (calle en San Juan, Puerto Rico) y © Bakai (bandera) / Shutterstock

© 2012, Juan López Bauzá

Derechos reservados

© 2018, Editorial Planeta Mexicana, S.A. de C.V.
Bajo el sello editorial PLANETA M.R.
Avenida Presidente Masarik núm. 111, Piso 2
Colonia Polanco V Sección
Delegación Miguel Hidalgo
C.P. 11560, Ciudad de México
www.planetadelibros.com.mx

Primera edición en formato epub: diciembre de 2018
ISBN: 978-607-07-5404-3

Primera edición impresa en México: diciembre de 2018
ISBN: 978-607-07-5394-7

Impreso en los talleres de Litográfica Ingramex, S.A. de C.V.
Centeno núm. 162-1, colonia Granjas Esmeralda, Ciudad de México
Impreso y hecho en México - *Printed and made in Mexico*

*Welcome, O life! I go to encounter for the millionth time
the reality of experience and to forge in the smithy
of my soul the uncreated conscience of my race*

James Joyce
A Portrait of the Artist as a Young Man

LIBRO UNO

Capítulo I

Que trata de la condición y preparativos para la primera salida
del arqueólogo aficionado Chiquitín Campala Suárez

En la calle Igualdad de la urbanización Constancia, hacía mucho que vivía un veterano de Vietnam, hijo menor de una familia pudiente venida a menos, quien por los pasados treinta y cinco años fuera asistente del recién fallecido arqueólogo Benjamín Vals. Tras la muerte de su madre en mitad de su *tour* de guerra, y la de su padre al poco tiempo de su regreso, Pedro Umir Campala Suárez, alias Chiquitín —menos por sus dimensiones corpóreas que por ser el benjamín de una familia numerosa—, vivió solo en un cajón de hormigón sencillo, valiéndose para sobrevivir de una pensión del Ejército que ni él mismo sabía cómo le seguía llegando, y del salario perro, como él le llamaba, que recibía de don Vals en vida y que, a su muerte, se transformó en una cuenta de retiro de la cual se supo al revelarse el testamento. Como era persona solitaria, dedicada a su trabajo y a escuchar la discusión política en la radio, sus relaciones sociales quedaron circunscritas a las atenciones que recibía de Nanó Casanova, viuda y vecina que con los años se encargó de sus necesidades básicas; al trato con su sobrina Lucy, hija de su hermano mayor, que lo frecuentaba en nombre del resto de la familia; y a las amistades que trabó con un vecino que era pastor de una iglesia evangélica y con otro que era bolitero, ambos, como él, amantes del ajedrez y apasionados de la política.

Chiquitín era, en efecto, persona desafecta y de escasos recursos sociales. Su tiempo libre lo pasaba casi entero metido en la marquesina de la casa, la cual cerró con paneles de madera por la parte del portón y convirtió en taller de trabajo, o más bien en laboratorio de arqueólogo aficionado. Allí dedicaba largas horas de su día a trazar mapas, coordenadas, rutas, a realizar cómputos, a hacer tallas, vaciados y preparar moldes de artefactos taínos, cuya reproducción y, en ocasiones, falsificación, aprendió del ingenio de su jefe don Vals, quien hizo un potosí con aquel fraude. Cuando no, se le veía surcar en su bicicleta sigilosa las calles de la ciudad, casi siempre saltando de negocio de comida rápida americana en negocio de comida rápida americana, los cuales habían proliferado como hongos en la oscura noche ponceña y de cuyos manjares se había hecho Chiquitín un erudito.

Fue por pura carambola que Chiquitín entró en el campo de la arqueología. Llevado por las circunstancias de escasez de empleo en la ciudad a su regreso de Vietnam, su padre le solicitó a don Vals, amigo de la familia, que lo llevara con él a los yacimientos para que se entretuviera un poco, a la vez que Chiquitín le echara una mano en sus faenas. Aunque nunca logró desvincular por completo los parajes donde se realizaban las excavaciones de aquellos en los que ocurrían sus pesadillas de postguerra, aquel trabajo de sacar al aire los restos de una civilización extinta ocupó paulatinamente su atención entera. Más bien estimuló su intelecto que, aunque desenfocado por naturaleza y remolón por falta de adiestramiento, tampoco era de escasas luces.

Al principio, la súbita inmersión en materias tan complejas como arqueología terrestre y cultura taína, a tan pocos meses de su regreso de la guerra, le sirvió para sublimar los trastornos que le dejaran la sangre derramada y las visiones acumuladas a su paso por el valle de la muerte. Los primeros años, sin embargo, cuando pernoctaban en algún lugar apartado, obligados por lo remoto de los yacimientos y el trabajo continuo que en ellos se realizaba, aquellas fantasmagorías surgían para atormentarlo y retorcerlo como una lasca de resentimiento que se friera en el aceite de la culpa. Daba grandes alaridos en la soledad de su caseta de campaña, la cual colocaba en un lugar apartado para no perturbar a don Vals y al resto de los arqueólogos o sus aprendices que participaban en la excavación.

Pese a la extrañeza que causaban, y tras reconocer que respondían menos a una razón corroída que a una memoria lastimada, don Vals encontró siempre maneras de lidiar con aquellos exabruptos de su ayudante que arrancaban casi siempre con una serie de gritos estentóreos como de persona poseída, seguida por un monólogo ininteligible que concluía en una coda de llanto desconsolado. Nunca eran sus arrebatos eventos de violencia. Jamás agredió ni realizó acciones que pusieran en peligro a nadie, y antes inspiraba conmiseración entre quienes escuchaban sus lamentos que miedo. De día casi nunca lo invadía la sensación de tener la cabeza entre los pelos de una mira telescópica, ni escuchaba ya en las capas superiores del cielo aquel ronroneo aterrador, ni sentía en la caja del pecho el latido del disparo de un obús imaginado.

Para librarlo de aquellos trastornos, don Vals tuvo que meterse al cuerpo, con consagrado estoicismo, el rosario de horrores que le narró Chiquitín casi de corrido los primeros dos años, y con menos frecuencia los otros que trabajaron juntos. Al principio los oía porque se trataba, en última instancia, de un muchachón rechazado por su familia, tildado de loco por la sociedad, forzado por las circunstancias a madurar abruptamente, cuya experiencia traumática tenía necesidad urgente de aquella catarsis verbal. La cabeza de Chiquitín era, pensaba él, una tubería rota de recuerdos atroces que de continuo le ensuciaba el alma y, aunque gustaba de escuchar de aquellos eventos inverosímiles que él narraba, sabía que jamás llegaría a comprender la mitad de la complejidad psicológica con que lo hacía. Ven acá, mijito, dime una cosa, lo interrogó en una ocasión, ¿cómo es que a ti los recuerdos se te multiplican con los años? No es que se me multipliquen, don Vals, decía cándidamente, es que desde que empecé a excavar con usted también a mi memoria le ha dado por excavar, y los esqueletos que vamos desenterrando como que me sacan a flote los cadáveres.

La arqueología, los yacimientos, los trigonolitos, el surtido entero de artefactos culturales, la concepción misma de lo que significa exhumar una cultura aplastada, lo aprendió por oficio al principio y por interés genuino después. Con paciencia y dedicación a lo largo de los años, leyó y acumuló tratados de metodología arqueológica y cultura taína que mandaba a pedir por correo de anuncios en revistas especializadas que don Vals descartaba o que le regalaban los estudiantes que hacían la práctica con él. Los primeros años los dedicó a comprender el mundo que exhumaban sus manos, así que enfocó sus estudios en la cultura taína como tal: su jerarquía social, el panteón religioso, la representación artística, el diseño urbano, las redes políticas, conocimiento que combinó con la práctica de los rudimentos de la disciplina arqueológica. La combinación del aprendizaje intelectual con el práctico lo llevó, sin mucha transición, del mero interés profesional a la obsesión absoluta, a tal punto que comenzó a encontrar señales de aquel desaparecido mundo indígena dondequiera que posaba la mirada. Sin mucho esfuerzo confundía un zapato viejo semienterrado en la arena con un cemí y daba por artefacto cultural una pepa de mangó seca descartada entre unos matojos. Esta obsesión, al principio más por inclinación intelectual que por ansias de lucro personal, lo llevó a enfocarse en la búsqueda de tesoros taínos míticos nunca exhumados. Y dada la escasez de tales objetos míticos, tarde o temprano llegó a acaparar su atención el paradero del quimérico Guanín Sagrado, emblema de potestad máxima del cacique principal de Borikén, visto por última vez sobre la caja del pecho de Agüeybaná II, el Bravo, hace poco más de quinientos años. Y fue precisamente esta fijación la que, a sus cincuenta y seis años cumplidos, lo lanzó por los caminos en una búsqueda fantasiosa en la que empeñó su cuerpo entero y la totalidad de su espíritu.

Don Vals tomó a bien esa afición tan fuerte que le sobrevino a su ayudante, e inclusive le tocó la vergüenza de que no estudiara tanto como él. Respetaba su interés y estaba abierto a cualquier información que pudiera aportarle, mas no lograba evitar divertirle cantidad la manera de Chiquitín de introducir su nuevo conocimiento en el ámbito del yacimiento, siempre de una forma tan torpe que, inevitablemente, resultaba ridícula. En cierta ocasión, en una excavación de Yauco, se desató un incendio en los pastos aledaños que se acercó demasiado, y a punto estuvo de ponerlos en huida. En aquellos momentos de tensión, en que nadie sabía si huir de las llamas o continuar con el trabajo, Chiquitín alzó su voz para implorarle a Bayamanaco que los librara de aquella conflagración que amenazaba con cercarlos, lo que levantó grandes carcajadas entre los presentes y distendió el ambiente lo necesario para tomar la decisión correcta. Otras veces, con la mayor seriedad del mundo y sin que se notara en su expresión el menor trazo de ironía —de la cual, por otra parte, era incapaz—, soltaba una frase en arahuaco que de nuevo alebrestaba la hilaridad entre los estudiantes que hacían la práctica. Don Vals recordaba con particular viveza el día en que Chiquitín se apareció con un maletín de cuero negro muy complicado, con gran variedad de correas y hebillas y lengüetas y compartimientos, en cuyo interior reposaba un juego de las más finas herramientas alemanas de excavación, las cuales compró por catálogo para impresionar a don Vals y a los muchachos que excavaban una tierra particularmente compacta. Conociéndose su catastrófica situación económica, resultó tan patética aquella adquisición, que esta vez no levantó tanta carcajada como mohines que Chiquitín interpretó como muestra de respeto cuando eran de lástima pura.

Su relación con don Vals también le dejó a Chiquitín la afición por el ajedrez, juego que aprendió en los yacimientos y que luego practicó con sus vecinos. En el balcón, bajo una bombilla débil y demasiado amarilla que distorsionaba las proporciones de las cosas, se enfrascaban en largas partidas que sazonaban con discusiones, a menudo acaloradas, de la actualidad política. Con los años, los alfiles y peones fraguaron una amistad genuina entre los tres, y no tardaron mucho el Pastor y el Bolitero en darse cuenta de que su amigo Chiquitín tenía un tornillo flojo, y que aquellos estudios suyos y libros de arqueología y lingüística taína, así como su colección de piedras y artefactos irreconocibles, le estaban carcomiendo el juicio. La preocupación de ambos se hizo seria el día en el que su amigo les mostró con entusiasmo genuino un peñón de los más burdos y amorfos que puedan imaginarse, en el que él distinguía la figura de una jicotea fosilizada. Con argumentos elocuentes y extremada paciencia intentaron convencerlo de la inexistencia de tal fósil, pero él insistió en defenderse con una lógica que atentaba contra la inteligencia más simple, la observación directa y el hecho empírico. Terminó molestándose por lo que él llamó falta de visión histórica de sus brutos amigos.

Pero si los temas arqueológicos y taínos socavaron parte de su buen juicio, su fanatismo político acabó corroyéndole el resto de su entendimiento y derribándole los últimos pilares de la cordura. Si una obsesión había en la mente de Chiquitín, si un empeño era absoluto en cada una de sus acciones, era lo que él llamaba el Ideal: si un tema era capaz de transformar a Chiquitín de pacífico a violento, de ecuánime a exasperado, de caballero a patán, de persona seria a charlatán, de hombre de su casa a hombre de la calle, de conciliador a confrontador, era su fijación anexionista. Nada más el tema salía a relucir, en él se esfumaba cualquier rastro de sentido común y, de las cenizas de su inteligencia, surgía un genuino monstruo de la insensatez. La misma mente que en circunstancias normales era legal, moral, pacífica, amistosa, conversadora, objetiva, al abrirse las compuertas de esta sinrazón se tornaba criminal, procaz, deshonesta, agresiva, censuradora. Lo suyo era una veneración irascible por cualquier cosa que concerniera a la nación norteamericana. Observaba superioridad en todas sus acciones, justicia implacable de dios del mundo, poder militar que era bálsamo de paz y tranquilidad para quienes protegía. Las cincuenta estrellas del recuadro y las trece líneas horizontales eran para él el colmo de la perfección estética y ocupaban un segmento importante de sus pensamientos. Resultaba comprensible, no obstante, que alguien que mamara proamericanismo desde la cuna, casi más que la leche materna, sufriera semejante estrabismo de su autoestima. Tan intenso fue su adoctrinamiento político en el seno familiar, tan arraigado su sentido de servilismo que, pese a gozar de excelentes notas en la escuela superior y poderse ganar una beca completa en la universidad que hubiera preferido, al graduarse estuvo de acuerdo con sus padres, quienes le conminaron a enlistarse voluntariamente en el Ejército, donde podía hacer una carrera paga mientras le agradecía al Americano lo que había hecho por él, por ellos, por su familia, por Puerto Rico. Debían echarle una manita en el negocio de barrer las hordas comunistas del Vietnam remoto, argumentaba su padre, que por muy distante que estuviera, hasta acá podían llegarnos saltando como grillos de isla en isla, como pulgas de perro en perro.

Pese a la guerra, pese a vivir el horror en carne propia, pese a la atrocidad de aquella agresión, estaba tan acendrado el odio de Chiquitín hacia el comunismo que fue incapaz de conmoverse con el agredido. Su trabajo castrense lo ejecutó siempre con un orgullo irreflexivo, deslumbrado por la Nación, ciego ante los reclamos de miles de jóvenes americanos defraudados con su propio país y desafectos de aquella guerra sin sentido. Para él, los propósitos del Americano eran sagrados, sus dictámenes, divinos; en su entelequia, la raza americana llevaba en su genética las causas nobles, y su civilización era capaz de alcanzar lo que ni la nuestra ni ninguna otra podía. Tan honda llevaba metida aquella afiliación, a tal grado tenía en su interior aquel retorcido nacionalismo, que con los años fue retrocediendo en su entendimiento de cualquier concepto político o sociológico elemental, al punto de ser incapaz de un razonamiento ordenado, ofuscado como estaba en su deseo de darle libertad algún día a aquella alma norteamericana suya atrapada en la prisión de su carne puertorriqueña.

Apenas cumplidos los veintiún años, herido dos veces, condecorado otro par y con apenas cien libras de peso, Chiquitín se encontró de pronto casi desprovisto de todo: con vida, pero sin salud; con padre, pero sin madre; con casa, pero sin hogar; un niño adultecido a la cañona por la violencia de la matanza humana, un muchachón afectado por la proximidad de la barbarie, dueño de mínimos recursos económicos para sobrellevar la carga de una casa con un padre anciano y deprimido, y mínimos recursos emocionales también para crear una situación propensa a la normalización de sus circunstancias. Trabajó casi sin interrupción los años que estuvo con don Vals y mantuvo la casa en pie como mejor pudo, incluso tras la muerte de su padre, cuyo cheque del Seguro Social era una aportación sólida a la economía familiar. Sólo abandonó su casa por un periodo prolongado el día que salió en busca del Guanín con la intención, desde luego, de tarde o temprano regresar a ella, bien fuera para venderla y comprar una mucho más holgada en El Monte o la Alhambra, bien para transformarla en una formidable mansión suburbana.

Un mes entero le dedicó Chiquitín a trazar rutas sobre un mapa rudimentario y diminuto, condensar notas y resumir apuntes, establecer plazos y determinar lugares de aprovisionamiento, calcular zonas adecuadas para pernoctar y, desde luego, ubicar los yacimientos clave. Concentró su atención en los municipios de Lajas, Guánica, Yauco, Guayanilla, Peñuelas y Ponce, por entender que eran las zonas más susceptibles de contener Guanín, pese a la teoría generalmente aceptada de que el cacique guerrero cayó herido de muerte con la joya enredada al cuello en la batalla de Yahuecas. El pequeño mapa, elemento principal de su expedición, lo enrolló bien, lo metió en un tubo de aluminio con rosca donde vienen ciertos cigarros de muy mala calidad y lo escondió en un bolsillo de la mochila junto con un compás, una regla y un cartabón. Hizo acopio de los instrumentos de trabajo que iba a necesitar, y hasta rescató de un cajón el viejo estuche alemán de cuero con las herramientas exquisitas que una vez fueran el hazmerreír de los estudiantes de arqueología. Abrió las dos lengüetas de cuero del estuche y constató que permanecían intactas, sin siquiera el rubor del moho o la neblina del salitre: el escoplo brillaba; la escofina de comprimidas ranuras parecía hambrienta; el martillo lucía listo para golpear, así como el cincel para indagar; las cerdas de las brochas en las que creyó ver el lomo de un jabalí seguían firmes; y la pala y el pico, perfectamente colapsados y amarrados con correas por la parte exterior del estuche de cuero, no mostraban la menor herrumbre. Los alemanes son unos cheches en esto de las herramientas, se dijo al contemplar el buen estado de conservación de los metales.

Puso patas arriba la marquesina en búsqueda del resto de los materiales imprescindibles para su expedición: un par de brochas pesadas para barrer el material grueso; unos viejos instrumentos de dentista para el trabajo delicado de despegarle las formaciones rocosas o fosilizadas a los artefactos; un pedazo de tela metálica fácil de enrollar para cernir la tierra y salvar los pedazos importantes; un pico de mano, como de alpinista, cuya parte metálica se había aflojado del astil y le bailaba; unas cuantas estacas; un rollo de trescientos pies de hilo con plomada; bolsas plásticas con sello; una brújula con varios niveles y sistema de miras, como para dirigir piezas de artillería que se trajo de la guerra; una cinta métrica para medir distancias y profundidades; pinceles para la limpieza más meticulosa; papel, lápiz, tiza azul y cinta adhesiva. Detrás de unos armarios encontró el teodolito que comprara por catálogo hacía un fracatán de años, el cual colocó en una esquina junto a la mochila grande que llenó de tantas cosas que apenas le cupieron dos pares de camisas, dos pares de medias, dos pares de calzoncillos y un radio de baterías.

Su próximo paso fue decidir qué hacer con la carretilla, artefacto que consideraba indispensable para cualquier obra arqueológica realizada con seriedad. Sabía que no sería inmediato el encuentro con el Guanín y que tampoco estaría a flor de superficie, por lo que, una vez comenzaran las excavaciones de envergadura, habría que remover una cantidad de terreno considerable. Sabía que semejante faena le sería imposible realizarla sin la ayuda de su fiel carretilla. ¿O es que pensaba cargar peñón a peñón y desplazar el terreno paila a paila?, se cuestionaba Chiquitín mientras analizaba el mecanismo giratorio de la rueda de aquella carretilla que había heredado de don Vals, el cual debía liberar si quería reparar la perforación del tubo de la goma por donde había escapado el aire que la hacía útil. El moho había fundido las piezas de manera tal que Chiquitín, con toda la fuerza que generaban sus manotas, no pudo ponerlas a girar, y hasta se le machucaron los nudillos intentando aflojar con una llave de perro una tuerca empecinada. Dos días estuvo en estas gestiones, que incluyeron, además de reparar la rueda, inventarse un sistema de correas, sogas y alambres para amarrar los mangos de madera de la carretilla a la parte trasera de su bicicleta, vehículo principal de aquella expedición.

Desde la muerte de su viejo Pontiac, la bicicleta se convirtió en su único medio de transporte alrededor de la ciudad. Era una de las que comúnmente llaman burras, compuesta por un cuadro pesado de hierro colado, sin transmisión ni implementos modernos, con un solo piñón trasero y freno de pedal. Aunque le había servido bien en Ponce, por ser ciudad plana y recorrible sin demasiado esfuerzo, sin duda resultaba inapropiada para aquella expedición que se proponía realizar. Le preocupó, desde luego, la condición de su vehículo y cómo soportaría una travesía prolongada con el peso del equipaje dentro de la carretilla que pretendía remolcar, sumado al gran tamaño de su cuadro y gruesas gomas, y combinado con el de su propio cuerpo, que era de por sí descomunal. Aquel excéntrico conjunto móvil, se dijo, muy bien podría convertirse en un estorbo formidable tan pronto abandonara las zonas llanas y tuviera que subir lomas o adentrarse por terrenos escabrosos, lo cual, más antes que después, se vería forzado a realizar. Examinó la posibilidad de instalarle un sistema de cambios moderno a la burra, gestión que simplificaría dramáticamente su empresa, pero reconoció al instante no sólo su carencia de fondos y de conocimiento para realizar aquella cirugía metálica, sino el atraso que tal mecánica significaría para su ya apretado itinerario de partida. Hizo, eso sí, lo esencial: engrasó los piñones, ajustó los rayos, enderezó el manubrio, apretó el sillín, le puso tubos nuevos a las gomas; compró un estuche para repararlas y una bomba de aire manual para inflarlas, y atornilló bien la rejilla sobre la rueda trasera de la cual se sujetaba el sistema de amarres de la carretilla, que aún debía perfeccionar. Un día entero le tomó realizar estos ajustes.

Más o menos a la caída del sol del séptimo día fue que se sintió satisfecho con su trabajo, momento en que sacó el vehículo a la calle y dio un par de vueltas a la manzana para probar la firmeza del amarre. Tomó curvas cerradas, soltó el manubrio para medir niveles de oscilación, alzó los pies al aire y afincó su peso sobre el sillín para probar la firmeza del conjunto, y confirmó que era un aparato estable para maniobrar con fluidez y viajar a buena velocidad, y que las tres gomas estaban en buen balance y alineación serena. Doña Nanó lo vio hacer aquellas piruetas por la ventana de la cocina y rápido le preocupó lo que observaba. Llamó al convento donde vivía Lucy, sobrina de Chiquitín y numeraria del Opus Dei; luego al Pastor, que ya estaba un poco al tanto de los planes locos de Chiquitín, y este a su vez al Bolitero, a quien dio cuenta de las intenciones de su común amigo.

Cuando tuvo la bicicleta en óptimas condiciones, la miró de lejos buscando perspectivas y observación fría. En aquel ejercicio de abstracción, y pensando que estaba por convertirse en su principal acompañante por los próximos meses o inclusive años, si es que se veía obligado a cavar demasiado, convenía personalizarla, darle al menos un nombre con el cual referirse a ella de modo afectivo, con el cual entablar un monólogo en las horas de trayecto juntos. Su primera certeza fue que debía llevar nombre de mujer, si es que quería, aunque fuera, aflojar cariño y exprimir retribución. Pesó y sopesó sus múltiples opciones hasta concluir que lo lógico sería atribuirle un nombre que fuera afín con sus intenciones, así que su primera opción fue llamarle Itiba Tajubaba, nombre secreto de la madre mítica Guabancex. Pero pronto le pareció recargado, y hasta temió ofender a la potencia tutelar taína, de modo que buscó en su memoria algún otro nombre que fuera más común y de conocimiento popular, y al poco rato recordó la historia de la celebrada princesa de la región primitiva, y casi por fuerza tuvo que llamarla Anacaona.

Complacido con el nombre de sus ruedas, y llevado por el tema nominativo, dedujo que a él le convenía asumir también un nombre público para quienes no le conocieran de antemano, el cual le serviría para librarlo de tener que responder por su pasado y, sobre todo, por el pasado de su jefe don Vals, que aún levantaba ciertas ronchas. Primero consideró llamarse Diego Colón, aquel primer taíno asimilado por Colón, primer intérprete y guía de América, pero luego lo descartó por considerarse cabeza de aquella expedición, no su guía ni su intérprete. Pensó ponerse un nombre indígena, pero rápido lo descartó por encontrar aquella práctica una común entre familias antiamericanas y separatistas, sin mencionar que, en su fuero interno, consideraba aquella cultura indígena, que en tan gran detalle conocía, primitiva en comparación con las grandes culturas indígenas norteamericanas. Los taínos no tienen nada que buscarse frente a los sioux, o ante la liga de los iroquoi, absolutamente nada, se decía con orgullo patrio. Era un contrasentido atroz salir en busca del más sagrado artefacto de una cultura que se desprecia, mas esa era su naturaleza, ser un reto continuo a la razón y la lógica simples. De todos modos, los propósitos de aquella búsqueda eran pecuniarios, no realmente arqueológicos y mucho menos culturales.

Al final, optó por llamarse a sí mismo Diego Salcedo, en honor a aquel primer mártir del colonialismo, asesinado, según él, por aquellos protopuertorriqueños rebeldes y problemáticos que fueron los taínos originales, los cuales, con los años, no han variado un ápice en su natural salvajismo. Y míralos ahora, se decía completamente excitado en referencia a la brutalidad de los puertorriqueños antiamericanos de hoy, creyéndose que dos o tres marchas o huelguitas pueden meterle el susto en el cuerpo al Americano. ¡Los pájaros tirándoles a las escopetas! El descubrimiento y adquisición del Guanín implicaban, por su calidad áurea, fortuna inmediata, pero igualmente, en caso de que lo hiciera público, reconocimiento profesional, cultural y, en general, histórico, que lo colocaría en la cúspide de aquella profesión en la que sus colegas, por su carencia de diplomas y certificaciones, lo habían tachado siempre de diletante y aficionado. En cambio, aquel descubrimiento lo convertiría casi automáticamente en una celebridad entre sus enemigos, quienes ven en cualquier acontecimiento histórico o cultural una nueva reivindicación para sus reclamos de separación e independencia, que era con lo último que Chiquitín hubiera querido verse vinculado. ¡Antes me coman las fieras, me decapite el terror islámico!, se decía atribulado con la mera contemplación lejana de aquella idea peregrina.

¿Sería cierto que el Guanín era de origen divino, moldeado por las manos del dios en la mítica Matininó?, se preguntaba Chiquitín de manera más bien retórica, la noche previa a su partida, mientras cavilaba respecto al verdadero propósito de su empresa y las adversidades que confrontaría en el camino. No sabía de ella aún, pero presumió que alguna prueba debía existir para determinar el grado sacro de un objeto áureo. ¿Valdrá la pena tanta entrega, tanta planificación? ¿Saldrá recompensado de los trabajos casi hercúleos que estaba dispuesto a ejecutar y las enormes dificultades a las que debía sobreponerse? Pongamos por caso que un buen día, se dijo Chiquitín, entre unas rocas alrededor de las cuales ya he descubierto ciertas cuentas de piedra, ciertos bordes de vasija con caras de jutía, algunos objetos de lujo de la clase caciquil, incluso un trigonolito en buenas condiciones, de repente un relumbrón amarillo me atrapa la mirada, desplazo el terreno que lo recubre y, para gran contento mío, descubro el borde dorado que pertenece al círculo entero del medallón de oro que pendía del pecho del vencido cacique. Cada vez que estas agradables imágenes se formaban en su mente, Chiquitín se tomaba un segundo para respirar grueso y saborear el éxito de antemano. Imaginemos por un momento, continuó diciéndose, que soy leal a mi profesión y que convoco a los medios para informar mi descubrimiento. A la soltá me caen como apagando fuego los incordios del Consejo de Arqueología Terrestre, los majaderos del Instituto de Cultura y los charlatanes de la Asociación Puertorriqueña de Arqueología. Seguro me asignan una Comisión Senatorial, un fiscal con órdenes de incautación, y a saber si hasta el Cuerpo de Ingenieros del Ejército de los Estados Unidos se me presenta en casa, que será a quienes único mostraré la joya encontrada. Tremendo berenjenal seguro se arma, del que estimó que no saldría muy bien parado, pensando ahora en otros grupos indigenistas que también saldrían a reclamar derechos culturales, así como la caterva de antropólogos y arqueólogos, muchos de ellos grandes enemigos suyos, que pretenderán acusarlo de saqueador.

¿A cuenta de qué meterme en tanto brete? ¿Para qué echarme encima tanto terreno removido? ¿Para qué adentrarme tanto en ese tracto grueso de la tierra, cuando otros serán quienes disfruten los frutos de mis indagaciones? Bajo un manto de silencio, se imaginó a sí mismo en medio de un atestado anfiteatro mientras extraía de un bulto una misteriosa bolsa de felpa roja de la cual sacaba el objeto descubierto, a la vez que promulgaba: Colegas de la arqueología terrestre, miembros de concilios taínos, amantes de mitologías indígenas, amigos todos: en mis manos les muestro el ponderado, mas nunca visto Guanín Sagrado, emblema de poder del líder máximo de los habitantes originales de esta isla que poblamos. He aquí el venerado objeto, difamado y acusado de inexistente, de imaginado; he aquí la materia concreta que en tiempos primitivos fuera arrancada del fondo del mar por la bravura de Guahayona, Cuatrillizo Mítico, colocado en el lomo de los delfines verdes y traído hasta pender del cuello y reposar sobre la caja del pecho del cacique, de manos de la encarnación suprema de Guabancex...

¡Claro que no podía hacer aquello público!, se dijo en tono reprobatorio, metido de lleno en la fantasía y dando por hecho haberlo encontrado. Para colmo, contribuiría a entusiasmar a los separatistas-independentistas-comunistas y a fortalecer una cultura que debería desaparecer ya en ese gran crisol de las razas que son los estados todos juntos, se decía. Mejor lo despacho en el mercado negro, que con algo mayor mojaré después. Pero, ¿y a quién conocía él en el mercado negro a quien pudiera hacerle tal ofrecimiento? A nadie, por ahora, pero seguro pronto a alguien, que el mero descubrimiento del objeto, aunque permanezca en secreto, despierta el olfato de las bestias depredadoras. Para que me lo trate de quitar el Estado, mejor lo escondo en la colección privada de algún ricachón de El Monte, que es donde se ha apertrechado la gente de dinero de acá del sur, se decía Chiquitín, mientras apretaba los últimos amarres del equipaje en la carretilla. Hizo nota mental respecto a la necesidad de asesorarse en cuanto a los derechos de propiedad de un hallazgo de aquella categoría, asunto en el que nunca quiso indagar en los años que trabajó con don Vals por causarle tremenda alergia las leyes y el derecho, y por observar en él su desprecio por todo aquello. A mí las leyes de patrimonio cultural lo que me dan es piquiña en los sobacos y urticaria en las nalgas, recordó Chiquitín aquel dicho que su jefe don Vals a menudo prodigaba, sobre todo en el momento de darles los toques finales a sus falsos cemíes, o en el de enterrarlos, actividades en las que Chiquitín a menudo colaboró.

A lo lejos, entre grandes columnas de nubes violetas, comenzó a asomarse el sol y, así como amanecía, Chiquitín se apresuró a partir, no diera la mala pata de que lo interceptara algún conocido, doña Nanó misma, que se pasaba las horas muertas en la marquesina, o el Pastor, que gustaba de dar caminatas mañaneras. Así que, ya antes de que el sol se mostrara en la totalidad de su brillo, estaba Chiquitín del otro lado del By-Pass en ruta a tomar la carretera número uno rumbo a Juana Díaz, donde quería primero inspeccionar el único lugar al este de Ponce en el que pudiera ubicarse el último *guarikitén* que dio refugio a Agüeybaná, el Bravo, según sus mejores cálculos.

Capítulo II

Que trata del arranque de la primera salida de Chiquitín
en busca del Guanín y de su encuentro en la Central Mercedita
con un furibundo comunista

Debí agenciarme un sombrero, una gorra aunque fuera, que ya me arde en cantidad la calva y debo de tenerla como una langosta, de Maine por supuesto, se dijo Chiquitín, castigado por aquella refulgencia solar que ni por lo temprano de la mañana ni por el residuo vaporoso del rocío que todavía flotaba en el aire se amilanaba. Y también unas gafas de sol, añadió, con una mano colocada sobre las cejas para protegerse la vista de aquella luz cegadora. Ciego, como en efecto iba por la orilla de aquella carretera tan transitada, obligado por la resolana a dirigir la vista hacia la brea ya semiblanda, estuvo al filo de varios accidentes que, si no mortales, de gravedad sin duda, y si no llega a ser por la estabilidad adicional que le otorgaba la carretilla, seguro mordía el bitumul y perdía los dientes. Puesto que se dirigía hacia una zona ubicada entre los sectores de La Cuarta y Aguilita, le tranquilizó la idea de que pronto podría abandonar aquella carretera tan estrecha y riesgosa para un vehículo como el suyo.

Anacaona, amiga y hermana mía, te siento trotona, querida, te siento hosca, hermosa, pesada en tu ánimo, mi santa, apestada del martirio al que te someto. ¿Qué pasa contigo, chica? ¿Que no te agrada el esfuerzo al que te obligo, compañera de caminos? Tranquilízate, muñeca de aluminio, que el agobio de hoy será júbilo mañana. ¿Es que no te das cuenta, corazón, de que lo que hagamos a partir de este momento será sembrar, germinar, segar? ¿Ah? ¿No te percatas? Escúchame, potranca, y ten claro que nuestro futuro está en el hacer y no en el desfallecer, así que ajústate a la precariedad, hermosura, que no va a haber *truck* ni

24

carro ni boquete que te desvíe ni te colapse... Demencias de esa índole le decía Chiquitín a su bicicleta por considerar que no estaba poniendo suficiente de su parte para aliviar el esfuerzo que él, con sus fatigadas piernas, hacía para mantener en movimiento aquel enjambre de estrellas y cadenas.

A la altura del aeropuerto Mercedita, tras varias instancias en que enormes camiones casi lo tiran por tierra con la estela de succión de su paso veloz —y las subsiguientes cagadas de madre de Chiquitín, quien tenía colocado al chofer puertorriqueño en la categoría de troglodita, y al troquero en la de simio—, tomó felizmente la salida que conducía a la abandonada central cañera y a la aún activa destilería de ron. La brisa fresca que entonces le golpeó el rostro, lo mismo que la sombra periódica de las moñas de los cocoteros que bordeaban el camino, le agradaron al punto que le pareció que pedaleaba más de prisa y con menos esfuerzo, sin que ninguna pendiente lo justificara. Un ronroneo se escuchó de repente y, casi sin aviso, vio aparecerse por entre los cogollos de las palmas y los enormes tanques de destilación un antiguo avión de dos hélices de los que utilizaba la desaparecida línea PrinAir, el cual pasó justo por encima de él rumbo a la pista del aeropuerto. Pese a los años, el ruido aparatoso del bimotor lo transportó en un instante a aquella guerra hundida en el pretérito de sus recuerdos y, en lugar de los motores comerciales del PrinAir, escuchó los industriales del AC-147, cuyas sombras tantas veces le arroparon las tardes que salía con su escuadrón a sembrar entre el arroz las semillas de la muerte. Treinta y cinco años de por medio habían forzado la paz en el campo de sus recuerdos, mas no pudo evitar un súbito aumento en el galope de su sangre, que la carne se le pusiera de gallina, que un sudor incontrolable se le escapara por plantas y palmas de pies y manos, y que la espalda, por acto reflejo, se le encorvara hacia abajo como si adivinara la existencia de un francotirador apostado en la cercanía o percibiera el zumbido de un proyectil.

Recobrado el sentido de la realidad, Chiquitín se detuvo para descansar y contemplar aquel paisaje industrial por el que no se adentraba desde su juventud lejana, en tiempos cuando la central, en efecto, molía su propia caña y proveía azúcar para la población y melaza para fabricar el ron. De no supo dónde, llegó hasta su nariz una tufarada de aquel antiguo olor a mosto alojado en la médula de su memoria infantil que lo transportó, como por una máquina del tiempo, a los días cuando aún vivían en la Alhambra, cuando la ciudad entera se cubría con aquella lluvia de cenizas entre grises y prietas de los cañaverales encendidos, y se inundaba con aquel efluvio que para todos resultaba fétido y ofensivo, menos para él, que lo encontraba secretamente agradable y aromático. Eran recuerdos anteriores a Vietnam que, no obstante, se sentían posteriores, como si las memorias sangrientas hubieran ocupado un espacio primigenio y desplazado las infantiles hacia el futuro. Aquella esencia pestilente, los tanques de aluminio, las palmas de coco, el aire seco y fresco en las sombras, fueron estímulos potentes para su memoria. Se vio en una de las ventanas de la mansión familiar observando a sus tres hermanos salir de madrugada con grandes pataletas, ataviados de mahones viejos, camisas de manga larga, botas negras y pañuelos colorados amarrados al cuello, camino a la Central Mercedita donde su padre, don Luis Alberto Campala, por ser adolescentes ya y en edad productiva, los obligaba a emplearse durante las vacaciones escolares picando caña, trabajo que pagaba mejor que los empleos habituales que conseguían la mayoría de los blanquitos de Ponce en comercios y bancos de amigos y familiares. ¡Valoren el trabajo, buenos para nada!, los fustigaba el padre creyendo entusiasmarlos. ¡Aprecien lo lento que se exprime el limón del esfuerzo, chorro de tarambanas! ¡Conozcan el valor del dinero, pequeñas ratillas, aprendan a sudar el billete, que bastante me cuesta a mí ganármelo para que ustedes se lo fututeen muertos de la risa y sin que se les mueva un pelo!, les decía, pese a que todos sabían que aquel hombre, ahora tan aferrado a los valores del trabajo y el dinero, nunca dio un tajo ni en defensa propia en todos los días de su vida para obtener el dinero que disfrutaba, pues provenía de la familia de su esposa, Virginia Suárez, que era la verdadera dueña de la fortuna. Chiquitín recordó cómo aquellos discursos provocaban entre sus hermanos aun mayor tirria hacia aquella labor tan brutalmente física, y alimentaban entre ellos un odio cada vez más acérrimo hacia su padre, por exigirles sacrificios que él nunca sufrió y mentirles respecto a lo mucho que le costaba hacer su dinerito.

A él, a Chiquitín, dada su juventud, nunca se le exigió que acompañara a sus hermanos, lo que le ganó la antipatía de estos sin merecerla y lo colocó siempre en una situación en la que el abuso ocupaba el lugar del afecto. Puede que no me tocara picar caña como ellos, pero a la larga fue a mí a quien le tocó ir a matar comunistas en Vietnam, a mí al que le tocó ser herido dos veces, el que tuvo que ver cosas que nadie debería ver jamás, se decía. Y no sólo por insistencia de mi padre, que entendía, como yo, que alguien en la familia debía ser solidario con el Americano, que tan bueno había sido con el puertorriqueño, y precisamente entonces, cuando tantos apuros tenía con los rojos allá en la Cochinchina, sino porque ellos, los cabrones hermanos míos, hicieron sal y agua la fortuna de mamá, sobre todo Charlie, el mayor, a quien la policía sorprendió aterrizando un avión en Lajas cargado de marihuana y cuya defensa legal se comió lo que quedaba de aquella fortuna materna. Tras vender la casa de la Alhambra y mudarse a una muchísimo más modesta en la urbanización Constancia, a Chiquitín fue a quien se le conminó a enlistarse para continuar sus estudios, mientras que ellos, aunque picaran caña de pequeños, disfrutaron de los lujos y tuvieron los privilegios que él jamás gozó ni tuvo. A ver quién salió peor, se decía mientras lidiaba con aquella indignación que renacía en él cada vez que lo visitaba aquel tema de la culpa de sus hermanos por la bancarrota de sus viejos. ¿Qué estará haciendo en estos instantes el idiota de Charlie?, se preguntaba Chiquitín sin emoción, convencido de que seguía siendo hoy el mismo patán de siempre, con el mismo estilo de vida disipado y la misma inclinación a la delincuencia. ¿Y qué será de Cuco, el más sensible de los tres, que un buen día cogió sus motetes y un avión y se esfumó de la vida de todos nosotros, a quienes, aparentemente, odió más que a nadie? ¿Y qué de Joselín, el corrupto, acusado por un Gran Jurado de robo de fondos al erario mientras fungía como contable de una agencia pública? Chiquitín no sentía ninguna emoción afectiva hacia ellos, nada ya le sobrecogía o atormentaba de la vida de sus hermanos, ya ninguna culpa ni remordimiento lo acechaba respecto a su destino peripatético o las sombras sobre su apellido. En realidad, desde la distancia espacial y temporal que confieren los años, los veía a todos, incluso a sus padres, como gente extraña, ajena, miembros de una narración ficticia.

Algo recuperadas las fuerzas tras el sucinto reposo, Chiquitín reemprendió el pedaleo, pese a que el estrago que comenzaba a roerle las entrañas le imponía ya un límite a aquella actividad. Así que grata fue su sorpresa cuando, a menos de un octavo de la distancia que pensó que tendría que recorrer para satisfacer su imperativo biológico, se topó con una cafetería justo frente al espectáculo de la central cañera abandonada, como si en ella no hubiera entrado el mismo espíritu corruptor que rindiera al abandono el resto de los alrededores. Quedaba en la planta baja de un edificio pequeño de dos plantas, con esquinas y aleros redondeados, pórtico elegante en la entrada y un sencillo friso a lo largo de la fachada con motivos de cañas y guajanas. A Chiquitín le pareció recordar aquel establecimiento de las pocas veces que acompañó a su padre a llevar a sus hermanos a picar caña, y hasta se preguntó si acaso no sería el espíritu de su difunto dueño quien mantendría el negocio abierto.

Dejó su conjunto móvil recostado contra una de las columnas del pórtico, entró en el establecimiento y, sin mediar fórmulas de cordialidad, le preguntó al señor que vio parado tras el mostrador leyendo el periódico que cómo era posible que siguiera abierto aquel lugar que sin duda se remontaba a los tiempos de sus padres y hasta de sus abuelos. Añadió a boca de jarro que más debía ser la costumbre del cuerpo del propietario que el éxito económico del lugar lo que mantenía abiertas sus puertas, más la nostalgia que el provecho.

Vamos, le dijo la estantigua de hombre sin irritarse, que el trabajo, de por sí, es bueno. Pero es cierto, prefiero pasármela aquí metido aunque no venga nadie que encerrado en casa con mi mujer que me hace perder los estribos cada dos minutos. Me gusta aquí porque está lleno de recuerdos y olores y vistas que no tengo en casa. Además que, de cuando en cuando, me caen mis clientes, casi todos empleados de la destilería, que a esa sí que no han podido quebrarla porque la gente siempre va a empinar el codo.

Bien de cuando en cuando debe ser, comentó Chiquitín mientras subía los ojos y echaba una mirada irónica al derredor, perplejo ante el poder del hábito que anidaba en aquel pobre hombre, atrapado en lo que sin duda era una especie de cápsula del tiempo. Y más hoy, cuando él, se decía, rompía con treinta y cinco años de hábito, de encapsulamiento, para emprender aquella arriesgada aventura, o más bien aquella difícil empresa que muy fácilmente pudiera pasar por alocado espejismo.

¿Qué se le ofrece?, inquirió el señor, abandonando la lectura y de súbito perdida la paciencia con aquel personaje que ni los buenos días le había dado, y hasta dudaba que estuviera muy bien de sus facultades, a juzgar por su apariencia extravagante y hasta mongólica. Chiquitín le contestó sin mucha gracia que un bocadillo y una Coca-Cola.

Deglutió con lentitud el bocadillo que el señor le preparó sin dirigirle la palabra y bebió en silencio su refresco rumiando recuerdos mientras observaba, llena de yerbajos y enmohecidas sus partes, la enorme grúa que alguna vez sirviera para descargar los camiones de carga de caña picada para la molienda. Con poco entusiasmo bajó por la garganta los bocados de aquel delicado tentempié criollo que él sentía guayarle las papilas gustativas de su lengua americana. Satisfecho, en parte, gracias al sabor civilizador de la Coca-Cola, Chiquitín se limpió los labios, que sentía arder por el sol de la mañana, y procedió a trasladar con gran flema su enorme cuerpo de la mesa donde estaba hasta el vano de la puerta del establecimiento, donde se sentó a observar con delectación perversa el penoso espectáculo de la pelota de herrumbre en que la quiebra económica había convertido aquella maquinaria industrial.

Con media sonrisa dibujada en los labios, Chiquitín abrió la boca y dijo, como para sí, aunque dirigiéndose al propietario: Yo, la verdad, es que miro esto y confirmo lo que siempre he dicho: que los puertorriqueños son una partida de eñangotados y buenos para nada. Lo mejor que puede pasar aquí es que reviente un volcán y hunda la isla entera con toda su zahorria. Fíjese en el desperdicio de chatarra en que han convertido tan buena y moderna maquinaria americana; fíjese en cómo han dejado que esto se eche a perder así como si no valiera nada, con tan valiosa oportunidad que les ha dado el Americano para hacer un país decente. ¡Mire para allá cómo han convertido una buena industria en un corral de lechones! El puertorriqueño es un malagradecido, es del tipo que muerde la mano que le da de comer; es incapaz de realizar nada, no sirve, no merece ayuda de nadie.

El dueño del establecimiento, que se había aproximado para despedirse de quien fácil podía ser su único cliente del día, al escuchar semejantes sandeces resopló, se pasó el revés de la mano por la frente para secarse el sudor que le sacara la estupidez de aquellas palabras y, desbordándosele los sonidos por la garganta, le preguntó: ¿Y usted de qué país es?

¡Cómo que de qué país!, contestó Chiquitín volteándose hacia él sin levantarse del suelo. Del único país que vale la pena ser: ¡los Estados Unidos de América! ¿Cuál otro?

¿Y de cuál parte de Estados Unidos, si se puede saber?, añadió sin perturbarle la irritante excitación de su respuesta.

De aquí de Puerto Rico... ¿O me va a decir que Puerto Rico no es Estados Unidos?, preguntó adelantándosele al señor.

Hasta donde yo conozco, ni lo es hoy, ni lo será nunca, dijo el señor con total sosiego. Ya veo que no se considera puertorriqueño.

Ni remotamente, aclaró Chiquitín a quemarropa con aires de superioridad. Nada más la confusión me pone la carne de gallina. ¡Que Dios me libre de ese cruel destino!, exclamó mientras dirigía la mirada hacia un lugar del techo que quería significar el Cielo.

Poco le costó al dueño concluir que aquel individuo era un verdadero orate, por lo que estableció un perímetro de silencio que hizo innecesario glosar los comentarios de su cliente, y se retrajo a un tema anterior.

Respecto a lo que antes mencionó, dijo este con suficiente disgusto en su faz como para que Chiquitín se percatara de que sus comentarios le sabían a aguarrás, debo aclararle que la maquinaria no es americana, como usted dice, sino alemana.

¿Alemana?, preguntó incrédulo. ¡Na! Lo dice para hacerme quedar mal.

Alemana, sí, para que no siga diciendo disparates. Y también sepa que, si alguien tiene culpa del fracaso de esta central, de la industria azucarera y la agricultura en general, son los cabrones americanos que nos someten al vaivén de sus mercados, y los maricones políticos puertorriqueños, que tan acostumbrados están a comer yerba que ni siquiera recuerdan lo que es andar derecho. Poco a poco, paso a paso, nos han convertido en la colonia perfecta: una isla sobrepoblada que lo importa todo y no exporta nada. ¡Qué mamey!, resopló visiblemente irritado aquel señor de tan humilde apariencia. Y por ese mismo chorro se irán las demás industrias que quedan: los pollos, la leche, los huevos, el ganado... Los consorcios americanos, que no tienen ninguna restricción en la colonia, hacen que sea más caro producir aquí los productos que consumimos. Un abuso en cualquier liga.

Chiquitín estaba tan convencido de sus propios argumentos que le parecía inconcebible que alguien pudiera refutarlos o siquiera debatirlos. Abrió los ojos ante el señor como dos platos y le indicó, con una arrogancia lindante en el desprecio, que tuviera cuidado con lo que decía. No sea sobrao, caballero, que usted no está en edad para andarse con esas ideas infantiles. Si de verdad se cree usted lo que sale por su boca, entonces está para que lo internen en un manicomio.

Eso mismo me decía yo de usted. ¡Vaya coincidencia! Lo que sucede es que no podemos estar correctos los dos, y a mí me parece que cualquier persona con dos dedos de frente que fuera testigo de nuestra conversación reconocería sin dificultad que quien no sabe un pepino angolo de lo que pasó aquí con la caña y la agricultura es usted. ¡A mí es que me hierve la sangre esa campaña de embrutecimiento que lleva la gente como usted! La culpa la tiene la maldita situación en que vivimos, el dichoso sometimiento, la piratería y el ultraje económico del que somos víctimas...

Chiquitín, que jamás imaginó que tanta facundia y conocimiento directo se acumularan en aquel señor que tan poca cosa aparentaba, le respondió que no lo seguía y que no sabía de qué sometimiento hablaba.

¡Ahora no sabe de lo que estoy hablando! No sea tan charlatán y tan sinvergüenza, hágame el favor, si no quiere que lo saque de aquí a puras patadas. Mire que ya hoy me fajé con mi mujer tempranito en la mañana y estoy que prendo de medio maniguetazo. Usted lo que es es un puertorriqueño del montón, siempre eñangotado, ignorante de lo que es, lo que quiere o lo que vale, ciego ante sus propios intereses por jamás reconocer que son propios, sordo a verdades que nada más pensarlas piensa en traiciones. Le guste o no le guste, esa es la realidad, dijo el señor. Y en realidad no le gustaba ni un poquito a Chiquitín lo que le decía aquel vejestorio de manera tan enfática, por no decir ofensiva, sobre todo cuando lo acusaba de puertorriqueño del montón. En casi todo, nuestros intereses son distintos a los del gringo, continuó diciendo el señor ante el silencio de Chiquitín. ¿O va a decirme lo contrario?

Pues sí, voy a decirle lo contrario, interrumpió Chiquitín. Los intereses de ambos son uno y el mismo. Enséñeme su pasaporte, ¿ah, a que no me lo enseña? Claro que no, porque sabe que dice *United States of America* más grande que su cara en la foto. ¡No me juegue! Y los verdes que lleva en el bolsillo, ¿tampoco le interesan, ah? Porque usted será muy separatista y lo que le dé la gana, ¡pero cómo le gusta el billete americano! ¿O es que ustedes no creen en la democracia, la justicia, la verdad, el mercado libre? ¿O de cuáles intereses estamos hablando, si no es de estos? Dígame ahora si usted cree o no cree en esto que le digo, para saber ya de una vez y por todas la clase de bestia comunista a la que me enfrento…

Con lo que cuenta este país, bendito sea el Señor, se lamentó por lo bajo el señor. Son una recua de mulas ustedes los anexionistas.

¿Qué?, preguntó Chiquitín. ¿Qué dice?, añadió, convencido de que algo ofensivo había sido proferido sin que él lograra escucharlo.

Hacía tiempo que aquel señor no se topaba con un anexionista de aquellas proporciones, atrincherado en conceptos que ni él mismo comprendía. ¿Valía la pena intentar siquiera refutarle aquellas burradas?

Gente como usted, retomó el señor la conversación, con ese mogollón en la cabeza y esa hambre de poder, es la que nos tiene en la calamidad en que vivimos. Gente como usted no debería tener derecho al voto. Dañar papeletas es lo que saben hacer ustedes, dañarlas.

¡Está bueno ya de tanta bobería, don Don!, dijo Chiquitín de repente preocupado con lo duro de roer de aquel hueso. Yo es que pongo la mano en un picador a que usted lo que quiere es el atraso. ¿A que usted es de los que la palabra *progreso* les pone la carne de gallina? Apuesto un ojo de la cara a que lo suyo es la dictadura, que lo manden, que lo obliguen a decir y pensar sin libre albedrío. ¡Si se le ve por encimita el pajarraco de comunista que es! Usted es de los que le pegaría un tiro en la sien a cada americano que se baje de un avión aquí en Puerto Rico y, por la edad que aparenta, seguro fue de la vieja camarilla de Albizu Campos.

A Albizu lo vi una vez de niño en un mitin político en la plaza de las Delicias y no se me ha borrado nunca su imagen...

¡Ya sabía yo!, dijo para sí Chiquitín.

Lo que ocurre, dijo el señor dando muestras continuadas de una paciencia infinita, es que quien se preocupa por pensar un poco, aunque sea un poco, a la larga aprende y conoce, más o menos, la verdad de las cosas. Usted, sin embargo, me parece tan denso que por mucho que piense no va a entender nada; o quizá tan huero que tarde demasiado en llenarse. La agricultura puertorriqueña, para que sepa, la destruyeron el salario mínimo federal y el libertinaje con que nos meten la comida americana en el plato. Después vinieron los cupones, el mantengo, la fiebre del consumo... Yo le aconsejo, de corazón, que no diga por ahí las cosas que me ha dicho a mí. Sacar a pasear esa ignorancia puede meterlo en líos serios.

Y yo a usted le aconsejo que no sea tan evidentemente comecandela. ¡Cuidado que todos los separatistas están cortados con la misma tijera! Cuando se les terminan los argumentos pasan a los insultos, a disparar de la baqueta; no saben discutir sin ofender, ni convencer sin obligar. ¿Yo lo he insultado a usted por casualidad? No, ¿verdad? ¿Le he dicho morón yo a usted, animal de monte, que es lo que le cae? ¿Y a cuenta de qué me llama usted bruto? ¡Porque de bruto es que me ha tildado, no crea que no me he dado cuenta! Se lo digo y se lo repetiré, por más que las gríngolas no le dejen ver la realidad de las cosas: Puerto Rico sin el Americano es un peñón de tierra lleno de negros sin porvenir, perdido en un mar sin horizonte. Aquí no hay capacidad de nada, ni inventiva, ni recursos humanos o económicos para hacer un carajo de nada, y me perdona el francés. El día en que el Americano recoja los bártulos y se largue, este corral de prietos se va a convertir en un Haití o en una republiquita de esas de a diez por chavo en menos de lo que usted y yo decimos ji. Apúntelo si quiere en algún lugar lo que le estoy diciendo hoy, para que después no diga... ¿O es que no se da cuenta? ¡Por favor, ponga esa cabeza a pensar, que no la tiene ahí para peinársela nada más!

El propietario del negocio respiró profundo de nuevo, metió dos dedos en el bolsillo de la camisa, extrajo una cajetilla de Winston, sacó un cigarrillo con suma parsimonia y lo pegó al labio inferior con una película de saliva de evaporación rápida. Extrajo el encendedor del bolsillo del pantalón y dio combustión al tabaco. Exhaló una gran bocanada de humo que, a juzgar por su expresión recompuesta, le dio fortaleza, sosiego para continuar la plática con aquel personaje a quien estimaba en calidad de perfecto idiota.

Para serle franco, no estamos al mismo nivel usted y yo. Hoy se confirma que era verdad lo que decía mi suegro, que el anexionismo era el refugio de la ignorancia… Son tres dólares cincuenta centavos lo que me debe, si es tan amable, le dijo a Chiquitín, quien lo miró con ojos de turbación y desconcierto ante el abrupto fin de la conversación, pero al instante comprendió lo oportuno de aquella ruptura que le permitía salir más o menos ileso de aquel intercambio en el cual, ya se había percatado, llevaba las de perder. Metió la mano en el bolsillo del pantalón y le entregó la cantidad exacta al señor, quien luego de recibirlo se dio media vuelta y regresó a su posición detrás del mostrador, donde continuó fumándose su cigarrillo con calma, enfrascado de nuevo en la lectura del periódico.

Chiquitín se despidió secamente, le deseó un buen día al dependiente y se dirigió otra vez a su bicicleta. Tomaría ahora el camino de tierra que en antaño atravesara la extensión de terrenos dedicada al cultivo de la caña de azúcar y que hoy remedan las praderas de una especie de Serengueti criollo, sólo que sin los ñus ni los antílopes ni los baobabs de su paisaje. Un instante observó de nuevo el chatarral con penosa nostalgia, un instante escuchó el ulular del viento entre los matorrales que ocupaba ahora el mismo espacio sonoro que una vez las guajanas, y un instante último recordó el chirrido del tren cañero sobre aquellas vías hoy enmohecidas. Intranquilo con la cantidad de separatistas en el país, que se metía una patada por aquí o por allá y saltaban diez o quince revoltosos amantes de la anarquía y el caos, resignado a aquella realidad penosa, tomó la bicicleta por el manubrio y posó suavemente el tafanario en el sillín.

Capítulo III

Donde se cuenta el primer intento de excavación de Chiquitín
y su llegada nocturna al Motel Paraíso

Miró el cielo despejado, niquelado de tanta luz. Respiró profundo y dejó escapar un largo y sonoro resuello que más era de alivio que de agobio. Descomprimió su mente del recién mal rato vivido con el maldito comunista dueño de la cafetería, que sin duda perturbó el giroscopio de su ser Americano. Y antes de comenzar a pedalear por aquella vereda más o menos despejada se encomendó, primero, a Jorge Washington, a su alma libertaria y paladina de la Verdad, y luego a las potencias taínas de Yocahú y Guabancex, conocedoras de la senda secreta que llevaba a la sagrada alhaja.

Dicen, se dijo, que hasta la locura tiene límites, pero yo te digo a ti, Anacaona hermana, Anacaona amada, Anacaona amiga mía, que la ingratitud del puertorriqueño ni conoce fronteras ni sabe estarse quieta. ¡Lástima que no sepa apreciar lo que tiene gracias al Americano! ¡Y lástima que sólo se escuchen quejas de lo que han dejado de ser o de tener, en vez de alabanzas de lo que son y pueden ser en unión a la Gran Corporación, que nos lo da todo y apenas pide, de cuando en cuando, que le ayudemos a defenderse de sus enemigos, petición más razonable cuando se piensa que es una misma teta de la que mamamos todos! ¿O no? Aquel que lacera esa teta es nuestro enemigo también; eso es una máxima. A mí lo que me da es grima, grima y desazón, te juro, Anacaona querida. ¿Y a ti, ah? Grima te da igual, ¿verdad que sí?... Yo sabía. De todas formas, ¿qué es lo que hemos dejado de ser realmente, que yo no acabo de entenderlo? Que si la cultura, que si nuestros intereses propios, que no sé yo cuáles sean, que si la colonia, que si pitos, que si flautas. ¡Venir a fastidiarme la paciencia con esas ñoñas!... ¿Hasta dónde vamos a llegar con tanta queja, dime tú? ¿Hasta cuándo la cantaleta y la jeringa? Yo te digo a ti, como decía don Vals, que el separatismo es la madriguera de la bobería, porque es una verdad como un templo que hasta que no seamos parte de la Unión, no vamos a sacar los pies del plato. Somos ciudadanos del mismo país, somos una misma cosa. Así de fácil es la ecuación. ¿O es que yo vivo en un mundo de fantasías? Toco tu manubrio, Anacaona, y siento el frío del aluminio contra mi piel; el viento me roza la cara con sus dedos frescos; cuanto veo me parece tan sólido como mi propio cuerpo. ¿Vivo, entonces, en un mundo de sueños? No creo. Y si somos los mismos —¡que lo somos! —, ¿cómo podemos tener intereses distintos? O al frenar a los comunistas en Vietnam —¡porque los frenamos!—, ¿no frenamos también a Fidel Castro aquí en el Caribe, aquí en Puerto Rico, en la Parguera misma, que conozco de buena tinta que es por donde pretendía invadirnos con su ejército rojo? ¡No me juegues! Yo te juro, mi amor, te juro, cariño, te juro, flacura, que el puertorriqueño es cosa podrida, es escoria que quema y ensucia, es viruta que pica y arde. Mejor sale el Americano, y enormes problemas se ahorra, si lo barre de la faz de la tierra con cualquier excusa, un accidente nuclear, una fuga bacteriológica... Eso es lo que se merece esta piara de infelices. Y el viejo ese del cafetín, al primero de todos que abrase la llamarada nuclear; que la primera picadura de viruela le salga a él, si no fuera mucho pedirle al poderío americano...

Este monólogo sostuvo Chiquitín con su bicicleta mientras pedaleaba cada vez con mayor dificultad por aquel trillo que perdía en anchura lo que ganaba en deterioro a medida que se alejaba de la central abandonada, como si el barro del camino apenas conservara en su memoria la noción de que estaba allí para ser vereda. Perdió por momentos el rumbo y la orientación de los sentidos; cruzó el lecho del río Inabón por una parte llana cubierta de chinos pequeños y, tras cotejar el mapa y rectificar con la brújula la ruta de las coordenadas, según aprendiera en el Ejército, anduvo por unas asperezas cerca de una hora hasta detenerse a la sombra de un grande y frondoso arbusto de bayahonda, donde escogió establecer su base de operaciones, por parecerle que se encontraba cerca del hipotético yacimiento del último *caney* del último cacique, según sus mejores cálculos. Orinó y defecó entre unos matojos, descansó, se hidrató los tejidos con el agua que traía en una cantimplora de los tiempos cuando pernoctaba en los yacimientos con don Vals, y recuperó las energías necesarias para emprender un pequeño periplo de reconocimiento de aquella zona, cuya extensión no podía determinar dada la vegetación tupida que la arropaba, pero que se le antojaba extensa.

Siento la emanación de la joya por aquí cerca, se dijo, casi la huelo, apenas la toco con los dedos, se dijo, mientras echaba un vistazo al derredor protegiéndose con la mano los ojos de aquella resolana que lo cubría todo como una sábana blanca. Azorado, miró de repente hacia sus propios pies, por pensar que tal vez tuviera el yacimiento justo debajo, lo cual descartó poco después por parecerle una coincidencia insólita. Todo puede ser, se dijo, tras despejar con el pie el terreno frente a sí y convencerse de que nada daba muestras de ocultar un *guarikitén*.

Sin demasiado apuro, procedió a desempacar el trípode, abrirlo y colocarlo allí justo, al amparo de la techumbre que proveía la copa del árbol, desde cuya sombra se proponía realizar una inspección ocular del terreno a la redonda con el catalejo del teodolito. No obstante, pese a su afán, era el primero en saber que cualquier indicio de la existencia de un yacimiento virgen —tales como diferencias en vegetación y compactación del terreno— no aplicaba en aquellas tierras sobre las que se sembró caña de manera industrial durante años. Pero más pudo la necesidad de comenzar por algún lado que la certeza de su intuición profesional, y qué mejor lugar que aquel donde se encontraba, el cual, según conversaciones escuchadas y documentos vistos a lo largo de sus años de trabajo entre arqueólogos —información pasada, desde luego, por el crisol de su locura—, era uno de los más propensos a ser la sede del último refugio de la clase caciquil borincana. Ajustó la altura del trípode y, dado que no se proponía hacer ninguna medición exacta ni científica, sino utilizar el instrumento estrictamente en su capacidad ocular, apenas hizo unos ajustes generales, sin calibrarlo tanto ni utilizar la plomada. Satisfecho con el precario montaje, volvió a la carretilla, de la que extrajo el estuche de madera cuyo peso y pulimento denotaba el valor del objeto en su interior. Lo colocó en el suelo, descorrió los seguros, desencajó las hebillas, y ante la vista quedó expuesto no un aparato moderno hecho de pantallas digitales y botones de goma, ni tampoco un instrumento rudimentario compuesto del telescopio solitario, sino una maravilla de teodolito acimutal hecho en lustroso bronce, una de cuyas piezas arqueadas llevaba burilado *Made by GeoAdams at Tycho Bealies's Head in Fleet Street, London.*

Chiquitín sacó de la caja aquel aparato de medición topográfica, que más parecía un sextante y mejor estaría tras la vitrina de un museo, con la brusquedad de quien ignora la calidad del instrumento que tiene entre sus manos o las bondades de su factura. La realidad es que nunca supo apreciar la calidad de aquel objeto, como tampoco la de otras muchas cosas asombrosas que pasaron por sus manos durante aquellos años en que don Vals, a falta de espacio en su taller, las almacenó en la casa de su ayudante y luego olvidó recuperarlas. De todos modos, Chiquitín despreciaba cualquier producto de Inglaterra que, debido al torcimiento que causaba en su psiquis la obsesión política, y utilizando una memoria histórica por completo ajena a la suya, identificaba con el atropello al que sometieron a las trece colonias, al general Washington y a su tropelía heroica.

Colocó la pesada pieza de hierro y bronce sobre la placa del trípode e hizo unos ajustes básicos para alcanzar el grado de estabilidad necesaria y el ángulo de observación deseado. Chiquitín, que no era muy diestro en el manejo de las clavijas de aquel aparato, movió las partes a ojo sin ocuparse de las escalas indicadas, en la dirección general que le interesaba inspeccionar con el catalejo. Le impactó, más que la calidad del lente, el color entre amarillo y sepia en que se veían las imágenes, y le pareció tan similar al color del bruñido bronce de que estaba hecho el catalejo que pensó si tal vez la pigmentación del metal, con los años, había teñido el lente.

En un radio de ciento ochenta grados, Chiquitín no descubrió nada que le llamara la atención. Era un llano plano, antes agrícola y hoy yermo, donde nacía una vegetación árida, en su mayoría leguminosa, dominada por arbustos de copas planas en forma de nubes veloces, esculpidas por los vientos, casi todos familia de la acacia. No se percató de ningún montículo de terreno, ni túmulo prehistórico, ni promontorio ni ruina que quisiera escapar de las entrañas de la tierra; tampoco se percató de depresiones en la superficie de algo abajo que hubiera cedido o de aire acumulado en las entrañas de la tierra que pugnara por escapar. Un cálculo impreciso de las distancias que podía determinar con aquel instrumento lo convenció de que no era tan extensa la zona como creyó al principio, y que un día le bastaría para peinarla de lado a lado mediante un muestreo errático. Cuando consideró que durante tantos años aquella tierra fue arada, movida y removida, Chiquitín determinó que los indicios principales del yacimiento estarían a flor de la superficie: fragmentos de hueso, pedazos de cerámica, artefactos culturales, abalorios de piedra... Metió de nuevo el teodolito en su estuche, que ya no le serviría para observar aquellos residuos superficiales de civilización perdida, y puso manos a la obra con el muestreo. Libreta en mano, lápiz detrás de oreja y cantimplora en bandoleras, vestido con la indumentaria suya que era más de oficina de contable que de campo traviesa, Chiquitín abandonó la sombra del árbol e ingresó en aquel espacio tan castigado por el sol que hasta el mismo aire que se respiraba hervía como vapor escapado de entre las grietas de un volcán.

Metido por aquellas breñas anduvo buena parte de la tarde, realizando un muestreo sin cuadrícula, moviéndose por la maleza sin detenerse mucho en ningún lugar, puesta la mirada en el suelo como si meditara en torno a antiguas penas. De cuando en cuando se bajaba para recoger algo entre sus pies y, por mucho que quisiera ver en él artefactos propios de su búsqueda, su imaginación no le construía ningún objeto valioso con aquellas piedras amorfas y palos sorocos. Regresó a su base de operaciones defraudado con el muestreo, malhumorado, fracasado, diciéndose que tantos taínos vivieron por allí como reinas de Inglaterra, con apenas dos piedras que a duras penas pudiera pensarse que fueran fragmentos de cuentas de un collar, sin gota de agua en la cantimplora ni bocado en la mochila para aplacar el hambre que lo mataba, y con un trecho largo por recorrer antes de alcanzar el próximo puesto de civilización. Al tanto de lo apremiante que resultaba salir de allí mientras fuera de día, empacó en la carretilla el estuche del teodolito, colapsó el trípode, los amarró junto con las demás pertenencias, y echó una última meada contra el tronco del árbol, cuyo amarillo intenso le indicó que desandaba ya por el camino de la deshidratación plena. Comenzó su precaria marcha por rutas a cada paso más impenetrables, tupidas por matojos con espinas y cortaderas que debilitaron su andar y le cubrieron la piel de erupciones alérgicas. Al rato pudo escapar de tan agresiva espesura, a través de la cual tuvo que tirar de la bicicleta y la carretilla con ambas manos como si la vegetación intentara arrebatársela, y llegó hasta una oscura carretera de brea.

La noche llegó tan deprisa que Chiquitín creyó por un instante que se trataba de un eclipse. La ausencia de iluminación de aquella carretera le impidió determinar los daños sufridos al sistema de amarres de la carretilla, que sin duda había cedido ante el embate del camino y la maleza. Antes de partir, volvió la mirada un instante hacia los andurriales de los que recién escapara y añoró el día en que alguien con visión cubriera aquellos terrenos baldíos, tan inhóspitos al trato humano, con una buena torta de cemento sobre la que pudiera sembrarse el progreso y construirse una civilización que valiera la pena. De todos modos, es improbable que el afamado cacique de Guaynía acabara refugiándose en aquella caldera del diablo, donde antes moriría de calor o asfixia que al filo de las espadas españolas, se dijo, juzgando el clima y la vegetación actuales idénticos a los de hace quinientos y pico de años.

A poco andar, pudo ver un letrero de neón en el que se leía Motel Paraíso en letras coloradas que agradaron a Chiquitín e hicieron que respirara de alivio y descansara por adelantado. Hacia allá se dirigió, arrimado al borde izquierdo de la carretera y temeroso de que algún vehículo no se percatara de él por aquel oscuro camino y se lo llevara enredado en una curva, lo cual postergaría por tiempo indefinido, cuando no para siempre, el dramático descubrimiento que estaba en su destino. Para engañar el hambre y la sed que lo tenían al borde del delirio, recordó las veces que, en patrulla de reconocimiento, escondido en lo más apretado de la selva, observó moverse a duras penas por el infame sendero de Ho Chi Minh las caravanas de bicicletas del Vietcong cargadas de abastos más allá de lo que pudiera pensarse capaz de cargar una bicicleta. Si ellos lo hacían por aquellos caminos tortuosos, por qué yo no por esta carretera asfaltada, se cuestionaba Chiquitín en ánimo de alimentar la estámina con los recuerdos. Puesto que el manubrio de la suya no se extendía lo suficiente hacia los lados, se veía obligado a caminar demasiado pegado a los pedales, con los que se tropezaba de continuo, cada vez arrancándole alguna blasfemia o maldición en contra de aquella empresa suya que por momentos le parecía alocada, por otros, la quintaesencia de la razón pura. Enfrascado en aquellos pensamientos llegó a la entrada del motel y se encontró con que ya todas las habitaciones estaban ocupadas, o al menos eso podía apreciar por las puertas cerradas de los garajes donde los clientes guardaban los vehículos y por donde mismo se ingresaba a las habitaciones.

¿Será posible que tanta maldita contrariedad pueda congregarse en un solo sitio?, se cuestionó Chiquitín loco por alquilar un cuarto barato, pegar la boca a un grifo, darse una ducha y echarse un bocado al estómago, lo que fuera que sirvieran en aquel motel, ya que había perdido las energías para pedalear más aquella noche y llegar hasta el Burger King más cercano, que era en realidad lo que le apetecía. Recostó la bicicleta contra un muro blanco que brillaba con la claridad de una luna casi llena que se abría paso entre un mazo de nubarrones compactos. Saltando de losa de terrazo en losa de terrazo que formaban la vereda, se dirigió a lo que, por el runrún del acondicionador de air y la luz fluorescente que salía por la ventana, presumió que sería la oficina.

¿Qué ocurre aquí hoy que esto está tepe a tepe y apenas son las ocho? ¿Alguna actividad especial esta noche? ¿Un baile, un quinceañero?, interrogó a un muchacho que salió a su encuentro en mitad de la vereda.

Día de las Secretarias, doncito, contestó él de forma que pudo ser mejor y más amable. Es el día más ocupado del año en todos los moteles de Puerto Rico. Pero aunque estuviera vacío, no aceptamos gente en bicicleta o a pie, y menos si vienen, como veo que viene usted, con intenciones de pasar la noche y no un par de horas, que es lo que la gente viene a pasar aquí. ¿O es que tiene alguna amiguita especial en camino a encontrarse con usted?

Ninguna amiguita tengo, le contestó Chiquitín irritado con aquella presunción suya. Soy un profesional, un hombre trabajador. Lo que quiero es una habitación para ducharme, comerme algo y echar un sueño hasta mañana.

Pues para eso va a tener que seguir hasta un hotel en Ponce, que aquí dice motel claritito en ese letrero, y le señaló con el dedo la serpentina de neón que además anunciaba el jardín idealizado.

El motel que yo conozco es un hotel de camino donde se pasa una o dos noches a lo sumo, argumentó Chiquitín.

Eso será allá fuera, le contestó Israel, que así se llamaba el muchacho, refiriéndose a los Estados Unidos. Aquí en Puerto Rico, el motel no es la misma cosa, por si no lo sabía. Aquí es para hacer lo que no se puede hacer en ninguna otra parte. Aquí es para parejas, que tampoco aceptamos orgías ni cuadros ni ninguna otra perversión ni loquera, por si es que tiene algo de eso en mente…

Pues yo no vengo ni con pareja, ni en ánimo de orgías o cuadriláteros, contestó Chiquitín fastidiado por el comentario. En cuestión de una fracción de segundo, tachó al muchacho de separatista maldito, se dijo yerba mala nunca muere, y se preguntó cuándo llegaría el día de fumigarlos en masa y encontrar una solución final para tanto malnacido. Vengo solo, a pasar la noche y descansar, repitió. Pagaré igual que si viniera acompañado, que aquí parece como que se promueve el vicio sibarita y la depravación, añadió, para rematar y reducirse aún más las probabilidades de obtener una habitación.

Ni vicio con varita o sin varita ni prevaricaciones, contestó el muchacho como para contrarrestar las frases y giros de su interlocutor. Pasarla bien en pareja es lo más normal del mundo, cada cual a lo suyo; lo que no se tolera aquí es el salpafuera, el revolú, la música a todo trapo, la gritería exagerada…

¿Por qué dices prevaricaciones, muchacho de Dios?, interrumpió Chiquitín.

Usted fue quien lo dijo, doncito, no yo, respondió el muchacho, de repente confundido.

Yo dije depravaciones, que es algo muy distinto de prevaricaciones, que es de lo que pareces tener la mente llena. ¿Qué es lo que ocurre aquí? ¿Que de vez en cuando se mete gente a conspirar hurtos?, preguntó Chiquitín en son de broma hiperbólica.

¿Por qué dice eso?, preguntó irritado el muchacho, quien no le vio la gracia ni siquiera remotamente. ¡Aquí no viene nadie a conspirar!

Bueno, tú dijiste prevaricar, no yo.

Yo no pude haber dicho algo que ni siquiera comprendo. Es imposible que esa palabra salga de mi boca, argumentó él.

Consciente o inconscientemente fue lo que dijiste, aclaró Chiquitín, y resulta una palabra tan especializada, que me parece inverosímil que se haya dicho sin al menos una intención secreta, opinó Chiquitín, a quien parecía haberle afectado más allá de lo imaginable aquel trastoque verbal. Pero ponle pichón, dijo ahora. Te pregunto de nuevo, pasarla bien uno solo, ¿se puede aquí?, inquirió Chiquitín, convencido aunque fuera de su derecho a la masturbación. Porque si insistes, me comprometo a hacerme aunque sea una paja y cumplir con el goce, si es que fuera requisito del lugar...

Al muchacho aquel comentario le supo a mierda y ni siquiera intentó glosarlo; optó en vez por darse la media vuelta y dejar a Chiquitín allí plantado, lo que este interpretó como una afrenta personal.

Disculpa, le dijo Chiquitín alzando la voz para que lo oyera el muchacho, quien en un abrir y cerrar de ojos había puesto una distancia considerable entre ambos, no me piensas dejar aquí así, con la carabina al hombro, como dicen. Ya dije que tengo el dinero para pagar lo que cueste la noche, que todavía no sé cuánto es...

Israel se volteó con lentitud en señal de almacenar paciencia y le indicó a Chiquitín que le esperara un momento, que él allí no mandaba un carajo y tenía que consultarlo por teléfono con su jefe, porque las órdenes eran que nadie podía estar por más de un ciclo de cuatro horas sin pagar de nuevo.

A Chiquitín aquello le pareció escandaloso, pero como estaba exhausto, verde del hambre, al borde del colapso biológico, y como vio con incertidumbre que una polémica en aquel momento fuera a garantizarle agua, comida y cama, optó por el silencio mientras el muchacho entraba a la oficina y realizaba la alegada consulta telefónica. El muchacho llamó al celular del dueño del local, quien, como cada noche, se la pasaba jugando dominó y bebiendo con los amigotes en una barrita de Juana Díaz. Le explicó la visita del señor y la extraña mención que hizo de que el motel albergaba reuniones clandestinas, coincidencia que le pareció improbable por demás. El dueño escuchó en silencio, entre preocupado y suspicaz.

¿Hay reunión esta noche?, preguntó.

Sí, le contestó el muchacho, vienen varios personajes de San Juan.

Dale una habitación de todos modos y procura que esté bastante apartada de la que vayas a usar para la reunión, dijo al cabo de unos segundos de reflexión. Era la manera clásica de despistar al espía, en caso de que lo fuera: desfilándole la evidencia por la cara. ¿A ti no se te han perdido las llaves y las buscas hasta por debajo de las piedras, y resulta que las tenías todo el tiempo frente de las narices?

¡Chacho sí, a cada rato aquí en el motel!, contestó el muchacho.

Cóbrale caro, a ver si lo espantas, no vaya a pensar que queremos ocultarle algo...

Dice mi jefe que sí, que está bien, que se puede quedar hasta mañana a las ocho, pero que tiene que pagar por adelantado, le dijo el muchacho al regresar de la oficina, convencido de que el precio a exigir por aquel cuchitril de cuarto resultaría no sólo oneroso para cualquier persona de recursos mínimos, sino que imposible para aquel cliente tan insistente y que, según aparentaba, no tenía dónde caerse muerto. Serían ciento diez dólares, al contado y por adelantado.

Chiquitín abrió los ojos como dos platillos, tragó gordo y tartamudeó.

Ven acá, demonio, dime una cosa, ¿cuánto es que vale un cuarto aquí?

Treinta y dos dólares por dos horas, respondió sin chistar.

Sesenta y cuatro por cuatro. ¿Y si compro dos más...?

De cuatro en adelante sale más caro.

¡Más caro! ¿Cómo que más caro? ¿Por qué?

Porque ya son tres ciclos corridos, y mientras más, más. Tan sencillo como eso. Además, porque es más volumen, porque es más trabajo y son más las propinas.

Atónito, Chiquitín lo acusó de no conocer un pepino de los principios elementales del comercio.

Esto es un negocio al detal, le contestó en tono irrefutable el muchacho, aquí nadie compra más de dos periodos corridos, a menos que se trate de un superdotado, que bien de cuando en cuando es que aparecen.

O sea que aquí, en esta ratonera de cantazos que usted llama motel, mientras más tiempo se hospeda uno, más caro le cuesta, concluyó Chiquitín, incapaz casi de contener su indignación. Debe ser el único negocio del mundo que funciona según esta lógica al revés.

Pues al que no le guste, que no se lo coma. ¿Acepta o no acepta la oferta que le hace la ratonera de cantazos? Decídase, que no tengo la noche entera para dedicársela, reclamó el muchacho, convencido de que jamás aceptaría aquellos precios ridículos.

Acepto, dijo Chiquitín, qué remedio. De la mochila sacó el dinero y pagó aquellos precios exorbitantes tras decirse que, en lo venidero, tendría que pernoctar a cielo abierto las más de las veces, por lo que el ahorro de entonces le permitía el lujo de ahora. Convenida la transacción, Chiquitín volvió al lugar donde se encontraban sus pertenencias, se puso de rodillas frente a un grifo que encontró en una pared que era usado para conectar una manguera con la que regaban el polvorín que se formaba en la entrada del motel, y bebió vigorosamente hasta aplacar la sed que amenazaba con lanzarlo hacia el pozo del vahído. Luego se sentó en el suelo con la espalda contra la misma pared donde descansaba su bicicleta y cerró los ojos un rato en lo que alguna de las parejas terminaba sus trámites y liberaba una de las habitaciones.

Capítulo IV

*De las cosas insólitas que ocurrieron a Chiquitín en el Motel Paraíso
y su fortuito encuentro con los líderes del Partido*

Chiquitín se durmió allí recostado sin que lo perturbaran ni el ruido de los carros que le pasaron muy cerca buscando también vacantes, ni el polvorín que levantaban las gomas, ni las luces de sus focos que de continuo le cruzaban la cara. Era, en efecto, una noche concurrida, mas su pago por adelantado le pareció garantía de que la próxima vacante sería suya, por lo que pudo entregarse al sueño casi sin reserva, con apenas una porción minúscula de su consciencia encendida y alerta al ruido de las puertas corredizas de las cocheras de las habitaciones, cuya estridulación viajaba lejos y rayaba profundo el tambor del tímpano. Y en efecto, no hizo más que escuchar el principio del sonido de una de aquellas que rebotó violentamente hacia la vigilia y en un parpadear, incluso antes de que el carro en el garaje encendiera el motor siquiera, ya estaba allí parado con su bicicleta y carretilla a la mano, listo para hacer su ingreso en los aposentos. Aquella disposición acelerada suya lo que hizo fue exacerbar en Israel una ira hasta entonces desconocida, que lo lanzó como una fiera corriendo desde la oficina para ordenarle que se mantuviera afuera mientras las mucamas acicalaban la habitación, de la cual procedía un fuerte olor a lubricidad biológica difícil de ignorar. Chiquitín aceptó aquel estilo del muchachón de dirigirse a él, más por falta de energía para oponerse que por flaqueza de carácter. Apenas tuvo fuerzas para musitar qué falta de respeto a los mayores, madre mía, la de bajezas que hay que aguantarle a esta juventud malcriada de hoy...

De todas formas, señor, esta no es su cabaña. Tiene que esperar a que se libere una de las de acá, dijo el muchacho, señalándole hacia los cuartos que se encontraban más cerca de la oficina.

Sí, claro, ajá, contestó Chiquitín, sin hacerle el menor caso y en realidad pensando que lo decía sólo para mortificarlo.

Lo digo en serio, doncito, le advirtió Israel elevando el tono de imperativo a amenazador.

Pues yo digo que el único cliente que pagó soy yo, por lo que me toca la próxima cabaña, venga yo en mula, venga en teresina o venga en patineta, dijo Chiquitín, mostrándose intransigente.

Allí se quedó parado el rato extenso que le tomó a las mucamas acicalar el cuarto, actividad que consistió en cambiar la ropa de cama y las toallas del baño, y vaciar los zafacones llenos de condones y bollos de papel usados. Se dijo Chiquitín que la parsimonia era adrede, seguro que por orden del hijo de su madre del muchacho aquel, quien le cogió tirria no más verlo y pretendía hostigarlo y hacerle imposible la existencia.

Cuando estuvo lista la habitación, entró sin hacerle el menor caso a las protestas de Israel, quien comenzó a explicarle que era en serio lo que le decía y que aquel no era su cuarto. Párame si puedes, le dijo sin siquiera voltearse, mientras estacionaba su complejo dispositivo de transportación dentro del garaje. Con tremenda cara de pocos amigos y la vista en los ojos del confuso chico, que se quedó mudo y parado afuera como un tótem inclinado por el viento, ponderando cómo oponerse al acto de voluntad de aquel incordio cliente, cerró la puerta corrediza con el ímpetu necesario para demostrarle su determinación. ¡La va a romper!, le gritó desde afuera el muchacho, derrotado.

Muertos casi los pies del cansancio y apenas respondiéndole los dedos, desató la mochila de la carretilla, entró al cuarto, lanzó la puerta con una fuerza que daba continuación a la que ya había comenzado con la puerta corrediza, y se tiró en la cama sin siquiera prender el aire acondicionado, confiado en que el calor no le permitiría quedarse dormido por mucho rato sin antes comer o asearse.

El ruido de los golpes que alguien daba contra un cajón de madera que sobresalía de la pared, que abría mediante una puertecita y daba a un pasillo que comunicaba gerencia con clientela a nivel de voz y manos, lo sacudió del estupor en que había caído y llegó hasta allí sin saber muy bien dónde estaba o qué eran aquellos golpes que en el sueño que lo invadió correspondieron a los que daba un pico en sus manos cada vez que se hundía en la arena en la que intentaba cavar un hueco.

Dígame, dijo mientras abría la puertecita.

Si quiere algo pídalo ahora, que estamos cerrando la cocina, respondió una voz joven. Chiquitín musitó una protesta y dijo que apenas eran las nueve de la noche, que cómo iban a suspender aquel servicio a la clientela nocturna, que apenas comenzaba. Pero la voz le aclaró que así era, desgraciadamente, y que más le valía aprovechar la oportunidad. Se dirigió a la mochila, sacó un billete de diez y se lo entregó para que le trajera una Coca-Cola, una botella de agua y un par de bolsas de papitas o Doritos o platanutres, lo que hubiera.

Recobrada un poco la lucidez después del microsueño y el súbito despertar, decidió ambientar mejor el cuarto encendiendo de inmediato el aire acondicionado, que aún llevaba sobre la piel el sol del día, y darse una ducha vivificante. Mientras se desvestía en el baño y se preparaba para entrar a la ducha, escuchó de nuevo los golpes en el cajón y la voz que decía las papitas, señor, el refresco, avance que tengo prisa. A medio vestir, tomó la mercancía, de nuevo quejándose entre dientes de la falta de amabilidad del personal del motel.

¿Medio peso de vuelta?, refunfuñó.

Sí, señor, medio peso, que las cosas en los hoteles siempre son más caras.

¡Pero es que este no es el Caribe Hilton!

Lo siento, señor, esos son los precios.

¿Son los precios? ¡Asalto a mano desarmada es lo que son!, concluyó Chiquitín. ¡Vergüenza debiera darles, vergüenza! Que me pongan la mano en un picador si los dueños de este motel no son un chorro de independentistas.

Pues perdió la mano, señor, que son más anexionistas que el doctor Quirindongo, contestó la voz.

¿Anexionistas? Imposible... Llámame al muchacho que está a cargo, si me haces el favor.

Salió un momento. Tiene que esperar a que regrese, contestó la voz.

Las bolsas de papitas las tiró sobre la cama con el desprecio transferido a ellas que correspondía al motel entero; la lata de refresco, caliente para colmo, la colocó frente al chorro de aire frío del aire acondicionado, y la botella de agua la vació por la garganta en cuatro sorbos gruesos. ¡*Wow*! Estaba seco. Regresó al baño, se desnudó, se sentó en el inodoro donde rápido descargó, y metió el cuerpo recalentado bajo el chorro frío de la ducha, a cuyo contacto le pareció escuchar el sonido parecido al de una puya de acero al rojo vivo que se hundiera en el agua de una forja. El baño helado lo sacó del abotagamiento en que lo dejaron los trajines del día, y el aseo general le despertó el ánimo adormilado. Intentó secarse con la minúscula toallita provista en el lugar, la cual tuvo que exprimir varias veces para secarse el cuerpo completo. En el espejo del baño se miró y lamentó las bolsas bajo los ojos, que veía insufladas; el rojo intenso de la calva y los cachetes tostados por el sol inclemente; la gordura de su torso y cuello, que él mismo reconocía como un factor negativo para su empresa. ¿Qué iba a hacer, dejar una nalga en casa, dejar media barriga en la nevera? Además, ¡no podía postergar el encuentro del Guanín Sagrado por una dieta!

Metió en el lavamanos la camisa que usó durante el día e intentó darle una limpieza estrujándola a mano con agua y jabón de barra, frotando en particular la región de las axilas, donde el sudor le formaba unas manchas amarillas desagradables a la vista que él atribuía a alguna situación hepática que le dejaran las transfusiones de sangre que le hicieron en los hospitales de campaña de Vietnam. Lo mismo hizo con el calzoncillo usado y las medias, que convirtieron en marrón como de arroyo crecido el color del agua clara que bajaba por la pluma.

Mientras colocaba las piezas de ropa a secar por distintas partes del cuarto, escuchó con claridad voces de hombre y de mujer a muy poca distancia. Afinó el oído, se acercó al lugar de su origen y descubrió en la pared de panel de madera que separaba su cuarto del contiguo una fisura considerable a través de la cual observaba en el cuarto vecino un espejo que reflejaba lo que ocurría en la parte baja de la cama. Allí observó sentadas un par de piernas de mujer con zapatos de afilados tacones que se frotaban a nivel del muslo. Por no ser persona de naturaleza ligona, se alejó del hueco y maldijo la hora y el día, convencido de que la actividad de aquel cuarto le impediría conquistar el descanso y sueño reparadores que su cuerpo le requería para realizar las labores que le esperaban al día siguiente.

De la mochila sacó una muda de ropa idéntica a la lavada y se puso unos calzoncillos estirados en la cintura y rasgados en la zona del interglúteo. Estimulado por la sensación de frescura, recuperada la hidratación del cuerpo, sintiéndose saludable, se tiró de un salto sobre aquella cama pétrea como si un espíritu juvenil lo hubiera empujado, pero el colchón rechazó su cuerpo y lo lanzó hacia el lado opuesto como un muñeco de goma, reventándolo contra una pared de espejos con un estruendo la verdad que aparatoso, en medio de las bolsas de papitas que saltaron por todas partes. Redondo en el suelo, avergonzado, agradecido, no obstante, de no haberse roto nada, Chiquitín se levantó como de rebote, porque se le ocurrió que tal vez el incordio muchachón gerente del motel se reiría a mandíbula batiente con aquel reventón suyo y estaría presto a cobrarle algo adicional por daños estructurales al cuarto, en caso de que estuviera observándolo por cámaras de circuito cerrado escondidas tras los espejos.

Volvió a la mochila, de la que sacó ahora libreta, lápiz, compás y regla, así como el tubito de aluminio donde guardaba su preciado mapa de ruta. Recogió el refresco que dejó enfriándose y regresó con estos materiales a la cama, a la cual esta vez entró con tranquilidad y sosiego. Recostó la espalda contra el respaldo, abrió las bolsas de papas y el refresco, ya un poco más frío, y comenzó a cenar sin apuro, sin el desenfreno que se esperaría de una persona gruesa como él que no ha ingerido alimento alguno durante muchas horas corridas, puestos los pensamientos en la imagen de una bandeja con su Whopper con papas fritas y refresco agrandado, como si sazonara con aquellos las insípidas papas de bolsa que esa noche lo alimentaban. Al rato sintió recorrerle por debajo de la piel un agradable calor y por encima un trepidar de electricidad, aumentarle el ritmo cardiaco y alcanzar una especie de preeuforia que estimuló en él la certeza de un éxito inminente que nada en el ambiente preconizaba. Debía ser el refresco lo que lo ponía así, pensó, y esperó un rato con los ojos cerrados en lo que aquella sensación de bienestar, que no sabría decir si por exceso de adrenalina o de endorfinas, le recorría el cuerpo.

Abrió el mapa sobre la cama y, tras unos segundos de orientación, marcó el punto donde se encontraba el motel. Mediante la manipulación complementaria del compás, el cartabón y la regla sobre el mapa, sacó unos números que incorporó a unos cómputos en la libretita, cuyos resultados aplicó a los instrumentos para que estos los tradujeran en un punto sobre el mapa que indicaba su siguiente destino. Dibujó una línea entrecortada que lo llevaría por la carretera frente al Fuerte Allen, donde tendría ocasión de rendirles pleitesías a los militares americanos. De allí hasta la carretera vieja de Ponce a San Juan, que tomaría en dirección a Ponce hasta la entrada del camino del sector de Tiburones, por el cual enfilaría en dirección al mar. Inmerso en la labor de dibujar la ruta, tomar nota del sondeo arqueológico del día y hacer un listado de sus prioridades —en particular la clarificación cuanto antes de la situación legal de sus futuros descubrimientos—, de pronto le fueron evidentes ciertos gemidos apasionados que, a ramalazos, comenzaron a romper el silencio dentro de su cuarto.

Malhumorado, llegó hasta la ranura en el panel que había descubierto y, asomándose por ella, vio esta vez cuatro piernas: las mismas dos piernas femeninas con los tacos puestos, con otras dos piernas masculinas, jóvenes, fornidas y lampiñas, colocadas entre ellas y en dirección contraria, moviéndose a un ritmo que repercutía en el vaivén de las piernas femeninas, en el aire y en la tesitura de un lamento de derretido placer que, al parecer, provenía de la garganta de la dueña de las piernas. Mientras observaba, los gemidos aumentaron de forma exponencial y pasaron sin transición del chillido gozoso al alarido grave, luego al baladro deleitoso y al frémito desgarrador que pudiera confundirse con el que arranca una puñalada. A Chiquitín, aquel goce ajeno le robó el sosiego que había congregado dentro de sí y repartido por su entorno, así que optó por meterle a la ranura un bollo de papel sanitario mojado que detuvo en algo la entrada de aquellos alaridos perturbadores, mas se volvieron tan agudos que comenzaron a traspasar las endebles paredes con las que estaba construido el motel. Sopesó la posibilidad de ponerse los audífonos y meterse una dosis de radio al cuerpo, pero reconoció que aquello lo alteraba demasiado y le hacía perder la concentración para trabajar e inclusive para dormir; prefirió encender la televisión, convencido de que su sonido, fuera de noticias, fuera de narración de partido de pelota o de baloncesto, sería sin duda menos perturbador que el del cuarto contiguo, o por lo menos lo ahogaría. Pero su sorpresa fue espectacular cuando se topó con que la televisión estaba conectada a un circuito cerrado y que todos los canales mostraban prácticas explícitas de la misma actividad que el ángulo del espejo del cuarto contiguo dejaba observar a través de la ranura. El aparato escupió de repente por su pantalla toda índole de penes, vulvas, consoladores, senos mezclados con piernas, cabezas con brazos, espaldas con manos, pelvis histéricas, pezones, esfínteres, sudores, saliva, semen en bocas expectantes. Chiquitín no pudo evitar que su cuerpo reaccionara a aquellas imágenes y, dado que su vida sexual se limitaba básicamente al onanismo, en poco tiempo vio nacer su glande hinchado como un sol por encima de la esfera que formaba la loma de su barriga. Sentado al borde de la cama, procedió a acariciarse lentamente mientras observaba las imágenes televisivas, y en poco tiempo descargó un chorro de nubes líquidas que llegó hasta el espejo y lo manchó con un hilo pesado que corrió hasta la alfombra. Chiquitín se sintió satisfecho y a la vez culpable por irritarle el placer ajeno.

Pese a los gritos y gemidos en la habitación vecina, que continuaron por un rato exagerado, Chiquitín guardó los materiales de trabajo, apagó la luz, se tapó los oídos con la almohada y concilió el sueño por un par de horas. Poco después de las once lo despertó el ruido combinado del chirrido de la puerta corrediza del garaje contiguo, que había subido y bajado varias veces seguidas, del impacto de varias puertas de vehículos al cerrarse, y del coro de voces que comenzó a poblar el cuarto contiguo. Abrió los ojos azorado, convencido de que las voces provenían de su propio garaje, y pensó que alguien había penetrado el perímetro con la intención de llevarse su equipo. De un salto llegó hasta la puerta del cuarto que comunicaba con el garaje y la abrió de sopetón, como para atrapar a los transgresores con las manos en la masa, quienes resultaron ser invenciones de su imaginación sobreexcitada. Llegó hasta la carretilla y corroboró que el teodolito seguía allí, lo mismo que el estuche de herramientas y el resto de los materiales. ¿Todo bien, querida mía?, le preguntó a la bicicleta, bajándose a observarle los rayos de sus gomas. ¿Todo en orden, querendona?, le preguntó de nuevo mientras le acariciaba ahora el manubrio, el sillín, el tubo central del cuadro. Ojo al vivo, le decía, ojo al vivo, que parece que hay movida aquí esta noche.

En ese instante, escuchó de nuevo puertas de algún otro vehículo parado justo afuera y, puesto que la curiosidad de asomarse por un hueco hecho en la puerta corrediza —el cual, presumió, dada su colocación, era utilizado por los empleados del motel para tomarle las tablillas a los vehículos dentro— pudo más que la prudencia de regresar a la cama, observó un carro grande, americano, de cristales ahumados, del cual se bajó en ese instante un personaje femenino cuyo celaje, además de parecerle familiar, penetró sin detenerse en el cuarto vecino. El carro partió, y seguido se escuchó el desagradable chirrido de la puerta corrediza bajar de nuevo. Con la misma, volvió a su habitación, que ahora se había llenado de voces nuevas que, como las anteriores, atravesaban la pared con poco impedimento, si bien, en definitiva, no estaban allí para ejercicios eróticos.

A Chiquitín le costó creer la de circunstancias adversas que ocurrían en torno a su descanso, mas el vislumbre que tuvo de la mujer que vio apearse del vehículo fue acicate suficiente para acudir directo a la ranura, sacar la plasta de papel sanitario, meter el ojo y sorprenderse al observar, moviéndose alternativamente dentro y fuera de la zona del espejo, a gran número de personalidades públicas de su propio partido político. Reconoció a Hamilton Masul, líder del Partido en la Cámara de Representantes, con su gran sonrisota como de marioneta de ventrílocuo que le caracterizaba, y aquel gallo tremendo en la cabeza que más bien era un *tsunami* de pelo congelado en el instante de romper contra la orilla; reconoció, redondo como un barril, luciendo traje claro y espejuelos dorados, pelo y bigote renegridos, al abogado anexionista Miranda Nimbo, quien se reía a menudo y siempre de forma exagerada; también identificó, sentado al pie de la cama junto al licenciado Nimbo, al senador William Johnson Vázquez, a quien reconoció por sus inconfundibles rasgos filipinos y el pelo embrillantinado hacia atrás sobre el cráneo, al estilo siciliano. Por último reconoció, vestida de un modo muy americano, a la senadora Margaret Rodríguez Bacallao, de quien Chiquitín era muy partidario por ser señora furibunda, defensora tenaz del Ideal y los derechos de los ciudadanos americanos en Puerto Rico, cuyas ojeras de violeta y matiz cetrino fueron ese elemento del celaje que a Chiquitín le tuvo el familiar aire. Aquella identificación de los ocupantes del cuarto provocó que su glándula suprarrenal le disparara un chorro de adrenalina que le impregnó cada célula del cuerpo y provocó tal emoción que comenzó a correr y a moverse por el cuarto sin saber qué hacer ni a dónde ir ni en qué lugar ponerse, mientras se repetía para sí: ¡Son de los nuestros, carajo, son de los nuestros! Iba a la ranura, observaba, se retiraba incrédulo de lo que veía y volvía a la ranura.

El número de voces no guardaba correspondencia con la cantidad de personajes visibles en el reflejo del espejo, lo que hizo que Chiquitín sospechara que se trataba de una buena concurrencia, tal vez un mitin político. Frente a sí desfilaban sus líderes, sus modelos de comportamiento, los guías y forjadores de su estructura ética y moral. ¡Se le quería subir el corazón por la garganta! La tentación de salir y tocarles a la puerta del garaje para saludarlos, conocerlos y demostrarles su admiración y adhesión al Ideal lo visitó, mas hizo que desistiera de la idea el convencimiento de que, si allí se encontraban a aquella hora, era porque estaban en una sesión de trabajo extraordinaria, en la que, con toda seguridad, se discutirían aspectos delicados y estrategias anexionistas que no podían discutirse abiertamente en el Hemiciclo. Se dio varios golpes en el pecho en señal del orgullo que sentía por aquellos patriotas que, como las hormigas o los tiburones, nunca cesaban de laborar a favor del Ideal.

Y tenía razón Chiquitín de que no eran estos los únicos presentes en aquel conciliábulo. Fue Hamilton Masul quien los convocara para discutir, primero, el asunto de la venta del Hospital Regional de Arecibo, de la cual el Partido y los allí presentes saldrían beneficiados, y, segundo, el plan relacionado con la protesta de los separatistas el 25 de julio en Guánica. El lugar para el encuentro, garantizado por su amistad de años con el dueño del motel, era el mismo que Hamilton usaba siempre para sus *indiscreciones*. Mas no era sólo amistad entre Masul y el dueño lo que facilitaba aquellas reuniones; también corrían billetes de por medio, y ron, y perico, y hasta putas. Israel, el encargado del motel, formaba una parte crucial de aquella camarilla, y no porque participara de las riquezas que se repartían o disfrutara de los placeres, pese a que las propinas que recibía eran de suma consideración, sino por la responsabilidad que cumplía en garantizar el secreto de aquellos aquelarres.

Según lo acordado, todo quedó listo para eso de las once de la noche. El dueño mismo le impartió instrucciones a Israel de que preparara la cabaña número dos. Este, por costumbre, transfirió a una de las mucamas la responsabilidad de que eso se cumpliera. La mucama, joven, preñada, más preocupada por el paradero del padre de la criatura aquella noche que por el cumplimiento correcto de las instrucciones, entendió doce, y esa fue la habitación que estuvo lista a las once en punto, cuando asomó el hocico el carro de Hamilton, quien fue el primero en llegar. Por instrucciones de ella, uno de los empleados abrió el garaje de la cabaña doce, frente a la cual lo dejó su chofer. Cuando Israel, que se encontraba en una llamada telefónica, vio por los cristales de la oficina que había llegado el vehículo de Masul y hacia dónde lo dirigían, colgó el teléfono, bajó corriendo de la oficina echando humo por las narices y se enteró del error de la mucama, mas tuvo que disimular y darle la bienvenida a Masul con la mejor sonrisa que fue capaz de desplegar.

Masul bajó del carro con grandes pasos y una postura un poco jorobada, como la de un hombre alto que anda siempre pendiente de no golpearse la cabeza. Llevaba un maletín pillado en el sobaco y una botella de whisky a medio beber en una mano.

¿Todo en orden, papi?, le preguntó a Israel.

Todo en orden, don Masul, mintió.

¿Moros en la costa?, preguntó Masul en tono cómplice y de confianza.

Ninguno, contestó él, como siempre hacía, sólo que esta vez le mentía a medias.

Mira que si se nos cuela alguien, estamos fritos, y ya tú sabes la cantidad de veces que te he dicho que en la reunión está la fuerza. ¿Verdad que sí?

¡Ja, ja, claro que sí!

Pero fuera de broma, vela bien los alrededores, que la noche va a estar jevy. ¡Puro mazacote es lo que viene pa'cá, y ya tú sabes, nene, cómo está la política de caliente en este país! Se entera la prensa y nos guindan. Me consigues par de botellas de soda, si eres tan amable, una neverita con hielo, y me mandas alguna picadera que tengas por la cocina, unos quesos, unos salchichones, alguna mortadella con galletitas, tú sabes, lo que tengas por ahí. Ah, y estate pendiente, que debe estar por llegar el resto del combete.

En el interior, Masul dejó caer el maletín encima de la cama, puso la botella sobre la mesita y, en un solo movimiento acompasado, sacó del bolsillo de la chaqueta una bolsita de coca en la que metió la uña larga del dedo meñique. Con ella extrajo cuidadosamente una montañita del ebúrneo polvillo que llevó a una de las fosas nasales e inhaló con ímpetu notable. Repitió el movimiento para cumplir con su otra fosa y balancear la nota. Cotejó en el espejo la limpieza de las ventanas de la nariz, hizo un par de muecas con la mandíbula estimulada por la sustancia, y se aseguró de que nada en su apariencia delatara su afición. Ya estoy. Ahora lo que me hace falta es un palo, se dijo con una sonrisa. Fue hasta el teléfono de la cabaña, y con tono atronador le preguntó a la persona que contestó en la oficina que qué pasaba con el hielo, el agua de soda y la picadera que le había pedido a Israel hacía un rato. Ya van de camino, don Masul, ya van. Poco después se escucharon golpes en el cajón del cuarto, que Masul abrió diciendo: ¡Por fin!, ¡Por fin!, mientras tomaba la hielera con las demás vituallas.

Los próximos en aparecer fueron el licenciado Miranda Nimbo y el senador William Johnson Vázquez, quienes llegaron juntos en un carro oficial del Senado que permaneció estacionado frente a la habitación unos segundos lanzando con sus focos haces de luces intermitentes, hasta que Israel apareció corriendo y les abrió la puerta del garaje. Ambos se apearon del carro con rapidez y, sin siquiera saludarlo, fueron directo hasta la puerta de la cabaña, la cual tocó el licenciado Nimbo con gran urgencia. Masul, que se encontraba en ese momento en el baño ajustándose la camisa dentro del pantalón y acomodándose mejor el calzoncillo, le gritó, ya voy, ya voy, ¡qué tanto escándalo, cojones!

Al abrirla, ambos entraron en tropel, a presión, como si algo los embistiera por detrás. Masul los recibió con una sonrisa nerviosa y un trago que ya tenía en la mano.

¿Qué sucede? ¿Cuál es la jodía prisa, cojones?, los interrogó apenas ingresados.

No, nada, que no queremos que nos reconozcan, contestó Miranda.

¿Es que hay una multitud allá afuera?, preguntó Masul a la vez que hacía aguaje de salir a averiguar lo que ocurría.

No, contestó Miranda, es por si las moscas.

Pero, ¿y cuántas veces ustedes han venido aquí antes? Varias, ¿verdad? ¿Y por qué hoy la cabrona paranoia? ¡No jodan, coño! Entren. Cierra la puerta, William.

A mí lo que no me gusta nada es esa ñoña de estar usando los carros oficiales..., dijo el senador mientras cumplía con parsimonia el comando de Masul.

Ay, chico, déjate de pendejadas, le dijo Masul, que a esta hora todos los gatos son prietos y por estas carreteras de acá del carajo nadie sabe ni lo que es un carro del Senado. Además, les cambiaron las tablillas, ¿verdad? Dime que las cambiaron, dímelo por favor...

Claro que las cambiamos, Hamilton, pero aun así me pone nervioso que sean tan carifrescos.

Mira, William, déjame las mariconerías, hazme el favor. Llama al chofer y despáchalo. Nos regresamos los tres en el mío, ordenó Masul.

¿Les sirvo un traguito, a ver si se tranquilizan? Nimbo dijo que prefería una cubita y el senador, ya con el teléfono celular en el oído, dijo que se complacía con un whiskicito con soda.

Miranda siempre bebiendo palos de niño, dijo Masul. ¿Cuándo te vas a graduar a los palos de hombre, chico? Llámate al muchacho de aquí para que nos envíe una botella de Don Q, unas Coca-Colas y vasos adicionales.

Mientras Masul dejaba caer los hielos en el vaso que se prestaba a llenar de whisky, se escuchó afuera el chirrido de la puerta del garaje que subía y bajaba y, poco después, el sonido de unos nudillos que daban en la puerta. Ábreles, William, en lo que acabo aquí. Allí estaban, al parecer ya metidos en copas y muy pegados uno del otro, Ángeles Maldonado, conocida como Gini, ayudante ejecutiva del gobernador, y Temístocles Villamil, alias Tuti, moreno alto de ojos verdes, desarrollador y contratista, que andaba enredado en una relación extramarital con Gini, la cual le traía beneficios económicos sustanciales.

Gini entró con tremenda algarabía, pidiendo que le sirvieran un palo, que traía la lengua pará, y Masul le pidió que bajara la voz. Gini estaba aferrada al torso de Tuti, quien saludó a los presentes con un *buenas* general y movimientos de cabeza para cada uno en específico.

¿Qué te bebes, querida?, le preguntó Masul.

¿Qué tienes?

Por ahora, Dewar's, pero están de camino una botella de Don Q y unas Coca-Cola.

¿No hay champancito por ahí?

No, Gini, no hay champán, ¿no ves el hotelucho donde estamos?, dijo el licenciado Nimbo desde el teléfono, cuyo auricular acababa de colgar. ¿Qué, que la borrachera que traes te hace confundir esto con el Hotel San Juan?

Cállate la boca, Miranda, y pídeme un vodka con china.

Pídeselo, Miranda, le indicó Masul desde la mesa sin alzar la mirada de la actividad que realizaba con los vasos y el whisky. ¿Y Tuti, qué se toma?

Pues un whisky estaría bien, si no es mucha molestia.

Ninguna, le replicó Masul, que yo lo que quiero es que estemos cómodos y relajados para que nos entendamos.

¿Quién falta?, preguntó Gini.

Faltan Aníbal Isabela y Luli Mari, respondió el Senador, buscando aprobación de Masul con la mirada.

Y doña Margaret, que no hubo más remedio que invitarla, añadió Masul.

¿Cuál Margaret? ¿Rodríguez Bacallao?, preguntó Tuti, preocupado.

La misma vieja cascarrabias que conocemos, dijo Nimbo desde el teléfono.

Hubo que hacerla parte para que anule, o por lo menos estorbe, la investigación que el senador independentista en la comisión que ella preside está impulsando, explicó Masul con aplomo y tranquilidad. Que nadie se preocupe ni cunda el pánico, que tan pronto la tengamos aquí adentro, la hacemos parte con par de pesos, que cosen labios mejor que agujas.

Tuti quedó petrificado con la noticia. Dijo que no era cuestión de desconfianza en ella, sino que fuera a zafársele por algún descuido o torpeza.

No se preocupe nadie, que yo la tengo vigilada, dijo el senador Johnson Vázquez desde el borde de la cama, donde sorbía su trago con parsimonia y cierta afectación. Esa no da un paso sin consultarlo conmigo.

Espero que sepan lo que hacen, dijo Gini, un poco más sobria ahora con la noticia, también desconocida para ella.

Calma, pueblo, que lo tenemos todo fríamente calculado, añadió Masul mientras le entregaba el trago a Tuti.

Afuera volvió a escucharse la puerta del garaje abrir y cerrarse. Todos callaron hasta escuchar los toques en la puerta del cuarto. El senador la abrió y allí estaban parados con sendas sonrisas Aníbal Isabela, secretario del Departamento de Educación, y su ayudante Lourdes María Rivera Hortalizas, contacto permanente del Departamento en el Partido y encargada de desviar el dinero destinado del primero hacia el segundo. Aníbal era un hombre más bien bajo, rechoncho, de grandes cachetes y carnes protuberantes, con unos ojos rasgados y hundidos tras los vidrios de grandes espejuelos, casi al estilo de los dictadores chinos y norcoreanos. Luli Mari era igualmente rechoncha, de facciones ordinarias, mofletuda, dientes picados, feos y desproporcionados, cutis cundido de nacidos y pústulas de adolescente, pelo pintado de rubio. Era una incondicional de Aníbal y la figura del Partido encargada de extorsionar a compañías o comerciantes mediante contratos con el Departamento. Llegaron sobrios, pero no bien entraron, pidieron incorporarse al jolgorio que era evidente allí. Masul indagó respecto a sus preferencias en bebida y ambos se acomodaron al ofrecimiento de licor desplegado sobre la mesita, que era ahora una barrita, con el ron, y los refrescos y la picadera que Miranda recibió de manos del gerente mismo por el cajón de comunicación de la cabaña.

Hace falta más hielo, indicó Masul y, sin que nadie tuviera que pedírselo, Miranda ya estaba haciendo por teléfono el requerimiento. La habitación estaba atestada de gente, y faltaba la senadora para hacer quórum.

Tanto se imbuyeron con los tragos, los cigarrillos y la conversación, que ninguno escuchó la puerta del garaje abrirse y sólo vinieron a percatarse de que alguien tocaba a la puerta del cuarto después del segundo intento. Gini, la que más alto hablaba y quien más corrompida estaba ya por la bebida, la abrió y recibió a la senadora con un abrazo de borracha, un entra, mami, y una caricia con la mano en la cabeza que a la senadora no le gustó ni un poquito. Se trataba de una señora mayor, vestida con chaqueta de cuadros, blusa con cuello de encaje, falda por debajo de la rodilla y peluca rubia que lo que daba eran ganas de reír. Parecía sacada de un panfleto de la Asociación Americana de Envejecientes y Retirados.

A la primera se sintió cohibida con el grupote. Subió la nariz un instante como si apestara y le pareció que allí ningún trabajo serio podía realizarse. El grupo la saludó con grandes muestras de afecto, salvo Tuti Villamil, que apenas la conocía y la saludó con distancia, aunque con respeto, con su inclinación habitual de la cabeza. Masul era el único que no estaba presente cuando doña Margaret hizo su entrada, porque se había metido al baño y llevaba un rato sin salir. Ella lo notó de inmediato.

¿Dónde está Hamilton, que fue el que me convocó?, preguntó un poco exaltada.

Aquí estoy, Margaret, aquí estoy, ya salgo, no te alteres, se escuchó una voz desde el baño y, unos segundos después, vio salir aquella figura ya un tanto desgarbada del representante. Masul le ofreció un trago a la senadora, el cual rechazó de plano.

Un refresquito lo acepto, dijo.

Le ofreció sentarse en el borde de la cama, lo que también rechazó. Prefirió permanecer de pie junto a la puerta, desde donde observaba con espanto la ebriedad colectiva.

Antes de entrar en materia, Masul sugirió que alzaran sus tragos para brindar y sellar con un pacto de silencio aquel encuentro en el que serían discutidos asuntos de suma envergadura, tanto para las fortunas personales de cada cual como para el adelanto del Ideal, por supuesto. En respuesta a su llamado, el grupo, salvo la senadora, se reunió al pie de la cama. Acercaron sus vasos a un punto común en el centro del círculo y, luego de que Masul dijera: Por el Partido, por el Ideal, por el Bolsillo, los chocaron con un estruendo que irritó los oídos de la senadora menos que la indiscreción de la palabra bolsillo, que no esperaba ver incluida en aquella repartición.

Los he convocado aquí, comenzó diciendo Masul, con el propósito de que diseñemos juntos la mejor estrategia para sacarle provecho a la venta del Hospital de Arecibo, antes que nada, para rellenar las arcas del Partido y adelantar el Ideal de la Estadidad, que ya sabemos la precaria situación que atraviesa y es conocido el runrún que anda por los pasillos del Congreso de que nos van a espetar la independencia sin nosotros quererla. Los vientos políticos no soplan a nuestro favor, básicamente, así que tenemos que inyectarle dinero urgente si no queremos que se escocote la Estadidad. Tenemos que llevar a cabo acciones políticas contundentes, dirigidas a neutralizar el independentismo furibundo de este país. Hay que discutir el asunto de Guánica el 25 de julio. Hay que pararlos allí de una vez y para siempre, hay que ponerles fin y enterrar de una vez a los socialistas, comunistas y separatistas que quieren quedarse a las malas con lo nuestro. ¡Miren si son frescos que hasta al Congreso americano lo tienen dormido con ese ñeñeñé! Sobre mi cadáver se hace esto república, y me imagino que también sobre el de ustedes. No lo permitiremos, y tenemos la oportunidad de oro en las manos para dejárselo saber. ¿Que cómo? Resulta que el liderato separatista completo estará reunido en un solo lugar, en una misma tarima, listos para recibir la república de manos del Americano que tanto han odiado... ¿Puede llegar tan lejos el descaro, la idiotez? Lo dudo... ¿Me hago entender o les hago un dibujito? Pero, ¿es que no se dan cuenta de que es una oportunidad única para limpiárnoslos a todos de un zarpazo? Hay que darle un poco de cabeza al asunto, y rápido, que está a menos de seis meses la fecha...

Quizá deba recordarles, continuó Masul, que si se nos va a pique la Estadidad, se nos van a pique los privilegios. ¡Y no vamos a comer piltrafa de nuevo después de habernos hartado de langosta...!, dijo con una sonrisa en la boca que anhelaba complicidad. Como es uso y costumbre, cobraremos nuestras comisiones por la venta del hospital, si es que les preocupa ese detalle. Ya sabemos que la conspiración diseñada en Fortaleza para salir de las facilidades de salud pública es vendérnoslas a precios de pescao abombao entre nosotros mismos, que es lo que haremos en este caso. Con eso colmamos las arcas del Partido y les llenamos de billetes los bolsillos a los congresistas americanos para que apoyen la Estadidad para Puerto Rico, que es como único se garantiza que podamos seguir guisando.

Cuando dices entre nosotros mismos te refieres a nosotros, el liderato del Partido, supongo, dijo el senador Johnson Vázquez en un tono jocoso que estaba fuera de lugar.

Entre nosotros, William, me refiero a entre los buenos anexionistas que tengan el billete para participar, o las conexiones para facilitar las ventas, así como la disposición de fortalecer el Ideal.

Se sonrió maliciosamente, los presentes respondieron con sonrisas cómplices y alzaron los vasos para brindar por tan bien dichas palabras. La senadora sólo se prestaría para el lucro del Partido, que iba por encima de casi cualquier otra consideración en su vida. Yo, por el Ideal, me corrompo hasta el tuétano si tengo que hacerlo, se le escuchó decir alguna vez con un par de copas de más arriba.

En un estado ya adelantado de intoxicación etílica, Masul, a la cabeza de la reunión, comenzó a desglosar lo que él entendía que era la organización del esquema. Él, desde luego, se aseguraría de que las comisiones de salud y de gobierno de la Cámara aprobaran la venta al precio convenido con Tuti Villamil.

Este, tras poner el hospital bajo el mando de un grupo de médicos ineptos e inescrupulosos, se encargaría de demolerlo para construir aquí y en otros terrenos aledaños el progreso que necesita Puerto Rico: una urbanización para familias de jóvenes profesionales, subsidiada por el Gobierno —se escuchan risas y burlas suaves—, que ya Villamil Construction tiene a su cargo desarrollar. ¡Un *pitcher* y *catcher* perfectos! Pero como verán, señala Masul, hay muchas transacciones en este proceso, y en cada una hay una jodía comisión o de la Cámara o del Senado que hay que sobornar...

Al parecer, nada de lo hasta ahora revelado era noticia nueva para nadie, por lo que Masul comenzó a repartir tareas. La senadora y el senador se encargarían de planchar la venta y obstruir las investigaciones que realizara el maldito senador independentista que siempre anda jeringando.

Encárguense de sacarle los trapitos al sol y de amenazarlo si es necesario. Aníbal y Mari Luli, ustedes que han sabido hacer esto ya sin dejar huellas, les toca canalizar el dinero de las ventas, primero a la Tarjeta de Salud, de ahí al Departamento de la Vivienda, donde el subsecretario está enterado y ya tiene algunas ideas de cómo hacer la transferencia a Villamil Construction a través del subsidio. Finalmente se enviará a Panamá, donde sacamos lo del Partido y nos dividimos el resto. Ustedes encárguense de la estructura de las transferencias; el licenciado Nimbo se encargará de los aspectos legales de las transacciones y que los contratos no tengan defectos ni despierten sospechas. ¡No vayas a meter la pata, Miranda, que tú eres un experto metiéndola!

Los detalles del operativo, desde luego, tomaron un rato discutirlos —qué cuentas, cuáles bancos, quiénes los testaferros—, lo que propició que siguieran bebiendo, que Masul continuara dándose los pases de perico en el baño, que se encendieran cigarros y cigarrillos, y se cayera en una cuchipanda que rayaba en la indecencia. El gerente trajo dos botellas de whisky adicionales, una de ron y una de vodka, así como jugo de china, refrescos y agua de soda; hasta la misma doña Margaret accedió a darse una cubita que la relajó, la ayudó a vencer, hasta cierto punto, sus prejuicios y flexibilizó, dentro de lo posible, el rigor de su moral puritana.

Aunque no eran de su incumbencia los asuntos que en el cuarto vecino se discutían, la cercanía de sus líderes le llenaba a Chiquitín de taquicardia el pecho. Escuchó una exacerbación en el volumen de las voces y quiso saber el motivo de la exaltación, así que volvió a acercarse a la ranura. Al principio, sólo pudo descifrar la voz de Miranda Nimbo.

Su boca articulaba los términos pleito, litigio, contratos, partes, querella, apelación, recurso y otros por el estilo. Escuchó, además, las palabras partido, bancos, ganancias, cuentas, transferencias, fantasmas y separatistas, de varias bocas. Dedujo que aquellas negociaciones eran de gran trascendencia para el futuro del Ideal, y que no debía inmiscuirse siquiera de forma accidental, sabido como tenía que la mera observación de un evento podía alterar sus resultados.

No obstante, la cercanía de aquel genio en derecho y procedimiento legal que Chiquitín entendía que era Miranda Nimbo le encendió el bombillo de que tal vez podía hacer uso de sus servicios para esclarecer los estatutos legales que aplicaban a los arqueólogos *bona fide* como él. A quién mejor consultar que al licenciado Nimbo, se dijo, que era de los suyos, del Partido, de confianza. Mucho le tranquilizó la súbita aparición de aquel abogado, a quien había decidido interceptar cuando acabara esa sesión extraordinaria. Justificó de nuevo aquellos trabajos secretos, porque allá, en el Hemiciclo, no se podía hacer nada con tranquilidad. ¿Qué trabajo podía hacerse con seriedad cuando se vive acechado por las rapiñas de los colonialistas y las pirañas de los separatistas, que ya no hay quien distinga a unos de los otros? Chiquitín volvió a apartarse de la ranura y decidió aguardar a que el mitin se diera por terminado para abordar al licenciado a su salida.

La jarana en que degeneró la reunión quedó interrumpida cuando Gini, borracha ya, tomó el control remoto de la televisión, le dio al botón de encendido y el grito desgarrador de una rubia en la pantalla que era penetrada al mismo tiempo por tres negros descomunales ocupó el cuarto y cortó en seco la animada conversación. Ups, dijo Gini, y soltó una carcajada falsamente púdica, mas no hizo el menor gesto por apagar el aparato o bajarle el volumen. La atención de todos se movió en dirección al grito y quedaron, en su mayoría, admirados por el prodigio de la atosigada muchacha, si bien el espectáculo hizo brotar en los ojos de la senadora lágrimas de escándalo y, en su frente, gotas de frío sudor. ¡Wow!, dijo Aníbal Isabela. Mari Luli enmudeció y se puso colorada. Miranda, dijo Masul, se te va a partir el cuello. Todos rieron al observar la postura que había tomado el licenciado Nimbo para observar la pantalla. La senadora metió la mano en la cartera, sacó su teléfono celular y marcó un número con dedos temblorosos. Venme a buscar, dijo secamente y, tras colgar, anunció a la concurrencia: Bueno, me voy, nos vamos viendo, hasta la próxima… Abrió la puerta, la cerró, descorrió ella misma la del garaje y la volvió a correr.

Chiquitín dormitó un rato y no escuchó a la senadora despedirse. Atribuyó la disminución en el bullicio de la cabaña vecina al fin de la reunión y comprendió que era el momento adecuado para interceptar a sus participantes en la salida, profesarles su admiración, antes que nada, y solicitarle al abogado alguna orientación sobre el asunto de marras. Preocupado por haberse dejado llevar por el sueño, saltó de la cama y corrió hacia la hendidura en la pared, a través de la cual corroboró, para su tranquilidad, que seguían allí los participantes, aunque ya no en el mismo ánimo de trabajo que antes.

Chiquitín escuchó de nuevo abrirse la puerta del garaje y salió disparado hacia el hueco de la suya para observar los movimientos afuera. Un carro negro igual al que ya había visto arrancó con brusquedad. Permaneció un rato pendiente a cualquier novedad, algún vehículo nuevo que llegara al motel, pero nada. No hizo más que llegar al cuarto y sentarse en el borde de la cama cuando escuchó de nuevo correrse la puerta del garaje vecino, lo cual volvió a lanzarlo a la suya. Cuando metió el ojo por el hueco vio que se cerraba la puerta de otro vehículo similar al anterior y que arrancaba con idéntica brusquedad. Dado que la puerta del garaje seguía abierta, dedujo que alguien más se aprestaba a salir. En efecto, un instante después apareció otro vehículo, de lujo y no de Gobierno, en el que, subrepticiamente, entraron dos personajes, una muchacha más bien bajita y blanca y un hombre moreno, alto y corpulento cuya imagen no había visto ni una sola vez reflejada en el espejo del cuarto. A ninguno reconoció, mas por el carro y el aspecto del hombre dedujo que se trataba de algún ejecutivo que estaba allí para proveer asesoría o asistencia profesional en los trámites gubernamentales. Apareció entonces una guagua alta con los cristales ahumados, en la que se escurrieron otros dos individuos, hombre y mujer, ella de facciones tan ordinarias o comunes que apenas se imprimieron en su memoria, y él como con una hinchazón de cara que Chiquitín pensó era una reacción alérgica. La guagua arrancó con un rugido de tren, dejando un polvillo flotando en el aire que se metió en el garaje por el hueco de la puerta y a Chiquitín por los de la nariz. Volvió a correrse la puerta vecina, lo que le indicó a Chiquitín que, por lo pronto, nadie más saldría. Regresó a su cabaña, metió el ojo por la hendidura en la pared y observó de nuevo en el espejo a Miranda Nimbo, sentado ahora en el borde de la cama, con un trago tranquilamente sostenido en la mano, y poco después a Hamilton Masul salir del baño frotándose la nariz.

Por espacio de una hora Chiquitín dormitó sin que el chirrido de la puerta del garaje lo alertara. Lo despertó el graznido remoto de algún ganso que confundió con el chirrido de la puerta corrediza. Cuando por fin se materializó el sonido verdadero, ya Chiquitín, vestido con su ropa habitual, estaba listo para el encuentro. Corroboró, en efecto, la presencia afuera de otro carro más, el de Hamilton Masul, en el que regresarían a San Juan los tres que quedaban. La puerta trasera estaba abierta y, según observó Chiquitín por una sombra que vio a través del cristal, alguien había entrado ya al vehículo. En efecto, el senador Johnson, quien había corrido la puerta, entró primero. Quedaban en la habitación Masul y el abogado, quienes hacían un último escrutinio para asegurarse de que no quedara ningún residuo de sus actividades. Chiquitín observó entonces a Masul entrar con rápido movimiento al asiento trasero y cerrar la puerta, y entendió que si no salía en ese instante perdería la oportunidad que buscaba. Abrió su propia puerta corrediza con gran ímpetu y se encontró de frente con Miranda Nimbo quien, en ese instante, se disponía a entrar en el vehículo.

Licenciado…, pronunció Chiquitín mientras se aproximaba con una gran sonrisa en los labios y la mano extendida.

Miranda se quedó petrificado con aquella aparición inesperada, y una súbita lividez fantasmagórica se le reflejó en la coloración del rostro. Pero pronto recuperó la compostura, la sangre fría y la cara de nada ha pasado, de todo es hermoso y constante, y se enfrentó al hecho con aplomo. Que del cuarto contiguo a donde acababan de realizarse una serie de actos sin duda cuestionables hubiera emergido un individuo que conocía su nombre resultaba altamente preocupante. La prudencia mandaba a neutralizarlo a como diera lugar, determinar cuánto había visto y cuánto no, qué información escuchó, cuáles eran sus intenciones, porque que algún intento de extorsión se traía entre manos aquel personaje le pareció cosa certera. Su figura era, no obstante, como menos, sobrecogedora. Con una sola mirada, Miranda supo que se trataba o de un fanático del Partido, o de un demente, o de alguien que había tomado la justicia en sus manos, que entre ellos no era tanta la diferencia. Miranda le hizo señas a quienes se encontraban dentro del carro para que se tranquilizaran y lo dejaran a él bregar con el asunto.

¿Nos conocemos?, le preguntó Miranda sin mostrar ningún tipo de afectación, mientras extendía su mano al encuentro de la de Chiquitín.

No personalmente, pero digo, ¡quién no conoce, aunque sea por la prensa, al afamado licenciado Miranda Nimbo!, le contestó Chiquitín mientras estrechaba con efusividad su mano. Luego se encorvó un poco, y con sonrisa de admiración le hizo así con la mano a las siluetas que se vislumbraban a través de los cristales ahumados del carro para saludarlas. Es el honorable Hamilton Masul, ¿verdad? ¿Verdad que es él? Me pareció haberlo escuchado.

Dígame qué se le ofrece, que voy de prisa, insistió Miranda, preocupado por lo que pudiera haber escuchado aquel personaje. Sin embargo, la sonrisa de bobalicón, el entusiasmo infantil de sus gestos, la admiración tonta de su mirada fueron indicadores certeros de que aquel individuo no poseía información sensitiva alguna que fuera riesgosa para sus carreras o reputaciones.

Lo que sucede es que me encuentro realizando unas excavaciones por estos parajes de por aquí, y recién me ha picado la duda respecto a las obligaciones legales de quienes descubren algún tesoro arqueológico, algún artefacto indígena de los que los malditos separatistas llaman patrimonio cultural. Mi empresa es genuina, licenciado, y no quisiera meterme en líos con las autoridades, por muy coloniales y de poca monta que sabemos que son. En otras palabras, necesito orientación acerca de cuál ley me aplica y cuál no. ¡Y mire para allá cómo son las cosas, que apenas me enfrasco en estos pensamientos anoche mismo, y usted, licenciado en Derecho, distinguido y admirado a la distancia, usted que se me aparece en el camino como un destino! Yo digo que nada ocurre por chamba, así que aprovecho para preguntarle si estará usted disponible para una consulta profesional lo antes posible.

Antes de responderle, Miranda hizo análisis de los datos que aquel personaje le había suministrado, tanto verbales como físicos, y dado que su mera apariencia hablaba de vesania, le atribuyó a su alegada empresa de exploración arqueológica un impulso igualmente demencial. Pese a ello, y puesto que desconocía cuánto había escuchado o dejado de escuchar, estimó que convenía, hasta donde fuera viable, mantenerle echado el ojo a aquel individuo y hasta sacarle partido a su desequilibrio, en aras de asegurarse de que nada de lo que se hizo o discutió allí aquella noche pudiera hacerse público. Optó por lo que le pareció la actitud más apropiada en aquella circunstancia, que fue seguirle la corriente al principio y luego insistir en su disponibilidad para ayudarle.

En eso llegó corriendo Israel, que había visto la escena desde la oficina. ¿Qué está pasando aquí, cojones? Don Miranda, usted disculpe a este señor. Y usted, le suplico que vuelva a su cabaña, que esto no es un club social ni un jangueo, le dijo con autoridad suprema a Chiquitín.

¡Me salvé yo ahora!, exclamó Chiquitín, sacado del buen humor en que lo pusiera su encuentro con los líderes anexionistas.

Tranquilos, tranquilos, no pasa nada, intervino Miranda mientras comunicaba con un guiño a Israel que lo tenía todo bajo control. Dirigiéndose a Chiquitín le dijo: No se preocupe, señor, que estoy a su disposición para lo que necesite. Tengo mi oficina en el pueblo de Ponce, en la calle Luna, entre Concordia y Méndez Vigo. Verá un letrero en la puerta. Visíteme cuando guste, que le orientaré sobre eso de las disposiciones legales del patrimonio cultural que llaman, como usted bien ha dicho, los malditos separatistas y sediciosos. Con una risa torcida tocó en el hombro a Chiquitín en ánimo de establecer complicidad con él.

Pues le tomo la palabra. No más dígame a qué hora le conviene mejor y qué días tiene disponibles, que allí le caeré más rápido que ligero, dijo Chiquitín, recobrado otra vez el buen ánimo y, ahora, por la reacción de Miranda, fortalecida su posición frente al descarado muchachón del motel.

Cualquier día es bueno. Si no me encuentra, mi secretaria podrá conseguirme por el celular. Dígame su nombre para saber de quién se trata y darle la prioridad que su caso amerita.

Chiquitín Campala Suárez me llaman, veterano, arqueólogo e incondicional de la Nación Americana.

Capítulo V

Donde se narra la salida de Chiquitín del Motel Paraíso,
su primer encontronazo con Carlos Auches y su integración
a las filas de Combatividad Anexionista

Los golpes en la puerta fueron tan rabiosos que Chiquitín, ubicado en lo más profundo del sueño, salió de allí como si una aguja gigantesca hubiera atravesado por debajo del colchón y puyándole la décima vértebra torácica. Como había dormido poco, dados los acontecimientos de la madrugada, tras la garata que le montó Israel al partir los líderes estadistas, regresó a su cabaña, donde cayó redondo sobre la cama como si un cansancio viejo le diera un mazazo en el cogote. Apenas llevaba tres horas de sueño cuando ya estaba el mismo incordio muchacho golpeándole la puerta y exigiéndole que saliera cuanto antes, que ya se había extralimitado su tiempo. Desconcertado, Chiquitín buscó los espejuelos sobre la tabla que servía de mesita de noche; al ver mejor, recordó dónde se encontraba, que la súbita sacudida del sobresalto le había hecho olvidar, y por fin se dirigió a la puerta, con plena consciencia ya de a quién pertenecían los aullidos y los burrunazos. La abrió con desparpajo, ahora que la noche había pasado y había recargado algo de sus energías. Ya aquel mozalbete no iba a injuriarlo más ni a maltratarlo como lo había hecho.

Se tiene que ir ahora mismo, y dije ahora, exigió tan pronto vio a Chiquitín parado en calzoncillos en el umbral de la puerta, con cara de pocos amigos.

Sí, ¿no me digas? ¿Y quién me va a obligar?

Yo lo voy a obligar, respondió el muchacho, nervioso de repente, con la voz entrecortada, sorprendido por el cambio de actitud que observaba en el cliente, a la vez reconociendo que él solo no sería capaz de mover una molécula de aquella pirámide humana.

¿Tú y quién más?, le preguntó Chiquitín, tras dar un paso adelante y mover la cabeza hacia ambos lados como si buscara dónde se ocultaban sus refuerzos.

El muchacho titubeó, se dio media vuelta y, de espaldas a Chiquitín, mientras salía por el garaje cuya puerta había abierto sin que él se percatara del chirrido, le dijo que lo quería fuera de los predios en cinco minutos, si no quería que llamara a la policía.

Chiquitín estuvo listo para partir en quince, exceso que sacó de quicio nuevamente al muchacho hasta provocarle una sulfuración del ánimo que le enrojeció la cara, le produjo salivación profusa y coloración amarilla en lo blanco de los ojos, y le dejó el ánimo irritado el resto de aquel largo día. Amarró de nuevo la mochila, apretó las correas, reparó los cables que ataban la carretilla a la bicicleta y salió de lo más campante por aquella carretera en dirección al sur. El día estaba fresco aún, pese a que el sol de aquella temprana mañana castigaba ya con una crueldad inusitada. Pensó en la calva expuesta, que ya la tenía colorada y resentida con el sol del día anterior. Concluyó que lo mejor sería amarrarse un pañuelo a la cabeza al modo gitano, pero se dijo que aquella moda era demasiado difundida entre los separatistas universitarios, y que mil veces prefería que se le achicharrara la calva a que alguien lo tomara por bestia comunista. Se mantuvo a la orilla derecha de la carretera, al amparo de las sombras de unos almendros sembrados al lado izquierdo del camino como una empalizada construida por seres colosales. Sin hacer caso de los carros que le pasaban por el lado, algunos de cuyos pasajeros le gritaron, dadas la extraña apariencia de su conjunto y la manera como invadía la vía, ¡Salte del medio, mastodonte! ¡Muévete, animal! y otras frases igualmente cáusticas y hasta más ofensivas aun, Chiquitín continuó pedaleando, ahora más en control de la carretilla que remolcaba, con los pensamientos puestos, por una parte, en cuáles serían los indicios del complejo cultural indígena que andaba buscando y, por otra, en cuál sería el Burger King o el McDonald's más cercano, donde se proponía matar a la que lo estaba matando. Pero bien sabía él en su fuero interior que, por muy bien distribuidos que estuvieran, el más cercano de aquellos oasis gastronómicos quedaba fuera del perímetro razonable de su hambre, por lo que tendría que conformarse con alguna fritura asquerosa de algún cuchitril decadente de esos que, según él, se reproducían incesantemente por las carreteras de aquella isla como pústulas supurantes.

Al poco rato de recorrer la carretera, se topó con una cafetería al aire libre, la cual escogió menos por la apariencia que por la premura de nutrirse. No me queda de otra, se dijo, resignado a aquel trueque de chinas por botellas, mientras recostaba la bicicleta y la carretilla contra el tronco de un grueso almácigo. Apenas ocupó una de las banquetas del mostrador, se percató de un grupito en la mesa de al lado que no le tuvo buena pinta para nada. Los miró de arriba abajo y, en efecto, allí las camisetas estampadas con las fotos del furibundo Albizu Campos y el pelú de Betances, allí las viseras con las banderas de Puerto Rico, de Lares, de Vieques. Aquella indumentaria separatista le daba náuseas. Se arrepintió de haberse detenido. Los observó con un desprecio sin mesura y, antes de ordenar siquiera, fue hasta la mochila y extrajo de ella un prendedor con la bandera estadounidense y su radio portátil, por medio del cual se proponía averiguar cuál era la manifestación independentista que se celebraba por aquellas cercanías. En su banqueta, a la espera de ser atendido, se puso los audífonos, sintonizó la única estación que conocía y se puso el prendedor en el cuello de la camisa mientras farfullaba en voz alta que la pecosa era la suya, que se iba de pecho por ella y que aplastaría a quien pusiera en peligro su ciudadanía americana, y así otras cosas que comenzaron a levantar algunas cejas en la mesa vecina. Uno que otro comensal le lanzó alguna mirada que no era ni ofensiva, ni despreciativa, ni condenatoria, sino más bien semejante a la que se le lanza a un lunático que grita obscenidades por la ventana de un manicomio.

Por la única estación que sintonizaba el aparato, dedicada de lleno a defender la causa de la Anexión, se enteró de que allí, poco más abajo, frente a los portones del Fuerte Allen, los separatistas se aprestaban a realizar una marcha contra la militarización de Puerto Rico, al tiempo que un grupo de anexionistas congregados bajo la bandera del fanatismo y enemigos declarados de todo lo que oliera a cultura, arte y nacionalismo puertorriqueño se aprestaba también a lanzar una contramanifestación. Chiquitín comprendió que aquello era prácticamente un llamado a las armas, como mínimo un llamado a unirse a aquella falange de simpatizantes suyos, aun cuando se atrasara un poco en los planes que se trazara para su día. Más allá de la irritación que le causara la mera presencia en la mesa junto a él de los izquierdosos y anarquistas, quienes según él pretendían convertir Puerto Rico en un corral de cerdos, Chiquitín, con sólo un repaso, se percató de que entre ellos se encontraba una cara familiar que no logró identificar de inmediato. Al voltear de nuevo la cabeza para cotejar aquella impresión, se topó de frente con los ojos color miel de la rechoncha cara ya reconocible de

Carlos Manuel Auches, arqueólogo y archienemigo de don Vals, quien, a juzgar por la sorpresa que mostraba su expresión, también lo reconoció a él. Con gran dificultad, debido a su gordura, Auches se levantó de su silla y, moviéndose sigilosamente con pasos mullidos y en bloque, se le acercó por detrás a Chiquitín que, en ese momento, buscaba la atención del dependiente para que le tomara la orden.

La verdad que Puerto Rico es un pañuelo, dijo Auches. ¡Chiquitín Campala Suárez! ¡Dichosos los ojos que le ven después de tantos años!, le dijo cerca de la nuca y con cierto tonillo que barruntaba picar pleitos y resucitar controversias.

Más por la proximidad de la voz que por el reconocimiento de su nombre, se volteó con lentitud y los ojos sin contenido. Diego Salcedo, para servirle, vecino de Añasco, le contestó con total desparpajo y como si fuera posible confundirlo a él, aquella mole de hombre con tan evidentes rasgos físicos —la calva, las carnes blancas, la faz mongólica, los espejuelos de culo de botella, el atuendo de mormón—, con otro. Auches dio un paso atrás casi tambaleándose, empujado, se diría, por el asombro que le causó la respuesta.

Tú tienes que estar bromeando, Campala, contestó.

Me tiene confundido con alguien, señor, replicó Chiquitín, actuando genuinamente desentendido de lo que se le decía.

Para ahí, Campala, para ahí y no me vengas con esos brincos, canto de zorro, dijo Auches mientras, a modo de árbitro de baloncesto, ponía las gruesas manos en forma de te como si pidiera tiempo. ¿Tú no pretendes que yo me crea que no eres quien yo sé que eres?: la mano derecha del infame Benjamín Vals, que en paz descanse, si es que lo que hizo en vida le permite tener paz en el inframundo.

Le repito que me llamo Diego Salcedo. Soy vecino de Añasco, viajero y caminante. Si tengo algún doble, lo desconozco, respondió con completo sosiego en sus gestos faciales.

Auches se alejó un poco de él como queriendo observar mejor de lejos aquel extraño objeto que ahora le era Chiquitín. Perplejo, con una mano sobre la boca abierta, Auches lo observó desde varios ángulos, cazando vistas con memorias, corroborando dato ocular con recuerdo, hasta que la evidencia le fue irrefutable. Pensó que aquella situación sólo podía responder, en orden de probabilidades, a pura sinvergüencería, a un súbito brote de locura o a un evento de mellizos desconocidos. Incrédulo aún, se dirigió al complejo motriz en el que llegó Chiquitín, donde corroboró, por los materiales que observó en la carretilla, en particular por el estuche del famoso teodolito azimutal de don Vals, harto conocido entre los del gremio, que se trataba de una y la misma persona. Regresó donde él y lo miró ahora con odio, un odio demasiado viejo como para generarlo en la nada breve inspección de sus pertenencias.

¿Qué haces por aquí, impostor? Imagino que sigues los pasos de tu maestro, ¿verdad? ¿Enterrando tus cemíes y aros líticos por ahí para después desenterrarlos con gran sorpresa y cara de yo no fui?, le preguntó Auches con evidente propósito de no estar dispuesto siquiera a inmutarse con aquel alegato de que Chiquitín no era Chiquitín.

¿Es que usted es pastor pentecostal o evangélico?

Ninguno, a Dios gracia, le contestó Auches. ¿A qué viene la pregunta?

¿Y por qué está hablando en lenguas o en ese lenguaje que no se le entiende ni papa de lo que dice? ¡Saramaya!, se burló Chiquitín. Ahora, con su permiso, me gustaría desayunar en paz, añadió, pasando en el acto de lo burlón a lo serio.

Pasmado con la celeridad de la respuesta y conminado por la urbanidad del pedido, Auches regresó a su grupo sin replicarle, mas no pudo contener lo que le rompía el pecho y, de camino, se volteó un instante para decirle a Chiquitín: Algo te traes entre manos, pillete, y voy a averiguarlo, así sea lo último que haga. Voy a dar la voz de alerta de que andas por ahí saqueando y adulterando yacimientos, que es lo único que sabes hacer.

De regreso a su mesa, donde el resto de los comensales, silenciados por el suceso, comenzaban a ponerse de pie, Auches les hizo un gesto con las manos para que volvieran a sentarse. Chiquitín, impávido con lo que en su mente tildó de provocaciones de aquel demonio separatista, permaneció enfocado en captarle la atención al dependiente detrás del mostrador, que se veía extremadamente ajetreado. Parecería que lo único que saben hacer los comunistas mal nacidos es provocar, soliviantar ánimos, poner bombas, instigar a la violencia, mancillar reputaciones..., se decía.

En su mesa, Auches contó lo ocurrido, lo que provocó que uno que otro del grupo se volteara para, entre curioso y chismoso, observar a Chiquitín desde la distancia. Terminado el relato, sacó con dificultad, por su gordura, el teléfono celular del estuche que llevaba amarrado a la correa, marcó un número y aguardó un instante.

No vas a creer lo que voy a contarte, dijo a toda boca. Escucha y no me interrumpas. Adivina con quién me acabo de encontrar aquí en un cafetín de Juana Díaz. No. No. Tampoco. Pues al bambalán aquel que era ayudante de Benjamín Vals, Chiquitín Campala, ¿te acuerdas? ¡Claro, ese mismo! ¡Ese, ese! Pues anda en las mismas que su difunto jefe: enterrando y desenterrando artefactos falsos. Sí, estoy seguro de que es él. ¡Segurísimo! Él dice que se llama Diego Salcedo. Imagínate si está tostao. Además, es igual de grande y corpulento y calvo y viste a lo mormón, como siempre; también lleva aquel teodolito azimutal de su jefe que en un tiempo lo quisimos todos, ¿te acuerdas? ¡De eso sí te acuerdas, bandolero! El de bronce, sí, ¿cuál va a ser? Bueno, pues pasa la voz. Dile al grupo que el muy hijo de su madre anda por los yacimientos haciendo y deshaciendo. Me imagino que los del sur, porque va en bicicleta arrastrando una carretilla... Sí, una carretilla. Estamos de camino a la concentración frente al Fuerte Allen. Hablamos pronto. Te cuidas.

Auches devolvió el teléfono al estuche mientras el grupo se levantaba de las mesas y se ponía en movimiento. A propósito se quedó rezagado y, antes de salir por completo de la cafetería, se volteó de nuevo hacia Chiquitín para gritarle su nombre, que cruzó por encima de la cabeza de los comensales sentados en las otras mesas hasta alcanzar su oído. Chiquitín, que tras el regreso de Auches a su mesa casi se desentendió de la presencia del enemigo y enfocó su atención en ser atendido prontamente, al escuchar su nombre verdadero en son de grito, respondió con el cuello como responde la rodilla al martillazo, lo que dejó en plena evidencia la falsedad de sus pretensiones.

Nos vamos viendo por ahí, don Diego Salcedo, le gritó Auches señalándolo con su dedo grueso y provocándolo con una sonrisa burlona. Rio un rato más, el mismo que duraron las imprecaciones de Chiquitín contra sí mismo, contra su torpeza innata, pero rio menos de lo que duró la coloración encarnada de sus orejas, pómulos y labios, que sentía quemarle la cara.

Aquel encuentro, de por sí nefasto, de pronto tuvo un desenlace inesperado y lamentable para el propósito de su camuflaje. Encontrarse con Carlos Manuel Auches, nada más y nada menos, en un lugar tan poco probable: he ahí la Ley de Murphy en plena acción. ¿Hace cuánto no veía a aquel oprobio de individuo, enemigo tan declarado suyo y de don Vals?, se preguntó Chiquitín, atónito lo mismo con la coincidencia que con el fracatán de años que contestaba su pregunta. Aquel encuentro pronto se le convirtió en un mal presagio, y supo que ese imbécil lo combatiría ahora a él con el mismo ahínco con que combatió a don Vals cuando lo acusó de falsificar artefactos indígenas y saquear ruinas. Auches es una víbora, un anatema nuestro, decía don Vals, y no se equivocaba, pensó Chiquitín.

Carlos Manuel Auches era, en efecto, un adversario formidable cuando quería serlo, al menos en lo que se refiere al tesón de sus propósitos, la convicción de sus creencias y la justicia de sus acciones. Era uno de los arqueólogos más reconocidos del país por ser, desde que reiniciara su carrera, un fanático defensor de la ética de la disciplina y de los tesoros nacionales, tanto los exhumados como los todavía sepultos. Aunque no podían achacársele grandes descubrimientos ni era egresado de destacadas universidades, era el tipo de arqueólogo estudioso y activista gremial que, ante la ausencia de suerte en el desempeño mismo de la materia, compensaba mediante activismo y exposición pública. Auches, desde luego, tenía otro motivo ulterior para tal activismo arqueológico, y si injusto sería adjudicárselo por completo a un deseo suyo por borrar las huellas del pasado, en parte fue un mecanismo que le sirvió para purgar o redimirse, o más bien para revalidarse y aplacar las repercusiones negativas que su vida pasada había tenido en su vida presente.

Así como era recto en su práctica profesional, también lo era en su ideología, lo que lo llevó, veinte años atrás, a militar en una organización clandestina de liberación nacional que fuera desarticulada por las autoridades federales, y cuyos miembros terminaron encarcelados tras efectuar en Boston un robo de banco espectacular que sirvió para financiar sus operaciones. De los acusados, sólo Auches, a quien no se le pudo probar su complicidad, fue hallado inocente, pese a que había sido él, por su gordura, quien asumió el papel de Santa Claus en una mítica repartición navideña de juguetes entre los niños de los guetos boricuas de Nueva York, comprados con el dinero hurtado. Algunos lo acusaron de colaborador, de chota, incluso de agente infiltrado, si bien la gran parte de la ciudadanía lo dio por cómplice afortunado. De la verdad o falsedad de tales acusaciones nadie nunca supo nada. Auches no hablaba de aquello ni bajo hipnotismo, y parecía querer que nadie tampoco lo hiciera. Para Chiquitín y para don Vals, en cambio, nunca dejó de ser un independentista furibundo, un terrorista machetero que debía estar tras las rejas. El separatista y el revoltoso son como el tecato, le decía don Vals a Chiquitín en una de las muchas horas que pasaron juntos en la camioneta, nunca dejan ese vicio, esa mala costumbre, son traidores por naturaleza y sólo piensan en ellos mismos. ¡Son la peste bubónica de esta sociedad, la fiebre palúdica, el tumor maligno que más temprano que tarde debe extirparse!

¡Debería usarse mascarilla frente a un independentista y lavarse las manos cuando se está en contacto con uno! Auches representaba la quintaesencia de esta calaña. El proceso legal llevado en su contra, en lugar de convencerlo del poderío y la grandeza de la Nación Americana, sólo logró reafirmarlo aún más en sus aberradas convicciones políticas.

Auches fue durante varios años presidente de la Asociación de Arqueólogos de Puerto Rico. Presidió el Consejo de Arqueología Terrestre de Puerto Rico, la Asociación Arqueológica del Oeste, la Junta de Arqueólogos Cristianos de la Montaña y la Red de Arqueología Infantil del Sur de Puerto Rico. Tras dirigir durante varios años la División de Arqueología del Instituto de Cultura Puertorriqueña, dirigió una corta huelga en dicha institución. Ganó notoriedad cuando se encadenó a unos árboles y salvó un yacimiento de gran valor en Utuado que se proponía destruir con sus puercas mecánicas un desarrollador cubano inescrupuloso valiéndose de permisos fraudulentos, antes de que un tribunal emitiera una orden de cese y desista. Era también miembro fundador y director del Instituto de Arqueología Contemporánea, organización privada sin fines de lucro encargada de inspeccionar las labores arqueológicas que se llevan a cabo en el país y de asegurarse de que cumplieran con los estándares de la profesión. Si alguien estaba enterado de lo que ocurría en este gremio, los chismes que corrían y las acusaciones que se levantaban, ese alguien era Carlos Manuel Auches. Era, por tanto, grave aquel encuentro, según se lo planteaba Chiquitín; vislumbraba como tétricas las consecuencias, como trágico el escenario futuro. Tan desafortunada coincidencia lo convertía, para todos los efectos, en un forajido arqueológico.

Bajó el trago amargo con un bocadillo y una Coca-Cola. Pagó la cuenta, regresó a su transporte y, olvidado casi de los propósitos de su viaje, con el espíritu de combatiente insuflado, enfiló por la carretera rumbo al Fuerte Allen, donde se propuso rendir servicio de agradecimiento a la Gran Corporación, amparo de los débiles y malagradecidos puertorriqueños, a la vez que aprovechaba para sonarle una trompetilla a los comefuego separatistas que, en otra de las mesas, se rieron de él durante el episodio y le llamaron turba republicana. Y aunque temió encontrarse de nuevo con Auches y que volviera a ponerlo en evidencia, seguro apoyado ahora por algún otro deslenguado activista separatista, era más fuerte su patriotismo americano que su sentido del ridículo.

El afán por llegar pronto lo llevó a pedalear por aquella carretera de lomas empinadas y bajadas llanas con mayor ímpetu del que indicaba la prudencia. Inevitablemente, desarrolló tal velocidad que puso en peligro la estabilidad de su conjunto móvil completo. Lo más precario resultó de nuevo ser la carretilla que, dada la firmeza de la trabazón de correas y cables, en caso de voltearse, voltearía igual a jinete que a yegua. En efecto, apenas comenzó a pensar en aquella inestabilidad, empezó a manifestársele en la forma de un temblor creciente en el manubrio. Intentó reducir la velocidad para encauzar de nuevo la carretilla por la línea recta sobre la que ondulaba, pero comenzó a bajar una cuesta muy acusada cuyo impulso disminuyó su capacidad para aplicar los frenos y maniobrar con efectividad. Y justo cuando pensó que había recobrado el control de la situación y se veía ya metiendo en cintura a algún revoltoso machetero, de la nada apareció una curva cerrada marcada por una media luna de guayacanes. La carretilla resbaló en una gravilla y, por supuesto, arrastró consigo la bicicleta que, a su vez, disparó al mamut de hombre que era Chiquitín Campala por entre dos troncos y hacia unos matorrales que, aunque mullidos, ocultaban cadillos y peñones debajo que le dejaron las piernas pobladas de cardenales, obispos y semidiáconos.

Doblada una pata de los espejuelos, cubierta la vestimenta de bolitas espinosas que era una tortura arrancarlas, se arrastró hasta su equipo e hizo acopio de los daños. Era un milagro, se decía. Aunque el equipaje saltó por todas partes como si hubiera estallado una bomba en la carretilla, la bici estaba entera, sólido el cuadro, firmes los rayos, infladas las gomas, apenas flojo el manubrio y el sillín, ladeado. La rueda de la carretilla también lucía libre de daños mayores. El sistema de correas y alambres, cuya reparación le hubiera tomado el día entero, aflojó mínimamente, lo cual resultó el mayor de los milagros. La peor noticia fue el agrietamiento del lente del catalejo del teodolito, lo que a Chiquitín le pareció una pérdida aceptable cuando consideraba lo aparatoso de la caída. Aunque al mirar a través del lente se veía la grieta en su interior, Chiquitín concluyó que todavía podía utilizarse, incluso cuando errara un chin en las mediciones. Agradecido de que no hubo huesos rotos ni sangre derramada, y que ni siquiera el mecanismo de su transportación sufriera averías de consideración, determinó que algún buen hado del anexionismo no quería que más tiempo se interpusiera entre él y su misión patriótica ante los portones del Fuerte Allen. Sus mamellazos los aceptó como daño colateral y, aunque comenzó a renquear de la pierna herida en Vietnam, ya pronto se le pasaría…, se dijo.

Por una mal encaminada concatenación de pensamientos y palabras imposibles de dar seguimiento y encontrarles comprensión, culpó al independentismo puertorriqueño por aquella caída. Mientras pedaleaba de nuevo, ahora con más sosiego y en conformidad con los dolores de los golpes sufridos, dirigió su lógica por senderos poco explorados y concluyó que si no estuvieran los dichosos comunistas obsesionados con la matraca de sacar al Ejército americano de aquí, ¡nuestro ejército!, no tuvieran los proamericanos como él que estar defendiendo palmo a palmo el territorio federal de estos fanáticos. A lo lejos, al fondo del túnel de árboles del próximo tramo recto de la carretera, iluminadas por una luz que hacía vibrar la retina, vio figuras girar en torno a un eje invisible, con coloridos rectángulos en las manos. Este tramo final que lo separaba de la concurrencia lo pedaleó con desenfreno, convencido de poseer las mismas fuerzas que en su juventud empleara para perseguir al Vietcong o para huir de las unidades norteñas. Cuando irrumpió en el lugar despejado donde se llevaba a cabo el movimiento circular de figuras, se encontró prácticamente en la antesala del caos.

Mientras la Central Soberana, una coalición de distintas fuerzas soberanistas, convocó aquella mañana al Frente Sureño a una concentración ante los portones de la base militar del Fuerte Allen, el Frente Norteño se manifestaba ante los del Fuerte Buchanan en San Juan, como parte de un ciclo de protestas a la presencia militar de los Estados Unidos en la Isla en vísperas de que el Congreso norteamericano tomara una acción unilateral respecto al futuro político de Puerto Rico, como recién se filtraba a los medios. Aunque demostraciones de este tipo se venían realizando por aquellos días por casi todas partes del país, aquella atrajo a gran cantidad de público, lo que provocó que se llamara a la Fuerza de Choque de forma preventiva.

Lo que vino a complicar la situación en aquella actividad de protesta fue la aparición de un contingente evidentemente beligerante del movimiento denominado Combatividad Anexionista, liderado por un cincuentón a quien apodaban Mariscal de Campo, quien, con enorme sed de protagonismo, llegó al frente de sus tropas vestido de fatiga, con un casco del Ejército más grande que su cabeza y una enorme bandera estadounidense amarrada a un palo de escoba. Si fuera por la pose del cuerpo, el atuendo estrafalario y la manera como el viento movía la bandera alrededor de su cuerpo, se diría la versión criolla de un Jorge Washington que cruza en yola el río Inabón. El grupo consideraba su actividad, narrada en vivo por una emisora radial como si se tratara de una actividad multitudinaria, como una contramarcha que sólo pretendía neutralizar los efectos de la manifestación convocada por los

que ellos llamaban insurrectos. En esencia, la militancia de este grupús-
culo consistió en colocarse los quince gatos que eran entre los manifestantes y la entrada del complejo militar, para defender con sus cuerpos,
alegadamente, los portones de la base y, por extensión, la integridad de
la Patria Americana. Encadenados brazo con brazo, el reducido grupo
formó una doble barrera humana frente al portón de la Base, mientras
sus miembros advertían a gritos a los manifestantes que tendrían que
pasar sobre sus cadáveres para llegar a él. La realidad era que en el grupo de manifestantes nadie tenía la más remota intención de ingresar en
el perímetro militar. Lo más violento que tenían planificado era agitar
banderas nacionales, marchar en forma de piquete, golpear panderos
y bongós, gritar consignas y mostrar pancartas con dibujos de bombas, de gente ensangrentada y de portaviones ondeando la bandera de
la muerte.

El jefe de los anexionistas, que sudaba a chorros bajo el traje de fatiga, se colocó detrás de la pared humana formada por los suyos y, desde
allí, con voz elevada y fina, femenina casi, lanzaba la mayor cantidad de
insultos e improperios al grupo de los manifestantes. Les tiraba trompetillas, les llamaba gallinas, vendepatrias, traidores, comunistas, socialistas, escoria, perros satos, ratas sucias, puercos. Sacaba un billete
de veinte dólares, lo estiraba, lo besaba, lo sonaba y advertía a boca de
jarro con un irritante frenillo que si muy separatistas y muy machitos,
pero como res gustan ros verdes, ¡como res gustan! ¿A que no queman
billetes en vez de banderas americanas, ah?, decía mientras le pasaba la
lengua embarrada en saliva por la cara a Madison. ¿A que no queman
sus pasaportes, si son tan guapos? ¡Ciudadanos de segunda crase es ro
que son! ¡Hipócritas! ¡Mucha repúbrica, pero con er billete americano!
¡Así cuarquiera es independentista!

Y alzó un coro triunfal que sus acólitos recogieron al instante y re-
pitieron: ¡No queremos soberanía, no queremos soberanía, no queremos soberanía...!

Aquella turba se enardecía más y más a medida que los marchantes
apenas se inmutaban con los vituperios que les lanzaban. No tardó mucho en lo que una mano de la turba lanzara una botella plástica medio
llena de agua que se le estrelló en la cabeza a uno de los piqueteros independentistas, y que otra igualmente instigadora pusiera en vuelo una
piedra que le pegó en una rodilla a una manifestante y, antes de que pudiera evitarse, ya los dos grupos estaban trabados en tal masa pujante
que si no llega a ser porque la Fuerza de Choque fue puesta en acción y

se interpuso entre los grupos, aquello culminaba en sangre derramada. El tono y la exaltación de ambos grupos, pese a los esfuerzos de la policía, aumentó a paso firme, ahora del lado de los llamados soberanistas, cuyas filas engrosaron considerablemente debido a que los manifestantes periféricos y miembros de enérgicas organizaciones estudiantiles se colocaron al frente. Con las masas humanas cada vez más inestables, los militares dentro de la base fueron puestos sobre aviso, y al instante desplegaron de su lado de la cerca unidades de seguridad armadas con balas de goma y gases lacrimógenos.

Este fue el cuadro con el que se encontró Chiquitín al llegar a la escena, por lo que estimó necesario, dada su corpulencia, unirse al contingente anexionista, que era raquítico y en desventaja numérica. Sin importarle demasiado dónde dejaba sus cosas, recostó la bicicleta contra un árbol y se incorporó al grupo por la parte trasera y sin que nadie se percatara. La tensión había, en definitiva, escalado. El líder, al margen siempre de las filas de su grupo, se había puesto como un tomate con los gritos y el sol, y sacado de sus cabales cuando alguien del bando contrario lo conminó a enlistarse e irse a pelear a Irak, si tanto le interesaba defender su Nación.

¡No se trata de eso, animar! ¡No se trata de eso, pedazo de bestia! ¿Es que eres tan rento que no entiendes que necesitamos ras bases aquí para que nos protejan? ¿Es que no te entra por esa marimba tuya, animar de monte, que si se van ros americanos de aquí nos quedamos ernús, con ras nargas ar aire? ¿O tú quieres que Fider te pase por ra piedra aquí en tu propio país, pedazo de orangután? ¿Que nos invadan ros chinos y te pongan a habrar su idioma imposibre y a comer curebra y perro, so bruto?, les gritaba el sulfurado dirigente anexionista.

Apenas engrosó, literalmente, sus filas, el grupo perdió el control. Hubo empujones, gritos, forcejeos. Chiquitín unió su voz al coro de voces que prodigaba obscenidades y burlas ofensivas, y cuando les gritaba a los separatistas que por mucho que piten y canten el Americano no se va a ir de aquí, un hombre que se encontraba en frente suyo, llevado por la locura del frenesí, pensó que alguien detrás de él había dicho pitiyanqui y, sin encomendarse a nadie, lanzó tremendo puñetazo en dirección de la voz, que asestó en mitad de la frente a Chiquitín, quien, como por un acto reflejo que le quedaba de sus tiempos castrenses, le respondió con otro mucho peor sobre la boca del estómago. Antes de que pudieran aclararse los malentendidos, aquello desembocó en tal carnaval de puños, patadas y bofetadas entre ellos mismos que obligó a que los militares, desde el lado opuesto de la cerca, se bajaran las máscaras y lanzaran sus granadas de gases sobre el grupo alebrestado, sin distinguir ni importarles si aquellos les favorecían o eran sus contrarios. El caos se hizo pandemonio.

Los revoltosos, en particular las mujeres y los ancianos, comenzaron a caer al suelo como flores de súbito marchitas, sin aire, con los ojos como sumergidos en ácido muriático, aunque sin soltar la dichosa bandera norteamericana a la que se aferraban hasta el último instante, al tiempo que el grupo de los alegados revolucionarios se alejaba para observar a la distancia y reírse de cómo los fanáticos anexionistas caían víctimas de sus propios reperperos. La Fuerza de Choque de la Policía, algunos de cuyos miembros se vieron afectados por los gases, aprovechó la retirada de los manifestantes originales para también retirarse sabiamente de la escena. Llorosos, varios de los caídos se prendieron de la verja gritando y clamando piedad a los militares con voces rasgadas, menos por la asfixia que por el dolor de la injusticia. ¡A nosotros no, por lo más sagrado, que somos sus aliados, a nosotros no!, imploraban con las manos unidas en posición de súplica. Pero los militares, incapaces de comprender ni el mensaje mimético ni el idioma hablado, preocupados por el aumento en las vociferaciones y la osadía de quienes se prendieron de la verja, respondieron con varias andanadas de perdigones de goma contra una concurrencia ya de por sí amarrada y anulada por los gases. El desenfreno alcanzó entonces su perfección.

Cuando se dispersó la nube, yacían por el suelo como culebras desorientadas cantidad de personas asfixiadas y lastimadas por los tiros de goma, que se cuestionaban entre mocos y lágrimas que las banderas raídas restañaban el porqué de aquel abuso. ¿Por qué a nosotros, que estamos aquí para ser la primera barrera contra la agresión antiamericana? ¿Por qué a nosotros, que somos los agradecidos, y no a ellos, los ingratos?

¡Esto ha sido una equivocación, hermanos!, se escuchó decir al líder, quien de pronto apareció como si nada entre los caídos, sin mácula de la trifulca ni muestra de agitación, fresco como una lechuga. ¡Arrejúntensen, hermanos en ra Anexión! ¡Anímensen, puebro mío, que nos quieren viorar nuestros derechos! ¡Fortarezcámonos en er Idear! ¡Arriba, corazones americanos, arriba! ¡Revanten esas pecosas, carajo, revántenras der sucio suero!

Agrupando a los que en mejor estado habían quedado para que ayudaran a levantar a los que peor terminaron, el Mariscal de Campo organizó de nuevo a su contingente y lo conminó a moverse a una zona de sombra creada por unos flamboyanes. Como mejor pudieron, se trasladaron hacia allá, más rápido los jóvenes, que se adelantaron para tomar las mejores sombras, en tanto que los mayores, muchos de los cuales aún tosían y seguían afectados, se arrastraban con dificultad. Un señor mayor que recibió un perdigonazo en un tobillo, y lo tenía como una pelota de béisbol, tuvo que ser ayudado a llegar hasta el lugar de reunión por dos de los activistas derrotados. El Mariscal esperó a que el grupo estuviera completo para dirigirse otra vez al pleno, esta vez desde la altura de una peña que estaba allí entre los árboles.

Hermanos en er Idear, dijo con su enervante frenillo luego de escuchar toda índole de quejas. Aunque averiados, hemos sobrevivido a esta primera escaramuza porítica y sarido más o menos iresos. Si nos atacaron ros nuestros, ha sido por la manipuración de ros dichosos separatistas, que desde allá donde estaban, convencieron a ros miritares de que éramos ros agresores. ¿Cómo fue que ro rograron? Primero, habrándores en er difícir, comunicándose en er propio idioma de ellos. Señores, señoras, combatientes der Idear, tenemos que instruirnos en nuestra rengua madre, en ra rengua ingresa, aunque no ra sepamos. Y segundo, infirtrándonos, corando un agente de ellos entre ras firas nuestras. Pero eso no justifica. Ra naturareza der miritar es ra de no errar, y tuvieron que ver nuestras banderas, que son también ras de ellos. Aunque duera, debo concruir que ra curpa es nuestra. Mientras sigamos siendo un contingente tan mar organizado y tan indisciprinado, nuestro destino será ser siempre débires, dijo el Mariscal tornándose serio y reconcentrado, con la vista puesta dramáticamente en el cielo, en búsqueda de algún pensamiento o explicación que se le escapara. Todos callaban y se miraban entre sí como queriendo identificar en las caras ajenas los rasgos del traidor o infiltrado, y, casi por natural tendencia, los ojos gravitaron hacia Chiquitín, que era la única cara nueva del grupo.

De no haber sido por lo mal parado que salió del altercado, en comparación con el Mariscal de Campo, la sospecha hubiera sido unánime. En cambio, el puño original que impactó su cara le dejó marcados los nudillos en la frente, y las patadas que recibió en el suelo acentuaron los machucones que ya tenía de la caída de la mañana y poblaron las zonas lozanas con nuevos moretones. Renqueaba de la pierna mala más que antes; tenía brea adherida a los antebrazos y tierra alojada entre los labios y las encías. Por un milagro nuevo, o por la continuación del ya comenzado en la caída de la curva sorpresa, los espejuelos salieron más o menos ilesos de la reyerta, sobre todo los cristales, que no sufrieron los lamentables guayazos de su superficie que, por diminutos que fueran, se le convertían en nubes perennes que flotaban entre la realidad de las cosas. Pero aquellos trastornos físicos no tuvieron el peso que se hubiera pensado, y se diría que cada uno, preocupado por sanar sus propias magulladuras, dejara de ver con escándalo las heridas vecinas.

Er señor branco de ra carva, que se identifique, si es tan amabre, dijo el Mariscal con los brazos cruzados sobre el pecho en actitud prepotente y dirigiéndose a Chiquitín, aunque volteada la mirada unos cuarenta y cinco grados hacia la derecha casi en pose de pantomima. Aquel desvío provocó que, por un instante, dudara que fuera él el interpelado, pese a que las miradas de la concurrencia claramente se lo indicaban; pero cuando le fue evidente, respondió sin titubeos: Pedro Umir Campala Suárez, vecino de Ponce, defensor de las causas americanas.

Sí, craro, con ra boca es un mamey, le respondió el Mariscal con una pedantería sorprendente. Er mismo Firiberto Ojeda puede venir aquí y decir con ra misma cara de rechuga ro mismo. ¿Y usted piensa que nosotros, porque ro diga, se ro vamos a creer...? ¿A qué se dedica?

Soy arqueólogo de profesión.

¡Arqueórogo, dice! ¡Ya va mar, marísimo va!... Porque er arqueórogo en Puerto Rico es, por obrigación, un separatista.

Yo no conozco ni a uno solo que sea anexionista, comentó uno de los lugartenientes del Mariscal de Campo.

Ni yo tampoco, afirmó él, ro que me dice que es iguar de comecandera que ros demás.

Mi jefe, de quien aprendí todo lo que sé de arqueología, era, como yo, anexionista del corazón del rollo. Se llamaba don Benjamín Vals. Quizá lo conocieron...

Se miraron y negaron con las cabezas.

Ni hemos escuchado de él, ni creemos que nos dice la verdad, dijo otro del grupo, mientras se sobaba un codo machucado.

No le creemos, señor. Es más, ahora recuerdo que el descojón se formó cuando apareció usted en escena, dijo de repente uno de los más jóvenes.

¡Tiene razón!, intervino de súbito una señora eufórica que se levantó como hincada por el sentido que ahora cobraba su recuerdo, ¡yo misma lo vi que llegó calladito por la parte de atrás y hasta me dije que aquello parecía raro!

Sí, dijo el señor que fuera autor del primer golpe y receptor del segundo, yo lo escuché decir pitiyanqui y eso mismo me dije en ese momento: tenemos infiltrados. ¡Por eso lo golpeé!

El silencio de Chiquitín, que era de sorpresa, fue interpretado por el grupo como de aquiescencia, por lo que comenzaron a acercársele amenazadoramente y a rodearle como si quisieran evitar su fuga. Chiquitín quiso retroceder, lo que causó que el Mariscal diera una orden silente y apuntara con los labios a cuatro incondicionales para que le cerraran el paso. ¡Confiesa, comunista!, le ordenó, ¡Confiesa!

Señores, hermanos en la Anexión, socialista no soy, comunista menos. Soy tan separatista o tan terrorista como pueda serlo nuestro amado doctor Quirindongo, y hasta la sangre he derramado por defender nuestra Gran Corporación Americana. ¡Más años llevo yo de proamericano que muchos de ustedes de vida! Llegué aquí porque me topé con un grupo de nacionalistas en una cafetería más arriba en la carretera y de inmediato me sospeché que algo se cocinaban. Sintonicé la radio y me enteré de la contramanifestación de Combatividad Anexionista aquí en el Fuerte Allen, que para mí fue un llamado a empuñar las armas. Si no los conozco personalmente a ustedes, los conozco de la radio; lo conozco a usted, señor Mariscal de Campo, conozco que ha defendido el Ideal en varias trincheras importantes, y en el resto reconozco la luz del anexionismo que les brilla por dentro.

Usted habra y haraga que emparaga, dijo el Mariscal y, dirigiéndose a los suyos, les preguntó: ¿No res parece a ustedes que está hecho de goma este señor, que ro mismo re da una cosa que la otra?, a lo que todos contestaron en la afirmativa. A mí también. Sencillamente no re creemos, doncito. ¿Quién es que re envía a infirtrarnos? ¿Para cuár grupúscuro independentista trabaja? Conteste y no se haga er sonso, que se nos está agotando ra paciencia. Mire que ar burro se re conoce por ras orejas y ar mentiroso por ra rengua. Habre y no demore; sea canalla, espía o chota, habre, que no va a haber forma de que nos convenza de ro contrario.

La turba continuó cerrándole el cerco.

Les repito que soy fiel servidor del Ideal, que no trabajo para nadie, que soy más americano que la misma Betty Crockett. ¿De qué manera quieren que se los demuestre?, preguntó Chiquitín, sorprendido por la reacción agresiva de aquellas huestes que creía ser su gente.

¿Más americano que quién? ¡No se burle, le advierto, no se burle, que a la mecha de la paciencia no le queda mucho!, dijo un señor irritado con aquella comparación. Más americano que el presidente es lo que quiero decir, aclaró Chiquitín. ¡Guerras he peleado en nombre de la Gran Corporación, cosa que dudo que ninguno de ustedes haya hecho, incluyéndolo a usted, don Mariscal de Campo!

¡Pues sepa que me propuse enristarme para ra primera guerra contra Irak, pero justo entonces se comenzó a terminar! Por eso desistí. Digo, ¡nadie pensó que iba a ser tan corta!, aclaró de repente a la defensiva.

Aquella justificación a la que tuvo que recurrir apagó su cara de hostilidad y, aunque Chiquitín lo había enfrentado con un argumento inapelable, no logró sacarlo de su pensamiento fijo de que era parte de una conspiración destinada a infiltrar su organización.

Iguar, arguyó el señor Mariscal de Campo, participar de una guerra no garantiza nada. Mire a ver cuántos veteranos andan por ahí suertos y sin vacuna, comiendo candela como res da gusto y gana, habrando basura de ros federares y conspirando para derrocar er Gobierno americano en Puerto Rico. ¡Imagínensen!, dijo ahora dirigiéndose a la membresía de Combatividad Anexionista, ¡imagínensen ustedes: veteranos conspirando contra er Gobierno de ros Estados Unidos, con ra de beneficios que reciben y ra de hospitares que hay sólo para ellos! ¡Eso es ro que yo llamo criar cuervos, morder ra mano que te da de comer!

Esos son los mismos, intervino el señor que le propinó a Chiquitín el puñetazo originario de la trifulca, que después van y les enseñan a los macheteros terroristas lo de bombas y demoliciones que aprendieron en el Ejército. Así de traidores a la Nación es que son, así de ratas…

Como mismo cuenta er hermano anexionista es que fue, confirmó el Mariscal. ¡Hasta er mismo demonio de Arbizu Campos fue miritar americano, y miren er petardo que terminó por ser! ¡Eso sí que es morder ra mano que te da de comer, canto de descarao! Re pregunto una cosa, le dijo ahora a Chiquitín, y quiero que me conteste ar instante, sin pensaro, ro primero que re responda su cabeza cuando re rearice ras preguntas. Chiquitín estuvo de acuerdo. ¿Cuár es su nación?

Estados Unidos de América, contestó Chiquitín sin chistar ni mostrarse dubitativo.

¡Muy bien, muy bien, pero no es suficiente! ¿Cuár es su país?, le preguntó de inmediato sin darle tiempo a regodearse en su victoria, lo que hizo que tuviera un segundo de duda y dijera, con cierto tono de pregunta, Puerto Rico.

¡Negativo!, gritó el Mariscal, y su turba aduladora alzó un rotundo abucheo y voces de *traidor* y *espía* contra Chiquitín. Su país es también ros Estados Unidos de América. Es rección que jamás debemos orvidar, mi gente, que er país nuestro es también aquer otro.

Una muchacha feota, de espejuelos, alzó su voz para decir que aquel era un error común entre muchos anexionistas, y que sólo resultaba aceptable decir isla al referirnos a Puerto Rico.

Que tampoco debe usarse con tanta frecuencia, dicho sea de paso, intervino el Mariscal. Ro idear es dejar de mencionar, ¡dentro de ro posibre, craro!, esas dos parabras nefandas: puerto y rico. Habremos mejor der Caribe americano. ¡Vamos, anexionistas, arcemos la guardia, seamos precavidos, no caigamos en ras trampas der chavao renguaje! ¿Están o no están conmigo, ah? Síííí, contestaron a coro como un grupo de colegiales. Muy bien, muy bien, procedamos entonces con ra tercera y úrtima pregunta. Conteste: ¿cuár es su patria?

Chiquitín, convencido de su respuesta, contestó que los Estados Unidos de América era su patria.

¡Se equivoca de nuevo! Esa sí es Puerto Rico, señor, como ra patria der tejano es Texas y la der cariforniano, Carifornia. Usted está demasiado confundido para ser útir, dijo el Mariscal en la cúspide de su arrogancia. Cuadre mejor sus ideas, si es que quiere hacere argún bien a ra rucha por ra Iguardad.

¡Pero señores!, protestó Chiquitín, incrédulo con aquello que le acontecía ¡Qué les pasa, que el comején les tiene el cacumen carcomido! ¡De cuándo acá la patria es Puerto Rico, cojones! Ustedes me perdonan a mí, pero eso sí es cosa de separatistas.

Para mí que el puño que le di estuvo bien dado, dijo de nuevo el hombre que primero golpeó a Chiquitín. Este lo que es es un comunista disfrazado.

¡Comunista será la madre tuya!, le replicó Chiquitín, y el hombre otra vez hizo amago de agredirlo. Chiquitín se cuadró.

¡Aguántenme, que lo mato!, decía el hombre, mientras daba tiempo a que sus compañeros, patéticamente, frenaran sus desganados impulsos.

Su confusión ro derata, intervino el Mariscal. No te queremos ver más en ras actividades de Combatividad Anexionista. Ra próxima vez ro vamos a tirar ar medio, y si somos suficientes, ro rinchamos. Ya sabe, está sobre aviso, le advirtió el Mariscal, apuntándole con el dedo y luego, dirigiéndose a sus seguidores, ordenó: ¡A ros carros! El grupo se desbandó y sus miembros se esparcieron por distintos senderos como hormigas que escapan de la caída de un zapato. Chiquitín permaneció allí parado, solo, perplejo, viendo esfumarse cualquier vestigio del altercado e incapacitado para persuadir a aquellos imberbes de su error. Se quejó de haber sido tratado con insolencia, dos veces corridas puesto sobre aviso de que lo estarían velando.

En el trayecto de regreso a su bicicleta, Chiquitín escuchó su cuerpo entonar una sinfonía de dolores por cada uno de sus recovecos. El enconamiento de la pierna vietnamita se le hizo casi insoportable, un hilo de sangre le bajó por la nariz y los alrededores del ojo izquierdo comenzaron a latirle. Y si aquejado quedó su cuerpo, maltrecho quedó su ánimo con aquel malentendido de los suyos. ¿Qué razones podrían tener para dudar de sus intenciones? Ya tendría ocasión de reivindicarse, se dijo, sobre todo cuando lo vieran en compañía de Hamilton Masul, de Miranda Nimbo, de la senadora Rodríguez Bacallao, con quienes estaba convencido Chiquitín de que pronto intimaría. Lo que sí le parecía deshonroso y sencillamente imposible de aceptar era que los militares agredieran a sus defensores. ¿Es que no nos vieron las caras? ¿Es que no reconocen sus propias insignias? ¿Es que no vieron que nosotros somos ellos y ellos, nosotros? ¡Qué tragedia para la democracia! ¡No falla que dondequiera que los separatistas meten la cuchara se acaban los derechos y se van al carajo los valores! ¿Para qué querrán tanta soberanía, tanta independencia, tanta bobería? ¿Por qué ese deseo enfermo de convertirse en una nueva Haití? A esta gente hay que pararla en seco, sea como sea, y la patria con lo que cuenta es con esa pobre trulla turbada, se dijo, pensando en Combatividad Anexionista.

Capítulo VI

Del viaje de Chiquitín al yucayeke de Tiburones y su encuentro
esa noche con los tres hermanos pescadores

De regreso a la bicicleta, encontró sus pertenencias intactas, lo que le
pareció un milagro por considerar al puertorriqueño pillo nato. Volvió
a montarse en su engendro móvil y, tras disiparse la barahúnda de gente
y despejarse la carretera, continuó su travesía hacia el sector de Tiburones. Pedaleaba pausadamente, dejándose llevar por la pendiente de
la carretera, que desde allí hasta la intersección con la carretera vieja
hacia Ponce lo llevó directo a un pequeño colmado ubicado en el cruce.
Estacionó justo en la entrada y entró con paso quejumbroso y respiración aguantada.

Con lentitud, hizo acopio de las vituallas que le harían falta para
el resto del día y el siguiente, las cuales cupieron en dos bolsas plásticas. Regresó a su bicicleta sin haber intercambiado palabra con nadie
en la transacción, aunque sí con menos cojera que a la entrada, como
si la mera cercanía de los víveres tuviera ya de por sí un efecto analgé-
sico. Se le veía de nuevo ágil, más enérgico que rendido, y hasta la ropa
que llevaba puesta parecía recién lavada. Abrió a toda prisa una lata de
Coca-Cola y casi se la toma a culcul, si no fuera porque la efervescencia se le trepó por la nariz y casi le hace aspirar el líquido. ¡Esta sí está
fresca, apenas tiene dos días de enlatada!, exclamó con suma satisfacción Chiquitín, alardeando de ser un erudito en refrescos. ¡La verdad
es que el Americano es la changa maximina! Pura eficiencia es lo suyo,
lo nuestro más bien, puro sistema. Revivificado por el azúcar y los esti-
mulantes que ahora corrían por su cuerpo, recordó que no lejos de allí,
por el mismo camino que se disponía a tomar, quedaba un cobertizo de

cuatro postes y dos aguas que usaban los peones de la caña en tiempos pretéritos para resguardarse cuando comían o llovía, y que observara varias veces desde la camioneta de don Vals, si la memoria no le fallaba. La entrada para Tiburones debía estar a no más de cinco millas de aquí, se dijo, que en bicicleta se recorre en un dos por tres.

Llevado por el arrebatado bienestar que le causó el refresco, sintió que podía hacer de un solo tirón el tramo hasta el cobertizo. Allí se propuso comer tranquilo, a sus anchas, acariciado por la brisa que siempre rondaba por aquellos viejos cañaverales. Recordó, antes de continuar su camino hacia el lugar aproximado del yacimiento que indicaba su mapita, además, la existencia de un laguito al lado de la estructura, que en realidad era un estanque de irrigación para la caña, frente al cual se imaginó deglutiendo los preciados alimentos que llevaba en las bolsas, y en cuyos alrededores se proponía pernoctar. No ha sido fácil el día, reconsideró. Quizá lo prudente sea descansar y recuperarme. Mejor paso la noche en el cobertizo, que al menos es un techo sobre mi cabeza, porque si triste es dormir como bistec machacado, peor es como pollo mojado.

Luego de pedalear un par de millas, al descender una loma un tanto empinada, le sorprendió encontrar al otro lado varias piezas de caña sembradas con rigor mecanicista a ambos lados de la carretera. ¿Y no que ya no se sembraba caña en este país, digo, en esta isla? Ya había constatado que el antiguo cañaveral en las inmediaciones de la Central era hoy una reencarnación de la sabana africana. La poca caña que aún crecía lo hacía de manera desorganizada, o mejor decir, organizada según los principios de la dispersión natural: un mechón aquí, una mata por allá, un cónclave de guajanas a la distancia. Por ello, Chiquitín observaba con asombro la existencia de aquel sembradío con evidentes fines comerciales. ¡A Dios! ¿Y no se fue de pecho ayer el insolente viejo de la cafetería con que aquí ya no quedaba nada de industria azucarera? ¿Y esta caña de aquí, qué es? ¿A quién le pertenece? ¿Quién la quema, quién la pica, quién la muele, quién la procesa? ¿Dónde lo hacen?, se preguntaba, habiendo visto las condiciones de la Central Mercedita, que hacía años no molía y que fuera una de las últimas en hacerlo. ¿A dónde la llevarán? ¿Qué harán con ella? En esos pensamientos iba enfrascado Chiquitín mientras contemplaba las hileras de guajanas pasar a su lado como cohortes que le dieran la bienvenida a su regreso de la conquista del Guanín.

De vuelta a la realidad, la evidencia de aquella actividad agrícola hizo que no le preocupara tanto la existencia misma del cobertizo como su uso actual. Porque si allí, en aquellos terrenos, había zafra, seguro le daban uso a la cabaña. Se resignó a tener que recogerse un poco, a explayarse menos, a compartir espacio, a contestar preguntas, a dar explicaciones y hacer conversación con los peones, a inhibirse de defecar o pasar viento cuando quisiera, o coger fresco en pelotas, si es que tal cosa cayera en la lista de sus deseos. Luego de tantas ilusiones de relajamiento y descanso a pierna suelta que se había hecho, ahora resultaba que el descanso sería compartido con extraños, que nunca es descanso verdadero por tener que estarse siempre con un ojo abierto. Qué más da, se dijo, no se le puede pedir tanto a una isla tan sobrepoblada. Total, que no sé para qué tanta siembra y tanta ñoña, que cuando llegue la Estadidad aquí va a haber hasta para botar y nadie tendrá que trabajar más, ni sembrar un ñame, ni partir una calabaza... ¡Si el gringo lo único que está esperando es que acabemos de comprometernos con ellos, de jurarle lealtad para comenzar a repartir sus bondades a manos llenas! Eso lo sabe cualquiera. Es lo único que nos falta. Nada, casi nada. A Dios gracias que no tenemos soberanía, que no podemos mandarnos nosotros mismos. ¡Tú te imaginas dejarle el tema de la economía a los vagos de esta isla, que no saben ni lo que significa la palabra industria! En un dos por tres arman un arroz con bicicleta que no hay quién se lo coma luego...

Tras algunas millas recorridas, reconoció a la vera del camino un banquito de madera entre dos flamboyanes amarillos, que identificó como la señal de la entrada al sector de Tiburones. Entró a la izquierda por una angosta línea de brea flanqueada por altísimos y torcidos cocoteros y comenzó a moverse en dirección al mar. Dado que el camino iba en declive, apenas tuvo que pedalear aquel trecho, lo que le permitió disfrutar de la brisa ya un poco salitrosa, absorber la visión anacrónica de la caña en flor, cavilar respecto al desafío de los cocoteros a las leyes de gravedad, todo lo cual, sumado y brevemente, anestesió sus dolencias y espabiló su ánimo. Un par de segundos flotó como en un estanque de frenesí; pensó que tal vez pudiera llamarle felicidad a aquel cosquilleo que sentía recorrerle la piel. Si no fuera lampiño, se dijo, se le erizarían los cabellos. Pensó que aquel momento de bienestar completo lo compensaba por las privaciones y dificultades que padecería en el transcurso de una expedición tan sacrificada.

La ensoñación acabó de súbito cuando, al final del descenso, tras cruzar un puentecito de tierra apisonada, llegó a una cuesta empinada que supo de sólo mirarla que tendría que subirla a pie si pretendía llegar al valle siguiente. Se detuvo un momento para aglutinar fuerzas e intentar subirla con el mayor impulso posible, mas el lastre de la carretilla, que así como en las bajadas era un tiro, en las subidas era la piedra de Sísifo, detuvo su avance apenas comenzado el ascenso. El resto de la subida le resultó altamente agotadora. Alcanzó la cima de la loma agobiado de sed, sofocado de calor, estremecido de calambres, apretado de asma, tullido de golpes y aquejado de hipertensión. Desde aquella altura, observó al otro lado, en medio de unas cañas altas y gruesas, un techito de paneles de madera justo al lado de un pequeño lago rodeado de una frondosa arboleda que, en su conjunto, le pareció la visión mirífica de un verdadero oasis.

Allí encumbrado, Chiquitín recordó al Moisés de Los diez mandamientos cuando otea su tierra prometida. Suspiró al constatar la existencia del timbiriche que recordaba y, como si aquel refugio pasajero se tratara en realidad de un nido de amor perdido, exclamó para sí: ¡Al fin he llegado a ti, choza amada! Faltaba cotejar que estuviera libre de intrusos y, en el caso de que así no fuera, cerciorarse de que su llegada fuera bien vista. Al llegar, descubrió para su gran satisfacción que nadie la ocupaba en aquel momento, pero, para su desazón, que tampoco estaba abandonada. Lo supo porque los cuatro postes del cobertizo estaban forrados de hojas de revistas pornográficas apenas corroídas por la lluvia o los elementos, las cuales no quiso ni mirar por el cansancio que tenía y el temor a que el cuerpo le exigiera repetir el episodio onanista de la noche anterior. Aunque era ateo, Chiquitín, por costumbre, en imitación de su difunta madre, se persignó ante aquellas imágenes y le rogó a ese Gran Poder de Dios que alejara de aquel cobertizo el resto del día y la noche a cualquier intruso problemático que rondara por aquellos descampados en pos de esas imágenes.

En el suelo ahora, recostado contra uno de los postes que mostraba en una lámina adherida sobre su cabeza los labios abiertos de una vagina peluda, comenzó a engullir la sarta de porquerías que había comprado: paquetitos de queso con galletitas, Doritos, *pretzels*, bizcochitos de chocolate, galletitas Bimbo, barras de algún cereal con nutrientes, que parecían lo mejorcito de la compra, y dos botellas de Mountain Dew, que le encantaba por ser un sabor genuinamente americano. Satisfecho, se movió a una gramita a la sombra de tres palos de mangó al borde del laguito, echó la cabeza sobre la mochila que había ocupado el lugar de la almohada y se tomó una larga y merecida siesta.

Despertó con el velo prieto de la noche ya casi expuesto. Era hora de hacer campamento. Aunque sus días remotos de Vietnam le acostumbraron para siempre la espalda al piso duro y a dar del cuerpo con facilidad, no tenía entonces la corpulencia de hoy, ni era lo mismo Vietnam a los diecinueve que Tiburones a los cincuenta y seis. Pensó que en un futuro, dado que contaba con la carretilla para cargarlo, podría tal vez agenciarse un colchón delgado o saco de dormir, aunque sólo fuera para reponer mejor las fuerzas cuando el cansancio lo obligara a buscar el sueño entre las asperezas... Más vale que aparezca el contrallao Guanín pronto, interrumpía su hilo de pensamiento, que por pesaroso entretuvo con la idea del desahogo económico que significaría una vez lo colocara en el mercado negro. Sacó una linterna de baterías, su radio portátil, el mapita, la escuadra, el compás y la brújula estrafalaria. Se puso los audífonos, sintonizó la única estación radial que escuchaba y comenzó a inyectarse veneno por los oídos al tiempo que trazaba arcos y tiraba rayas con un lápiz, como poseído por el espíritu de un navegante o artillero.

La noche se cerró con nubes de altura tan apretadas que no daban paso siquiera al destello de una luna bastante resplandeciente. Un búho comenzó a rondar sin ulular y a pararse en un pilote que sobresalía del agua del laguito. El silencio se hizo denso, pegajoso. Cuando apagaba la linterna, Chiquitín sentía que el silencio se aliaba con la negrura para hacerse una sola pelota apelmazada; en cambio, al encenderla y activársele el sentido visual, la mudez de la noche se convertía en un zumbido omnipresente. Por alguna razón extraña, pensó Chiquitín, no se escuchaba cantar ni un coquí. Mejor así, se dijo, que mientras menos de esas ranitas haya, mejor para nosotros los anexionistas, mejores las condiciones para convertirnos en la estrella cincuenta y una de esa gloriosa bandera. Porque el Americano no soporta el canto del coquí, no lo deja dormir. Y los puertorriqueños tampoco deberían soportarlo, no deberían caer como piedra cada vez que los dichosos sapitos rompen a piar.

Prendiendo y apagando la lámpara se la pasó un rato hasta percatarse, en uno de los turnos de penumbra, que ya no era tan absoluto el dominio de las sombras y que, a la distancia, hacia el mar, un relumbrón rasgaba tenuemente el velo tupido de la noche. La manera de intensificarse y decrecer que tenía la fuente de luz le indicó que debía tratarse de una fogata o incendio de grandes proporciones golpeado por un viento errático. Le extrañó no escuchar crepitación alguna de materia ardiente o el sonido ronco de algún gas o líquido incendiado, por lo que descartó el incendio cañero o la explosión de una toma de combustible. Tomada en cuenta la intensidad lumínica y hecho el cálculo de la distancia que lo separaba de la costa, determinó que tal vez era un accidente costero. Al final, aunque no de manera definitiva, se planteó la posibilidad de que fuera un carro en llamas, seguramente robado, puesto a arder.

En la espera de que la iluminación lejana creciera o menguara, Chiquitín comenzó a escuchar voces y luego el crujir de pasos provenientes de todas direcciones que trituraban la gravilla. Espectrales, con esa cualidad sorpresiva que tiene siempre la llegada de extraños en la oscuridad, entraron al círculo de luz de la linterna de Chiquitín tres hombres cargados de nasas, líneas de pesca y cañas, con grandes pescados metidos en candungos plásticos, uno de ellos aún lleno con el calamar que no cumplió su destino de carnada.

Llegaron agobiados por la carga y se internaron en la techumbre con la ansiedad del nadador fatigado que llega a la orilla. Dejaron caer los tereques en el suelo y quien lucía como el mayor de ellos, tras suspirar, dio las buenas noches en nombre del resto y encendió una gran lámpara fluorescente que colocó en mitad del cobertizo, guiado como por una consciencia ancestral del valor de la luz entre los seres en penumbra.

¡Buenas noches, muchachos, buenas noches! Siéntense por aquí y descansen, que se ve que vienen fatigados y aún les queda un mabí hasta la carretera, les dio Chiquitín esa bienvenida, apropiada para la hora y la circunstancia del encuentro, que resultó ser mucho más cordial de lo que hubiera imaginado por aquellas soledades.

El mayor de ellos se acomodó en el suelo con la espalda contra un par de enormes senos de pezones perforados por aros de acero, retratados en una lámina pegada al poste diagonalmente opuesto al que ocupaba Chiquitín. No era mucho mayor que los otros, pero aparentaba esa edad madura que confiere la exposición prolongada a la luz solar ampliada por la lupa del salitre. Su expresión, además, era reconcentrada, y a Chiquitín le costó discernir si su fruncimiento respondía a una severidad perenne o al cansancio pasajero de la caminata. El segundo individuo remedaba las acciones del mayor, así que se dejó caer en el suelo contra un tercer poste de la cabaña. Allí extendió las piernas lo más que pudo y dejó escapar un tremendo bostezo. Era de aspecto jovial e inquieto, pese al descenso de la energía que excitaba su natural tendencia. Las facciones del tercero, quien permaneció parado y sin recostarse de nada, fuera del anillo de luz de la lámpara y como que pendiente a los sucesos, Chiquitín apenas logró discernirlas, pues se mezclaban en una masa más bien gris y poliforme de la que no resaltaba nada concreto.

Les pido que me informen, si son tan amables, quiénes son, de dónde vienen, qué hacen por aquí y qué tienen que ver con ese relumbrón que se ve a lo lejos, les preguntó Chiquitín con una formalidad excesiva, con la cual pretendía dejar impresa en la memoria de aquellos peregrinos la singularidad de aquel encuentro, y afectar a favor suyo el juicio que hicieran de su persona.

Somos buscadores de perlas negras, contestó Asdrúbal, el mayor, con obvia sorna, dada las cañas de pescar y los carretes y anzuelos y carnadas y hasta los pescados metidos en los candungos cuyas colas sobresalían, mientras intentaba prender un cigarrillo con un encendedor barato con la ruedita oxidada. Chiquitín, poco diestro en el trato social, no se percató de la socarronería de la respuesta y reaccionó sorprendido.

¿Perlas negras?

Negras, blancas y amarillas…, respondió Asdrúbal, a la vez que apretaba los labios para suprimir una sonrisa.

¡Perlas negras por estas aguas! Imposible, en Puerto Rico no hay perlas negras.

¡Oiga, no se deje correr la máquina!, intervino el personaje de pie y en la penumbra con cara hecha aún de retorta gris, que Chiquitín, no se sabe cómo, supo que se llamaba Manolito.

¡No le haga caso a este, don… don…!

Don Diego. Salcedo. Don Diego Salcedo.

Don Diego, no se deje, que a este lo que le gusta es sacarle punta a las cosas y faltarle el respeto a la gente. Somos pescadores, dijo Tello, el joven sentado en el suelo, poniendo ambas manos al frente como para que observara los tereques. Venimos del mar y vamos camino a casa. Nada tenemos que ver con el fuego. Y usted, ¿a qué se dedica? ¿Qué hace aquí tirado como para pasar la noche? ¿Es mormón? ¿Qué rayos es ese disparate de bicicleta en la que anda?

Soy arqueólogo. Vengo de Ponce. Estoy aquí porque me cogió la noche en camino a un yacimiento indígena que hay por aquí cerca. Buscaba el sueño cuando observé el resplandor de esa llamarada que me ha puesto intranquilo.

¡Arqueólogo!, exclamó Tello con voz que parecía extraída con pinzas del galillo. ¿Y con qué se come eso?

¿Yacimiento, dice?, preguntó Asdrúbal, ¿por aquí?… ¿De qué indígenas?

Taínos, ¿cuáles van a ser?, respondió Chiquitín con cierta pedantería.

Primeras nuevas para mí, y cuidado que llevo años pescando en estas playas y cruzando estas tierras. Aquí lo que va a encontrar es mucha caña, alguna que otra palma, varios arbustos y, de cuando en cuando, algún laguito como este de aquí que usaban para regar la caña. Mi hermano dice lo correcto, dijo Tello. El resto es mucho pasto seco, mucho matorral, mucha espina, mucha mata de bellota.

Si por ahí hay algún yacimiento, por mí que siga yaciendo, dijo Asdrúbal. Tello y Manolito rieron por lo bajo y Chiquitín se unió a la risa por pura cortesía, ya que le pareció irritante por demás el comentario.

A saber si este está en compinche con Auches, se dijo, convencido de estar ya bajo la vigilancia de quien consideraba un terrorista profesional entrenado en Cuba.

Pues aunque les parezca raro, por aquí sí hubo una vez un *yucayeke*, y bien importante que fue, comentó Chiquitín ya a la defensiva. Los taínos vivían más en la costa que en la montaña, y buenos navegantes que eran, en sus piraguas, incluso por aguas internacionales.

¿Comiendo piraguas en aguas internacionales? Explíquenos cómo es que se hace eso, preguntó Asdrúbal, para regocijo de sus hermanos.

Es obvio que las únicas piraguas que tú conoces son las de comer, dijo Chiquitín tuteándolo ya y en obvia actitud de menosprecio. Que son un asco, dicho sea de paso, y lo que dan son unas diarreas de salírsele el intestino por el ano.

Yo no conozco más ninguna piragua, dijo Asdrúbal.

¿Tú, Tello? Tampoco. No, nosotros no conocemos otra piragua que no sea la que se come y se caga... Chiquitín puso cara de remilgos, como si él mismo no hubiera cruzado el umbral de esa vulgaridad.

Piraguas son también unas canoas largas y estrechas que usaban los taínos para cruzar los mares, dijo Chiquitín tragando grueso y retomando el tono mayestático. Podían caber hasta treinta remadores en cada una. Se cuenta que una flota de piraguas persiguió de vuelta hasta España a la primera expedición de Cristóbal Colón, con la ayuda del Papagayo Sagrado que los orientó desde el aire. ¿O es que ustedes nunca han escuchado nada de esto?

De Cristóbal Colón lo que sé es la mogolla del descubrimiento y de que entró por Mayagüez, contestó Asdrúbal en nombre de todos. Ahora, la única Papaya Sagrada que conozco es la de mi mujer que me está esperando en casa ya madura..., añadió, haciendo un gesto con ambas manos como si sostuviera entre ellas el pulposo fruto. Tello y Manolito rieron descontroladamente.

No vale la pena, les dijo Chiquitín cuando por fin se aplacaron las carcajadas, refiriéndose a entrar en materias que ante aquella audiencia tosca era echarle perlas a los cerdos. De todos modos, es una historia vieja. Lo que sí me interesa ahora es esa llamarada. ¿De qué se trata?

No sabemos, dijo Asdrúbal, seco.

Venimos huyendo de lo que pasa allí en ese fuego, añadió Manolito desde la penumbra.

¿Cómo que huyendo? ¿Qué es lo que pasa allí?, preguntó Chiquitín verdaderamente curioso por tratarse del área general hacia donde se dirigiría cuando despuntara la mañana.

¿Huyendo? No sé a qué se refiere, dijo Asdrúbal extrañado. La verdad es que no vimos bien qué pasaba.

Un carro en llamas, dijo Chiquitín, porque lo oyó de Manolito un instante antes como un pre-eco de su voz.

Sí, un carro en llamas, confirmó Asdrúbal con mayor sorpresa en su expresión, pues era la segunda vez que adivinaba, después de lo de huyendo, que fue en realidad lo que hicieron tras percatarse de lo que allí ocurría. Vimos a unos tipos dando machetazos contra algo tirado en el suelo, añadió Manolito, o creyó Chiquitín haber escuchado añadir a Manolito, cuyas facciones ahora distinguía mejor, aunque no tanto como para percatarse si su boca articulaba aquellas palabras.

¿Unos tipos? ¿Dando machetazos?, preguntó Chiquitín, ahora sí cautivado por la truculenta escena.

Asdrúbal se puso de pie, azorada la expresión y el foco de la lámpara reflejado en su ojo izquierdo con un resplandor macabro.

¿Qué tipos? ¿Qué machetazos? ¿De qué puñeta habla usted?, preguntó erizado de pies a cabeza.

¡Hablando yo no, hablando él, que es quien lo acaba de decir!, replicó Chiquitín sin moverse ni inmutarse su compostura y sólo dirigiendo su brazo hacia donde se encontraba la sombra que era Manolito.

¿Quién?, preguntó Tello con la piel de gallina también y los ojos vidriosos.

¡Quién va a ser, él!, contestó Chiquitín, a la vez que acentuaba el gesto de la mano.

Tello se puso de pie con lentitud mientras miraba con preocupación genuina a su hermano Asdrúbal.

¿Manolito me dijiste que te llamabas, mijito?, le preguntó Chiquitín al individuo gris, quien le contestó en la afirmativa Manolito fue quien lo acaba de decir.

Sin despedirse, sin siquiera mirar hacia el lugar donde se encontraba Manolito o invitarlo a seguirles, temblorosos y urgentes, Asdrúbal y Tello echaron mano a sus pertenencias y, con los rostros contorsionados por algo que podría llamarse susto que deviene en pavor, salieron corriendo del lugar. Chiquitín se puso de pie y caminó un corto trecho tras ellos, convencido de que algo ocurría o estaba por ocurrir. Manolito, que se mostró despreocupado por la súbita partida de sus hermanos, sin prisa por alcanzarlos, recogió sus bártulos y se marchó sin volver a decir palabra.

Alertado de lo que allí ocurría, decidió ponerse en marcha por el camino hacia las inmediaciones del incendio e investigar si, en efecto, se trataba, como se sospechaba, no de unos meros hombres dando machetazos contra algo en el suelo, sino de indios taínos hechos y derechos, miembros, sin duda, de la mítica tribu de taínos que tanto se hablaba que circuye aún por los bosques de Maricao. La mera presencia de aquellos indígenas cerca del lugar donde proyectaba encontrarse el objeto de su búsqueda no hizo sino confirmarle la exactitud de sus cálculos. ¡Me salvé yo ahora!, se decía mientras metía sus pertenencias en la mochila, la amarraba en la carretilla y se aprestaba a partir. Ahora resulta que, después de quinientos y pico de años, a estos salvajes también les ha dado con quedarse con mi Guanín.

Capítulo VII

De la llegada de Chiquitín al lugar del entierro
de la princesa taína y donde comienza la historia de amor
entre Freddie Samuel y Yahaira

Chiquitín hizo amago de recoger el basurero de bolsas de papitas, bollitos de papel y botellas de refresco vacías que dejó tirados alrededor del cobertizo, mas lo que hizo fue echarlo detrás de unos matorrales para que no fuera visto ni se le acusara de puerco, como a menudo le ocurría en la carretera cuando echaba alguna basurita en el zafacón grande. Pronto se puso en marcha por aquel camino tenebroso que enfilaba alrededor de la sombra negra de una loma y luego en dirección al relumbrón de la llamarada. Aunque se desplazaba con lentitud, dada la necesidad de llevar de la mano a la princesa Anacaona y su acoplado cortejo, su mente, enturbiada por el evento, lo inducía a moverse con prisa, a llegar antes de que aquellos primitivos se hicieran con el tesoro que tan cerca estaba él de recuperar, actividad que impedían las piedras que salían de la oscuridad y los boquetes que nacían bajo sus pies.

A medida que se acercaba a la llamarada, crecía en su interior la incógnita del papel que jugara el azar en aquel encuentro. ¿Podía ser mera casualidad lo que ocurría aquella noche?, pensó Chiquitín, sin saber qué hacer con esa parte de su entendimiento acerca del tiempo y el albur. Hizo memoria de alguna fecha significativa que conociera de lo poco que se sabe de la liturgia taína, y no pudo determinar cosa alguna acerca de sus lunas y sus festivales. Miró hacia el cielo, buscó algún patrón en los astros, algún halo alrededor de aquella luna que a ratos se mostraba, pero nada salvo su propia llenura. Aceptar esa especulación, pensar siquiera en tal coincidencia, era aceptar que algún hado o estrella encaminaba sus pasos, asunto que para nada cuadraba con la idea de Chiquitín del mundo y de sus cosas. Sin embargo, en aquel momento, estimó erróneo subestimar el poder de los objetos, los fetiches, los artefactos religiosos; nunca se sabe con ellos, se dijo, igual conjuran hoy que abjuran mañana, lo mismo matan el cuerpo que salvan el alma. ¿Quería decir con esto que la mera irradiación del Guanín era suficiente para reordenar las coordenadas de lo posible y transformar su realidad circundante? Sí, quería decirlo, o algún concepto parecido. En todo caso, de ser cierta la coincidencia que allí se planteaba, significaba que a él, Chiquitín Campala, de todos los arqueólogos de profesión y conocimiento del país —de la isla, quiso decir—, le deparó el destino la dicha de descubrir tal vez su principal tesoro arqueológico. Conocimiento sin corazón no halla cosa de valor, se decía, omitiendo convenientemente la parte del dicho que dictamina que el exceso de confianza sin saber era también sacar agua en canasta. Ironías de la vida, se dijo mientras recordaba, más como un mosaico que se mirara de cerca que como una sucesión lineal de memorias, los muchos momentos cuando fueron atacados él y don Vals por sus pretensiones a la arqueología autodidacta. Recordó que Auches era de los más ensañados en su contra, y hasta hizo campaña para que se le expulsara de un yacimiento en Yauco donde había intervenido don Vals.

En tales reflexiones iba enfrascado cuando, luego de recorrer un buen trecho, vio que el siniestro, cuyas flamas ya percibía por encima de los matorrales, comenzaba a quedarle a su derecha. Anduvo ahora más pausadamente y, tras llegar a un claro de maleza, vio a lo lejos cómo ardía un vehículo; vio también cómo, a la luz de aquel fuego, un grupo de hombres realizaba algún tipo de trabajo o ritual en el suelo, que Chiquitín, desde donde se encontraba, no alcanzaba a observar en su detalle. La bicicleta y su vagón, que eran un verdadero surtidor de chirridos y clamoreo, los metió entre unos pajones y se dirigió sigilosamente hacia el lugar de los hechos, procurando no quedar expuesto al relumbrón extendido que rodeaba la hoguera. Un poco más adelante descubrió unos abrojos bastante espesos, protegidos de la luz por dos haces de yerba de guinea gigantescos, hasta los que pudo arrastrarse con los codos y colocarse a distancia suficiente del extraño grupo para confirmarle a su mente febril la verdad de sus dementes elucubraciones.

A la luz del carro incendiado, Chiquitín pudo distinguir a tres individuos desnudos de tórax; sudorosos de piel, afeitados de cejas, pecho, axilas y brazos, lo cual él tomó por lampiñez natural taína, con recortes de cerquillo que él identificó como hechos a dita, quienes mediante picos y palas cavaban una fosa de respetable profundidad, a juzgar por el tamaño del montículo de tierra que observó junto a ellos. Con a saber qué otra herramienta descuartizadora, que Chiquitín no alcanzaba a distinguir entre el machete, el hacha o la azada, un cuarto individuo vestido por completo realizaba violentos actos contra un bulto en el suelo que, según lucía desde su ángulo de observación, seccionaba tal vez en partes, tal vez en presas. Sin que nada pudiera convencerlo de lo contrario, Chiquitín vio en su mente un rito funerario taíno, o más bien un rito exhumatorio, pues no sabía si aquel bulto, o sus trozos, que parecía ser el objeto de la atención de los indígenas, provenía del hueco o iba rumbo a él. A saber si el Guanín está prendido del cuello de una *atebeane nequen*, que era una posibilidad grande, especuló en referencia a las mujeres favoritas del cacique que en ocasiones se enterraban vivas junto a él, luciendo alguna de las prendas más preciadas del jefe indígena. Estos tipos o son *naborias* o son *nitaínos*, o sencillamente yo no sé nada del tema y mejor me regreso a casa, se dijo Chiquitín totalmente convencido de la legitimidad de la liturgia funeraria que observaba. Si esto no es un *areito* mortuorio, que baje el mismísimo Yocahú y me lo diga aquí en persona. ¡Ja! ¡Ya quisiera el comecandela de Auches tener frente a sí la escena que tengo yo!

Los cuatro hombres que Chiquitín vio taínos eran en realidad los agentes de la policía fuera de servicio Freddie Samuel, Rafo, Papote y Chucho, y lo que pensaba que era la exhumación de una princesa taína era en realidad el entierro del cuerpo de la desaparecida Yahaira Asunción. Se trataba del final de un drama de violencia, locura, pasión, corrupción, crimen y muerte que se remontaba al matrimonio de Yahaira, hija del comandante de la policía del área de Humacao, con el agente Freddie Samuel Hernández, y a la participación de estos en un lucrativo esquema de protección a narcotraficantes que culminó con el fin de la vida de una inocente.

Se conocieron porque Yahaira era hija del coronel Belisario Asunción y sobrina del capitán Felipe Barradas, jefe de la Unidad Marítima de Humacao, y de su esposa, la sargento Rosa Asunción, asistente de su hermano Belisario en la Comandancia Regional de Humacao, a cuya Oficina de Protección y Seguridad asignaron a Freddie Samuel, recién graduado de la Academia de la Policía. Como era joven y bien dispuesto, acogió sin resistencia el cambio de residencia y se mudó a un apartamento en el pueblo de Humacao que le consiguió el coronel mismo, con quien trabó amistad y confianza apenas se conocieron. Por ser vivo, caballeroso, de mente ágil y espontánea, serio pero dicharachero, disponible para el vacilón pero atento siempre a su desempeño profesional, al coronel Belisario le pareció agradable la compañía suya y lo acogió bajo su ala protectora. De su pasado se supo que era oriundo de Arecibo, hijo único, criado desde jovencito por abuelos que aún residían en ese pueblo. Su madre era una cuarentona residente en Nueva York, desvinculada de su hijo desde que, a edad temprana, el Departamento de la Familia determinó que no podía protegerlo de un padre abusivo, quien pasara varias temporadas encarcelado por atracos y violencia doméstica. Se crio, como quien dice, en la calle, con la poca supervisión que la edad le permitió a sus abuelos darle, y poco le faltó para perderse en aquellos tiempos por los dédalos del narcotráfico. Aprendió a montar y desmontar armas, pistolas y rifles de asalto, y hasta se ganó su dinerito limpiándoselas y engrasándoselas a los jodedores y gatilleros del barrio y otros personajes del bajo mundo que reconocían la excelencia de su trabajo. Obvio que le cogió afición a las armas, mas no a la vida feroz que su uso traía, lo que le llevó a canalizar su interés por ellas a través de la policía, a cuya academia ingresó recién cumplidos los diecinueve años.

La falta de estructura en el núcleo familiar, que lo predispuso a la calle, lo llevó también a la bebelata, al vacilón, a la fiebre de los carros y mujeres sueltas, por lo que no le costó demasiado trabar amistad con los compañeros de trabajo, en particular con el capitán Barradas, cuñado del coronel, y con los muchachos de la Unidad Marítima, en particular Chucho y Papote, que eran de su misma edad y menos parlanchines que él. Por la palabra fácil, la ocurrencia divertida, la jocundia en su hablar y los énfasis tonales, rápido se reían y contaban con él para todo. Cuando se le sumaba su personalidad agradable, sus conquistas amorosas, lo mucho que podía beber sin afectarse sus proezas, y hasta sus chistes picantes y comentarios que a menudo iban en contra del orden y las leyes que, en uniforme, jurara defender, fue natural su jefatura entre el grupo de sus nuevas amistades.

El coronel Belisario Asunción sintió cada vez mayor afecto hacia aquel muchacho que tan sabiamente combinaba personalidad alegre con trabajo excelente. Le agradaba en particular la inclinación que veía en él a pendular sin transición de la jovialidad a la severidad y de vuelta a la jovialidad en apenas un par de oraciones, oscilación que dejaba a sus interlocutores perplejos y colocados siempre en una posición sumisa ante sus opiniones. Era un efecto que Belisario le alababa, porque hacía del policía un profesional más versátil, más impredecible y subrepticio, dos útiles herramientas para convocar autoridad sobre la ciudadanía. Y aunque reconocía en él un lado medio perla, medio perdido, pudieron los atributos más que los defectos a la hora de invitarlo una noche a jugar dominó con un par de amistades en su casa, donde primero cruzó miradas con su hija de diecinueve años, que esperaba a que su mamá, con quien vivía, pasara a recogerla. Poco después se volvieron a encontrar, como ocurre con los cuerpos que se buscan, lo que llevó en poco tiempo al matrimonio de ambos tras quedar preñada ella una noche de luna en cuarto menguante.

Los primeros meses de aquel matrimonio fueron los únicos dichosos. Freddie Samuel mostró una disposición sorprendente hacia la seriedad de su relación y el sosiego de sus gestiones. Tomó en serio sus nuevas responsabilidades de padre y estrechó lazos con su familia política, ahora en una actitud más adulta. Redujo notablemente las salidas con los amigotes y se mantuvo la mayor parte del tiempo libre en una especie de letargo doméstico. Sus relaciones sociales pasaron a enfocarse en su suegro, el coronel Belisario, en la tía Rosa y en el tío Felipe. La Comandancia Regional se convirtió en su segundo hogar. Aquel triunvirato familiar quedaba convenientemente asociado por diversos grados de parentesco a la alcaldesa del pueblo, lo que convertía la influencia del ahora cuarteto en un factor determinante en la jerarquía municipal y en la prestación de servicios de seguridad en el litoral sureste de la Isla.

Tan magníficas relaciones familiares en este entorno político-policíaco auparon a Freddie Samuel de agente raso a capitán, sin tomar en cuenta la experiencia de los años, el mérito del desempeño o el heroísmo de los actos. Aprovechando el retiro prematuro de su director y la influencia de su suegro Belisario con el comisionado, se le encargó la dirección de la Unidad de Investigaciones Especiales de la Región. Dado su veloz ascenso en la jerarquía policíaca, al principio se vio forzado a demostrar que su nombramiento respondía más a sus méritos que a sus palas, por lo que adoptó una actitud firme dentro de una burocracia ineficiente, que combinó con el carácter autoritario imprescindible para la posición, templanza y sangre fría en las situaciones que lo requerían, así como el trato afable y la actitud conciliatoria en las que no. En su nueva oficina nombró como asistente y mano derecha al sargento Rafo Segarra, con quien había hecho buena amistad y a quien conoció porque, como él, también era del clan que compartía con los muchachos de la Unidad Marítima y el capitán Barradas.

Como era la natural tendencia de su personalidad, Freddie Samuel pronto se convirtió en personaje central de la familia Asunción, al tiempo que su esposa, a quien correspondía por sangre aquella posición central, quedó relegada a la periferia, al punto que casi ni se le mencionaba en las conversaciones familiares ni se preocupaba nadie por su bienestar ni por su futuro. En cierta medida, parte de las buenas relaciones con Freddie Samuel respondía al agradecimiento que sentían por haberse hecho cargo de aquel paquete, que parecía hecho sólo para parir y vegetar.

Yahaira, la pobre, como nunca supo lo que significaba ser popular, ni en la casa ni en la calle ni entre las amistades que casi no tuvo, apenas se percató del repelillo que despertaba entre sus familiares. Siempre fue corta de palabra, timorata de expresión, temerosa del habla grupal, incapaz de un comentario sagaz o siquiera interesante, convencida de que su posición en la vida era servil y secundaria. Para compensar, se reía de todo con un gorjeo de cacatúa que resultaba estridente y enervante. Cada cosa era motivo de una pavera inexplicable. En cantidad de ocasiones se le explicó que no todo podía ser gracioso, admonición en la que encontraba una hilaridad irresistible. Su propia madre dejó de soportarla desde edad temprana. Aquella fastidiosa risita y su nula gracia social pronto la aislaron del afecto y la consideración de quienes la rodeaban, entre ellos los de su nuevo marido, lo que consiguió espantarle aquellos exabruptos de jocundia injustificada y acentuarle una expresión avinagrada. A partir de entonces, se anuló aún más como persona. Parecía víctima de un intento fracasado de lobotomía. Cuando se hablaba con ella, resultaba difícil determinar, a través de aquella sonrisa sorda que adoptó y esos ojos evacuados, si existía comunicación con su ser interno. Dejó de interesarle todo. Comenzó a padecer de una incuria extrema que la hacía incapaz de sostener una conversación coherente. Lo único que la emocionaba eran las sandeces de la farándula local, que seguía con un fervor enfermizo igual por televisión que por *Vea* y *Teve-Guía*, revistas faranduleras por excelencia, y las transmisiones televisivas de lucha libre los sábados por la tarde.

Aunque de joven no llegó a ser lo que se dice obesa, cualquiera que le observara los tobillos hinchados a perpetuidad, los chichos incipientes de los codos, la flacidez de los tríceps, el desprendimiento de la papada, no dudaría en aceptar que su predisposición era hacia la acumulación sebácea. Era de tez y facciones aindiadas, y su piel velluda le formó de niña la sombra de un bozo sobre el labio que nunca se preocupó por encubrir, pese a la cantaleta de su madre y las acusaciones de sus primas de negarse a ser atractiva. Para colmo, pese a su timidez y su baja estima, parecía tener un apetito sexual insaciable que la hacía caer en grandes maratones de masturbación que eran por todos conocidos en la familia, por no ser ella para nada recatada a la hora de emitir sus gemidos.

Por todo esto es que el evento Freddie Samuel resultó tan desconcertante para algunos y tan aliviador para otros. Lo cierto es que, quienes la conocían en su fase de bonitillo y pipi dulce, y le sabían su gusto por las nalgas protuberantes, las piernas delgadas, la cintura recogida, los bustos firmes y el rostro delicado, fueron los más anonadados que quedaron con aquello, y por primera vez contemplaron la posibilidad de que los misterios del amor fueran verdaderamente insondables. No todos, sin embargo, quedaron conformes con semejante anomalía, y algunos, tanto en el círculo de amistades de la policía como de la familia de ella, albergaban sospechas respecto a las intenciones de aquel muchacho que, para todos los efectos, se le metió a Belisario por ojos y oídos, y a la pobre de Yahaira por la vagina. Al final, todos callaron, y hasta los más escépticos tuvieron instancias de duda y aceptación de que lo que está por ocurrir ocurre.

A los cuatro meses de la boda parió una nena raquítica y sietemesina, a quien pusieron por nombre Lizamarie. Si la preñez la llevó de lo redondita que ya era a lo poliforme, o mejor decir a lo amorfo, la postpreñez la lanzó sin conmiseración a la obesidad mórbida. Tardó tanto en desinflársele el vientre que algunos especularon que estuviera encinta de nuevo; otros, los más crueles, para mofarse, aseguraban que una gemela se le quedó adentro. La piel de la barriga le quedó hecha una lonja de bistec machacado que le guindaba hasta la mitad de unos muslos que, como las nalgas, salieron maceradas de estrías y mamelones; la papada le brotó con un empuje gravitacional desesperado, y unos vellos largos y prietos le salieron en los brazos, las piernas, los pezones y la barbilla. Aquella transformación dio pie, por supuesto, al rechazo rotundo de su marido en el ámbito carnal, así como a un patrón de humillaciones brutales en las que las palabras cerda y becerra se combinaban libremente con sus críticas incesantes al estado de la casa, la sazón de la comida y la atención a la niña.

El poder que le confería su posición en la familia Asunción y en la Uniformada convirtieron a Freddie Samuel en uno de los policías más influyentes de la zona, así como en uno de los maridos más déspotas en el hogar. En la misma proporción que su fama y distinción subían como la espuma, se hundía su esposa en un pozo de aislamiento y desprecio que comenzó por reventarle la piel con un sarpullido de desesperación que la sumió en la piquiña y el llanto perpetuos. Pronto, Freddie Samuel estuvo al tanto de todo lo que ocurría en la ciudad, quién era quién y cuáles sus afiliaciones políticas, quién vivía dónde, cuáles mujeres se quedaban de día solas y en qué casas, quiénes eran las grandes familias, dónde estaban los puntos de droga y de apuestas ilegales y quiénes eran sus dueños, cuáles eran las casas de masajes… Comenzó a ir al gimnasio, se puso a la moda, se afeitó de cuerpo completo, se hizo el cerquillo y estuvo a punto de posar para un calendario; Yahaira, en cambio, siguió echando carnes inertes y vellos cada vez más gruesos, y apenas se soportaba ella misma en el espejo. Cuando Freddie Samuel le prohibió salir de la casa sin su consentimiento, orden que, dadas sus conexiones, se le hubiera hecho imposible a ella contravenir, comenzó a hablar sola. El día entero se le iba conversando con la radio y aconsejando a los personajes de las telenovelas; las noches se le iban contándose y comentándose los sucesos de las novelas del día.

Tanto por su rango como por su posición de jefe de unidad, Freddie Samuel pudo escoger una motora Harley-Davidson, la cual complementó con unas botas negras a la rodilla, pantalón al estilo de la guardia montada, uniforme de media gala con galones, insignias y cordones anudados, y un casco protector que, tan pronto se bajaba de la moto, cambiaba por una gorra de visera y combinaba con unas gafas oscuras tipo piloto que lo hacían lucir como un egresado de la escuela de oficiales de la Wehrmacht. A su alrededor, poco a poco, formó un séquito de acólitos de rangos variados que se convirtió en una especie de cuerpo de guardaespaldas que respondía a él no sólo por su rango, sino por sus influencias. Comenzó a participar en charlas sobre asuntos de seguridad y protección en foros cada vez más públicos: actividades internas de la policía, grupos estudiantiles, actividades municipales, programas radiales locales, adiestramientos en barriadas y residenciales. Recibió homenajes en centros comunitarios; hizo apariciones en púlpitos para leer evangelios, y hasta en los salones de sociedad se le vio de cuando en cuando, copa en mano. Se comentó que llegó a ser Rey Momo del raquítico carnaval de las fiestas patronales del pueblo, lo cual resultó falso. Urdió redes de conocidos, algunos a quienes debía favores y otros que le debían; estableció contactos en las bajas y altas esferas, en fiscalías, comisarías, cortes y academias, en puntos, barriadas y hospitalillos, hasta ser respetado en muchos círculos, admirado en otros y temido en varios tantos. Tomó cursos de buceo y, tras dominar la disciplina, se incorporó como miembro voluntario a la Sección de Buceo de la Unidad Marítima, con cuyos miembros mantenía, junto con Rafo, una juntilla sostenida. Tomó, además, cursos básicos de piloto de helicóptero y, aunque desconfió siempre de su capacidad de coordinar tantos movimientos simultáneos, era loco montándose en aquellos aparatos y dándole instrucciones al piloto.

Tantas redes y relaciones pronto lo colocaron en posición de conocer cantidad de asuntos que comprometían a muchísima gente de poder en la región. Había médicos involucrados, empresarios, abogados, ingenieros, políticos y funcionarios públicos de alta jerarquía, incluidos la alcaldesa de Humacao, su suegro Belisario y sus tíos políticos Rosa y Felipe. Atando cabos, juntando comentarios recogidos en baños, susurros salidos de oficinas por puertas semiabiertas, palabras fugadas de labios poderosos, uniéndolos a datos obtenidos por agentes encubiertos y chotas rendidos por la presión de sus adicciones, la jaula o el sarcófago, se enteró de que los cuatro estaban implicados en negocios con los hermanos Ramírez, los grandes capos de la región sureste, desde Ponce hasta Fajardo. La conexión venía por vía de la tía Rosa, a quien los Ramírez contactaron a través de una vecina y amiga suya que estaba implicada en el trasiego; al parecer, le hicieron un ofrecimiento que hizo añicos sus principios.

Con la complicidad de su esposo, que se encargaba de mantener a ciegas las fuerzas tácticas, aterrizados los helicópteros y en puerto las lanchas durante las noches que pasaban los tubos en el truck; la de su hermano Belisario, que garantizaba el silencio del Negociado de Investigaciones Especiales respecto a los nombres de los implicados; y la de su prima la alcaldesa, encargada del silencio de la Policía Municipal por medio de la complicidad de su comisionado, la tía Rosa urdió la compleja red de personas que llevaba garantizándole a los Ramírez el crecimiento continuo de su negocio y la consolidación de su control del narcotráfico sobre la zona. El Cabo de Mala Pascua y una escondida rada en Naguabo se convirtieron en los vientres que recibían las descargas de las lanchas o las avionetas, que a su vez recogían los muchachos de los Ramírez sin que los molestaran. Quedaban cubiertas todas las bases, salvo las autoridades federales, que tampoco tenían personal suficiente para enterarse de esta operación ni para custodiar las costas de manera efectiva, por lo que, a menudo, recurrían a la policía puertorriqueña para tales propósitos.

Cuando Freddie Samuel se enteró de su existencia, la conspiración era casi perfecta y llevaba funcionando hacía bastante tiempo sin detectársele fallas. Como la ambición es ciega, se dijo que aquello sencillamente no podía ser. ¿Cómo se atrevían a dejarlo fuera de aquel pastel por tanto tiempo? ¡Vaya suegro, vaya tíos, vaya familita me gasto! Determinó ponerle fin a aquello. O comemos todos o viro la olla, se dijo, así que con paciencia y estrategia fue socavando el secreto y ejerciendo presión a los implicados en forma de indirectas. Tanto estuvo hasta que hubo que revelarle el secreto y hacerlo partícipe de él; de todos modos, razonaron, su capacidad organizativa y juvenil energía podían serle útiles a la complicada red. El dinero que corría era tanto que no le sería oneroso a los miembros de la conspiración sacar una nueva partida para el yerno. Digo, se decía, no es justo que todos guisen menos yo, que soy marido de Yahaira. ¡Alguna indemnización debía recibir por hacerse cargo del fardo! Mientras Freddie Samuel se internaba en esta conspiración, Yahaira se maduraba en la casa como un racimo de guineos manzanos en una bolsa plástica. La depresión, cada día, era un gusano más gordo que reptaba por el perímetro de sus pensamientos; cada segundo que dedicaba a las labores de madre era una hora; cada hora, un día; cualquier actividad le cansaba apenas comenzada; minuto a minuto sentía su cuerpo tornarse una mole de carne menos pensante y más tumefacta. Desesperada por algún tipo de contacto humano fuera del maternal, se pasaba las horas muertas pegada al teléfono con su amiga Wilnalis que, también con una nena un poco mayor que la suya y un marido en una etapa de abuso más avanzada, le servía de consejera en ambos temas: cómo callar a la nena, cómo saber si es hambre, si son gases, si son cólicos, si es calor, si es frío, si es fiebre, si es aburrimiento su berrinche; qué ponerse para taparse los moretones, cómo bajarse las hinchazones, qué hacer para protegerse los ojos, cómo no enredarse en las propias mentiras y excusas. Sonsacada por su amiga, Yahaira un día no soportó más el encierro y se fue en taxi para la casa de ella sin el consentimiento de Freddie Samuel, que se enteró ese mismo día por boca del taxista, con quien se cruzó unas horas después cerca de la entrada hacia Palmas del Mar.

Al llegar a la casa se hizo el nuevo y le preguntó qué tal el día. El primer bofetón se lo llevó cuando le dijo que nada, que lo mismo de siempre, en la casa con la nena todo el santo día. Después, su negativa para aceptar que estuvo en casa de Wilnalis le costó un puño en la boca que la lanzó contra el borde de una mesa y le abrió un tajo poco profundo sobre la ceja, pero de mucha sangre, al tiempo que él la tildaba de puta y de perra embustera. Los alaridos y lo rojo de la sangre hicieron que Freddie Samuel recapacitara un poco respecto a los golpes y, casi al instante, comenzó a pedirle perdón, a recogerla del suelo, a prometerle que no volvería a ocurrir, a cogerle puntos de mariposa en la herida. Hasta permiso le dio para que visitara a Wilnalis durante el día, si su esposo consentía, por supuesto. El esposo de Wilnalis aceptó las visitas porque mantenían a su mujer atornillada en la casa, y pensó que aquella compañía la mantendría entretenida, pero al enterarse de que ambas salían a los centros comerciales sin la anuencia de ninguno de ellos, donde se pasaban las horas paseando de arriba para abajo con los cochecitos de los bebés, se lo prohibió con un grito y una bofetada, por entender que estaba, según sus palabras, puteando. Lo mismo opinó Freddie Samuel cuando el esposo de Wilnalis lo llamó para informarle y pedirle que controlara a su mujer y que no la quería más por su casa.

¡Qué tienes que andar tú el jodío día entero por los moles, me cago en Dios! ¿Qué es, que estás a la venta, pedazo de cuero? ¡Te has podido joder conmigo, te has podido! Perdiste los privilegios, pendejita, ahora te quiero siempre en casa, ¿me oíste, pedazo de cuero?, siempre en casa: cuidando de tu hija y sirviéndole a tu marido, como debes. ¿Me entiendes? No te quiero más con la perra esa de Wilnalis, ni siquiera te quiero llamándola. Si el esposo de Wilnalis me vuelve a dar quejas de ti te voy a jartar primero a galletas, después a puños, luego a patadas y al final cuidado que no te entierre viva en el patio. ¿Me oyes? ¡Viva!

Ante semejante tormenta, Yahaira acató, a perjuicio de su depresión, aunque convencida de que aquello podía solucionarse, que los golpes fueron un accidente y las amenazas, exageraciones. En un intento desesperado por expulsar de su cuerpo la masa adiposa y reconquistar a su marido, comenzó una rutina de fogosos ejercicios en la casa que en un par de ocasiones culminaron en vahídos. El día que Freddie Samuel la sorprendió en sudadera y licra y le dijo entre carcajadas que se parecía a Chona, la puerca asesina, se sintió tan abatida, tan ofendida, que supo en ese instante que estaba de su parte hacer lo que fuera necesario para evitar que aquel insulto se repitiera. Tanto se afanó en mejorar su aspecto que a los días ya ni siquiera recordaba el mote cruel; mas unos días más tarde volvió a repetirse el evento, volvió a repetirse el mote, ahora acompañado con un gruñido porcino y el gesto despreciativo de agarrarle un seno y dejárselo caer como para demostrar la flacidez de sus excesos. Ella volvió a aferrarse a la resolución de no permitirle hablarle así, aunque determinó hacerla valer la próxima vez que ocurriera. Mientras más se ejercitaba ella, más la despreciaba él; mientras más le cocinaba, menos comía; mientras más se le acercaba para arrullarlo, más él la empujaba de su lado y se reía sin decirle el porqué de la risa. Un día en que insistió particularmente, luego de observarse en el espejo y considerar algunas mejoras que pensó de peso, él le metió un empujón contra una mesa de hierro que le enterró una de sus puntas en la espalda y le abrió un tajo del que manó sangre a borbotones. De nuevo fueron las disculpas, de nuevo las promesas y los puntos de mariposa, esta vez menos por la anchura del tajo que por no llevarla al hospital y tener que dar explicaciones.

Aquel fue el segundo incidente de muchos otros que continuaron y agravaron la situación a lo largo de los meses. Al principio Yahaira se lo escondió a sus padres, no porque estuviera convencida de que nada ocurría, sino por creer que aquello la deshonraba, la mostraba en la completa inutilidad que tanto le achacaron; de todos modos, ninguno de los padres se preocupaba demasiado por ella o por su nieta, lo que justificó su decisión de mantener secreta aquella infamia. Se lo ocultó sobre todo a su madre, en particular una tarde que pasó a visitarla y le vio dos notables moretones alrededor de ambos brazos casi a la altura de la axila.

¿Un accidente esas dos marcas?, le cuestionó su madre con suma sospecha.

Me fui por una alcantarilla abierta ayer en una de las calles del pueblo. Como no iba con Lizamarie y tenía los brazos libres, pude aguantarme... Estoy hecha polvo.

¿Y cuándo ocurrió esto?, inquirió extrañada su madre.

Hace par de días.

¿Y qué esperabas para contármelo?, continuó indagando.

Ay, mama, ¿para qué, para que me critiques y me repitas que soy tan lerda, que tengo que poner más atención a las cosas, que estoy siempre en la luna de Valencia? ¡Esa cantaleta ya me la sé de memoria!

A su madre no dejó de parecerle extraño el episodio, pese al convencimiento con que Yahaira lo había relatado, sobre todo que hubiera siquiera cabido por el hueco de la alcantarilla, por lo que continuó indagando y descubriendo, sin contárselo a Belisario, para que el asunto no se saliera, mientras tanto, de proporciones.

Los golpes y las palabrotas con que Freddie Samuel zarandeaba a Yahaira fueron aumentando en fuerza los primeros, en ofensa las segundas y en frecuencia ambos, y su acumulación creó una balumba tal en su pobre cabeza que provocó que se obsesionara con su peso en proporción directa con el aumento en la crueldad de las tundas. En la casa, mientras la nena dormía o jugaba en la cuna, ella se la pasaba de aeróbico en aeróbico frente al televisor de plasma que le compró Freddie Samuel para que se entretuviera, bebiendo agua como una yegua, saltando cuica en estado de frenesí y lanzándose sobre una enorme bola roja de goma que la rebotaba hacia atrás, en más de una ocasión con suficiente fuerza para lanzarla contra una pared o un mueble. Sudaba a mares con aquellas flexiones y volteretas, pero la urgencia por despojarse de esa carga excesiva que la condenaba al desprecio continuo de su marido era desesperante. Mas cuando visitaba la pesa y sus números corroboraban la presencia en su anatomía de cada una de las onzas que pensó expulsadas, sus fantasías se esfumaban, aquellas livianas sensaciones recobraban su aplomo y el desengaño la lanzaba a una depresión aparatosa, en cuyo enajenamiento podía meterse al cuerpo varios candungos de mantecado sin que se le zafara siquiera el menor eructo. Aquello sacaba de quicio a Freddie Samuel, a quien la visión de los candungos de helado vacíos en el zafacón y las cucharas sin lavar en el fregadero lo ponían fuera de sus cabales, por lo que los llamados *accidentes* adquirieron una periodicidad asombrosa que hizo que Yahaira por fin dejara de tomarlos por meros percances. Pronto combinó este pensamiento con la frustración continua sobre su aspecto físico, y de ahí brincó directo y sin confusión a concluir que verdaderamente ella tenía la culpa de aquellas zurras. Cada golpe era suyo por mérito propio, pensaba, por ser incapaz de atender las necesidades elementales de su esposo respecto a lo que de ser una mujer se trata.

Pronto el resto de la familia se enteró de lo que ocurría en el seno de aquel matrimonio, aunque muchos al principio no pudieron concebir que Freddie Samuel fuera el gestor de aquellos brutales actos que se le achacaban. La mayoría de ellos, incluidos padre y madre, quienes tampoco eran ajenos a ese tipo de trato, lo aceptaron como una problemática interna de la pareja. Belisario llegó inclusive a recordar lo fácil que se puede perder la paciencia con Yahaira, y a pedir un poco de comprensión por un marido afectado de los nervios y cómplice en los traqueteos familiares, a quien ahora veía como persona más ruda de la que imaginó, más capaz de llevar a cabo encomiendas delicadas, más confiable inclusive. El conocimiento de lo que ocurría fortaleció el callado consenso de que Yahaira no se ayudaba, no se merecía el marido que tenía, tan buen partido, a cuyos pies caían rendidas las mujeres, según se rumoreaba. Yo no lo culpo tanto a él, decía la tía Rosa, porque oportunidades ha tenido ella en bruto para recomponerse y no lo ha hecho. Al hombre no se le puede descuidar, y en definitiva, Yaji a Freddie lo tiene abandonado. ¡Mírala cómo está hecha una pelota, la pobre, una mole de grasa! Suerte tiene de que no le dan más duro, pienso yo, piensa la tía Rosa en voz alta. No obstante, lo convocaron a un conciliábulo y le pidieron explicaciones, no tanto por el abuso en sí mismo, sino por las repercusiones que podía tener el escándalo de una acusación de maltrato o abuso contra él, que era su yerno, lo cual era inadmisible para Belisario. Freddie Samuel ofreció promesas y pidió un voto de confianza, que nada pasaría entre ellos, que la sangre no llegaría al río, como dicen. ¡Cómo iba él a hacerle daño a la hija del coronel Belisario! Eran cosas producto de sus propias loqueras, les dijo mientras hacía girar el dedo índice de su mano derecha alrededor de su oreja.

Pese a sus promesas, a medida que Freddie Samuel se involucró más y más en la conspiración criminal, a medida que adquirió mayores responsabilidades y devengó mayores ingresos, sus problemas matrimoniales se agravaron hasta convertirse en una verdadera fuente de inestabilidad emocional para sí. Los eventos se precipitaron cuando Yahaira comenzó a confrontar a Freddie Samuel con sus compras exorbitantes, la ropa cara, los zapatos deportivos, las motoras de carrera, el *jet ski*, las cadenas de oro, los valentinos, el equipo estereofónico y hasta un televisor de plasma más gigantesco que el primero, que también fue un regalo para ella. Comenzó de nuevo a quejarse de sentirse sola y a reprocharle por estar siempre demasiado ocupado, sin tiempo nunca para pasarlo con ella y su hija, que era locuras con él, decía ella. Él, desde luego, no sólo la detestaba más que nunca, sino que, además, era requerido gran parte de su tiempo libre tanto por los propios familiares de su esposa y demás implicados en la conspiración con los Ramírez, como por alguno que otro elemento femenino a quien comenzó a frecuentar.

En efecto, los reclamos de Yahaira coincidieron con la aparición en los casinos de Palmas del Mar de una serbia monumental, que era prostituta fina de hotel y a quien, alegadamente, habían hecho un trabajo en las pupilas de los ojos acorde con el rito haitiano que le permitía hechizar al hombre que quisiera con sólo mirarlo y desearlo. A él, Freddie Samuel, seguro se lo hizo, porque, la noche misma que entró de agente encubierto en el casino para corroborar la existencia de la hermosa eslava bruja, cuyas proezas corrían de labio en labio, quedó prendado de ella. Él la requirió, ella se le entregó con un arrebato de lujuria que lo dejó mudo de tanto gemido y tanta gimnasia, enseñándole placeres que jamás pensó capaz de producirlos la mera máquina humana.

Los reproches de su esposa y el paraíso que le ofrecía la serbia eran dos mundos irreconciliables, o más bien dos trenes a todo vapor en ruta de colisión. Freddie Samuel sentía cada día más y más minada su capacidad para mantenerse ecuánime ante aquella cantaleta de Yahaira. De nuevo le gritó. Le preguntó que cómo se le ocurría cuestionarle su deber profesional y sus responsabilidades, que eran muchas. ¿O es que tú piensas que yo me la paso el santo día echándome fresco en las pelotas, canto de becerra? Le dijo que de todos modos nada le esperaba en casa salvo una morsa inmune al ejercicio, una madre quejosa y una niña llorona.

¡Estoy hasta las tetas de pasármela aquí sola con la chillona de hija que me hiciste, a la que ni caso le haces, puñeta, eso es lo que me pasa! ¡Malditos sean el día y la hora que te pusiste en mi camino, pedazo de mierda!, gritó ella con otra sarta de improperios que enviaron del cerebro de Freddie Samuel una señal de acción a sus manos, que procedieron, una, a apretar a Yahaira por el cuello casi estrangulándola, y la otra a abofetearla salvajemente como si intentara borrarle las líneas de la cara, mientras la humillaba y degradaba con dicterios inimaginables, entre los que No le vuelvas a llamar chillona a mi hija, canto de puta, resultó ser el más benigno. Excitado por el poder de la violencia, y como si se tratara de una continuación lógica del ataque, procedió a desgarrarle la ropa del cuerpo, a exponer a través de la bragueta su miembro, excitado más por la furia de la adrenalina que por la rijosidad, y a ultrajarla como una bestia pensando que era a la serbia —¡que lo traía loco en aquellos días con excusas y evasivas!— a quien penetraba, que era ella quien gritaba de placer y no su esposa de dolor. ¡No me rompas los cojones, cabrona!, le dijo poco antes de salirse de su intestino grueso y penetrarle entonces la boca, donde depositó su semilla en el fondo de la garganta convulsa de su esposa, la cual se mezcló con un torrente de vómito que al mismo tiempo salió de ella. ¡So puerca!, gritó él mientras se limpiaba. La próxima vez te la tomas sin vomitarla, pendeja, que por ahí no voy a hacerte otra chillona! Yahaira quedó destrozada, hemorrágica, inflamada de los pómulos, prieta de las ojeras y del labio inferior, supurante de un líquido mezcla de saliva, semen, vómito y sangre.

Aferrada al pretexto de una migraña, no quiso ver a nadie durante la semana siguiente. Freddie Samuel se mantuvo ausente la mayor parte de esos días, ocupada una parte sustancial de su tiempo en perseguir a la serbia, otra considerable en coordinar las entregas para los Ramírez, y la menor de las partes en cumplir con las tareas mínimas de su trabajo. Por su casa casi ni se asomó. Ella, por el contrario, se la pasó sin salir, sanándosele las heridas del cuerpo e infectándoseles las del alma. Al principio renqueando por el embate de la violencia, luego andando para arriba y para abajo como reclusa, se repetía y repetía hasta faltarle la saliva que aquello no había ocurrido siquiera. Sencillamente, no contaba con los recursos emocionales o cognoscitivos para interpretar aquel suceso en su vida. Una turbación, una como materia gelatinosa, le congelaba cada pensamiento apenas nacía. Se sentía enloquecer, perder el control de sí. El cuerpo le daba señales inequívocas de un trauma extendido: náuseas continuas, sudores fríos, escalofríos incontrolables, llanto desesperado, urticaria, úlceras en la boca y la vagina; en cambio ella, en su interior, llevada por la brutalidad del recuerdo, a veces se sentía agradecida por ser de nuevo objeto del deseo animal de su marido. Ella misma era la culpable del desprecio de su marido, se decía en el torbellino de su confusión. Fue ella quien abandonó su cuerpo tras el parto, fue ella quien se negaba a pintarse aquel bigotito que no le hacía lucir atractiva para nada, fue ella y nadie más que ella quien dejó de cocinarle porque llegaba muy tarde y por lo común ya comido, precisamente porque ella ya antes había dejado de cocinarle. En la cama la encontraba siempre durmiendo o lactando a la nena, que la dejaba siempre con los pezones destrozados y un deseo casi narcótico de dormir. Razonó que la cara de perra con que lo recibía cada noche y lo despedía cada mañana había despertado en él el rencor y la voluntad en su contra, lo cual interpretó como una reacción natural en cualquiera que se siente despreciado por su mujer. Allí la tenía. Ella se lo había buscado; ella lo metió en la encerrona; ella lo empujó a cometer aquella vejación animal, incapaz de ocasionarla el carácter naturalmente sosegado de Freddie Samuel, quien, aunque brusco en ocasiones, jamás lo fue hasta aquel extremo. Cada cinco minutos tenía que convencerse de que era ella la culpable de esa erupción de ira de su marido, de aquel satirismo inexplicable que lo llevó a satisfacerse en ella como si fuera su carne hule de una muñeca inflable. Yo sé que me quiere, sé que por más que niegue lo que siente por mí, en lo profundo me ama, porque si no, ¿cómo siquiera excitarse conmigo?, ¿cómo penetrarme la carne con su carne?...

Aquella misma escena se repitió varias veces durante los próximos meses, según fuera el comportamiento de la serbia con Freddie Samuel.

La serbia tenía, como podrá imaginarse, un cuerpo despampanante, y sabía utilizarlo de maneras inusitadas, con dominio pleno de las artes amatorias. Se decía de ella que fue actriz porno en Europa oriental, actividad que le permitió conocer a millonarios del mundo entero, con quienes viajó en yates por las islas griegas, la Micronesia y el Caribe. Optó por quedarse en Puerto Rico gracias a las gestiones de un importante cliente suyo que le consiguió una visa americana y un permiso de trabajo como secretaria en una de sus compañías inscrita en la Isla. La marina de Palmas del Mar se convirtió en su centro de operaciones, desde donde zarpaba en los yates de sus antiguos clientes, lo cual despertaba unos celos descomunales en Freddie Samuel, quien descargaba contra Yahaira como si en ella se vengara de todo el sexo femenino, o como si sobre ella descargara la ira que hubiera gustado dirigir contra los amantes millonarios de la serbia. Las andanzas y desapariciones del demonio eslavo lo llevaron a beber más de la cuenta, a estar más huraño, a trabajar más frenéticamente, a incursionar en los almacenes de la policía y agenciarse el perico ocupado como evidencia, el cual pronto se le convirtió en combustible indispensable para alimentar el motor de aquel tren de vida que llevaba.

Yahaira, desde luego, hizo todo tipo de malabares psicológicos para mantenerse a flote durante aquellos meses. Pese a que eran ya varios los ultrajes perpetrados contra su cuerpo por parte de su marido, determinó que no tenía protección ni de las autoridades, por ser su esposo uno de los principales representantes de ella, ni de su familia, por ser también eje de las autoridades de la zona. Acusar a Freddie Samuel por violación de Ley 54 sería no sólo un escándalo entre ellos dos, sino para la familia suya, que por lo común lo apoyaba a él, un oprobio, así como comidilla para el pueblo entero cuando se enterara la prensa, que sin duda se enteraría. ¡Si ni quería que lo supiera su madre, iba a permitir que se convirtiera en chisme del barrio entero! Acusarlo, se decía Yahaira, no era una alternativa favorable para ninguno de los tres, si se consideraba a la nena parte de aquel drama. Pese a la extensa evidencia en su contra, veía en su marido a un enfermo mental aún curable. Pensaba que si tuviera cáncer se quedaría a su lado para cuidarlo, que si tuviera gota lo acompañaría en sus inflamaciones, que si tuviera esquizofrenia estaría ahí para comprender sus desvaríos. La situación requería un verdadero sacrificio suyo de amor y entrega, pensaba Yahaira, arguyendo que estaba él peor que ella. Oscilando en un rincón del pasillo, sola y temblorosa, mientras al fondo se escuchaban los gritos de la nena, resolvió que quien requería ayuda era él y, definitivamente, no contribuía en lo más mínimo llamarle a la policía, es decir, llamarlo a él mismo, ni tampoco escapar de aquella casa, abandonarlo a su suerte. Determinó que era su deber quedarse en la casa y echarle la mano al desvalido, aunque en el proceso tuviera que ofrecer su cuerpo en el altar de su salvaje locura. De todos modos, él tampoco era tan tan malo, se decía, mientras recordaba otros casos reportados en la televisión que eran mucho peores que el de su marido. Su violencia, estimaba ella, era, al menos, aceptable. Además, estaba convencida, convencidísima, de que él, tarde o temprano, modificaría su conducta. Aunque su pensamiento estaba en vías de transformarse, continuaba aferrada a la idea de que la culpa de aquel desmán era suya. No podía abandonarlo ahora que estaba encallado, se decía; no podía dejarlo boca abajo desangrándose y salir oronda por la puerta ancha sin importarle un bledo sus circunstancias, el futuro del padre de mi hija. ¿Y si se suicida, como antes sugiriera? ¿Si se vuela de un plomo la tapa de los sesos?, lo que amenazó con hacer una noche borracho, con la pistola de reglamento en la sien, menos pensando en ella que en la serbia.

Se sentía incapaz de tomar la menor decisión sin el consentimiento de su marido, de realizar el más mínimo acto por cuenta propia, de hacer el menor gesto hacia una salvación. La posibilidad de comenzar una vida independiente la estremecía desde la base con un susto que le reptaba alrededor de la médula como una culebra que se enroscara por ella. Abandonar el hogar equivalía en su mente a mudarse de país, cambiar de lenguaje y costumbres. Casada desde tan joven, encerrada en su casa, rendida por el ocio y anegada por inanidad, pronto se convirtió en una persona sin destreza social o capacidad de trabajo. Tal vez pudiera solicitar empleo en algún negocio por allí cercano, pero si le aterraba manejar una caja registradora, ¡no iban a asustarle otras labores tanto más sencillas! Se dijo que a lo mejor una línea de ensamblaje en alguna fábrica no requeriría tanta destreza, pero sin carro para llegar a ninguna parte y metida allí en aquella urbanización, por donde no pasaba ni una guagua ni un carro público y mucho menos un tren, ¿cómo iba a llegar a ningún sitio? Tampoco aquella opción mostraba buenas posibilidades. Además, se decía, esos trabajos pagan tan poco. ¿Quién iba a cuidarle a la nena, ah? ¿Quién iba a limpiar la casa, a preparar la cena que de nuevo había comenzado a prepararle a su marido para contentarlo? No, se dijo, imposible llevar un hogar sola con una hija al hombro. Porque ni secretaria podía ser, figúrate, que hoy en día para serlo hay que saber tanta cosa y ser diestra en computadoras, se decía. Si apenas podía bregar con el horno de microondas, ¿qué iba a hacer ella con un procesador de palabras? ¿Ponérselo de sombrero? A lo sumo, recepcionista, pero tampoco se sentía que contaba ni con el don de gentes ni con la presentación física para complementar el buen trato. ¿Quién iba a querer una recepcionista becerra, ordinaria y sin modales, que no supiera el valor de unos buenos días, ni la fraternidad que brota de una amable sonrisa, ni el afectuoso pronóstico de un hasta luego? ¿De qué iba a vivir entonces? ¿Del aire, de sueños, de la lotería? ¿A dónde se iría a vivir que fuera lejos de la familia, que de continuo le reprochaban, y de sus pocas amistades, con quienes se avergonzaba? Por otra parte, tomar aquella resolución implicaba un tiempo de planificación secreta con el que no contaba. Se sentía tan cansada siempre que apenas lograba arrastrar los pies, asechada de continuo por el deseo de tirarse al suelo en posición fetal. Tanto el cuido de la nena como la reposición de los golpes de su marido la tenían ocupada y sin aliento, lo que hacía que la prognosis de una posible fuga resultara sumamente negativa. No, señor, que tampoco era ella de las que corren de los problemas o se esconden de ellos, se decía en las raras instancias en que predominaba algún grado de positividad en ella. Era de la estirpe que enfrenta y da cara. Sus pensamientos se animaban con aquellas falsas expectativas e ideas hiperbólicas que se hacía de sí misma. Además, se decía, su hija necesitaba un padre en la casa, una figura autoritaria en el hogar, y mejor papá loco que ningún papá, malo conocido que bueno por conocer. ¿O no?

Yahaira permaneció en la casa más tiempo del que aconsejaba la prudencia, prefiriendo recibir paliza tras paliza y ultraje tras ultraje a enfrentar lo que pudiera acarrearle tomar cualquier tipo de iniciativa para buscar protección. Le temía a una reacción más violenta aún, en caso de que intentara escapar con su hija; temía ser golpeada con mayor vigor y sodomizada peor que nunca, como ya le había advertido él que haría si intentaba irse y llevarse a la nena. La había amenazado antes con quitarle a Lizamarie si se atrevía a denunciarlo, acusarla en el Departamento de la Familia de que era negligente con ella, que no la cambiaba ni alimentaba ni mantenía aseada, y pedir que le entregaran la custodia, lo que a Yahaira le pareció no sólo posible, sino probable, si se considera el prestigio del que gozaba en la Fiscalía y los tribunales de la región. Luego añadió a la amenaza que si se largaba con la nena la perseguiría, la encontraría y la metería siete pies bajo tierra. ¿O no se lo dijo? Y no creas que voy a cortarme el cuello por ti, pendeja. Ya no, le dijo, ya no. ¡Atrévete para que veas que no te vuelven a encontrar ni se vuelve a saber nada de ti jamás!

A Yahaira le costaba gran esfuerzo discernir si las cosas que había escuchado de la boca de Freddie Samuel en el fragor de la violencia eran ciertas o producto de una imaginación amortiguada en la sartén del dolor. Le costaba aceptar que aquellos labios de él hubieran formulado tan tremebundas amenazas. Un fiscal piadoso tal vez escuchara sus reclamos desesperados, se decía, un juez imparcial tal vez fallara a su favor, pensaba no con tanta esperanza como exigía la circunstancia, asustada con lo que implicaba un proceso legal y el daño que pudiera acarrearle a la familia, a su papá, a sus tíos, e incluso a la alcaldesa, que era prima segunda suya. ¿Es que existen jueces imparciales todavía? Yahaira no sabía, pero escuchaba en las noticias a mucha gente opinar en la negativa. ¿Y un fiscal piadoso?, se preguntaba, sin saber que tan raros eran como el juey pelú o el sapo concho. Y en cuanto a las leyes, los derechos, las mociones, asuntos de los que no conocía un pepino, ¿quién iba a asesorarla? ¿Dónde encontraría a un abogado leal, bondadoso, desprendido y justiciero? ¿Cómo costearlo, en caso de hallarlo? Nada de esto le movía una molécula del cuerpo, y especuló que tal vez aquel conflicto fuera algo normal en las parejas. A juzgar por la experiencia de su amiga Wilnalis, a quien el marido le daba lo que se dice de arroz y de masa, y ella, bien, gracias, seguro era algo generalizado. Quizá también debiera acostumbrarse, descender de esa nubecita, se decía, a la bruta realidad de que, para bien o para mal, a cada una le tiene que tocar su mamellazo; a unas más, a otras menos, pero a todas les toca igual.

Tras un año de aquel infierno en el que en más de una ocasión estuvo al borde de perder la cordura, de quitarse la vida, de asfixiar a Lizamarie con una almohada, de castrar a Freddie Samuel en la pasividad del sueño, de entregarse a la prostitución, de cambiar de nombre y desaparecer de la vida, al final logró huir con su hija de aquella casa en la que vivía prácticamente enclaustrada, y pudo llegar a un refugio para mujeres que la recibió a altas horas de la madrugada. Aquella noche encontró fuerza y valor casi en el deseo incontrolable de vengarse. Y fue esta sed de cobro que la llevó a escribir la frase en el papel toalla con el que envolvió la navaja de barbero con que tantas veces la amenazara con cortarla a ella y suicidarse él, y que le dejó encima de la mesa de la cocina. En la casa-refugio estuvo enclaustrada algunos días, al cabo de los cuales regresó a la casa de su padre, dado que su madre vivía ahora en un apartamento pequeño y sin espacio para ella y la bebé. Belisario accedió porque no le quedaba de otra, y dejó establecido que aquello era una medida temporal. Sus simpatías estaban aún con su yerno, por lo que acogió con las muelas de atrás a su hija y a su nieta, que la pobre no tenía culpa de nada de lo que ocurría alrededor suyo, decía el abuelo, en lo que ella restablecía su vida y podía otra vez encauzar sus pasos. Le dio de nuevo su cuarto de niña, en el que colocó la cuna para la bebé. Pese a la tensión en el ambiente cargado por el favoritismo hacia su marido, Yahaira descubrió otra vez la tranquilidad, el sosiego, la vida sin dolor, y comenzó a recobrar un poco la confianza mermada y a reconquistar otro tanto la alegría fugada. Por primera vez en mucho tiempo se sintió no sólo capaz, sino deseosa de empezar de nuevo, de dejar atrás los fracasos del pasado, de sentirse bien, libre de culpas, por mucho que aún la poblaran los miedos.

Capítulo VIII

*Donde se prosigue la historia entre Freddie Samuel y Yahaira,
y descubre Chiquitín la fosa de la princesa taína*

Poseído por la idea de aproximarse aún más a la atroz escena que él tomaba por ritual exhumatorio taíno, siquiera de forma artificial y con cuidado extremo de no ser observado ni escuchado por los nativos, que tenían ese contacto extremo con los elementos de la naturaleza, Chiquitín se arrastró con sigilo de vuelta al lugar donde dejó ocultas sus pertenencias, dejando tras de sí la huella prolongada del paso de su cuerpo por la tierra como la de un culebrón descomunal y soberbio. Pensó en la enorme diferencia de la última vez que serpenteara de aquella manera por los suelos: ya casi no le quedaba nada de aquella flexibilidad que en la selva le permitía deslizarse sobre cualquier terreno como si fuera azogue o agua la esencia de su carne. La sola resolana de la luna que se mostraba de nuevo le bastó para destrabar amarres, descinchar correas y extraer el estuche de madera del teodolito, el cual corrió a ensamblar, a colocar sobre su trípode lo mejor que pudo y a dirigirlo hacia la escena, con todo y la grieta del lente causada por la aparatosa caída de la mañana, que partía por la mitad la imagen observada a modo de horizonte desplazado.

Al principio le costó comprender lo que veía, y hasta tuvo que observar el aparato por afuera para cerciorarse de que algún gracioso no se lo hubiera cambiado por un caleidoscopio. Cuando volvió a mirar se percató de que la imagen estaba tan corrida por la lesión del vidrio que las mitades bajas de cada cuerpo no correspondían con las mitades altas, lo que daba a toda la escena un aspecto monstruoso, dantesco casi. Tal desfase visual dificultaba la correspondencia de cada acción con cada cuerpo y, aunque el ojo a la larga corrigiera el desvío, Chiquitín no tenía mucha paciencia para tales ajustes. Cuando en el ámbito de imágenes truncadas vio a una de ellas, aparentemente arrodillada ante la fosa, proferir hacia el hueco y lo que fuera que había dentro, palabras que Chiquitín estimó en calidad de encantamiento, lamentó haber trocado el lugar de los pajones donde se encontraba y desde el cual lo hubiera escuchado sin ningún problema, por aquella experiencia lejana de imágenes silentes fraccionadas por la impertinencia del vidrio. Ante aquellas circunstancias de escasa luz, acontecimientos veloces y asistente visual lesionado, comprendió que su sentido auditivo, colocado detrás de los matojos, le arrojaría mejor luz a su entendimiento de lo que allí ocurría. Perdida la paciencia, quiso regresar cuanto antes a los pajones, mas en la desesperación se llevó enredado el trípode con los pies torpes y casi le descubre a los taínos su posición estratégica. A la emoción de verse confirmados sus cálculos respecto al yacimiento del Guanín Sagrado se sumaba ahora la dicha de tener frente a sí a cuatro miembros de aquella mítica tribu taína oculta en Maricao y camuflada en los márgenes de la sociedad contemporánea. El descubrimiento era doblemente fortuito.

Los gritos que Chiquitín vio por el lente del teodolito proferir a Freddie Samuel, de haberlos escuchado, seguro hubieran turbado hasta el infinito su alma y encontrado mil interpretaciones equivocadas. Antes de cerrar la fosa, sudado de cabeza a pies como acabado de salir de la ducha, cubierto por el polvo que había levantado en el aire la excavación hecho ahora fango sobre su piel, se arrodilló frente a los trozos de su esposa muerta y, con un odio imposible de describir, le gritó: Ahí te dejo la navaja yo a ti, canto de puta, y la lanzó al fondo. Era la navaja que ella le dejara sobre la mesa del comedor el día que se fue de la casa, envuelta en un papel toalla con la frase Ahí te dejo la navaja, escrita con un marcador de punta ancha cuya tinta se regó sobre la pulpa del papel absorbente y dio a las letras una apariencia fantasmagórica. La referencia era a las múltiples amenazas que él le hiciera, entre lágrimas mentirosas, de que se suicidaría si se iba de la casa, sobre todo las veces cuando el golpe que le daba era tan severo que hacía casi imperativo algún tipo de servicio médico. Desde luego, con aquellos truenos y navaja temblorosa colocada sobre la yugular de su propio cuello, Freddie Samuel terminaba siempre resolviendo el entuerto a su favor con unos puntos de mariposa y triple antibiótico.

Nadie supo de aquel osado gesto de la navaja, tan atípico de una mujer como Yahaira. En parte porque ella no se lo contó a nadie, en parte porque Freddie Samuel se encargó de mantenerlo oculto, como si se tratara de una herida abierta en su consciencia, un bochorno secreto que sólo podía reivindicarse con el honor de la sangre derramada. Su primera reacción al encontrarla fue echar con asco, como manchadas de culpa las manos, la navaja y el papel en el zafacón y pretender que no existían, convencerse de la irrealidad de aquel atrevimiento de Yahaira, que sin duda era la resolución que había tomado de marcharse, pensaba él. Ese día no fue a trabajar; llamó y se cantó enfermo grave: habló de un virus estomacal, de cuerpo cortado, de comienzo de un dengue hemorrágico. Por un tiempo prolongado no supo qué hacer con su vida; las horas se le fueron en blanco y a secas, con la mente convertida en una tundra vacía, una zona blanca, indefinida, ausente, de la que ningún pensamiento escapaba ni podía motivar su cuerpo a realizar acciones voluntarias. Resultó tal afrenta a su sentido de control de la situación el atrevimiento de aquel cuero de mujer, que hasta las acciones involuntarias comenzaron a afectársele. Por momentos se le trastornaba el ritmo respiratorio, le faltaba el aire; por momentos le costaba tragar, el pecho se le llenaba de extrañas punzadas y calambres; hasta la vista le perdió enfoque y se le pobló de una llovizna de puntitos morados. La noción de las cosas le volvió de golpe para hallarlo en la más ridícula de las circunstancias: intentaba meter una pierna por la manga de la camisa del único uniforme limpio que le quedaba para la semana.

Culminado el paroxismo del estado de casi catalepsia en el que cayó Freddie Samuel comenzó a ocurrirle una especie de proceso a la inversa. La blancura de su espacio mental alcanzó el máximo de su expansión elástica y no le quedó otra opción que colapsar hacia su centro. El lugar vacío dejado por la contracción de su pensamiento lo ocupó de repente una idea obsesiva, un núcleo imaginativo exclusivo, una imagen única: la navaja. Su ausencia física incrementó, dentro de su cerebro, el recuerdo de su tamaño; lo hizo ganar materia, condensar densidad, ocupar el último de sus recovecos cognoscitivos. Antes de que pudiera reaccionar para evitarlo, la navaja se le convirtió en la totalidad de su mundo perceptible. Ni la realidad palpable de la cama donde estuvo recostado largo tiempo, ni la curvatura del respaldo de la silla de la sala que tan exactamente remedaba la de su cuello echado hacia atrás, ni las imágenes de la televisión que observó, zurumbático, varias horas seguidas, pudieron siquiera competir con el concepto de la navaja que rondaba el interior de su cabeza y flotaba libremente en ese ingrávido espacio. En aquel trance, la navaja fue símbolo de cosas que no le agradaron ni el principio de un poquito. Sus sentimientos hacia Yahaira se tornaron tajantes, hirientes, asesinos; el intento de degradarlo con aquel objeto era una burla a su masculinidad, pensaba él, porque de que había una referencia entre la navaja y su miembro viril seguro la había. Aquellas elucubraciones lo fueron corrompiendo hasta enfurecerlo, agitación que le robó el sueño esa noche y varias de las siguientes.

¿Con quién puñeta piensa que está bregando esta maricona?, se preguntaba, mientras comenzaba a darles forma a ideas de las que aquella misma navaja era protagonista. Al día siguiente la rescató de la basura de la cocina.

Recuperadas las nociones básicas de las cosas, los próximos días se le convirtieron a Freddie Samuel en un suplicio demasiado continuado, una especie de dolor de muelas incesante en su consciencia. De nuevo le costó creer que Yahaira hiciera lo que, hasta ese momento, él había pensado impensable; juraba que mediante la última intervención —la última sodomización, quiso decir, que realizó con una cuchara— había sometido a su autoridad plena el último bastión de resistencia que quedaba en ella. Me salió actriz, la hijaeputa, se dijo, en referencia a su aparente sumisión y a su convencimiento —¡erróneo!— de haberle destrozado sus últimas defensas y hecho pulpa su capacidad de actuar por sí sola. La primera noche pensó que la fuga de Yahaira tenía un carácter ficticio y dio por seguro que regresaría antes de que rayara el alba, momento que aprovecharía para reducir a la mera nada sus últimos reclamos de libre albedrío. La navaja, desde luego, complicaba el asunto, y el mensaje en el papel demostraba una capacidad para el cinismo por completo desconocida para él. Se trataba de un desafío personal, de un burdo escarnio, de una verdadera afrenta a sus designios de marido y dueño de ella.

Durante los días siguientes, el resentimiento anidado en su interior como una víbora en una canasta honda, engulló lombrices, engrosó hasta empollar y dar a luz gusanos de odio hacia todo lo que tuviera la esencia de ella. Su ropa y las pertenencias que dejó atrás las metió con asco en bolsas plásticas negras y las tiró en la marquesina. Se lavó las manos con frenesí, como si quisiera quitarles la sangre de ella. Su suegro lo llamó para informarle que Yahaira estaba en su casa, que no se preocupara, que tan pronto cayera otra vez en su pendejo sitio volvería como una corderita mansa a sus manos.

Te dije que a la mujer hay que tenerla con el bocado mordido y la rienda cogida, le aconsejó a su yerno el bueno de Belisario. Esta hija mía es una cabecidura; piensa que se manda sola. No hay cosa más desgraciada que una mujer con iniciativa. La mujer, te he dicho, la pata quebrada y en casa, como decían los viejos. ¡Aprende de los viejos, carajo, que ya hemos pasado por esto! ¡Aprende de mí, coño, que no te voy a durar toda la vida! Le agradó conocer que tanto odiaba Belisario a Yahaira por ser su hija como él por ser su mujer.

Freddie Samuel le dio las gracias a su suegro por el entendimiento y la consideración que le profesaba, por reconocer el carácter díscolo de su hija, cosa deleznable en una fémina, y por confiar en su versión de que nada le había hecho para que tomara aquella resolución tan drástica de abandonar el hogar conyugal. Le reiteró su compromiso con la ley y su incapacidad moral y profesional de hacerle daño a otro ser humano, mucho menos a un retoño de Belisario. Lo dijo con la cara fresca, impávido, a sabiendas de que no era merecedor de consideración alguna, ni de la confianza de nadie, que la profesión que más incurría en el uxoricidio era la del policía, y que el coronel estaba al tanto de todo. Sin duda, las actividades clandestinas que compartían él y su suegro crearon vínculos entre ellos que ni siquiera la desgracia de una hija, a quien de todas formas nunca quiso tanto, podía desliarlos. Los secretos hermanan, y más si son ilícitos.

Ante el resto de los familiares de Yahaira se cantó ignorante y defendió como el mejor su inocencia ante las alegaciones de ella —que eran aun las más livianas de las que pudiera levantar en contra de él—, como si en vez de agente del orden público fuera un verdadero genio de la pantomima. Con un descaro sin parangón, tanteó la complicidad de aquella red familiar de la que eran casi todos hilo y madeja de esa otra red delictiva, sólo para conocer si pesaba más el agua liviana de los vínculos secretos del crimen que los hermanaba con él que el coloide espeso de la sangre que los hermanaba con ella.

Ahora que el problema entre ellos había cesado de empeorar con la partida de Yahaira, Freddie Samuel estimó que, tras aquella primera reunión familiar, sólo restaba aguardar hasta saber si ella revelaba el verdadero catálogo de atrocidades que había perpetrado en contra suya. En tal caso, serían varios los escenarios posibles: que no le creyeran y la rechazaran por loca, lo cual equivalía a entregarle a Freddie Samuel en bandeja de oro la razón de sus razones; que le creyeran y se le viraran, situación que ponía en riesgo la complicidad de sus actos clandestinos; o que le creyeran, mas fingieran no hacerlo, prefiriendo la seguridad de sus operaciones y la garantía de sus peculios a la exposición de su yerno a tales monstruosidades, que, a la larga, sería exponer también la cofradía delictiva de la que eran miembros todos. Ya sabría Freddie Samuel dentro de poco cuál sería la reacción de su suegro a las confesiones de su hija, que casi daba por seguro que ocurrirían. Tan pronto se percatara de que lo marginaban de alguna de las operaciones, que alguien insistía demasiado en sustituirle al menor indicio suyo de cansancio o súbita indisposición, ya sabría que intentaban deshacerse de él de la forma más recatada; si nada ocurría, nunca sabría si fue que la vergüenza selló los labios de Yahaira o, la ambición, los de la familia.

Mientras tanto, la serbia había escapado por completo del control de Freddie Samuel y su actitud hacia él era evidentemente evasiva. Al principio le respondía a sus reclamos siempre en medio de gran apuro, que si un cliente con quien debía encontrarse en un hotel de San Juan, que si un yate en el que partía con otro cliente para pasar unos días en Tortola y Virgen Gorda, circunstancias que a Freddie Samuel le rejodían la paciencia y lo acercaban peligrosamente a la demencia. Luego dejó de contestarle las llamadas por completo, lo que causó, en periódicos raptos de desesperación, que restrellara sucesivos teléfonos contra distintas paredes de la casa. Los mensajes que comenzó a dejarle, al principio amorosos, pronto pasaron, por virtud del veneno del desdén que ella le profesaba, de intimidadores a violentos y amenazadores.

La vio por última vez, tras varias semanas de ella ignorarle las llamadas, en una de las piscinas de Palmas del Mar mientras tomaba sol en una tanga que tenía rijoso a todo el sexo masculino en un perímetro de media milla. El uniforme lo forzó a guardar la compostura en público, sobre todo al encontrarse rodeado por un séquito de la alta oficialidad que allí llegó para investigar la aparición de una lancha en la playa, cargada de fardos con kilos de cocaína abandonados a saber por cuál motivo. Desde luego, Freddie Samuel llegó al lugar de la escena no para investigar el crimen, sino para custodiar el material, que alegadamente pertenecía a un grupo enemigo de los Ramírez.

Ella se puso pálida con la aparición de la policía, y más cuando lo vio a él y recordó los temibles mensajes que le enviara. Él, al percatarse de su presencia en una de las tumbonas de la piscina, disminuyó el paso para quedar último en la comitiva y le pasó por el lado fulminándola con la mirada. Aunque entre la Uniformada de la región era conocida su relación con la serbia, resultaba de todos modos indecoroso a su estatuto profesional saludar con un beso en público a aquella mujer que, a todas luces, era una mesalina de alto copete. Continuó con el grupo hasta la playa, pues debía asegurarse de dar las instrucciones respecto a la droga incautada y, cuando regresó, ya ella se había marchado y metido en uno de los cientos de apartamentos de aquel complejo playero que parecían los alveolos gigantescos de un panal de abejas monstruosas. Pensó quedarse rondando hasta verla salir de nuevo, mas se suscitó una reunión de emergencia en la comandancia convocada por el comisionado, de la cual no pudo excusarse por mucho que lo intentó. La maledicencia de algunos de los compañeros policías, que de reojo observaron la indiferencia que le mostró la serbia en aquel encuentro, fue la chispa que incendió las habladurías y maduró en tosco chisme hasta llegar a los oídos de Freddie Samuel, quien, como un centellazo de luz vibrante, quedó ciego de celos y mudo de ira.

La catástrofe se fraguó de repente en un coágulo denso y los eventos se precipitaron en cuestión de pocos días. El agente catalizador fue la aparición de un oficial de la Corte de Distrito de Humacao una mañana en la puerta de su casa para hacerle entrega a Freddie Samuel de la demanda de divorcio de su esposa Yahaira. Aquella posibilidad, aunque en alguna ocasión la contemplara, no tenía aún cabida en el rango de acciones que imaginó a Yahaira capaz de realizar. Tan convencido estaba del nivel de poder que todavía ejercía sobre ella, pese a la separación y la distancia, que dio por inverosímil la posibilidad de que llegara por sus propios pies a solicitar aquel recurso. El abuso atroz al que la sometió y del que estaba hoy consciente, pese a que, tal vez, en el momento de ejercer su brutal fuerza no lo estuviera tanto, había creado tal grado de sumisión en ella, pensaba él, que el mero pensamiento de realizar aquello que el oficial de la corte materializaba en sus manos ocasionó un verdadero evento sísmico en su organismo. Alguien tuvo que ayudarla, se dijo, alguien la asesora, balbuceó mientras hacía añicos el papel de la citación sin fijarse siquiera en la fecha de comparecencia. Alguien la protege, concluyó, porque seguro que protección se había procurado para tomar semejante paso, se decía. Recompuesto el ánimo tras empinarse un trago de ron añejo y meterse un relajante muscular, se sentó a recomponer los pedacitos de la citación en ánimo de rescatar la información extraviada en el destrozo.

Aquella demanda le cayó encima a Freddie Samuel como una plasta que neutralizó su productividad y destruyó su coherencia por dos semanas. Cansancio constante, molestia en las coyunturas, cefaleas recurrentes, desbalance, desorientación. Una pesadez le ocupaba la nuca a partir de las tres de la tarde, y por la noche se la pasaba enredándose en las frisas sin lograr pegar el ojo ni domesticar el cansancio. Al cabo de esas semanas, en las que realizó sus labores en la policía arrastrando los talones, se puso en contacto con un abogado amigo suyo que conoció hacía unos meses en una escena de crimen, donde a menudo se aparecía para repartir tarjetas de presentación entre los deudos y las víctimas. Al tanto del grado de notoriedad de Freddie Samuel en la comunidad, el letrado estimó que sería favorable para su práctica legal aquel caso que, de complicarse, seguro catapultaba su carrera a las órbitas del reconocimiento. Esa misma tarde, la rueda del destino, que mueve inexorable sus muescas y dientes, llevó a Freddie Samuel al botellón de agua que queda junto a la puerta de la oficina de uno de los sargentos, la cual, empujada por los dedos del mismo sino, quedó lo suficientemente entornada como para que atravesara la conversación de dos de sus compañeros que comentaban respecto a la masculinidad de Freddie Samuel, a la luz de que su esposa, Yahaira, según se cuenta, se había arrejuntado con un fiscal de distrito, y de que la prostituta serbia se había echado de amante a otro de los coroneles de la policía, quien ahora la protegía. Freddie Samuel se retiró sin dejar huella sensorial de su presencia, mas salió convencido de que las cosas habían llegado hasta un punto inaceptable, y que si aquello era cierto y Yahaira le estaba, como se dice, pegando los cuernos, ella y el fiscalito pagarían por su insolencia.

Como se dijo ya, la rueda de los acontecimientos fue puesta en movimiento, de modo que ocurrió lo inevitable, ocurrió lo que estaba escrito que ocurriera. Freddie Samuel se encontraba de compras en un centro comercial de las afueras de la ciudad cuando, a lo lejos, en el interior de una tienda de ropa de mujer, vio a quien le pareció ser una Yahaira por completo transformada, delgada, alegre, de senos altos, pelo lacio hasta los hombros, bigotillo pintado. Ella, enfocada en el patrón de flores de una blusa, no se percató de él hasta el último momento, cuando ya le tenía bloqueado el paso del carril entre dos hileras de ropa en ganchos donde se encontraba. Sintió aflojársele las rodillas, írsele el color, escapársele el aliento.

¿Para dónde vas, perra sucia?, le preguntó, pegándosele por detrás en ánimo de demostrarle quién mandaba sobre aquel cuerpo renovado. Te ves de lo más bonita, añadió con sorna, mirándola de arriba abajo. Más bonita que cuando estabas conmigo.

Gracias, le respondió con timidez y la voz entrecortada.

¿Para quién te has puesto tan linda, ah? Porque para mí no es, estoy seguro, yo que soy tu marido. ¿Ah, cabrona?

A Yahaira le comenzó un temblequeo en las extremidades inferiores, que más bien parecía aquejada del mal de San Vito, al tiempo que buscó con la mirada a su alrededor a alguien a quien pudiera recurrir en caso de que fuera agredida.

Ven acá, perra puta, déjame sentirte esas nalgas grandes que todavía son mías, le dijo a la vez que se le acercó más, y le metió una mano por debajo de la falda y le apretó con fuerza excesiva un glúteo. El dolor la hizo zafarse de su agarre.

Déjame quieta, Freddie, déjame en paz, te lo suplico, déjame tranquila.

Te equivocas. Aquí nadie va a vivir tranquilo hasta que tú me digas para quién te estás poniendo tan bonita, pedazo de puta.

Yahaira comenzó a retroceder mientras él la seguía con palabras, miradas y gestos cada vez más ofensivos. Cuando llegó hasta ella, la cogió por el pelo y la doblegó hacia abajo con fuerza brutal, lo que le provocó un grito corto pero agudo que escuchó una de las dependientes de la tienda, quien alertó a un supervisor. Cuando este llegó al lugar de la escena, encontró a Freddie Samuel con una rodilla sobre el cuello de Yahaira, quien se había orinado encima y tenía la cara aplastada contra el suelo y emitía un gemido asustado por un resquicio de la boca, mientras él, muy cercano a su único oído disponible, le decía las obscenidades más graves que pueda concebir la imaginación más asquerosa. A sus espaldas escuchó un carraspeo cercano y luego una voz de hombre que le dijo con una firmeza incontestable: Caballero, le ruego que suspenda lo que está haciendo y salga de la tienda inmediatamente.

Me las vas a pagar, cuero sucio, tú y quienquiera que sea el noviecito que te estás tirando. ¿Me oyes? Ah, y lo de la navaja te va a costar caro, ¿me escuchas?, caro te va a salir, le advirtió antes de darle un último empujón con la rodilla contra el suelo, exprimirle un chillido final y marcharse sin darle la cara a la persona que le exigió salir del establecimiento. Esa misma tarde, en su oficina de la Comisaría, le llegó de manos de dos compañeros policías una citación de la Corte y una orden de protección temporal emitida por una jueza contra él por solicitud de Yahaira Asunción. Freddie Samuel tomó aquello con resignación, pero se propuso en ese instante hacer buena su palabra y ponerle fin a aquel descaro que lo abochornaba públicamente. Llamó a Belisario, le mintió respecto a lo ocurrido y este quedó complacido con sus explicaciones, pero le preocupaban las repercusiones que pudiera tener el caso en lo que a él respectaba, lo que pudiera revelarse o salpicarlo. Calmándolo, le aseguró a su suegro que no tenía de qué preocuparse, que Yahaira no sabía ni jota de sus negocios, si es que eso era lo que le intranquilizaba. Sosegado quedó Belisario, aunque se propuso investigar cuán cierto era el nivel de locura de su hija que su yerno reclamaba, porque de que había locura, la había sin duda.

Nunca se supo cómo, pero el incidente se coló en una nota de prensa de un periódico local, lo que provocó comentarios en la radio, una reunión en la comandancia al día siguiente con algunos jerarcas de la policía y una reprimenda severa al padre y a los tíos de Yahaira por no atender la situación adecuadamente, sobre todo ocupando cargos de tanta sensibilidad pública.

Retorcido de ira, aunque afincados los impulsos, Freddie Samuel activó su grupo de incondicionales, entre ellos a su mano derecha, el sargento Rafael Segarra, Rafo, a quien dejó a cargo de las operaciones de campo en lo concerniente a los cargamentos de los Ramírez, o más bien la ausencia de ellas, que era en realidad lo que él coordinaba: cerciorarse de que ningún agente del orden se encontrara en operaciones en los perímetros acordados a las horas precisas, labor que realizaba gracias a la asistencia de sus dos alicates, Papote y Chucho, que acataban sus órdenes de forma devota y campeaban por su respeto sin reconocer límites ni lindes entre lo lícito y lo no, entre lo legal y lo criminal.

Aunque la amistad de aquel cuarteto se había consolidado en tiempos más recientes, comenzó como comienza cualquier amistad: afinidades, semejanzas, entendimiento, risas. Al principio fueron almuerzos en el cuartel, luego en el Burger King de la cuadra; después vinieron las cervecitas al final de los turnos, el gimnasio, la moda —menos Rafo—, de los cerquillos y recortes: Chucho con su alfombrilla apretada adherida al tope de la frente casi al estilo romano, Papote con sus cabellos lacios cortados como con dita, y Freddie Samuel con *flattop* y pollina sostenida con gel a modo de pequeña ola a punto de romper en la playa de su amplia frente. Rafo se distinguía entre ellos por ser un poco mayor, por el bigote de revolucionario mexicano, por su pelo en pecho, cejas gruesas y mata de pelo negro salvo por las patillas canas. Freddie Samuel y Rafo compartían el liderato del grupo. Salían juntos las horas libres y realizaban toda índole de actividades típicas de hombres solteros que salen a cazar mujeres. Al principio se intoxicaban en alguna barra discreta a fuerza de tragos dulces; de allí pasaban a casa de Aurora Bembenutti, una corsa boricua que conocía Freddie Samuel a través de la serbia, en cuyo establecimiento se ofrecían los mejores platos disponibles del menú prostituril de la zona. Una vez ganada la confianza absoluta mediante estas actividades, lo próximo fue incorporarlos al negocio de venta de balas del almacén de la policía, que tenían Freddie Samuel y Rafo por el ladito para complacer las necesidades de ciertos clientes exclusivos de la alta sociedad que estaban dispuestos a pagar bien por ellas. Ambos, Chucho y Papote, accedieron de buena gana y, en menos de una semana, se vieron con grandes cantidades de efectivo en las manos, sin que el hurto se reflejara en ningún registro del inventario policial ni provocara sospecha alguna entre el personal de la armería. El siguiente paso fue involucrarlos en la coordinación de las entregas de los Ramírez. Lo dieron sin miramientos, ciegos ante la lana que devengaban que hacía lucir ridículo el negocio de las balas. Colocados, pues, en posición tan comprometida, exigirles colaboración para las acciones que se proponía realizar en defensa de su honor y su hombría era ya esfuerzo medio hecho.

Convocados con discreción extrema al estacionamiento vacío de un centro comercial, arremolinados en torno a un alto poste de luz anaranjada, sin ofrecerles demasiadas explicaciones, Freddie Samuel solicitó apoyo a sus amigos para un problema personal. Les pidió que se pusieran a su disposición en un asunto privado de suma importancia que tenía que solucionar con su mujer. Mintiéndoles, les advirtió que su mujer, o más bien su exmujer, se reunió con los federales en días recientes. Parece que están investigando a los hermanos Ramírez y quieren llegar hasta nosotros. Rafo escuchó aquella información con absoluta sorpresa, pero con gran detenimiento. Al final, se sintió aliviado con las confesiones que hizo Freddie Samuel respecto a su circunstancia personal con ella, así como sus sentimientos, o más bien su ausencia de ellos, lo cual facilitaba la toma de acción drástica, que era lo que exigía el caso. Papote y Chucho escucharon con preocupación y, sin conocer el verdadero alcance de los planes de Freddie Samuel, aceptaron meterle mano al asunto y corregir lo que hubiera que corregir. Tranquilo, Chucho, tranquilo, le dijo por lo bajo Papote para que se espabilara, que la mera mención de los federales era suficiente para dejarlo mudo, petrificado y más blanco que un nardo. Mira, que si es verdad que tenemos detrás a los federicos, hay que meter mano y hacer lo que sea.

Por las contorsiones del rostro, por las formas del cuerpo, por el cuchicheo que se traía con Papote, Rafo y Freddie Samuel se percataron aquella noche de la reticencia de Chucho y acordaron que necesitaba un empujón adicional. Al día siguiente, Rafo arregló el asunto con la corsa Bembenutti, quien corría su negocio desde una de las mansiones de Palmas del Mar. Dio la buena coincidencia que, por aquellos días, una muchacha llegada hacía un año de Moldavia se había enviciado con heroína y convertido en un peligro para el establecimiento. La corsa la había despedido recientemente, pero ella se la pasaba por las playas de Palmas levantándole los clientes, dado que la droga aún no le había ajado las carnes y, a la vista, en una tanga, lucía apetecible. La propuesta de Rafo para amarrar el compromiso y la lengua de Chucho, y de la corsa Bembenutti para deshacerse de la moldava, coincidieron en un plan nefasto que, tras ejecutarlo, convirtió a Chucho de elemento dubitativo en uno incondicional.

Ese mismo fin de semana, mientras compraba unos mahones en una tienda de moda de un centro comercial, se le acercó a Chucho la moldava, enviada por Bembenutti con la promesa de reincorporarla a la red si trataba bien a un cliente de importancia. Como era de piernas largas, expuestas gracias a la gentileza de unos *hotpants* que llevaba y tonificadas por los tacos elevados, de torso escultural expuesto en la zona del vientre, de senos vibrantes apenas cubiertos por telas livianas, Chucho no pudo evitar mirarla con franca lascivia, que ella alimentó con miradas juguetonas y el tránsito sutil de la punta de su lengua por el filo de los dientes superiores sacándole brillo a unos labios frondosos que despertaron en él todo tipo de fantasías. Poco después, fingiendo estar inmersa en la selección de unas blusas, rozó con una pierna una de las nalgas de Chucho, lo que le permitió disculparse con él, sonreírle, intercambiar un par de frases corteses y conocer su nombre. El acento y la extrañeza del nombre fueron pretexto de comentario para Chucho y motivo de invitación a una barrita que él conocía para darse un par de cervecitas y realizar un sano intercambio de impresiones en el inglés macarrónico que ambos hablaban. Una cerveza llevó a otra y esa otra a un trago y ese trago a varios tequilazos que llevaron a otros tragos en la casa de Chucho, que era soltero.

Acorde con las instrucciones de su jefa, quien le indicó las propiedades narcóticas de una cápsula que debía disolver en el trago de su cliente para hacerle la experiencia carnal un evento inolvidable, la moldava cumplió su misión en las aguas de un vodka con jugo de china mientras él se encontraba en el baño. Poco después de beberse el trago perdió la consciencia, al punto que ella tuvo que arrastrarlo y treparlo en la cama. Aterrada, sin conocer las causas, convencida de que estaba muerto de tan profundo que era su sueño y tan pausada la respiración, llamó desde allí a la corsa, quien llegó al lugar media hora después, acompañada por Rafo, que aparentaba escoltarla. Ambos entraron a la casa de Chucho despreocupados por las apariencias, como si ya la totalidad de los hechos estuvieran consumados. La corsa fue a consolar a la moldava, que gemía en una silla más por falta de la droga que por el horror de la muerte, mientras que Rafo fue hasta el cuerpo de Chucho para cotejar el grado de su catalepsia y si la dosis de la cápsula era la adecuada. Le tomó el pulso en la muñeca, con el cual sondeó la profundidad de su sueño; le abrió uno de los ojos y observó las pupilas; y acercó el cristal de su reloj de pulsera a la boca del durmiente que atrapó el vapor de su vital aliento. Dormía al borde del precipicio.

Casi lo matas, Bembe, le dijo Rafo a su amiga al tiempo que se volteaba hacia ella y le pedía que le preguntara a la muchacha que hacía cuánto se había tomado el trago.

Una hora más o menos, dijo ella. Realizó una serie de cálculos mentales y concluyó, tranquilizadoramente, que el paroxismo de su efecto había pasado y se encontraba ya en proceso de recuperar la consciencia, lo cual podía tomarle un par de horas todavía.

Casi se nos va del aire el Chucho, dijo en un susurro.

Hierático, de piedra el rostro, Rafo se detuvo junto a la silla grande de la sala en la que la moldava lloraba de forma extraña y convulsa. La miró a los ojos y ella, de súbito callados sus gemidos, clavó los suyos en los de él con mirada de gran súplica. Introdujo los dedos índice y del corazón en el bolsillo izquierdo de su camisa a modo de tenazas y tiró sobre la mesa una bolsita pequeña de plástico transparente con una sustancia marrón clara dentro que extrajo, pillada, entre la yema de uno y la uña del otro.

Aquí tienes, cúrate mijita, que ese mono te va a matar, le dijo en un español que ella no comprendió.

La corsa le dijo algo suave al oído y ella saltó de la silla y estiró el brazo para tomar posesión del bolsito plástico con extracto de heroína hiperpura que se había agenciado Rafo a través de su amistad con los Ramírez. Desgreñada, ojerosa, ajada y con el maquillaje corrido por las lágrimas, la moldava corrió con el botín hacia el baño y tiró la puerta con un estrépito que hizo saltar a Rafo. Aquello le envenenó la sangre y lo llevó a hacer con mayor frialdad lo que fue inevitable que hiciera.

¡Toma!, dijo Rafo al escuchar el golpe que se sintió dentro del baño, como si un coco diera contra una losa hueca. Abrió la puerta del baño que, en la desesperación, la adicta no supo apestillar, y la encontró desplomada a un costado del inodoro donde se sentó a pasar la nota, con la cabeza rajada contra el borde de la bañera y metida en un charco de sangre.

¡Ups!, le dijo a la corsa, se le rajó el melón.

Mejor, para que haya sangre y más se espante, respondió la corsa.

Con sorprendente fuerza, Rafo arrastró a la tecata moldava hasta la cama y la tiró junto al cuerpo dormido de su último amante. Le arrancó la jeringuilla del brazo, que no tuvo tiempo de retirarse, y fue hasta el baño, donde encontró el resto del material. Haciendo uso de sus conocimientos del narcótico, preparó la jeringuilla para una segunda dosis, la cual le disparó a la chica por la carótida sin parpadear, sin remilgos, hasta el final cuando, al retirar la aguja, un chorrito de sangre le cayó en un ojo, la mejilla y los labios. Asqueado, escupió maldiciendo, atemorizado por lo que la ingestión de aquella sangre enferma pudiera acarrearle. Se cagó en la madre de la ya en camino a cadáver. Salió del cuarto en lo que pasaba el huracán narcótico, mirando hacia abajo, disgustado, seguido por los pasos cortos de la corsa, quien llevaba la sangre helada en el semblante.

La moldava se jamaqueó un rato como poseída, comenzó a botar una baba espesa por la comisura de la boca y le tembló la pierna izquierda hasta que dejó de vivir. Consumado el hecho de su vida, Rafo regresó, se colocó una manopla en la mano derecha y golpeó su cuerpo inerte severamente por todas partes, sobre todo el rostro; luego colocó las manos esmonguilladas de Chucho sobre el cuello de ella y las apretó con todas sus fuerzas hasta dejarle impresas en el cuello las marcas de aquel falso estrangulamiento. Por último, tomó la mano derecha de su amigo y la golpeó varias veces con fuerza contra el suelo. Dos horas después recibió la llamada desesperada de Chucho. No sabía lo que había pasado, pero era grave, gravísimo. Sonaba desesperado. Necesitaba que fuera a su casa en ese mismo instante para ayudarlo a salir de un aprieto. Allá fue Rafo y se encontró la mortífera pantomima, la cual resolvió a cambio de su fidelidad absoluta al grupo.

Días después, Rafo, Chucho y Papote montaron un operativo secreto de vigilancia al apartamento de la mamá de Yahaira, donde se fue a vivir al deteriorarse drásticamente la relación con su papá tras la orden de protección. Querían la identidad del sedicente amante, que ya sabía Freddie Samuel, de oídas, que se trataba de un fiscal, igual que detectar cualquier operativo que tuvieran los federales en torno a ella, según tenían creído que así era. A los pocos días dieron con el sujeto, que resultó ser, en efecto, fiscal de distrito, a quien ella conoció por casualidad en la casa de su padre Belisario y a quien, desesperada, acudió de manera clandestina para entregarle su confianza, su dolor, su corazón y, al final, su cuerpo. Tras el episodio de la tienda, se sentía aterrada de que su esposo quisiera asesinarla como tantas veces amenazó con hacerlo si la sorprendía con alguien; el fiscal, en cambio, conocedor del conflicto ético y la complicación que pudiera acarrearle a la demanda de divorcio de Yahaira si se llegase a conocer aquella relación entre ellos, se apoyaba en la mera fortaleza de la ley, que prohíbe el asesinato y lo castiga y que, según él, debía ser suficiente garantía de seguridad para ambos.

Pero la ley, desde luego, no fue el escudo que el fiscal creyó que era la noche en que el escuadrón de Freddie Samuel, cubiertas las caras con medias de nailon, lo interceptó en el estacionamiento oscuro de una panadería nocturna. Salvo Rafo, que se mantuvo a una distancia prudente dentro de uno de los vehículos desde donde coordinaba aquella acción, los demás rodearon el carro, rompieron el vidrio de la ventana y sacaron al fiscal del interior tirándolo de los pelos por el hueco abierto. Tendido en la brea, lo patearon, lo golpearon con un palo y le llevaron la cartera y un maletín de cuero para fingir que se trataba de un atraco. Pero Freddie Samuel no pudo evitarlo y, en un estado de profunda confusión, se le acercó al oído para decirle que lo mejor que puedes hacer, cabroncito, es dejar quieto el bollo que no es tuyo. El fiscal permaneció ingresado en el hospital casi tres semanas, con lesiones severas y contusiones en el cráneo que inflaron burbujas en su cerebro y mantuvieron su conocimiento atado al muelle de la inconsciencia. La policía investigó el altercado sin mucho entusiasmo, y la Fiscalía escrutó los casos pasados y presentes del fiscal agredido, sobre todo los relacionados con el narcotráfico. Fuera de juego el fiscal, hubo tiempo de sobra para que se consumara la segunda fase del operativo pasional. Rafo convocó a los muchachos en el estacionamiento de un McDonald's de la zona. Freddie Samuel llegó tarde, beodo y violento, colmado de locura e inflado de deseos de venganza. Se montaron los cuatro en el carro de Rafo, un Caprice Classic de los años ochenta en perfectas condiciones, Freddie Samuel en el asiento del pasajero, Chucho y Papote en el trasero. En una carretera rural de las cercanías del río Sonda, en Humacao, interceptaron el carro de Yahaira, que se movía en dirección al centro del pueblo. Con destreza choferil, Rafo lo forzó a detenerse en un solar baldío a la vera del camino, donde las luces alumbraron un metro de arena abandonado cubierto por una fina yerba que le daba la apariencia de un volcán en miniatura. Freddie Samuel se apeó velozmente y se metió en el carro de Yahaira, quien, estúpidamente, había dejado abierta la puerta del pasajero cuando acomodó en el suelo la caja con el maletín de cuero que le había comprado al fiscal para sustituir el que le habían robado. Entró como un bólido y, a través del vidrio iluminado por las luces del carro de Rafo, se observó cómo su mano hecha puño golpeó en reiteradas ocasiones la cabeza de Yahaira hasta que el cuello le colgó inerte como una bufanda sobre el respaldo del asiento. Un movimiento de sombras ocurrió luego dentro del vehículo, el cual al poco rato, comenzó a moverse mientras una mano, la de Freddie Samuel, salía por la ventana del conductor para indicarle a Rafo que lo siguiera.

Ambos carros partieron rumbo al bosque de Carite y, al cabo de un sinfín de curvas y recurvas por carreteras de valles y montañas, llegaron a una casa de cemento montada sobre largos pilotes de hormigón al borde de una ladera, dentro de la cual, según se observaba por la ventana de la marquesina, latía una luz tenue y temblorosa, y de donde salía una música estruendosa. Entró primero Freddie Samuel. Luego salió y le pidió a Chucho que lo ayudara a sacar a Yahaira del carro. Rafo y Papote entraron últimos. Adentro se encontraron con dos individuos de la peor calaña, contactos del más bajo de los mundos, que les debían favores a Rafo y a Freddie y en cuya casa, que era aquella, ocurrían todo tipo de actividades sórdidas. Un olor a sebo impregnaba el aire. El ambiente era tenso a un punto extremo. Se presentía que algo atroz estaba por ocurrir. Ninguno de aquellos dos hombres se permitió mostrar siquiera el menor celaje de duda o amistad ante los que llegaban. Lo que es peor, la encomienda que les daban aquellos policías delincuentes alebrestó el viento de la barbarie que llevaban los tipos por dentro y les creó una vorágine de crueldad impensable.

Metieron el cuerpo inconsciente de Yahaira en el centro de una habitación cubierta por una lona de plástico desde el suelo hasta la mitad de las paredes. Allí la tiraron, semidesnuda, hinchada la cara como una papaya podrida de los bimbazos que le propinara Freddie Samuel, donde cayó con un sonido corto y seco de cosa sin resistencia. Con una sonrisa rijosa de medio ganchete sacada de la peor pesadilla del sadismo humano, Freddie Samuel le dio permiso a aquellas bestias para que examinaran el cuerpo de su esposa, si querían, antes de que despertara, lo que procedieron a hacer de inmediato, para espanto al principio y luego regocijo de Chucho y Papote, que se sintieron de pronto poseídos por el elíxir del poder brutal que representaba aquel cuerpo indefenso, cuyas partes pudendas acariciaban aquellos tipos con lascivia asquerosa. Rafo procedió a retirarse de la escena, mientras Freddie Samuel rebuscaba en una cartera que llevaba amarrada a la cintura con una correa de cuero, de la que extrajo un tubito de amoníaco forrado de algodón que servía para ahuyentar desmayos.

Yahaira despertó con una sacudida violenta de la cabeza. Antes vio que sintió las seis enormes manos masculinas que le acariciaban el cuerpo con suma brusquedad, algunas sobre sus partes privadas, otras dentro de ellas. Pegó un grito de miedo ciego, sin sonido, que casi pareció un frémito de película muda. El segundo bostezo o grito silente ya no pudo ejecutarlo porque un par de manos colocó sobre su boca una cinta adhesiva gruesa y plateada, para que no les ensordecieran los alaridos, en caso de que recuperara el volumen. Alterada como estaba, no poder gritar le importó menos que no poder respirar. La agitación de su cuerpo exigía un influjo de oxígeno mayor del que dejaban pasar sus fosas nasales rotas a puñetazos, y menos cuando comenzaba a llorar y a tupírseles de flema con sangre los meatos. La dificultad para respirar, en aquellas circunstancias que ella misma no lograba descifrar por completo, combinada con el aturdimiento de los golpes periódicos que recibía, fue la mera introducción del sufrimiento a un cuerpo destinado aquella noche al dolor perenne.

Todos, menos Rafo, procedieron a violar y sodomizar a la víctima, como si fueran guata la carne, vidrio los ojos, horchata la sangre y mugidos los gemidos. Los descuartizadores rompieron el hielo, con la evidente anuencia de Freddie Samuel, quien los convidó, como también convidó y hasta alebrestó a sus propios amigos para que satisficieran sus instintos carnales en aquella carne inútil. En poco tiempo, la escena degeneró en frenesí. Tras los descuartizadores, vino él, su marido; luego, casi por inercia, casi por el hipnotismo mismo de la situación, por el magnetismo del salvajismo viril que se apoderó de ellos, fueron Papote primero y Chucho después, quienes tras la timidez original se soltaron y abusaron igual que los demás. Dos horas duró aquel delirio de dolor. La última sodomización que realizó Freddie Samuel la hizo con la navaja que ella le dejó sobre la mesa y que tanto le ofendiera, pero ya aquel último acto barbárico era pura necrofilia. El grupo insistió en varias ocasiones en que también Rafo se uniera al banquete, pero él arguyó que alguien tenía que quedarse haciendo guardia, y les aseguró que tan cómplice era él por su anuencia que ellos por sus actos.

Freddie Samuel, Chucho y Papote se quedaron en la cocina bebiendo cerveza, fumando como chimeneas, sin atreverse a mirarse las caras ni hablarse entre sí, mientras Rafo, con más experiencia en estas carnicerías y menos grados de temperatura en la sangre, supervisaba la descuartización. Al poco rato le entregaron a Freddie Samuel una maleta de cuero alargada como para guardar un violonchelo, con Yahaira adentro picada en presas. Él y Rafo se despidieron de aquellos dos elementos, sellando con los dedos pulgares una especie de pacto de silencio. Metieron la maleta en el baúl del carro de Yahaira, que Freddie Samuel conduciría solo. Como Rafo era quien conocía el lugar remoto donde irían a deshacerse del cadáver, Freddie Samuel lo siguió por casi dos horas hasta llegar a aquel sector de Tiburones en Ponce, en donde penetraron por un camino de tierra escabroso hasta llegar al lugar recóndito donde se proponían ocultar los residuos de aquella nefasta obra.

Al llegar al lugar adecuado, Rafo sacó del baúl de su carro dos picos, dos palas y un machete, este último por si había que picotear aún más los trozos, algunos de los cuales quedaron muy grandes para su gusto. Luego sacó medio galón de gasolina. El plan era cavar primero la fosa, luego sembrar el cuerpo picado, cuyos dientes fueron molidos por los descuartizadores para que nunca pudiera identificarse, tapar la fosa y al final pegarle fuego al carro justo encima de la sepultura, de forma que la explosión y la chamusquina escondieran sus rastros. Entre los cuatro comenzaron a cavar una fosa que Rafo insistió en que fuera honda, ocho pies mínimo, pero como las nubes taparon la luna, la noche se tornó de súbito muy oscura y la linterna que trajo Freddie Samuel se quedó sin baterías apenas comenzada la excavación, lo que constituyó el único error de aquel plan, no haberlas cotejado. Así que no les quedó de otra que cavar a la luz del auto en llamas, por lo que invirtieron el orden del plan. Encendieron el auto a una distancia razonable del hueco que habían comenzado a cavar y se alejaron hasta que estalló varias veces la gasolina en el tanque; luego se acercaron y continuaron cavando, entusiasmados ahora con una botella de Palo Viejo que Rafo sacó para darles ánimo. Ahora tendrían que hacer imperceptible el lugar de la fosa, asunto que, como policías que eran, sabrían realizar sin dejar rastro. Una vez encuentren el vehículo, revisarán los predios, se marcharán y jamás volverán por aquí a revisar de nuevo, les aseguró Rafo.

Cavaron turnándose los picos y las palas, menos Rafo, que se concentró en el machete y la labor de cercenar los pedazos grandes de las piernas y los brazos que los descuartizadores no picaron demasiado y que él no insistió que hicieran porque estaba loco por salir de aquella casa cuya peste a sebo humano había comenzado a revolcarle el estómago.

Fue a Rafo, en esta primera fase de la faena, a quien observaron de lejos los pescadores cuando pasaron. Acostado de nuevo tras los pajones de yerba a poca distancia del círculo de luz que irradiaba la hoguera, Chiquitín observó al mismo indígena que viera por el catalejo gritando las palabras, sudado de torso entero, de espaldas a él y de rodillas con la cabeza hacia el interior de aquella fosa. Luego observó a los otros dos indígenas, a todas luces *naborias*, llegar de la oscuridad y reunirse en animada plática con el primero. Bebían lo que a Chiquitín le pareció *cusubí* y fumaban lo que creyó ser *cojibá,* sustancias que utilizaban los taínos para contrarrestar la fatiga de la labor, según era sabido por él y por los estudiosos de la materia. Sólo al final vio a Rafo volver a penetrar el círculo de luz, a quien, por su indumentaria, identificó como el enlace de los taínos con la sociedad moderna.

A ocho manos arrojaron los pedazos de Yahaira al hueco con más apuro que cuidado, como si aquellos trozos de muerta no pudiesen sostenerse en las manos por más de una fracción de segundo sin que dejaran en la piel el estigma de la culpa que apenas comenzaba a fermentárseles, sobre todo a Papote y a Chucho, quienes de repente se sentían sucios, deleznables, atrapados en el cerco de las circunstancias. ¿Qué diablos era eso que echaban dentro?, se preguntaba Chiquitín, convencido de que aquello era una exhumación y no un enterramiento, de que allí ocurría el saqueo de una tumba en vez de su fundación. Se le ocurrió la idea loca de que aquello era algún tipo de ofrenda que depositaban para Guabancex en su encarnación de Mamona. Luego, afanados Papote y Chucho, se turnaron la labor de devolver la tierra a su lugar, mientras Rafo observaba con la vista fija en el hueco y Freddie Samuel daba vueltas en silencio.

Chiquitín escuchó al indígena que parecía ser el cacique, de nuevo arrodillado frente a lo que era ahora un pequeño túmulo, gritar de nuevo palabras duras contra la tierra frente a él. Lo vio llenarse la boca del líquido que bebía de una botella, escupirlo sobre el terreno que recién volviera al hueco, y de nuevo gritar, gritar, maldecir, elevar encantamientos, proferir conjuros, que era lo que veía Chiquitín que hacía. Con el fuego del carro ya moribundo, los vio por fin partir hacia la oscuridad por donde, al rato, escuchó el runrún de un motor y vio a lo lejos las luces rojas de un vehículo encenderse y, junto con el runrún, desvanecerse. Recobrado el estado intacto y silencioso de la noche, Chiquitín se levantó del suelo, llegó hasta el lugar de la escena, se paró de frente a la tierra apisonada con las piernas abiertas y las manos en las caderas, miró el fuego mermante del carro, el cielo oscurecido de nubes, el resplandor de la luna tras de ellas, y como si calculara mentalmente el tiempo que faltaba para el alba, frotándose las manos, se dijo: ¡Manos a la obra, Chiquitín!

Capítulo IX

Donde Chiquitín descubre el hurto del Guanín y la rueda
de la fortuna le permite alcanzar a sus estafadores

Desde que su reloj de pulsera se detuvo en las dos y treinta siete hacía ya un par de meses, su concepto del tiempo había variado para ajustarse a otros indicadores temporales: luz solar, calor, humedad, patrón de brisa, sequedad del aire, estrellas, luna, tinieblas. Le era imposible calcular horas exactas, sobre todo en el transcurso de la noche, cuando ninguna sombra es del sol y los indicadores son mucho más tenues. Durante las noches de insomnio, que, desde Vietnam, comenzaban con una gota que caía desde el estanque de la memoria hasta crearle un eco macabro en el cerebro, se le turbaba a tal grado su concepción del tiempo que, en ocasiones, convencido de la inminencia del evento, se asomaba como un gato a ver el sol nacer por la ventana del este sin que fuera siquiera medianoche. Aquella fue una de las noches en que se le hizo imposible calcular correctamente la concatenación de las horas, y convencido de la inminencia del alba, comenzó a cavar con cierta urgencia donde mismo realizaran los taínos su exhumación, convencido de que debía aprovechar la frescura nocturna para hacer el grueso de la labor si quería evitar que el sol endureciera el terreno y le achicharrara la piel de la cabeza más de lo que ya estaba. Imbuido en la actividad física, el tiempo se le hizo una abstracción, un concepto imposible de sondear. Apenas lo separaban tres pies de tierra del cadáver descuartizado cuando asomaron los primeros rayos del alba entre unas nubes oscuras primero y luego encarnadas, evento cuya tardanza, según el reloj interno de Chiquitín, casi le ocasiona un infarto y lo lleva a la conclusión desesperada de que estábamos en el umbral de los tiempos, en el amanecer del

135

Séptimo Día, en vísperas del Advenimiento del Ángel, según recordaba ahora las palabras cataclísmicas de su vecino el Pastor de cómo se verían a nuestros ojos acá, en Puerto Rico, el comienzo del fin de los tiempos que ocurrirá allá, en el Medio Oriente. La salvación penitencial y la liberación del espíritu de la tribu comienzan con la extinción del sol, solía advertirle. ¡No habrá amanecer el día del Armagedón, Chiquitín, métetelo en la cabeza!, le decía el Pastor. Te lo digo para que sepas identificarlo y tengas tiempo de arrepentirte, pecador que eres, añadía, con una reina temblorosa alzada en alto antes de colocarla en el cuadrado que le aseguraba el jaque mate al rey hiperprotegido de Chiquitín. Con las manos casi puestas sobre el Guanín y al mundo que le da con terminarse hoy, se dijo justo antes de que el rubio comenzara a alumbrar los balcones de oriente y a ponerle fin a aquel fin de los tiempos.

Por mucho que apisonaran el terreno, permaneció blando en comparación con el circundante, por lo que Chiquitín realizó mucho menos esfuerzo para penetrar la tierra y removerla. Pese a ello, y por tratarse de una gran cantidad de pulgadas métricas de terreno para un cincuentón en no muy buena forma, aquella actividad, además de sacarle un par de ampollas en el tendón que enlaza el pulgar con el índice de la mano derecha, lo obligó a recurrir a las reservas de energía hasta llevarlo casi al borde de la deshidratación y el desmayo. Apenas el disco solar hubo descubierto del todo su forma, la punta de la pala de Chiquitín partió una clavícula de Yahaira.

El hallazgo de aquel cuerpo fresco, picoteado, oloroso a sangre, a sudor, ausente del hedor típico de los cuerpos descompuestos, hizo pensar a Chiquitín que se encontraba en la presencia de una momia sin las vendas de lino ni el rastro de los aceites y los ungüentos aromáticos ni la resequedad del baño salitroso. Aquellas artes taínas de momificación resultaron nuevas para él, admitiéndose al mismo tiempo que aquello no era ni momificación ni taxidermia, sino simple y llana preservación de la carne fresca a lo largo de los siglos. Se escandalizó con la noción de que los dichosos taínos tuvieran tan desarrolladas las artes de la conservación de los cuerpos sin él conocerlo, de lo cual culpó a don Vals y a su afán por esconderle ciertas nociones trascendentales para su desarrollo cabal como arqueólogo. Tarde venía a enterarse de que por mucho que su antiguo jefe lo defendiera de los ataques de Auches y sus secuaces, también él lo trató como a un diletante en la materia, como menos que arqueólogo en potestad plena, por muchos que fueran los años que pasara a su lado, que sin duda equivalían a un grado en educación continuada, una especie de superdoctorado, reflexionó ante el hallazgo. Mas le consoló la idea de que bastante sabía de aquella cultura esfumada para nunca haber hecho estudios formales sobre ella, convencido plenamente de que la fama que alcanzaría tendría un efecto demoledor en el monopolio cultural del que gozaban los separatistas, en caso de que optara por hacer públicos sus hallazgos. El único peligro para el patrimonio sepulto que él representaba era convertirse en el primer proamericano a quien sí le importa su pasado arqueológico, a quien sí le interesa la cultura, aunque sólo fuera con la esperanza de derretirla en el gran crisol de las razas de los Estados Unidos de América. ¡Porque no todo podía ser academia, estudios, método, notas y calificaciones! ¿Y la calle, dónde queda? ¿No cuenta? ¿No vale el conocimiento puro, el dato solitario, como le decía don Vals? ¡No me juegues tú a mí!, se quejaba en su propio soliloquio. En estas reflexiones se encontraba cuando presionó con la pala un pedazo del estómago de Yahaira que cedió y dejó escapar un líquido espeso y oscuro acompañado de un gas fétido que casi le saca a Chiquitín el vómito.

Tanto Chiquitín quería que aquel fuera el cuerpo preservado de la tal princesa taína que él imaginaba enterrada allí con el Guanín al cuello que movió y removió los pedazos del cadáver con la sangre helada en las venas, sin remilgo ni asco, con actitud forense, hasta convencerse, tras identificar un trozo que debió ser el del cuello, que la joya había sido extraída del lugar. ¡En mis propias narices! ¡Arrebatada de mis pendejas manos!, se recriminaba. ¡Y no llegar yo un día antes, unas horas siquiera! Aunque persuadido su intelecto del robo, su cuerpo daba extrañas muestras de duda, por lo que sus manos y brazos continuaron cavando y removiendo aquel terreno combinado de piedras, raíces y trozos de cuerpo humano como convencido de que en el fondo de la fosa yacía la prenda extraviada, hasta que por fin sintió un asco absoluto, y una vaharada con hedor a muerte le subió por las fosas nasales, y una sustancia que estaba entre la electricidad y el viento, entre el agua y el mercurio, le ocupó los tobillos. Saltó del hueco catapultado por un brote de juventud. ¿Eres tú, princesa guerrera, quien siente su paz perturbada?, preguntó Chiquitín en dirección al hueco. ¿O es tu espíritu, nonato cacique Güamaona, el que mueve ese aire raro que me eriza?

Bueno, se dijo en voz alta, parado al borde de la fosa mientras observaba a sus pies las piezas de aquel rompecabezas anatómico, es obvio que estamos ante una fosa mortuoria postcolombina, y fueran contemporáneos los taínos o fueran sus antepasados quienes la cavaran, aquí sin duda hay ritual, hay ceremonia, aunque yo mismo, que soy un especialista en esta cultura, no conozca ni papa de lo que este rito significa o cuál embeleco funerario pueda ser. Terminó por concluir que la cultura taína era más hermética de lo que tenía entendido, antes de persignarse y comenzar a devolverle su tierra a la fosa.

Eran las siete de la mañana cuando Chiquitín terminó de acomodar sus herramientas en la carretilla y reajustar los cables y sogas que la ataban al marco de la bicicleta. Resopló en acto de absoluta resignación ante su fracaso. Miró hacia el cielo. El sol castigaba ya de una manera prodigiosa y su camisa blanca, ensopada de sudor, quedó adherida al cuerpo como una nueva piel, y hasta adquirió su coloración. ¡Qué cruz!, se dijo mientras se montaba en su vehículo y arrancaba de vuelta a Ponce. Tan pronto arrancó, sintió el alivio del viento sobre su camisa sudada y confundió el bienestar corporal que le abordó con la razón de sus nuevas resoluciones.

Apenas partió, quiso someter al fuego de la razón el único aspecto que restaba por explorar de aquella extraña circunstancia, de cuyas conclusiones esperaba establecer un curso de acción seguro. ¿Qué impulso, qué intuición, qué premonición, cuál oráculo llevó a aquellos salvajes modernos hasta aquel lugar, aquella noche, para realizar una exhumación idéntica a la que él se proponía realizar, para remover de la misma tierra el mismo medallón dorado que por los pasados cuatrocientos y pico de años ha permanecido allí enterrado? Porque no podemos decir que se vea por aquí a nadie más, a ninguna gente por aquí y por allá cavando y haciendo turno para desenterrar hoy el Guanín sagrado. Acorde con la ley de las probabilidades, si en la búsqueda por desentrañar de la tierra un objeto improbable, se topa uno con otro —¡u otros!— buscador que cava por los mismos lugares, seguro anda tras el mismo y ahora menos improbable objeto. Aprovechó para felicitarse de nuevo por la exactitud de sus cálculos que la presencia de aquellos indígenas, por trágica que fuera para él, le corroboraba. Fue el único pensamiento positivo que lo visitó en aquel momento.

Pese a que la evidencia examinada no le daba pista alguna respecto al paradero de la joya que él consideraba usurpada, sus ideas volaron hacia el posible trayecto que recorría en ese instante su medallón anhelado. Ningún sistema lógico ni concepto razonable rozó los pensamientos ni las resoluciones que tomó Chiquitín a aquella hora de la mañana, con el sol castigándole la calva de forma tan abusiva que tuvo que cubrírsela con los calzoncillos lavados y secados en el baño del motel la noche anterior.

Dada por cierta e irrefutable aquella usurpación, Chiquitín reconoció que esta truncaba sus planes, así que decidió que el Guanín, ahora en manos indígenas que no lo merecían, debía ser puesto en las merecedoras manos suyas, donde más justo era que estuviera, aunque ello significara llegar a los confines del mundo para recuperarlo, alcanzar el trono mismo del descarado cacique que lo ostentara en aquel momento para arrancárselo del cuello. Guiado por un sentimiento mixto de triunfo por haber calculado tan bien su ubicación, y de fracaso por habérsele hecho harina sus propósitos apenas comenzado el viaje, no le quedó otra opción que redirigir sus esfuerzos y comenzar un acoso lento pero enjundioso de aquella falange de nación taína que se le fugaba como hecha de humo.

Tenía varios meses de búsqueda y persecución por delante, realidad que aceptó sin desfallecer o amotetarse; más bien se sintió espabilado de repente, como si aquello le diera sentido a una empresa mucho más prolongada que la casi concluida en menos de tres días, en la cual tanto empeño y preparación, igual mental que físico, tenía invertido. Tomó la dirección general de Ponce siguiendo las franjas paralelas dejadas por las gomas del vehículo de los taínos por aquel, más que camino, trillo de peñones y boquetes. Mientras transfería energías de las reservas de grasa alrededor de la cintura a los músculos de las piernas que accionaban los pedales, caviló sobre las súbitas complicaciones del caso que enfrentaba. Lo primero era que desconocía las señas del carro que era dueño de aquellas huellas, se dijo con la mirada enfocada en las dos líneas marcadas sobre el polvo del camino; lo segundo era que el carro le llevaba varias horas de ventaja, a mucha más velocidad que la suya, lo que imposibilitaba interceptarlos hoy, mañana o siquiera pasado mañana. Nunca no, que tarde o temprano el peje cae, se decía, convencido de que al final se reencontraría con aquellos primitivos, pero descartó que fuera un evento inmediato o siquiera cercano. Tal vez convenga bajarme aquí un momento para medir el tamaño de estas huellas y dibujar el patrón de la goma, que a lo mejor con eso pueda determinar el tipo de carro que usan, si japonés, si europeo, si americano, digo, si nacional... ¡Na! ¡Olvídate! ¡No hay mente para eso ahora, no la hay!, se dijo, a la vez que ponía de nuevo en manos del destino su junte otra vez con la alhaja. Y si mucha ha sido mi paciencia hasta ahora, pues que más sea a partir de hoy. Porque de que los alcanzo, los alcanzo, batiendo piernas como hago ahora. Pero lo esencial sigue intacto, se dijo convencido; el objeto, el Guanín, existe y continúa intacto, pese a que su ubicación haya variado de debajo de la tierra a encima de ella, de cercana a distante, de fija a errante. ¡Bah! Tampoco es el fin del mundo. Lo que queda es meter mano. ¡Valor y sacrificio, como decía Barbosa!, se decía Chiquitín recabando entusiasmo.

Las urgencias biológicas de Chiquitín, sobre todo alimenticias, aumentaban con cada vuelta del piñón que daban sus piernas. El camino comenzó a parecerle interminable. Pensó que era un milagro que siguiera allí sobre su bicicleta aún tan bien balanceado, sin agua ni bocado para estimularle la tripa. Se dijo que en lo venidero, es decir, cuando regresara a su casa a descansar unos días y reagruparse, tendrá que hacer ajustes a la logística de la comida, que mientras no llegue la Estadidad a Puerto Rico habrá que adaptarse a los friquitines y los cuchifritos. Atragantarse las provisiones enteras de una sentada, sin levantar un pensamiento respecto al hambre futura, resultaba, la verdad, cosa de principiantes, y principiante era lo menos que él se consideraba. Sin duda el asunto de la alimentación había que corregirlo si quería ganar distancia y ahorrar energía, que su cuerpo no corría con energía solar ni aguantaba el embate de las inclemencias como en tiempos de antaño.

Además de alimentarse, también le urgió coordinar mejor sus pensamientos, rescatarlos del pantano donde se encontraban atascados, darle coherencia a un proyecto de pronto complicado, si pretendía evitar que sus ideas comenzaran a boicotearse unas a otras, lo que facilitaría que los contrarios volvieran a arrebatarle su fortuna. En la medida que me alejo de este campo de batalla perdida me acerco a otro en el que saldré victorioso, se dijo. Apenas llegue a la carretera y enfile rumbo a Ponce estaré enfilando también rumbo a Maricao, que es ya mi nuevo horizonte. Como bien dijera esa lumbrera de lumbreras que fue el presidente Lincoln, se dijo, las grandes marchas comienzan con el primer paso. La mía, mi marcha, será de varios cientos de miles de pasos, será de peinar la zona entera casa por casa y bosque por bosque hasta dar con lo que es mío. Ni modo, se resignó. ¿O no dijo Jorge Washington que fuéramos realistas, que hagamos lo imposible? Pues sí lo dijo, y ese es mi dogma, mi faro, mi insignia, la bandera hacia la cual enfilo mi proa. No habrá milagros fáciles. Tendré yo que arar mis propios milagros. En eso pensaba Chiquitín cuando, saliendo de entre unos yerbizales, se topó por fin con la brea de la carretera de aquella vía principal que por tramos era estrecha y peligrosa para peatones y ciclistas. Alcanzó una velocidad considerable sin que le temblara la carretilla o hiciera amago de perder el balance, lo cual certificaba la efectividad de sus últimos amarres y las destrezas que había desarrollado con la práctica. Cerca ya de la entrada del aeropuerto Mercedita, en una parada para camioneros del sector La Calzada, Chiquitín, consciente de su debilidad y de la distancia que lo separaba aún del próximo negocio de comida americana, optó por comerse un desayuno frugal del que fuera que se comiera en aquel lugar, algún bocadito que lo llevara aunque sea hasta el Wendy's de la avenida frente a Los Caobos.

Entró al lugar y quedó inmediatamente asqueado por los olores y sorprendido al enterarse de que allí el único desayuno era un tipo de fritura ciega de harina de trigo llamada domplín, que se pisaba con un pedazo de bacalao hervido y desalado que se bajaba con un buche de café negro colado con media de mujer. ¡Qué asco!, se dijo en voz baja frente al mostrador, mientras torcía la cara con gestos de repugnancia.

Pues ningún asco, señor, pruébelo, que no sabe malo y hasta le apuesto que le coge el gusto, le dijo a Chiquitín con una cortesía inmerecida la dependiente que lo escuchó.

No, no, no, déjese de ese embeleco y esa comida de esclavos, le contestó Chiquitín con aires de poseer un paladar exquisito, que a mí a esta hora lo único que me baja por la garganta es un McSandwich de huevo con salchicha canadiense.

Pues no coma entonces, pedazo de burro, le contestó la dependiente, al instante sacada de sus casillas por la actitud repugnante de Chiquitín. Y puede irse largando de aquí pa'l carajo si no quiere, que aquí no tenemos nada que ofrecerle a gente tan mística como usted.

¡Pero habrase visto semejante bajura de los modales, muchachita! Cómo se ve que nunca le lavaron la boca con lejía ni con jabón. ¡Qué formas de hablar son esas, señorita!

Señora y madre de tres, corrigió ella, y se deja de tanta confianza. Además, el repugnante es usted, que parece que nadie le ha dado un buen sopapo en esa cara de papaya sancochá que tiene. Y lo de la lejía, hable por cuenta propia, que al que parece que lo metieron en un baño de eso fue a usted. ¿O es que hace tiempo no se mira en un espejo?

Tampoco es para que se ponga con personalismos ni bravatas, que fue un comentario sin malicia que le hice llevado por el ácido del estómago vacío, dijo Chiquitín, conciliatorio. Cójalo suave, que no es para tanto. Un café me tomo y una botella de agua, añadió para ponerle fin a aquella reyerta verbal que él mismo provocara.

Café y agua, gritó la muchacha hacia el interior del friquitín sin mirar a Chiquitín. Un peso cincuenta le cobró. Fue su último intercambio personal. Un minuto después tenía su café y su agua servida por un mostrador lateral.

Nadie puede dudar que el puertorriqueño es un cochino, se dijo Chiquitín mientras sorbía el café aguado y se bebía el agua tibia, rodeado de aquellos hombres que engullían sus trozos de bacalao con domplines con una satisfacción indescriptible. ¡Y que bacalao por la mañana! ¡Qué vómito!, se decía. Yo casi prefiero comerme un mojón de perro. A ver si cuando llegue la Estadidad este pueblo empieza a comer saludable y se deja de tanta vianda y tanto plátano y tanta fritanga que lo que hace es tapar venas y crecer panzas. Cuando el Americano diga basta, será basta; cuando por fin diga esto aquí es mío, será de ellos, señores; cuando quiera que caiga nieve, caerá; y cuando quiera cambiar la dieta, la cambiará. Ya verán, les decía silenciosamente Chiquitín a aquellos comensales a su alrededor, comunistas que deben ser todos los que se comen esa basura con tanto gusto. Así mismo se comen la masa cárnica en Cuba, con tremendas sonrisas en las carotas. Con idéntica satisfacción se come en las comunas, que eso es lo que quieren estos malditos tronquistas, comunas para el pueblo, la sociedad entera comiendo pescado hervido y bebiendo agüita de piringa. Porque esto es lo que se llama presentarle el café al agua, mostrarle el bolso de harina al agua hirviente… Que sigan comiendo esa porquería, que ya los veré enjocicados en el jamón de Virginia cuando sea el plato nacional.

Rehumedecido su interior con el agua y alebrestados los sentidos con la cafeína, Chiquitín se sintió de nuevo en condiciones de pedalear hasta el primer negocio de comida decente que encontrara. Retomó la carretera hacia la ciudad, es decir, hacia su hogar, con la intención de descansar un par de días, abastecerse mejor y perfeccionar el sistema de amarres de la carretilla, cuyas fallas y fortalezas, en las últimas cuarenta y ocho horas, se habían hecho evidentes. Pasado mañana partiría hacia Maricao, ruta que de todos modos lo pasaba por los yacimientos de Guánica, donde le tenía el ojo echado a un montículo escondido que, acorde con sus cálculos y según tenía señalado en su mapita, podía esconder tesoros.

Casi al mediodía llegó al Wendy's que tenía pensado, el cual encontró rodeado por una cinta amarilla después de que acribillaran a uno de sus empleados la noche antes con un rifle automático en el estacionamiento. Tuvo que resignarse con el Kentucky Fried Chicken al otro lado de la calle, que aunque no era su favorito, tampoco le repugnaba. Ni modo, se dijo. Por lo menos era pollo americano, amarillento y pellejú, como le gustaba a él, no la porquería esa de pollo fresco del país, que es un asco lo poco procesado que viene.

Estacionó la bicicleta contra una de las paredes laterales del edificio, por cuyos vidrios podía tenerle el ojo puesto encima desde adentro. Cuando abrió la puerta se encontró de frente, para su sorpresa no digamos gigantesca, descomunal, sentados en amena conversación, a los mismos indígenas que pocas horas antes le tumbaran —¡tumbaran, sí!— el objeto de su búsqueda. Al principio pensó que se equivocaba, y hasta se restregó los ojos como hacen en las películas cuando se ve borroso u ocurre un espejismo o se tiene un bajón de azúcar. Eran ellos sin duda. Tres taínos y el bigotudo intermediario, aunque igual era también taíno como los otros.

En efecto, allí estaban, ebrios aún del alcohol y la sangre de la noche anterior, Freddie Samuel y sus tres acólitos, acabados de desayunar y listos para regresar a Humacao porque Rafo tenía que reportarse en su turno esa misma tarde. Chiquitín era un espectáculo de persona, difícil de pasar inadvertido, sobre todo en aquella cola donde los demás eran menos corpulentos que él y de apariencia insignificante. Los cuatro policías en la mesa se percataron de él y hasta comentaron algo acerca de la cara de loco que tenía, lo cual no era una exageración si se considera que Chiquitín, además de totémico, calvo y colorado como un camarón, llevaba desorbitado el aparato cognoscitivo con el descubrimiento de los taínos en aquel establecimiento, no sólo porque pensara que nada que no fuera casabe y jutía comían aquellos salvajes, sino porque sintió la presencia cercana del Guanín perseguido, que emanaba si no de uno de ellos, de algún lugar en el estacionamiento. Chiquitín sabía que el destino se encargaría de ponérselos en el camino, pero no que tuvieran tanto apuro los astros de que él poseyera el medallón. ¿Hay misterio o no hay misterio?, se preguntó con excitación. Estaba a punto de dejar de creer en no creer. Porque de que hay hilos que tiran y jalan los hay, se dijo mientras continuaba en la fila del establecimiento. Realizó un cálculo veloz del movimiento en la fila y la inminencia de la partida de los taínos, que ya habían terminado de comer, y determinó que tendría apenas unos minutos para inspeccionar los carros afuera y rescatar de su rapto el Guanín hurtado.

Capítulo X

Donde se habla del casi asesinato de Chiquitín a manos de una tribu de salvajes, así como de su regreso a casa tras el fracaso de su primera salida en busca del Guanín

Chiquitín no supo quién lo olió primero, si él o si la muchacha del pelo rojo y las uñas postizas pintadas con paisajes japoneses que comía muy concentrada una ensalada de repollo en un plato de polipropileno y que alzó la cabeza como un perro que de pronto olfateara un hueso de jamón lejano. Afuera, a través de los grandes vidrios, se vio pasar de pronto un humo prieto alebrestado por la ventolera. Un muchacho abrió la puerta del restaurante antes de que nadie adentro reaccionara y con un vozarrón informó que un coche fúnebre ardía en el estacionamiento. El anuncio disparó primero a un señor pequeño de cejas gruesas y una buena mata de pelo para la edad que aparentaba, que salió corriendo con el muslo de pollo que un segundo antes roía entre los dientes, ahora en la mano, seguido del resto de la turbamulta dentro del establecimiento, salvo Chiquitín, quien se mantuvo a la zaga para observar mejor los movimientos de los indígenas, quienes iban al frente del grupo con cierta arrogancia y ganas de mandar.

Cuando por fin llegó a la escena del fuego, Chiquitín se encontró con que los cuatro sujetos, que se identificaron como agentes del orden fuera de servicio, tendieron un perímetro de seguridad bastante amplio, no tanto por el calor que despedía el fuego que consumía violentamente de punta a punta el vehículo en un lugar aislado del estacionamiento, como por el miedo de que le estallara el tanque de gasolina de un momento a otro. El señor del muslo de pollo, chofer del vehículo y empleado de la compañía funeraria, ocupó la primera fila. A medida que se hizo evidente que no ocurriría una explosión, se le permitió romper el perímetro, acercarse dos o tres pasos, ponerse de cuclillas apoyado en el suelo con el muslo de pollo como con un bastón en miniatura, mientras contemplaba silente el extraño espectáculo.

A un muchacho grueso, de apariencia tosca y pocas luces, el fuego le recordó la quema del Júa colgado de un patíbulo improvisado en mitad de la plaza de Recreo durante el Entierro de la Sardina; un muchacho contable, muy católico y muy bueno, en proceso de iniciarse como diácono y que en aquellos tiempos estudiaba las profecías de San Juan Apóstol, pensó en el conjuro de las ánimas, en la sombra del signo, y hasta escuchó en el crepitar de las llamas el crujir de la uña de la Gran Bestia; la muchacha de las uñas decoradas pensó en un augurio, en el anuncio de la muerte de algún famoso; y Chiquitín recordó una escena casi idéntica, un carro fúnebre en llamas que observara casi por el refilón de la mirada en una de las calles de la antigua ciudad de Hue durante aquellos días infernales de la Ofensiva Tet. Pero fueran recuerdos o presagios lo que aquella rebuscada escena despertaba en la concurrencia, lo cierto es que un escalofrío recorrió las espinas dorsales de todos allí, e inclusive se les puso la carne de gallina al unísono, como si un desprendimiento espiritual, igual que la onda expansiva de una explosión, los atravesara con un único empellón equitativo. Ninguno lo comentó entre sí, pero encajado bajo las lenguas de cada uno se manifestó un sabor lejano entre herrumbroso y amargo, como de cundeamor macerado en un pilón de acero.

¿Tenía algo malo el carro, algún desperfecto?, interrogó Rafo al chofer tras volver a identificarse como sargento de la policía.

Nada que yo supiera. El aire acondicionado, que casi no enfriaba. Aparte de eso, corría como una sedita. Y yo sí puedo decirlo, que soy quien siempre lo maneja.

Manejaba, debe decir, dijo Papote por sólo la mitad de la boca, como un comentario al margen de la conversación dirigido a la concurrencia en ánimo de aliviar un poco la estupefacción.

Ningún desperfecto como para que arda así, añadió el chofer mirando de reojo a Papote y sin darse por aludido.

Cortocircuito entonces, especuló Rafo.

¿Tenía el tanque lleno?, preguntó Freddie Samuel por el otro lado, identificado también ya como agente de seguridad.

No, al revés, estaba casi vacío, aclaró el chofer.

Por eso no ha explotado, aclaró Rafo. ¿Llevaba algún cuerpo adentro?

Me temo que sí, confesó el chofer de súbito abochornado con sólo imaginarse cuando llegara a la funeraria y tuviera que admitir que se metió a comer y dejó al difunto al calor. No se puede volver a morir de asfixia, se había dicho, echándole una mirada al momento de apearse del carro.

¿Y dejó las ventanas cerradas?, preguntó Freddie Samuel.

No, contestó luego de un bache de silencio en el que, evidentemente, tomó una serie de decisiones fugaces, lo que provocó una mirada entre Freddie Samuel y Rafo como si hubiera dicho sí.

Calor y metano: combinación explosiva perfecta, aclaró Rafo como si aquello fuera evidente.

Si supieran, añadió el chofer, que el cadáver era el de un hombre que pidió expresamente en su testamento que no se le cremara. ¡Y mira tú el destino! Que si esto no es cremación por la mano del sino que baje Dios y lo diga…

La concurrencia, que rondaba ya en sus treinta miembros, quedó silenciada con aquella información que todos escucharon con extraña claridad, como si el señor se lo hubiera susurrado a cada uno en el oído, por encima del trepidar de las llamas, el ruido de los carros alrededor y sus esporádicas bocinas, y el murmureo que genera una treintena de gargantas excitadas.

Un señor que vivía solo, continuó diciendo el chofer, que dejó el dinero para su entierro y el testamento con instrucciones específicas de que no le acercaran su cuerpo siquiera a un fósforo. ¡Y mira tú cómo al que no quiere caldo le dan tres tazas! ¡Madre purísima, cuando se enteren en la funeraria! De esta me botan, me botan… Al menos no tiene deudos que reclamen ni cantaleteen ni demanden. Ahí tengo una a mi favor. Ahora mismo iba yo con el muerto para enterrarlo en el cementerio municipal, donde lo están esperando. Me paré un momentito aquí, que desde la mañana no me echo nada al cuerpo y estaba verde y turbado del hambre…

Más turbado vas a estar cuando llegues a la funeraria, dijo Papote, otra vez picante y por lo bajo.

¿Y cómo usted sabe tanto del testamento?, inquirió Freddie Samuel con cierta sospecha, por considerar que el chofer de la funeraria no tenía por qué enterarse de los pormenores legales de cada caso.

Porque los vecinos nos llamaron cuando encontraron al viejo muerto y yo llegué casi una hora antes que el médico que certificó la defunción. En ese rato leí el testamento, que estaba allí en un papel escrito a mano con el cheque para los gastos del entierro. Hasta me colé una taza de café con la harina que tenía todavía en la nevera el viejo...

¡Uy!, dijo una señora, y se pasó la mano por la cabeza desde la frente hasta la nuca.

¿Y ese era el testamento entero?, preguntó alguien de la concurrencia que seguía con atención la narración que el chofer le dirigía a Rafo.

Sí, me parece que sí... contestó, justo en el instante de recordar que algo adicional quedó inconcluso, un anillo de oro con la cara y penacho de un indio que también pidió llevar puesto en el dedo anular de la mano izquierda al momento de ocupar su última morada. Estaba seguro de que no lo tenía cuando cerraron el ataúd, porque recordó que sus manos cruzadas sobre el pecho le parecieron de hielo antes de que la tapa se interpusiera.

A mí esto me parece cosa de brujería, opinó un señor delgado y tostado por el sol que rompió el cerco en un despiste de Chucho y se acercó empuñando un crucifijo que le colgaba de una cadena del cuello, que se sacó y trajo al frente como una coraza contra el maligno.

¡Na!, exclamó otro señor que, sin moverse, con los pies separados y como clavados al suelo en actitud de arrogancia científica, añadió que aquello era un ejemplo típico de combustión espontánea.

¿Cómo que combustión espontánea?, preguntó el chofer, volteándose para identificar a la persona dueña de aquella opinión.

CEH, Combustión Espontánea Humana, intervino Rafo, quien sorpresivamente se mostró conocedor de la materia. Un fenómeno extraño en el que de pronto salen llamas del interior de un cuerpo con tanta violencia que en pocos segundos lo consumen casi completo. Sólo puede ocurrirle a un cuerpo vivo, con suficiente bioelectricidad para generar el incendio. Es como un corto circuito masivo por dentro, la explosión del transformador interno.

Yo no estaría tan seguro de tanto, dijo el señor que propuso aquella explicación para el fenómeno. Sigue siendo un misterio para los científicos qué es lo que ocurre. Amén de que tampoco se ha dicho nunca que sea imposible ocurrirle a un cadáver.

¡A Dios!, exclamó Rafo, sorprendido de que fuera el mismo proponente quien refutara su propia teoría.

Eso mismo iba a preguntar yo, que cómo saben que sólo ocurre con los cuerpos vivos, apuntó una señora nerviosa con el evento. Yo pensaría que es a los muertos que les pasa eso...

Porque los pulmones aparecen siempre llenos de humo, lo que ha llevado a los científicos a concluir que estaban respirando cuando se quemaron, dijo Rafo mirando fijo al señor y confiado en su conocimiento, que tenía a todos admirados, en particular a Freddie Samuel y los muchachos, que lo miraban absortos.

¡A Dios!, protestó el señor de la cruz en tono molesto, ¿y no que se consumen completos? ¿Cómo reconocen los pulmones entre ese montón de cenizas?

Casi completo dije, pues no todo queda reducido a ceniza siempre, señor. No seamos extremistas, respondió Rafo, que recurrió a una explicación probable al serle imposible admitir su ignorancia. Los pulmones, con frecuencia, no se queman, añadió como para apuntalarse.

Pero los que sí quedan hechos ceniza enteros, insistió la señora, no se puede saber si estaban vivos o estaban muertos.

Tal vez se pueda, que hoy en día la ciencia lo puede todo, pero digo, señora, vamos a reconocer que tiene lógica que sean los vivos los únicos capaces de generar tanta energía, respondió Rafo, acosado por las preguntas. Porque si un muerto tiene tanta energía por dentro para encenderse, ¿cómo podría estar muerto? Morirse es quedarse sin baterías, por decirlo en arroz y habichuelas.

Quizá fueran los fuegos fatuos, sugirió el chofer, que conocía del fenómeno por los años que llevaba frecuentando sepultureros.

Los fuegos fatuos son los mismos gases que el cuerpo emite cuando se descompone, que a veces se encienden con el mero contacto del viento, aclaró Rafo. Si el carro estaba con las ventanas selladas, como me temo, y el cuerpo comenzó a botar su metano, pues se acumuló hasta que una chispa por cualquier circuito por ahí lo hizo estallar, explicó Rafo.

Eso pienso yo también, lo secundó Freddie Samuel, admirado con las explicaciones de su amigo.

Podría ser, admitió un poco a regañadientes el señor que primero habló del maligno.

De cualquier desperfecto del carro, del aire acondicionado mismo, pudo salir la chispa, añadió Rafo. Es normal. Un vehículo produce chispas ocultas a cada rato. Hacer chispas es parte de la naturaleza del carro.

Igual sí, unos cables pelados, la batería cruzada, cualquier cosa, dijo el chofer, a sabiendas de que la sortija tenía demasiado que ver con aquel asunto como para aceptar la teoría del gas incendiario, pero ya les dije que las ventanas estaban a medio abrir.

¡Tú ves! Si había espacio para que escapara el gas, no va la teoría suya, le dijo a Rafo el señor del crucifijo. Yo le digo que a mí no hay quien me convenza de que en esto no tienen metida la mano el Cuyo o algún otro espíritu encarnado empeñado en maltratar la materia.

Falso, señor, y deje de estarle metiendo miedo a la gente. Esto es un fenómeno que la ciencia puede explicar; no se trata de nada espiritual ni diabólico como usted sugiere, arguyó el señor que trajo el tema de la combustión espontánea.

Bueno, intervino el chofer, apuntando con el muslo de pollo hacia el carro donde yacía el muerto envuelto en llamas, admitamos que algo raro hay con el pedido del señor de que no lo incineraran…

Sí, señor, raro es poco. Exactamente lo que yo digo, que aquí Él ha puesto su mano, añadió el señor fervoroso.

Rafo concedió con gestos que bueno, que quizás, que tal vez alguna relación exista, más para tranquilizar al grupo que por convencimiento propio. Subió los ojos mientras miraba a Freddie Samuel y a los dos muchachos como para darles a entender que no se le podía hacer mucho caso a la gente que se pone histérica con el menor indicio de algún misterio. De todos modos, prohibió que se aproximaran al carro incendiado en lo que llegaban los bomberos, que ya estaban de camino.

Como el resto de la concurrencia, Chiquitín también se sintió estremecido por la imagen espectral de aquel suceso. Una especie de vacío súbito lo colmó por dentro, un tucutú parecido al que casi le revienta la caja del pecho aquella misma mañana cuando llegó cavando a los trozos de la princesa sepultada. Se acercó al grupo que observaba absorto las llamas que, a plena luz del día, parecían grandes pañuelos de seda anaranjada movidos por la ventisca. Por su estatura, se mantuvo en la parte trasera del grupo, desde donde podía definir con más detalle las facciones de los usurpadores del Guanín sin destacarse demasiado ni llamar mucho la atención.

Aprovechando que las llamas se alimentaban de una fuente inextinguible y que la concurrencia permanecía hipnotizada por las flamas, Chiquitín se escurrió por la parte trasera del grupo hacia los vehículos estacionados, a la caza de alguna huella que identificara el que pudiera contener la gema. No siento la emanación del objeto, se decía, mientras estimaba que, después de tanta persecución, después de tanto estudio y tanta dedicación, algo debería sentir, alguna afinidad metafísica debía atarlo al objeto y llevarlo hacia él; su cercanía al menos debía percibirla su propio cuerpo, algún brinco del corazón, algún mariposeo en el estómago… Pero en la medida en que menos sentía, mayor era su indiscreción. Como si, en vez del hombre colosal que era, fuera un enano insignificante, comenzó a moverse entre los carros y a observar por sus ventanas sin disimulo ni recato en pos de la señal que le indicara la procedencia taína de su dueño o su participación en los eventos de la noche.

¡Oiga! ¡Señor! ¿Qué usted hace?, preguntó Chucho con un grito desde donde se encontraba, entre el carro incendiado y la multitud, al percatarse del sospechoso individuo que husmeaba entre los vehículos estacionados. Chiquitín ni siquiera escuchó que lo interpelaban. Cuando por fin llegó hasta el Caprice de Rafo, que distinguió por la capa de polvo que lo cubría y la costra de fango bajo la falda de las puertas y los guardalodos, observó también en el asiento de atrás un pico de cavar y una bolsa roja de terciopelo en la que imaginó que se encontraba el Guanín. Tras darle frenéticamente la vuelta y corroborar que ninguna de las cuatro puertas cedía, se lanzó a la búsqueda de una piedra de buen tamaño con la cual romper uno de los cristales y recobrar lo que estimaba suyo. Chucho dio la voz de alerta y jaló a correr tras el personaje.

Tan ofuscado estaba en esta búsqueda que ni se percató de que los cuatro hombres habían abandonado la escena del fuego, y en un santiamén lo tuvieron rodeado. Cuando por fin enfrentó a los tres indígenas disfrazados con vestimenta moderna y a su guía contemporáneo, Chiquitín cayó de hinojos ante Freddie Samuel, de quien intuyó la jefatura del grupo, y bajando la cabeza le dijo en un taíno casi imaginario, *M'abuica. Hiem Guay Yocahú, Niem Guay Yocahú; Hiem Guay Guabancex, Niem Guay Itibá Tajubaba. Daca Chiquitín Campala Suárez. ¿Guajoti naboria o guamajeyes?*, con lo que pretendió darles los buenos días, alabar algunos de sus dioses principales en señal de respeto, presentarse y exigir presentaciones. Los cuatro asesinos quedaron perplejos con aquella jeringonza. A Papote le pareció suficiente en lenguas para decir ¡Saramaya! y Chucho le rio el chiste, mientras que para Freddie Samuel las incoherencias que escuchó fueron de inmediato prueba empírica de demencia galopante, para Rafo era pura pocavergüencería querer pasarles chinas por toronjas.

Te toca a ti, le dijo Rafo a Freddie Samuel, y Chiquitín, que entendió *teytoca*, que en aquella lengua muerta significa *estate quieto*, estimó que era una orden apropiada si se consideraba que recién lo atraparon, como quien dice, con las manos en la masa, en el tosco intento de penetrar en el vehículo y recuperar el contenido del bolso aterciopelado, así que se quedó congelado en mitad de un gesto explicativo sin atreverse a variarlo un milímetro.

¿Qué hace de rodillas, señor?, le dijo Freddie Samuel en tono imperativo. ¡Levántese de ahí y déjese de tanto embeleco! ¿Qué se le ha perdido por aquí? ¿Qué busca con tanto interés?

Así que hablan español, observó Chiquitín.

¡Claro que hablamos español! ¡No sea ridículo!, gritó Freddie Samuel. ¿Qué íbamos a hablar: ruso, inglés?

Inglés no, pero arahuaco quizá..., dijo, congelado aún en la postura en que lo dejó el *teytoca* de Rafo. Freddie Samuel miró de nuevo a Rafo y subió las cejas como diciendo que había acertado en su diagnóstico; luego miró a los muchachos con gesto parecido, y con las manos los conminó a que tuvieran paciencia.

Vamos, déjese de cuentos y díganos qué es lo que se le ha perdido por aquí, le preguntó en tono ahora un poco más compasivo.

Busco lo que ustedes anoche hurtaron de la tumba de la *atebeane nequen* que profanaron. No se me canten los nuevos ahora, señores, que bien saben de lo que estoy hablándoles..., les dijo, completando la oración con un guiño y haciendo con la expresión un gesto como si mirara hacia atrás, hacia un lugar no muy lejano de allí en un pasado tampoco tan remoto.

Los cuatro individuos se miraron entre sí con gestos de absoluta incredulidad. Freddie Samuel palideció y miró a Rafo, igualmente lívido. Papo y Chucho se miraron entre sí pidiéndose mutuas explicaciones. Luego hubo un cruce de miradas expectantes entre los cuatro: los subalternos echándoles con ellas la culpa a los jefes por su pobre supervisión y los jefes a los subalternos por su pobre discreción. Ninguno comprendía cómo podía ser que aquello fuera, pero las palabras *anoche* y *tumba* en boca de aquel personaje sembraron el miedo entre ellos.

No, le contestó Freddie Samuel, no sabemos de qué nos está hablando. Explíquese, si es tan amable.

Conque no saben, respondió Chiquitín de repente intentando tomar un poco el control de la situación. Pues déjenme lanzar al aire algunas palabritas a ver si les refresco la memoria: Guanín, *guarikitén*, momia descuartizada...

La palabra descuartizada los convenció de una vez y por todas de que aquel señor fue, en efecto, testigo del enterramiento de Yahaira, pensara lo que pensara que fue lo que vio.

¿Tú no viste nada, Rafo?, le susurró Freddie Samuel con cierta irritación, puesto que Rafo quedó a cargo de mantener la vigilancia del perímetro mientras los otros cavaban.

Nada, contestó Rafo con una seguridad rotunda, debió de andar por allí escondido antes de que llegáramos. Pese a que el resto de las palabras de Chiquitín indicaban, hasta cierto punto, el grosor del vidrio de la demencia a través del cual observaba las cosas, los cuatro concluyeron casi al unísono que era un peligro dejar a aquel individuo libre por la calle. El espacio público, la luz plena del día, el nutrido grupo de presentes, complicaban, desde luego, el método de desaparición que debía emplearse con aquel individuo. No era posible, por ejemplo, forzar ese cuerpo mostrenco a penetrar en el carro sin armar allí tremendo espectáculo, ni siquiera ahora que ya habían llegado los bomberos y la atención se había concentrado aún más en el siniestro; tampoco podían, sencillamente, soplarle un tiro en la sien y ponerle punto final a sus preocupaciones allí mismo, que es lo que seguro hubiera deseado Freddie Samuel; una paliza de muerte, que tal vez se mereciera más que un tiro, era una opción menos factible aún; darle lo que buscaba que no tenían, desde luego, pues nada habían extraído ellos de ninguna tumba; entregarle el bolsito rojo en el que Papote guardaba su blinblín y pretender que se marchara así no más con su locura satisfecha. Debían convencerlo de que los acompañara a algún lugar más discreto, pero Freddie Samuel no supo cómo hasta que Rafo intervino.

Es cierto, lo tenemos —sin mencionar qué era lo que tenían—, le dijo a Chiquitín, quien afirmó con la cabeza y puso los labios como queriendo decir que lo sabía y que a él no había quién lo engañara. Lo único es que no lo tenemos con nosotros, es un objeto demasiado valioso para andar con él encima y mucho menos para dejarlo a la vista en el carro. Está guardado en un lugar seguro. Si quiere puede venir con nosotros al lugar donde se encuentra, que es aquí cerca, para que vea con sus propios ojos si se trata de lo mismo que usted busca.

Chucho y Papote pusieron tremendas caras de incredulidad, menos por carecer de comprensión respecto al señuelo de Rafo para raptar al loco que por la revelación de que algo se extrajo sin ellos darse cuenta. Ahora resulta que un tesoro de gran valor sí fue sacado de aquel hueco por Rafo y Freddie Samuel sin ellos percatarse, de cuyo beneficio económico, evidentemente, no pensaban darles participación alguna. Brotó de ellos a la vez un aceite como de recelo por los poros, y una sensación de haber sido utilizados les hizo a ambos dar un paso atrás al unísono y relajar las posturas de confrontación que habían asumido. Freddie Samuel, que observó esta reacción, se volvió hacia ellos y les dijo enfáticamente: ¡Por favor!, intentando que comprendieran lo que ocurría allí, pero ninguno comprendió y Chucho cuestionó que por favor qué.

Tú me perdonas a mí, Freddie Samuel, pero me parece que aquí ustedes nos han mantenido en las sombras…, comenzó a decir cuando Rafo, desde donde estaba, lo fulminó con la mirada, como sólo él era capaz de ejercer semejante influencia sobre ellos con el mero músculo de sus pupilas. Aquellos aires de rebeldía se aplacaron pronto, mientras se concluía la transacción con el extraño individuo que tampoco muy loco podía ser, pensaron Chucho y Papote, cuando se considera que gracias a él ellos se habían enterado de aquel traqueteo.

Chiquitín escuchó aquel intercambio y, al toque, se percató de que los jefes tenían engañados a los subalternos del principal propósito de la exhumación del cadáver de la princesa preservada, asunto que abría serias fisuras en aquel grupo hasta ahora, en apariencia al menos, compacto. A mí me parece que ustedes tienen algunos asuntitos que resolver primero…, dijo Chiquitín, poniéndose de pie y haciendo gesto de retirarse un poco y darles espacio a la conversación privada.

¡Quédese quieto y no jeringue tanto!, le indicó Freddie Samuel con un rigor indiscutible que lo detuvo en mitad del primer movimiento. ¿Se viene en nuestro carro o nos sigue en el suyo?, le preguntó tras un silencio prolongado.

¿Y para dónde es que vamos, si se puede saber?, cuestionó Chiquitín, que no se esperaba una invitación tan abrupta a recoger el artefacto taíno.

Ya le dijimos que para el lugar donde tenemos escondido el tesoro que sacamos de la tumba, contestó Rafo irritado un poco con Chiquitín.

Mejor es que los siga a ustedes yo. No está muy lejos, ¿verdad?

No, no tanto, es aquí mismo cruzando la avenida, dijo Rafo, que conocía un poco la zona.

¿En Los Caobos?, preguntó Chiquitín.

Sí, en Los Caobos, contestó él.

Bueno, pues vamos, respondió Chiquitín dirigiéndose a su vehículo.

Usted tiene que estar bromeando, le dijo Freddie Samuel cuando llegó hasta ellos con su conjunto móvil.

¿Bromeando de qué?, preguntó Chiquitín verdaderamente curioso. Freddie Samuel le respondió señalándole la bicicleta, pero Rafo interrumpió a tiempo y dijo que perfecto, que los siguiera, que a paso relajado llegarían en menos de veinte minutos.

Eso hicieron y, aunque Chiquitín hubiera preferido comerse algo antes de emprender el camino, la emoción del encuentro con el Guanín elevó su nivel de adrenalina lo suficiente como para pasmarle el apetito. Los cuatro individuos se metieron en el Caprice de Rafo, quien, al pasarle por el lado a Chiquitín, le indicó que había que cruzar la avenida y tomar el camino de servidumbre de la canalización del río. A este le estuvo raro aquel lugar para guardar una joya, pero asintió con la cabeza y comenzó a pedalear detrás del carro que, desde luego, marchaba a velocidad convenientemente reducida. Cruzaron la avenida y tomaron una carretera lateral de la urbanización Los Caobos que conectaba con la servidumbre de la canalización, un camino de tierra accidentado y arduo de transitar que Rafo conocía por haber asistido a un decomiso de fardos de cocaína encontrados una vez en la desembocadura del río. Escogió aquel lugar porque, además de ser un paraje solitario, sería escabroso para aquel armatoste de bicicleta en el que se transportaba el loco, lo que limitaría su capacidad de fuga. La emoción cegó a Chiquitín, vedándole el entendimiento a las sospechas de que fuera a correr peligro su vida a manos de aquellos indígenas camuflados. Contrario a los valores básicos de su ser americano, creyó que sí había tal cosa como un almuerzo gratis, confió que le entregarían aquel tesoro así como así, del buen corazón y la generosidad de ellos, pese a la escasez de argumentos que había expuesto para justificar su pertenencia. Es increíble que después de que pasan el trabajo de desenterrar a la princesa y realizar aquellos rituales mortuorios, le fueran a entregar aquel patrimonio suyo y heredad directa, se dijo Chiquitín mientras pedaleaba a la zaga de aquellos indígenas a carro, confiado en la consabida bondad innata de las civilizaciones primitivas. ¡Qué suerte he tenido!

Pero se hizo muy tarde para estas elucubraciones, porque en un dos por tres, antes de que pudiera reaccionar de manera efectiva, aunque amparado por la suerte de un error de cálculo por parte de Rafo, ocurrió lo imprevisto. El carro, que le llevaba ventaja de unos cincuenta pies, de pronto encendió las luces rojas y se jamaqueó del frenazo, encendió las luces blancas y, con velocidad súbita, comenzó a retroceder hacia donde venía Chiquitín eslembao en sus simples razonamientos. Rafo dirigió el vehículo en la dirección donde calculó que se encontraría Chiquitín si hubiera reaccionado de manera normal, es decir, si hubiera detenido en seco la bicicleta y saltado de ella ante la sorpresa de aquella acción homicida. En cambio, Chiquitín reaccionó de forma inesperada. Aceleró la marcha y apenas esquivó el vehículo por el lado derecho, el cual, al fallar su blanco, se dirigió por error hacia la pendiente de la canalización, por cuyo empinado banco de enormes piedras se despeñó dando media docena de vueltas antes de quedar boca abajo, con dos de sus ruedas, diagonalmente opuestas, aún girando. Chiquitín, que volteó la cabeza para ver lo que ocurría con el carro, se quedó observándolo un segundo más del que debió y también se despeñó por el borde de la canalización, dándole a un peñón enorme que lo lanzó por el aire contra otros pedruscos más abajo, que lo machucaron severamente, aunque no tanto como para que perdiera el conocimiento ni la noción de las cosas.

Desclavijados los espejuelos y borrosa la visión por un chorro de sangre que le bajaba de un tajo en mitad de la calva, Chiquitín se incorporó y llegó a duras penas hasta la servidumbre del camino. Tenía el cuerpo poblado de machucones, rasguños y tajos abiertos, algunos profundos y de cuidado, sobre todo en la pierna izquierda, que fue de ese lado que aterrizó el cuerpo sobre los peñascos. Los pantalones y la camisa le quedaron hechos tiras sucias y sanguinolentas. Le faltaba un zapato y toda su apariencia era la de un sobreviviente de ataque de zombi. Como mejor pudo, poniéndose frente a los ojos los pedazos de vidrio que rescató de sus espejuelos accidentados, observó el carro de los indígenas boca abajo casi al final de la pendiente. No había fuego, no había humo, sólo un polvorín que se levantó y que, cuando Chiquitín hizo su primera observación, ya casi todo lo había esparcido la brisa. No se escuchaba nada proveniente de allí, ningún quejido, ningún pedido de ayuda, ninguna trepidación.

Las condiciones en que se encontraba Chiquitín no le permitían bajar hasta el vehículo volcado para examinar la situación de sus ocupantes, en particular porque la única razón por la que se encontraban allá era por haber fracasado en su intento de arrollarlo a él y lanzarlo barranco abajo. No voy yo ahora a salvar a mis verdugos y permitirles sanar lo suficiente para que lo intenten de nuevo, se dijo. Con lo golpeado que estoy, más me vale rescatar el equipo y salir de aquí volando, no sea que salgan del estupor del golpe y continúen en su empeño de machucarme. En pleno cálculo de cómo realizar aquella maroma, con el estado en que se encontraba su cuerpo, escuchó unos gemidos, unos movimientos, unas voces delicadas al principio y luego, al identificarlas, amenazantes. Apretó el paso y regresó, cojeando, agolpeado, hacia la zona de su propio accidente, el cual pudo haberse evitado con gran facilidad si no fuera por la fascinación de su vista con la tragedia de sus agresores.

Poco más allá, entre los pedruscos, encontró la bicicleta y la carretilla hechos un amasijo de tubos y alambres y rayos y ruedas gulembas. Mirar aquel revoltijo llenó a Chiquitín de una pereza y un sentido de la imposibilidad de desmarañarlo que a punto estuvo de darse media vuelta y dejarlo allí todo abandonado: a su amada Anacaona, los restos del teodolito, su estuche de herramientas alemanas... Si no fuera porque en su mochila se encontraban sus documentos personales, por medio de los cuales podrían darle caza los indígenas sobrevivientes y rematarlo a él en su propio *guarikitén* de Constancia, lo hubiera dejado todo allí. Bajó, pues, renqueando por el dolor de los golpes y, apoyándose con las manos hasta donde se encontraban, rescató uno a uno los remanentes de sus pertenencias. La bicicleta no estaba tan maltrecha como se imaginó, mas no podía moverse en ella con ambas gomas reventadas, los aros doblados y muchos de los rayos zafados. La carretilla, aunque desamarrada del resto, no había sufrido daños importantes, pero el teodolito que iba en ella salió disparado de su estuche y fue a dar a unas peñas más abajo que destrozaron lo que quedaba de él; la mochila y el resto de los instrumentos en su estuche de cuero no sufrieron daños significativos. Pese a los severos golpes y magullones, la sed, el calor y la crisis en general, Chiquitín se alegró de haber vuelto por sus cosas. Montó todo en la carretilla, inclusive la bicicleta herida, y emprendió el camino de regreso a su casa que, pese a encontrarse allí al lado opuesto del río, sólo podía alcanzarla cruzando el puente de la avenida. Cuando pasó frente al lugar donde se encontraba el vehículo volcado de los asesinos, se detuvo un instante y volvió a escuchar los gemidos y las llamadas, ahora sólo de auxilio. Apretó el paso de nuevo.

Al paso que lo redujeron los golpes y las heridas, le tomó mucho más tiempo recorrer el camino de regreso. Su aspecto era tan preocupante que exponerse a la vista pública hubiera significado provocar preguntas, lo que requeriría crear una mentira gigantesca, si es que pretendía que sus enemigos indígenas murieran allí atrapados y nunca volvieran a hostigarle. Lo ideal hubiera sido desvanecerse y reaparecer sentado en la butaca de la casa; lo real era ampararse en la oscuridad de la noche, que significaba resguardarse en algún lugar en lo que el sol caía. De todas formas, si los otros morían y se encontraban los cadáveres enmarañados en el interior del vehículo —que siempre terminan por encontrarlos—, era inevitable que los relacionaran con él, dada la cantidad de testigos en el restaurante que los vieron partir juntos. Él se sentía limpio de culpa, por ser el agredido, y si su mayor pecado fue no denunciar el accidente ni pedir socorro para sus atacantes, dejarlos desangrarse y que la vida se les fuera entre las heridas, pues que pecador fuera. ¡Merecido se lo tenían!

Dado que sus heridas mayores no le tocaron ningún conducto vital, el polvo del camino sobre ellas hizo que al poco rato dejaran de manar sangre. Cuando el sueño y el cansancio sustituyeron el dolor de las heridas, que ya de por sí había sustituido la torsión del hambre que nunca satisfizo y que regresó con mayor fuerza al concluir el torrente de adrenalina, Chiquitín descubrió, bastante apartada del camino, una especie de cueva hecha de enredaderas aferradas a la rama de un arbusto de bayahonda que había crecido demasiado lejos de su tronco y terminado por tocar con su punta el polvo del suelo, donde cupieron perfectamente él y sus pertenencias. Con una rama del mismo arbusto que arrancó a duras penas, borró las huellas que dejaran él y la carretilla hasta el escondite y luego, colocándose en la entrada de la cueva, oculto del sol y la vista de quien cruzara el camino, al amparo de una brisita que le llegaba desde el río, se echó sobre la tierra.

Dormitó lo que estimó fueron varias horas seguidas, hasta que unas voces lastimosas provenientes del camino lo despertaron. Al abrir los ojos se percató de las cuatro figuras quejosas y adoloridas que lo recorrían. Fuera del alcance de la vista de los indígenas, pero cauteloso de no llamar su atención con un movimiento brusco, Chiquitín permaneció inmóvil el tiempo que les tomó pasar de largo. Llevaban la ropa y las caras ensangrentadas. Tres de ellos se apoyaban en bastones improvisados de ramas y tablas: uno iba afectado de una rodilla, otro de un tobillo y uno más de la cadera; el cuarto casi no podía tenerse en pie, por lo que dos lo llevaban cargado por las axilas. Entre la cojera de uno, el bamboleo del otro y descalabro general del tercero, a Chiquitín le parecieron refugiados vietnamitas de una villa bombardeada.

Freddie Samuel fue el primero que recobró la lucidez. Se palpó las heridas menores y magulladuras y pensó que había salido mucho mejor de lo que pensaba, pero cuando intentó salir del carro se encontró con que su pierna izquierda no le respondía. Para todos los efectos, tuvo que acomodarse con las propias manos el hueso de la cadera, que se le había desencajado, maniobra que le provocó un dolor de tal agudeza que lo doblegó e hizo vomitar un líquido rosado y espumoso. Aunque restableció la comunicación entre su cerebro y la pierna izquierda, le costaba mucho en sufrimiento la respuesta de esta a cada estímulo de aquel, por lo que se vio forzado a mantenerse erguido y avanzar la marcha con la ayuda de una gruesa rama traída por alguna creciente del río. Rafo, quien se cortó toda la cara contra el parabrisas y a quien prácticamente se le enterró el volante en el pecho, era quien venía cargado entre Papote, a quien parecían haberle nacido en el tobillo y la muñeca dos papayas podridas; y Chucho, que tenía un ojo cerrado y a quien el dolor intenso de una rodilla lo tenía bebiéndose las lágrimas. Venían los cuatro lanzando quejidos y maldiciones en dirección hipotética de Chiquitín, dondequiera que se encontrara, a quien acusaban de ser responsable de aquel accidente y contra quien juraban venganza, así tuvieran que barrer cada milímetro de la Isla para encontrarlo.

Chiquitín los vio pasar y, sin escuchar aquellos improperios o amenazas en su contra, se despidió de ellos con un susurro inaudible. Adiós, cautivos de su propia raza, les dijo. Ahí vas derramándote, sangre indígena de esta isla ingrata, de la cual agotarás por fin tu fuente cuando perezcan estos pobres diablos. ¡Ahí te beba la tierra con gusto hasta que no quedes más! Lástima que tras tanto buscar e indagar en los misterios de la cultura taína, al primer contacto con sus herederos resulta que quieren asesinarme por el mero hecho de requerirles la entrega de un talismán que más vale para mí que para ellos, por mucho que se piense lo contrario. Aunque los vencidos aquí son ustedes, taínos malvados, y aunque hemos salido machucados por partes iguales, la ley del destino predispone que volveremos a encontrarnos, bien con ustedes mismos, bien con cualquier otro miembro de la tribu que los representa. Nos veremos pronto, elite caciquil, ya mismo volverán a cruzarse nuestras sendas, sea en la ciudad, donde yo domino, sea en el bosque, donde ustedes. Algún día tendré en mis manos el Guanín usurpado, así me cueste la vida y sea lo último que haga…

Llegó a Constancia entrada la noche, esperanzado con que a esa hora estuvieran los vecinos atornillados frente a sus televisores. Confiaba ahorrarles la visión atroz de la pulpa sanguinolenta en que regresaba convertido a dos días de su partida, tan llena de fanfarria de descubridor de tesoros que le rezumaba por los poros aquel almizcle de fantasía. Avanzó hasta llegar a su puerta, desenterró la llave sepultada en la maceta de la entrada, entró y escondió todo vestigio de su arribo.

Capítulo XI

Del reposo forzoso de Chiquitín y del ataque a su hogar
por parte de un grupo de indígenas desalmados

Un mes le tomó a Chiquitín sanar los machucones y cerrar las heridas a fuerza de caldo de gallina vieja y vianda hervida; un mes de estricta vigilancia por parte de Nanó, quien, empeñada en evitar una nueva fuga de su aventurero vecino, se declaró paladín de su bienestar y ama de llaves de sus decisiones. Fue un mes de reposo, sin duda, y también un mes de engaños por parte de sus más allegados, el Pastor, el Bolitero, Lucy, la sobrina, y Nanó, quienes se organizaron en brigadas para repartirse las tareas de cuido y vigilancia. A los tres días de su regreso, Nanó reunió a los llamados aliados en la sala de su casa, aprovechando un sueño prolongado en el que había entrado Chiquitín gracias a un sancocho con Ambien molido, que le llevó ella misma con una sonrisa de oreja a oreja.

Sabemos que la inmovilidad de nuestro vecino y amigo es pasajera, comenzó diciendo Nanó. Tan pronto recobre las fuerzas y le sanen las heridas y pueda tenerse en pie, volverán otra vez la jeringa y las andadas. No se trata de si intentará volver a irse, es cuestión de cuándo... Y ahí es que se nos ponen los huevos a peseta a nosotros, que somos los responsables, hasta cierto punto, de la vida de nuestro vecino. ¿O me equivoco, Padre?, dijo Nanó, dirigiéndole su última pregunta al representante del sector religioso del grupo, que era una forma de dirigírsela también a la consciencia de los demás.

No, no se equivoca, doña Nanó. Es responsabilidad del buen cristiano vestir al desnudo, encaminar al descarriado, levantar al caído, ayudar al menesteroso, asistir a la parturienta, socorrer al huérfano, en fin, lo que sea que tenga que ver con el bien del prójimo plantea un asunto de responsabilidad personal...

Bueno, bueno, interrumpió Nanó, a quien la primera parte de la respuesta le hubiera bastado, y no lo interrumpió antes por la velocidad con que dijo el resto de las cosas. A todos nos toca entonces echar una mano en esta situación, dentro de nuestra capacidad y nuestras posibilidades, por supuesto, que no estamos aquí para forzar a nadie ni a exigirle a nadie que abandone sus responsabilidades. Una cosa es cierta y hay que decirla: Lucy, mi amor, tratándose de tu tío, recae sobre ti, corazón, el mayor peso de la responsabilidad, y más ahora que vamos a tener que internarlo cuanto antes. Porque de que hay que internarlo, hay que internarlo, en eso estamos todos de acuerdo. ¿O no?

¿Tanto como así? ¿Tan malito está?, preguntó Lucy, sorprendida con la información ofrecida por doña Nanó con una expresión torcida de cachete y labio.

Sí, mi santa, tanto así, respondió Nanó con un tono casi infantil. Aprovéchate estos días para visitarlo y ver con tus propios ojos la porquería en que regresó tu tío, el despojo humano que nos devolvieron. Él dice que quisieron asesinarlo, pero para mí que tuvo un accidente, que se estrelló contra una empalizada de alambre de púa.

Papilla lo hicieron, piltrafa humana, confirmó el Bolitero.

Talco, secundó el Pastor. Parece que quiso regresar al polvo antes de pasar por la muerte, añadió con impertinencia.

Vamos, no relajen, y menos usted, Padre, que es un hombre de Dios, advirtió Nanó. La situación es grave y usted lo sabe. No sólo está hecho un alfiletero, sino que la cabeza la tiene tan inflada de la dichosa locura de su arqueología que no sabe hablar y desvariar de otra cosa que del dichoso guanime.

La culpa la tiene el viejo Vals, sentenció Lucy. Ese fue el que le sancochó la cabeza recién vuelto de Vietnam. A mala hora se conocieron...

De acuerdísimo contigo, mijita, dijo Nanó, que yo siempre dije que ese señor era un vesánico y un perverso, y miren ahora cómo el tiempo me ha dado la razón... Tu tío, Lucy, me tiene loca con la cantaleta de que me asegure de que las puertas y las ventanas estén bien cerradas. Dice que vienen unos taínos a rematarlo.

¡Imagínate tú! Y eso es dale Juana con la crayola... ¡Ustedes no saben lo que es tener que escuchar esa retahíla de loqueras todo el santo día! Además, dice que aquel Carlos Auches, ¿se acuerdan de él?, pues y que le sigue los pasos. Sí, ese mismito, el machetero, aclaró Nanó en voz baja. Uno que anduvo un tiempo detrás de don Vals y de Chiquitín acusándolos de impostores y saqueadores de tumbas. ¿No se acuerdan?

¿Uno gordo él?, preguntó Lucy.

Archienemigo de don Vals..., contestó el Pastor, no se sabía bien si a modo de pregunta o de aclaración.

Ese mismo, dijo Nanó. Pues ahora resulta, según Chiquitín, que le ha dado con acosarlo otra vez.

Cuándo no son Pascuas en diciembre, añadió el Bolitero. Y que empeñado también en tumbarle el guanime dice, una vez que se lo retumbe a los taínos que alegadamente se lo tumbaron en primera instancia a él, que todavía Auches, según él, no conoce de este hurto, dijo Nanó mientras, al pronunciar la última palabra, hacía con los dedos índice y corazón de cada mano el gesto que indicaba que se encuentra entre comillas y que su significación está en entredicho. De la paliza que sufrió, o de la caída, que no sabemos a ciencia cierta cuál fue, debemos entender que lo único que recuerda es un intento de arrollarlo con un carro. ¡Imagínense! ¿Quién iba a querer pasarle por encima en carro al pobre diablo de Chiquitín?

Más bien, quién iba a querer desbaratar el carro contra el elefante de Chiquitín, dijo el Bolitero.

Le rompe el *bumper*, le parte la punta del eje, le raja el cran y le descojona el cigüeñal, bromeó el Pastor.

Oiga, Padre, usted a veces más parece diablo que padre, dijo Lucy mirándolo con susto.

Relájate, mi niña, que tampoco es para que estemos tan circunspectos, le contestó el Pastor. Mira, que el que es muy serio se enferma, y que la mejor medicina que se conoce es poder reírse de uno mismo. Y no me diga padre, niña Lucy, que eso suena muy católico. Dígame pastor, si quiere, o dígame Radamés, pelao.

A menos que algo de verdad ofensivo le haya dicho a los indios de los que él habla, o al señor Auches, que ese es independentista declarado y peligrosísimo terrorista, y ya sabemos lo poquito que es Chiquitín cuando le mencionan la política..., intervino Nanó para regresar a la especulación sobre el accidente de Chiquitín.

Sí, seguro que eso fue. El pobre está más tostao que una hostia, dijo el Bolitero. Me pregunto si se acordará de jugar ajedrez todavía.

Yo me pregunto lo mismo, opinó el Pastor. Hasta como terapia de sanación puede servirle el juego, si me preguntan a mí.

Lo de la hostia me ofende, intervino Lucy, antes de que se me olvide.

¡No le hagas caso, mi amor, que lo hace a propósito para sacarte de quicio!, aclaró Nanó en ánimo conciliatorio. Lo principal es qué vamos a hacer para evitar que vuelva a salir por ahí en su bicicleta, a saber si a matarse por uno de esos caminos del Señor. ¿Me siguen?

En esa misma no será, dijo el Bolitero.

¿Esa misma qué?, preguntó Nanó irritada por aquel comentario que no respondía a ninguna de sus preguntas.

En esa misma bicicleta, quiero decir, porque lo que trajo de regreso casi parece una de esas esculturas que ahora ponen los artistas modernos en las plazas públicas, especificó el Bolitero.

Conseguirá otra tan pronto esté en condiciones de hacerlo, contestó Lucy. Eso denlo por hecho. Debemos quitarle los chavos que tiene guardados.

No hay forma, cariño, explicó Nanó. Tiene una libretita de banco de la que sólo él puede retirar dinero en persona. Ni cheques ni tarjeta de banco tiene, así que olvídense de los peces de colores. Ahora mismo estoy yo subvencionándole la comida y las medicinas en lo que se pone bueno y llega hasta el banco. Pero recuerden que tan pronto se sienta con ánimo y sin dolor para llegar hasta el banco, también va a estar en ánimo de comprarse otra bicicleta para volver a la calle. ¡Si ustedes no han visto lo rápido que se cura el cuerpo de un demente, no han visto nada! Lucy, tesoro, vas a tener que hablar con tu papi y contarle lo que pasa con su hermano, que ustedes son los únicos parientes directos que él tiene y quienes deben autorizar el tratamiento que sea. Y esto es volando, para ayer. En cuanto a nosotros acá, los representantes del vecindario, tendremos que inventarnos un plan B para retenerlo en lo que tú resuelves, querida, que no va a ser fácil, conociendo como conocemos la historia familiar...

Lo principal, entonces, que nos corresponde a nosotros, concluyó el Pastor, es inmovilizarlo. ¿Correcto, doña Nanó?

Correcto.

¿Qué significa eso? ¿Partirle una pierna? ¿Sacarle los ojos?, preguntó el Bolitero con suma maledicencia.

Bueno, si a eso hay que recurrir se recurre, pero sólo cuando nos quedemos sin cartuchos, contestó el Pastor a su sarcasmo. Yo estaba más bien pensando en desaparecerle todas las pertenencias que lo enloquecen: la bicicleta, la carretilla, las herramientas de excavación y hasta la mochila entera, con las notas y los apuntes locos que lleva en las libretitas y los mapitas que hizo. También, el reguero de piedras que tiene por todas partes de la casa, que él dice que son fósiles o cemíes, y hasta la jodida, y me perdonan el francés, pintura de Leonardo da Vinci, que me tiene hasta la coronilla y que es parte intrínseca de toda esta tramoya demencial.

¿Y cómo propones hacerlo, si podemos conocer tu secreto?, inquirió el Bolitero.

Como no lo podemos desaparecer nosotros, doña Nanó, Lucy, yo o tú, porque aquello él no lo va a aceptar bajo ningún concepto, se lo tendrán que llevar entonces los indígenas esos que dice él que andan detrás de él para rematarlo.

¿Y qué tienes planificado para ponerte en contacto con ellos? ¿Señales de humo?, preguntó el Bolitero.

¡Qué señales de humo ni qué gato con botas!, le contestó casi desesperado. ¡Nosotros mismos seremos los indios!

Aunque sencilla en propósito, la idea era de ejecución compleja e implicaba, por una parte, cierto grado de investigación, la cual realizó el mismo Pastor con unos libros que tomó prestados de los muchos que tenía Chiquitín arrumbados en el cuarto de atrás, así como el reclutamiento de una media docena de personas, que también realizó el Pastor entre la feligresía suya, bajo la consigna de que, aunque farsa, respondía más a una obra de caridad en pro de un alma descarriada que a un engaño cruel hecho por el mero disfrute de la burla, como pudiera parecer. Compraron arcos y flechas en Walmart y confeccionaron unas antorchas con palos de escoba, alambre, medias viejas y querosén.

La tarde del día para cuya noche se planificó el ataque indígena, Chiquitín, aún machucado y adolorido, en particular de la rodilla lastimada en la guerra, le pidió a Nanó que por favor le tomara el dictado de una carta que debía dirigirle a su abogado, que como tenía los dedos de escribir aún engarrotados por las cascaritas y torsiones, no podía hacerlo por sí mismo. Ella abrió los ojos sorprendida de que tuviera abogado, y le aseguró que esa misma noche pasaría con una libreta a tomar las notas. A eso de las ocho y media, libreta y bolígrafo en una mano y plato de comida caliente cubierto con papel de aluminio en la otra, se presentó Nanó en la casa de Chiquitín y lo encontró con tal arrugamiento de la cara que pensó que se había percatado de la farsa que se urdía a su alrededor.

¿Cerró bien la puerta, doña Nanó? ¿Le puso seguro al portón de la marquesina? ¿Trancó la ventana del pasillo? Bien. No podemos bajar la guardia, doña Nanó, recuerde que el indígena es zahorí por naturaleza y al menor descuido se nos meten por las rendijas. ¿Está segura? Bueno. Confío. Cierre también la puerta de aquí del cuarto, que tengo un no sé qué de premoniciones de que algo está por ocurrir esta noche.

Nanó se quedó petrificada. Tenía razón, se dijo, de algo se ha percatado. Algún descuido, algún desliz... ¡Después de tanta planificación secreta! Demasiada organización para dos manganzones. ¡Ah, la ineptitud de los hombres para organizar!

¿Algo como qué?, preguntó ella, asustada ya con la respuesta.

Algo... algo... que no puedo darle detalles, doña Nanó, porque no los tengo, pero siento una tensión en el aire que me tiene desinquieto. ¿Usted no siente esa electricidad también, doña Nanó, ese campo magnético?

Yo lo que siento son unas ganas impresionantes de irme a dormir, dijo ella, cuando en realidad lo que tenía eran unas ganas impresionantes de expulsar un gas que tenía atorado y que le hacía dolorosa presión sobre las paredes del abdomen. Asustada un poco por la capacidad intuitiva de Chiquitín, quiso dar por terminada su labor allí lo antes posible. Abreviemos la cháchara y vayamos a lo que vinimos, añadió.

Primero la carta y después la comida, para digerir con calma, opinó Chiquitín.

A mí me parece que lo más prudente es que vaya comiendo mientras me dicta la carta. Digo, una carta es una carta, tampoco puede ser tan complicada, dijo Nanó, quien tenía urgencia de regresar a su casa y permitir que ocurriera el asalto taíno. A menos que no pueda comer y pensar al mismo tiempo...

Vale, aceptó Chiquitín fastidiado. Páseme el plato. ¿Qué es?

Piñón de carne, arroz con habichuelas y ensalada, contestó ella. Chiquitín la miró con una cara de infinito asco, como si le hubiera dicho lengua de cerdo hervida, anguila cruda y rata asada.

Después me lo como. Siéntese por aquí al lado, doña Nanó, para no tener que gritarle, que tampoco se tienen que estar enterando los vecinos. Sobra decir que usted, por estadista y proamericana que es como yo, goza de toda mi confianza, pero está bajo juramento de silencio respecto a los asuntos que escuche de mi boca y redacte con su mano. ¿Entendido? ¿Estamos claros? ¿Seguro? Bueno pues, adelante. Antes de sentarse, si es tan amable, doña Nanó, y perdone que la mande, ciérreme un poco las persianas, que de verdad no quiero que se escuche afuera el contenido de esta carta. Mire que las paredes tienen ojos...

Oídos, aclaró Nanó.

Oídos, quise decir, sí. Gracias, doña Nanó, gracias. Un poquito más. ¡Ya, ya, que si no, nos asfixiamos! Prosigamos. ¡Qué digo: comencemos! Chiquitín soltó una estentórea carcajada y Nanó, sin saber por qué ni encontrar cosa chistosa alguna, le acompañó con una risa secundaria y por completo falsificada. Bolígrafo listo y libreta abierta en página vacía, procedió a sentarse de espalda a las persianas en una burda silla de madera, como de juego de comedor espartano, junto a la cama de Chiquitín, quien, quedándose en blanco un momento y mirando hacia el techo como si sobre él leyera el palimpsesto de un discurso inspirador, comenzó el dictado:

Excelentísimo licenciado Miranda Nimbo, dijo. Nanó lo escuchó, mas el asombro por el nombre que escuchó evitó que su cerebro pasara la orden a la mano para que redactara, por lo que se quedó mirándolo fijo.

¿Y tú conoces al licenciado Nimbo? Chiquitín afirmó con la cabeza. ¿Es tu abogado? Chiquitín afirmó con la cabeza. ¿Desde cuándo?

Tranquila, mujer, tranquila, que lo mucho ajora y lo poco aplaca. Dejémoslo en que lo conocí la primera noche de mi salida, en el Motel Paraíso, donde pasé la noche.

¿Motel? ¿Miranda Nimbo?

A él nada más no. También estuvieron allí otros patriotas americanos de primera categoría, a quienes pude saludar con esta mano que todavía no me he lavado, por lo menos yo mismo, conscientemente, no. ¿Y usted, doña Nanó, me ha lavado esta mano mientras he estado fuera de mí? ¿No? Me alegro. En fin, allí vi a Hamilton Masul también, al senador William Johnson, a la senadora Margaret Rodríguez y otra gente distinguida que no reconocí.

¿Qué me dices? ¿Todos ellos metidos en un motel? Eso a mí me huele a peje maruca, te soy sincera, observó Nanó, en quien pudo más su moral cristiana que su inclinación política.

¿Qué tiene de malo? Estaban allí en sesión de trabajo, porque resulta imposible trabajar con libertad en el Capitolio después de ciertas horas de la noche. Dicen que allí las cámaras espían y persiguen y todo es intriga de palacio, susurros, puñaladas traperas; por eso escogieron un lugar discreto para continuar trabajando. Discutieron algo de la Reforma de Salud y de ciertos hospitales, o algo por el estilo, que era necesario pasar a manos privadas. No lo escuché ni bien ni completo, porque tampoco era de mi incumbencia. Pero nada, afinando la Reforma, eso es todo, dijo Chiquitín.

Sí, pero ¿en un motel?, insistió Nanó.

Así son los políticos de hoy, doña Nanó, usted lo sabe, hacen cualquier cosa para pasar inadvertidos. Confiemos, como siempre hemos confiado, en la sabiduría de los proamericanos, que nuestros líderes andan siempre por el camino que es. Prosigamos con la carta. Decía, excelentísimo licenciado Miranda Nimbo...

El excelentísimo me parece un poco exagerado, algo más de obispos que de abogados. ¿Qué tal si licenciado pelado?, opinó y preguntó Nanó.

Agradecida la sugerencia, pero déjeme el excelentísimo, que yo sé qué carnada le gusta a qué peje. Además, ¿es mía o es suya la carta, doña Nanó?

Es tuya, corazón, no te tienes que alterar ni ponerte así. Lo menciono por lo empalagoso. Pero bien, no digo más, se va con el excelentísimo y allá tú..., protestó Nanó.

Grande no, enorme fue mi sorpresa y agradable la ocasión de toparme con usted hace algunas noches a la salida del Motel Paraíso. Esa primera oración me la pone entre signos de exclamación, si es tan amable... Que se sienta a través del papel que no cabo en mí de emoción...

Quepo, aclaró Nanó.

Quepo, entonces, de admiración por lo mucho que trabajan los promotores de la Anexión como él para el bienestar y futuro nuestros. ¡Son como las hormigas nuestros patriotas, que ni de noche descansan, ni de noche! Esclavos son del pueblo. ¡A aquella hora de la madrugada, moliendo ideas, pariendo números, organizando el servicio público!

En tanto Chiquitín y Nanó continuaban con su carta, el Bolitero y el Pastor, junto con los feligreses voluntarios del Pastor, se habían reunido en gran silencio en la acera frente a la casa. Uno de ellos trajo una camioneta, en la que se proponían meter bicicleta, carretilla, herramientas, fósiles, reliquias, libros, pinturas y cuanto cachivache arqueológico o indígena estuviese por allí tirado que pudiera ser disparador de su locura. La mitad del grupo, unas cuatro personas, se encargaría de transportar hasta la camioneta con la mayor celeridad posible los objetos confiscables, en tanto que la otra se encargaría de llevar a cabo la pantomima taína con la que pretendían engañar a Chiquitín, o más bien complacer su locura, manipularla y paralizarlo un rato, aunque fuera mientras la familia gestionaba su ingreso en alguna institución psiquiátrica. El Bolitero, que había preparado un discurso formado con frases taínas sacadas de uno de los libros que se llevó de la biblioteca de

Chiquitín unos días antes, junto con tres muchachos jóvenes con antorchas, se movieron con sigilo por la parte trasera del patio hasta colocarse debajo de la ventana del cuarto donde convalecía Chiquitín.

Shhhh… Silencio, doña Nanó. Escuche, escuche…

¿Qué son esos ruidos?, dijo Chiquitín con el dedo índice cruzado sobre los labios.

Pues la verdad que tienes oído de tísico, porque yo aquí no escucho ni los coquíes.

Pues por mi madre santa que escuché allá afuera un cuchicheo en algún idioma raro. Está segura de que cerró las puertas, ¿verdad? Shhhh…

¡Mira, muchacho, no jures por esa señora mamá tuya, que lo menos que tenía era de santa, pidió Nanó, recordando el cúmulo de episodios de que fue testigo a lo largo de los años de vecindad con ellos.

Shhhh… ¡Escuche ahora, escuche! Hay algo o alguien allá afuera. Eso es definitivo.

Mientras el Pastor, junto con tres de sus acólitos, preparaba los arcos y las flechas que pensaban disparar contra las puertas y los árboles alrededor para dramatizar y darle colorido al asalto, el Bolitero se encontraba listo debajo de la ventana de Chiquitín para encender las antorchas cuyas llamas impedirían el reconocimiento de su portadores, en caso de que intentara asomarse para identificarlos. Sólo esperaban la orden, que se dio poco después, en la forma de una ronca sirena producida por el Pastor soplando una gran caracola de carrucho preparada para propósito de fotuto y obtenida como *souvenir* en el Parque Indígena de Tibes. El atronador rugido vino acompañado de varias melodías inconexas e inventadas en el momento, sacadas de unos pitos de piedra que imitaban cemíes taínos, obtenidos en el mismo lugar y que soplaban los acólitos del Pastor a modo de acompañamiento. El Bolitero dio la orden de encender las antorchas.

Guakia baba tureyagua, dijo con voz chillona y transformada gracias a un cono de cartulina, a lo que respondieron los portadores de antorchas, ¡*Guay*!

Guami caraya güey bo matún, añadió, a lo que los otros replicaron de nuevo, ¡*Guay*!

Oh, my God!, dijo Chiquitín con un susurro que apenas escapó de unos labios violetas sobre una cara tan completamente robada de cualquier arrebol, que más bien parecía pintada con cascarilla. Me encontraron, dijo, por completo petrificado sobre su cama. ¿Se lo dije o no se lo dije, doña Nanó, que me venían a rematar? El que tenga oídos, que vea, y el que ojos, que escuche, coño. ¡Aquí están, doña Nanó, llegaron! Coteje que la puerta del cuarto esté bien cerrada, que el resto de la casa la doy por perdida. El taíno es zorro, se lo digo, zorro; cuidado no se nos metan por la ventana cuando vean que nos hemos atrincherado aquí. Métale el espaldar de la silla por debajo de la perilla de la puerta. Apúrese, doña Nanó, que en un dos por tres tumban la puerta y nos cosen a flechas.

Nanó fue hasta la puerta arrastrando consigo la silla en la que estaba sentada y fingió cotejarla de nuevo.

Tiene el seguro puesto, avisó, mientras colocaba la silla según las instrucciones de Chiquitín.

Tírese al suelo, doña Nanó, no sea que una azagaya que entre por la persiana se le pegue como una avispa. Nanó se agachó y también hacia el suelo se dirigió Chiquitín, con quejidos apagados y dolor contenido por no haberse casi movido de aquella cama en varias semanas.

Daca Arayama Cosiguex, Nabori daca caciké. Arijuma baracutey, guaricó batey, se escuchó al Bolitero decir.

La verdad es que no entiendo ni papa de lo que están diciendo, comentó Chiquitín en voz muy baja. Es que habla demasiado rápido y no estoy acostumbrado al taíno hablado. En papel y tinta lo entiendo de maravilla, pero así a las millas es imposible. Pero, aunque no entienda el sentido de lo que dice, reconozco que es taíno lo que hablan, o que el mismo Cacibú me fulmine ahora mismo si me equivoco, le susurró Chiquitín a Nanó con una calma total, como si estuviera acostumbrado a aquel tipo de escaramuzas, mientras ella fingía estar aterrada, a la vez que luchaba contra una carcajada que hubiera descubierto la naturaleza falaz de aquel teatro. Usted no se preocupe, doña Nanó, que a quien quieren es a mí. A lo mejor se ensañan contra usted por ayudarme y le dan un par de bofetadas. Dudo que la ultrajen, a menos que se hayan contagiado con las malas mañas de los sucios puertorriqueños, que si a una monja pervierten, no van a convertir en sátiros salvajes a unos indígenas pacíficos como eran los de aquí, continuó susurrando Chiquitín al oído de Nanó, quien se mostró más calmada con aquella información, como si en realidad se hubiera liberado del miedo de un ataque sexual.

Tanto la iluminación de las antorchas que se observaba pasar periódicamente por entre las persianas como los gritos de ¡*Guasábara!* que acompañaban con sonajas baratas que tocaban para aumentar el nivel de escándalo, Chiquitín interpretó como parte de la estrategia de guerra tradicional de las sociedades tribales, que consiste en rodear al enemigo y atemorizarlo con gritos y atabales. Sin sentirse amedrentado aún, calculándolo todo según la medida de su locura, en mitad de aquellos pensamientos se escucharon tres fuertes golpes en la puerta de entrada, que interpretó como que intentaban echarla abajo y que, en realidad, eran tres flechas que el Pastor y sus muchachos dispararon y clavaron en ella.

Ya mismo entran en la casa, advirtió, relajado y sin mostrar temor genuino con aquella ofensiva. Valor, doña Nanó, no pierda la compostura, que el miedo vulnera, y ahí es que se corre el riesgo de que la agredan y piensen que es una *guamaracha*. Recuerde que podrán violarle el cuerpo, pero tocarle el alma jamás. Ya sabe, doña Nanó, que si la atrapan les debe repetir muchas veces, que el salvaje es muy de la repetición, *mayanimacaná*, que significa no me maten, no me maten…

¡Calla, muchacho, qué cosas dices! ¡Qué violar ni qué violar a una vieja como yo!

No los subestime. Mire que conmigo se portan más caribes que taínos, así que ya no pongo la mano en la candela por su docilidad. Sólo le digo que se prepare para lo peor. Mire que el indio es rijoso de por sí, y si vienen borrachos de *cusubí*, olvídese…

Se escucharon sonidos dentro de la casa, como de pies callosos sobre baldosas polvorientas, como de metales que entrechocan, madera que cruje, vidrios que estallan. Un tumulto de gente penetró la casa, a la cual accedieron gracias a una copia de la llave de la puerta de entrada que les entregó Nanó, y en un dos por tres la limpiaron de los agentes activadores de la demencia de Chiquitín.

Con todo su peso recostado contra la silla que impedía la apertura de la puerta, aguardó en silencio, alerta, revivido en la memoria el instinto de conservación desarrollado durante la guerra, a que ocurriera el primer intento de destrucción de la cerradura con las colosales hachas de piedra. No obstante, aunque varias veces vio pasar por debajo de la puerta la lumbre de las antorchas, detenerse sombras frente a ella y hasta sintió dedos palpar su madera, al poco rato dejó de escuchar los gritos repetidos, de ver el intercambio de luces y sombras, y luego de sentir el roce de los pies callosos de los indígenas sobre las baldosas. Al final, se escuchó la puerta de entrada dando bandazos por una ventolera que se levantó de no se sabía dónde y que no formaba parte del montaje.

Se arrastró de nuevo hasta las persianas, abrió con cuidado extremo una de ellas y corroboró que ya no hablaba nadie en el patio ni se escuchaba cosa alguna.

¡Qué raro!, exclamó. Me han perdonado la vida.

Capítulo XII

Donde se cuenta del encuentro que tuvo Chiquitín
con un tal Margaro Velásquez, su coloquio
y la aparición de un hacha indígena

Tras casi arrastrarse por los aposentos y rincones de su hogar y constatar el vacío dejado por los objetos robados, una palidez de muerto le ocupó la piel y comenzó a salirle por los poros un sudor de mula que Nanó tomó por ataque de alferecía.

¡Qué alferecía ni qué ocho cuartos, doña Nanó, pasmado que estoy con el saqueo! ¡No ve que me han dejado, como quien dice, esnú, en la calle, con apenas los calzoncillos que llevo puestos! Cargaron con todo, doña Nanó, con todo, dijo Chiquitín con una ansiedad en la garganta que hizo a Nanó entender *cagaron en todo*, y en la micra de segundo que le tomó mover su visión del rostro de Chiquitín a la zona al derredor para constatar la falsedad del atroz verbo, le espantó que aquella asquerosidad la hicieran el Pastor y el Bolitero, y se dijo que aquel no era el plan ni mucho menos. Todo lo que vale la pena se lo llevaron. ¡Los cuadros se los llevaron, doña Nanó, que son verdaderos tesoros de la Humanidad! Hasta de los escombros de la bicicleta me despojaron los muy hijos de su madre, seguro para evitar que saliera de aquí y me les fuera detrás. Caza les daré, a su debido tiempo, caza les daré… Parecen temerme, doña Nanó, ¿o por qué no me liquidaron de una vez, que era lo que mandaba la ocasión? Aquí mismo en la cama, un buen *manayazo* en mitad del melón, una azagaya en mitad del pecho. A mí lo que me deja perplejo es cómo dieron tan rápido conmigo. Seguro algún oráculo que les revela cosas escondidas, se dijo, convencido de que acceso a alguna fuente esotérica debían tener.

Al día siguiente hizo una inspección más detallada. Apoyado el lado izquierdo del cuerpo en un bastón tallado a mano con cruces y caras de un Cristo pelú que le trajo el Pastor, y el derecho en el hombro del Bolitero que, aunque pequeño, era grueso y corpulento, recorrió los cuartos de la residencia a la luz del día en ánimo de hacerse un informe mental de los daños. Más que robada, parecía, por el contrario, recogida, liberada del basurero en que la había convertido Chiquitín. A ojos ignorantes, que no conocieran su anterior estado, parecía una residencia minimalista; a los suyos, en cambio, era una cripta profanada, un bosque talado, un lago drenado. Se reprochó haber obviado la lógica de aquel saqueo y no prepararse ni atrincherarse. Ahora es que veo cuán poderosas son las redes de inteligencia de esta nación errante, se dijo en voz alta, ante los gestos de extrañeza de Nanó, el Pastor y el Bolitero, a quienes les costaba cada vez más trabajo camuflar el regocijo que les provocaba el éxito de la pantomima. Ante la puerta de entrada, que tenía las tres flechas baratas compradas en Walmart clavadas erráticamente, Chiquitín analizó la evidencia y llegó a dos tristes conclusiones: primero, lamentó que entre los taínos se hubieran perdido las destrezas tradicionales para construir sus instrumentos de defensa; y segundo, destacó cuánto habían menguado las artes de la puntería taína. Por lo común, cuando las flechas se disparan así, para amenazar, para enviar una advertencia, se disparan en hilera o en formas geométricas, comentó Chiquitín en voz alta, antes de pedirle a su bastón y a su amigo que lo regresaran a su cuarto, mientras sopesaba la incoherencia de que tuvieran tanta precisión en sus oráculos y tanto desorden en su tino. Concluyó que más importante les era conservar las fuentes de adivinación que las destrezas de pesca y caza, anacrónicas en un mundo de supermercados. Se alegró con la idea de que los taínos modernos hubieran sucumbido a las bonanzas del capital americano.

Los caldos de pollo, los cerros de arroz con habichuelas, las carnes, los pescados, las frituras, las ensaladas que Nanó le atosigaba por la garganta para abajo, pese a sus protestas, sanaron pronto a Chiquitín y le regresaron la movilidad perdida. No obstante, el saqueo le dejó un mazacote en el paladar, un no sabía qué enconado en el ánimo, que terminó por sumirlo en el mutismo y el convencimiento rayano en la paranoia de que la próxima visita de los primitivos sería para ponerle coto a sus días. Aunque se alimentaba bien, optó por la incuria como filosofía de vida. Dejó de bañarse, de cambiarse la ropa, de limpiarse el fondillo; un desgano se apoderó de su ánimo de forma tan acaparadora que comenzó a rechazar las ofertas de sus amigos para jugar ajedrez, que estuvieron dispuestos a soportar el asco que les causaba a ambos su hedentina si las partidas podían desconcharlo del ánimo retorcido en que se encontraba. Hasta armar palabras se le hizo un tormento. Abandonó la idea de continuar la redacción de la carta para el licenciado Nimbo, pese a la insistencia y buena disposición de Nanó para que lo intentara. Era tal su desconcierto y tan obvio en su mirada el extravío en que se encontraba su vecino, que les fue evidente que el ataque fingido, en lugar de aplacar su demencia permanente, se la disparó. Y la boba de Lucy que no resuelve nada con la comemierda familia que se gasta. ¡Ni un chavo prieto quieren poner los muy desgraciados para ingresar al pobre tío en una clínica, que es donde debe estar!, se lamentaba Nanó. Dios se las cobrará caras, de eso no me cabe duda. Porque de que castiga sin vara ni fuete, castiga. Eso lo sabemos aquí todos mejor que el credo. ¡Yo te juro por ese Gran Poder de Dios que si a esos infelices no se los lleva el diablo, no me llamo yo Nanó Casanova!

A las dos semanas de aquella actitud silenciosa, Nanó y los vecinos comenzaron a tranquilizarse y a convencerse de que la extrañeza de Chiquitín respondía al reajuste con la realidad de cualquiera que desvaría por un tiempo prolongado. A la tercera semana tuvieron barruntos de que ya no creía en la intrusión indígena y sospechaba de un contubernio entre ellos para engañarle. Le pidió a Nanó que le trajera unas libretas nuevas y bolígrafos y comenzó a hacer apuntes misteriosos; aparentemente la insania seguía intacta, lo mismo que sus intenciones de tirarse de nuevo a los caminos. La ausencia de sus pertenencias era apenas un escollo insignificante en el conjunto de sus designios.

Al mes caminaba sin traspiés por la casa entera, apenas apoyado en el bastón. A los pocos días, bañado, afeitado, acicalado, se encasquetó de nuevo los pantalones prietos sobre las gruesas piernas, arropó con la camisa blanca de mangas cortas el torso abultado, confinó los pies en la prisión de los bodrogos negros que le eran habituales y salió a dar un paseo a la hora en que Nanó andaba de compras, el Pastor de prédica y el Bolitero de venta. Quería saber hasta dónde le daba el cuerpo y cuán listo estaba para lanzarse otra vez en grande.

Se dirigió hacia el By-Pass, el cual cruzó a la altura del McDonald's, en donde, imantado por aquellos colores que ya lo ponían a salivar, se internó para engullirse una bandeja llena de aquella comida ultraprocesada que le disparó la glucosa y le espesó la sangre. Pasado el instinto primario de vomitar, el sudor frío y hasta una convulsión de la pierna izquierda, logró controlar las muestras de rechazo primarias de su cuerpo a las sustancias ingeridas y sustituirlas poco a poco por la fortaleza y el frenesí a que luego lo catapultaban. Salió de allí dando trancazos de satisfacción, con un vigor digno de sus mejores tiempos, desaparecida cualquier queja dolorida de los golpes recibidos, cuyo recuerdo se refugió por lo pronto en un lugar lo suficientemente apartado de la memoria como para no provocarle demasiado mal de fondo en el cuerpo.

Anduvo por la marginal hacia el norte, en dirección del cerro Los Negrones. Pasaría primero por el barrio de Tenerías, luego por la urbanización de Jacaranda y finalmente por la barriada Piedras Blancas, cerca de la cual debía cruzar el río para llegar a la falda del cerro. El primer trecho, al menos hasta Tenerías, quiso hacerlo a un paso bastante cheverón, de manera que pudiera someter el cuerpo a una buena prueba de resistencia cuyos resultados le indicaran cuán recuperado y listo estaba para retomar su empresa arqueológica. Era un hermoso día de abril en Ponce, con una brisa sostenida del este a través de un cielo añil, sin la menor traza de cirros o cúmulos-nimbos ni cualquier otro fenómeno condensatorio, con una luz tan vibrante, tan brillante, tan diáfana, tan traslúcida que apretaba la materia y hacía brotar el contorno de las cosas.

Por ser calvo y blanco de piel en extremo, se pensaría que Chiquitín tenía estudiado de sobra el asunto del sol en los trópicos. Durante sus primeros tiempos con don Vals se preocupó un tanto por aquellos asuntos y supo combinar el sombrero de paja con las mangas largas y la camisilla, pero tan pronto comenzó a perder el pelo, no sólo de la cabeza sino del cuerpo entero, por a saber cuál afección nerviosa, le echó la culpa al sombrero primero, luego al sancochamiento de las mangas largas, hasta que terminó por limitar su defensa contra aquellos rigores a saltar de sombra en sombra o improvisar un techito sobre la zona donde cavaba. Desde entonces se le vio siempre en mangas de camisa y a calva pelada, que fue la imagen que finalmente quedó de él entre las personas que le conocieron durante sus años con don Vals, inclusive entre aquellos que lo llegaron a ver delgado como una espiga cuando regresó de Vietnam. Su primera salida, no obstante, le hizo comprender que, en bicicleta, no hay sombra que valga, y que debía recurrir otra vez al sombrero si pretendía conservar intacta la piel sobre la cabeza.

Cruzó la avenida Ednita Nazario a la altura de la antigua fábrica de dulces y entró por un callejón que llevaba al coliseo gallístico de La Cuevita y luego al barrio de Tenerías. A los pocos minutos de andar alcanzó la placita de la comunidad, presidida a un costado por una estatua dos o tres veces el tamaño natural de don Pedro Albizu Campos, el más insigne de los hijos de aquella barriada. A Chiquitín, que conocía de la infamia, según él, de que se enorgullecía el barrio, le disgustaba siquiera acercarse por allí, por lo que desconocía de la estatua. Al toparse con ella fue como si le dieran un empellón y lo tomó casi como una afrenta personal.

La verdad es que Cuba y Puerto Rico son de un pájaro las dos alas, se dijo en tono de absoluta indignación, y no por los dichosos versos que tan de boca en boca andan, no, señores, sino porque son los únicos dos lugares del planeta donde se erigen estatuas a terroristas consabidos y asesinos notorios. ¡Como si eso fuera motivo de orgullo, me cago en la potoroca! ¡Como si en la violencia se encontrara la solución de los conflictos humanos! La violencia no es para todos, señores, es sólo para quien sabe utilizarla; para el Ejército americano, por ejemplo, que son gente responsable. Porque el que me diga a mí que el Che Guevara ese y el diablo de Albizu Campos no son terroristas, no sabe un comino de historia ni conoce un coño lo que significan libertad, justicia y democracia americanas, que es la mejor y más perfecta de las democracias. El viejo loco este lo que hizo fue confundir a la población, aterrorizar a los inocentes, violar viudas y descuartizar niños con bombas. ¿O no? ¡Seguro que sí que lo hizo! ¡Eso lo sabe todo el mundo! Ese hombre lo que tenía era el demonio metido entre el cuero y la carne, y a mí no hay quien me convenza de lo contrario. Pregúntenles a quienes le escucharon alguna vez hablar en público, que siempre dicen que por su boca hablaba el mismísimo Belcebú. Esos dos apellidos habría que extirparlos del árbol genealógico puertorriqueño, de la memoria conjunta, de la psiquis colectiva, de nuestra raza contaminada. Yo espero que en la Estadidad no se permita, so pena de muerte, siquiera mencionar el infame nombre de ese irresponsable, de ese cobarde, de ese comelón. Porque lo que fue Albizu Campos fue un comelón y un corrupto y un pillo, que lo que hizo fue esquilmar a los pobres incautos que lo siguieron y enriquecerse de su ingenuidad. Dicen que murió millonario. ¡No me juegues tú a mí! ¡Así cualquiera!

Acercándose a la estatua, escupió el suelo en frente suyo y, dirigiéndose a su rostro, que quedaba a una buena distancia por encima de su cabeza e ignoraba absolutamente su presencia, fija su atención en cuestiones más elevadas, la imprecó:

Sí, tú, Luzbel, que eso es lo que eres, viejo infame, porque cosas son del Cuyo morder la mano que da de comer, sacar los ojos que dieron la vista, escupirle la cara a la madre que te dio vida, viejo canalla. ¡La madre americana, Rey de las Tinieblas, que todo te lo ha dado a ti, todo! ¡Comenzando por la leche misma que mamaste, descarado, que seguro no fue de tu madre ni de ninguna nodriza, sino del programa WIC! Bien sabes tú mejor que nadie, canallón, que los soldados americanos se bajaron de sus barcos de guerra con un rifle en una mano para poner en su sitio a los sediciosos y sacar a los abusadores españoles, y con un biberón de leche en la otra para alimentar a nuestros niños. ¿Y tu educación, canto de revoltoso, ah? ¿O es que la educación tuya no te la dio quien tanto quisiste ofender con la gloriosa palabra yanqui, ¡que tan a flor de labios la tenías siempre, creyéndola un insulto!, y después con tus acciones malignas? ¿O me vas a decir tú ahora, después de muerto, que no fueron las universidades que tú llamabas gringas las que colocaron la inteligencia que tenías dentro de esa cabezota tan rústica que era originalmente la tuya? Porque si de ingeniero te graduaste fue gracias al Ejército americano, y si luego de Derecho fue porque, aunque prieto como la noche, nuestros hermanos blancos de allá de Harvard te cogieron pena y casi te regalan el grado. ¡Y tú que les sacas los ojos, cuervo ingrato! ¡Qué vergüenza para Puerto Rico! ¡Paria, malnacido! Y aquí que los comunistas y separatistas te veneran como a un dios y escuchan cada palabra tuya como las de un profeta. ¡Partida de imbéciles que son! ¡Un Becerro de Oro veneran!

Volvió a escupir en el suelo, le dio la espalda a la estatua y prosiguió su camino, ahora con una molestia súbita de la cadera que le hizo renquear un buen trecho y recoger un palo de escoba que encontró en el contén de una acera, para apoyarse.

Las doce del día eran cuando llegó a la barriada Piedras Blancas, que quedaba justo al borde de la zona de servidumbre de la canalización del río, por lo que las sombras, arremolinadas a los pies de las cosas, no se mostraban muy abundantes por ningún sitio. Como se dio aquella hartera justo después de salir, pensó que no necesitaría más vituallas para esa caminata bajo el sol intenso que rajaba huesos y hervía ojos. Ahora resultaba que caminó demasiado lejos y se encontraba próximo al cerro y no se veía por ninguna parte puesto ni tienda donde suministrarle al cuerpo el preciado líquido que comenzaba a requerirle.

Por el camino pedregoso y polvoriento de la servidumbre del río anduvo un rato, frente a una línea de casas de pobre construcción, en las que no percibió señales de vida alguna. Pensó que el calor de aquella hora debía encuevar a la gente. Lo único viviente en esa comunidad fue una perra sata blanca recién parida, que le salió al paso como una fiera y que él espantó con el palo que le servía de bastón. Al final, en la última de las casas, vio un celaje como de animal peludo, que poco después identificó como un hombre delgado sin ser flaco, desnudo y velludo de torso que, en cuclillas, echaba cucharadas de arroz mamposteado en los platos de dos feroces perros pitbull amarrados a un árbol de quenepa con cadenas gruesas y collares con puyas.

Chiquitín se acercó de manera amistosa y le preguntó al hombre, a través de una verja eslabonada, si conocía por dónde se subía al cerro. Los perros no le ladraron.

A mi conocimiento, se sube por dos partes, le contestó el hombre con voz atiplada y tono amistoso sin levantarse del suelo. Una es cruzando aquí mismo, por la represa del río allá arriba, dijo mientras señalaba con el brazo extendido hacia el lugar al que se refería, una construcción de cemento bastante prominente hecha para disminuir el flujo de la corriente en caso de una crecida. Al otro lado arranca un caminito que se convierte en trillo, que hay que trepar a rompe y raja porque casi nadie lo cruza.

Chiquitín se puso la mano sobre los ojos a modo de visera y escudriñó el área señalada, dando a entender por gestos minúsculos de los pómulos, de los labios, de las cejas, de los ojos achinados, que realizaba cálculos mentales con mediciones complejas relacionadas de algún modo con su capacidad para trepar por aquel trillo en sus circunstancias presentes.

Se sube más fácil por el camino de Campo Alegre, allá, al otro lado del río, dijo el hombre, mientras señalaba hacia un apiñamiento de casitas de madera, bloques de concreto, con mucho colorido, que parecían una maqueta gigantesca. Para eso tendrá que vadear el río aquí cerca, que no es ruedita de ñame, o volver para atrás, cruzar el puente de la avenida y subir de nuevo, lo cual es tremendo maví. Además, allá, en el barrio, el agua está que hierve: anteayer mataron a dos; ayer, a uno. Los jodedores andan por ahí al garete, vestidos de fatiga, estilo Rambo, armados hasta los dientes, en espera de un ataque de la ganga de la calle Atocha. Mi consejo es que se vaya por acá, que ese horno de Campo Alegre está sobrecalentado. De todas formas, ¿qué busca usted allá en ese cerro, si se puede saber, que no sea lo que se le perdió a Magollo? Tenga cuidado con lo que busca allá arriba, que el que escula mucho en yaguas viejas siempre encuentra cucarachas...

Busco artefactos taínos, que conozco de buena tinta que por aquí cerca hubo un *yucayeke* de bastante importancia. Si a eso tú le llamas cucarachas, pues a esculcar las yaguas viejas vengo.

¿Yuca qué?, preguntó el peludo hombre mientras colocaba la cacerola con el resto del arroz en el suelo. No bromee con las yucas, que la única que me interesa es la que esté para el guayo mío, añadió con una lascivia incorrecta entre personas recién conocidas.

Yeque, *yucayeke*, antiguo poblado indígena, o si no, por lo menos un *guarikitén*, aclaró Chiquitín, a la vez que el hombre se irguió por completo y, mirándolo fijamente con ojos que eran de genuina alegría, le preguntó que cómo él sabía eso de que por allí hubo un poblado indígena.

¿Y qué es ese cangá que usted habla, si se puede saber?, añadió.

Taíno, originalmente arahuaco. El cangá ese que dices debe ser cosa de negros y, de eso, como podrás observar, dijo Chiquitín haciendo alusión a su jinchera y calvicie, no tengo un pelo. Soy arqueólogo, mi amigo. Créeme, yo sí sé de lo que te hablo.

Acelerados sus hasta ahora pausados movimientos, el hombre se puso la camisa que había dejado sobre la baranda de la marquesina, salió de la sombra y anduvo hasta el portón para abrirle a Chiquitín, quien se quedó impresionado con la maranta gigante de aquel pelo ensortijado y en revolucionado estado que coronaba la testa de aquel individuo, de la que no se percató mientras estuvo metido en la sombra del quenepo. Lo próximo que le impactó de él fueron sus claros ojos verdes, un verde de charca llana y musgosa, que no encajaban para nada en su oscuro rostro y más bien le daba un aspecto, a juicio de Chiquitín, monstruoso. Con movimientos pausados de una boca encajada en una quijada protuberante, le dijo: Yo sé dónde hay enterrados tesoros indígenas que le zumban la manigueta, dijo el peludo hombre con seriedad extrema.

Chiquitín se quedó de una pieza con aquella revelación, mirando a ese ignoto hombre como desde una cumbre física y moral. Al cabo de unos instantes, tras dibujar poco a poco en los labios una sonrisa de satisfacción y colocarle ambas manos sobre los hombros, acercó su cara a la de él y le dijo: Hablemos, hermano, que parece ser que tú y yo tenemos cosas en común y asuntos pendientes que escrutar. Pero antes, si eres tan amable, te agradeceré que me invites un vaso de agua, que estoy más seco que una pasa.

Venga, invitó el hombre, adelante, que con un rebaño como el mío, aquí siempre hay abrevadero, dijo en referencia al tamaño de su familia y utilizando aquella última palabra que a Chiquitín le pareció que no guardaba correspondencia con el muchacho de barriada que era.

¿Y cuán grande es el rebaño?, preguntó Chiquitín sin mucho interés genuino.

Digamos que no es pequeño. Como dice la canción, en mi casa no hay televisión... ¡A Dios gracias que existe la escuela para los nenes, que me los quita de encima durante el día, y el trabajo de la mujer, que me da tiempo libre para mis cositas, usted sabe, para deslizarme un poco y sacudirme de encima el aborrecimiento! Porque si no, le digo yo que el familión vuelve loco a cualquiera. Que si por mí fuera, hace rato hubiera cogido las de Villadiego y pintándome de aquí pa'l carajo, que no me ven de nuevo ni la pluma del sombrero... Pero nada, en la batalla siempre, dijo el hombre resignado, de repente consciente de haberse salido un tanto del tema y haberle dado a aquel desconocido quejas que él ni podía ni tenía por qué comprender.

El hombre se hizo a un lado y le colocó una mano benévola en la espalda a Chiquitín, con la cual lo empujó leve, casi simbólicamente, en ese gesto hospitalario que invitaba a caminar adelante y entrar primero.

Los perros no ladran, así que deben morder, concluyó Chiquitín.

Muerden y ladran, y también destrozan si los dejo, pero no llegan hasta acá por las cadenas, respondió el hombre.

Chiquitín pasó lo más alejado posible de ellos, quienes, ahítos y confiados en el buen juicio de su amo, no salieron a comérselo vivo, como por lo común sucedía con los extraños, pese a que el tamaño y su impresión totémica causaba siempre gran revuelo entre los canes.

Parece que lo ven con buenos ojos, comentó el hombre en relación a este silencio. Mire que el olfato del perro descubre al conejo, y su mansedumbre me indica que usted ha entrado limpio a mi casa, sin intenciones escondidas ni peos atorados, que casi todo el que viene por aquí así como usted, de caída, algún truco se trae entre manos que los perros rápido detectan. Que ya se imaginará usted cómo por aquí cualquiera se mete una gallina debajo del sobaco. Así que hay que estar siempre a cuatro ojos velando el gato, dijo desde el interior de la casa en voz alta como para que otros, aparte de Chiquitín, lo escucharan. Chiquitín se sentó en uno de los estrechos sillones del aún más estrecho balcón. Apenas le cupieron las gruesas piernas, que tuvo que apretujar casi dolorosamente. Apenas podía mecerse. El anfitrión aprovechó la entrega del vaso de agua para realizar las formalidades correspondientes.

A propósito, no nos hemos presentado, Margaro Velásquez, para servirle. Me dicen el Oso, Margaro el Oso, por tener más pelos en el cuerpo que un empacho de coco, saludó en su modo pausado de hablar.

Gran gusto conocerle, le contestó Chiquitín con genuina cortesía mientras clavaba la mirada en el colchón de pelo de Margaro, que ahora le era fuente de pensamientos en torno a la proliferación del piojo y el escozor de la caspa. Intentó levantarse y lo logró, aunque con bastante dificultad, no sólo por quedársele las caderas atascadas en los brazos del sillón, sino por el residuo de dolor que le visitaba las coyunturas de las rodillas al romper la inercia y alcanzar el impulso que le exigía aquella acción. De pie, extendió su mano abierta para decirle Chiquitín Campala Suárez, arqueólogo, buscador de tesoros y aventurero profesional.

Hubiera querido añadir Paladín de la Estadidad, Emperador del Ideal, Caudillo de la Democracia Americana, pero la verdad es que aún no había hecho nada concreto para ganarse aquellos títulos, a no ser las muchas horas acumuladas de escuchar propaganda radial proamericana, su participación esporádica en los piquetes y su pensamiento continuo de lo necesario que era echar al mar a las ratas comunistas y separatistas de este país, de esta isla, quiso decir. De todos modos, tampoco conocía las afiliaciones políticas de Margaro, que con todo y su mirada inteligente y palabra vivaracha, igual podía ser una bestia separatista. Optó por no echárselo de enemigo gratuitamente, así por meras afecciones políticas, en particular cuando todo indicaba que compartían intereses arqueológicos. Ya tendría tiempo de extraerle sus ideales políticos y de sacudirle los pensamientos podridos que tuviera en aquella cabezota suya, en caso de que fueran desfavorables, para sustituirlos por ideas políticas correctas y progresistas.

Puedes llamarme Chiquitín a secas, si prefieres, como me llama todo el mundo... Ahora, dime lo que sabes. ¿Qué has encontrado? ¿Dónde está? ¿Puedo examinarlo? ¿En qué parte queda el yacimiento? Habla pronto, si no quieres que la emoción me empuje monte arriba y te deje aquí con la palabra en la boca.

Perdóneme si le parece cargado mi verbo, le advirtió Margaro, pero sepa que llevo enredadas en la lengua las formas que me inculcaron mis abuelos que, por ser gente vieja y de campo, mis modales parecen de antaño. Así que lo primero es mi respeto, que con sangre humana tampoco se hacen morcillas, y más a usted que es hombre mayor y huésped en mi casa. Respecto al asunto que le interesa, añadió ahora con un giro súbito de su diatriba respecto al decoro y al respeto, y con una sonrisa de oreja a oreja que hablaba de pura maledicencia, hará cosa de tres meses, en el tope del cerro, un día que estaba por ahí andaregueando, me encontré tirada un hacha de piedra indígena.

¿Una *manayá*?, preguntó Chiquitín muy exaltado, incorporándose un poco dentro del encasquetamiento del sillón al que había regresado, como para aproximarse a aquella inesperada fuente de información y escuchar mejor sus palabras.

Pues no sé si de más allá o de más acá, pero de ahí bastante cerca…, dijo Margaro.

No, muchacho, *manayá*, el nombre taíno del hacha de piedra. ¿La tienes contigo?

La tengo, contestó Margaro, ahora más confiado en aquel hombre, que sin duda sabía de lo que se hablaba.

Muéstramela ahora mismo entonces, que yo te puedo decir si es piedra de rayo, que se parecen muchísimo, o si es *manayá* de agricultura, de guerra o de escultura.

Sin preguntar lo que era una piedra de rayo, aunque comprendiendo vagamente su sentido, Margaro se levantó de la baranda del balcón donde se había sentado y se dirigió, alrededor de la casa, hacia su parte posterior. Chiquitín permaneció en estado de fervorosa expectativa, juntas las rodillas, unidos los pies, las manos sobre el vientre entrelazando y desentrelazando nerviosamente los dedos. En el breve instante que le tomó a Margaro recoger la pieza y regresar al balcón, Chiquitín se hizo expectativas gloriosas de lo que esperaba descubrir con la ayuda de aquel hombre, enviado sin duda por alguna potencia taína compadecida con su búsqueda. Se vio desentrañando entre raíces cemíes intactos, vasijas preservadas, amuletos de jadeíta, buyones afilados, ídolos, pipas de oro para fumar cojoba, gladiolitos de oro, dujos de oro, aros de oro, platos de oro, guanines de oro… La emoción que le causó aquella fantasía fue de tal intensidad que las piernas comenzaron a movérseles solas como dos pistones enloquecidos que no lograron detener ni su deseo explícito ni la fuerza de su voluntad, y sí el ardor que le produjo la fricción de los muslos apretujados sobre la región de las verijas.

Al cabo de un minuto, que en tiempo mental de Chiquitín fue un periodo de varias horas, regresó Margaro con un peñón en la mano, por completo amorfo e insignificante, que no fue más que verlo de lejos Chiquitín y caérsele el universo de sus fantasías. La esperanza de toparse con aquel yacimiento áureo que pudiera saquear antes que nadie y vender en el mercado negro, que era el más lucrativo, se le hizo sal y agua. Aquel pedrusco que traía Margaro con cara de acontecimiento no era más que un burdo peñón sin valor ninguno, en el que, probablemente, ni siquiera la mirada de un taíno se había posado un segundo.

Un ramalazo de tristeza, un viento de desazón, una como ondulación gelatinosa hizo que se precipitaran, a nivel molecular, cada uno de los pliegues del rostro de Chiquitín, lo que cortó en seco la sonrisa y contentura con que Margaro le puso en las manos la sedicente hacha. Aquello, en efecto, según su mejor impresión, no pasaba de ser un peñón de piedra como cualquier otro que escupiera un volcán de sus entrañas cientos de millones de años atrás que, además del suyo en aquel momento y el de Margaro antes, no conocía de ningún otro contacto humano.

¿Lo ve, ve el borde?, le preguntó Margaro con voz emocionada, mientras pasaba el dedo por un bordecito que pudiera pensar una mente muy fogosa que fuera de algún tipo de instrumento lítico especializado. Seguro era para cortar cabezas, dijo Margaro.

¡Vamos! ¡Suave! No es para tanto, lo atajó Chiquitín, tampoco hay que esmandarse en conclusiones de las que haya que arrepentirse después. Yo mismo, con la experiencia que tengo, no podría decirte así, a ciencia cierta, que sea para eso que dices de las cabezas; quizá fuera un instrumento más para joyería que para *guasábara*, le dijo a modo de consuelo siquiera parcial, sin de una vez cerrar de plano el caso y declarar la piedra piedra, que era la verdad, y descartar la piedra hacha, que era lo alegado.

¿A qué guanábana se refiere?, preguntó Margaro con expresión severa. A mí no me venga a pasar guanábanas por botellas, le advierto de antemano, que podré parecerle muy pelú y muy vesánico, pero aquí donde me ve, donde me resbalo yo, se escocota un mono...

Guasábara dije, que significa guerra en taíno, explicó Chiquitín en tono didáctico, con el cual pretendía ablandar la severidad que de pronto había asumido su nuevo amigo. A lo que voy es que me parece difícil que esta sea un hacha propiamente hablando como tú piensas, dijo Chiquitín apenado por tener que ser él, acusado durante tantos años de ver fósiles en piedras comunes y artefactos culturales en amorfas formaciones rocosas, el encargado de sacar del engaño a aquel pobre incauto cuya circunstancia, por serle demasiado familiar, demasiado suya, la sentía propia. Y más ahora que, en el saqueo que hicieran los indígenas de su casa, se llevaron su colección entera de fósiles y artefactos, lo que reivindicaban la veracidad de sus reclamos. ¿O para qué rayos los querrían si fueran meros pedruscos? Aquel tostón, se decía Chiquitín, aquella encomienda de tener que soltarle el peso de la verdad en materia que era motivo de tanto entusiasmo para él, le causó un vaivén emocional que iba, en un extremo, de la culpa de verse del lado contrario de los argumentos con que a menudo lo acusaban Nanó, el Pastor y el gordo Auches —ninguno de los cuales nunca observaba nada de lo que él veía—, a la necesidad de reconocer, al otro extremo de las cosas, que él jamás, ni en sus peores días, hubiera tomado aquella piedra por hacha. Margaro dio otro paso atrás.

¿Usted me está diciendo que esta no es ninguna hacha?, preguntó ahora con una seriedad abismal.

Ninguna que yo vea, te soy franco, le contestó Chiquitín apenadísimo, pero firme.

¿Y esto, qué es?, preguntó, tocando otra vez el mismo filo que le indicara al principio.

Un filo de la piedra, un corte arbitrario, natural.

¡Natural ni natural! ¡Estará usted fumando cáscaras de guineo! ¿Usted le llama a esto natural? Mire bien y trate de no equivocarse. Mire a ver. Pase el dedo de nuevo… Chiquitín volvió a pasar el dedo por aquel pequeño filo de origen evidentemente natural. Volvió a mirar a Margaro con ojos tristes, ojos que conocen el peso del desengaño, para repetirle: hacha no, piedra.

¿Y eso me lo dice en serio o me está vacilando?, preguntó, dando otro paso atrás que pretendía ser el último, cuadrándose como para dar o recibir una bofetada, transformada su expresión de desesperanzada en amenazadora. Observada aquella súbita evolución en la actitud de Margaro, que no se limitó a su rostro sino que le abarcó el cuerpo entero, y temiéndole como se le pueda temer a la rabia irascible de un vesánico, Chiquitín pensó un instante en mentir, reclamar sencillamente que estaba vacilando y, tras reírse con cierto grado de evidente insania, fingir estar admirado con aquella burda piedra. Optó, en cambio, por la razón, por la verdad, por la honestidad que le dictaba su intelecto, en vez de por la conmiseración hacia un desconocido, a quien mal le vendría en el futuro inducirlo a semejante falsedad. Se preparó mentalmente para una confrontación física con aquel tipo a quien, al parecer, la noticia había avinagrádole la sangre y convertido en un orate.

Lo digo en serio, contestó Chiquitín, temeroso de la reacción a su honestidad.

Pues bien hace, don Chiquitín, que con eso no se vacila, dijo Margaro, mientras florecía desde el centro de sus labios una mueca festiva que se estiró poco a poco hacia las comisuras hasta alcanzar el tamaño de una agradabilísima sonrisa de oreja a oreja. Al mismo tiempo, metió la mano detrás del pantalón y sacó de entre el elástico del calzoncillo y la espalda baja una genuina hacha de piedra tan lustrosa y pesada y verdosa y pulimentada que parecía correrle por dentro un líquido vegetal. Tan bien conservada estaba aquella piedra que su filo aún era cortante. Chiquitín se dijo que debía contener en lo más intrincado de sus fisuras residuos microscópicos de sangre del caribe y española. Sólo le faltaba el cabo de madera y los amarres propios de esa arma blanca para entrar de nuevo en batalla. Chiquitín, boquiabierto, tomó la piedra entre sus manos y la sopesó, primero en una, después en la otra, y procedió a transportarse mentalmente, no sabía bien si hacia el cielo de un futuro de riqueza, pero sin fama, en un mundo sin historia ni pasado, o hacia el infierno de un futuro de pobreza, pero con el prestigio de un pasado con historia.

¡Ahora sí estamos hablando!, dijo Chiquitín conteniendo la emoción de aquel descubrimiento que le erizó la piel y aguó los ojos brotados de sus cuencas y casi atornillados a la visión del objeto mirífico. Sentémonos, pidió, recobrada la voz firme, platiquemos. Dime acá, Margaro, háblame, ¿cuándo salimos? ¿Cuándo comenzamos a cavar? ¿Qué día fundamos nuestra empresa arqueológica? ¿Quieres hacerte millonario conmigo, supongo?, añadió al final, llevado por la excitación y por los pobres resultados que tuvieron en el ánimo de Margaro las primeras preguntas.

Si estamos hablando de millones, a quién le amarga un dulce. Cuénteme cuál es el mambo suyo, que si me convence salimos mañana mismo. Pero hable claro, dígame qué es la que hay, le contestó Margaro, alegre de que por fin alguien supiera apreciar la importancia de aquella pieza, proveniente en realidad de un cajón de madera dejado en la basura frente a la sede del Instituto de Cultura Puertorriqueña en la plaza de Recreo de Ponce.

En vez de regresar al balcón, se sentaron esta vez a la sombra del quenepo, que era grande y frondoso como ya se dijo, en donde Chiquitín comenzó su exposición e hizo evidente su intención de reclutarlo como su asistente en aquella empresa, cuyos prospectos eran tan y tan lucrativos que ambos podrían retirarse a vivir de lo encontrado a menos de la mitad del viaje. Vino a callarse cinco horas después, cuando llegó Yaritza, la esposa de Margaro, del trabajo, junto con los cinco críos, tres niñas y dos varones, cargados de bolsas del colmado y de suspiros. Dio las buenas tardes con tremenda carota de perra rabiosa y miró a Margaro con ojos de expresión reconcentrada, como diciéndole que era un abusador, que ni se percataba de lo cargada que venía ni se ocupaba de los niños. Hola, papi, bendición, dijeron los pequeños en orden de llegada sin detenerse para intercambiar besos con Margaro. Él ni les contestaba.

Le diré, don Chiquitín, que además del poder de convencimiento que tiene, se parece usted a Fidel Castro en lo mucho que habla.

¡La madre tuya se parece a Fidel Castro!, respondió Chiquitín indignado y de súbito puesto de pie. ¡No me digas ahora que eres otro separatista más, que hasta aquí llegamos nosotros dos!

Tranquilícese, don Chiquitín, tranquilícese, que no soy nada, ni fu ni fa, ni uno ni otro, sino todo lo contrario, le aseguró Margaro con una media sonrisa entretenida en los labios. A mí me gustan las cosas como están, que lo que no está roto no se arregle...

Capítulo XIII

De la segunda salida de Chiquitín en busca del Guanín
y un cuadro de Da Vinci, acompañado por su ayudante Margaro,
y de los preparativos que hicieron para ella

Los argumentos que esgrimió Chiquitín para convencer a ese personaje con tanta calle como Margaro Velásquez para que sumara sus sudores a los de él en el rescate del famoso disco dorado del rey taíno debieron ser la verdad que prodigiosos. Aunque al principio Margaro no le creyó ni media palabra de las que le decía, y hasta lo tomó por completo enajenado de la realidad y persona sin sentido, en menos de una semana lo tuvo liando bártulos y dando explicaciones a la familia de lo que se proponía emprender y de cómo aquella era la única oportunidad que tendrían para salir de la miseria.

¿Quién llegó primero: un español a Puerto Rico o un puertorriqueño a España?, le zumbó para empezar el desglose de sus impulsos y la razón de sus desvaríos.

Yo, que no tengo grados ni casi estudios, a quien he oído mentar es al tal Cristóbal Colón, que llegó a Puerto Rico cuando se llamaba Borikén, contestó Margaro, aunque escuché del dueño de la librería Cervantes, que es mi amigo y se la pasaba el santo día con la nariz metida entre las nalgas de un libro, que unos chinos llegaron primero que Colón.

¡Chinos!, casi gritó Chiquitín. ¿Y quién es la bestia que te dijo semejante disparate? ¡Chinos ni chinos! De plano te digo que se equivoca el que te informó de Cristóbal Colón, pero más todavía el que te dijo el disparate de los chinos, que eso sí es una aberración de proporciones universales. Escúchame con atención para que te enteres de cosas que muy poca gente sabe: en el primer viaje que hizo Colón, como bien se sabe, no llegó aquí a Borikén, pero el cacique mayor de la isla, que se llamaba Agüeybaná, el Gran Sol, sí recibió noticias de su llegada a La Española, que en aquel tiempo se llamaba Kiskeya, y acudió a su encuentro. Allá llegó con el Guanín sobre el pecho, el medallón de oro que ando buscando y que pronto andaremos buscando, llevado por una gigantesca embarcación de cien remeros que partió de lo que es hoy Rincón. Dicen que se reunió con los españoles en la parte norte de la península de Samaná, que se conocieron y trabaron amistad, por ser ambos comandantes de los suyos, por más nada. Debo imaginarme que Colón, con sólo mirarlo de lejos, le tuvo que ver la brutalidad innata a aquel protopuertorriqueño reflejada ya en las pupilas vacías y la cara bobolona.

¿A qué se refiere con eso? Mire a ver lo que dice y procure hablar por usted mismo, que no quiero puercas a medias con usted, y sea con nata o sin nata yo de bruto no tengo un pelo, para que lo sepa. ¿Y usted de dónde viene? ¿De Haití?

¡Haití! Arrepiéntete ahora mismo de lo que acabas de decir si no quieres que deje de contarte lo que iba a contarte, te saque del negocio que estoy por proponerte ahora mismo y me busque otro socio menos insolente.

Está bien, me arrepiento, dijo Margaro risueño con aquellas niñerías, pero dígame de dónde es que es usted.

Repite: me arrepiento, con congoja verdadera, de haber sugerido siquiera que mi nuevo amigo y socio, Chiquitín Campala Suárez, pertenezca a la nación haitiana, dijo con absoluta seriedad. Margaro lo repitió con absoluta jocosidad, refiriéndose a una coja verdadera, de la cual Chiquitín no se dio por enterado. ¿De dónde es?, le preguntó. ¡Contésteme!, le exigió.

¡Cómo que de dónde soy! ¿Es que no se me ve por encimita que soy americano de pura cepa, de la Santa Nación Americana, Gran Corporación del Mundo mundial? Soy gringo, como se refieren a nosotros los parias de este país, contestó con absoluto convencimiento.

¿Y hace cuánto vive aquí en la Isla, que no se le nota el acento?, preguntó Margaro con curiosidad genuina.

Nací aquí en Ponce y me crie aquí en Ponce. Yo lo que he hecho es asimilarme en todos los aspectos de mi vida. He logrado integrar cabalmente mis pensamientos, mis gustos, mis deseos y mis intereses a los pensamientos, gustos, deseos e intereses del ciudadano americano común y corriente. He logrado desintoxicarme de prácticamente todos los aspectos de mi anterior puertorriqueñidad. Soy realmente lo que dice mi pasaporte: todo un señor ciudadano de los Estados Unidos, la Gran Corporación, que es lo que eso es, Dios la bendiga… Deberías seguir mi ejemplo. ¿O es que tu pasaporte dice algo distinto al mío?

El mío no dice nada porque yo ni tengo pasaporte ni me interesa tenerlo. ¿Para dónde voy a viajar yo sin un vellón y la calle más dura que una pepita de corote? ¡No he llegado ni a Disney, que se puede ir sin pasaporte! Además, ¿qué voy a hacer con la trulla de la mujer y los nenes? ¿Ponérmelos de sombrero? ¡Vamos! Perro hambriento soñando con longaniza. Pero ya me voy percatando de la pata que usted cojea, así que mejor dejémoslo ahí, que comienza a ofenderme; y sígame contando lo del cacicón y el medallón ese, que es lo que más me tiene interesado.

Cómo te gusta también el oro, bandido. ¡Y no digas que no, que te lo veo en la cara! Pues te decía que el muy maquinador cacicón, como lo llamas tú, regresó a su isla y desde aquí, en secreto, montó tamaña expedición marítima con gigantescas canoas para darle persecución a Colón de vuelta a su tierra natal. Y persecución le dieron aquellos salvajes, valiéndose, por supuesto, del Papagayo Sagrado, que se elevaba a grandes alturas y los guiaba tras las naves de Colón. Cuando los españoles se vinieron a dar cuenta, ya estaban las canoas entrando por el puerto de Palos, allá en España.

¿Qué papagayo es ese, si se puede preguntar?, inquirió Margaro.

Un pajarote multicolor que era uno de los atributos sagrados del cacique que te dije. Un pájaro inteligentísimo, de vuelo alto y vista larga, capaz de sostener conversaciones con su amo.

¿Conversaciones? ¿Con un pájaro? Será un pájaro que repite lo que escucha, que por eso se dice hablar como un papagayo, sin ton ni son, repitiendo. No se crea que me puede pasar esa feca así como si tal cosa… ¿Y de dónde saca usted tanta información, si se puede saber?

Por desgracia, Chiquitín ya no contaba con su colección de fósiles para mostrársela. La historia misma de su desaparición fue motivo principal para que Margaro lo tomara por demente. Tampoco contaba con la alegada pintura de Da Vinci, que era evidencia principalísima de la historia que acababa de contarle, ya que capturaba la entrada triunfal de Cristóbal Colón y Agüeybaná en la ciudad de Sevilla, pues también cargaron con ella los indios estafadores. La pintura al menos se proponía recuperarla, así tuviera que remover la corteza terrestre hasta que apareciera. Lo más que pudo mostrarle fueron las tres flechas clavadas en la puerta de su casa, que dejó allí incrustadas como testigos silenciosos del inverosímil ataque acaecido.

Ante la carencia de interés genuino por parte de Margaro, procedió a llenarle la cabeza de riquezas fabulosas, fruto de las ventas de los artefactos encontrados; le habló de los carros que podrá comprarse, de las casas y los yates, de prendas y mujeres, fantasías que le iban a Margaro como anillo al dedo tras casi dos años formalmente desempleado, luego de verse despedido de su último empleo como jefe de conserjería de una oficina de gobierno por sus tardanzas continuas y ausencias acumuladas. Sobrevivía de construir chiringas de varitas de caña brava y papel de cera de febrero a abril, de vender quenepas en la autopista durante los veranos, aguacates por el barrio de agosto hasta noviembre y sándwiches criollos de un carrito de *hot dogs* en las navidades. A veces chiripiaba en un taller de mecánica y otras ayudaba en la construcción de expansiones de algunas casas del vecindario, que casi nunca podían llamárseles mejoras a aquellos trabajos expansivos. Aunque era su intención volver a serlo, al momento no era ni de lejos el pilar económico de su familia, lo cual era motivo de frustración continua y motor de una desidia preocupante. La mera carencia de valores materiales que fuera a perder con este embeleco que Chiquitín le presentaba contribuyó a que tampoco opusiera demasiada resistencia para convencerlo del potencial económico de aquel proyecto, pese a reconocer también en su fuero interno que quien sería su jefe en aquella empresa tenía, sin la menor duda, flojo un tornillo en la caguama, por lo que debía coger con pinzas los datos que Chiquitín le ofrecía en calidad de verdades incontestables.

Margaro reflexionó y se dijo que quien leyera la prensa, como hacía él todas las mañanas, aunque fuera por encimita y en el vaivén de la hamaca, se daba cuenta sin mucha dificultad de que las locuras de Chiquitín eran de las más benignas que se reportaban y, aunque mucho fuera fantasía, seguro algo había de verdad, de la cual podría beneficiarse. Locuras mucho más nocivas eran la orden del día en todas partes del país y nadie hacía nada ni se espantaba con ellas, se dijo, por lo que las de aquel señor le parecieron inofensivas en comparación, mezcla de fantasía taína y conocimiento verdadero. Una justificación llevó a otra, hasta quedar convencido de que, si hipotecaba su porvenir con aquel señor a quien apenas conocía, era porque veía en él algún tipo de conveniencia agazapada. Porque cosa sabida era que sobre la sopa de la locura flota la grasa del genio. Tampoco iba a dejar que el tren de la oportunidad le pasara por el lado sin encaramarse en uno de sus vagones sólo porque el funcionamiento de la locomotora luciera, al principio, un tanto desconfiable. Nada perdía él salvo el respeto de su familia y amigos por creerse los cuentos y las promesas de un demente y, dado que apenas le quedaba ninguno propio, tampoco perdía tanto con lanzarse a aquella loca aventura, que como mínimo le haría sentirse joven de nuevo, lleno de opciones y sueños posibles; además, Chiquitín se comprometió a correr con los gastos del viaje. Le habló de posada, cuando la hubiera, de cenas sustanciosas, aunque de desayunos y almuerzos frugales, de un estipendio mínimo para gastos personales, y le prometió un tercio de las riquezas que descubrieran juntos, bien fuera su peso en oro, bien fuera su precio de venta en el mercado negro.

Aunque aquello pudiera parecer negligente para su edad, que rondaba por los treinta y pico bajos, con cinco muchachos en el costado, cinco bocas de cuya alimentación era responsable en teoría, si no fuera porque los programas federales de asistencia alimentaria se encargaban de eso, y porque el salario de secretaria de gobierno de su mujer servía de suplemento para los demás gastos, a los que él también aportaba de cuando en cuando —¡bien de cuando en cuando!— con lo que generaba en su chiripeo, estimó que su ausencia temporera, un mes a lo sumo, en nada cambiaría aquella circunstancia. Dejó la pistola a cargo de Yaritza, que disparaba mejor que él y era más juiciosa, y también los perros, que se encargarían de mantener a raya a cualquier fresco que intentara penetrar los predios de la propiedad, con lo que quedaba atendido el asunto de la seguridad familiar, que era el único asunto que recaía en él directamente.

Ni modo, menos perros, menos pulgas, contestó ella a la explicación de su marido respecto al proyecto suyo y de Chiquitín, a la vez que resollaba, subía y bajaba los hombros en señal de resignación y ponía la vista en un punto neutro del techo, como no queriendo que la de él fuera a interceptarla y quisiera sosegarle su acritud.

Menos pulgas, tienes razón, querida, que conviene que no haya por ninguna parte cuando regrese con las pieles de nutria y las carteras de pelo de cebra que pienso comprarte tan pronto seamos millonarios, que es cosa segura y a corto plazo, según calculamos don Chiquitín y yo, y yo le creo. ¡No tengo por qué no creerle! Además, la cosa no está para rechazar ayuda, que tú mejor que nadie sabes que llevamos ya demasiados años como rodilla de cabro, y que sólo sacamos los pies del plato cuando nos ponchamos. Recuerda, mi vida, las veces que te he dicho que quien en agosto ara, riquezas prepara, y que Roma tampoco se construyó en un día ni el diamante de Perales llegó en el buzón por la mañana, y es mejor tarde que nunca y miel que hiel.

Ahórrate, mijito, las pieles, le contestó ella, y antes pon aire acondicionado en los hornitos de los cuartos, si no quieres que me ase bajo las pieles esas que prometes. ¡Vete, haragán, lárgate y no me des tanta excusa! Total, que lo tuyo aquí es consumir y producir residuos. Arranca, arranca pa'l carajo ahora antes de que me arrepienta y te acuse de abandono, te pida el divorcio y me quede con la casa y con los nenes, y te meta una pensión por corte de chupa y déjame el cabo, como tú dirías. Lo que sí te advierto es que si no regresas con algo de lo que prometes, no regreses; si no vuelves buchú, en las papas como dicen, con el banco virao y los bolsillos florecidos aunque sea, con alguna propiedad o terrenito donde construirnos algo decente, si no regresas con esas villas y esas castillas que prometes, ni te preocupes por tocarnos a la puerta, que no pensamos abrirte. Eso te lo juro yo aquí hoy como que me llamo Yaritza, y tú mejor que nadie me conoces. Mira a ver lo que haces, que un asno que se va de viaje es difícil que regrese hecho caballo, como tú mismo me has enseñado.

Irritado porque utilizara sus propias municiones en contra suya, Margaro hizo amago de potestad y, aunque quiso decir algo que acentuara su autoridad que se fugaba, lo más que pudo fue decir que a él nadie le cerraba la puerta de su casa, puñeta, así se largara un buen día sin decir esta boca es mía y regresara cincuenta años después sin un céntimo en el bolsillo. ¡Ja! ¡Nacarile del Oriente! Será que quieren verme tumbar a puñetazos la porquería de puerta que yo mismo construí y entrar aquí como una fiera a repartir de arroz y de masa…

A la larga, pese a la fanfarria, acató los designios de su mujer, reconoció que aquel viaje sólo se justificaba con un bien material sustancioso, fuera en capital o fuera en inversiones o propiedades, y que lo emprendía porque supo, no sabía él si mediante el mecanismo de la premonición o del presentimiento, que a través de aquel señor, sin duda tocado del cerebro, forjaría su heredad, el futuro de sus hijos y a saber si hasta el de sus nietos.

La vida frugal de tantos años de Chiquitín le había engordado una cuenta bancaria que apenas tocaba y que, con la muerte de don Vals, recibiera una generosa inyección de fondos transferidos de una cuenta de retiro que aquel tenía a nombre de quien por treinta y pico de años fuera su único ayudante. No era un potosí, pero sí suficiente para andar ambos, él y su ahora asistente Margaro, varios meses, tal vez años, por montes y llanos, sin lujos, pero con las necesidades básicas bien atendidas. Aquella cuenta Chiquitín la administraba mediante una libretita de ahorros que requería hacer la fila en el banco cada vez que quisiera realizar un retiro, pues se había declarado enemigo confeso de la alta tecnología, arguyendo que aquellos desarrollos desenfrenados eran más propios de los gobiernos y las milicias, especialmente si eran norteamericanas, dado que en manos de las turbas ciudadanas podía ser arma de destrucción masiva. Además, temía que le robaran su dinero por medios electrónicos, que ya había escuchado en la radio que el asunto era no sólo posible, sino frecuente; temía que los malditos taínos que le seguían el rastro, aunque de origen arcaico, estuvieran mejor adaptados a los tiempos que él y tuvieran los medios para dejarlo en la calle con sólo oprimir un botón.

Adquirió de nuevo una serie de instrumentos indispensables para sustituir los robados: otra carretilla, por supuesto, mejor que la anterior; herramientas básicas de excavación, pala y pico, machete y hacha; brochas gruesas, brochas suaves, pinceles, estacas, hilo, soga y cordón, bolsas plásticas, marcadores; en fin, el surtido de materiales básicos que él entendió que bastarían para estabilizar cualquier yacimiento, pese a reconocer que, estando el Guanín sobre la faz de la Tierra, como sabía él de propia y lamentable experiencia, y seguramente en movimiento, la necesidad de cavar quedaba en gran medida relegada a la búsqueda de piezas menores. Nada, se dijo, volveré a la práctica de la arqueología rústica, que no siempre hubo lentes y aparatos sofisticados para hacer las mediciones. ¿O es que tenían teodolitos los primeros constructores cuando armaron las pirámides o cuando dibujaron con piedras en el desierto monos gigantescos allá por la republiqueta del Perú? ¡Claro que no tenían!, se respondía.

El asunto de la movilidad quedó resuelto casi por la intervención milagrosa del albur. A poco de comenzar los preparativos, una tarde que Margaro regresaba de la farmacia Walgreens en la avenida Emilo Fagot donde fuera por Pampers y otros útiles caseros, cambió de ruta para evitar la casa de un compadre suyo, a quien le debía algún dinero que le tomó prestado hacía varias semanas, cuando descubrió estacionada en la gramita frente al balcón de una casa una maravilla no sólo para la contemplación, sino una verdadera solución gloriosa al problema de transportación de ambos, de él y de su ya jefe Chiquitín. Se trataba de un hermoso espécimen de doblecleta en perfectas condiciones: engrasado el sistema de cadenas hasta el goterío, impecables los sillines de cuero rojo y costura negra, nuevas las ruedas de banda blanca, nuevos los numerosos reflectores rojos y blancos grapados a los rayos, lustroso el cuadro color vino con guardalodos y cubrecadena cromados, largos los manubrios hacia los lados y largas las moñas de tiras plásticas azules, blancas y coloradas que brotaban de sus empuñaduras, perfecto el estado de los frenos de pie y de mano y anchos los pedales con reflectores de los mismos colores que las moñas. Una joya de la preservación era aquella maravilla. Esa misma tarde Chiquitín puso el dinero y se la llevaron locos de contentos, chocándose las palmas en el aire, tras dar un par de vueltas de práctica, unas Chiquitín conduciéndola, otras Margaro. Estuvieron de acuerdo con que era mejor moverse en un solo vehículo en vez de estarse separados, cada cual por su lado en sus propias ruedas; además, era más fácil para cuatro piernas tirar de la carretilla, que debía ser responsabilidad compartida. La dejaron en la casa de Margaro, desde luego, para no escandalizar a los vecinos de Chiquitín en Constancia. De todos modos, allí podrían adaptarle más fácilmente el mecanismo de remolque para la carretilla.

Una semana adicional se les fue en el resto de los preparativos. Chiquitín ya ni se ocupaba en disimular, para escándalo de Nanó, que le parecía imposible que nadie pudiera hacer nada para amarrar a aquel loco; sorpresa del Bolitero, a quien le pesaba que la medicina de la farsa taína tuviera un efecto opuesto al pensado en el paciente; frustración del Pastor, que veía en su amigo un alma la verdad que imantada por las fuerzas del Maligno; y sufrimiento de su sobrina Lucy, cuya cara se le caía de la vergüenza con la negativa de su padre de intervenir para sanar la demencia de su hermano.

¡Niña, el padre que te gastas! Es un sátrapa, un pecador irredento, un verdadero fariseo. Te juro, y me disculpas, querida, si me excedo, que padre es padre y la sangre pesa más que el agua, pero te lo juro que el egoísmo y la maldad suya no conocen límites. ¡Con el estado en que se encuentra su hermano, que está peor que las cabras de Bikini! Haciendo preparativos para la muerte es lo que está. Porque a eso va, a matarse, al matadero, ahora con la ayuda de otro igual de lunático que él dispuesto a acompañarlo. ¡Y tu papá como si nada, nada le turba ni le espanta! ¡Como si le corriera por las venas horchata!

¡Ay, Jesús Magnífica, doña Nanó, no diga esas cosas, que yo también estoy por pensar que no va a haber plegaria, ni penitencia, ni azote, ni mortificación que valga para librar a papá de las garras de Lucifer!

No me vengas de nuevo con lo de la mortificación y el castigo de la carne pecadora, hazme la caridad, que ya te he dicho mil veces la bar-barie que pienso que son esas prácticas de ustedes. Pero en lo que dices que no va a haber Dios que lo libre de las llamas profundas, en eso tie-nes más razón que un juez de paz. Ese hombre es un canalla, te lo digo hoy como te lo he dicho siempre, por más padre tuyo que sea. Recuerda que tan fea como tan franca, mi amor.

¿Y no podemos ingresar al tío Chiquitín por otros medios, a la trá-gala, como dicen? ¿Llevarlo al Hospital de Distrito y advertirles que es un peligro para sí mismo y para la sociedad?

Pero, ¿y en qué mundo tú vives, alma de Dios? Niña, el Hospital de Distrito lo vendió el gobernadorcito tuyo a precio de pescao abombao hace ya sus buenos años. ¿Tú no te enteras de nada en ese convento en el que vives?

No de mucho. De casi nada. Nos mantienen aisladas del mundanal ruido, admitió Lucy.

Aisladas no, asiladas es lo que vamos a quedar nosotras si les lle-vamos a Chiquitín a ese hospital y se lo soltamos allí como un saco de batatas. ¿O cómo piensas probar que hay que asilarlo? El pobre es nor-mal en casi todo menos en los temitas que ya tú y yo conocemos, opinó Nanó. Come, duerme, conversa, no tiene episodios de violencia. Va a estar difícil, cariño. Además, tampoco sé cómo piensas llevarlo hasta allá. ¿A la fuerza? ¿Amarrado? ¿Enjaulado?

¿Y qué vamos a hacer entonces, doña Nanó? ¡Dígame algo, que es-toy desesperada!

Querida mía, lamento decirte que sin el dinero de tu familia o su consentimiento no se puede hacer cosa alguna. Sé que el *cash* no es im-pedimento, pero sucede que allá dentro hay un alma podrida que ni paga ni consiente.

Ay, doña Nanó, no diga más nada, que para colmo no comprendo ni el porqué del enchisme entre ellos, se lo juro. Es una historia vieja que nunca me han querido contar en detalle, ni de un lado ni de otro, y me-nos desde que establecí contacto con tío Chiquitín, lo que ha ocasiona-do que me traten como a una espía en mi propia casa. ¡Cuénteme, que yo sé que usted sabe, ande, cuénteme!

No, niña, no, que eso sí que no me corresponde a mí decírtelo. El día que ellos desaparezcan, si tengo vida todavía, si aún no han roto el silencio, lo rompo yo, te lo juro. Pero mientras tanto, *mutis mutandis...*

De nada valieron los ruegos de las mujeres, ni los pedidos —que casi exigencias eran— de los hombres, ni siquiera las súplicas que el Pastor alegaba que Dios hacía por boca suya, para disuadir a Chiquitín de emprender otra vez aquella expedición descabellada, en cuya primera intentona casi se mata. A cada rato le caían por la casa el Pastor y el Bolitero, uno con un radio portátil para discutir asuntos de política y religión con él, y el otro con la tabla de ajedrez, convencido de lograr inducirlo de nuevo a penetrar en aquella cuadrícula bélica, actividad que, según alegaba el Bolitero, combatía la demencia y el alzhéimer. A ninguno de los dos les hacía el más mínimo caso, y limitaba sus respuestas a monosílabos ásperos y excusas de estar siempre muy ocupado con los preparativos de su segunda salida para atenderles.

A largo plazo, nos proponemos llegar a la madriguera de los pillos indios en el corazón mismo del bosque de Maricao, donde pretendo arrebatarles el Guanín de sus propias manos, así tenga que pasarlos a todos por las armas y acabe aquello en una degollina de la tribu entera, decía con gran entusiasmo Chiquitín. A corto plazo, nos proponemos saquear y arrasar con los tesoros de cuanto yacimiento conocido o sospechado se nos ponga en el camino, antes de alcanzar el lugar misterioso del bosque que pueblan los malvados indígenas.

Lucy lo escuchaba y repetía, muda, anonadada, la señal de la cruz que el brazo le hacía solo mientras rogaba por que el Maligno abandonara el cuerpo de su tío. Su cara, no obstante, era de resignación, como si aquella genuflexión fuera insuficiente para influenciar el destino de aquel ser tan disparado. En lo que respecta a Nanó, Chiquitín ya casi ni la escuchaba. Tan pronto recobró la movilidad, dejó de comerse la comida que ella le traía todos los días, la cual regresaba sin probar bocado. Yo la verdad es que nunca estuve de acuerdo con la farsa aquella. A mí me obligaron a participar de ella, se decía, convencida de haber sido descubierta y apuntada como cómplice.

Muy atentos estuvieron a los preparativos que Chiquitín, estoicamente, realizaba sin pestañear ni dar explicaciones, como si su viaje fuera una decisión involuntaria, el sístole y el diástole de un sino implacable. Claro, nunca supieron de las compras de equipo, porque lo más pesado y visible quedó en la casa de Margaro, incluyendo la carretilla, que luego fue acoplada a la doblecleta de modo fijo y seguro por medio de varas de aluminio cogidas al marco con abrazaderas de metal, un trabajo mucho más elaborado que el de la primera carretilla. Lo vieron llenar poco a poco una mochila que dejó en mitad de la mesa del comedor y que fue colmándola en el transcurso de los días a plena vista de quienes le visitaban. Se diría que su proceso de abultamiento fuera una especie de conteo regresivo para su partida, a la vez que un reto abierto a la autoridad que reclamaban los vecinos sobre él. Primero entraron varias mudas de ropa al fondo del bulto; luego una toalla y varios pañuelos blancos, seguidos de artículos variados de aseo personal; también, un vaso plegable, un plato y un juego de cubiertos de plástico como para acampar, una linterna, radio de baterías, cinta métrica, regla, bolígrafo, escuadras, compases, libretas, brújula, unos anteojos prismáticos como de opereta y el tubo de aluminio con el mapita enrollado. Lucy estuvo con él la víspera de su partida y, cuando lo vio meter un diccionario español-taíno, taíno-español que sobrevivió la limpieza, le imploró que por amor del Cielo se dejara de tanto desvarío, que aquello del Guanín era una fantasía suya, que entendiera su error, que eso de perseguir indígenas era una entelequia y que gastarse los chavos de hoy, por la supuesta millonada que obtendría de la joya encontrada en el mañana, era igual que gastarse en una noche los ahorros de una vida confiado en pegarse el premio gordo la semana siguiente. Al final, y a modo de tapa, amarró un saco de dormir enrollado lo más compactamente posible a la parte superior de la mochila, sin hacerle caso a ninguna de las súplicas de la anegada en lágrimas Lucy.

¡Ay, sobrina mía!, le dijo Chiquitín. ¡Cómo se ve que no sabes nada o casi nada de arqueología, antropología, sociología, política ni ninguna de las ciencias naturales y sociales que se conocen y desconocen! Yo que tú, me dedico a lo tuyo, a lo que sabes, a orar y pedir por la resurrección de las almas, y le dejo los tesoros y las excavaciones a quienes sabemos de esto. Lucy, querida sobrina, no quiero serte grosero por ser tu tío y tú persona de Dios, pero no porque algo sea complejo y esté más allá de tu entendimiento significa que sea falso, mentira, demencia o desvarío. Es hora de que comprendas las realidades del mundo, que evidentemente no son las mismas que vives tú en tu comunidad religiosa. El nuestro, el mundo fuera del convento en que te tiene atrapada el sátrapa de mi hermano...

Mi corazón es quien me tiene atrapada, no mi padre, interrumpió ella.

Como quieras, sobrinilla, las palabras son intercambiables, agregó Chiquitín con mohín de serles transparentes sus triquiñuelas psicológicas. Te decía que el mundo que queda fuera de los muros de tu convento es un mundo especializado, en el que cada cual ejerce su función sin pasar juicio sobre funciones que desconoce, confiado simplemente en la capacidad de cada cual. Yo no le llamo loco a un físico nuclear porque no comprenda sus cálculos, ni demente al mecánico por no entender ni papa del funcionamiento de un motor; tú tampoco tachas de vesánico al cura porque no entiendas los misterios que él realiza, ¿verdad que no? Pues lo mismo te digo de lo que me pides y de los calificativos que utilizas para referirte a mis proyectos, porque nada tiene de desvarío querer capturar el Guanín Sagrado de manos de taínos que dos veces me han agredido; nada tiene de delirio recuperar la mayor parte de mis pertenencias que me fueron hurtadas. El cuadro de Da Vinci nada más vale una millonada. El día que me veas bajar del bosque de Maricao, bañado en sangre tal vez, pero con el Guanín en una mano y el Da Vinci en la otra, dirás que tenía razón el contrallao tío mío, carajo, que bien sabía lo que se traía entre manos. Te pido, sobrina, que si no comprendes mis propósitos, tampoco los demonices.

¡Ay, tío, déjate de esas cosas, por favor!, contestó ella, vencida por aquellos argumentos en apariencia lógicos y correctos, preocupada por el tono de reprimenda que había asumido con ella, que interpretó como un agravamiento de su locura. Usted téngase en su casa y déjese de pensar en esas fantasías, que tampoco soy tan burra que me crea que haya taínos sueltos por ahí como si nada. Ya sé que hay flechas clavadas en la puerta, pero esas igual alguien las compró en K-Mart o en Walmart y las disparó ahí para burlarse de usted. Mire, tío, que ya todo el mundo por aquí está enterado de la pata que usted cojea...

Chiquitín la dio por incorregible y optó por sonreírle, darse media vuelta y continuar con los preparativos para su partida hasta que ella se cansó de cantaletearle. Se vino a percatar de que había cesado la diatriba al escuchar el guatapanazo que dio la puerta cuando la sobrina, en su salida, la tiró, llevada por la energía de la frustración.

Eran las cuatro de la madrugada cuando Chiquitín salió de su casa con gran sigilo y misterio, cerró la puerta de enfrente con cuidado extremo de que los goznes no sonaran y arrancó de ella las tres flechas, las cuales metió entre el follaje de una Cruz de Malta cerca de la entrada, donde también tiró las llaves de la casa, consciente de que la densidad del follaje y las ramas puntiagudas del arbusto formaban una especie de coraza vegetal difícil para la vista y la mano penetrarla. Una hora después se anunció en la casa de Margaro. A las seis, alzado hasta el torso el sol, tras cotejar el sistema de acoplamiento de la carretilla, beberse un vaso de jugo de toronja y una taza de café que Yaritza les preparó para la partida, además de dos lonjas de pan con mantequilla que Chiquitín comentó que ojalá fueran dos McMuffins, partieron hacia el supuesto yacimiento de los Negrones, de donde procedía el hacha de Margaro, por la ruta larga de Campo Alegre.

Papi, le dijo Yaritza en el umbral del portón, no hagas locuras, te lo suplico. Me llamas a la oficina de vez en cuando y te reportas. Ah, y no dejes que pase demasiado tiempo ni se te cruce por la mente llegar aquí sin nada, como te dije, que hoy mismo estoy cambiando los candados y poniéndoles tranca a las ventanas.

¡Ni se te ocurra!, se escuchó decir a Margaro mientras se alejaba. ¡Ni se te ocurra!

Capítulo XIV

Del primer intento de excavación que hicieron Chiquitín
y su ayudante en el cerro Los Negrones, y del hallazgo
de Margaro de una siembra de flores aromáticas

El primer trecho, a través de las calles de Jacaranda, fue de curvas cerradas y súbitos frenazos que pusieron a prueba el sistema acoplador
de la ahora tricicleta, el cual sufrió ajustes menores que, a diferencia de
la primera salida —cuando ajuste significó realizar amarres improvisados, doblar cables, enredar alambres y apretar nudos—, en esta sólo
significó algunos apretones con la llave Allen de las tuercas en las abrazaderas. Encajado todo de la mejor manera y realizados los últimos
ejercicios de sacudida, frenazo, zarandeo, oscilación y viraje cerrado,
Chiquitín, al volante, partió en dirección del cruce del río por la avenida Ednita Nazario y luego, hacia la barriada de Campo Alegre, la cual
debían atravesar a gran velocidad por miedo a la guerra que se libraba.
De allí, un simple camino de tierra subía hasta mitad de Los Negrones.

Algunos añadidos a su indumentaria hizo Chiquitín, que demostraban cómo las lecciones del pasado no le fueron en vano, en particular lo concerniente al área de la cabeza, cubierta con un pañuelo blanco
amarrado al modo de los santeros, sobre el cual se encasquetó de medio lado una boina negra de paja sintética cuyo falso tejido era tan amplio que apenas quebraba la luz solar y producía una sombra sobre el
pañuelo debajo, que causaba una extraña sensación en la mirada que
mareaba. Los pantalones negros y la camisa blanca de mangas cortas,
combinados con el atuendo desconcertante de la cabeza y los espejuelo-
tes tipo piloto, cuyos lentes de culo de botella se oscurecían o aclaraban
según fuera intensa o no la claridad y que sustituyeron los anteriores,
malamente averiados en la caída de la canalización, le daban a Chiqui-

tín una pinta de mafioso siciliano que no encajaba para nada con el entorno y el común de la gente.

Margaro, en cambio, llevaba plasmada en su apariencia y sus dejos corporales las señas de ser hoy la consecuencia adulta de una titerería infantil, pese a que su personalidad y palabras eran por completo opuestas a aquella imagen. Atrás sentado, con los dedos de las manos entrecruzados detrás de la nuca, pedaleando sin esfuerzo y llevado por el impulso que evidentemente generaba Chiquitín, se veía, como quien dice, en su salsa, a gusto con la libertad que le confería ser el pasajero de la tricicleta, cuya responsabilidad consistía en pedalear, y aún esta, por falta de cotejo, resultaba voluntaria, dado que su contravención no podía corroborarla nunca el conductor. Margaro se sintió de pronto insuflado de juvenil emoción, como si fuera la primera salida que hacía al margen de la supervisión paterna. La piel se le estiró de regocijo y la jovialidad que sintió ocuparlo lo aproximó dramáticamente a la edad que su vestimenta de chamaquito sugería: tenis de colores vistosos, medias de tobillo, pantalones ni largos ni cortos, camisa extragrande con números atléticos de equipos de baloncesto norteamericanos, gafas de sol deportivas con lentes de espejo, gorra de pelota blanca con el emblema de los Yankees grabado en costura también blanca que apenas se dejaba leer, la visera fuera de centro un chin y la montaña de pelo apretujada queriéndosele escapar por debajo. Aquella evidente emoción que su soltura y sonrisa y movimientos de piernas y caderas mostraban, ponía en genuina duda si la razón de su aceptación de esa aventura respondía a un convencimiento real del rescate del Guanín y la venta de artefactos arqueológicos que lo enriquecerían o si, por el contrario, respondía a un vivo deseo de salir del ámbito de influencia de su mujer y la prole, poner tierra de por medio, vivir y dejar vivir, respirar y ver mundo.

Quiero que sepa, don Chiquitín..., comenzó a decirle Margaro desde su cómoda postura.

Dime Chiquitín, a secas, lo interrumpió, te lo voy a pedir encarecidamente, que si vamos a andar tanto tiempo juntos, no puede haber ese formalismo entre nosotros, que a mí ese usted y tenga me suena siempre a desconfianza. Lo que sí te voy a pedir, cuando me introduzcas por ahí a otra gente, que te corresponde como mi asistente introducirme a las personas que encontremos en el camino, o cuando te dirijas a mí en público, es que me llames por mi nombre secreto, Diego Salcedo, que prefiero proteger mi identidad lo más posible. No tienes idea la de enemigos que tenemos ya en la calle y la de los que haremos en el camino.

Hable más alto, don Chiquitín, que parece que tiene una batata en la boca, le dijo Margaro, al tanto de que Chiquitín intentaba decirle algo porque veía moverse los huesos de su mandíbula y hacer gestos bucales, aunque su voz no lo alcanzaba por dirigirla hacia delante y neutralizarla el viento mismo de la traslación de sus cuerpos.

Chiquitín, que escuchaba a Margaro a la perfección, ladeó la cabeza hacia la izquierda, con sólo la vista del ojo derecho puesta en el camino, y le repitió lo que dijera antes con la cabeza recta.

¿No piensa que está exagerando un poco? Porque eso de nombre secreto me huele a guerrilla, a grupo clandestino, comentó Margaro casi por lo bajo.

¡Eh! ¡Cuidado con lo que dices! Ninguna precaución es suficiente pero ni se te ocurra mencionar esas palabras en mi presencia de nuevo, que la próxima vez no respondo por mis actos. Guerrilleros son los comecandela independentistas y separatistas de este país en su empeño por meterle a la Patria Americana sendas puñaladas traperas, le contestó, apenas dominando sus impulsos. Clandestinos son los malditos comunistas disfrazados de proamericanos que se infiltran en las filas de nosotros los fieles, los orgullosos reaccionarios. Oculto mi identidad, te he dicho, porque tengo enemigos siguiéndome el rastro y no quiero que me reconozca el populacho y se corra la voz de que si Chiquitín anduvo por aquí, que si Chiquitín anduvo por acá. Es más, tómate la libertad de escogerte tú un nombre falso si quieres, que yo te prometo respetarlo cuando nos hablemos en público.

Margaro le reiteró que no escuchaba cosa alguna de las que le decía. Chiquitín, que era de cascos volados, molesto, le repitió el mismo parlamento no ya tanto en tono amistoso, sino imprecatorio y desesperado, alternando los movimientos de la cabeza hacia delante, para continuar conduciendo el vehículo, y hacia los lados para repetirle el mensaje en trozos a su ayudante. Y justo cuando completaba la parte final de su parlamento, una inestabilidad de la carretera hizo que perdiera un instante el control del manubrio, el cual le giró de súbito hacia un lado. Intentó corregir el desvío hacia el lado opuesto, pero lo hizo con tanta fuerza que sobrecorrigió y corrió peligro de nuevo de caerse; volvió a tirar hacia el otro lado, ahora con más pausa, hasta reconquistar la mesura del ímpetu y la estabilidad del balance. Dio un frenazo brusco al margen del camino, que levantó una nube de confusión y polvo en torno a ellos.

¡Esto no puede ser, no puede ser! ¡No podemos conversar de esta manera porque nos vamos a matar antes casi de arrancar!, dijo Chiquitín, todavía palpitándole de susto el corazón y temblándole espasmódicamente las piernas, las cuales sentía frías, ajenas, livianas.

De eso mismo quería hablarle, don Chiquitín, confirmó Margaro antes de ser bruscamente interrumpido.

¡Chiquitín, Chiquitín pelao!, casi gritó, sacado de la formalidad de su ayudante.

Está bien, Chiquitín pelao, pero no se sulfure tanto, que antes se va a infartar que encontrar el medallón, cuando no sea que me espante de su lado más rápido de lo que se pela un huevo. Quería hablarle de que, ahora que vamos en esta empresa juntos, sería cosa buena que no haya entre nosotros desconfianzas ni ojerizas, que el hombre más cabal es el que conoce la verdad y la guarda, y aquí tiene que confiar usted en mí igual que yo en usted a la hora de dejar atrás los críos, la mujer y la propiedad. Además, que yo soy de conversar, saber y curiosear, así que no quiero verme mañana callao, ignorante, desenterrando tumbas… Mire, que el que nada no se ahoga y, como dicen, el que previene, resuelve, y no es lo mismo decir Chito, el Bizco, que el bizcochito…

No entiendo nada de lo que quieres decirme con esa sarta de refranes que te llenan la boca, amigo mío, lo interrumpió Chiquitín con un suspiro. Me exiges que haya mejor comunicación entre nosotros, o algo por el estilo, ¿no?, y sin embargo tú no te haces comprender. El problema radica en que si una de las partes escucha, pero no habla y la otra habla, pero no escucha, lo que tenemos es un monólogo por parte del pasajero de la bici, que lleva la ventaja en la transmisión sonora. A mí lo único que se me ocurre es que nos vayamos turnando los asientos. Tú me haces las preguntas con todos los detalles, no demasiados, que después no me acuerdo, nos detenemos, cambiamos puestos, te contesto, y así vamos intercambiando impresiones a la vez que compartimos la responsabilidad de conducir, que la verdad sea dicha: atrás es un mamey el viaje. Porque el que hace el esfuerzo mayor, el que mantiene el balance, la dirección y distribuye la energía, es el que conduce.

Esa es una verdad que ni Lutero la protesta, y nadie pretende que se tape el sol con un dedo. Pero el caso es que esta expedición es suya, usted la dirige, y yo vine aquí en calidad de ayudante, asistente dice usted, no de chofer. Se lo digo porque me gusta ser claro como agua de yuca. Además, que si nos ponemos con ese cambia y cambia, no vamos a llegar nunca a ninguna parte…

¡Adiós, cará! ¡Me salvé yo ahora! ¿Y cuál tú crees que es una de las tareas principales de esta empresa si no es conducir este aparato de bicicleta del que tú también te empeñaste y que, aunque conveniente, es también tremendo armatoste? ¿O tú quieres que llegue yo a los yacimientos hecho papilla, incapaz de coger una brocha en la mano, un pico o una pala, y de ni siquiera dirigirte a ti a hacer nada? Además, amigo mío, ya hemos resuelto que los frutos económicos de esta aventura, aunque yo la dirijo, los partiremos en las fracciones ya acordadas. Lo único son la comida y la posada, que corren por mi cuenta, según convenga. Por lo tanto, te corresponde conducir al menos treinta y tres por ciento del tiempo, el cual distribuiré yo, también según convenga.

Según le convenga a usted, debe decir. ¿Porque cuándo no conviene un buen almuerzo? El descanso, ¿puede ser inconveniente alguna vez? Mire, Chiquitín pelao…

Me suspendes el relajito del pelao, te lo suplico, que lo poco agrada y lo mucho enfada; y si de verdad no quieres verme sacado de mis casillas, mejor me cortas el vacilón.

Está bien, está bien, como usted diga. Lo que ocurre es que usted me vendió una expedición, no una peregrinación, y tampoco me advirtió que fuera de los que creen que comer es un atraso, y de que quien de cuando en cuando ayuna, la salud asegura, que es lo que me está dando a entender con sus palabras, que no guardan relación con ese cuerpo suyo, que debe jalar más que un aire central. ¡No juegue con mi alimentación, mi jefe, que eso sí que llora ante los ojos de Dios! Mire, que yo, aunque flaco, como como gusano de cementerio, porque tengo el metabolismo acelerado y una condición en la pituitaria que de verdad es una jeringa, y soy de los que si no me meto algo al cuerpo cada cierto tiempo me pongo romo, me da taquicardia y sueño y un cansancio que no sirvo ni para vigilante. Y usted podrá decirme: ¡Margaro, pásame la pala! Y en lo que yo llego a la pala y se la traigo se nos va la tarde entera. Yo le suplico que no me haga pasar la zarza y el guayacán, que me convierto en equipaje en un dos por tres. Y acuérdese de lo que dicen de andar con la barriga llena, y también de que no hay peor peón que el estragao, y de que son más los males que vienen del poco comer que del comer en exceso…

Tranquilízate, hazme el favor, que fue un mero decir. ¿O es que tú nunca has estado tan ocupado que has tenido que saltar el almuerzo? Porque si no, lo tuyo es estar en el jamón, como dicen, a ti que tanto te gustan los refranes. Vamos de expedición, eso debe estar claro, vamos de aventuras; lo que no vamos es de picnic, para que lo sepas, que aquí hay que entregarse y sudar la gota gorda. Te lo recalco para que no me lo recrimines en el futuro y para que no te escandalices ni te declares en huelga si nos vamos en blanco uno que otro día, a lo sumo con maní o alguna barra de dulce, que la vida del arqueólogo no es de sofás ni de cojines y mucho menos de comilonas.

Pues yo no me apunto para eso, que si no va a haber almuerzo dígamelo ya, para darme la media vuelta, que además soy hiperglucémico y me dan vahídos si se me baja el azúcar, dijo Margaro haciendo movimientos negativos con la cabeza.

Hipo, hipo, repitió Chiquitín a modo de corrección.

¡Qué hipo ni hipo! Bajón de azúcar es lo que me da, aclaró Margaro.

Hipoglucémico, se dice, no hiperglucémico, que sería lo contrario. Y mejor que seas hipoglucémico, porque con una barrita de chocolate te pones nuevo rápido, corrigió Chiquitín.

Está sobre aviso, que si me da hambre y veo que usted está ahí en la suya, echándose fresco en las pelotas, y no le importa el llamado de la tripa, me levanto y me voy a comer sin decirle palabra ni convidarlo, le advirtió Margaro.

Ya veremos sobre eso, respondió Chiquitín a modo de cierre.

Ya veremos no, se lo advierto, que cuentas claras…, usted sabe el resto. Porque yo tan plin como tan plan. Y usted no me conoce todavía, pero debe saber que si una cosa me gusta a mí en esta vida es ser franco y decir verdades, dijo Margaro, a la vez que intentaba suprimir la realidad de que era falso lo de sus ataques de hipoglucemia.

Acordado entonces, ¿no?, ¿que el pasajero habla y el conductor escucha?, recapituló Chiquitín, luego de un breve silencio.

Acordado por el momento. Está difícil, pero probemos, aunque ya usted verá la pesadilla que resulta. Porque yo, por mi parte, no me sé quedar callado. ¿Qué voy a hacer si no estoy de acuerdo con alguna de esas burradas que de cuando en cuando le escucho decir? ¡Tengo que expresarme en el momento! Yo le sugiero que nos compremos unos *walkie-talkies*, dijo Margaro, convencido de que era una excelente idea.

Ningunos *walkie-talkies*, que no hay dinero para esas extravagancias. En todo caso amarramos un cordel del fondo de dos vasos de papel y hablamos con ellos como colegiales.

No sé yo de cuáles colegiales estará usted hablando, porque los muchachos de hoy hablan por teléfonos celulares, aclaró Margaro.

Obviamente en las escuelas públicas no, que allí los muchachitos se meten la mano en el bolsillo y lo mismo te sacan un revólver que un teléfono. Hablo de los pocos colegios americanos que hay, donde a pesar de estar en lo último en la tecnología, también te enseñan los rudimentos de la comunicación, dijo Chiquitín.

Veo que no pierde una, don Chiquitín, que lo suyo es o pasar con ficha en la contienda o pasar por la piedra al contrincante, contestó Margaro.

No se trata de eso, amigo mío, sino de decir cada cosa por su nombre, dijo Chiquitín confiado en la superioridad de la huera frase. Pero continuemos, que nos falta poco y ya viene el rubio encaramándose, dijo mientras miraba hacia el cielo protegiéndose la vista de la resolana y haciendo una mueca que le acercaba las puntas de los cachetes a los bulbos de las cejas.

Ahora resulta que estamos bajo presupuesto restringido, se dijo Margaro durante el silencio. Haber sabido antes que esto iba a ser sacarle manteca a un ladrillo, hubiera hecho mis arreglitos para darle un fajazo a un primo mío que tiene torta que ni botándola. Tendré que agenciarme su poquito de lo que usó la madama para hacer su dulcecito, porque lo que se dice de este jefe mío no puedo esperar tanto, por haberme salido más duro que un yoyo de caoba.

Prosiguieron su camino hacia Los Negrones y atravesaron la barriada de Campo Alegre tempranito en la mañana, donde sólo les vio pasar un corillo de gatilleros recién llegados a esa hora de una ejecución, quienes los tomaron por un par de locos inofensivos. Tras dejar atrás la barriada, se internaron por un camino de brea que serpenteaba primero alrededor del cerro y luego lo acometía de forma directa. Pronto, a pesar de ponerse ambos a pedalear de manera vigorosa, de pie inclusive, al ritmo de los entusiastas gritos de ¡arriba! ¡arriba! que daba Chiquitín como si fuera el timonel de un equipo de remo, tuvieron que detenerse en mitad de aquella cuesta cuya pendiente demostró tener un gran poder de detenimiento. El sol batía ya con una fuerza que resultaba agobiante, pero una brisa que llegaba hasta allí, cargada de un olor agridulce a fogata o fuego de pasto verde mezclado con aroma de flor de pomarrosa, les hizo el calor más tolerable. Margaro le indicó a Chiquitín que debían continuar hasta el final del camino, donde había un terraplén con vista a la ciudad, favorito de las parejas para meterse en los carros a copularse, según sus propias palabras. Allí podrían dejar la tricicleta oculta entre los matorrales sin temor a perderla. El resto del camino hasta el lugar de los yacimientos lo harían a pie por caminos y veredas entre la maleza.

Yo quisiera tomarme un buchecito de agua aquí, antes de subir hasta la explanada, dijo Chiquitín, convencido de que el ascenso requeriría un esfuerzo corporal sustancioso.

Y yo pienso que eso está un poco complicado, contestó al escape Margaro, refiriéndose a que estaba empinada la cuesta, pesada la tricicleta y enredada la tarea de desamarrar el equipaje que iba en la carretilla para sacar las botellas de agua.

Cómo se ve que eres hijo de la inercia y la suspensión, muchacho, dijo Chiquitín con voz de resignación, tras darle una mirada entre furiosa y sorprendida con aquella negativa. Pero nada, continuó diciendo con evidente ironía, tú mandas. Eso sí, si me desmayo aquí y ruedo cuesta abajo, que aquí donde me ves fuerte y grandulón en realidad soy bastante redondo y delicado, estate preparado para recogerme... Y quiero que sepas que no me agradan las sublevaciones de ningún tipo, que eso lo que pinta en ti es una tendencia dictatorial típica de los separatistas. ¡A saber si comulgas con sus ideales!

Oiga, don Chiquitín, conmigo sí que no, que ni la primera comunión tengo hecha, ni con pan ni con ruedas de molino. Lo que sí que sí es mi desentendimiento de qué es lo que separan los separatistas que usted tanto mienta y me acusa de cortejar. Así que no refunfuñe tanto, que falta poco para llegar. Recuerde que en el comenzar ya está la mitad hecho, y en un bendito alabao estaremos allá arriba tomándonos el agua por galones y disfrutando de la vista. Ah, y si de algo soy hijo yo, es del cojín y de la hamaca, no de la necia esa que usted dice ni del supositorio...

¡Por Dios, no digas tanta necedad ni disparate, te lo suplico, que te voy a pegar el grito que te estás ganando aunque se me reviente la epiglotis! ¡Inercia, inercia fue lo que dije! Significa que no eres amante de la acción. Suspensión, que te gusta suspender las cosas, dejarlas para luego, no hacer mañana lo que puedes dejar para pasado mañana.

¡Pero si el que quiere suspender el ascenso es usted!, casi gritó Margaro, desesperado con la lógica invertida de su jefe. Yo soy el que quiere continuar hasta arriba de un trancazo y tomar agua allá.

Olvídate, olvídate, dale, empuja, tú mandas, tú mandas, dijo Chiquitín, reconociendo de repente el disparate que había dicho y la argucia de Margaro en haberse percatado. Era más sagaz de lo que se hubo imaginado.

Comenzaron a empujar la tricicleta cuesta arriba hasta alcanzar la cúspide de la carretera, donde, en efecto, llegaron a una planicie bordeada con árboles frondosos que regalaban una sombra acogedora que incitaba a echar un sueñito entre la grama. Desde aquella altura observaron con claridad el conglomerado de casitas y casuchas que formaban la barriada de Campo Alegre; y detrás de estas, las urbanizaciones y avenidas de Ponce; y más allá, los cañaverales abandonados; y luego, el mar y el islote de Caja de Muertos, que, desde aquella altura y como sometido a algún tipo de truco visual, lucía más cerca y más grande y casi flotando en mitad de la nada.

Hidratados de nuevo, refrescados con la brisa, alegrados con la vista, sintieron recomponerse las energías y reactivarse el entusiasmo.

Mande usted, que es quien aquí ordena, que yo le respondo lo mejor que pueda, que el que lo quiera celeste, que le cueste. ¿Es o no es verdad? Y dígalo usted, don Chiquitín, que se ve que sabe lo que es sudar la patria y dejar el pellejo en el mango. Diga algo y mande a otro, pero diga, por amor al Cielo, póngale dirección a esta empresa, que el que calla otorga, y no estoy yo hoy para tomar la iniciativa, dijo Margaro.

Aguántate, dame un breiquecito, si no es mucho pedirte, que apenas me acabo de bajar el agua por el gaznate y ya casi me estás mandando a orinarla. ¡Óyeme! ¡Tú sí que cuando hablas eres una inundación de palabras! ¿De dónde tanto refrán y tanta parrafada, amigo mío, que es evidente que tus experiencias no corresponden con tu vocabulario?

Crianza de abuelos, le he dicho antes, que eran bastante viejos y venidos del campo, de Adjuntas, repletos de refranes contagiosos para toda circunstancia. Entre ellos mismos lo hablaban todo en refranes y dichos; nunca les escuché construir frases propias.

Ya decía yo que ese refranero tuyo debía ser asunto heredado. Ahora, dime una cosa...

Una cosa, interrumpió Margaro, en ánimo de irritarlo.

...Tú que conoces la zona, continuó Chiquitín sin darse por enterado, ¿debemos llevar la carretilla entera jalda arriba o con la pala y el pico por ahora nos bastará?

Si pico y pala bastan para construir una casa, contestó Margaro con firmeza monolítica, nos bastarán para cavar dos o tres hoyitos, que es lo que vamos a hacer nosotros.

Eso no es correcto del todo, aclaró Chiquitín, que por más que quieras convencerme, no puedo imaginarme martillar los miles de clavos que lleva una casa con un pico o una pala, ni tampoco que sean hoyitos los que vamos a cavar. Pero ni modo, menos es más, como dicen, así que prosigamos, que ya te irás enterando en el camino de cómo es que son las cosas... Las mochilas nos las llevamos, igual que tela metálica para cernir y el saco con la comida para el almuerzo, si es que no nos topamos con algún cementerio caciquil o algún batey que nos obligue a cavar de corrido hasta que el sol caiga, en cuyo caso dejaríamos la alimentación para la cena.

¿La cena? ¿Allá arriba? ¡Estará usted desvariando!

Ya verás, incrédulo, ya verás, le contestó él, a la vez que asumía actitud de no permitirle al subalterno apoderarse del mando. Cenaremos donde sea, donde nos agarre la noche. ¿O pensabas tú que ibas a cenar en mesa puesta? No vayas a creer que esto es viaje de lujo o de placer o un crucerito terrestre. ¡Si será vago el puertorriqueño! Y me disculpas, Margaro, pero es que hasta tú tienes la sangre corrompida.

¿Pero y usted qué es, si se puede saber?, le preguntó Margaro a su jefe, como si fuera evidente que la respuesta que ya le diera a esta misma pregunta nunca le satisfizo.

Ya te dije que tan americano soy como Benjamín Franklin, y hasta más. Recuerda que uno no es de lo que te hace, sino de lo que queda cuando te deshaces, y yo he hecho bastante ya para deshacerme de esa costra difícil que es la maldita mancha de plátano que los tiene a ustedes todavía condenados. Es como una maldición. Yo ya ni pienso como puertorriqueño, ni sueño como puertorriqueño, ni me río en puertorriqueño, menos todavía como como puertorriqueño, y mis intereses no son los de este chispo de isla, sino los de la sin par Nación Americana, la Gran Corporación, que son los únicos intereses que valen la pena. Sus guerras son las mías, sus problemas arancelarios son los míos, sus fronteras son las mías, y su ideología y espíritu conquistador son también los míos. Si me interesan los indios de este país es para venderle al mejor postor los artefactos que quedan de ellos y borrarlos de nuestro pasado, anular la historia, comenzar desde cero. ¡Eso es la Estadidad, para que te enteres: borrón y cuenta nueva!

Margaro no quiso ni comentar sobre aquella diatriba que le revelaba más de un ángulo de la demencia galopante de su jefe, pero hizo apunte de aquello para futuras ocasiones. Porque, pese a estar dispuesto a dejarle pasar aquella sin abanicarle, no pensaba permitir que tales insinuaciones se repitieran, que más bien ofensas eran, por poco interesado en la política que estuviera y por menos que pensara en su identidad nacional. Déjalo, se dijo, que a este loco lo cojo yo bajando, porque al pájaro se le conoce por la churreta y el pasmo se corta a tiempo.

Sacaron de la carretilla las mochilas, el pico, la pala y la bolsa con las vituallas. Margaro escondió el conjunto móvil entre unas breñas la verdad que escabrosas e inaccesibles, a salvo de la vista de cualquiera que asomara por allí la nariz, incluso de la parejita que quisiera intercambiar fluidos en la privacidad más inviolable. El peso se lo repartieron según mejor entendió Chiquitín, basándose principalmente en criterios de edad y jefatura: él, su mochila con su saco de dormir y la pala; Margaro, su mochila con su saco de dormir, la telita de cernir, el pico y el bolso con las vituallas, que era lo más pesado. Señaló hacia un punto entre la maleza que a Chiquitín le pareció idéntico a cualquier otro punto en ella.

¿Por ahí?, preguntó.

Por ahí, sí, rompa a subir que ya verá, dijo Margaro. Eso hizo Chiquitín, confiado en las instrucciones de su asistente. Atravesó dos enormes moñas de yerba de guinea cuyas filosas hojas casi lo degüellan, y detrás de ellas encontró un evidente caminito que atravesaba el monte espeso, húmedo y caluroso.

¿Por aquí es el trillo?, exclamó con incredulidad. Déjese llevar, don Chiquitín, que el que le coge miedo a los ojos nunca come cabeza.

¡Qué cosa tan asquerosa para decir!, opinó Chiquitín, sacudido por la imagen evocada y su repugnancia natural a la idea de comer ojos, en particular de los pescados, que para muchos salvajes de este país, según él, eran una exquisitez. Continuaron el ascenso, Chiquitín serio, pétrea la expresión, tras grandes remilgos; Margaro detrás, sonriente por las penurias de su jefe, quien no dejaba de expresarlas mediante suspiros y trompetillas.

Un buen rato les tomó remontar la senda, en partes expuesta al sol directo, en partes cobijada por las ramas de los arbustos y árboles que apenas dejaban pasar un tenue salpicado de luz sobre las sombras. Agobiados por un calor que era más de la humedad atrapada entre el follaje que de la luz solar misma, alcanzaron otra zona plana en la parte alta del cerro, que formaba una especie de cinturón o terraza alrededor de su cúspide.

Por aquí cerca fue que apareció el hacha, dijo Margaro mientras señalaba con el brazo aquel recinto plano lleno de una maleza pertinaz que parecía crecer ante la mirada. Por algún motivo, que seguro respondía a la intervención humana, la planicie carecía de los árboles maduros que se observaban por las laderas que acababan de atravesar, por lo que predominaba en ella una vegetación relativamente baja y poco frondosa, compuesta en su mayoría de arbustos, yerbajos y matas de bellota. Muchas espinas y muchas hojas cortantes, mucho abejón y mucha hormiga brava. Lo demás era matorral denso a medio cuerpo de altura, por lo que el lugar resultaba la verdad que inhóspito, carente de brisa y sobrante de sol, donde sólo a fuerza de machete podía comenzarse a investigar el suelo.

Chiquitín se paró encima de un promontorio en mitad del terreno que parecía hecho por algún tipo de puerca mecánica y, desde aquella altura, piernas separadas y manos a ambos lados de la cintura, auscultó la explanada.

No está fácil, concluyó con cara serena pero preocupada. La orografía no se distingue, añadió con un chasquido de lengua que hablaba ya de oportunidades perdidas.

¿De qué ortografía habla usted?

Orografía, los accidentes del suelo, no te hagas el sanano, que tú sabes de lo que estoy hablando...

Ya pensaba que me iba a mandar a ponerle acentos y comas a todo este matorral...

Ven acá, lo interrumpió Chiquitín, deja el vacilón y dime una cosa, ¿dónde fue que apareció la *manayá* exactamente? ¿Por aquí cerca?

Margaro negó con la cabeza.

¿Por allá?

Margaro negó con la cabeza.

¿Por allá entonces?

Margaro asintió.

Bien, por allá entonces. Sácate el machete y pongámonos a mochar de aquí hacia allá, a ver si se nos revela algo. Dale, empieza tú, que sabes mejor que yo dónde es el lugar, que no hay mejor experiencia que la propia, y aunque me guíes tú y me digas, aquí, Chiquitín, pique por aquí, pique por allá, nunca como la memoria del brazo para dirigir la poda.

Suspirando, se dijo que a mala hora se había topado con aquel ganso de señor, a quien la figura del que le gustaba mandar y pedir ya iba pintándosele demasiado.

Margaro comenzó a machetear los pajones de yerba por el área general que le indicó Chiquitín, a sabiendas de que era espuria la procedencia del hacha y mentiras sus alegaciones, y que allí tenían tanta oportunidad de encontrar algo indígena como en el patio de su casa. Mas no por ello dejó de fingir buscar un rato sin dar con el lugar exacto del hallazgo, mientras Chiquitín se mantuvo en el promontorio, sentado ahora, observando la tarea de su ayudante con cierta desconfianza. Por fin vio a Margaro bajarse y desaparecer entre la yerba y, poco después, erguirse, mirarlo y hacerle señas con la mano para que se aproximara.

Al llegar se encontró con Margaro, que contemplaba un hoyo en la tierra cuyo diámetro era menor al de una bola de baloncesto y hasta cuyo fondo la luz no alcanzaba. Aquí fue, mintió. Por este boquete metí la mano hasta el fondo y saqué el hacha.

¿Estás seguro?

Segurísimo, contestó sin vacilación. Tan seguro como que es de noche ahora, ¡digo!, de día, dijo, turbado.

Hmmm…, exclamó Chiquitín en tono no se sabía si de sospecha o duda, mientras caminaba alrededor del boquete mirándolo fijamente y rascándose con el pulgar la barbilla como si su observación desde distintos ángulos le mostrara distintas verdades ocultas bajo el terreno. A mí me parece…, comenzó a decir.

A mime no, mosquito, interrumpió Margaro.

…que tú mismo no estás demasiado convencido de que este sea el lugar exacto, continuó Chiquitín sin dar muestra de haberle divertido en lo más mínimo la interrupción. Además, la boca del boquete es demasiado perfecta para ser natural, y más bien parece un lugar hincado para buscar agua, o tal vez sea producto de un rayo. Estoy por creer que tu *manayá* es en realidad una piedra de rayo que me ha engañado.

¿Piedra de qué rayos? ¡Acabe y dígame, que ya es la segunda vez que me tira ese pescaíto!

De rayo. La piedra petaloide que a veces se forma en el fondo del hueco que deja un rayo que da directo en la tierra.

Yo, la verdad, es que jamás he escuchado de semejante fenómeno, y cuidado que he oído mucho cuento de campo y visto mucha agua pasar los puentes. Pero igual, cada día se aprende algo, y más vale tarde que nunca, porque el sol no sólo aclara las cosas sino que también ilumina las ideas, dijo Margaro en ánimo filosófico.

Pues aprende, amigo mío, que no te voy a durar la vida entera y el camino está lleno de cosas nunca vistas. Cosas mucho más raras que la piedra de rayo pasan a diario y nadie se escandaliza ni las comenta, dijo Chiquitín en ánimo de minimizar el asunto.

Pues a mí no hay quien me quite de la cabeza que el borde filoso y esa suavidad de pez lo hicieron dedos indios. Recuerde que no siempre lo que se cree cierto es verdadero, ni lo que es idéntico es igual, y a menudo se encuentran iguales que son contrarios y contrarios que son exactos. Yo insisto en que la mía es un hacha indígena, ocúrrasele a usted lo que se le ocurra, o ande como ande por los imbornales, dijo Margaro ya con cierto grado de irritación.

Trajiste la piedra, espero, dijo Chiquitín de forma lapidaria.

El hacha, quiere decir.

Whatever, dijo Chiquitín, pronunciando la palabra con exactitud fonética, como igual pronunciaba los nombres de las cadenas de tiendas norteamericanas, que eran sus banderas del bilingüismo y su única oportunidad ordinaria para demostrar que su relación con el inglés era de mucha intimidad. Échala para acá, que esto lo vamos a resolver ahora mismo. Existe una prueba sencilla que se hace para saber si una piedra de rayo es de rayo rayo o de factura humana. Búscame un hilo y un *lighter*, si eres tan amable.

Sorprendido con aquellos requerimientos y curioso de conocer qué demontre de comprobación podía ser aquella del hilo y el fuego, Margaro buscó en su propia mochila una camiseta que tenía un hilo largo zafado de la costura de una manga, que arrancó de un tirón, y el encendedor, que sacó de otro bolsillo del bulto. Finalmente, del fondo, sacó la vistosa piedra verde que parecía alumbrarse por dentro. Chiquitín, como si realizara aquella prueba todos los días, se la quitó de las manos con mucha más profanidad de lo que Margaro sentía por ella, tomó el hilo, lo amarró a la piedra por la parte central y lo empujó hacia la parte ancha hasta llevarlo al límite de su movilidad y tonsura.

Ahora peguémosle candela, a ver qué ocurre. Si arde y se rompe, no es piedra de rayo; si, por mucho que le pegue la llama, no arde, es de rayo. Así de fácil es la prueba. Procedamos.

Procedamos sí, que estoy loco por ver los resultados, dijo Margaro incrédulo con aquella explicación, rayana en el enigma, el misterio.

Puestos Chiquitín de rodillas y Margaro de cuclillas al lado del hueco, para que la brisa no entorpeciera el experimento, Chiquitín encendió el aparato, luego de varios intentos infructuosos que le arrancaron dos o tres carajos enervados, y, con gran reverencia, acercó la flama al hilo, cuyo contacto lo hizo arder al instante y deshacerse.

¡Ja!, gritó Margaro, dando un salto con los brazos en alto en señal de triunfo. ¡Es hacha! Se lo dije. Hacha es. La ley de Dios no tiene trampa, y si la tiene se la retranca. ¡Ja, ja!, se rio, finalmente, regodeándose en el placer del triunfo, poniéndose de pie y dando saltos victoriosos. Chiquitín, que tenía otra expectativa de los resultados, se quedó petrificado con la llama encendida, hasta que se transfirió el calor por el metal del mecanismo hasta su dedo, que le hizo de súbito soltarlo.

¡Dame otro hilo!, ordenó de no muy buena forma.

Margaro arrancó con gran contentura otro hilo de la misma camisa pero de la costura del cuello, que Chiquitín amarró de nuevo y repitió el experimento con idénticos resultados.

Habemus yacimientus, dijo entonces, poniéndose de pie, vencido en la prueba, pero vencedor en sus anhelos. Lo primero es limpiar el área inmediata, podar la mayor parte de las moñas y establecer un perímetro.

¿Tenía razón o no tenía, don Chiquitín? Oiga, confíe, y cuando le pongan el anillo, ponga su dedillo, caramba, que sabemos que en la confianza está el germen de la amistad, aunque también el del asco...

Bueno, bueno, apaga la máquina de tu lengua y pongamos manos a la obra, que nos va a pasar el día por encima, dijo Chiquitín, mientras abría su mochila y comenzaba a sacar los materiales de uso —el rollo de cordón, libretas de apuntes, cinta métrica— y Margaro limpiaba el área con el machete.

Tras su buen par de horas de labor sin descanso, con sólo sorbos de agua tibia para complacer el entusiasmo, Margaro dejó limpia de abrojos una zona considerable alrededor del hueco, la cual demarcó Chiquitín con el cordón que trajo, amarrándolo de distintos troncos de los arbustos cercanos, a nivel de la pantorrilla.

Hagamos lo siguiente, estableció Chiquitín mientras auscultaba la zona delimitada, voy a comenzar a cavar sobre el hueco y tú a cernir la tierra que vaya removiendo, que seguro viene preñada de cuanto abalorio de piedra y cuentas de semilla y pedazos de cerámica pueda uno imaginarse. Igual que tuviste razón en ver la mano del hombre en tu *manayá*, ahora fíjate en la mano del hombre en las piezas más pequeñas. Busca curvas demasiado perfectas, formaciones cilíndricas; busca rotitos profundos y demasiado exactos, busca bordes demasiado filosos y superficies demasiado pulidas...

Yo encantado de discernir piedra de cuenta, siempre que pueda zamparme primero mi buena mixta, que llevo par de horas relamiéndome en el magín, que van a ser las once y hemos quemado un zafacón de calorías sin comernos cosa alguna, dijo Margaro, desnudo del torso velludo, sudado de cuerpo entero, con la camisa sobre un hombro. Yo digo que comience a cavar bonitamente usted y no me espere. Acumúleme el material por ahí, por un lado, que cuando regrese voy a cernir lo que se me ponga delante con tanta furia que cuidado no cierna la montaña entera y hasta a usted mismo lo cierna también. Despreocúpese, que a este monte voy a extraerle yo los tesoros como las pepas a una calabaza. Dele. Cave ahí en confianza. Aglomere y junte tierra, que los cemíes —¿cemí es que se llaman esas piedras talladas con dos caras?— y abalorios que usted dice y cuentas de semilla y vasijas y medallones los recojo yo en la malla como sardinas ahogadas. Sude esos bíceps, don Chiquitín, que yo voy a poner a sudar los molleros de mis tripas primero. No se amilane, que en el comer y el rascar todo es empezar. ¡Pícala, gallo!

Poco caso le hizo Chiquitín a aquellas palabras, además de parecerle poco graciosas. Se volteó repitiendo para sí que qué pícala gallo ni pícala gallo, echó mano al pico, se arrancó como un sofocante velo la boina y el pañuelo de la cabeza, y comenzó a dar picotazos frenéticos alrededor del hueco, del cual salió alborotado un pueblo entero de asquerosas niguas.

Lo único que te pido es que seas discreto, le dijo Chiquitín antes de que se marchara. Si te encuentras con alguien en el camino, no reveles nada de nuestros propósitos, no sea que los taínos tengan escuchas disfrazados o que nos caiga arriba la gente de Auches, de quien te contaré después con más detalles, o simplemente nos descubra cualquier tropa de gente ruin y codiciosa que pretenda arrebatarnos los tesoros que aquí rescatemos. Tampoco te entretengas demasiado, que todavía falta montar campamento en la cima del cerro, donde vamos a pasar la noche, amén de que mientras más te tardes en regresar más tierra te tocará cernir.

Allá arriba hay una cueva que es perfecta para acampar. Puede llover y tronar y relampaguear, que allí vamos a estar más secos que en un desierto, comentó Margaro.

¡Perfecto!, exclamó Chiquitín, aliviado con no tener que montar campamento. Vete, hártate de la asquerosidad esa que tanto te hace la boca agua, atapónate las venas de manteca, pero regresa pronto, que te necesito. He dicho, dijo Chiquitín.

Y usted no se achicharre demasiado la calva, que el sol está que ahoga puercos, he dicho yo, le recomendó Margaro antes de partir cuesta abajo en dirección a una fondita en la barriada en la cual reincorporarse a la cadena alimenticia, que mientras hubiera comida caliente cerca, al menos, como decía su abuelo, a tiro de ballesta, no iba a comerse las porquerías con las que se alimentaba su jefe.

En el descenso por el mismo trillo que subieran, llegó a lo más profundo de su olfato el aroma de aquella ilícita yerba, de cuya fragancia y combustión era él un gran adepto. Se detuvo, miró en torno a los pastos aledaños, dejó que su nariz guiara sus pasos, mas no logró identificar la fuente de aquel efluvio que, como el zumbido de una incordia chicharra, provenía al mismo tiempo de todas partes y de ninguna. Optó por dejar el asunto para el regreso, dadas las contorsiones la verdad que peligrosas que realizaba su estómago y la peristalsis en seco que comenzó a practicarle el esófago.

Un par de horas después, regresó al lugar de las emanaciones, ahora ahíto de arroz con habichuelas y bistec encebollado que lo dejaron ciego, sordo y mudo de la hartura. Al principio no detectó el deleitoso aroma, y pensó que por estarle las papilas olfativas atosigadas por la experiencia gastronómica. Un poco más en la región sombreada de la maleza donde crecían los árboles más altos, volvió a presentársele el perfume, ahora mucho más fuerte que en la ocasión primera. Entusiasmado con la posibilidad de un hallazgo fortuito, se puso a buscar ahora con acciones más enfáticas de brazos y piernas que removían juncos y lianas y saltaban piedras y troncos derrumbados. Por ninguna parte se materializaba el origen de la emanación.

Qué lo llevó a mirar hacia arriba en aquel lugar no se sabe hoy ni se sabrá mañana; qué lo llevó a distinguir cuerda de liana tampoco se sabrá. Lo cierto es que, al subir la vista, su mirada se topó con una soga amarrada a la rama alta de un árbol que se extendía hacia una polea clavada en una rama más alta aún, de la cual colgaba una paila gris de pintura cuyo contenido no se observaba desde abajo, pero se intuía.

Dado que la pelota de comida que llevaba en la panza todavía no estaba transformada en energía, sacó fuerzas de reserva y remontó las ramas del árbol con suficiente cautela para no caerse, hasta alcanzar la rama a la que se amarraba la soga. Desde allí observó a su alrededor y se percató de las demás poleas y sogas y pailas en los árboles circundantes. Zafó la soga y, a medida en que el candungo descendía, crecía su regocijo a un punto sublime al descubrir la hermosa planta aromática que en él venía sembrada.

Capítulo XV

De la apropiación de las flores por parte de Margaro
y el descubrimiento de una pirámide taína

Margaro volvió a la explanada casi cinco horas después, tras una intensa labor de poda desenfrenada, cargado con varias bolsas plásticas de supermercado llenas hasta su máxima capacidad, que la providencia, a través de una ventolera, dejó enganchadas en la punta de una rama torcida como el dedo de una bruja. Como Chiquitín continuó dando picotazos y sacando a pala puñados de tierra que acumuló en un pequeño cerro al lado del cráter abierto alrededor del hueco, Margaro llegó hasta donde se encontraba su mochila y ocultó en el fondo de ella las bolsas con las flores robadas, desde donde su fragancia no pudiera fugarse tanto, o al menos fugarse lo menos posible. Al llegar donde se encontraba Chiquitín, lo halló hecho una fábrica de sudor. Con la calva enrojecida, la camisa transparente, la cara hinchada alrededor de las gafotas, parecía un misionero mormón enloquecido por la búsqueda de las nuevas tablas de la ley del ángel Moroni.

Vaya almuercito el tuyo, dijo primero, tras detener su labor y observar a Margaro con expresión de escándalo por el tiempo transcurrido. Por aquí no ha pasado un taíno en los últimos mil años, añadió mirando a su alrededor, él mismo sorprendido por el tamaño de su propia excavación.

O usted puede darse con piedras en el pecho por su fortaleza, o el terreno está blando, o aquí cayó un meteorito sin yo ni verlo, contestó Margaro, impresionado con la cantidad de tierra removida. Parece que es verdad cuando dicen que quien grandes cosas busca por fuerza las encuentra, y usted parece que tiene esa semilla del Guanín bien sembrada en la caguama, le contestó Margaro con su facundia habitual.

Si supieras, querido amigo, que te equivocas. Ni el terreno está suelto ni mis músculos son de acero. Cómo se nota que apenas...

Se nota no, se ve, interrumpió Margaro.

...que apenas tienes experiencia en cavar, completó la oración Chiquitín mientras suspiraba de paciencia con aquellas niñerías. ¿Has cavado alguna vez algo?

Tumbas, le contestó.

Ni relajes con eso, Margaro, que los muertos no creen en nadie ni reconocen dueño. Y mira que de muertos yo sí sé, dijo Chiquitín sin darle otras explicaciones a Margaro ni adentrarlo aún demasiado en su pasado.

No relajo, fue un par de semanas que le hice las vacaciones a un sepulturero en el cementerio de Las Mercedes, dijo Margaro en tono que daba fe de la veracidad de sus palabras.

Bueno, pues ya verás cuando de verdad le metas mano al asunto...

De a verdura, quiere decir, volvió a interrumpir para intentar poner en la boca de Chiquitín palabras que nunca utilizaría.

De verdad fue lo que dije, pues yo no hablo esa jeringonza que hablan aquí que no sé cómo insisten en llamarle español. ¡Los españoles mismos se espantarían...! Pues te decía que cuando lleves un tiempo cavando verás que, para el ser humano, el terreno común y corriente tiene una resistencia más o menos estándar, lo que lo hace fácil después de que te acostumbras. Pero volvamos a la pregunta del momento, ¿estás seguro que aquí fue que encontraste la *manaya*? Es que no he visto el menor indicio de yacimiento por todo esto ni ha aparecido el menor artefacto cultural...

Aquí, allá, acullá, dijo Margaro mientras con cada palabra señalaba un lugar distinto del solar. El lugar es bastante pequeño como para que las ruinas que sean que están bajo nuestros pies no estén por todas partes. ¿O me equivoco?

¿Ruinas dices?, preguntó Chiquitín, intrigado.

Sí, ruinas, que me imagino que estarán aquí enterradas.

No me digas que a ti también te parece piramidal este cerro.

¿Pirami qué?

Dal, piramidal, en forma de pirámide, que si te parece a ti también que este cerro sea en realidad una pirámide cubierta de tierra y arbustos, como me parece a mí, volvió a preguntar, acercándosele con impaciencia y excitación a Margaro, a quien aquella pregunta le pareció pura demencia. Te lo digo porque llevo tiempo contemplando esa posibilidad, y por mi madre santa que… Y ahora vienes tú y mencionas lo de las ruinas. No hay casualidades, mi amigo, no las hay. Lo que hay es un mensaje que puja por llegarnos…

¿Las menciono?, se preguntó en voz alta Margaro un instante antes de determinar, basado en la mirada expectante y hasta infantilizada de ilusión que vio en los ojos de Chiquitín, cuyas pupilas se le dilataron de la emoción y los párpados le brincaban de puro nervio, que más le convenía concurrir con aquella opinión y confirmarle falsamente su impresión con la suya. Que una simple palabra, dicha casi sin sentido real, bastara para transformar por completo la impresión que Chiquitín mostró del lugar —porque de no haber pasado un taíno por allí en más de mil años a aceptar que aquel cerro escondía en sus entrañas un monumento de esa cultura indígena, evidenciaba, en efecto, una transformación colosal—, le hablaba a Margaro de una necesidad urgente de alimentar la imaginación de su jefe.

Siéntate, Margaro, y escúchame con cuidado, le dijo Chiquitín con cara de circunstancia y ánimo didáctico. Comprendo que lo que me propongo informarte te parecerá el colmo de la locura, que me darás por ido en banda y zafado el último tornillo, y tal vez procures llevarme cautivo a una clínica mental. No te culparé si lo haces ni de tales pensamientos, en caso que los tengas, amigo mío, que no es cosa frecuente lidiar con lo incomprensible. Sólo te advierto que lo que estoy por revelarte debes guardarlo en lo más profundo de tus secretos íntimos y no revelárselo a alma viva ni muerta, de ninguna jerarquía ni dimensión, ni siquiera bajo amenaza de muerte, tortura o asesinato, que es probable suponer que te encuentres en semejante trance para que reveles…

¿Cómo es? ¿Qué me dice ahora?, interrumpió Margaro, sorprendido con aquellas revelaciones. Pare ahí en seco, explíqueme este detalle antes de proseguir, don Chiquitín, no vaya a estar yo escapando del trueno en mi casa para darme con el rayo a manos suyas. Porque mejor es decir aquí hui que decir aquí morí, y menos por cosas tan ajenas como estas tainadas suyas. Mire que cuentas claras y el chocolate espeso, y ya estoy grandecito para estarme cayendo del guilincho. Hable ahora y confiese qué se trae, que la cara de lechuga que le veo me dice que sus cuentas están menos claras que las mías. Hable, don Chiquitín, chille el cochino, que razones no me faltan para ponerme nervioso. Y antes sepa y tenga comprendido que no estoy disponible para dejar la sangre en la estaca, como dicen, y menos por asuntos que no valen ni las orejas llenas de agua, y que mejor en casa bajo el yugo de la familia que sin dientes ni uñas o descuartizado…

Y peor todavía, añadió Chiquitín, que existe evidencia en bruto de que a estos salvajes les gusta hacerles cosas horripilantes a sus prisioneros, como meterles la cabeza en jaulas con jutías hambrientas que les devoran primero lo blando, ojos, orejas, nariz, labios, y luego el resto...

¿Qué es una jutía?, preguntó Margaro escandalizado.

Una especie de rata montuna gigantesca, un demonio de bestia.

Mejor no me diga nada y sepa que si lo que pretende es retenerme a su lado en esta aventura comercial, pues está haciendo un pésimo trabajo. Ahora, si lo que quiere es espantarme, que lo deje aquí plantado como muñeco alfeñique y coja las de Villadiego sin encomendarme ni a la madre que me parió, pues lo felicito por su labor magnífica.

Buena o mala mi labor, no seré yo el juez de eso. Ahora te ruego que te aquietes, que recuperes la compostura, que tampoco es para que te pongas con esos brincos. Te lo menciono para que no desmayes y estés a cuatro ojos. Porque debes saber, amigo mío, que además de los taínos que perseguimos y que a su vez nos persiguen, que ya te he dicho que son un grupo de gente violenta y asesina que mata riendo y hiere callando y no se quieren para nada ni quieren que se averigüen sus secretos, pues además de esos enemigos, tenemos otros quizá más formidables aún, más influyentes sin duda, que me persiguen desde antes y están a la caza continua de mis hallazgos para apropiarse de ellos y robarme mi gloria. Me refiero a un grupillo dirigido por un tal Carlos Auches, no sé si te he hablado de él, un tipejo que lleva años molestando y fiscalizándome. Me lo encontré ya en mi primera salida y no pudo ser coincidencia aquel encuentro; seguro que a esta hora está al tanto de nuestra salida y tiene sospechas de nuestro destino. Te digo esto porque el secreto que me propongo depositar en ti en este momento lleva un sello de confidencialidad que debes respetar aun bajo presión de tortura. ¿Estamos?

Pues no le garantizo nada... Si me amenazan con darme a beber una malta, le juro que lo confieso todo. Hasta a la abuela mía la traiciono si me pegan mucho la botella a la nariz..., dijo Margaro, a quien aquella bebida le causaba un asco natural.

¿Tú piensas que está bien que me interrumpas para semejante zanganería?, le preguntó Chiquitín mirándolo con una seriedad extrema por un periodo igualmente prolongado. Además, dudo que te repugne la malta, que a quien no le guste ese líquido asqueroso no es puertorriqueño.

Pues no me gusta, para que sepa, dijo Margaro.

Tienes esperanza entonces. Podemos hacer algo contigo...

¡Dele, dele, don Chiquitín, acabe y suelte la prenda!

Amigo y socio mío, llevo ya años observando este cerro desde distintos ángulos de la ciudad y viéndole una inconfundible forma que en un tiempo pensé cónica y ahora veo que, en definitiva, es piramidal. El dios de la arqueología, que no sé yo cuál será porque soy más ateo que un árbol, ese dios ha puesto palabras en tu boca que son corroboración de mis impresiones. Has dicho ruinas y, en efecto, me place informarte que estamos parados sobre las ruinas de tal vez la única pirámide taína en todo el hemisferio, asunto de no muy poca monta que digamos. ¡Somos pioneros, amigo Margaro, somos la vanguardia de la arqueología! Dime tú si estoy errado en pedirte que mantengas el pico cerrado.

Herrados los caballos, hasta donde sé. A mí lo que me interesa, don Chiquitín, dentro de lo que esté en su capacidad contestarme, es conocer si era costumbre entre nuestros indios construir tales pirámides que usted dice. Yo como que nunca he escuchado hablar de eso, y créame que yo peino los periódicos a diario. Le pregunto para no quedarme bruto, que, como dicen, quien nunca duda todo ignora. Y si a veces me pongo preguntón y me paso de la raya...

No te pasas, amigo, no te pasas, que mejor averiguao que víctima de las circunstancias. En respuesta a tu pregunta: pues no, no tengo conocimiento directo mío de que tuvieran esa costumbre, pero como casi todos los antiguos han hecho pirámides, ¿por qué no también los de aquí? Aquí cerquita los aztecas y los mayas hicieron cantidad de ellas, así que no resulta para nada inverosímil que hayan llegado hasta aquí algunos expertos en esa construcción para instruir a los nativos nuestros.

¡Pero en qué quedamos!, exclamó Margaro. Con la peste que habla usted de los puertorriqueños y ahora resulta que los nativos nuestros, dijo usted, construyeron pirámides. Lo que significa entonces, y corríjame si me equivoco...

Quisiera corregirte ya antes de que te equivoques, lo interrumpió Chiquitín, pero adelante, embárrate.

...que nuestros orígenes son grandiosos.

No, señor, la sangre está podrida desde el principio, contestó Chiquitín con gran calma en sus palabras. Debes saber que construir una pirámide tampoco es la gran cosa; es básicamente el tostenemos de la antigüedad. Si te pones a estudiar descubrirás que en los tiempos antiguos estaba la pirámide que hacía orilla por el mundo entero, como hoy ocurre con los rascacielos. El único valor que tiene esta sobre la que estamos parados es que es la primera que se descubre aquí en la isla. Hasta ahí llega su gloria. Pero como los negros de este país hacen tanta fiesta por cualquier cosa que los coloca en el ojo del mundo, igual hacen tremenda fiesta con el descubrimiento nuestro, cuando decidamos revelarlo, claro.

Yo que usted no me tomaba tan en serio esas impresiones que tiene, y menos con tan poca prueba de su verdad. Recuerde que las razones de cada cual no hacen verdaderas las cosas, y a mí me parece que debería cotejar más y recostarse menos de la involuntaria mención mía, contenida, según usted, en la palabra *ruinas*, que ni dije con intención ni como confesión secreta. Y aparte de lo que usted se crea de mí, que soy un guaguancó con patas, que sé más que siete, que no hay quien me pase china por botella, debe aclararse que soy un alma sin malicia, hecha de bloques de buenas intenciones pegados con el mortero de la ingenuidad sencilla. ¿O es que la verdad está en las sospechas, en las conjeturas personales, en las acusaciones, y no en los hechos? Le advierto que no tome mis impresiones por prueba de sus teorías, que de arqueología y cosas indígenas conozco menos que de cirugía cardiovascular. Usted es la eminencia y yo no soy quién para cuestionarle su conocimiento, que para adivino, San Rufino, y para sabio, Salomón, pero le repito que mis palabras no pasan de ser impresiones, y si alguien conoce lo que está en la olla, ese alguien es usted.

Margaro, la verdad es que a veces hablas con tan buen juicio que parece que tuvieras más escuela de la que alegas tener. Te felicito, porque están el fanático y el ignorante choreto en este país de confundidos, y tú, por fortuna, no eres ninguno de ellos. Pero no te preocupes, buen amigo, que cuando de conocimiento y reconocimiento de pirámides se trata, no hay quien me ponga un pie delante en Puerto Rico entero. Eso te lo aseguro yo aquí hoy, igual que te aseguro que eso que brilla allá arriba es el sol y que aquello azul allá es el mar. Déjame a mí eso y tú encárgate de guiarme hasta la cueva, que ya veo menguada la luz y se siente ya en el aire el frescor de la tarde. Además, estoy muerto de cansancio y de hambre, y creo que está bueno de embelecos para mí por hoy. Si te apetece puedes regresar después de que me dejes en la caverna y te pones a cernir un poquito la tierra, por si las moscas, pero te adelanto que para llegar a la pirámide tendremos que traer equipo pesado hasta acá arriba, puercas y camiones de tumba, lo cual es una empresita para la que necesitamos mecenas.

Será para que nos suban los refrescos y la picadera mientras trabajamos, me imagino yo, dijo Margaro la verdad que intrigado por aquel requerimiento tan fuera de lugar.

Mecenas, anormal, no meseras; personas con dinero, con capital, que auspicien nuestra excavación. O quizás empresas, americanas preferiblemente, cuyos logos y sellos podemos usar en las camisas y las gorras mientras excavamos, contempló Chiquitín seriamente esta posibilidad.

Dado que el sol estaba en franca retirada, Chiquitín estimó que no tendrían tiempo para regresar hasta la carretilla, recoger más vituallas y volver a subir hasta la cueva sin que los agarrara la oscuridad por el camino. Llevaban suficientes botellas de agua y un par de latas de refresco, barras de maní con dulce, bolsas de Cheetos y Doritos y galletas Bimbo y, aunque hubiera preferido un churrasco de Ponderosa, trocó alimentación por descanso, que un estómago se llena con cualquier cosa, se dijo. Margaro, sospechando que los dueños de la plantación arrasada regresarían en cualquier momento, se escandalizó con la decisión de Chiquitín de pernoctar por aquellos entornos, que ahora significaba para él requedarse en la escena de un crimen, pese a que él mismo la avaló al sugerir lo de la cueva. Sin embargo, cuando vio a Chiquitín remontar pesadamente la jalda en un lugar cualquiera, como si el camino se fuera a mover para abrírsele por dondequiera que él pisara, cayó en cuenta de su parsimonia, de la dificultad de escapar a aquella hora con aquel lastre de individuo agotado, en aquel vehículo tan estrafalario y llamativo, por lo que prefirió de nuevo la cueva para pernoctar, donde supuso que a nadie se le ocurriría buscarlos. Partirían de madrugada.

Por acá, don Chiquitín, sígame a mí, quien no me tiene usted cara de ser un Moisés terrestre al que se le vayan a abrir los montes a sus pies. Venga, mi jefecito, que por estos caminos al menos yo sí soy su pastor y usted mi diminuta grey.

Tras caminar un buen rato y darle un tanto la vuelta al escarpado cerro, llegaron, en efecto, a una cueva ubicada en la cúspide y el filo de la montaña, cuya profundidad era considerable, como advirtiera Margaro, y que ofrecía espacio de sobra para cobijarse de los elementos, incluso para encender una fogata sin que su resplandor pudiera observarse desde abajo, donde se ubicaba la plantación saqueada, ni su humo, llevado por un viento que fluía hacia el interior de la cueva, delatarlos. Allí Margaro se sintió a salvo, a lo sumo durante la noche, que ya de madrugada sería otro cantar y habría que buscar la manera de atravesar el barrio sin ser vistos. Quedaba por resolverse cómo haría para convencer a Chiquitín de partir antes de que rompiera el alba. Y, por supuesto, nada de bajar a cernir un poco de tierra como sugirió él.

¡Qué esperanza la suya! De todos modos, si estaba tan convencido de que para encontrar algo de valor en aquel lugar —¡la pirámide, nada más y nada menos!— debía utilizarse equipo pesado, ¿qué podía significar un pedacito de vasija para sus propósitos, ahora que estaban enfocados en un descubrimiento monumental?

Para Chiquitín, la cueva, tan amplia de proporciones y hundida en la entraña de aquel cerro, significó regresar a la matriz, al origen de los mitos, y hasta se cuestionó si acaso no sería aquella la mítica gruta Amauyama, de cuya oscuridad, según los taínos, salió el género humano. Si no lo era, se dijo, era entonces la entrada secreta a las criptas mortuorias de la pirámide sepulta. ¿O me van a decir que, a diferencia de las demás culturas piramidales, la taína es la única que las construye herméticas, impenetrables? ¡Eso no puede ser!, se decía, exaltado. Pese a las incógnitas que le acechaban, era evidente la suerte que estaba teniendo en aquella segunda salida.

¡Qué de caminos abría el conocimiento ingenuo del pobre Margaro, que tanto sabe sin saber saberlo! ¡Cómo aquella observación suya, dicha al vuelo, contenía la respuesta a sus más acendradas sospechas! Verdaderamente no hay arqueólogo sin su asistente, que es pilar, o más bien bastón, sobre quien este se recuesta cuando le fallan las fuerzas o le abandonan los reflejos intelectuales. No en balde don Vals no me soltaba ni en las curvas, recordaba, ni quiso jamás que aprendiera nunca demasiado. Seguro procuraba evitar que me independizara, que no hay peor enfermedad en el súbdito que ese carcomillo de la libertad.

La hora era en que la luz ya moribunda era ablandada aún más por los tonos morados provenientes del este. El calor cedió a un viento marino que refrescaba la cara y cubría la piel con una película imperceptible de salitre. La vista, desde allí, sin nube ni barrunto que se interpusiera, les resultó sobrecogedora. Las últimas imágenes del mar parecían poder tocarse apenas estirando la mano; Campo Alegre lucía fabricada con modelos pintados en cartón piedra; hasta los árboles en la ladera de la montaña lucían de espuma sintética. Chiquitín adjudicó aquellas impresiones tan extrañas a algún tipo de emanación proveniente del interior de la espelunca, por lo que extrajo la brújula de bolsillo que llevaba en la mochila con la certeza de encontrar la aguja girando loca alrededor de su rosa náutica. Al encontrarla quieta y dirigida, casualmente, hacia el interior de la cueva, dedujo que el centro de la pirámide escondía algún tipo de artefacto que emitía onda magnética. Dejó pasar por alto aquella observación y fue subyugado por el cansancio. Sacó su saco de dormir, lo colocó perpendicular al filo de la boca de la cueva, se acostó sobre él con las manos entrecruzadas en la nuca a modo de almohada y cerró los ojos.

Aprovechando aquel apagón sensorial de su jefe, Margaro se retiró hasta un lugar apartado, donde un resto de claridad diurna quedaba acumulada en la superficie inclinada de una laja grande de piedra suave, sobre la que colocó las flores raptadas que sacó del fondo de la mochila para que comenzaran a secarse, según conocía que debía hacerse para que la humedad misma de la planta recién cortada no pudriera su esencia narcótica. Aunque sabía el peligro en que incurría si los dueños del material lo capturaban con aquello encima, prefirió el riesgo a cambio del billete que la venta de aquel fármaco natural le prometía. ¿O de qué iba a vivir él en aquella expedición tan incierta? ¿Del dinerito que le dejara caer Chiquitín por cuentagotas y según criterios de austeridad que ya se veía que eran de uña de juey? Nada de eso, se decía Margaro. Si aquello le había caído en las manos como pan del Cielo, era para que hiciera su buena ganancia, y si no le venía por el lado de los tesoros taínos, pues que le viniera por el lado de los narcóticos. Está bueno ya de llevarme siempre el palito corto en la repartición, que tampoco soy un San Juan Bosco hecho en talla de palo.

Tras dormir profundamente casi una hora, Chiquitín se levantó ya con la noche encima. Se puso de pie y, alzando los brazos, se estiró de cuerpo entero con un aullido agudo por el placer de los músculos al distenderse. Resultó tan escandaloso que Margaro a punto estuvo de taparle la boca, temiendo que los dueños de la siembra masacrada escucharan y ataran robo con baladro. Volvió a sentarse sobre su saco de dormir y sacó de su mochila su pequeño radio de baterías, cuya antena alargó y encendió en la única estación que captaba el aparato gracias a un bollo de cinta adhesiva que había enrollado alrededor de la rueda sintonizadora para mantener fija la aguja en aquella emisora. Hasta los oídos de Margaro apenas le llegó el ronroneo de voces, principalmente, y de melodías esporádicas intercaladas entre las voces. Dedujo que a tan bajo volumen no viajaría demasiado el sonido hacia abajo, y menos a través de una vegetación tan tupida.

Todavía un poco adormilado, Chiquitín volvió a echarse sobre el saco con la cabeza encima de la mochila que le servía de almohada, el radio sobre el pecho y los ojos entrecerrados. A Margaro le pareció que se había dormido, pero al rato lo vio reaccionar a lo que decían por el aparato, tanto con exclamaciones entusiastas como con muecas reprobatorias que terminaban en parlamentos solitarios que profería como si, en efecto, participara en vivo de la discusión radial. ¡No'mbre, no!, arrancaba diciendo cada vez que se lanzaba a un soliloquio murmurado que sin duda era una especie de argumentación. Aprovechó el estado semiconsciente de su jefe para guardar de nuevo la flor robada, no fuera el sereno de la noche a deshacer lo logrado por esos últimos minutos de calor evaporante. Antes de empacar el material, pellizcó un capullo y lo apretujó en el fondo de una pipa que hacía ya algún tiempo que no conocía nada de picadura de tabaco. Regresó a su pequeño rincón y allí la encendió.

¿Qué fumas, ardilla?, le preguntó Chiquitín sin abrir los ojos, a la vez que bajaba el volumen del radio.

Orégano, contestó sardónicamente Margaro.

Creo que me engañas.

Para qué pregunta entonces.

Hmm, dijo Chiquitín sin mirarlo. Si supieras que no soy ningún ignorante en asuntos de combustión. No me engañas ni el principio de un comienzo, para que sepas. Te pediría una jalaíta si no fuera porque dejé de fumarla hace muchos años, cuando empezó a caerme mal.

¿La perse?, preguntó Margaro con esa voz apretujada de quien habla con los pulmones llenos de humo.

¿Qué persa ni persa?

Perse, persecutoria, la sensación de que te están persiguiendo y mirando todo el mundo.

Paranoia le digo yo, aclaró Chiquitín denotando su diferencia generacional. Y también mucho sueño, mucho desconcierto. A mí quien me envició fue el Ejército, cuando estuve por allá por Vietnam, que tú sabes que soy veterano.

Uh, uh, negó Margaro también con la cabeza. Eso sí que es nuevo para mí, y es bueno que me siga instruyendo respecto a usted, para saber de cuál pata es que cojea. Pero dígame, ¿cómo fue que lo enviciaron en el Ejército?

No que quisieran enviciarme por pura maldad de ellos, que cualquiera que no sea un fanático o un terrorista sabe que el Americano es incapaz de generar sentimientos perversos o deseos dañinos contra nadie, pero fue la única opción que nos quedó para ganar aquella guerra maldita. Debes recordar que ellos, que vivían allí, eran demasiado de muchos, y nosotros, que allí estábamos de buenazos, ayudándolos a detener la marejada roja que los arropó eventualmente, éramos demasiado de pocos. Ellos, por supuesto, tenían siempre soldados frescos y listos para la pelea, mientras que la frescura de los nuestros dependía de los poderosos narcóticos que nos suplía el Ejército. Nuestra adicción fue un asunto de supervivencia. Si te dormías un instante, te llevabas un tiro en la cabezota, como tú dices, en especial nosotros, que hacíamos las patrullas nocturnas de penetración y largo alcance. Para patrullar de noche, nos empepábamos antes de salir con dexedrina, que es una anfetamina brutal mezclada con a saber uno cuál anestesia de ballena que podía mantener parado a un elefante muerto. ¡Aquella píldora era un fenómeno! Si te digo que nos convertía en gatos montunos te digo poco; dilataba las pupilas al punto de que veíamos con claridad en la negrura absoluta de la noche; podíamos correr por medio de la selva por más de una hora sin cansarnos ni golpearnos con nada; los músculos y movimientos eran de gimnastas. Nos comíamos los niños crudos, como dicen. Lo malo era que nos daba un aliento a culebra muerta que era más mortífero entre nosotros mismos que las mismas balas enemigas. Pero era un fenómeno la pildorita. Nos pasábamos la noche entera convertidos en titanes invencibles, colándonos y creando conmoción entre las filas enemigas y las líneas de abastecimiento, espiando sus preparativos. De regreso, a media hora de llegar a la base, con las primeras horas del día, cuando ya la lumbre no era un blanco para el enemigo, encendíamos aquellos cigarrillos de marihuana mojados en opio que nos vendían los indios de las tribus hmong, con los que bajábamos la nota de la dexedrina y podíamos dormir cuando llegábamos. Aquello nos tumbaba en las literas como si nos metieran con un marrón de veinte libras por la nuca; a veces caíamos con el uniforme sucio puesto encima que dejaba la cama hecha un asco. ¡Qué días aquellos! Cuando salí de aquel régimen pasó lo inevitable. De día me dormía sin la dexedrina y de noche me desvelaba sin los pitillos. A la larga tuve que internarme en una clínica de desintoxicación del mismo Ejército, en la que me devolvieron a una normalidad que poco se parecía a mi normalidad anterior. Romper con los pitillos no fue difícil para nada, lo hice casi por tendencia natural, porque comenzaron a darme un sueño feroz y una incontinencia de pensamientos que no me agradaba ni un poquito; cortar con la dexedrina fue lo que me costó un ojo y parte del otro. Pero igual reconozco un buen aroma, y el que sale de tu pipa no parece malo.

Está buena esta yerba, aunque no tanto como esos grullos que usted dice bañados en opio, que por eso nada más quisiera ser también yo un mongo de esos que usted habla.

Mongo no, hmong, una gente primitivísima de la zona montañosa entre Vietnam y Laos a la que no quieres pertenecer, créeme.

Diga lo que diga, los mongos esos es obvio que saben lo que hacen, que yo no quiero imaginarme hacia cuál estratosfera puede disparar a uno fumarse uno de esos aparatos, insistió Margaro.

Una lejanísima, ingenuo amigo, que tan fuertes son que te sacan de órbita y te ponen a ver cosas. Para colmo, los sueños se te hacen una película de horror que nunca para. Esos hmong se las traen, no te creas. Además de suministrarnos el mafú, también nos servían de espías para observar los movimientos de las tropas del Norte o la guerrilla, pero aquella inteligencia siempre nos salía falluca. A la larga resultaron ser unos listos, que hicieron con nosotros una millonada y dejaron a medio mundo idiotizado y adicto al opio. Días terribles aquellos. Es más, antes de que comenzaras siquiera a fumar, el olor a yerba que vengo sintiendo hace rato ya me había transportado en el recuerdo a aquellas selvas, en las que tanta cosa horrible se vivió. Por un instante pensé que andaba una patrulla hmong rondando por ahí, y luego se me ocurrió que tal vez fueran los mismos taínos que perseguimos —¡y que nos persiguen a nosotros!—. Porque sabrás, Margaro, que no por primitivos eran los taínos menos viciosos, pues entre ellos olerse su cojoba era cosa rutinaria. Seguro hoy en día también cultivan marihuana y a saber si hasta viven de eso… Ese aroma que se siente es el de tu yerba, ¿verdad? Hasta acá me llegan unas vaharadas tan violentas que me preocupa que alguien se percate y nos detenga. La policía, pongamos por caso, y quieran arrestarnos, o un maleante que quiera atracarnos.

No se preocupe, don Chiquitín, todo está bajo control. Usted lo que tiene es una nariz muy sensible. Está bueno lo que tengo, pero tampoco tanto como para hacerle pensar en una plantación, mintió Margaro, alarmado con el hecho de que pudiera sentir aquel efluvio a tanta distancia y en un lugar semiabierto como aquel, lo que implicaba que su nariz se había hecho inmune al olor y representaba un verdadero peligro para su transportación. Resolvió empacarlo mejor más tarde en la noche, aislarlo con paja u hojas de árbol. Ya vería qué hacía. De todos modos, continuó diciendo, yerba era yerba, mucho menos dañina que ese vicio de andarse oliendo los cojones los unos a los otros, como dice usted que hacían los taínos.

Cojones no, cojoba, te dije, una planta alucinógena poderosa que a veces se fumaban, a veces la hacían polvo para inhalarla, y los inducía a decir y hacer las más grandes locuras, aclaró Chiquitín.

Oiga, don Chiquitín, ¿qué escucha por ese radio? preguntó en un intento evidente por cambiar el tema de la conversación.

Escucho La Potente, la emisora de nosotros los proamericanos, dedicada a alertarnos de las barbaridades que suceden en este país y a orientarnos respecto a las movidas de los enemigos de la Anexión, quienes han adquirido últimamente una fuerza insospechada. Además, nos instruye respecto a lo que debemos hacer para defender nuestros derechos adquiridos como ciudadanos americanos en este corral de salvajes que son los puertorriqueños. Y me perdonas de nuevo si te sientes aludido, que yo no sé ni me interesa saber cuál es tu afiliación política, pero la verdad es una y es hija de la razón, por lo que al pan, pan, y al vino, vino.

Pues perdónese usted también, don Chiquitín, que yo para mí que estamos en el mismo bote a la deriva, como usted dice, en la misma isla al garete en este mar del olvido, de la que nunca he salido y luce como que tampoco saldré jamás. Digo, hasta que rescatemos los tesoros que usted promete, que con ese dinerito voy a ver si me llevo a los nenes en un crucerito para que vean un poco de mundo... Decía que no veo cómo es que usted se sale tan fácil de la sopa y habla de los puertorriqueños como si usted viviera en la isla de Fernando Po. Esas barrabasadas las podrá decir aquí conmigo, que entre nosotros hay confianza, pero no ande vociferándolas por ahí, hágase usted mismo el favor. Mire que hoy por mí y mañana por ti, y nunca diga de esa agua no beberé, que en el mero decirlo existe el riesgo de que un día cualquiera le llenen la cara de dedos, si es que entiende a lo que me refiero...

No, no entiendo a lo que te refieres, y sí, está la isla al garete, como dices, si no fuera por esa gruesa soga que nos mantiene atados al territorio nacional, ¡y que aquí está el enfermo mental a tutiplén, loco por cortarla de un machetazo!, exclamó Chiquitín visiblemente afectado por aquellas ideas que visitaban su pensamiento. En cuanto a lo otro, quiero informarte que podremos ser quizá la misma raza y hasta la misma sangre, compartiremos tal vez la misma geografía y condiciones ambientales, pero yo mentalmente estoy muy lejos de ser como ustedes, los llamados boricuas. Existe menos semejanza entre un separatista furibundo de esos que andan por ahí sueltos a dos por chavo, y yo, que entre una piedra y una culebra. Te he dicho antes que soy un extranjero en esta tierra, por cuya libertad, la que gozamos hoy, peleé yo cuerpo a cuerpo contra el enemigo totalitario, empeñado en convertir el mundo en un campo de concentración comunista. Así que tengo más derecho a decidir el futuro de este territorio que la ralea de independentistas que se hacen pasar por próceres y le llaman a este hoyo de mimes país, nación, patria. ¡Ja! Porque te advierto, que donde veas un separatista ves una rata comunista, y ya tú sabes cómo tiene Fidel los dientes afilados y los colmillos goteándoles saliva de puro desesperado que está por invadirnos y ocuparnos apenas el Americano haga el menor amago de largarse. Pero no hablemos de estos temas, que de verdad que se me hierve la sangre, pierdo la razón, me pongo violento y lanzo insultos e improperios sin rastro de remordimiento.

Tiene suerte de que a mí la política plin y a la madama plan, ni fu ni fa, así como lo oye, por mucho que se diga o se deje de decir que si la política, más que los gallos, es el deporte nacional. ¡Bla, bla, bla! Yo de eso no sé de la misa un canto, ni me gustan los deportes, y lo mismo me da que se batee con raqueta o se donquee con pértiga. Le juro que, en materia de política, entre el canario y el hipopótamo, voto por la almeja. Que a mí, sea esto república o estado americano, ni me va ni me viene, que no por una ni por otra circunstancia voy a dejar de tener mi plato de yautía con bacalao sobre la mesa, y si el mundo entero va a pecar de gula, pues que peque yo también no significa nada...

Tú también comes de esa porquería. ¡Qué lástima! Ya sabía yo que lo de la malta era una excepción a la regla. Pero es que no hay más que oírte hablar para saber que estás a nivel de un empujoncito para caer en la ralea más asquerosa del separatismo...

Jalea, querrá decir, don Chiquitín.

No, ralea es lo que quiero decir. Imagínate, que nos llaman a los americanos *bona fide* como yo y que pitiyanquis. ¡Como si eso nos doliera! ¡Y yo loco porque me llamen megayanqui! Ralea, que piensan que vamos a recoger los bártulos e irnos a coger por las verijas en alguno de los cincuenta estados de la Unión. ¡Tú te imaginas la gentuza que son! Tú mantente firme en tu neutralidad política, quieto en el medio, venga lo que venga, y si te domina el desbalance, pues tírate para el lado de la Gran Corporación, que siempre es preferible que alguien te lamba la suela del zapato a ser tú el que tenga que lamberla. Que cuando la navaja caiga, pique el cuello ajeno y se salve el propio, que el que es anexionista no puede ser zuruma ni idiota ni demasiado bueno ni caritativo. Primero uno y después el resto, esa es la gran lección del Americano. Para mí, como ya me estoy preparando, sobre todo en la dieta americana casi estricta que llevo con base en alimentos preservados, la transición no será tan severa... Porque en lo del idioma, que es el otro gran escollo que tienen las bestias puertorriqueñas para entrar de lleno al Edén de la Libertad, tengo un pie casi metido dentro y el otro bien encaminado. Lo mío es cuestión de desempolvar un poco la memoria y recuperar las destrezas. Tú me das a mí un *apple pie* de McDonald's allá afuera, en un estado de la Unión Americana, y en cuestión de medio día estoy hablando un inglés mejor que el de ellos mismos.

Así que usted mastica el difícil, le dijo Margaro con entonación que no se sabía si era de exclamación o de pregunta, de admiración o de burla.

Háblame con propiedad, te lo voy a suplicar, y no en esa jerga semicomunista que veo que llevas enredada en la lengua y me tiene erizado de pies a cabeza. Si te refieres a que si hablo el inglés, claro que lo hablo, que las que mastican son las vacas. Y te digo más: si por mí fuera, yo haría ilegal el español, obligaría a la población entera a hablar inglés las veinticuatro horas, que es el idioma del futuro, gústeles o no les guste a las masas. ¡Cárcel sin derecho a fianza para el que insista en berrear en español! Pero como para el chorro de becerros que pueblan esta tierra hablarles en inglés es como hablarles en cantonés, pues qué me queda a mí, ¿aislarme?, ¿encapsularme?, ¿ensordecerme? ¡Ni loco yo! He tenido que aplicarme aquello de ir a Roma. ¿Qué otra cosa iba a hacer? Pero te advierto que debemos prepararnos, que el momento de la decisión final está al virar de la esquina, que la hora de escoger entre lo que somos y lo que queremos ser está aquí, y, según veo, tal vez los anexionistas tengamos que alzarnos en armas para defender nuestros sagrados derechos americanos. Como tanto nos anunciara esa lumbrera que fue don Luis Ferré: el momento de decidir entre la gloria suprema de ser americano o la infamia infinita de ser puertorriqueño ha llegado… Discúlpame, amigo mío, discúlpame otra vez. ¡Ya te dije que me sulfuro cuando me tiran por esa soguilla! Para mí que se me mete por dentro el espíritu de Jefferson o uno de esos padres de la patria cuando me altero. Pero dejémoslo ahí y encarguémonos de otras cuestiones prácticas que no me pongan en tanta agitación. Hablemos de los planes para mañana. Estuve pensando que, como vamos en dirección a Guánica, quisiera aprovechar mañana para atravesar el pueblo de Ponce y, de paso, sumarme a una contramarcha que estaremos realizando los anexionistas por las calles del pueblo a la que está llamando La Potente…

¿Estaremos son quiénes?, interrumpió Margaro, quien había permanecido callado con aquella descarga y pensativo de que por fin se había encontrado con alguien tan hablador como él, mas tampoco estaba dispuesto a darle a entender que en su callar otorgaba y que se disponía a participar en marchas o actividades políticas a su lado.

Los miembros de Combatividad Anexionista, brazo armado del movimiento anexionista, del cual soy soldado raso. No te preocupes, que no voy a pedirte que te unas a nuestras filas. Te lo anuncio por deferencia, porque en lo poco que llevamos de conocernos te he ganado particular afecto y buena voluntad, aunque en el fondo pienso que te convendría grandemente unir tu voluntad en la búsqueda del Ideal, si me permites decirlo. Lo único que te voy a prohibir es que comentes las confidencias políticas que te haga, porque hasta del FBI tenemos que esconder nuestros planes, imagínate tú, ellos que deberían ser nuestros aliados y mano derecha en la lucha contra el nacionalismo avinagrado de esta isla. ¡Te digo yo que la ingratitud es hija de la soberbia! De todos modos, después de las actividades debo visitar a mi amigo y abogado, el licenciado Miranda Nimbo, no sé si lo conoces, que tiene su oficina en la calle Luna. Lo que haremos es que me dejas en mi actividad y me recoges varias horas más tarde en la oficina del licenciado. Con esto quiero decirte que tenemos que levantarnos al amanecer de Dios y salir de aquí antes de que rompa el alba, si queremos llegar al pueblo con el sol bajo y desayunar bien y con calma por el camino. ¿Qué te parece?

Me parece excelente idea, dijo Margaro, agradecido de no tener que inventarse una excusa para salir a la hora que casualmente le proponía su jefe, porque la verdad es que a mí no me parece que vayamos a tener mucho éxito en este monte, al menos al nivel de la superficie, y a saber si el hacha fue una que se le perdió a algún taíno por este cerro cazando alguna bestia.

Una jutía seguramente, opinó Chiquitín, recordando que ellos lanzaban aquellas hachas con una puntería increíble contra los veloces roedores. Podría también ser una *manaya* utilizada para tallar los ornamentos exteriores de la gran pirámide que está debajo y que dejó olvidada el taíno escultor dueño de ella, añadió. Pero sea para tallar o para cazar, no lo sabremos hasta que desenterremos la pirámide, para lo que necesitamos, como te dije, capital que aún no tenemos, pero que pronto sí.

Pronto puede ser muy demasiado, don Chiquitín, corrigió Margaro. Primero está el tostón de recuperar el medallón de oro que usted dice y la pintura del italianote que le robaron. Entonces podremos meterle mano al cerro para sacarle la pirámide que lleva por dentro. Mire que Roma no se hizo en un día, y si queremos llegar lejos tenemos que empezar cerca, porque no se llega nunca si no se sale, y muchos cabos hacen un cirio. A mí me parece bien lo que usted me propone, que aunque soy amigo de mi compadre Morfeo, no me molesta ver nacer el rubio de vez en cuando y de cuando en vez. Mire que yo no me crie con leche pedida y nunca le he sacado el cuerpo al trabajo, y no por ser amante del sueño quiere decir que también lo sea del ocio. Usted mande, don Chiquitín, que yo obedezco.

Bonita consigna esa última que dices, que aunque no lo creas, es el lema de nuestro doctor Quirindongo, líder supremo, padre del asimilismo moderno, opinó Chiquitín con emoción. Para que veas cuán hondo ha calado su mensaje en la población general que, hasta a quienes no les gusta la política, como tú, repiten sus palabras.

Esa noche cenaron un montón de porquerías en bolsas plásticas. Mucho platanutre y chicharrón, mucho Dorito y Cheeto fosforescentes pisados con refrescos calientes y espesos Chiquitín y, con agua, Margaro. Al final se sintieron ahítos, Chiquitín más satisfecho que Margaro, pese a añorar una Whopper con papas fritas mojadas en batida de chocolate. Margaro pensó en el plato de arroz con habichuela, pollo al horno y tostones que seguramente cenaban a aquella misma hora, a menos de media milla de distancia, su mujer y sus hijos allá en su casa; se sintió triste y añoró de nuevo, aunque fugazmente, el calor hogareño. Nunca olvida la paloma su palomar, se dijo a modo de consuelo. Chiquitín relató algunas historias de su experiencia en Vietnam que Margaro escuchó en silencio y con suma complacencia. Eran de una extravagancia inconcebible. Hasta se adjudicaba haber capturado él personalmente al líder máximo del enemigo pueblo de Vietnam del Norte. Antes de dormirse, le indicó a Margaro que debía echar una criolla en el interior de la cueva.

Vaya, vaya, dé del cuerpo, aligérese, que no se puede andar cargando con esa hipoteca que enferma por dentro y turba el pensamiento, dijo Margaro a modo de permiso que no le pidieron.

De regreso, Chiquitín le rogó a Margaro que por favor no entrara en las entrañas de la caverna si no quería toparse con el producto de sus entrañas, que en nada le sería beneficioso a su experiencia humana, ni positivo a la imagen de respetabilidad y decencia que como jefe debía preservar.

Oiga, señor, no piense que la reina de Inglaterra caga rosas y jazmines, que también ella sopla unas que salpican la taza, por muy de oro que sea, dijo Margaro con los ojos semicerrados ya y en pleno camino al sueño. Al poco rato quedaron ambos dormidos.

Unas horas más tarde, sumidos los dos en lo más profundo del sueño, sonó una ráfaga de tiros abajo en el barrio. Poco después se escucharon voces no tan distantes, aunque tampoco se observaban luces ni señales del origen de las voces debido a la gruesa vegetación en medio. Los ánimos de los dueños de las voces se fueron exaltando cada vez más, hasta desembocar en un rosario de gritos y maldiciones. Margaro supo al instante de qué se trataba. Boca abajo, Chiquitín arrastró el cuerpo con los codos como si estuviera de vuelta en su patrulla de reconocimiento, hasta llegar al filo de la entrada de la cueva, desde donde buscaba con el oído, apoyado en los antebrazos, el origen del tumulto.

¿Qué ocurrirá allá abajo?, preguntó Margaro, primero con susurro inocente y fingida ignorancia.

Me luce que son indígenas metidos en *cojoba*, contestó Chiquitín, lo que casi le dispara a Margaro una carcajada desde el primero de los anillos de la tráquea.

¿Y los tiros? ¿También taínos?, preguntó, luego de contener la risa.

Pues no dudes ni por un instante, le contestó sin dejar de mirar hacia abajo y como si no le pareciera tan difícil la pregunta, que los indígenas sean capaces de romper la barrera del sonido con sus flechas, que pueden llegar a sonar como tiros cuando esto ocurre. Lo mejor es que no sepan que estamos aquí apostados. Parece como si algo se les hubiera perdido y no queremos que nos culpen de nada. A no ser que anden buscando el hacha que tú ya encontraste, que no me parece factible por lo insignificante de un hacha para los taínos y la casualidad de que la estén buscando esta misma noche después de tantos siglos, dijo Chiquitín.

¡Me cago en na!, escucharon a alguien gritar con ira de muerte. Otra voz preguntaba si no quedaba nada.

¿Nada? ¿Ni la grande, la madre, amarrada al guanábano?, preguntó la misma voz iracunda. Más palabrotas, más epítetos callejeros, más amenazas, más blasfemias. La voz exigió entonces, con los mismos gritos furibundos, que se encontrara al responsable de aquello cuanto antes y se lo trajeran en pedacitos. ¡Me cago en Dios, puñeta!, repetía la voz principal cada vez más irascible, mientras voces secundarias le hacían un coro igualmente profano y aún más obsceno.

¿Los escuchas? Hablan taíno, dijo Chiquitín, completamente enajenado del evidente español de que estaban compuestas las palabras o frases furtivas. Gritan palabras que apenas consigo descifrar, imagino que tú menos. Alguien dijo *macaná*, y eso significa asesinar, matar, quitar vida; y otro dijo *guasábara*, que ya creo que te dije que significa guerra, hacer guerra, dar combate. Ambas palabras las escuché clarititas, pero lo demás es un poco confuso. Lo que sí es que lo que hablan, definitivamente, no es español.

Margaro, confundido, afinó otra vez el oído y comprendió a la perfección el sentido de las palabrotas que se decían y que Chiquitín se empeñaba en escucharlas en arahuaco, mas no iba a intervenir ni a contradecirlo en aquel momento, no fuera a provocarle una reacción involuntaria, alzara la voz y fueran descubiertos.

Usted, don Chiquitín, con la experiencia de guerra que tiene, ¿piensa que estamos a salvo aquí de esos caníbales?, preguntó Margaro haciéndose el nuevo.

Caníbales no son, para corregirte, que los indios nuestros al menos no eran tan salvajes como los caribes, que eran sus grandes enemigos. Y sí, mientras nos mantengamos a este nivel de sonido, estaremos a salvo, contestó Chiquitín con absoluta confianza.

¿Quién fue el último de ustedes, chorro de huelebichos, que estuvo por aquí?, se escuchó otra voz preguntar.

Yo, dijo alguien con voz asustada, hoy por la mañana.

¿Por la mañana a qué hora?

Entre ocho y diez, más o menos.

¿Y no viste a nadie?

A nadie, contestó la voz trémulamente.

Eso significa, añadió la voz luego de un segundo de silencio reflexivo, que el tumbe nos lo hicieron entre las diez y la medianoche. Más de doce horas nos llevan de ventaja, suficientes para que estén en sus casas durmiendo a pata suelta… Bonita la hiciste tú hoy, bonita. ¡Si eres el primero que sabe que las matas hay que chequearlas dos veces al día, cojones! ¿Cuántas veces no hemos hablado de esto?

Hmmm… Parece que han aprendido más español de lo que pensaba, los muy astutos, suficiente como para engañarme, o mejor dicho, como para confundirme, comentó Chiquitín, ya incapaz de ignorar el sentido de aquellas palabras que ahora se escuchaban con mucha más claridad.

Eso significa que no nos vieron pasar cuando llegamos por la mañana. Cosa rara, comentó Margaro. Quizá no nos recuerdan. Yo hubiera jurado que un corillo de chamacos nos vio pasar.

Ni tan rara, dijo Chiquitín, que a veces la materia tiene ese capricho de pasar inadvertida, y es bastante frecuente no encontrar cosas que están en los lugares más visibles.

Dicen que voltear una piedra plana en un cruce de caminos te deja pasar sin ser visto por tres millas a la redonda, comentó Margaro con los ojos esquivos y cara de temor frente a los misterios.

Chiquitín lo miró con compasión, queriendo decir con su semblante que le apenaba ver a aquel muchacho en las garras de la superstición, como si lo mismo no pudiera decirse de sus propias palabras.

Puede ser, todo puede ser, hijo mío, le dijo.

Hay que buscar a esa gente como sea; el material aparece porque aparece; esas taquillas están pagas y los chavos gastados, así que a moverse, muchachos, a poner en alerta a los puntos principales, a activar las redes, que suban las antenas para cualquier *crippy* raro que aparezca por ahí sin que se sepa de dónde vino. ¡Muévanse, me cago en Dios, muévanse, cojones! Búsquenmelos, tráiganmelos vivos, que quiero yo encargarme de descuartizarlos con mis propias manos, gritó la voz. Ojalá que no sea la gente de la Atocha, porque se va a tener que morir un paquetón de esos.

¡Tú ves que son taínos!, le dijo Chiquitín. El descuartizamiento es parte de sus ritos mortuorios, eso lo he visto yo con mis propios ojos.

¿Con sus propios ojos? No me quiera correr la máquina, don Chiquitín, ni me coja de mingo, que tendría que tener más años que Matusalén.

Con estos ojos que te miran ahora los vi yo cercenar un cadáver como si pelaran un guineo. Cuando te cuente en detalles, que no es el momento, te vas a quedar como una vara de tieso. Apunta eso por ahí entre las cosas pendientes.

Al cabo de un rato volvió a reinar el silencio. Chiquitín se durmió, mientras que a Margaro le tomó una hora adicional pegar de nuevo el ojo. Tomó el rollo de papel de inodoro y se internó en el fondo de la espelunca, de donde regresó al poco rato con una mano juntándole las fosas nasales y con la otra abanicándose, con cara de haberse topado con un genuino fenómeno de la naturaleza en materia de deshechos humanos. Se paró frente a Chiquitín y lo observó asombrado de que aquello con lo que se había topado dentro de la cueva saliera de aquel cuerpo dormido. Finalmente regresó a su saco de dormir y exactamente eso hizo, durmió. Soñó fugazmente con un cuerpo de mujer desmembrado. Lo sacó de la pesadilla otra ráfaga de tiros por detrás del cerro, para el área de Piedras Blancas.

Capítulo XVI

Donde se narra la fuga milagrosa del cerro Los Negrones
y la integración de Chiquitín a Combatividad Anexionista

Yo le juro, don Chiquitín, que la razón no me da para comprender cuál juego de pie tiene la luna con el cielo prieto. A veces me digo que tiene vida sola, que se gobierna por sí misma; otras, que no puede ser, que responde a una mecánica peculiar. ¡Cuidado, don Chiquitín, agárrese bien, que si se cae por esta jalda rueda por ahí como una calabaza!, le advirtió Margaro a su jefe mientras bajaban desde la gruta por el empinado trillo con la sola luz de una luna, casi en el horizonte, que comenzaba a tornarse roja. Ahora la vemos aquí como si tal cosa, continuó diciendo, viva todavía a las cinco y pico de la madrugada, y mañana viene, se asoma a las nueve y ya, antes de medianoche se arropó entera. ¿Usted me puede explicar ese capricho? Y no hablemos de las fases, ni del tamaño aparente, ni de la distancia, que son hilos que han de ir atados. La luna para mí es capricho puro, egoísmo estéril, arrogancia destilada, brinca y salta como la loca de la casa.

¿Y de dónde tú crees que viene la palabra *lunático*?, intervino Chiquitín, socrático, al tiempo que se agarraba de una liana firme que le facilitó el descenso. Pues de la luna, por supuesto, de ese comportamiento loco anómalo de que me hablas. Hoy sonríe, mañana solloza; ahora está entera, ahora está a medias, ahora no está; quiere verse y quiere desaparecerse, estar y ausentarse, ser y no ser. O al menos eso aparenta, porque si la observas un poquito nada más cada noche, seguro le descubres el patrón. Porque todo tiene su patrón en la vida, querido amigo; no importa cuán extraño parezca algo ni cuán único, bien observado, le descubres siempre su sistema, la mecánica que tú dices. Cuanta cultura y civilización antigua que puedas imaginarte le descubrió ya ese sistema a la luna hace cuchucientos años. Hicieron calendarios con ella, predijeron sus eclipses y le construyeron pirámides. Cuidado que esta misma sobre la que caminamos no esté dedicada a ella... A ti puede que te parezca errático su movimiento, pero eso sólo se debe a que no la has observado con detenimiento.

¿Erra qué?, preguntó Margaro con cara de haber probado algo extremadamente amargo.

Tico, errático, que no tiene orden ni patrón aparente, que aparece unas veces y otras no, que no tiene destino fijo ni rumbo conocido, algo así como la república que quieren montar los separatistas en este país, y perdóname que te machaque tanto el tema, pero es que es una desvergüenza que hay que denunciarla dondequiera que se pueda y ante el público que sea.

Margaro caviló un instante respecto al significado de la nueva palabra que tan comprimidamente capturaba aquella idea que tantas veces le visitara. Y no sólo para describir el comportamiento de la luna, como en aquel momento, o el del techo de su casa, por ejemplo, que con una llovizna colaba copiosamente y con una tormenta no dejaba pasar una gota, sino en relación con sus propios carácter y comportamiento, tan poco enfocados, por no decir tan mal apuntados. Se dijo que era él, en mucho mayor grado que menor, y por natural tendencia, una persona errática, más aún cuando se comparaba con su mujer, Yaritza, que funcionaba como un relojito, o siquiera con sus propios hermanos, que pese a provenir de la misma cuna pobre y de los mismos barrios, era gente estable y emprendedora. A él se le iban las horas de claro en claro y de siesta en siesta, brincando sin método alguno de asunto en asunto como de chiripa en chiripa, nunca con un plan determinado, sino dejado al gusto del azar y a la voluntad de la contingencia. Errática, precisamente, era su vida... El conocimiento de que su estado natural, la cualidad intranquila de su espíritu que no le permitía alcanzar nada a largo plazo ni adquirir responsabilidades serias, tuviera una palabra designada, le hizo sentir menos solo en su angustia. Debían ser muchos los que compartían aquella condición suya. Nada de profesión ni de afición, nada de dirección ni de metas, nada de propósitos ni intereses que no fueran el entretenimiento fácil, el vacilón, el trago, la cervecita, el billar y las mujeres, cuando se sobran, que tampoco es que fuera él de estarlas persiguiendo. Mucha hamaca, eso sí, mucho cojín, mucha cosa boba llenaba su vida. Era un errático crónico.

Ya con los primeros claros del alba, llegaron sin problema hasta la tricicleta que descansaba oculta sin huella de intervención ni traqueteo en el mismo lugar que la dejaron. Mientras la sacaban con fuertes jalones de entre las breñas, Chiquitín volvió a sentir el aroma fuerte de la flor aromática y no dijo nada por atribuirlo a la vegetación mojada por el sereno y macerada por sus pies, o tal vez a la maranta de pelo que llevaba su ayudante apretujada bajo el gorro, que evidentemente llevaba varios días sin lavársela. Margaro, que también sintió el aroma, pensó en la necesidad de enterrar su mochila en lo más profundo del equipaje, por lo que le tomó de las manos la suya a Chiquitín y ofreció encargarse de organizar el embalaje en la carretilla, para gran contento de su jefe, que no era persona dada al acomodo ni al aprovechamiento de espacios. Consciente de que tendrían que cruzar por mitad del barrio donde seguro se encontraban los dueños del material robado, al acecho del menor incidente sospechoso, se sentía cada vez más nervioso con la partida y pensaba que más sospechosos que él y Chiquitín montados en tan llamativo conjunto móvil, saliendo a esa hora de aquella zona vigilada donde ocurriera la estafa, nadie.

Con apenas el resplandor de una luz emergente, bajaron la empinada cuesta de Los Negrones a gran velocidad, con los frenos puestos casi todo el tiempo y en ocasiones resbalándose sobre la gravilla del camino, dado el peso excesivo de aquella empresa ambulante, que Chiquitín controló con diestros movimientos del manubrio y ágil manejo del equilibrio de su cuerpo. Al llegar abajo, Margaro pidió detenerse en el primer cruce de caminos a la entrada del barrio. Se apeó y, con la poca luz de la hora, palpó por las esquinas con apuro hasta encontrar la piedra chata que buscaba. Dirigiéndose al misterioso señor de los caminos y rogándole que lo hiciera invisible mientras atravesaban el barrio, volteó la piedra con una fe absoluta en aquel remedio. De regreso a su sillín, le advirtió a Chiquitín que debían cruzar el barrio lo más rápido posible y en el mayor silencio, sobre todo a aquella hora de la madrugada, no fueran a confundirlos con elementos de la ganga de la calle Atocha y los recibieran con una lluvia de plomo.

Que ya usted escuchó anoche, don Chiquitín, los tiros que usted dice que son flechas, pero que sean lo que sean, no son cosas mías ni de mi imaginación excitada, sino una amenaza cierta y verdadera.

Chiquitín estuvo de acuerdo en pedalear lo más duro posible y, aunque seguía convencido de que no fueron detonaciones de pólvora las que escucharon a mitad de la visita de los indígenas a la falda del cerro, se dijo que qué rayos, que tampoco iba a cuestionarle a Margaro cada cosa que dijera y propusiera porque sería adoptar una actitud correctiva continua, poco propicia para cosechar la confianza esencial para el triunfo de aquella empresa compartida.

En efecto, justo tres bloques más abajo, en la misma calle por donde se aproximaban Chiquitín y Margaro a toda carrera, poco antes se detuvo una camioneta de cuyo cajón saltaron tres individuos con armas largas y chalecos antibala, que regresaban de varias incursiones en distintos puntos enemigos de la región donde sospecharon que se pudieran esconder los saqueadores de la cosecha secreta. Golpearon los lugares más débiles: La Cuarta, Aguilita, Piedras Blancas. Aunque el material hurtado no representaba siquiera una parte sustancial del negocio grueso de la ganga, sí le fue confiada por el jodedor principal a uno de sus hombres de confianza, un jefecillo que venía subiendo en la cúpula, para que desarrollara un poco de capital que le permitiera invertir en el material más lucrativo. Aquello, sin embargo, fue interpretado como una bofetada no sólo al jefecillo encargado de la siembra, sino al jodedor principal, al bichote del barrio que llaman, lo que motivó las incursiones de aquella madrugada.

No hubo muertos, pero sí mucho reperpero. Algún herido, seguro, pero nada de gravedad. Susto sí, mucho susto, mucho grito histérico, mucho nene llorando. Fue una sacudida, un mensaje entregado con firmeza. Los muchachos regresaron agitados aún por la excitación de los eventos, pero extenuados por lo largo de la noche y lo temprano de la madrugada, sin duda ya menos alertas que al principio, pero alertas no obstante, estimulados por los residuos de endorfinas que les corrían aún por los cuerpos. Eran ya varias las noches de acecho y represalia, de acostarse al amanecer y levantarse al ocaso, itinerario que pone romos los sentidos y, a aquella hora tan madrugadora, minimiza los movimientos corporales y circunscribe las acciones a lo puramente necesario.

A los tres gatilleros que se apearon se les sumaron el conductor y el pasajero; y los cinco rodearon la cajuela de la camioneta estacionada frente a la casa de uno de ellos, donde escondían las armas en un hueco del patio habilitado para dicho uso. Por muy agotados que estuvieran, seguían vigilantes, no fuera a sorprenderlos la policía, que estaba al tanto de la guerra, o los enemigos, en aquel instante de relajamiento, por no decir de debilidad. Uno de ellos le quitaba el peine a su rifle AK-47 y lo desarmaba para su fácil almacenamiento; otro le quitaba la culata a una escopeta recortada, mientras un tercero colocaba en un maletín especial una ametralladora tipo Uzi de la cual estaba muy orgulloso. El conductor y el pasajero de la camioneta venían cada uno cargados con sendas pistolas, una corta 45 y una Glock 40, así como de una miniametralladora que compartían en el asiento delantero. Eran los mismos personajes que, la madrugada anterior, tuvieron un atisbo de la llegada de Chiquitín y Margaro, a quienes dieron por tan y tan locos que hasta se olvidaron de su existencia, razón por la cual un nuevo encuentro con ellos hubiera estimulado memorias, sacado cuentas, atado cabos, hecho deducciones y llevado a detenerlos, bien fuera a fuerza de balazos, bien fuera dándoles criminal persecución y arrollándolos con la camioneta.

Hacía poco habían cantado los gallos y el resplandor de la mañana era cada vez más luz directa, cuando se escuchó un escarceo violento y un alboroto en el corral trasero de la casa frente a la cual se encontraban los matones, seguido por una voz joven que gritaba desde algún lugar del patio con excitación extrema: ¡Le traspasó la pechuga! ¡Se la traspasastes, cabrón, se la traspasastes! ¡Le traspasó la pechuga! ¡La traspasó!

Alertados por el escándalo, los cinco esbirros corrieron hacia el lugar del que provenían los gritos y al llegar se encontraron, eñangotados entre los zocos de la casa de madera, a dos jóvenes, uno de la casa y el otro de la vecina, chamaquitos de quince y dieciséis años, uno de los cuales, el que gritaba, sostenía en la mano una pipa de cristal tiznada de hollín con la cual fumaban ambos unos cristales a los que eran adictos, mientras que el otro se retorcía por el suelo con lo que parecía un pájaro de gran plumaje atrapado entre sus piernas, que daba unos aleteos desesperados.

Ocurrió que aquellos muchachones, expulsados del sueño por la adicción de sus cuerpos, habían concertado con gran sigilo encontrarse para fumar a escondidas los últimos cristales que les quedaban. Estando en plena intoxicación narcótica y ubicados de lleno en el plano de la hiperconsciencia, convertidos ambos en meras marionetas de los más elementales impulsos, salió de atrás de una mata y se les plantó en frente, a la luz del resplandor matutino, una gallina ponedora que por allí rondaba a aquella temprana hora y que en ese justo instante se encontraba en proceso de contraer y dilatar el esfínter, en obvio acto de expulsar lo que parecía ser un huevo que transitaba por su tracto de salida. Uno de ellos, el vecino, se quedó con la mirada fija en el orificio contráctil y se fue tornando rijoso, sintiéndose animalizado, poseído por una libido desordenada. Un deseo de penetración carnal exacerbado por la droga comenzó a acelerarle el corazón de una manera tan estrepitosa que a punto estuvo de romperle la caja del pecho. Una erección descomunal le creció entre las piernas y lo dejó sin sangre en el cerebro, sin la capacidad más mínima de razonamiento, por lo que, esclavo del impulso perverso y primigenio, llevado por la linfa hirviente, con agilidad pocas veces vista en personas bajo la inducción del cristal estupefaciente, se bajó la bragueta con una mano mientras con la otra atrapó ágilmente a la gallina ocupada en su faena ponedora, y, con sólo un movimiento, la penetró con su excitado falo, que resultó ser de un tamaño y un grosor desproporcionado con las dimensiones del animal ultrajado.

La gallina dio uno, dos, tres gritos agudos de muerte, y el último, el cuarto, ya con el gorjeo de quien se ahoga por la explosión de un líquido que lo inunda por dentro, coincidió con el grito de placer del joven tecato, cuya eyaculación a su vez coincidió con la ruptura del huevo dentro de la gallina y con una explosión de excreta de ella, que, mezclada con el semen, la clara y la yema, salió disparada hacia atrás por el espacio sellado entre la piel del borde del esfínter del animal y la piel de su miembro excitado, embarrándole el pecho y la cara de una manera verdaderamente asquerosa. Cuando los cinco sicarios llegaron al lugar de la escena, encontraron al sátiro embadurnado con aquella sustancia pegajosa y pestilente, con la gallina ya muerta y todavía traspasada entre las piernas, cuyas alas aún movía vigorosamente, pero sin esperanza, menos en señal de vida que de vida que partía. El grupo, pese a estar compuesto de gente sin escrúpulos, quedó boquiabierto con la escena, hipnotizado con la crudeza de aquel intento de cruce entre especies. ¡Le traspasó la pechuga, se los digo, se la traspasó!, repetía el otro muchacho, entre maravillado y asustado. Satisfecho, el tecato se sacó la gallina de entre las piernas y no se supo si los espectadores quedaron más perplejos con el suspiro que dejó escapar el animal muerto o con el tamaño del culebrón que se observó entre las piernas del tecato. ¡Bróder! ¡Le traspasaste la pechuga, sí!, comentó uno de los matones, con una carcajada de asombro por ambas cosas. Y fue justo en ese instante que pasaron como un bólido Chiquitín y Margaro frente a la casa donde se encontraban, sin ser vistos por ellos y apenas escuchados por uno de los esbirros, que volteó la cabeza demasiado tarde para percatarse y tomó el sonido por el zumbido de un abejón.

Margaro no podía creer el buen resultado de aquel recurso, por lo que dirigió privadamente al aire, al cielo, a los elementos, a la esencia misma que esconde cada cosa, unas palabras de agradecimiento. Llegaron a la avenida Ednita Nazario prácticamente de un tirón y se dirigieron por ella hacia el centro del pueblo, pues Chiquitín se empeñó en que desayunaran en el Burger King frente a la Catedral, para quedar ubicados de una vez en una zona céntrica. Reconociendo que las actividades políticas de Chiquitín tendrían lugar en las inmediaciones, y recordando una casa abandonada que conocía en la calle León, de cuyo portón tal vez conservara una llave en su llavero, por haberse encargado algún tiempo del mantenimiento del patio antes de que los dueños se mudaran y la dejaran en el abandono; Margaro accedió sin resistencia a los planes de su jefe. Le sugirió que luego del desayuno montaran cuartel general en un lugar que él conocía, donde podían esconder la triciclo, descansar en lo que comenzaba la bulla de las manifestaciones y reencontrarse una vez terminaran. Chiquitín no pudo estar más de acuerdo con aquellos planes de su subalterno, cuya iniciativa vio con sumo agrado.

Desayunaron, pues, en el lugar escogido —fueron los primeros clientes del día— y se desplazaron luego hasta la casa abandonada de la calle León, cuyo candado del portón cedió a la presión de una llavecita pequeña que Margaro escogió casi al azar entre las muchas que llevaba ensartadas en una anilla. Dormitaron bajo el palo de mangó del patio, almorzaron la misma comida chatarra de la mañana que Chiquitín fue a buscar, y ya a eso de la una se despidió de Margaro y quedaron en encontrarse allí de nuevo entre las seis y las seis y media de la tarde, cuando ya todo debía haber terminado. Quería aprovechar para adelantar la visita al abogado, de manera que no tuviera que cogerse el día siguiente para eso, en caso de que las actividades proselitistas terminaran demasiado tarde.

El cielo se encapotó con unas nubes grises menos de lluvia que de humedad, suficientes, sin embargo, para bloquear la luz solar directa y duplicar, por vaporizo, el calor de las tres. Gracias al aire acondicionado, la fila que hizo en el banco para retirar un dinero con el cual sobrevivir él y Margaro, y para pagar los gastos mínimos de la travesía, fue sólo infernal por lo mucho que se tardó. No se esperaba una cola como aquella un día regular de la semana, a menos que fuera día de cobro del Gobierno, o que hubiera un excedente de personas en la zona, que ya llegaban para participar de las manifestaciones. Observó desde la fila a los cajeros, enredados en un papeleo minucioso y una labor manual inconcebible en la era de la tecnología, y les adjudicó la culpa de aquel retraso que lo forzaba a dejar la visita al abogado para después de las marchas. Tras los trámites bancarios, procedió a dirigirse hacia la placita Lolita Tizol, donde, según informaba la radio, se estarían reuniendo los miembros de Combatividad para organizar sus falanges.

Llegó a la placita a paso relajado y sin transpirar demasiado, a sabiendas de que faltaban cinco minutos para las dos. Allí se topó con un flaco grupo de personas sin cohesión ni unidad, algunas con banderas norteamericanas en mano, otras con ellas estampadas en pañuelos amarrados a las cabezas o desplegadas en los paraguas con los que se cubrían de la resolana. A ninguna reconoció de la trifulca del Fuerte Allen. Un señor pequeño, enjuto de cuerpo y de piel curtida por el sol asesino, hablaba solo, debatía, disputaba, mientras rondaba la placita con una enorme bandera norteamericana atada a un palo muy largo que cargaba recostado sobre el hombro izquierdo. Era evidente que ninguno de ellos era el organizador de la actividad.

Al cabo de sus buenos tres cuartos de hora a la espera de que algún líder se identificara y diera forma a aquella concurrencia desparramada, Chiquitín se le acercó a unas señoras rubias distribuidas en un círculo cerrado de sillas plegadizas, a la sombra del único flamboyán de la placita.

Saludos, señoras, ¡Salve la Nación Americana!

¡Salve!, contestaron al unísono en ánimo rutinario y sin interés por el recién llegado.

¿Alguien puede decirme a qué hora se convocó esta actividad? Somos todos de Combatividad, me imagino…

Lo somos, ciudadano, y la actividad fue convocada para las dos, hasta donde tengo entendido. Pero ya usted sabe cómo son aquí las cosas, convocan a las dos para comenzar a las tres. Además, con el tapón y el poco parquin que hay por estas calles, temprano estamos.

O sea, que la hora que manda aquí es la puertorriqueña, dijo Chiquitín con tono de fastidio.

Supongo que sí, contestó la señora sin percatarse de la irritación de Chiquitín y como si no viera contradicción en aquel desfase. Después de todo, estamos en Puerto Rico.

¿Y qué clase de ejemplo es ese para los proamericanos de este país, ver a los miembros de Combatividad Anexionista regirse por la hora puertorriqueña?, cuestionó definitivamente irritado con aquella informalidad. ¿O es que ustedes piensan que eso está bien, señoras? ¿O es que ustedes piensan que el día que un congresista, o el presidente mismo, nos convoque a reunirnos con ellos a tal o más cual hora en el Capitolio o en la Casa Blanca y les lleguemos con una hora de retraso, nos van a estar esperando con caras de aquí no ha pasado nada? El ejemplo empieza por la casa, apreciadas hermanas en el Ideal, y es un bochorno que los anexionistas no se dejen llevar por el horario americano, tan exacto y consciente del valor del tiempo en metálico. Somos la excepción a la regla en toda la Nación Americana, la mancha en el mantel, el pelo de gato en la solapa. ¿O piensan que exagero? Pues no lo piensen ni por un segundo, ni crean que nada de esto lo ve el Americano y que esta impuntualidad no lo desalienta de aceptarnos en la Unión con él. Al revés, lo que hace es alebrestarle las ideas de que está a tiempo de darnos tremenda patada en el trasero y dejarnos a la deriva, que es lo que debería hacer con los puertorriqueños si siguen como van. ¿Quién adopta a un niño rezagado? ¡Qué va! ¡Un loco, un insensato!

La señora vocal del grupo estiró el cuello para escuchar la arenga de Chiquitín respecto a las virtudes de la puntualidad, acción que fue imitada por las demás señoras. Al cabo de un rato, todas, mediante gestos fugaces y exclamaciones lacónicas, y ante la mirada pasiva de la líder, parecieron aceptar y estar de acuerdo en que aquel retraso era injustificado y que no se podía predicar tan descaradamente la moral en pantaletas.

Por eso es que nuestras filas han mermado tanto en tiempos recientes y no hemos podido atraer sangre nueva, opinó una de las señoras desde el extremo más alejado de Chiquitín, para escándalo y desaprobación de las demás. Compañeras, es cierto lo que dice el compañero, no hemos hecho válidas con nuestras actuaciones nuestras palabras, añadió. El ejemplo comienza en la casa, compañeras, y no podemos aspirar a ser americanas actuando tan puertorriqueñamente.

¡Yo no sé de qué habla esta, si Combatividad nunca ha estado tan activa como hoy en día ni ha sido jamás tan numerosa!, dijo la hasta ahora silenciosa líder del grupo con voz severa.

¡Cierto es! Y lo de compañeras me lo vas tumbando, que esto no es ni Cuba ni ninguna republiquita socialista de esas que hay por ahí a precios de buey muerto, le salió al paso otra de las señoras más cercanas.

¡Sí, yo tampoco entiendo qué bazofia habla esta pendeja!, salió otra de las señoras más recalcitrantes en defensa de la colectividad.

Con gran cacareo, las demás señoras, quienes al principio se mostraron favorables a los argumentos de Chiquitín, de pronto estuvieron más de acuerdo con la segunda y la tercera que con la apóstata, quien, aislada, optó por dudar de su propia percepción, preguntar si se equivocaba, estar de acuerdo con las demás de que se equivocaba y defender con insegura vehemencia que el movimiento anexionista era hoy más fuerte que nunca.

El reclamo anexionista, queridas compatriotas, está hoy más justificado que nunca, continuó Chiquitín diciendo, pero tenemos que dar el ejemplo con nuestros actos si queremos convencer a las masas confundidas. ¿Cuántas guerras americanas han peleado los puertorriqueños y siguen peleando? ¿Cuántas generaciones han nacido aquí bajo la sombra del Águila Americana? ¿Quién nos repone los muertos? ¿Quién nos saca de bajo la sombra del Águila, a la que tenemos derecho? La ley americana nos ampara, mis queridas señoras. Estados Unidos resulta no ser el país de ley y orden que es, pues entonces no hay nada que buscar, mis amigas, el mundo es una porquería, no vale la pena seguir viviendo aquí un instante más.

A mí el pasaporte americano me lo van a tener que arrancar con tenazas de las manos, sentenció otra señora como si aquel documento fuera un apéndice de su cuerpo.

Igual a mí, dijo Chiquitín, van a tener que picarme la mano para quitármelo. Pero también digo que llegó la hora de la verdad, amigas estadistas. Como tantas veces nos advirtiera nuestro patriota supremo, don Luis Ferré, el momento de la verdad suprema está aquí, señoras, la hora de decidir por fin si este pueblo es yanqui ya o si va a insistir en seguir siendo puertorriqueño.

Silencio general. Caras largas, caras inquisitivas, caras dudosas de haber escuchado correctamente el vocablo maldito. Suspiros. Chiquitín tuvo la impresión de que alguna parte de su cita cayó pesada. La señora que aparentaba ser líder del grupo, más rubia de pelo y más trigueña de piel que las demás, se levantó de su silla y se le acercó a Chiquitín en falso ánimo aleccionador.

Eso es lo que se llama mentar la soga en casa del ahorcado, don... don... don..., le dijo mirándolo de arriba hasta abajo sin que le viniera a la memoria el nombre de Humpty Dumpty, que era el personaje de la infancia que le vino a la mente. ¿O es que quiere hacerse el graciosito con nosotras? Porque usted no quiere, yo le aseguro que usted no quiere, yo le prometo que usted no quiere, que le caiga arriba una lluvia de sombrillas y carterazos. ¿Verdad que no quiere?

¿Cuál parte es la que tanto la ofende, señora?, indagó Chiquitín.

¡Ay, bendito, mijo! ¡Miren, muchachas, y que qué parte es la que nos ofende! Yo creo que aquí lo que tenemos es un agente encubierto del separatismo rojo procubano, sentenció dirigiéndose al grupo, que comenzaba a levantarse de las sillas y a blandir paraguas ante aquellas palabras.

Señorito, dijo otra señora que hasta ahora no había hablado, ni don Luis Ferré, ese mártir del proamericanismo, dijo jamás esas cosas, ni jamás ni nunca se le paseó por los labios esa palabra despectiva que usted acaba de proferir para referirse a nuestros compatriotas del Norte. Tan malo es eso como ser impuntual.

Pues a mí no me parece tan ofensivo como a ustedes. Es más, que me digan yanqui, aunque sea despectivo, significa que se me considera de pura cepa americana, lo cual, para mí, es un halago mayor que el desprecio del insulto. A mí decirme yanqui es halagarme.

Bueno, pues eso será usted, interrumpió la misma doña, pero sepa que aquí lo de yanqui no va. Respétenos eso o aténgase a las consecuencias. Además, esa cita es de Albizu Campos, que aquí es lo mismo que mentar al diablo.

Esa cita no puede ser de quien usted dice porque la dije sin que se me quemaran las encías ni la lengua me ardiera ni un vómito de sangre siguiera mis palabras. Créame, señora. Mi cuerpo es incapaz de pronunciar una sílaba de las que dijo ese hereje sin trastornarse horriblemente. Se habrá dado cuenta de que no puedo ni pronunciar el nombre del personaje… Yo estoy seguro de que eso lo dijo don Luis en algún momento, como también dijo aquello de valor y sacrificio hasta alcanzar el Ideal.

¡Esa sí la dijo él! La repitió como una letanía, ¿se acuerdan?, dijo la portavoz del grupo, opinión en la que coincidieron las demás y memoria que todas recordaron, lo que distendió los ánimos, bajó las sombrillas y sentó de nuevo traseros en sillas.

En ese momento aparecieron los líderes del movimiento y comenzaron a convocar con gritos tipo evangélico al grupo, llamando a los hermanos en la Estadidad a gravitar hacia el centro de la placita. La concurrencia aludida, y Chiquitín con ella, obedeció el comando y se movió hacia el lugar mencionado. Cupieron todos en el centro de la diminuta plaza.

¡Atención, atención, por favor, apropíncuensen más, si son tan amabres, apropíncuensen, que vamos a estar habrando cosas confidenciares aquí entre nosotros!, dijo el líder del grupo parado sobre un banco de cemento hidráulico donado por la familia Bonnin, mientras gesticulaba con los brazos para que se arremolinaran en torno a él, que a eso supusieron los presentes que se refería con aquella palabrota desconocida para la mayoría, que proyectó en la zona clara de algunos la imagen de un puercoespín.

El líder, el mismo señor jaiba de la protesta frente al Fuerte Allen, más parecía vendedor de jueyes o de agua de coco que jefe político. Sin disculparse por la tardanza de casi una hora, les dio las gracias a todos por su presencia y explicó, en ánimo paramilitar, lo que estaría ocurriendo. Observó a la concurrencia, aquilató las miradas de los presentes y se detuvo un instante en la de Chiquitín, que le comunicaba reconocimiento, pero siguió de largo sin dar la menor muestra de recordarlo.

Mi gente, er día está jevy y er cardo espeso, así que pongan atención, que no voy a estar repitiendo. Tenemos que formar dos contingentes: uno más rápido y ágir, que dará apoyo a ra caravana principar de nuestro doctor Quirindongo; er otro, de resistencia, más masivo, servirá para broquear er acceso de ros antiamericanos a ra Praza mediante una muralla humana. Nuestro ríder máximo, como sabemos, anda recabando apoyo por ra isra para dare ar Congreso un urtimátum de Estadidad para Puerto Rico. Nosotros, ros miembros de Combatividad, estamos a ra vanguardia de ese pensamiento y hemos venido aquí para brindar apoyo y hacer ro que sea necesario para arcanzar nuestras exigencias. Contrario a ro que se viene comentando, de que er Americano pretende dejar que nos convirtamos en una repubriquita bananera, hoy nuestro Gran Capitán y Contramaestre der Idear, nuestro Sócrates de ra Anexión, dejará estabrecido para er mundo entero que no aceptaremos nada menos que ra anexión total y asimiración inmediata ar territorio nacionar. ¡Y que a nosotros, cuatro millones de ciudadanos americanos, dejarnos fuera de ese paster! ¡Se acabó ra paciencia! Queremos pertenecer, participar de ra Gran Corporación, ser miembro de ra Junta de Directores de esa gran empresa que gobierna y manda sobre ros más ricos de ros más ricos. ¡Con ese derecho ganado no se juega! Primero muertos que permitir que nos arrebaten ra estrella cincuenta y uno que nos corresponde por derecho adquirido y ganada con nuestros coáguros de sangre. ¡Pues para eso estamos aquí, compatriotas en ra Iguardad! Para darnos a respetar, para decire a Washington que estamos dispuestos a llegar hasta ra muerte, si fuera necesario. ¿Estamos o no estamos aquí dispuestos a dar ra vida con tar de pertenecer de lleno ar gran ollón de ras curturas, ar guiso supremo de ros billetes? ¡Hasta aquí llegaron, mi gente! ¡Hasta aquí llegó ra soberbia independentista! ¡No pasarán, res digo, no pasarán!

Aplauso general y agitación de las banderas estadounidenses.

Chiquitín nunca se planteó de modo tan severo dejar la vida en pos del Ideal, y menos allí, hoy, en aquella hora, al mando de aquel individuo a quien, en su fuero interno, tildaba de charlatán, sin aviso previo ni tiempo para entrenar cuerpo y pacificar alma para el martirio. Además, le costaba imaginarse una muerte patriótica que no fuera dramática, conocedor como era de que despedirse de la vida en pos de tan grandes ideales tenía un poder simbólico incuestionable, cosa que con facilidad se conseguía mediante la inmolación o la tortura. Coge su tiempo acomodarse a esta eventualidad, se decía, filtrar la experiencia, preparar la psiquis para recibir con estoicismo, con frialdad, con integridad, con patriotismo, la muerte, el suplicio. No se sentía preparado para aquello todavía, y menos con aquella empresa suya recién encaminada y el personal bajo su mando, que tampoco podía dejar en la nada así como si tal cosa. Que estuviera preparado en el futuro, eso ni siquiera lo dudaba, y más ahora que el Ideal se encontraba en la antesala de su velorio, según se comentaba. No pensaba que llegaría la sangre al río aquel día como el líder del grupo presagiaba, pero tendría que llegar en algún futuro no muy lejano. Hoy toca defender al doctor Quirindongo, se decía, pero no tanto como para aplicar el método clásico de los cuartones y las cadenas. Su momento de valor y sacrificio llegaría, sin duda, pero estaba bastante convencido de que aquel no sería.

Ra caravana de nuestro amadísimo doctor Quirindongo, continuó diciendo el líder casi sin aire de tanto hablar y con una panza de cerveza que le ascendía y descendía con la respiración, comienza aquí en esta calle Isaber y baja recto, recto, por ra calle Reina hasta ra esquina de ra calle Torres. Allí dobra hasta ra calle Villa y regresa por ella hasta er finar de ra calle Comercio, pasando otra vez por ra Praza, pero der rado opuesto. Esa es ra ruta. Ros comunistas, independentistas, anarquistas y antiamericanos vienen subiendo en una contramarcha por ra calle Marina y quieren cortar er paso a nuestro doctor a ra artura de ra Atocha con Isaber. Nuestra rabor es broquear ra esquina de Marina y Comercio y evitar er paso de ra caravana terrorista. Además de esto, en ra próxima esquina de ra Praza se estará congregado un grupo de estudiantes de escuera superior agradecidos ar doctor por er cambio de menú en ros comedores escorares, que ustedes conocen ro controversiar que eso ha sido. Para ellos también tiene que estar disponibre nuestro mollero anexionista.

En efecto, el asunto del menú de almuerzo de los comedores escolares en las escuelas públicas se discutía ardientemente en aquellos días. En su afán porque la juventud educara el paladar al gusto del hermano del Norte y fuera más fácil para la población la transición hacia la Estadidad, el Gobierno de Quirindongo estableció una nueva dieta en los planteles, compuesta en su mayoría de pizza, perros calientes, papas fritas, hamburguesas, tacos y burritos, refrescos de soda, dulces de barra y otros íconos de la cocina norteamericana. Acorde con su visión política, que era idéntica a la de Chiquitín, había que cortar por lo sano ese gusto primitivo por el guiso y el condimento pesados, las carnes y las habichuelas, el ajo y la carne de cerdo, así como todas las manifestaciones del plátano, la yuca y la pana. La lógica del doctor, que Chiquitín admiraba hasta el infinito, era que semejante paladar era un escollo insalvable para la Igualdad, por lo que había que erradicarlo de raíz desde las aulas escolares y adaptarlo a la realidad futura de la alimentación como estado de la Unión. Pretender, decía el líder entre sus allegados políticos, convertirnos en estado de la Unión y seguir comiendo arroz con habichuelas o enloqueciendo de emoción con una alcapurria es un comportamiento inadmisible, un contrasentido inexplicable. Son aceite y vinagre estas cosas, son sustancias que no ligan. Era tiempo ya de que lo fuera aceptando el paladar puertorriqueño.

El organizador del grupo advirtió de una contramanifestación que los empleados de Comedores Escolares tenían planificada para la misma esquina de los estudiantes, quienes se proponían protestar por la pobre calidad de la nueva dieta gubernamental, la cual tildaban de atentado a la salud y golpe bajo a una cocina criolla, que era muchísimo más refinada y saludable que la americana.

Er escuadrón pequeño y ágir deberá movirizarse ya para dare apoyo a ros muchachos que se estarán manifestando, continuó el organizador. Con er derecho a ra ribre expresión que nos otorga ra Primera Enmienda de ra Constitución Americana, nos uniremos a ellos y nos pondremos a ra disposición de sus ríderes para ro que nos necesiten. Ros comunistas de Comedores Escorares no se atreverán a coartares ra ribertad de expresión a esos niños. ¡Que ro hagan, para que vean cómo pasa bajito un avión americano y res mete un buen bombazo a todos ellos! Déjenros, que mono sabe er paro que trepa... Una vez pase de rargo ra caravana de nuestro bienquisto doctor y absorbamos su emanación, y quedemos reafirmados en nuestra rucha contra er mar y er separatismo arbizuista, er grueso del grupo mantendrá a raya a ros comunistas-terroristas-separatistas que vendrán derramándose por ra calle Marina. Una vez pase ra caravana, nuestro escuadrón cruzará hasta ra esquina de ra calle Villa con ra Concordia, donde esperaremos a que nuestro ríder máximo dé ra vuerta y regrese por allí, para así escortaro hasta ra próxima esquina, donde se encontrará er grueso de nuestro contingente deteniendo a ros nacionaristas furibundos que nos quieren aguar ra fiesta. Me siguen, ¿verdad? ¿Me siguen?, quiso confirmar. ¿Arguien confundido?

La multitud, que no había crecido apreciablemente desde el comienzo de la arenga, tuvo que apiñarse en el centro de la placita para protegerse de los insultos que les lanzaban desde los carros que pasaban en todas direcciones. Alguien amenazó con sacarlos del país, con pasarlos por las armas; les lanzaron vasos llenos de refresco, de café con leche, donas rellenas de crema, muslos de pollo mordisqueados, guineos comidos, hasta una combinación de *pepper steak* con papas que le embarró los pies a Chiquitín y le arrancó de la garganta varias imprecaciones furibundas contra el puertorriqueño puerco.

Déjenros, decía el líder, déjenros que agoten sus energías antes de empezar siquiera, que ar finar ra victoria será de quienes tengan ra razón, y esos somos nosotros. Recuerden que er úrtimo que ríe, ríe mejor, y para atrás ni pa' coger impurso, como dice nuestro amantísimo doctor Quirindongo. Aderante siempre, aderante con ra bandera de ras franjas y ras estrellas, ra pecosa que tanto amamos, puesta ar frente como un escudo, que no habrá bara ni dios que se atreva a enfrentar o atravesar tan poderoso símboro nacionar. ¡Que ro intenten, para que vean cómo se purverizan ras piedras y ros puños se hacen brandos y cómo ros paros se rompen y ros gritos se enmudecen y las baras se espantan! Pero bueno, me van formando ros dos grupos, si son tan amabres, según res he indicado. Er grupo pequeño debe ser un escuadrón, quiero decir que quiero en ér a ra gente más ágir, ros más osados, ros que no re cogen miedo ar burto, ros mártires der Idear.

Al momento de considerar la agrupación a la que pertenecería Chiquitín, el líder del contingente lo miró extrañado, como si tuviera barruntos de conocerle en circunstancias no tan gratas. Chiquitín fue enviado al grupo grueso, el de los sedentarios.

Capítulo XVII

Donde se habla de la participación de Chiquitín
en las grandes marchas de Ponce y del encuentro
de Margaro con unos jóvenes activistas

A Margaro aquel día se le presentó como un apetitoso charco de tedio
en el que chapalear y fumar marihuana sin responsabilidad ni preocupaciones, al menos hasta que regresara Chiquitín de sus diligencias políticas, caída ya la tarde, presumió, y decidiera si pernoctaban allí, que
era lo más probable. Luego de una minisiesta después del almuerzo,
hizo un recorrido por los predios y encontró, en la parte trasera del
patio, una especie de covacha de techo bajo cubierto de zinc corruga-
do, expuesto directamente al sol, pero no al viento ni a la vista de ninguna otra casa ni edificio cercano. Aprovechó que Chiquitín se había
marchado para sacar la mochila del fondo de la carretilla y de ella las
moñas robadas, que dejaron la tela permanentemente impregnada con
aquel penetrante efluvio vegetal. Las dispuso en hileras sobre el techito
de zinc de la covacha, sobre aquella superficie caliente que debía servir
como acelerador del proceso. No sólo el potente aroma era muestra de
la calidad de la floración, sino que su apariencia misma, cubierta por
una felpa sutil de cristales de rocío, hablaba de una gran concentración
de sustancia alcaloide. Realizó cálculos mentales de las ganancias que le
esperaban de la venta de aquel milagro de la naturaleza; aunque nunca
aparecieran el famoso Guanín ni la costosa pintura del italiano que tanto mentaba Chiquitín, aquel fortuito encuentro y la venta del material
le ganaría suficiente para estarse errático por más de un año.

Mientras el sol estuvo afuera y el cielo azul y despejado, Margaro
durmió y dormitó y veló por su cosecha. Comió mangós que recogió
del suelo y se intoxicó con la hedentina de las frutas podridas reparti-

das por el suelo de aquel patio. Bebió agua, meó y descargó entre unos matorrales; cotejó el secado de las flores y viró las moñas al revés para que se tostaran parejamente. La verdad era que la sombra del árbol y el fresco de aquel patio en el que se refugiaron gracias a la llave resucitada le resultaron tan agradables al cuerpo y a los sentidos que tuvo un momento de felicidad absoluta, afortunado por haberse topado con aquella extrañeza de tipo a quien seguía, sin cuya locura no estaría ahora a punto de hacerse de una pequeña fortuna.

A eso de las dos comenzó a vaciarse la ciudad. Unos nubarrones prietos se encaramaron sobre las cumbres de las montañas del norte y una especie de capota gris de nubes bajas cubrió la ciudad casi como un manto que tapara su vergüenza. El calor del sol directo cedió al de un vaporizo que torcía alvéolos en bronquios y debilitaba músculos en extremidades, al punto de que no se sabía cuál era el peor de los dos calores. Ya la sombra apenas cobijaba, así que fue hasta el techo de zinc, recogió las flores ya mucho más secas y las escondió provisionalmente en la covacha, metidas en bolsas plásticas, no fuera a llover de pronto y se estropearan. Decidió dar un paseo a ver qué tal se veía la calle, que no hay cosa más propicia para la aventura que una caminata sin rumbo.

Apenas pisó la acera, se percató del ambiente raro que imperaba en la ciudad. Un pájaro negro, demasiado similar al cuervo para llamarlo judío y demasiado grande para llamarlo chango, pasó sobre su cabeza, graznó, lo miró con su ojo negrísimo y fue a posarse sobre la cabeza de la estatua de la lavandera ubicada en el cuchillo de las calles Luna y Torres. Aquello le provocó a Margaro un escalofrío que le fue confirmación del barrunto de cosa ominosa y desgraciada que sintió apenas tocó la calle. No se observaba un alma por aquella parte del pueblo, a lo sumo, una bicicleta que atravesaba fugaz un cruce varias calles más abajo, un carro lejano que tocaba claxon, un reguerete de sirenas no se sabía si de ambulancia, de policía, de bombero o de sinvergüenza, y el zumbido de enormes aspas que rebanan aire de algún helicóptero que se escucha, pero no se observa.

Anduvo el tramo de la calle Luna hasta la Méndez Vigo sin observar muestra alguna de vida animal en las casas o en la calle. Entró en el cafetín de la esquina, que seguía abierto como si desafiara un toque de queda. Le pidió una cerveza al dueño y este le sirvió una Schaeffer, que era la única marca que allí se despachaba. El sabor lo transportó directo a sus tiempos de juerga juvenil, de las primeras borracheras y las primeras jevas.

Yo pensé que ya no la fabricaban, le dijo Margaro.

Soy el único que la vende por aquí todavía. ¡Y lo duro que le dan, mi hermano!, le contestó el dueño, un hombre más bien de rostro huraño, con el pelo y los bigotes pintados de distintas tonalidades de negro.

Margaro sonrió, cantó el estribillo publicitario y le comentó que aquella era la cerveza que se bebía cuando era chamaquito. Después le preguntó, cambiando el tema bruscamente para hacerse el nuevo, que qué era lo que ocurría que se escuchaba tanta sirena y tanto helicóptero.

¡Ay, hombre!, le dijo fastidiado con las circunstancias, ¡los malditos políticos que tienen este país patas arriba y a mí, hasta la coronilla! Escuché que hoy hay como veinte marchas y contramarchas al mismo tiempo, y todas culminan en la plaza de las Delicias.

Uyyy..., comentó Margaro. ¡Qué malo está ese dedo!

¡Me lo dices! Es el doctor Quirindongo, que anda por ahí con las turbas que lo siguen dondequiera que va. Ese señor está tocado de la sesera, si usted me pregunta a mí, y esas turbas son un manicomio suelto. Si tú las ves te das cuenta. La razón que tenía la abuela mía cuando decía que donde pisa una turba republicana no vuelve a nacer la yerba...

Margaro no tuvo corazón para decirle que su jefe, cuyas ideas políticas ni compartía ni rechazaba, formaba parte de aquella turba de la que él hablaba. Se bebió la cerveza sin volver a proferir palabra, aceptando con la cabeza las cosas que el dueño continuó señalándole, que al parecer hacía rato que nadie entraba en el negocio y el pobre estaba que reventaba por comentar los sucesos que se fraguaban en la ciudad aquella tarde.

¿Lloverá?, preguntó Margaro, aprovechando un silencio para cambiar de tema.

¡Qué va!, le contestó el señor, sin abandonar el secado de unos vasos ni voltearse para contestarle. Tú sabes que aquí el cielo se pone así prieto y después no cae ni una gota. Con el calor y el polvorín que se ha levantado en estos días, vendría de pláceme un buen chubascazo, déjame decirte, más para dispersar las turbas que para aplacar el polvo.

Pagó, se despidió y salió del lugar con la pesadez amarga de la mala cebada aferrada a la garganta. Anduvo por la calle Méndez Vigo hasta su origen en la intersección con la calle Jobos, la cual recorrió de punta a punta con la mirada sin observar un carro, un pájaro, una bicicleta, un perro sato, una vida humana. Retrocedió sus pasos por la acera izquierda y, poco antes de llegar de nuevo al cafetín, observó a mano derecha, en un terreno baldío que servía de estacionamiento, a un grupo de jóvenes vestidos de colores oscuros y en actitud paramilitar, cada uno con una bolsa de plástico llena de algo pesado en cada mano, apeándose de unos carros recién estacionados. Acortó pasos, disminuyó el ritmo de traslación en ánimo de enterarse qué se cocinaba en aquel súbito nudo de actividad humana, que creyó relacionado con las actividades políticas que estaban por celebrarse en el centro de la ciudad. Pensó un instante que se trataba de las turbas que precisamente mencionara el dueño del cafetín, pero la edad de los muchachos y el entusiasmo genuino que mostraban contrastaba tanto con la demencia que exhibía su jefe Chiquitín en estos temas que supo al instante que se trataba de una tribu distinta. Antes de llegar a la esquina, interesado por aquellas actividades, retrocedió por la misma acera con lentitud extrema y volvió a pasearse frente a los muchachos con obvia intención de hacerles notar su insistencia.

Como era de esperarse, y dada la estrechez de las calles, varios de ellos se percataron de la presencia evidente de aquel tipo extraño al otro lado que observaba con demasiado interés sus preparativos. Igual fuera por su aspecto desgarbado, por la enorme maranta de pelo que hablaba de dejadez, por las gafotas o por el atuendo juvenil, lo cierto es que le vieron cara de amistad y fácil persuasión y, necesitados como estaban de un cicerone discreto, confiable, dispuesto, que supiera velarles las espaldas, le hicieron gesto con las manos para que se aproximara.

¿Usted es de por aquí, señor?, le preguntó uno de los muchachos cuando lo tuvo al alcance del oído.

Sí, contestó él, de aquí.

¿Pero de aquí aquí, o de Ponce en general?

De aquí de Ponce, aseveró Margaro, y de aquí aquí, del pueblo también soy, mintió. ¿Por qué? ¿Les puedo ayudar en algo?

Ayudar propiamente quizá no, pero apoyar tal vez sí…, dijo el muchacho, haciéndole un guiño de complicidad.

No sé exactamente lo que se traen entre manos, pero tampoco me tienen pinta de maldad, ni de querer matar al gato, ni de andarse con negocios ilícitos o ilegales, contestó Margaro.

Quizás ilícitos, pero jamás ilegales, dijo una muchacha que se le acercó y que aparentaba ser la líder del grupo, sin demostrar sombra siquiera de sorna o ironía en sus palabras. Somos un grupo de estudiantes de Mayagüez y, aunque inofensivas, nuestras actividades son políticas y clandestinas, añadió con seriedad extrema.

Lo de políticas ni me va ni me viene, pero lo de clandestinas me pica la curiosidad y entusiasma el ánimo, porque siempre me interesa todo lo que tenga que ver con secreteos y bultos tapados, dijo Margaro de manera que provocó sonrisas entre el grupo.

Pues venimos a aguarle la fiesta a los maricones proamericanos de mierda, que prefieren ver este país arder en llamas antes que dueño de sí mismo. Si estás con nosotros, quedas invitado, necesitamos ojos en las espaldas; si no estás con nosotros, tampoco nos delates, dijo la chica con firmeza y hasta un dejo de amenaza varonil en su reclamo.

Antes muerto que chota, contestó Margaro, para quien la posibilidad de participar de aquella cuadrilla de muchachos llevados por el ímpetu del entusiasmo patriótico representaba un rompimiento con el tedio del día. Después de que lo de clandestino no implique cárcel ni muerte ni asesinato, me pongo a su disposición, salga pato o salga gallareta. Ustedes manden, que yo colaboro sin restricciones, sin límites, hasta cierto punto, por supuesto..., añadió en tono pícaro, buscando complicidad mediante la risa, que siempre es vehículo de la confianza.

Puedes estarte tranquilo, papi, que *aquí no hay cuchillos ni pistolas...*, dijo otra de las muchachas, poniéndole música a la última frase.

Risitas apagadas. Algún chiste interno, se dijo Margaro, sin prestarle demasiada atención. En efecto, prosiguió en su tren de pensamiento, tal y como se dijera antes de salir: nada es más propicio para la aventura que una caminata sin rumbo. Entre el aburrimiento de la espera y la excitación de lo desconocido, prefería siempre la segunda, desde luego.

Los muchachos, en efecto, formaban parte de una organización estudiantil de corte independentista, opuesta a ultranza a la situación colonial del país, cuya táctica de protesta consistía en la humillación sistemática de sus defensores, sobre todo a los anexionistas, cuyo alegato de que la unión de Puerto Rico a los Estados Unidos era el fin de la colonia estimaban en calidad de la más alta superchería. Aunque las acciones del grupo, por ahora, se limitaban al renglón de la humillación política, los unían otras convicciones de justicia social y económica en tiempos del capitalismo salvaje, así como el gusto compartido y casi de culto a la marihuana, que le daba mayor cohesión y mejor funcionamiento al colectivo. Provenían del Recinto Universitario de Mayagüez, como en efecto le indicaron a Margaro, pero pertenecían a una asociación estudiantil que abarcaba la isla entera. Le explicaron que otra célula proveniente del Recinto de Río Piedras estaría realizando otro evento similar, aunque desconocían dónde y cuándo. El suyo consistía en llegar por los techos hasta el edificio de la esquina de la plaza con las calles Concordia y Villa, para, desde allí, en el instante de máxima saturación de la concurrencia, lanzar las cargas explosivas que llevaban preparadas. Margaro miró las bolsas que llevaban y, en lugar de cartuchos de dinamita, granadas, niples u otros artefactos explosivos que imaginó dentro de ellas, observó cocos secos, todos ellos aparentemente perforados y ataponados con corcho.

Son bombas de metano, explosivos de humillación. No hacen daño, pero asustan con el ruido de la explosión, y después ofenden, dijo la líder del grupo con enorme orgullo en su voz y gran deleite en su sonrisa.

¿Y qué son exactamente?, indagó Margaro.

Bombas de mierda, mi amigo. Cocos taladrados, llenos mitad de su misma agua, mitad diarrea humana, taponados con corchos secos que, al esponjarse, no hay dios que después los saque. Llevan dos semanas fermentándose. Ya tú sabrás cómo está eso allá dentro…

Que va a explotar, como fiesta patronal…, cantó uno del grupo que Margaro no pudo identificar, lo que de nuevo provocó risitas calladas entre los muchachos.

Margaro se unió a las risas, admirado con la mecánica de los cocos y ahora genuinamente intrigado con cuán eficaces serían y cuán devastador su efecto. Pese a serle ajenas las luchas políticas del país, no pudo evitar sentir una simpatía paternal hacia aquellos muchachos y sus propósitos, por lo que estuvo más que dispuesto a compartir sus peripecias, que incluso sentía del lado de la razón y la justicia. Se mostraron tan genuinos con él, tan abiertos, en tan buena disposición, que Margaro, de convencimiento fácil y actitud positiva, sobre todo si la empresa implicaba mofa, risa o maña, no pudo sino ser solidario y declararse vigía del operativo.

Ya saben, dijo la muchacha dando las instrucciones al grupo entero, recuerden lo que les dije, si nos agarran, si atrapan a alguno y lo someten a interrogatorio, nadie sabe nada, nadie anda con nadie, cada cual es una isla independiente. ¡Independiente, dije, no autónoma!, añadió entre seria y sardónica… Son cuatro cocos por persona, dos por bolsa. ¡Importante! Nadie corra con las bolsas, nadie menee demasiado los explosivos, no sea que nos revienten en la cara a nosotros y quedemos burlados los burladores. Miren que la fermentación allá adentro está en su punto, y hasta la fricción con el aire puede hacer que revienten. Y ahora que tenemos vigía, menos razón hay para andarse apurado. Recuerden mantener las bolsas con los nudos hasta abajo, por si ocurre el accidente, que no dispare hacia arriba. Vamos subiendo de uno en uno, con calma, por esta misma acera hacia arriba, dijo la organizadora.

Después de la segunda esquina, continuó diciendo, verán a la derecha un portón grande, a través del cual se ve una escalera de mármol. Está abierto. Entren con naturalidad, como si vivieran allí. Suban despacio las escaleras y nos reunimos en el salón de arriba. Usted, señor, ¿cómo es que se llama, que todavía no nos hemos presentado?

Margaro, contestó Margaro, y no me diga usted, si es tan amable, que tampoco estoy en edad de doblar el paquete.

¡Saca la mano, Margaro!, gritó uno de los muchachos al enterarse del nombre, repitiendo un estribillo popular referido a algún tipo pueblerino de hace muchos años que era dueño de una pica de caballos. Margaro le dio una mirada de aquiescencia por el estribillo, seguida por una de hastío, como de tenerlo hasta los lerenes aquella expresión popular.

Yo soy Wendy, mucho gusto, le dijo mientras le daba la mano la líder. Pues tú, Margaro, vas último. Te quedas por los alrededores según mejor entiendas, con los ojos bien abiertos, sin espaceos. No nos conocemos. Si observas algo sospechoso o grave, decir fuerzas especiales de la policía, agentes encubiertos, FBI, no tienes más que acercarte a cualquiera de nosotros que vaya caminando por la calle en ese momento y preguntarle si hay misa a las tres en la Catedral. Luego desapareces. Seguro después nos reencontramos… Si es algo menos grave, con un gesto discreto basta.

Todos estuvieron de acuerdo y Margaro acató sin responder.

Manos a la obra. ¡Viva Puerto Rico libre!, concluyó Wendy, alzando el puño izquierdo, seria, impertérrita.

¡Viva!, contestaron los demás, alzando también sus puños izquierdos, inclusive Margaro, que lo dijo casi como un autómata y alzó el derecho.

Pese a su flexibilidad ante algunos asuntos y carencia de principios rectores en gran cantidad de otros, a Margaro le sorprendió su propia capacidad camaleónica y hasta su adopción descarada de ideologías sin la menor culpa ni rastro de remordimiento. ¡Bah!, se decía, pensando que si para algo estaba hecho él era para lo imprevisto, para lo no premeditado. Abajo la monotonía, abajo el siempre estarse haciendo nada. Que viva ser errático.

Uno a uno, en silencio, según lo previsto, como si, en efecto, uno del otro no supieran cosa alguna, los muchachos fueron desfilando por la acera derecha de la calle Méndez Vigo hasta llegar al portón acordado, por el cual entraron con discreción extrema. Margaro, convertido por confianza espontánea en persona clave de aquel operativo, permaneció atrás, al frente, al lado, rondando la zona entre las sombras; se le vio eñangotado bajo el almendro de la esquina de Méndez Vigo con Aurora, amarrándose los zapatos en la esquina de la calle Villa, leyendo un letrero pegado en una vitrina de una negocio de reparación de carros en Luna con Méndez Vigo, observando una ventana de un segundo piso como si esperara que alguien fuera a salir por ella. Por fortuna, los balcones de las casas alrededor del trayecto lucían vacíos; ninguna mano imprimió presión sobre ninguna celosía, falleba o picaporte que él se percatara, ni ningún ojo observó tampoco lo que se traían ellos entre manos. Finalmente le tocó hacer su propio recorrido, el cual realizó con paso dominguero, las manos en los bolsillos y los movimientos más relajados de lo que era habitual en él. Llegó hasta el portón, lo abrió como si llevara siglos viviendo allí, lo cerró y le puso el candado, según instrucciones que recibió al último momento. Subió las escaleras y llegó al salón de arriba, donde encontró a los muchachos sentados en el suelo contra las paredes a la redonda.

¿Cerraste abajo?, le preguntó Wendy a Margaro. Excelente, dijo en respuesta a la afirmación. Una risa nerviosa y a la vez gozosa recorría a los miembros del grupo, en ocasiones colectivamente, otras en explosiones solitarias. Margaro no comprendía cómo aquella gente de Mayagüez conocía ese edificio en Ponce, así que presumió que alguno de ellos era local y su familia dueña o tenía acceso a este. No quiso, sin embargo, indagar, por aquello de no levantar sospechas. La caravana del doctor Quirindongo no había siquiera salido del comienzo de la calle Isabel, por lo que el helicóptero de la prensa se escuchaba en ráfagas lejanas y aún las sirenas de la escolta policial permanecían calladas. Les quedaba todavía un buen rato de espera antes de que pudieran movilizarse por las azoteas hacia la Plaza. Wendy se mantenía pendiente a una señal por el *walkie-talkie* que tenía en la mano para dar la orden de movilizarse. Por fin se escuchó una voz hablar luego de un pitito y decir algo sólo inteligible para ella, por tener pegado el aparato al oído. Está en posición el velador, dijo ella.

Ha llegado el momento de la inspiración profunda, dijo uno de los muchachos, el de aspecto más andrajoso y barba más marcada y más fácilmente acusable de árabe, fanático o terrorista, y quien aparentemente estaba a cargo de aquel aspecto de la actividad del grupo. Abrió una cajetilla de cigarrillos y extrajo de ella un grueso grullo perfectamente enrolado en forma de cono, que procedió a encender con una gran chupada que incrementó la llamarada del encendedor hasta casi quemarle la pollina. Corillo, dijo el muchacho con voz cambiada por la nube de humo que mantenía presa dentro de los pulmones mientras pasaba el pitillo encendido hacia su derecha, que el trabajo sea, hasta donde se pueda, gozadera. ¡Esoooo es!, contestaron a coro los demás entre risas.

Chiquitín, entretanto, se movilizó con un grupo de unos treinta estadistas furibundos dispuestos a no dejar pasar la que ellos llamaban Caravana Roja, que pretendía interceptar la del doctor Quirindongo con el propósito expreso de abochornarlo. El grupo consistía, en su mayoría, de las doñas con quienes tuviera el altercado del comienzo y de hombres mayores y de edad media. La obesidad era un factor predominante en ambos sexos. Todos, inclusive Chiquitín, llevaban banderas americanas en astas de palito o las llevaban estampadas en alguna parte de su ropa. Se movían en bloque y cantaban consignas a favor de la Igualdad y del Ideal de la Anexión, unos incorporando elementos del inglés, que más bien se diría que cantaban en arameo. Chiquitín reconoció ahora a algunas de las señoras que estuvieron en el Fuerte Allen, y también a uno que otro de los hombres, quienes formaban un grupo compacto y se trataban con familiaridad. Todo era entusiasmo nervioso entre ellos, solidaridad protectora y consignas cantadas en coros desarticulados.

El grupo alcanzó la esquina frente al antiguo Banco de Ponce y la Casa Alcaldía, donde procedieron a enlazarse brazo con brazo para crear una muralla humana y comenzaron a entonar la canción «La muralla», hasta que uno de ellos, con un poco más de conocimiento que el resto, identificó aquel canto como un himno separatista de los años setenta, y mandó a silenciarlo de inmediato y a sustituirlo por la repetición de aquella vieja consigna de ¡No-pa-sa-rán! ¡No-pa-sa-rán!, cuyo origen desconocía.

A los quince minutos de haberse colocado en aquella posición de barricada, apareció al fondo de la calle Marina la avanzada de la caravana contraria, encabezada por una vieja camioneta roja sembrada con banderas monoestrelladas y un altoparlante sobre la capota, a través del cual se dirigían los coros y las consignas y se hacían a viva voz los reclamos del derecho a la soberanía y el fin de la colonia. Detrás de la camioneta se extendía una hilera de más de doscientos vehículos, y alrededor de estos un gran número de personas que marchaban a pie. Desde lejos, dada la estrechez de las calles del centro del pueblo, la caravana lucía imponente, imposible de detener.

¡Hermanos en er Idear!, gritó el líder de Combatividad Anexionista frente a la muralla humana que habían formado, de la cual Chiquitín, dado su tamaño y corpulencia, constituía un eje principal. Se acercan ras tribus barbáricas, ras huestes de Bercebú. Por grande que se vea er enemigo, por muy concurrido y mucha bandera, recuerden que ra verdad y ra razón nos amparan, ra democracia y er derecho están con nosotros, somos ros buenos de ra perícura. Que nadie se llame a engaño, señores, que ras cucarachas que se acercan, ras sabandijas que por ahí vienen, ra basura de gente que se aproxima, rojos por dentro y por fuera, fanáticos der paredón y der racionamiento, comunistas de rabo a cabo, son ros maros de este drama. ¡Esto está orquestado en Ra Habana, señores, por er demente de Fider Castro en persona! ¡Se trata de terroristas hechos y derechos, hermanos míos! Hay que prepararse para ro peor. ¡No se dejen intimidar! ¡Provoquen, no se dejen provocar! ¡Tomen ra iniciativa! ¡Inciten, no sean ros incitados! Ro importante es pararos en seco en esta esquina, así tengamos que enredarnos a ras trompadas y a los carterazos con ellos. ¡Firmes en er Idear!, gritó para cerrar y estimular.

¡Firmes!, respondieron ellos, en particular Chiquitín, que lo hizo con gran vozarrón y expresión de gravedad absoluta.

Mientras, joviales de espíritu, livianos de ánimo y presas de la jocosidad compartida, en particular con el prospecto de lo que se proponían realizar, que los colmaba de una hilaridad adelantada, Margaro dedujo que aquella sería una clientela excelente para su material hurtado, además de una audiencia idónea para contarle de su jefe Chiquitín y sus locuras. Pero antes de hablarles de los asuntos botánicos, quiso ganarse su simpatía y su confianza. Así que, aplicando sus mejores dotes de parlanchinería, pronto se convirtió en gozo y entretenimiento de aquel grupo de jóvenes que aguardaban a que aparecieran los manifestantes para acomodarse en la azotea. No sólo su chispa natural y refranes combinatorios tenía retorcido de silenciosas carcajadas a su auditorio, sino que las historias de Chiquitín y de aquel viaje de locura de ambos los entretuvo aún más y los llenó de mayor asombro y regocijo. Casi en el acto, Chiquitín Campala se convirtió para ellos en el antihéroe por antonomasia, el epítome de la enfermedad nacional, el engendro de la neurastenia colectiva, el fruto de la ambigüedad política, el eructo del descojón social y el hijo del suicidio compartido.

Oiga, Margaro, tenemos que coordinar un secuestro de su jefe para someterlo a una tortura borincana, comentó uno de los muchachos.

¡Oye, sí! Meterlo en un cuarto, amarrarlo a una silla y ponerle una grabación de «Verde luz» en *replay,* o el «Himno» de Lola un día entero. Dicen que se ponen *psychos* con eso, declaró uno de ellos, como si les echaran veneno.

O las canciones patrióticas de Daniel Santos y Davilita, dijo otro de los muchachos, para gusto y risotada de la concurrencia entera.

O los discursos de Albizu a toda boca, aportó un tercero, que seguro se badtripea con esa voz de don Pedro. Cuidado que no se muera...

Y darle de comer pasteles, alcapurrias, bacalaítos, estimó un cuarto que saltó a los aspectos culinarios de la tortura. Y malta para beber.

Obligarlo a quemar banderas americanas, observó un quinto.

Tatuarle la monoestrellada en la frente, dijo falsamente ceremoniosa Wendy.

Yo me opongo a esos planes de ustedes, que tampoco favorezco que usen a mi jefecito de palo para cagar. ¿O quién piensan ustedes que va a tener que bregar con el despojo humano que quede después de esas sesiones? No me hagan eso, no me lo traqueteen demasiado; tengan compasión de mí, si no pueden tenerla con él, que es un pobre desvalido mental, por mucho que gocen a costillas suyas y lo cojan de picúa. Déjenmelo quieto aunque sea por hoy, que a lo mejor podemos coordinar esa actividad de secuestro para algún día futuro, no vayan a dejármelo como en sobredosis de campanilla. Miren, que por muy llevadero y de amistad fácil que yo sea, no significa que me voy a dejar guiar por una marmota. A lo sumo puedo prometerles que si me saca de las casillas antes de tiempo, los llamo para que lo recojan y lo sometan a su martirio patriótico. Pero por ahora, aguanta, paja larga, que es de sabios esperar y de tontos precipitarse...

Bueno, dijo una de las muchachas mientras controlaba las carcajadas, por lo menos apunten bien los cocos hacia el cabrón.

¡Tampoco, por lo más sagrado! ¿O me voy a tener que arrodillar aquí frente a ustedes para implorarles que me dejen quieto al muy desafinado? Miren que cuando el múcaro suplica es porque le canta el alma, y con todo y su demencia, es persona decente, incapaz de matar una hormiga que se le ponga en el camino, además de ser persona de academia vasta y conocimiento mucho, y saber hasta donde las almas penan.

Yo les pido que hagan lo opuesto, que lo eviten, de pura misericordia, de pura compasión mínima ante el drama humano que es él; les suplico que eviten al gordo de la calva protuberante porque, aunque lleve flojo el tornillo de la política, es un loco buena gente.

Buena gente es el bollo de pan de agua, que teniendo dos culos y tripa no caga…, comentó otro de los muchachos. Porque tampoco muy pacífico puede ser si forma parte de esas turbas de allá abajo.

¡Aunque sea déjanos divertirnos un poquito a sus costillas, como tú dices!, dijo Wendy.

Buena gente sin duda, aunque no siempre, que aunque en vez de dos tiene un solo culo, caga más que un pato amarrado y suelta unas criollas aparatosas de apaga y vámonos. En el fondo de la cueva en la que estuvimos dejó una que si no fuera por el aroma y porque aquello era imposible dentro de una cueva, de lejos pensé que era el tronco de un árbol caído, completó Margaro, para el disfrute de aquella congregación, que respondió con ahogadas carcajadas.

Se los vengo o no se los vengo diciendo hace rato, que el anexionista, o es un interesado, como ocurre con los riquitines, o es un loco, como su jefe, o es más bruto que una piedra, como la mayoría, dijo Wendy queriendo darle un giro político al vacilón y mostrarse más seria ante las circunstancias. No falla. Póngase cualquiera a hablar con alguno de esos proamericanos furibundos para que ustedes vean. ¡No hay una molécula de verdad ni de vergüenza en ese descojón que llevan por cerebro!

Yo estoy contigo cien por ciento, Wendy, confirmó otro de los muchachos. Mi papá y sus panas son esa malavibra. Odian a Puerto Rico. Se la pasan critica que te critica, en su inglés machacado, soltando peste de los puertorriqueños. Esos *such is life*, incluyendo al padre mío, se van a tener que ir cuando llegue la república; y el que se quede, o se ajusta el cinturón y coopera, o a los paredones. No hay de otra. El relajito en este país o se acaba, o se acaba.

Yo, intervino Wendy, todavía no me convenzo de que el fin de la colonia esté tan cerca. Ojalá, pero soy una pesimista. ¿La independencia sin una muerte, sin un tiro? Ojalá, pero lo dudo. Sospecho de intenciones ocultas. Por eso estamos aquí: para demostrarles que si tenemos el poder de humillarlos, también lo tenemos para combatirlos.

Yo, por mi parte, estoy aquí para derrotar la colonia del aburrimiento y fundar la república de la novelería, dijo Margaro para regocijo del grupo. Porque conocido es que el que disfraza, embaraza, y no todo lo que se ve es, así que admiro a los muchachos como ustedes, que no se quedan cruzados de brazos y simplemente salen a emprender... Yo, como no soy persona de política muy fija que digamos, seguro porque nunca me ha interesado demasiado y porque el pobre, por mucho que cambie el sistema, sigue pobre, sigue siendo Pablo Pueblo, sigue disminuyendo como un jabón en unas manos siempre sucias, a mí ni me viene ni me va el dichoso doctor Quirindongo, que no más verle la cara de guasón se sabe que está fuera de sus cabales, pero estoy con ustedes porque me encanta el embeleco. Digo, tampoco estamos violando ninguna ley que se conozca. Y si comparamos la de misiles y de bombazos que se ven en el resto del mundo, los cocos son un sobito. ¡Ya estoy loco por verlos reventar a los condenaos! Porque si es como ustedes dicen, se va a formar aquí la de Cristo es Padre, una marabunta de gente corriendo como guineas salpicadas que va a ser verla para creerla. Ya yo me estoy relamiendo de antemano...

Otra vez fueron las risas apagadas, otra vez el regocijo y la pavera restringida. Prometieron no convertirlo en mártir de la Estadidad, pero advirtieron que podía ocurrir que alguno de los cocos reventara en su cercanía y sufriera de salpicado colateral, a lo que contestó Margaro, subiendo los ojos y los hombros con resignación, que el pájaro canta, aunque la rana ruja, y que tampoco íbamos —que ya se contaba entre ellos— a evitarlo por evitarlo, y más si se encontraba en el centro de los acontecimientos. Pero hagamos una cosa, si un cocotazo tiene que llevarse por necesidad, pues que sea yo el autor del lanzamiento, que quiero aprovechar para cobrármelas por adelantado, ya me voy imaginando la de penurias que me quedan por pasar bajo la tutela de ese demente. ¡Por insensato se lo tiro, no por proamericano! ¡Por hacerme pasar hambre y dormir en el piso! Quiero decir en un tiempo futuro, que aunque no pueda decir que ya abusó, que ya fue un insensato, sí le he visto sacar las garras y previsto los arañazos. ¿Algo de malo tiene cobrar en el presente una deuda del futuro? Nada, que yo sepa...

El apoyo del grupo con las ocurrencias y formas de hablar de Margaro fue tan rotundo que estimó como adecuado el momento para hacer el acercamiento que le interesaba con el enrolador. Aprovechando que el grupo se había dividido en pequeñas conversaciones de dos o tres, Margaro se le acercó al pelú que parecía administrar las sustancias aromáticas y quien conversaba tranquilamente con Wendy. Pidió perdón por la interrupción, habló de sus moñas, sin mencionar que eran hurtadas, desde luego, y le preguntó respecto a su interés, personal o del grupo en general, en adquirirlas.

¿Estamos hablando de regular o de criptonita?, preguntó el muchacho.

Ni una ni otra, o mejor dicho, las dos juntas, dijo Margaro con tremenda ambigüedad. Yo le llamo criptonita bebé, o beibicripi, que es más fácil.

Beibicripi dices, repitió el muchacho. ¿Índica o sativa?

Satita un poco, porque la crecí por ahí por la maleza, si a eso es que se refiere, pero en lo de si indica, a mí no me ha indicado nada, dijo Margaro sazonando su desconocimiento con su jovialidad.

Y el olor, ¿qué tal?, preguntó el muchacho tras ponerle fin a un brote de risa que a punto estuvo de convertirse en amplia y descarada pavera.

Apestosa a mierda de gato. De acercarla nada más a la nariz se arrebata uno, exageró Margaro. Zorrillo apestoso, añadió con falso acento en un francés imaginario tomado de unos antiguos muñequitos televisivos.

¿Y la has probado? Porque podrá oler a lo que tú quieras, pero cuando la fumas no te hace ni cosquillas, dijo el muchacho con bastante escepticismo.

No sólo arrebata, transfigura, dijo Margaro con tremenda expresividad y utilizando aquella palabra cuya definición no conocía del todo, pero que sacó de su cajón de palabras almacenadas en ánimo de causar un impacto positivo.

Pues ya veremos el material cuando salgamos de esto, si es que salimos en una pieza y sin rasguños, dijo el muchacho.

Por su grosor y estatura, Chiquitín fue colocado en mitad de la barrera humana que bloqueaba la calle Marina a modo de portaestandarte del poder anexionista, de insignia de guerra, como antiguamente ensayaran los filisteos al colocar a Goliat en el centro de sus falanges. Aunque el permiso otorgado a la manifestación del doctor Quirindongo tenía una ruta predeterminada por la policía, Combatividad Anexionista se declaraba una organización privada y libre de ataduras partidistas, que sólo respondía a sus principios y estrategias, por lo que no se sentía atada a aquella ruta y colocó a sus miembros, sin encomendarse a nadie, en mitad de la ruta aprobada para la caravana de protesta. Pura provocación, puro hostigamiento, y Chiquitín se convirtió, sin quererlo, en el personaje emblemático de aquella intransigencia. *¡Que no y que no* *y que no, que no penetrarán*!, cantaba la turba entre gritos y risas maliciosas, incluso él, quien con cada repetición del coro se ponía más y más frenético y más colorada la cara y más se acercaba a la combustión espontánea. Desde luego, la caravana, su punta de avance que era la camioneta roja, por mucha bandera y apariencia de fuerza que tuviera, ante la presencia de aquel bisonte que bufaba en que se había convertido Chiquitín, y del coro de vejestorios enlazados con él e igualmente frenéticos, tuvo que detener su marcha.

¡Rodeen ra carcacha y aseguren er perímetro!, ordenó la voz ronca del líder. Y decirlo fue caerle encima a la camioneta una legión de viejas voraces, poseídas de una violencia y un frenesí similar al que se observa en una escuela de pirañas sobre una pierna de jamón. Propinándoles toda índole de puñetazos al bonete y las puertas, así como de arañazos y zarpazos asesinos a quienes se encontraban en el cajón, las ancianas le gritaban enloquecidas al conductor que se detuviera y no osara moverse una pulgada más, junto con otra sarta de insultos e improperios que llevaron al conductor, un señor de tupé y espejuelos de pasta cuadrados con rostro de bondad superlativa, a exigir a través del megáfono que resonaba por toda la Plaza: ¡Respeto, por Dios, señoras, respeto! ¡En qué país vivimos donde las turbas campean y mandan!

¡Qué ocurre aquí, qué mierda pasa! En un instante aquel señor, en apariencia pacífico, se convirtió en una pelota de indignación en el interior de la cabina de su vehículo, lo que le hizo obviar la necesidad de subir los vidrios de las ventanas para protegerse de la agresión directa.

No quedó títere con cabeza ni palo con bandera en la camioneta. Con las varas rotas le pegaron a la carrocería y rajaron el parabrisas; las banderas de Puerto Rico las tiraron al suelo, las escupieron y las pisotearon, y hasta quemaron varias en mitad de la calle. Un brazo entero de vieja, flaco, lleno de pecas, entró por la ventana abierta como la lengua bífida de una serpiente monstruosa y, de un zarpazo, arrancó el micrófono que colgaba de la capota de la cabina y se lo llevó entre hebras de cables rotos. Luego vino otro brazo huesudo, igualmente manchado y avejentado pero, a juzgar por la vellosidad, masculino, y también como una centella, convertida la mano en puño, entró con la velocidad y la fuerza necesarias para golpear al señor en la sien, desorbitarle la visión, crearle un torbellino en el oído y lanzarle los espejuelos al suelo, entre sus pies, donde sin querer los aplastó con los zapatos. Por la ventana opuesta entró otro brazo, esta vez grueso, rubio, casi vikingo, con la mano abierta, que procedió a abofetearlo repetidamente y llevarse enredado entre los dedos el tupé que tan importante era para su apariencia, el cual pasó de mano en mano con las risotadas de los hombres que lo tocaban y el asco de las mujeres que gritaban.

El policía asignado a aquella esquina, llevado por la exaltación política de la que nadie era inmune, tras pedir refuerzos por su radio, sin disimulo, sin intentar siquiera ocultar su uniforme, removerse la gorra o retirarse la placa, se unió descaradamente a la turba de Combatividad Anexionista, comenzó también a golpear con los puños el bonete de la camioneta y a exigir que no pasara. El conductor, abofeteado, humillado, acallado, destupeado y vituperado, comenzó a mover la camioneta hacia delante muy, muy lentamente, casi de manera simbólica, lo que provocó el enloquecimiento de una de las doñas, que se diría que una de las gomas le hubiera pasado por encima. ¡Pero nos va a matar, comunista asesino, nos va a matar!, gritó. ¿Así es que quieren imponer la democracia ustedes? ¿A la cañona? Mesiánica, abriéndose paso entre la concurrencia, con movimientos en bloque, la señora caminó bonitamente alrededor del vehículo, llegó hasta la ventana, metió la mano hasta la ignición y removió las llaves, las cuales mostró a una concurrencia que rugió con excitado entusiasmo, como si fuera la cabeza del chofer en una pica la que mostraba. En eso llegaron corriendo y pitando por entre los carros detenidos detrás de la camioneta otros policías, seguidos por gran cantidad de participantes de la caravana. El policía que se había unido a Combatividad Anexionista aprovechó el momento para desafiliarse súbitamente de la protesta y comenzar a exigirles a las personas, principalmente las doñas, con fingida brusquedad, que se alejaran de la camioneta y le devolvieran las llaves a su conductor, si no querían que las rociara con gas pimienta.

Casi en ese instante apareció en la plaza una guagua azul de la que se bajó un escuadrón de la Unidad de Operaciones Tácticas, cuyos miembros, residuos de gladiadores o caballeros medievales, poniéndose en formación, procedieron a abrirse paso pacíficamente y a interponerse casi como un papel secante entre la camioneta y las doñas y demás personajes furibundos de la militante organización. La altura y corpulencia de Chiquitín provocó que varios de aquellos agentes se colocaran a su alrededor y lo observaran con cierta agresividad adelantada. Por fin lograron separar a los dos grupos encontrados y proteger al agredido conductor de la camioneta, quien fuera el primer magullado de aquella truculenta tarde.

Capítulo XVIII

*Donde se prosigue con la aventura de las marchas ponceñas
y el fin de ellas gracias a unos cocos muy curiosos*

Ambos grupos, tanto el de la unión de empleados de Comedores Escolares, que se aglomeraron frente a la Catedral, como el de los estudiantes a favor del nuevo menú, congregados en la calle Unión, se encontraban listos para moverse hasta la esquina noroccidental de la plaza, unos a un lado de la calle a favor del doctor Quirindongo y los en contra, al otro. Puesto que en el frente donde participaba Chiquitín, por mediación de la policía, se apaciguó la animosidad, el líder del grupo, ronco ya de tanta orden, sacó a tres de los hombres más fornidos, incluido Chiquitín, y les impartió nuevas instrucciones.

Ros chamaquitos que apoyan a nuestro ríder están en ra esquina opuesta a esta, en diagonar, comenzó informándoles mientras alargaba el brazo en la dirección mencionada. Ra unión de Comedores Escorares res ha montado una emboscada en ra otra acera que, a ojo de buen cubero, supera er piquete de nuestros muchachos. Craro, con ros chavos de ra unión es un mamey montar argarabía... Ar menos por er rado de ros estudiantes contamos con er apoyo de ras mamás de ros muchachos, que han montado una barricada de barbiquiúes en ras aceras y están cocina quete cocina a toda furia ros jambergers y ros jordogs que mantendrán a ros muchachos pimpos y fuertes. Esas mamás están ejerciendo su derecho a cocinar y consumir arimentos americanos cuando res dé ra rear gana, y queremos estar allí con ellas y sus hijos y apoyaros con más fuerza de ro que habíamos carcurado. Por er rado de ros comedores se ven revantarse corumnas de humo también, por ro que debemos suponer que allá están ros odiosos carderos pegando arroz y asando churetas.

Necesitamos fortarecer nuestras firas, hermanos, con gente corpurenta como ustedes, que llenan más espacio y causan más pavor. Aquí parece que ra cosa va a estar bajo contror un rato; allá no hay casi poricías, sóro ros que vienen frente a ra caravana, por ro que tenemos más oportunidad de penetrar ras firas enemigas y ocasionares daños contundentes. Síganme ros buenos, concluyó el líder del grupo reaccionario.

Chiquitín se sintió de pronto entusiasmado con la expectativa de participar también de esta parte de las actividades de Combatividad, así que fue el primero en seguir al líder y, colocándosele a su lado, le confesó su adhesión a aquella dieta americana que se aprestaban a defender y luego a consumir. El líder continuó caminando, escuchando a medias a Chiquitín y aceptando con la cabeza sus planteamientos, loco por sacárselo de encima. La corpulencia de Chiquitín era algo que, además de por su apariencia, contrastaba tanto con su tamaño que no podía sentirse a gusto junto a él sin su orgullo y liderato verse menguados. De todos modos, existía una prisa real, había que apretar el paso si querían participar de lleno en la escaramuza, dado que la caravana del doctor Quirindongo se encontraba de camino. El grupo de cuatro, conformado por sólo dos hombres adicionales a quienes seleccionaron por su gordura más que su corpulencia, cruzó frente al Parque de Bombas y atravesó el vericueto de árboles y veredas alrededor de la estatua de Muñoz Rivera por un costado de la Catedral, frente a la cual se reunía la manifestación adversa. Cuando llegaron a la zona amiga de los estudiantes, que se encontraban prestos a comenzar su actividad de elogio a la genialidad del doctor, Chiquitín se colocó en medio de la enclenque línea que ya habían formado los miembros del pequeño contingente de Combatividad asignados al sector, justo detrás de los estudiantes, en caso de que tuvieran que resistir una embestida. El comienzo de la hecatombe general comenzó casi en ese instante.

Los marchantes frente a la Catedral partieron hacia la esquina llevando delante una gran pancarta que identificaba la organización sindical que los representaba. Dando pasos largos y acompasados, se escuchó aproximarse como un rugido selvático su repetida consigna: *¡Tostones, chuletas, comedores se respetan! ¡Tostones, chuletas, comedores se respetan!*

Fuera por inexperiencia o fuera por soberbia, los estudiantes, además de ser menos y de carecer de la organización que le sobraba a los contrarios, no tenían una consigna para contrarrestar la enemiga, por lo que aquel coro se convirtió en una afrenta, un reto a su silencio. Uno de los estudiantes en la línea del frente, el de mayor inventiva en aquella densa masa, caviló con urgencia un mensaje compacto, de rima y ritmo sencillos, pero contagioso, que remedara el de los comedores y a la vez lo neutralizara mientras se mofaba de ellos. Comenzó en voz baja y, al ver que funcionaba, fue aumentándole el volumen hasta que los demás lo tomaron y se convirtió en su himno de réplica: *¡Jambergers, jordogs, nos saben más mejor! ¡Jambergers, jordogs, nos saben más mejor!*

Ambos coros, desde luego, se lanzaban unos a otros sus respectivos mensajes como si se tratara de proyectiles, lo que fue creando entre ellos una euforia descomunal, de las que transforman personalidades normalmente pacíficas en monstruosas. La ausencia de instrumentos musicales por la parte estudiantil, así como su menor concurrencia, por mucho que las mamás y los familiares unieran sus voces, y que los miembros de Combatividad Anexionista, encadenados brazo con brazo, también sumaran las suyas, fueron factores de indiscutible importancia en la pobre promulgación de aquel coro contestatario. Los grupos antagónicos quedaban separados por el espacio vacío del ancho de aquella calle por la cual en pocos minutos pasaría la caravana del doctor Quirindongo.

La primera competencia de los coros provino de las sirenas de las motocicletas de la policía que precedían la caravana y le abrían paso para la misma. Chiquitín, el más entusiasta del contingente de Combatividad, tocado de cerca con aquel reclamo dietético, se entusiasmó sobremanera con el coro estudiantil, más aún al verse amenazado con desaparecer tras la multiplicidad de sonidos simultáneos. Se puso como un tomate y se colocó al filo del estallido con sus gritos, que un poco sembraron el temor entre los demás encadenados, quienes lo miraban con admirada extrañeza.

Ya a mitad de la calle Isabel se escuchó aproximarse la caravana del doctor, encabezada por enormes camionetas de cuyas plataformas se levantaban babilónicas torres de acero preñadas arriba con moñas de bocinas de gran potencia llamadas tumbacocos, que escupían al aire estridentes merengues con letras políticas alternados con la música de la película *Rocky* y «La Macarena». A su alrededor se levantaba una marejada de banderas estadounidenses que le puso la carne de gallina de la emoción a Chiquitín. La del doctor Quirindongo más parecía un carnaval o un desfile de disfraces que caravana política.

Las tumbacocos acapararon el ambiente sonoro. Los coros de los manifestantes quedaron tan por debajo en los decibeles que los cantores parecían parte de otra realidad, como de una película muda. Detrás aparecieron las camionetas preñadas de políticos en abierta lucha por agarrarse de las barras de hierro que servían de apoyo a las personalidades principales. En la última de estas, alzado por algún tipo de pedestal y aguantado por una barra que subía más alto del nivel normal, venía el doctor Quirindongo, con cara de yautía asada, ojos azules de ave de rapiña, papazo contenido por agresivos productos para el cabello, papada libre como la gola de un pavo, piel más cerúlea que carnosa, todo lo cual le daba a su conjunto un aire de Mefistófeles, si estuviéramos en el medioevo, de psicópata en la era contemporánea. Al llegar a la esquina donde se enfrentaban manifestación y contramanifestación, Quirindongo, al tanto de las circunstancias, se volteó hacia el lado de los estudiantes, a quienes saludó con efusividad, inclusive estirando sus manos para tomar en ellas las de sus simpatizantes, quienes a su vez las estiraban hacia él. Una de estas fue la de Chiquitín, quien rompió la cadena humana para lanzarse en pos del contacto, y una de las pocas que no alcanzó hacer el roce anhelado con el héroe del Ideal. Al grupo del lado contrario, los empleados de Comedores Escolares, el doctor no le prestó la más mínima atención mientras lo tuvo de frente, y no fue hasta que entró de lleno en la calle Reina que se volteó un instante para mostrarle el dedo central de su mano izquierda a toda aquella indignada concurrencia, ahora ofendida por la cafrería del hombre y la caterva de sus acólitos.

La primera chuleta despegó como disparada por un rifle de chuletas. Aunque el tiro parecía certero, una especie de efecto búmeran se apoderó del proyectil, torció su rumbo e hizo que pasara sin hacer el contacto anhelado con la testa del ofensivo político, quien apenas se percató del vuelo del singular objeto por una especie de zumbido que escuchó con la punta de los pelos de la nuca, y por una vaharada de olor a carne de lechón frita que se le metió por la nariz como amoniaco. La errada chuleta dibujó una curva cerrada, atravesó, más por maledicencia que por gravedad, otro mar de cabezas, todas ellas enemigas, y fue a parar, como por mor de un nefasto destino, directo en el lado izquierdo de la cara de Chiquitín, con tal impacto que lo lanzó de espaldas sobre el asfalto, para gran sufrimiento de su coxis, como si el puñetazo de un gigante le hubiese cruzado la quijada.

Más atolondrado que adolorido, preocupado por la naturaleza del objeto ofensor de su cara, asqueado con aquella peste a grasa frita que le impregnó los bulbos olfativos, a Chiquitín, más que nada y por encima de cualquier otra consideración, lo que más le importó en aquel instante fue el paradero de sus espejuelos, que fueron a dar a un lugar indeterminado de la cuneta entre los pies de la concurrencia. Por fortuna, alguien, unas manos caritativas pertenecientes a una cara que no logró observar y cuya suavidad recuerda mejor que una imagen visual, le alcanzó los espejuelos, cuyos vidrios, también por fortuna, salieron intactos de la caída, mas no así el marco, en particular el gozne de la pata derecha, que sufrió una avería considerable al absorber de lleno el impacto directo del hueso. Cuando Chiquitín por fin se puso otra vez de pie, se pudo observar claramente dibujada la forma de la chuleta agresora, que parecía como si le hubieran pintado de rojo la silueta de África en el cachete izquierdo.

Ahí mismo se desató una lluvia de tostones pétreos, fritos hacía horas, que llegaron volando como discos serrados, y de más veloces chuletas, cuyos impactos comenzaron a derribar hasta al más plantado y a diezmar notablemente a la turba de los estudiantes. Estos, para responder a aquel ataque feroz, intentaron contraatacar con sus propios recursos, por lo que comenzaron a lanzar las hamburguesas y los perros calientes, crudos o cocidos, que se deshacían en sus manos al instante de dispararlos y llegaban hechos un rocío de carne molida y pedazos de salchicha que resultaban risibles para el adversario. Aunque intentaron la estrategia de lanzar una andanada de panes mongos, resultó inútil para amortiguar el efecto letal de los tostones, que ya habían golpeado a varios con dolorosas consecuencias, incluso a Chiquitín, quien fue derribado de nuevo con un tostonazo en la garganta. Aturdido, golpeado, no sabía cuál fue peor, si el chuletazo en la cara o el tostonazo en la nuez que casi le colapsa la tráquea. A duras penas se arrastró por el suelo con los espejuelos en una mano, sin atreverse a incorporarse por completo, dado el diluvio de proyectiles que pasaban a ras de su cabeza, hasta que logró colocarse a salvo del ataque en una de las aceras, detrás de un buzón de correo, desde donde procedió a gritarle al bando contrario animales, ratas comunistas, perros terroristas. Los tostones estallaban contra los bordes del buzón, cada vez que él asomaba un poco la cabeza para proferir sus imprecaciones, como disparados por un rifle de tostones. Deseó en ese instante con toda su pasión que pasaran dos F-16 de la aviación americana y achicharraran a esa gente con napalm. A salvo de los proyectiles donde se encontraba, observó a sus tropas tendidas sobre el campo de batalla, heridos, compungidos, neutralizados, con sus propios proyectiles convertidos en una pasta inmunda que les salía como culebras entre los dedos y se les metía por debajo de las uñas hasta el junte con la carne. Aquello era una verdadera debacle para el bando anexionista. La comida americana, se dijo, será más sabrosa y nutritiva, pero la criolla, sin duda, es más agresiva.

Recompuesto y reincorporado a la columna de Combatividad, que salió muy maltrecha de la escaramuza, Chiquitín, quien era uno de los principales afectados, y el resto del grupo, respondieron al llamado del ronco líder, a quien no se le había movido un pelo de la cabeza con la refriega ni sudado una gota, y procedieron a retirarse de esa zona de conflicto para unirse al grupo que quedó a cargo de detener las columnas comunistas que intentaban penetrar hasta el centro de la plaza por la calle Marina. Pese a que Chiquitín volvió a lastimarse la rodilla floja con la caída ocasionada por el impacto de la chuleta, y pese a que cojeó de regreso a través de la plaza, las continuas interrupciones de su marcha se debieron más a la reparación de la pata de los espejuelos, que a duras penas se le sostenían en la cara, que a la carne resentida o el cartílago dilatado o el hueso torcido de la pata humana. Quedó a la zaga del grupo para realizar una reparación más duradera, por lo que, casi imperceptiblemente, se escurrió un instante en la Farmacia González, donde compró un rollo de cinta adhesiva. Sentado en un banco justo frente al famoso negocio de los helados chinos y desde donde observaba la actividad de la esquina conflictiva, hizo la reparación del marco de los espejuelos, cuya pata quedó adherida con un bollo plástico que los hacía lucir más rotos de lo que estaban.

El vigía apostado en la azotea del edifico frente a la plaza alertó a Wendy del episodio entre los estudiantes y la unión de los Comedores Escolares. Al instante dio la orden de movilización. Acordaron reunirse otra vez en los carros en cuanto pasara la escaramuza y sólo cuando fuera seguro hacerlo. Salieron del cuarto donde fumaron y subieron de uno en fondo por otra escalera oculta que llevaba a la azotea. La altura del parapeto de los edificios les permitió moverse con risería por los techos sin ser observados desde los edificios aledaños, hasta alcanzar el edificio que hacía esquina frente a la plaza, donde les esperaba el vigía. Acorde con las instrucciones, los muchachos se apostaron en puntos equidistantes a lo largo del parapeto del edificio de manera que pudieran atacar a la muchedumbre tanto desde la calle Villa como desde la Unión. Margaro, cuya chispa y excelente disposición le ganaron el derecho de lanzar un coco explosivo, se mantuvo en la retaguardia, atento a los sonidos y los visuales de la caravana de Quirindongo cuando tomara la esquina de la calle Torres y se aproximara por la Villa. Otra era ahora su consideración principal para participar de aquella actividad de los muchachos; si antes fuera la aventura y el rompimiento con el tedio natural de esa urbe, ahora tenía consideraciones de clientes en potencia.

¡Helicóptero!, gritó Margaro, que fue quien lo sintió primero. Todos procedieron a dejar los cocos en el suelo y aglomerarse indiscretamente en un lado del parapeto, como si fueran los dueños o inquilinos de aquel edificio que observaban desde la azotea los eventos en la calle. Pasó el aparato, que pertenecía a una cadena televisiva, y se voltearon para saludar a las cámaras con la euforia normal de la gente que se emociona al salir en la pantalla chica. El helicóptero siguió de largo y fue a posarse sobre la esquina de la calle Marina, donde su ruido y ventarrón de aspas exacerbó coros y villanizó consignas. Los muchachos regresaron a sus puestos, a la espera de la señal para instaurar el caos en aquella multitud enardecida.

El evento catalítico de la jornada fue la inesperada emboscada en la que cayó la caravana del doctor Quirindongo en la calle Torres, a media cuadra de la Villa, donde fueron sorpresivamente bombardeados por una feroz artillería de tomates podridos de manos de un grupo de estudiantes del Recinto de Río Piedras, quienes prepararon la actividad con gran sigilo y la ejecutaron a la perfección. Tanto el doctor Quirindongo como los políticos de menor rango que se aferraban a sus faldas fueron impactados en alguna parte; uno de ellos recibió el tomatazo directo en la boca abierta que cantaba en esos momentos alguna consigna y la fruta, de muy suave consistencia, se convirtió al contacto en una merluza que le penetró tan profundo por la tráquea que hubo que practicarle la maniobra de Heimlich allí mismo en la camioneta; a otro le reventó en plenas fosas nasales y la papilla tomatosa le subió con tal presión por ellas, que le salió por la garganta y hasta por el lagrimal de los ojos. Sin embargo, la mayoría recibió los impactos en el cuerpo o alguna otra parte de la cabeza, aunque al blanco principal de la descarga, el doctor Quirindongo, le reventó uno en la caja del pecho y otro en el chicho de una oreja que le dejó un zumbido por varios días y luego una infección de oído causada por una pepita que le penetró hasta la cóclea, donde se pudrió. Desde luego, los vehículos quedaron embarrados de la fructosa materia colorada, hasta las bocinas de las tumbacocos, algunas de las cuales dejaron de sonar.

Aquel ataque tomatoso creó gran confusión y tumulto entre los atacados, a la vez que hizo sentir acosada a la caravana entera, que buscó una ruta de escape urgente de aquella emboscada. La guardia personal del doctor Quirindongo insistió en que se acelerara la marcha, lo que se hizo al instante, si bien el doctor no quiso meterse dentro del carro cerrado, como le exigían sus guardaespaldas, arguyendo que a él unos tomatitos no lo iban a amedrentar. La caravana entera cogió velocidad y dobló en la esquina de la calle Villa, de nuevo en dirección a la plaza, como un dragón de feria china. Margaro observó a aquella histérica masa humana tomar la curva y lanzarse calle abajo; apenas tuvo tiempo para pegarles a los muchachos un sonoro pitido para que estuvieran preparados. El helicóptero, enterado de lo que ocurría, se dirigió al lugar, pasándole de nuevo por encima a los muchachos apostados detrás del parapeto, pero sin fijarse en ellos los camarógrafos, quienes tenían los ojos puestos en la horda que se movía calle abajo como un golpe de río humano.

A todo esto, Chiquitín se acomodó en el lugar que le indicaron, al lado de una señora pálida de piel, adormilada de sentidos, remolona de reflejos, en fin, un punto débil de aquella muralla humana. Una congoja permanente se había posesionado de cada rincón de ella y la mostraba afligida desde cualquier ángulo que se le mirara. Su mundo interior la consumía de tal manera que casi se escuchaban revueltos los ríos por sus venas y parecía imposible que pudiera siquiera relacionarse con aquella actividad multitudinaria, que requería tan fuerte dosis del mundo exterior.

Señora, le dijo, si no puede con la presión, retírese, que puede salir malherida aquí hoy.

¿Cómo es?, le contestó ella, de repente espabilada y echando el cuerpo hacia atrás para separarse un poco de Chiquitín y observarlo de cuerpo entero. ¿A qué se refiere con eso de la presión?

Es que la veo con esa cara de casi llanto y me pareció que no estuviera en condiciones para resistir el embate de las hordas separatistas, le dijo casi apologético.

¿Y usted quién se cree que es para decirme eso a mí, pedazo de charlatán?, le preguntó la señora azorada por completo, gomosa, pálida como un huevo hervido, en actitud defensiva.

Fue una impresión que me causó, eso es todo. Lo digo por su seguridad…, quiso congraciarse.

¡Cállese, míster, que usted no sabe nada de seguridad! ¡A Dios!, de repente dijo, cambiando bruscamente la expresión. ¿Usted no es el mismo del lío en el Fuerte Allen?

Creo que me tiene confundido con alguien más, mintió Chiquitín, para quien este momento tarde o temprano tenía que llegarle.

¡Pues no, no lo creo! Lo recuerdo ahora claritito…, dijo ella. Miren, muchachas, quién está aquí, el manganzón que formó la tángana aquella vez en el Fuerte Allen. ¿Se acuerdan?

¡Claro que me acuerdo ahora!, dijo la doña rubia, quien apareció por detrás de Chiquitín y le dio la vuelta para observarlo a la redonda. Yo sabía que lo había visto antes. ¿Qué te hizo ahora, Luz?

Yo vi que le agarró una nalga, salió diciendo de la nada otro anciano en la formación; Chiquitín se quedó mudo con la maldad de aquel vejete.

¿Cómo es? ¿Que usted vio qué?, indagó la vieja rubia que llevaba la voz cantante, mientras se le acercaba a Chiquitín de modo desafiante.

Con estos ojos lo acabo de ver cuando la manota suya le cogió la nalga entera a doña Luz, añadió el muy malévolo.

¿Eso es verdad, Luz?, preguntó la rubia.

Luz lo miró fijo a los ojos, y en toda su actitud se mostró hostil, sospechosa.

Algo sentí…, dijo.

No, si a este no hay más que verle la cara para saber que es un degenerao y un aprovechao, dijo la vieja que lo interpelaba. ¿Y se queda ahí parado, tan fresco, como si nada?, añadió, mostrando la indignación que precede a la violencia.

Sin darle tiempo de responder, la doña desenfundó el paraguas del bulto en que lo llevaba como si sacara a la Tizona de su vaina y le propinó un violento golpe sobre la cabeza sin darle siquiera oportunidad para alzar los brazos y defenderse. Este quiso negar las acusaciones, pero la turba enardecida por el alegato del maligno viejo no aceptó excusas ni quiso pretextos, por lo que le cayó arriba como apagando fuego en un claro intento de linchar al pobre de Chiquitín, a quien acusaban de sátiro. Su corpulencia le permitió empujar a quienes le agredían —algunas señoras cayeron redondas al piso y fue un milagro que no hubo caderas fracturadas— y abrirse paso entre una concurrencia agresiva que crecía con cada empellón que él daba. Pronto fue un aguacero de sombrillazos lo que le cayó sobre prácticamente todos los grupos musculares de la cintura para arriba. Tantos fueron los sopapos que recibió, tan numerosos los paraguazos y carterazos, que fue un milagro cómo los espejuelos quedaron intactos. Apenas comenzaban a dirigirle patadas hacia el cuerpo bajo cuando un policía se volteó para intervenir a su favor, cuyo aporreo comenzaba a tornarse en el comienzo de un motín. Y tal y como a menudo ocurre, la intervención del policía sirvió para encandilar más aún los ánimos, así que las filas de Combatividad Anexionista, desquiciadas de repente por aquel infiltrado, aflojaron la cohesión de la muralla y dieron paso a que los miembros de la caravana detenida aprovecharan para colarse por los intersticios e intentaran llegar hasta la esquina de la calle Concordia, hacia donde se dirigía la caravana del doctor Quirindongo, justo debajo del edificio donde se encontraba Margaro, con sus recién conocidos amigos, a punto de darle el toque de gracia a las actividades políticas de aquella tarde.

Así que cuatro mareas humanas se dirigieron hacia esa esquina por razones y desde direcciones distintas: la caravana del doctor Quirindongo, que escapaba del acoso de los tomates; los empleados de Comedores Escolares para confrontar a Quirindongo por la afrenta del dedo; la caravana de anticolonialistas recién liberada del dique de Combatividad Anexionista; y el contingente en desbandada de Combatividad Anexionista, para bloquearle el paso a los enemigos del anexionismo. La conjunción de fuerzas en aquel lugar fue la circunstancia perfecta para Margaro y los muchachos, y hasta se diría que ellos mismos dirigieron aquellos movimientos desde la altura. Margaro, encaramado en un punto de visión más privilegiado, quiso asumir el cargo de dar la señal para comenzar los lanzamientos y hasta alzó el brazo para, al bajarlo, dar la señal de ataque; pero la realidad es que los muchachos no le prestaron atención y quedaron pendientes a las órdenes de Wendy.

En efecto, Margaro bajó el brazo, pero nadie le respondió; chupándose el labio de abajo, dejó escapar un pitido estridentísimo, que tampoco fue recogido. Le echó la culpa de su marginación al arrebato extremo de los muchachos, lo que le hizo recordar que aún faltaba concluir el negocio de la venta de su material. Corrió a reincorporarse al grupo para no perder la ocasión de lanzar su coco de la manera más calmada y certera posible. Llegó jadeando y se ocultó, como los demás, detrás del parapeto, donde Wendy había dejado una bolsa solitaria con su coco como señal de que aquel era su punto de ataque.

Recuerden, dijo ella secándose el sudor de la frente y el bozo con el dorso de la mano, tírenlos dando vueltas para que revienten en el aire, sobre las cabezas.

Y alerta con el helicóptero, dijo otro de los organizadores. Salimos de aquí a las millas por donde mismo llegamos. Wendy tiene la llave del portón, así que ella va primero. Tendremos tiempo más que suficiente para jullir.

Zapa zapa zapa zapatea la suela, cantó Wendy, dando con aquella clave la señal de ataque, a lo que los demás, al unísono, respondieron poniéndose de pie con un coco entre las manos y lanzándolos hacia arriba de la manera indicada justo en mitad de la intersección a la que llegaban al unísono los cuatro grupos contendientes. Margaro dejó para la segunda andanada el coco que le fue otorgado.

Los primeros doce cocos reventaron con violenta explosión de gas metano comprimido y sonido bajo, como de cuartos de dinamita en buzones del correo. Diez de ellos lo hicieron en el aire por efecto de la agitación del volátil gas dentro, por lo que su contenido abarcó un radio superior y uniforme y una multitud más amplia. En su mayoría, la gente recibió sobre sus cabezas una lluvia de mierda fermentada con coco podrido que los bañó de arriba abajo, embarrando pelos y brazos y ensopando ropa con una pestilencia y un sabor tan atroces que aquella concurrencia, confundida, enmudeció un instante antes de lanzar al aire un genuino grito de histeria colectiva, de locura desatada, de asco compartido, de desespero desesperado y necesidad de correr, desnudarse y lanzarse a un cuerpo de agua purificadora.

Muchos, al borde de la náusea, intentaron retroceder por donde mismo vinieron, mientras que otros intentaron llegar hasta la fuente de la plaza para lanzarse en ella. Margaro alzó un poco la cabeza por encima del parapeto y observó casi por casualidad, parado allí solo entre una gran masa de gente que corría asustada, a Chiquitín. Poseído por una maledicencia innata, decidió apuntar hacia allá su lanzamiento cuando se diera la luz verde.

Vamos a enroscar la arandela, cantó ahora Wendy, y todos procedieron a lanzar sus últimos cocos, esta vez retirándose del borde del parapeto para no ser vistos desde abajo. El coco de Margaro, último en levantar vuelo, casi le reventó en la cara a Chiquitín, quien, hasta ese momento, sólo había sido salpicado por la materia fecal. Esta vez quedó bañado de arriba abajo por la abominable materia.

Fuímonos que vámonos que fuímonos en yola, cantó finalmente Wendy, al tiempo que el contingente se movilizó tras de ella y salieron a la fuga por las azoteas, protegidos por el parapeto de la vista del helicóptero que, al colocarse a tan baja altura para observar y filmar los eventos, no pudo determinar de dónde surgieron ni la primera ni la segunda oleada de los cocos explosivos.

Capítulo XIX

Que cuenta el reencuentro de Margaro con Chiquitín,
el reencuentro de Chiquitín con los altos ejecutivos
del Partido y su descubrimiento de una verdad atroz

Aunque el eje de aquella conmoción quedó circunscrito a las inmediaciones de la esquina de las calles Concordia y Villa, el pandemonio se
regó como una septicemia por varias de las calles circundantes y estre-
meció hasta al más pacífico de los transeúntes. Hacia dondequiera que
se mirara se veían rostros desencajados, escenas emblemáticas del caos:
un señor que corría sin saber por qué mientras dirigía su mirada aterrada hacia atrás como si algo terrible lo persiguiera; una doña sentada en
el encintado de la acera que, catatónica ante el asalto de la inmundicia,
vomitaba una sustancia entre anaranjada y violeta encima de una bandera estadounidense que yacía sobre el encintado; gente a tutiplén le-
sionada con esquirlas de coco, gente a medio vestir, gente sin dirección
ni palabra, gente a llanto desconsolado empanados con aquel mierdaje,
cohibidos de actuar siquiera ante el poder aplastante de la fetidez asombrosa. Los muchachos y Margaro bajaron con más cautela que cuando
subieron, tanto por el corre y corre y la histeria desparramada por las
calles que se escuchaba afuera como por los gritos que alguien profería por un altoparlante de que ¡Busquen a esos cabrones! ¡Atrápenlos!
¡Tráiganlos vivos a la plaza para lincharlos!

Salieron de uno en uno con instrucciones de dispersarse y reunirse
en media hora donde habían dejado los carros. Margaro fue el último en
salir, aunque antes le adelantó al muchacho con quien había conversado
respecto a la compra de las flores hurtadas que le esperara en los carros
para ir a mostrarle el material. El chamaco le aseguró que sí, que lo esperaría, pero que no se demorara demasiado, no fuera a ser que los aco-

rralaran allí los ofendidos. Convenido el reencuentro, Margaro dirigió sus pasos hacia la esquina de la plaza en ánimo de conocer el estado de su jefe.

Apenas dobló la esquina de la calle Villa, le llegó de allá, como una erupción de gases sulfurosos, un miasma de alcantarilla putrefacta ante la cual tuvo que detener sus pasos para no ser arrollado por ella. Encorvado, con las manos sobre las rodillas, apenas lograba respirar por la boca aquel aire fétido que era casi azufre sublimado. Pese a la dificultad, se dirigió hacia el lugar afectado, donde permanecía un grupo bastante nutrido de personas que, entre coléricas y atolondradas, caminaban sin rumbo por mitad de la intersección alrededor de edificios chisporroteados hasta la segunda planta. Los políticos, desde luego, fueron sacados por sus escoltas al instante, y del doctor Quirindongo no se sabía nada, ni siquiera si fue alcanzado por la lluvia de heces, la cual homogeneizó a los cuatro grupos en uno solo a juzgar por lo afectado que se mostraban lo mismo el proamericano liberal que el independentista moderado que el unionado de Comedores Escolares que el anexionista furibundo que el separatista comecandela. La mierda lo pone todo parejo, se dijo Margaro en ánimo filosófico.

Atravesó la pestilente turbamulta y se dirigió hacia el área frente a la Alcaldía, donde último ubicó a Chiquitín al momento de lanzarle el coco, cuyo paradero y condición le interesaba conocer menos por motivos altruistas que personales, pues el fin de su jefe era el fin también de aquella aventura, y no le entusiasmaba ni el comienzo de un poquito regresar cabizbajo al barrio de nuevo, al nido abandonado, demasiado pronto para traer consigo las riquezas prometidas. ¡Claro que no! ¡Nada de vueltas atrás, nada de darle la razón a su mujer, que le previno del fin cercano de aquella aventurilla sin sentido! Y ahora menos, con el cargamento que llevaba, cuyo hurto debía ser ya de conocimiento general hasta en su propio barrio. De repente le preocupó que relacionaran el día de su partida y el rumbo que tomaron, que todo se conoce en los barrios. Sobraba decir que le aplicarían la ley de la calle, con o sin evidencia, en caso de que se apareciera ahora por allí.

No obstante, pese a sus consideraciones personales, no podía negarse que ya le había tomado cierto afecto a su jefe, por ser en el fondo persona de buena estrella, si bien un tanto eclipsada por sus ideas y atolondrado por sus obsesiones; genuino, pero robado de su sanidad; serio, pero entretenido. Lo que sí es que a aquella locura política suya era difícil para Margaro darle seguimiento y sentir demasiada conmiseración por ella, por parecerle una evidente cogida de zoquete. Sencillamente no podía caberle en la cabeza a Margaro, por mucho que quisiera su jefe atacuñarle dentro, que un hombre maduro como él, inteligente, fuera apóstol de tales ideas y se hiciera esclavo de semejante obsesión. Bien merecido se tenía el mierdero, pensó Margaro en un intento psicológico por justificar su propia maldad y purgar la culpa por la alevosía con que lanzó el coco contra él. De todos modos, quiso acercarse a la zona frente a la Alcaldía donde último lo viera, buscarlo con la vista y cerciorarse de que no se hallara en un trance desesperado.

Poco le costó ubicarlo. Allí, en mitad de la ancha acera de losa pulida, resbalosa ahora por los líquidos rociados sobre ella y los expulsados por las gargantas de los más afectados, distinguió a Chiquitín arrastrándose entre la mugre del suelo, palpando con ambas manos a su alrededor en la búsqueda angustiosa de algo evidentemente demasiado valioso como para anular cualquier rastro de melindre que rondara aún por sus sentidos. Margaro determinó que aquella desesperación era más bien angustia exacerbada, y que aquel revolcarse por aquella materia a tal punto repugnante era señal evidente del naufragio absoluto de su persona.

¡Diache!, dijo al llegar junto a él y observar esa catástrofe humana. ¿O miente mi mirada o me lo han hecho masa para una alcapurria monumental?

Ven acá, chistosito, le dijo Chiquitín deteniendo de súbito sus faenas sin alzar la vista del suelo. Dime una cosa con total honestidad, ¿tú de verdad piensas que es el momento de estarse con ese relajito y esas bromitas de mal gusto? ¿No te parece a ti, Margaro hermano, Margaro amigo, suficiente catástrofe verme en este angustioso trance, para venir con esa zumba? ¿O no ves que se me ha perdido un lente de los espejuelos, pedazo de bestia, que para mí es lo mismo que si me hubieran sacado un ojo con un punzón?

Y cambiando ahora de interlocutor, dirigiendo su mirada al cielo y sus palabras a todo y a nada al mismo tiempo, a Margaro y no a Margaro, arrodillado allí con las manos en alto en son de súplica y en idéntica pose a la de la estatua del esclavo liberado en la plaza de la Abolición, gritó desesperado y al borde del llanto: ¡Oh, ataque vil de la canalla comunista! ¡Infame emboscada! ¡De qué injuria monstruosa hemos sido víctimas nosotros, los que defendemos el más sagrado de los ideales, nosotros, la gente más pura y bendecida que tiene este hoyo de mimes que es la isla de mierda esta! ¿Qué pasa, señor presidente, señor secretario de la Defensa, qué pasa que no aparecen los dichosos helicópteros de la Marina y vuelan en mil pedazos a los malditos terroristas que nos han atacado con sus bombas? ¿Qué ocurre, Jorge Washington, que tu FBI no se apersona aquí ahora mismo y le llueve plomos a los viles bolcheviques que nos han arremetido? ¿Por qué no los meten presos ahora, sin derecho a fianza y con derecho a tortura? Yo te digo, Margaro, en medio de las circunstancias extremadas en que me ves, que no hay mejor momento que ahora para hablar de estas cosas ni nada peor que la ingratitud, y esto que ha pasado aquí han sido los cuervos queriendo dejar ciegos a los amos, ha sido un picoteo de las manos que alimentan. Yo te digo, aquí y ahora, y sin que se me quede nada por dentro, que esta isla se va a ir por el mismísimo boquete del puñetero carajo. Y lo digo yo, que sé lo que estoy diciendo. ¡Nos vamos a ir por la cloaca del régimen bolchevique que nos quieren imponer los separatistas! Si nosotros, los proamericanos, no paramos a esta gente ahora, hoy, ayer, en seco, y no en este mojado que nos han impuesto, se nos van a quedar con el kiosco, nos van a empujar la república, ya no digamos por la cocina, ¡por el medio de la sala nos la van a meter! A fuerza de bombazos y terrorismo, claro, como han hecho hoy en esta benemérita ciudad de Ponce, que tan proamericana y agradecida ha sido siempre.

Chiquitín llevaba colocado sobre el puente de la nariz lo que quedaba de sus espejuelos, es decir, una estructura de pasta con ínfulas de firmeza, pero contorsionada de modo radical, irreversible y lastimoso, lo cual le daba tal aire de desamparo a su rostro que a Margaro se le subió un escalofrío por las vértebras y, de pura lástima y sentimiento de culpa que le dio, se le pusieron los ojos como vidrios humedecidos por un viento de lluvia.

¿Dije o no dije que se me perdió un lente entre toda esta porquería?, preguntó de modo retórico Chiquitín, a la vez que le encajaba una mirada exigente con el ojo que aún veía por lente. Ayúdame a encontrarlo, te lo suplico, aunque te embarres un poco las manos, que ya tú me ves a mí como estoy de los pies a la cabeza en esta inmundicia y no me he muerto. Déjame decirte que te conviene ayudarme, aunque te lo sufras un poquito, porque de lo contrario tendrás que considerarme incapacitado, cosa que no te conviene en lo absoluto, pues significa conducir tú la tricicleta, llevar tú la ruta y, para todos los efectos, ser mi lazarillo. Anda, eñangótate bonitamente por aquí, respira por la boca con suavidad, que así se te va a hacer más fácil, pero apúrate, te lo ruego, que en cualquier momento lo pisa alguien y adiós vidrio, adiós visión, adiós tranquilidad, adiós todo, dijo Chiquitín al punto en que volvió a poner su atención en lo que sus manos palpaban alrededor y dentro de aquel líquido abominable, mientras farfullaba entre dientes.

Aunque le costó mantener la compostura ante el escenario y no romper con una carcajada desconsiderada la solemnidad que le imponía la locura de su jefe, Margaro quiso ayudarlo sin que ello implicara caer en cuatro patas como él sobre aquella cochambre que ya bastante le había embarrado los tenis. Dado que, a diferencia de él, su vista le era más útil en aquel trance que su tacto, optó por mirar desde arriba y escudriñar el material con una rama seca que le arrancó a un roble sembrado en la acera. Con ella empujó la materia semisólida para distinguir qué era madera de coco, qué hueso de chuleta, qué presas de pollo a medio digerir y qué, entre todo aquello, lente de espejuelo, que imaginó como un pedazo de hielo derretido. Chiquitín lo miró un instante con el ojo grande y, haciendo con la boca un mohín de resignación mientras dejaba escapar otro suspiro prolongado, dijo en voz alta, aunque para sí, ¡Vaya esfuerzo del esforzado! ¡Vaya asistencia del asistente! ¡Vaya ayuda del ayudante me gasto! ¡Vaya comodín que estoy criando que no está dispuesto a ensuciarse las manitas un poquito y prefiere que su jefe, que es la cabeza de la expedición, que es el faro que alumbra, ande arrastrándose por la porquería! Ya veremos cómo se refleja después esto en el salario, jovencito, ya veremos... Porque de que se refleja, se refleja, eso ya lo puedes dar por cosa tan segura como que mañana saldrá el sol...

En eso se escuchó un gran alarido de sirenas en distintos tonos que no se sabía si eran de policía, bomberos, alguaciles, federales o emergencias médicas, que creó gran aturdimiento en Margaro, por no saber si quedarse quieto o salir corriendo. Chiquitín subió la cara con expresión de orgullo, convencido de que se trataba de la llegada gloriosa de las autoridades americanas al lugar de la escena. Pronto aparecieron dos camiones de bombero por la calle Isabel, que bajaron por el lateral oeste de la plaza y se detuvieron cerca de la esquina del conflicto. Sin encomendarse a nadie, como si se alzaran grandes llamaradas de alguna estructura cercana, procedieron a conectar con gran premura las mangueras a las bocas de incendio aledañas, las cuales abrieron con sendas llaves inglesas, y comenzaron a lanzar enormes chorros hacia el aire en ánimo de crear una lluvia artificial que limpiase la mugre y bañara a los infectos. Margaro, uno de los pocos secos, no tuvo tiempo para comprender lo que ocurría ni para refugiarse de aquel chubasco, por lo que, en menos de un instante, quedó por completo ensopado y salpicado del caldo que al instante se formó en el suelo, ahora más líquido pero también más resbaloso, y que corría hacia la alcantarilla llevándose consigo toda la materia sólida o semisólida.

¡Margaro, Margaro, hacia allá, le gritó Chiquitín señalándole la alcantarilla, lánzate de cabeza hacia allá que se nos va el lente por la cloaca!

Margaro respondió más por el acto reflejo que provocó el grito que por el deseo genuino de evitar la pérdida. Así que su cuerpo casi saltó hacia el área por donde bajaba la corriente y, fuera por la exageración del impulso original, fuera porque las losas, al mojarse, se transformaban en lascas de jabón, o fuera porque una masa de espagueti ya aflojados por los jugos gástricos que una gorda poco antes vomitara se le metió bajo el zapato que cubría su pie veloz, lo cierto es que Margaro se dio un resbalón apoteósico que arrancó con una pirueta aérea y concluyó con una caída estrepitosa en mitad de la deplorable escorrentía.

¡Puñeeeeeeeeeeeeta!, gritó a voz en cuello con una cólera titánica que provocó un eco sólo posible entre los fiordos más escarpados. ¡Me cago en Dios y sus siete mil arcángeles y en la madre que los parió a todos ellos!, añadió, a la vez que se puso de pie de un brinco para minimizar el daño del nauseabundo líquido que le había impregnado hasta los calzoncillos y llegado hasta las medias. ¡Usted ve, don Chiquitín, por hacerle caso! ¡Yo me cago mil veces en la potoroca! Así me quería ver, ¿verdad? ¡Humillado como usted! Ya sabía yo que nada se me había perdido por aquí, cojones, y que usted me llevaría a la desgracia. ¡Mal rayo parta la puta cuera madre que lo parió a usted también, don Chiquitín!, dijo fuera de sí, aunque consciente de la gravedad de la injuria. Chiquitín hizo buche. Cerrado, pues, el pico de Chiquitín, y roto el dique de su lengua, las maldiciones y palabrotas que se desencadenaron por la garganta de Margaro fueron de tal prodigio, que parecía como si las leyes de la gramática y sintaxis del lenguaje se hubieran inventado para él acomodar el mayor número de obscenidades en cada oración sin que se perdiera su sentido.

En poco tiempo el agua que cayó sobre la zona barrió con todo alcantarilla abajo, llevándose el vidrio sólido del espejuelo de Chiquitín, que se perdió en el espejo líquido del agua. Margaro se había calmado ahora que aquel chubasco lo limpiaba un poco de la inmundicia. Bueno que me pase, se fustigaba, quién me manda, me lo gané, que si esto no es chenche por chenche, entonces no hay chenche que valga un cojón de hormiga brava, porque Dios no se queda con nada de nadie, y a la larga o a la corta el que rompe, paga, y el que ensucia, limpia, murmuraba para sí conmovido por aquel castigo inmediato a su participación activa en aquel caos. ¡Y cuántas fueron las veces que escuché a la abuela Monse, que en paz descanse, decir que lo que aquí se hace se paga aquí, y que vino que bebe el borracho en el mismo bebedor se venga! ¿Mil, dos mil? Esto es el ojo de la Providencia, que todo lo observa. Es la ley del castigo merecido, el decreto del yoyo, el dictamen del búmeran. Bueno que me pase, por morder y también querer soplar.

Justo en este punto de la diatriba recordó que debía encontrarse con los muchachos de Mayagüez, quienes se burlarían de él hasta el retorcimiento cuando lo vieran llegar en semejante estado. Mas no por ello dejó de salir disparado hacia el lugar del encuentro, temeroso de su tardanza, no sin antes hacerle saber a Chiquitín, de muy mala gana, que se encontrarían en la casa de la calle León en una hora porque tenía una diligencia que atender. Chiquitín le respondió con la cabeza sin levantar la vista de la rejilla de la alcantarilla, la cual observaba más fijamente que a un oráculo, confiado en encontrar el lente en la materia pillada entre las rejillas, la cual escarbaba con los dedos gruesos sin asco, sin contemplaciones, sin remilgos.

Como me imaginé, dijo Margaro cuando, al llegar al lugar convenido, no quedaba ni siquiera fugitivo en el aire el polvo que levantaron los carros al salir de aquel solar baldío; nuevas maldiciones, entre las que se destacaban ataques contra su vida gris y su suerte perra, así como la aceptación de que la puerca tronchó el rabo y que ahora sí podía comenzar a cagarse en la madre que lo parió a él también. Para colmo, en la excitación de la actividad tampoco le cogió a nadie ni el número de teléfono ni el nombre completo, por lo que debió conformarse con saber que eran estudiantes independentistas del Colegio de Mayagüez, que no era información demasiado insignificante. Nada, se dijo con resignación, iré hasta allá en carro público y procuro a Wendy, que estoy seguro de que a esa macha la conocen todos los que bailan en ese colegio. Con frío ahora por las ropas mojadas, regresó, cabizbajo, a la casa de la calle León, con la intención dual de cambiarse de ropa primero y calmar con su pipa el ánimo inmediatamente después.

Chiquitín, entretanto, alicaído con el resultado de aquella confrontación y hecho pacto de aceptación con la pérdida visual, aunque incapaz aún de contrarrestar el desfase óptico, se dirigió sin pensarlo rumbo a la calle León vía la calle Luna en la misma dirección por donde vio partir a Margaro. Pero el destino le jugó la mala pasada de llevarlo justo frente a la oficina del licenciado Miranda Nimbo, de quien, debido al estado en que se encontraba, se olvidó por completo y hasta extravió en el recuerdo la dirección de su despacho. Poco antes de llegar a él, a través del único ojo que le servía de algo aún para observar a la distancia, se percató de dos automóviles negros de cuatro puertas y cristales ahumados que se estacionaron media cuadra adelante, desde cuyo interior descendieron varias personalidades del ambiente político, algunas conocidas por él en el plano personal, otras admiradas desde la distancia.

El primero en salir fue un individuo alto, flaco, más largo de extremidades que de torso, cuello avestruzado, rostro enjuto, expresión reconcentrada, ojos pequeños y separados tapados con cejas frondosas, cuyas miradas, visto de frente, se entrecruzaban; perfil aviforme, pelo corto entrecano y un bigote finito, menor en extensión que el labio superior, que le daba un aspecto la verdad que siniestro. Se trataba del licenciado Jonathan Jiménez Schalkheit, secretario general del partido anexionista y reconocido por su falta de escrúpulos, espíritu conflictivo, acritud y maldad acumulada, atributos que le habían ganado una posición de liderato dentro de aquella colectividad. Aunque enredándosele las rodillas al salir del vehículo, Chiquitín lo vio apearse con una arrogancia extrema, vestido con camisa de manga corta a rayas azules, sin mácula o indicios siquiera remotos de haber participado o halládose en la periferia del bombardeo de mierda que a tantos afectara. Su expresión mostraba disgusto por la peste que prevalecía en la zona, pese al enjuague de los bomberos, mientras se dirigía a una puerta que al primer intento de abrirla se mostró renuente y al segundo, tras un intervalo de varios segundos, cooperadora.

Por la misma puerta que entrara el licenciado Jiménez Schalkheit salió ahora, con actitud anfitriónica, el licenciado Miranda Nimbo, quien se acercó con grandes reverencias a la puerta dejada abierta del carro, por donde casi mete medio cuerpo al doblarse para estirar la mano hacia su interior. Volvió a incorporarse y sacó, tomada por la suya, la mano de una mujer joven peinada a la antigua, con vuelos y rizos y tirabuzones, de cara regordeta, cuerpo henchido, más parecida a una muñeca de guata que a la senadora Catalina Cruz, a quien Chiquitín reconoció con regocijo, por ser ella uno de sus personajes políticos predilectos. Tras poner también cara de disgusto por la hedentina de la calle, que la abofeteó al salir, se mostró encantada y hasta coqueta con la galantería de Miranda Nimbo, quien la llevó hasta la puerta con su mano en alto como se hace con las reinas de belleza. Perdida de vista la senadora dentro de lo que ya había concluido Chiquitín que era la oficina de Nimbo, el licenciado regresó a la puerta todavía abierta del primer carro y la cerró con una patada entre arrogante y chistosa, sin duda para el disfrute de quienes venían en el segundo carro, estacionado detrás, hacia el cual se dirigió.

De este se apearon dos muchachas jóvenes, de piernas largas y faldas cortas, vestidas con blusas de telas semitransparentes y escotes vertiginosos, calzadas con tacos elevados que acentuaban la firmeza de sus nalgas y las putanizaba sobremanera, quienes anduvieron hacia la puerta con apetitoso tongoneo y actitud de andarse metidas en fiesta. Mientras Nimbo conversaba con alguien que seguía dentro, Chiquitín, llevado por un momento de lucidez que le sobrevino y la posibilidad de expresarle a algún cocoroco del Partido su pesar propio por lo ocurrido aquel día, decidió abordarlo.

Mientras se acercaba al carro, observó que una mano perteneciente a un cuerpo todavía oculto dentro del carro comenzó a pasarle al licenciado botellitas de Breezer en tal cantidad que casi no pudo acomodarlas todas entre los brazos y a punto estuvo de dejar caer un par de ellas al suelo mientras reía nerviosamente con aquel excedente. Acto seguido, salió Hamilton Masul del interior del vehículo, o más bien eclosionó Hamilton Masul del interior, alto, serio, vestido de gabán, corbata y pañuelo en solapa, impecable, con el papazo intacto y el porte de *dandy*. Con paso confiado se dirigió hacia la puerta de la oficina, seguido por el licenciado Nimbo, quien de anfitrión pasó a ser, casi como por un conjuro, sirviente de Masul, su negro, su muchachón. Renqueando un poco, ensopado de sustancias pestilentes y guiado por la visión de un solo ojo, Chiquitín se acercó hacia ellos haciendo torpes saludos con una de sus manos, dado que la otra se mantenía ocupada en aplicar presión al muslo de la pierna coja para que cojeara menos. Puesto que la distancia del carro a la puerta de la oficina era corta, que los pasos de Masul eran largos y los de Miranda menudos, calculó que debía llamarles la atención pronto, así que se movió en ángulo oblicuo, de manera que pudiera interceptarlos antes de que alcanzaran la oficina.

¡Licenciado Nimbo! ¡Honorable Masul!, gritó hacia el lugar donde tanto Masul como Miranda se detuvieron —Miranda casi dejando caer otra vez una botellita— para observar, atónitos, quién daba aquellas voces tan insistentes y qué tipo de hombre era aquel que se aproximaba como una locomotora sin conductor y al que ambos, casi al unísono, reconocieron al instante.

No me digas…, dijo Masul por lo bajo, asustado con la respuesta de Miranda.

Sí te digo…, confirmó Miranda.

¿Motel Paraíso?

Me temo que sí, reconfirmó Miranda igualmente sorprendido. Esa noche, por aquello de parecerle confiable, le di la dirección de la oficina y ahora da la mala pata que lo tengo aquí de cuerpo presente. ¡Malrayo lo parta!

Ya van dos las veces que nos agarra con las manos en la masa, y yo la verdad que no creo en las coincidencias, dijo Masul, quien dio a Chiquitín ya no por sospechoso, sino por culpable. Apuesto mis dos pelotas a que es agente de la Fiscalía federal.

O de la Fiscalía local, que tampoco se puede descartar así como así, interrumpió Miranda.

A la local me la paso yo por la raja del culo. La federal es a la que hay que tenerle cuidado, que ya tú sabes lo recto que son los americanos con eso de la contabilidad y los números.

Chiquitín llegó hasta ellos casi corriendo, y fue tal la emoción que lo embargaba que no calculó bien la distancia y a punto estuvo de llevárselos en estampida.

¡Suave, hombre, suave!, dijo Miranda Nimbo casi interponiéndose para evitar la embestida del cuerpo de Chiquitín, que se deslizaba ya por la acera y parecía imparable.

¡Alabada sea la santa Nación Americana!, dijo jadeante y a modo de saludo, deteniéndose apenas a tres pies del abogado.

Ambos, Masul y Nimbo, quedaron lo que se dice maravillados con aquel saludo, que sin duda hablaba de un fanatismo sometido a toda prueba, infalible, incuestionable, rallado por el vidrio grueso de la demencia.

Alabada sea, respondió Masul, y alabada sea, repitió Miranda.

Licenciado, dijo Chiquitín apenas recuperado el aliento, dirigiéndose a Nimbo, honorable, le dijo ahora a Masul, haciendo ademán de querer arrodillarse sin intención real de concluir la genuflexión. Otra vez nos coloca el destino por la misma senda, aunque no en situación tan agraciada como hubiera deseado. Como sabrán, y podrán apreciar en mí, hemos sido duramente agredidos los proamericanos por las tropas elite de Fidel Castro. Ha sido una catástrofe bélica. Es el principio de la guerra, al menos así lo veo yo…

Tranquilo, hermano, y no estire tanto ese chicle. Tanto como tropas cubanas corriendo por las calles de Ponce no creo, ni cosa que siquiera remotamente se le parezca. Eso se lo puedo asegurar yo, dijo Hamilton Masul con un grado de irritación palpable en su voz.

Pues no esté tan seguro, con todo el respeto que se merece. Que si no son tropas rojas las que nos han hecho esto, guerrilleros entrenados en Cuba sí son, independentistas comecandela y furibundos, que es el mismo bombón con distinto empaque, contestó Chiquitín exaltado y hasta mirando fugazmente hacia los lados como a la caza de pruebas para sus afirmaciones.

Escuchamos por la radio que lo que hubo fue tremenda sinvergüencería, pero no más, dijo el licenciado Nimbo, acercándose a Chiquitín y dándole a entender con un respingamiento de la nariz que su hedor respondía a tal desvergüenza.

Se acuerda de mí, supongo..., comentó Chiquitín para cerciorarse. Motel Paraíso..., añadió.

Pues por supuesto, cómo iba a olvidarlo, dijo Nimbo por compromiso. Oiga, se ve usted bastante maltrecho, don... don..., dijo Nimbo mientras reacomodaba los Breezer entre los brazos y buscaba por las gavetas de la memoria el nombre alegadamente fugado de ella.

Chiquitín, Chiquitín Campala Suárez, hijo de esta benemérita ciudad de Ponce que tan proamericana ha sido siempre y hoy, ya ven ustedes, tan vilmente desacrada...

¡Claro, don Chiquitín! Tenemos asuntos pendientes usted y yo, ¿no es así?

No sé si tanto como pendientes. Se trata de las dichosas leyes de patrimonio arqueológico las que me preocupan, los derechos que amparan al arqueólogo profesional, una orientación es lo pendiente que tendría con usted. Pero como cada vez que lo veo a usted lo veo en compañía del honorable Hamilton Masul, prohombre del Ideal, me pregunto si acaso no habrá aquí un mensaje oculto... No sé. Es mucha casualidad puesta junta...

Yo pienso lo mismo, intervino Masul mientras se acomodaba el nudo de la corbata rosada. Déjalo entrar, Miranda, para que se asee en la duchita del baño de atrás y lave esa ropa en las máquinas. Ya Masul había decidido neutralizar al individuo, luego de descubrir, por supuesto, para quién trabajaba y cuál era su propósito en infiltrarlos. Entre, don Chiquitín, báñese y restablézcase, que bastante ha luchado usted hoy por mantener enarbolada la bandera del Ideal.

Lo dice y no lo sabe, que hasta un lente de los espejuelos perdí en la refriega, por lo que salí de ella tuerto de un ojo y cojo de una rodilla, dijo Chiquitín con abatimiento. Ha sido un Iwo Jima personal...

Venga, hombre, no se lamente, que sólo los flojos de espíritu lamentan sus caídas, dijo Miranda Nimbo, comprendidas las maquinaciones del líder cameral.

Miranda guio a Chiquitín por el dédalo de su oficina, vacía a aquella hora de clientes y secretarias, a través de un pasillo estrecho de paredes construidas con finos paneles de madera, cuyo cielo raso de paneles acústicos acrecentó la certeza de Chiquitín, tan impresionable, de encontrarse en un respetable despacho de licenciado en Derecho. Después de varios virajes en ángulo recto, Miranda le abrió una puerta y encendió la luz de lo que mostró ser un pequeño baño con todas las comodidades de uno grande. A Chiquitín se le cruzó la idea de que aquel tenía la apariencia de ser el baño clandestino de un hombre adúltero, mas no quiso atribuirles aquel comportamiento a personajes dignos de su admiración.

Siéntase como en su casa, don Chiquitín, que este baño lo tenemos para cuando trabajamos horas largas, que a veces hay que refrescarse o salir directo para el Tribunal, usted sabe cómo es la cosa, le dijo cerrando la frase con un guiño. Páseme la ropa cuando se la quite para bañársela en lo que usted se lava, digo, lavársela en lo que usted se baña..., dijo con mueca jocosa. ¡Es que tengo tanta cosa en la cabeza! Cuando salga, chequee a ver si ya paró de lavar y la pone a secar. Sabe usar esas máquinas modernas, ¿verdad?

Chiquitín contestó en la afirmativa cuando en realidad debió hacerlo en la negativa, pero se figuró que no debía ser demasiado complicado averiguarlo, menos aún si las instrucciones estaban en inglés.

Están en el último cuartito al fondo del pasillo. Cuando esté listo se une a nosotros allá, en el salón de conferencias, la segunda puerta de la izquierda cuando entra. Tómese su tiempo en la ducha, estrújese bien, que ese olor es penetrante, dijo Miranda con una sonrisa entre enigmática y forzada, seguro de que aquella amabilidad con ese individuo tan anormal y despreciable no estaba en función de ningún propósito noble, como bien sabía que ninguno podía salir de la cabeza de Hamilton. Chiquitín, quien observó aquella sonrisa de Miranda, pero malinterpretó sus motivos, quedó perplejo por el trato distinguido que recibía por parte del alto liderato del Partido. La presencia meramente, varias habitaciones más allá, no sólo de Hamilton Masul, a quien ya conocía de la vez anterior y que fue quien lo convidó al aseo, sino del secretario general del Partido mismo, quien a ojos de Chiquitín gozaba de un prestigio y una estatura sólo superada por el doctor Quirindongo, lo hacía sentirse flojo en las rodillas y confirmaba sus presagios de que alguna gran encomienda a favor del Ideal tenía el destino reservada para él. En un día, en un solo día, había tenido contacto, visual al menos, lo que significaba estar bajo la influencia de su aura, con dos pilares del anexionismo, se decía Chiquitín mientras se desnudaba con urgencia para dejarle la ropa a Miranda, quien esperaba afuera por ella. Sacó de uno de los bolsillos del pantalón los billetes mojados de aquella agua infecta, que puso a enjuagar en el lavamanos; abrió la puerta un poco y por la ranura dejó caer en el suelo la ropa mojada y hedionda, que sonó como un sábalo de diez libras al pegar contra el linóleo. El licenciado se había marchado. Chiquitín abrió aún más la puerta, sacó la cabeza, pero no vio a nadie en ninguna dirección. Pensó que Nimbo debía estar preparando las máquinas.

En pelotas y sin nada consigo salvo los billetes que puso a secar en la losa del lavamanos, Chiquitín se entregó al placer del agua de la ducha cayéndole sobre la calva, lo cual, aunque no llegaba a la euforia, sí le permitió enajenarse un poco de las raras circunstancias en las que se encontraba. Sus pensamientos se apelotonaron en torno al privilegio de la proximidad de tan relevantes figuras. Al momento, un ejército de fantasías acudió a un llamado secreto suyo. El chorro de agua tibia que le fue ablandando el cuero del cráneo estimuló en su cerebro una serie de ensayos de las palabras que diría a los líderes, de los conceptos que presentaría, de los planes que pondría sobre la mesa y sus propuestas para atajar el tortuoso camino hacia la Anexión. Al final del baño, sólo al final, cuando se enjabonaba precisamente las partes pudendas, se cuestionó la presencia de las muchachas.

¿Serán hijas de Masul? ¿Sobrinas suyas? ¿Primas? ¿Hijastras? ¿Candidatas del partido a puestos electivos? ¡Es que son cada vez más jóvenes las activistas anexionistas!

¿Y las falditas? ¿Y los tacos?, se preguntó casi con escándalo, sin percatarse siquiera del principio de erección que tenía entre las manos. ¡Porque para estar aquí, en esta reunión, con Masul y Jiménez Schalkheit y Nimbo, no se puede ser ningún pelafustán!

Al cabo de media hora de restregarse y quedarse casi dormido bajo el agua, que a él, por el efecto narcotizante que le causó el agua tibia en la cabeza y el cansancio natural del cuerpo, le pareció más bien hora y media, salió azorado de la ducha, se secó con una toalla que encontró disponible y salió al pasillo convencido de su retraso. Bárbara fue su sorpresa cuando, al salir con aquel apuro, casi se escocota con la montaña de su ropa, que permanecía donde la dejara y que había supurado una especie de pus amarilla y pestilente que corría pasillo abajo.

Antes disculpativo que indignado, estimó que bastante ocupado debía estar de por sí el licenciado Nimbo con sus huéspedes para estarle lavando la ropa hedionda a él. ¿Qué era Miranda de él? ¿Otra doña Nanó, que no permitía que cayera una pieza de ropa sucia suya al suelo? ¡Las pretensiones, los delirios!, se recriminó, mientras recogía su ropa ahora con un asco renovado, aunque contento de que fuera él quien lo hiciera y no el licenciado, lo cual le hubiera causado un gran bochorno. Con sólo la toalla para cubrirse, fue hasta el cuartito donde le indicó Miranda que se encontraban las máquinas. Ambos eran aparatos muy modernos, lo que impidió que Chiquitín comprendiera el panel de funcionamiento, la complicación de los ciclos, tiempos y temperaturas, qué botón oprimir, cuál rueda girar o por dónde echar el jabón líquido, que fue el que encontró disponible en un pequeño armario sobre las máquinas. Descifrar aquello estaba, en definitiva, muy apartado de sus posibilidades, por mucho inglés que supiera, y pensó que tal vez pudiera avisarle al licenciado para que lo ayudara con la parte operativa de la maquinaria. ¡Y después que le dijo que sí, que sabía usarlas! ¿Con qué cara ahora?

Anduvo por el pasillo en dirección a la entrada y, al doblar la penúltima vuelta, escuchó voces de hombre y de mujer, o más bien de jovencitas, que supuso que debían ser las futuras candidatas a elección que vio salir del carro de Masul. Le extrañó, a juzgar por lo exaltado de las voces y las risas descontroladas que se escuchaban, que no fuera de estrategia ni de planificación política la reunión que allí ocurría. A medida que se acercaba, más altas eran las voces, más frenéticas las risas, más audibles los cuchicheos. Música estridente, gritos femeninos de gozo con la música y, de cuando en cuando, la voz de Hamilton que atravesaba las paredes con mayor coherencia que las demás voces. ¡Dáselas, Johnny, que no les van a hacer na!, escuchó Chiquitín que decía. ¡No seas tan mamalón y dáselas! Luego hubo un amago de protesta sin mucho ánimo por parte de las muchachas, sin vehemencia, con algo de resistencia cosmética. ¡Eso es, eso es! ¡Dale pa'bajo! ¡Bebe! ¡Dale, dale, dale! ¡Traga, coño, traga!, agitaban las voces masculinas. Chiquitín pensó que irrumpir en aquel grupo alegre y regocijado, en la facha en que se encontraba, para solicitar auxilio en aquel asunto tan pedestre, no luciría para nada positivo y más bien presentaría la ocasión perfecta para la mofa, por lo que hizo una retirada estratégica. Asombrado con las voces que escuchó, que mucho distaban de lo que imaginó que ocurría en aquella reunión —deben de estar cogiéndose un breiquecito en el debate ideológico, se dijo—, regresó casi corriendo por el pasillo hasta las máquinas y metió la ropa en la secadora, la cual descifró más o menos cómo operar.

Una media hora esperó Chiquitín sentado en el suelo en lo que secaba un poco la ropa. El nivel de risería aumentó progresivamente durante el tiempo que duró su espera. Las voces parecían muy exaltadas. Escuchó mucha puerta abrir y cerrarse, mucho paso dirigirse hacia él sin materializarse. Desesperado, determinó que ya la tela se había secado lo suficiente como para de nuevo cubrirle el cuerpo sin desagrado. Lo blanco de la camisa, de las medias, del calzoncillo, quedó, desde luego, ligeramente amarillo, y el conjunto despedía una catinga a la que estaba ya inmune su olfato, pero que para los demás resultaría ofensivísima.

Mientras se amarraba los zapatos, sintió un frémito femenino súbitamente acallado que supo, no sabía ni por qué, respondía menos al júbilo que al miedo o al dolor. Disipó la corazonada su convencimiento de que el lugar en que se encontraba era el más seguro en el que podía estarse, pues personas del nivel que se congregaban allí no podían estar en un lugar peligroso. Aquel era terreno de patriotas americanos, de líderes del Ideal, que eran inmunes a, o más bien incapaces de incurrir en comportamiento alguno que resultara indecoroso. Pese a ello, volvió a sentir que la fracción de grito que escuchó llevaba cifrado el terror. En eso comenzó a oír una serie de nuevos gemidos —¡porque gemidos eran!— que fueron leña para la hoguera de su sospecha de que algo inusitado ocurría en aquel sagrado recinto del anexionismo.

Se encasquetó lo mejor que pudo los catastróficos espejuelos sobre la nariz y encaminó sus pasos hacia donde antes escuchara el jolgorio que no se atrevió a interrumpir.

¿Tercera puerta, dijo Nimbo, o segunda? Al llegar al último tramo del pasillo se confrontó con cuatro puertas a su derecha. Tocó en una con timidez y, sin esperar respuesta, o más bien creyendo haber escuchado una respuesta afirmativa, giró la perilla y entró.

Antes que la vista, fueron el oído y el olfato los primeros sentidos en establecer contacto entre Chiquitín y la escena. Primero fue el jadeo de un cuerpo excitado, un jadeo animal, columpiado entre el esfuerzo físico y el placer, llevado por un ritmo que hizo a la consciencia de su dueño perder la noción de lo circundante, el pudor, el sentido de lo permisible. Después le llegó el aletazo de un efluvio ferroso producido por un cuerpo lúbrico que accionó su propio mecanismo del deseo y ocasionó un leve estímulo, un impulso remoto en el órgano eréctil. El jadeo calló más por el cuchillo de luz que entró del pasillo por la puerta abierta que por la cesación de la actividad que lo causaba. Llevada su mano hasta el interruptor en la pared por a saber qué noble instinto de conservación o cuál macabro deseo suicida, Chiquitín encendió la luz.

Sobre un sofá de cuero entre amarillo y anaranjado, Chiquitín observó tres cuerpos en grados distintos de desnudez. Uno de ellos, el único que mostraba actividad motora propia, le daba la espalda a él y llevaba puesta la misma chaqueta que Chiquitín observó en don Hamilton Masul cuando se encontraron en la puerta de la calle, así como los mismos pantalones, sólo que ahora le llegaban a las rodillas. De él propiamente hablando, de su carne desnuda, sólo observó su par de nalgas que le parecieron demasiado grandes para un cuerpo humano, las cuales continuaron moviéndose como por una acción pélvica autónoma, sobre dos piernas desnudas de mujer que se observaban a ambos lados y cuyos pies, inertes, aplomados por el peso de los tacos que aún llevaban puestos, se sacudían violentamente en la coyuntura del tobillo cada vez que las nalgas se hundían. Aparte de esas dos pieles principales, la tercera era también pierna desnuda en su mayoría, y también cara, de otra chica que yacía boca arriba, en aparente estado de inconsciencia, junto a los dos acoplados. También sus piernas yacían separadas en ángulos asombrosos, casi como si pertenecieran a una marioneta, y en su juntura Chiquitín observó colocada una de las manos del mismo personaje del movimiento pélvico.

Por fin el individuo volteó la cara y miró a Chiquitín, mientras continuaba su labor entre aquellas piernas, que eran sin duda de una menor. Los ojos de Hamilton Masul, cuya retícula de venas inyectadas de sangre Chiquitín observó más con la imaginación que con la vista, se clavaron en los suyos con tanto odio que Chiquitín apagó la luz, retrocedió, cerró la puerta y caminó pasillo abajo quedamente hasta encontrarse de nuevo en el cuartito de las máquinas, a cuyo pie se sentó a punto de sufrir un cortocircuito cerebral.

Capítulo XX

*Donde se da cuenta del reclutamiento de Chiquitín para
la Operación Chocolate por parte de los directivos del Partido*

¡Cálmate, Hamilton, por Dios, no es para tanto! ¡Cálmate, te digo! ¡Te estás ahogando en un vaso de agua, puñeta!, le dijo Jonathan Jiménez Schalkheit de manera perentoria a un Masul frenético que se paseaba de arriba para abajo del cuarto hecho un manojo de nervios. Masul sólo le permitía a Jiménez Schalkheit que le hablara así.

Cálmate, cálmate, sí, claro, qué mamey decirlo, a ti que nunca te han cogido en pifia como me cogió a mí el descarao cabrón mamut ese que hemos metido aquí adentro. ¡Culpa mía es, culpa mía! Ese que ustedes llaman loco y yo insisto en que sabe más que las arañas. ¡No sean pendangos, coño, abran los ojos, que la oveja es un lobo disfrazado! Miren ya como casi me mete la nariz dentro del culo.

Pero Hamilton, ¿qué tanto hacías que te preocupa lo que vio o dejó de ver el loco ese? Las pepas que les diste las dejaron como dos piedras, dijo Miranda.

¿Diste o dimos?, replicó Masul, extrañado.

Diste, que fuiste tú el de la idea, dijo Jiménez Schalkheit sintiéndose aludido. Yo puse las pastillas, sí, pero no se las di ni mucho menos, así que no me vengas ahora con ese plural, hazme el favor.

¿Qué hacías, qué fue lo que tanto vio, a qué te refieres con que te cogió en pifia?, repitió la pregunta Miranda.

¿Qué tú crees que hacía, mamalón?, le contestó abrasivamente, y dirigiéndose a la senadora Cruz le pidió que por favor se tapara los oídos y cerrara los ojos. Ella lo hizo como si respondiera a un comando electrónico y comenzó a tararear una musiquilla que tapaba cualquier residuo de sonido que aún pudiera hacer resonar el tambor de su oído. ¿Que qué hacía?, le preguntó a los demás, en tono de incredulidad. ¿Qué tú crees que iba a hacer, zoquete? ¿Llevar un rosario con las niñas? ¿Hornear galletitas para el Consejo de Estudiantes?, le preguntó a Miranda. ¡Pues no! Mojando el platanal con la amiguita de Wilmarys era lo que hacía. ¡Qué cojones iba a hacer! Poniéndoselo a esa nena estaba, que la muy zorra está superrica. Enterrando la yuquita, como dicen. ¡Ay, por tu madre, no me lo recuerdes, que estaba eso nuevecito, fértil, casi sin arar!

Silencio de los dos que escuchaban y también de la que no.

¿Y esas caras?, preguntó Catalina, luego de abrir los ojos y bajar las manos de los oídos al observar los rostros torcidos de los licenciados. Hamilton, ¿qué les dijiste que parece que han visto pasar un ángel? ¿Qué les pasa, muchachos?, les preguntó con un fondo de risa nerviosa que no encontró resonancia.

¡Ay, por favor, no me vengan, que aquí el que más y el que menos se ha enfangado alguna vez, y todos han hecho cosas tanto o peores que esa! Tú, Miranda, ni hablemos, que tu récord no está nada de limpio que digamos, y tú, Jonathan, sólo te quiero decir par de palabras: Adjuntas, barrio Pellejas, finca de los Burgos. Yo sé lo que estoy diciendo, así que vamos a entendernos y dejar de fingir entre nosotros, dijo Masul con voz engolada y tono repleto de amenazas. Jiménez Schalkheit no pudo hacer otra cosa que bajar sumisamente la mirada. Nada más no me cuquen la lengua, es lo único que les pido, que no me la cuquen, añadió.

La senadora Cruz, escandalizada por el evidente alboroto que observaba en la actitud de los demás, volvió a colocarse las manos sobre las orejas, a cerrar los ojos y a tararear la cancioncita con la boca cerrada. No quería saber nada en absoluto de lo que hablaban los hombres, no le interesaba, no quería ese fardo sobre su consciencia.

Entiendo la bellaquera, pero bróder, ¿la amiguita de tu hija?, le preguntó estupefacto Miranda, en ánimo de minimizar la impudicia del evento y darle a entender que no era el acto forzado sobre una mujer inconsciente lo que censuraba, sino la identidad de la víctima.

Hijastra, no te equivoques, disparó Masul, que entre nosotros no hay sangre compartida. Cuidado que no se lo empuje también a ella un día de estos, que también está riquísima... Pero volviendo al mambo del loco que dicen ustedes que es, y cabrón federal encubierto que digo yo, ¿qué es lo que se va a hacer con él, me cago en la requinta puñeta divina? Díganme, exprésense, porque me cogió con las manos, literalmente, en la masa, el muy hijo de su madre. Me ligó su buen rato, y si me denuncia y examinan a la muchachita, que sigue durmiendo como si le hubieran dado con una maceta, ¡lo cual no está muy lejos de la verdad!, añadió con una sonrisa rijosa en los labios mientras se llevaba por un segundo la mano a los genitales, pues ya ustedes saben, estamos fritos y vamos presos los cuatro, añadió a modo de argumento de cierre. Viene, dijo tras un silencio, hable alguien, invéntense algo, y que sea pronto…

Bueno, bueno, interrumpió Jiménez Schalkheit en ánimo organizativo. Lo primero es tomar las cosas fríamente. Tú, Hamilton, tranquilo, que ya tengo un plan fraguado. Lo segundo es que quede claro que ese mono no puede abandonar estos predios sin que antes investiguemos cuál palo es el que trepa, cuánto vio y cuánto imagina haber visto. Lo traemos acá primero, lo interrogamos, a ver qué le sacamos. Eso me lo dejan a mí, se los suplico. No se metan a menos que yo se los pida. Miranda, vete trayéndolo.

Yo la verdad es que no quisiera ni saber lo que se traen ustedes, dijo Catalina en ánimo de salvar su propio pellejo. Siempre y cuando no me salpique a mí, allá ustedes. Pueden contar con mi silencio, si es que eso les preocupa. Me van a tener que disculpar, pero voy un rato para la calle en lo que ustedes discuten sus asuntos. Antes déjenme decirles que todo esto, y lo poco que he escuchado, me tiene los pelos de punta.

¡No seas mojigata, Catalina! Como si estuvieras libre de pecados, no me juegues, dijo Masul con total desdén y dándole un toque de tensión adicional a aquel ambiente que se mantenía al borde del chirrido. Ahora ella es la Virgen de Guadalupe, por eso de que estamos en Ponce, dijo. ¡No me jodas tú a mí!

Ni mojigata ni mojiperra ni guadalupana, querido. Allá tú, vételas con lo que hayas hecho, pero a mí no vengas a inmiscuirme en tus jelengues… Discutan, caballeros, sus asuntos, que esta dama se retira para hacer unas compras de urgencia.

¿Dónde está la dama?, preguntó Masul, ya entregado de lleno a la burla. ¿Y qué compras son esas? ¿Tampones, toallas sanitarias?, añadió ya en guerra abierta.

Eres un asco de persona, Hamilton, le respondió la senadora.

Digo, habla claro, Catalina, tú estuviste aquí con nosotros y bastante que te reíste cuando les metimos los Breezer y les forzamos las pepas. No vengas a cantarte ahora de la más comesanto ni la más madre Teresa de Calcuta, porque no te queda el papel, le salió al paso Jiménez Schalkheit a la senadora en ánimo de ponerle fin a aquella confrontación.

Bueno, es tu hija, tú eres el responsable, dijo la senadora dirigiéndose a Masul. Si bebe es bajo tu supervisión, no la mía. Me voy.

¡Hijastra, me cago en chena, hijastra! ¿Cuántas veces tengo que decirlo, cojones?, gritó Masul.

Vamos, no peleen. Nos vemos más tardecito, Catalina, le dijo Jiménez Schalkheit, colocándole una mano sobre el omóplato y empujándola levísimamente para conminarla hacia la salida sin obligarla. Adiós, adiós, vaya y haga sus compritas, cualquier cosa nos avisa. Nos vemos aquí dentro de un rato.

Catalina, poco acostumbrada a la ironía en el trato y mucho menos la condescendencia por parte del secretario general, se marchó sin decir palabra, con los ojos como dos platos de lo asombrada que estaba. Esperaron a que se escuchara la puerta de la calle cerrarse para continuar conversando.

Bueno, Miranda, búscalo y tráelo. Masul, tú tranquilo, déjamelo a mí y no digas esta boca es mía. Ni te alteres ni sulfures, es una orden. Les repito, para que se les grabe en esas cabezas de ustedes que parecen hechas de hormigón: déjenmelo a mí, nadie diga nada. Confíen, que con este loquito vamos a matar dos pájaros de un tiro; confía, Masul, que después vas a estar de acuerdo en que soy un genio...

¿A qué te refieres con dos pájaros?, preguntó Masul, entre curioso y paranoico. ¿Cuál otro es pájaro aquí además de Miranda?, preguntó atacando sin provocación al licenciado, a quien culpaba de entrar en conocimiento con aquel energúmeno.

Ya verás, sígueme la corriente y no te inmiscuyas.

En lo que Miranda fue por Chiquitín, Masul y Jiménez Schalkheit permanecieron callados, el primero intentando predecir las actividades del segundo y el segundo maquinándolas en privado. Mientras a Masul le preocupaba sobremanera que el testigo de sus fechorías saliera a la calle, Jiménez Schalkheit planificaba el lanzamiento de un autómata a la calle a ejecutar algunas de las acciones políticas más arriesgadas jamás elucubradas por el bando anexionista y que iba enhebrando su mente en aquel mismo instante a un ritmo frenético. El Partido y la amistad eran una y la misma cosa, en las buenas y en las malas, en las victorias y los reveses, fuera cual fuera la circunstancia y siempre que el Ideal no se viera comprometido. Masul se sirvió hielo en un vaso y se echó media botellita de Breezer que sobró de la bebelata que formó para emborrachar a las muchachas. Luego encendió un cigarrillo. Jiménez Schalkheit cruzó de arriba abajo el cuarto con las manos en los bolsillos, sin sacar su mirada pétrea de la puerta aún cerrada, hasta que vio girar la perilla.

Adelante, adelante, don... don..., dijo Jiménez Schalkheit tan pronto Miranda abrió la puerta y vio parado detrás de él a ese esperpento de hombre, con aquella ropa apestosa a cloaca y la pinta de demencia que le daban esos espejuelos, cuyo nombre, que ya le había comunicado Miranda al abrir la puerta, olvidó tan pronto confrontó al espantapájaros. Chiquitín Campala, repitió Miranda.

Ah, claro, don Chiquitín Campala, licenciado Jiménez Schalkheit, secretario general del Partido, para servirle, le dijo, al tiempo que le tendió la mano para estrechar la de Chiquitín, mientras le aseguraba que lo conocía muy bien, pero sólo a través de la prensa radial, de la cual era gran aficionado. Siéntese, por favor, y siéntase como en su casa. ¿Le sirvo algo de beber?

Un vaso de agua no estaría mal, contestó tímidamente.

¡Hombre! ¡Tómese algo más que eso! ¡Relájese!, intervino Masul.

Gracias, pero no bebo, dijo Chiquitín. Hace años que dejé el palo, al darme cuenta que cuando comenzaba a beber, me transformaba en un asno social. Se me metía un diablo por el cuerpo que me instigaba a ofender a diestra y siniestra sin distinción de sexo, edad o condición. Al primero que se me plantaba al frente se las cantaba sin que me quedara nada por dentro, y usted sabe cómo se pone la gente cuando le cantan las verdades...

Agua, entonces, dijo Masul sin despegar las muelas de atrás.

Tras casi veinte tortuosos minutos en el fondo del pasillo imaginándose el catálogo completo de posibles escenarios que dieran coherencia a las imágenes que, inadvertidamente, tuvo que observar, Chiquitín llegó a aquella entrevista en un estado de nervios que lo hacían vulnerable. Tan ofuscado estaba en sus pensamientos y tantas horas de abstracción hizo en tan pocos minutos, que casi se le olvidó tragar durante ese periodo, y, cuando vino a darse cuenta tenía un empacho de resequedad en la garganta, que mandaba hidratación inmediata. El vaso con agua lo recibió con gran alegría de manos de Masul, quien lo sirvió directo del grifo de un bañito aledaño y transfirió al líquido a través del contacto con el vidrio un desprecio tal y una violencia tan soberana que afectó levemente el sabor del agua, inclinándolo hacia lo salobre, lo cual Chiquitín percibió en el primer sorbo y pensó que se debía a las tuberías viejas del casco antiguo de la ciudad donde se encontraban.

Por favor, siéntese, lo conminó Jiménez Schalkheit, y todos procedieron a ocupar las sillas y el sofá donde recién estuvieran bebiendo con las muchachas, por lo que la mesa colocada en el centro de la habitación lucía llena de las botellitas vacías, algunas de lado, ninguna con tapa, entre ceniceros llenos de colillas, cajetillas vacías, vasos semillenos y brazaletes y pulseras que las muchachas se quitaron en el transcurso de la ebriedad. La hedentina proveniente de la ropa de Chiquitín comenzó a impregnar el aire del cuarto de forma menos agresiva que cuando estaba mojada, así que cuando hubo ocupado el entorno entero, ya los afectados se habían acostumbrado y nadie podía distinguir el aire puro del corrupto.

Aunque acabamos de conocernos, don Chiquitín, comenzó diciendo Jiménez Schalkheit, conozco la buena madera anexionista de la que está hecho de boca del licenciado Nimbo y el honorable Hamilton Masul. Así que voy a hablarle con el corazón en la mano, a calzón quitao, como decimos nosotros, respecto a ciertos asuntos necesarios para nuestra colectividad y para la supervivencia del Ideal, a la que aspiramos todos los que estamos aquí presentes. Me cuesta creer que haya sido mera chamba la que lo trajo a usted aquí esta noche. Nada ocurre porque sí, por pura casualidad de la vida. Tal cosa, no existe. Hamilton Masul no cree en las casualidades, el licenciado Nimbo tampoco cree en las casualidades, yo menos. ¡Usted mismo no cree en las casualidades! Debemos dar por hecho entonces que usted vino guiado hasta aquí por un destino, por una estrella, la misma que le falta a la pecosa para sumar las cincuenta y una…

¡No diga más, por favor, no diga más, que me emocionan y erizan la piel sus palabras, don secretario!, interrumpió Chiquitín, echándose contra el respaldo de la silla y poniendo los brazos hacia el frente para mostrar los folículos exaltados por la emoción patriótica.

Tranquilo, hermano, tranquilo, que cuando los destinos están marcados con tanta claridad como parece marcado el suyo, las cosas se hacen con calma, dejando que lo que venga llegue. Pero pongamos eso a un lado un momento y dediquémonos a conocernos un poco mejor. Usted, desde luego, sabe mucho de mí por la prensa y la radio y el Partido; yo, sin embargo, nada sé de usted, salvo del buen mármol proamericano que compone su sustancia. Dígame: ¿qué hace?, ¿qué le interesa?, ¿cuáles son sus planes del momento?

Chiquitín procedió a identificarse como arqueólogo *freelance* y, de forma escueta, a describir su empresa y razón de viaje, sin proporcionar demasiados detalles de su primera salida ni del ataque taíno a su hogar ni del descubrimiento de la pirámide, que era secreto de pocos. Dijo que iban de yacimiento en yacimiento en la búsqueda del Guanín y que esperaban llegar, él y su asistente, hasta el bosque de Maricao, si fuera necesario, hasta dar con él. Viajaban en doblecleta. Puntualizó que su consulta con el licenciado Nimbo era para aclarar el alcance de las leyes que le aplicaban a los descubridores de tesoros.

¿En doblecleta anda?, preguntó Jiménez Schalkheit, sorprendido más con ese detalle que por la insensatez de su búsqueda.

En realidad, don Secretario, se trata de una tricicleta, porque remolcamos una carretilla. Mis medios económicos actuales no me permiten invertir en cuatro ruedas. Además, la labor de búsqueda en tres ruedas, aunque más lenta, es también más minuciosa y detallada, que sabrá usted mejor que nadie que la verdad siempre está en los detalles. Se pueden peinar zonas enteras que en carro o en camioneta resulta imposible...

Jiménez Schalkheit lo escuchó sin interrumpirlo y antes de que terminara descubrió que se trataba de alguien con no sólo un reguerete en la azotea, fácil de manipular con un poco de firmeza en la voz y autoridad en la palabra, sino con una lógica implacable dentro del esquema lógico de su demencia. Determinó, además, que contrario a los temores de Masul de que fuera un agente federal, era, en efecto, un loquito fanatizado por el frenesí político diario del país, y como loquito había que darle forma y sentido a sus experiencias de manera que pudiera convertirlo en la bomba humana que ya se figuraba lanzar contra los enemigos del Ideal. Permitió que un silencio se acomodara tras la última palabra de Chiquitín y procedió a sentarse frente a él, con los antebrazos sobre las rodillas, en actitud de querer decirle algo confidencial y, al mismo tiempo, en ánimo didáctico.

Tenga por seguro que, parezca lo que le parezca esta reunión, siempre que nos reunimos personas de nuestra categoría no hacemos otra cosa que trabajar y planificar estrategias a favor del Ideal. Hoy dio la mala pata que nos cogió este revolú aquí en Ponce, y la coincidencia de que por segunda ocasión se topa usted con don Hamilton Masul y el licenciado Nimbo, quien tan amablemente ofrece sus oficinas para estas reuniones, que en realidad son sesiones de entrenamiento. Y digo coincidencia por no hablar de destino, que es lo que parece ser esta insistencia suya de aparecerse en ciertos momentos trascendentales, por así llamarlos, si es que me entiende. Momentos claves. Coyuntura histórica. Tanto así que, aparte de sus intereses arqueológicos, los cuales respetamos, nos hemos preguntado si acaso no será usted un enviado del Águila, emisario del Ojo en la Pirámide...

Si con águila se refiere al Águila Americana, más que enviado soy su servidor incondicional y fiel siervo. Ahora, ni de pirámides ni de ojos sé nada, dijo Chiquitín, sintiéndose sin culpa de su deshonestidad por no mencionar si la pirámide de la que hablaba era la del cerro Los Negrones que él había descubierto.

La pirámide que aparece en el dólar, don Chiquitín, no se me haga el zuruma, dijo Jiménez Schalkheit de manera, en apariencia, cariñosa.

No me hago nada, dijo, sin sucumbir a la presión que sentía de confesar su descubrimiento. Lo que no soy es emisario de nadie.

Pues sí que lo es, mensajero de los ocultos secretos de la Nación Americana, aunque usted no lo sepa todavía, dijo Jiménez Schalkheit echándose hacia atrás y velándole la expresión a Chiquitín para saber cuándo se excedía en sus exageraciones. Usted es un terrícola traído a este planeta para cumplir un cometido patriótico de la mano del espíritu encarnado del mismísimo Jorge Washington, que está dondequiera que se persigue la Igualdad y el Ideal y la Justicia y el Capital. Porque patriotas, usted sabrá mejor que nadie, don Chiquitín, patriotas son la gente como usted, como Washington, como Jefferson, gente valerosa, que reconocen el deseo del pueblo y lo hacen una realidad. Porque patriota, amigo, no es el que se ilustra y reconoce el mejor camino para su pueblo y lo lleva por él, como muchos dicen; esas son ridiculeces de los comunistas de este país que a lo único que aspiran es a confundirnos. Patriota es el que sabe leer los deseos de las masas y las empuja por ese desfiladero. ¿Usted piensa que al populacho le importan los principios, los valores, las instituciones? Pues bájese de esa nube, que al pueblo sólo le importan los resultados que le convienen a su comodidad y bienestar individual, como usted bien debe saberlo. Por eso es que al puertorriqueño la república le huele siempre a comer yuca con pana, a picar caña de nuevo, a hablar bajito y dormir con abanico.

¡No, señores! ¡Nada de eso queremos! Aquí al que más, al que menos, le interesa estar anexado a la Nación para siempre, pegado de esa ubre. Como en las democracias la mayoría manda, y dado que conocemos de sobra el deseo de la mayoría, yo propongo que nos dejemos de tanta elección y tanto plebiscito y hagamos cumplir la voluntad del pueblo, cueste lo que cueste y hágase lo que se deba hacer... ¿Estamos de acuerdo?

Yo más de acuerdo no puedo estar, don secretario, y cuanto ha dicho usted son flores y piropos para mis oídos, dijo Chiquitín con una sonrisa de lado a lado. Al caballo de este dichoso pueblo nuestro lo vamos a llevar al río, y yo estoy dispuesto a hacer lo que haya que hacer para que el hijo de su madre de caballo beba la dichosa agua del Ideal. Y que no vengan con que una minoría violenta y terrorista, ¡que ustedes vieron cómo nos atacaron hoy!, quiere amarrarle las patas al caballo y hacer que se escocote el jinete. No, señor, estoy de acuerdo con usted, si es que sigo lo que me dice, que el tiempo de poner la otra mejilla ha terminado. O agarramos esta gata por el rabo o está frito el Ideal, asada la Igualdad, carbonizada para siempre la Libertad.

Lo dice y no lo sabe, hermano Chiquitín, pero tampoco vaya a pensar que nos hemos quedado con las manos cruzadas tocando la lira mientras arde Roma. Para que usted vea, hoy da la coincidencia, ¡de nuevo las coincidencias!, que teníamos aquí una sesión de adiestramiento para dos agentes nuestras... Disculpe, don Chiquitín, pero tal vez no sepa que el Partido tiene su propio servicio de inteligencia y ha formado un ala armada clandestina, que si deja de ser clandestina de hoy en adelante ya sabremos que ha sido usted quien nos ha delatado. A eso me refiero con que nos hemos estado preparando para defender nuestros derechos adquiridos.

Ni por un segundo se le ocurra a usted que vaya yo a cometer una imprudencia como esa, interrumpió Chiquitín, que traicionar la causa del Ideal es traicionar a la Nación, lo que para mí es aberración peor que el incesto y la pederastia. No sabe el gusto que me da escuchar lo que me dice, pues hace tiempo vengo hablando de la necesidad de formar un ejército anexionista que sea capaz de exigir la Estadidad aunque sea con el rugir de los cañones. Por eso formo parte de Combatividad Anexionista, por el embrión que es de una fuerza armada mayor, a la cual podría aportar mis conocimientos como veterano de la guerra de Vietnam que soy. Y ahora que hablamos de discreción y clandestinidad, ahora que conocen mis planes, quisiera pedirles la misma discreción a ustedes, dijo Chiquitín, que hay gente por ahí que se saca un ojo con tal de sacarme los dos a mí, y obtendría gran provecho de conocer mis planes. Que aunque en triciclo y de manera precaria, somos importantes en el mundo de la arqueología, por lo que es del todo natural que tengamos enemigos poderosos y envidiosos desgraciados que siguen nuestros pasos y buscan frustrar nuestro éxito.

Despreocúpese, don Chiquitín, que yo no sé ni lo que es arqueología, dijo Jiménez Schalkheit casi a modo de chiste. Además, ninguno de nosotros nació ayer y sabemos de sobra que donde hay virtud, hay envidia, sentenció para dar paso a un silencio que provocó el efecto de solemnidad que estaba buscando. Así que lo mismo que sus asuntos son confidenciales para nosotros, continuó diciendo, los del Partido deben ser para usted, porque de hoy en adelante forma usted no sólo parte integral de la colectividad, que siempre ha formado, sino de su Directorio, que es la más alta cúpula. A partir de hoy será un iniciado en los secretos de la estrategia anexionista oficial, que son los más grandes secretos que podemos guardar los que amamos a los Estados Unidos y estamos dispuestos a matar para que Puerto Rico también sea un estado unido. Esta reunión es confidencial y deberá permanecer así en todos sus detalles hasta la tumba, e incluso más allá. ¿Me oyó, don Chiquitín? Hasta la tumba...

Chiquitín asintió con la cabeza de manera enfática.

Como le decía, estamos reunidos aquí en sesión extraordinaria para el adiestramiento de dos agentes encubiertas que se proponen penetrar las filas del alto liderato independentista. Me imagino que conoce la crítica situación que enfrentamos nosotros los Anexionistas.

¿A qué se refiere? No he escuchado nada por la radio. ¿Ha pasado algo nuevo?, dijo Chiquitín con genuina curiosidad de los últimos eventos.

Han pasado muchas cosas malas en los últimos tiempos y, según veo, también en las últimas horas. Pero esto se viene gestando ya desde hace algún tiempo y sólo se conoce en las más altas esferas del Partido, como aquí donde nos encontramos. Esto que va a conocer en la noche de hoy no lo escuchará por las ondas radiales, así que deberá considerarse usted, don Chiquitín, de este instante en adelante, un privilegiado, y como privilegiado, sometido al mismo voto de secreto, a la misma mordaza a la que nos hemos sometido el resto de los que conocemos la realidad de las cosas que ocurren en los oscuros pasillos de la Capital Federal...

Considéreme la tumba que quiere que sea, interrumpió Chiquitín, que conmigo pueden contar en las grandes y en las pequeñas, en las ásperas y las resbalosas, en las gordas y en las delgadas. El honor que me hacen no me lo merezco, pero admito que he trabajado duro por él, y si otros han trabajado más, pues tendrán menos suerte, menos estrella, como dice usted, don secretario, menos destino manifiesto. En mí tiene a un verdadero mártir de la Anexión, si es lo que le preocupa.

Mártir, me gusta esa palabra, dijo con gusto Jiménez Schalkheit, y qué bueno que la mencione porque las dos agentes de quienes le hablé, las que están en adiestramiento, son también mártires y están dispuestas a realizar cualquier acto, como usted, sin importar cuán barbárico sea, siempre que sea a favor de la Igualdad y de nuestros propósitos democráticos. Ellas mismas han manifestado enfáticamente lo hastiadas que están con el actual estado político, y hasta prefieren morir hoy para traernos, a quienes quedemos, la Estadidad mañana. A las dos les parece detestable seguir en esta maldita indefinición en la que estamos, vivir en este morir a plazos cómodos en el que nos hayamos.

¡Bravo por ellas!, gritó Chiquitín, exclamación que casi provoca un estallido de carcajadas a sus espaldas, que Jiménez Schalkheit contrarrestó con gestos severos.

¡Ojalá te lo pudieran contar ellas mismas!, exclamó Jiménez Schalkheit. Lamentablemente se encuentran en sala de recuperación tras una intensa sesión de adiestramiento en el manejo de alcohol, sustancias tóxicas y asalto sexual bajo interrogatorio forzado o tortura. Es un curso intenso y riguroso que implica someterse a tratos que podrían llamárseles brutales. Podrá imaginarse cómo han quedado las pobres muchachas después de la sesión de hoy. Hechas polvo...

Aquella información, dicha con tanta seriedad y proferida por los labios de Jiménez Schalkheit, los cuales, para Chiquitín, eran labios oraculares, fue suficiente para disipar cualquier duda que se hubiera alojado en su cerebro durante los minutos anteriores, y para acoger, sin contemplaciones, aquella explicación tan sensata y para nada improbable, sabiendo ahora como sabía que la situación del Partido y del Ideal era tan crítica. ¡Y quién mejor que él, con tan vasta experiencia en el campo de batalla, para comprender las torturas que es capaz de infligir el enemigo y el nivel de entrenamiento requerido a los agentes secretos para soportarlas! Es la misma cosa, se dijo, es el mismo principio, lo mismo en la Cochinchina que en la calle Luna de Ponce. Yo mismo, si me toca ser mártir, se dijo, sabrá Dios la de torturas que veré y la de vejaciones que seré víctima.

Me alegra que comprenda, dijo Jiménez Schalkheit. Ahora vayamos directo a lo que nos incumbe aquí a usted y a nosotros, don Chiquitín. Le decía que no pinta bien la cosa para nosotros los anexionistas. Los rojos se han confabulado con las Naciones Unidas y el Congreso para forzarnos a ser soberanos y meternos la república por ojo, boca y nariz. Llegó el lobo, amigo mío, está aquí, pero no vamos a dejar que nos coma. Se dice que la Asamblea General de la ONU va a exigir la soberanía inmediata para Puerto Rico. Imagínese, mi hermano, el tamaño del disparate, la magnitud de la tragedia. ¡Adiós pasaporte, adiós Seguro Social, adiós Medicaid, adiós FEMA, adiós cupones y ayudas a los pobres, adiós Anexión! ¿Comprende o no comprende las dimensiones de la catástrofe?

¡Sea la madre!, dijo Chiquitín, mordiéndose los nudillos del puño cerrado y con los ojos vidriosos. ¿Cómo es que no me he enterado de nada de esto? ¡Son el diablo los rojos, el mismísimo demonio! A Dios gracias que la soberanía nuestra la tiene el Congreso bien guardada en su cajita de plomo allá en Washington, porque en manos de los puertorriqueños, en vez de plomo, la cajita sería de Pandora. Mejor dejarla por allá guardada en manos de ellos, que si una cosa han demostrado los americanos es ser prudentes con el uso de su soberanía, mientras que los puertorriqueños son incapaces de no abusar de la suya, de no convertirla en un peligro público. De todos modos, nuestro presidente no tiene que estarle haciendo caso a la Asamblea General ni a ningún organismo internacional, que esto es un asunto interno de nosotros los americanos acá. ¿O no?

Es el Congreso precisamente, aunque no me lo crea, el que quiere atosigarnos la dichosa soberanía. ¡Imagínese, don Chiquitín, ser soberanos es ser independientes! ¡La peor pesadilla, el peor escenario!, confesó Jiménez Schalkheit con voz de ultratumba.

¡A mí ni muerto me hacen libre!, gritó casi Chiquitín, puesto de pie ahora, con genuina indignación. Eso ni jugando se dice. ¿Es que alguien piensa que la manada de becerros que son los hijos de esta isla pueda hacer algo con la dichosa soberanía en la que están tan emperrados que no sea hacernos comer estiércol? Esto hay que detenerlo, así sea lo último que hagamos…, dijo, con el sudor abundante que le provocó el sofocón que le dieron las malas noticias bajándole por toda la cara. Se miró los brazos que también sudaban, se miró las manos que le temblaban. Una cosa mala lo poseía.

Sí, señor, así de malas están las cosas para nosotros, para que se entere, don Chiquitín. Usted está en lo correcto. La soberanía en nuestras manos es una bazuca en manos de un chimpancé. Por eso mismo es que debemos impedir por cualquier medio que el Congreso nos tire esa papa caliente, dijo Jiménez Schalkheit.

Algo me barruntaba yo que algún caldo se meneaba en la olla de la politiquería para que los terroristas formaran la que formaron aquí en la plaza hoy. Lo que usted me informa no solamente es grave, es urgente, es una emergencia anexionista.

Dicen que la votación del Congreso va a estar apretada, anunció Jiménez Schalkheit.

¿Pero tan avanzado está el proceso?, interrumpió Chiquitín escandalizado y otra vez de pie. ¿Cómo es que de eso no se habla por la radio?

Cójalo suave, don Chiquitín, siéntese de nuevo. Son votaciones secretas, de las que tenemos constancia gracias al aparato de inteligencia anexionista que el doctor Quirindongo ha tenido la prudencia de establecer, improvisó Jiménez Schalkheit. ¿O usted piensa que eso se va a divulgar así como así sin que se escandalice la población entera? ¡Hombre, se revuelcan las masas y arman la pelotera! ¡Lo que menos quiere el Americano en este momento es que se le arme el titingó! Parece que la decisión va a tomarse a nivel de comité. La votación final es en septiembre y, según se informa, el congresista Franklin Delano Rodríguez, un representante demócrata de Connecticut, tiene el voto decisivo. A ese es al que hay que impresionar; esa es la mente que tenemos que penetrar, que traquetear, que horrorizar; ese es el que tiene que aprender de nuestra actitud arrolladora, hasta dónde estamos dispuestos a llegar los anexionistas de esta isla para defender nuestro Ideal. Usted comprende lo que le estoy diciendo, ¿verdad?

Sí, comprendo a la perfección, y de acuerdo con sus planteamientos no puedo estar más, don secretario. Le digo que no salgo de mi asombro con lo que me dice de que esté tan avanzado el proceso y tan cerca la decisión final. Si se nos vira ese Franklin Delano…

Rodríguez, completó Jiménez Schalkheit. Rodríguez, ese mismo, si se nos vira estamos fritos…

¿De dónde es ese burro: chicano, dominicano?

Con ese nombre no puede ser otra cosa que boricua, créame, aclaró Jiménez Schalkheit. Fue alcalde de la ciudad de Hartford y hace dos años es representante en el Congreso. Un comecandela perversísimo, como casi todos los boricuas criados allá afuera, que piensan que esto aquí es un paraíso que debe liberarse… ¿Liberarse de qué cojones, me pregunto yo? ¡De ellos mismos será!

Si es tan comecandela como usted dice, entonces ya ese se viró contra nosotros, hay que olvidarse de los peces de colores…

Sí, don Chiquitín, la situación es tétrica, pero está de nuestra parte aprovechar el momento y hacer temblar la tierra. Nuestra única opción será realizar un acto drástico, dramático, que ponga al descubierto nuestra disponibilidad de tomar las armas y meter mano, sentenció Jiménez Schalkheit. La crisis que tenemos encima es de tres pares de cojones, eso nadie lo duda, pero es crisis con la que ya hemos comenzado a bregar, silenciosamente, como se brega con cualquier crisis, como se brega con las cosas delicadas, que para que tengan éxito deben permanecer ocultas. Las dos muchachas, por ejemplo, las agentes secretas que le digo, tendrán un efecto contundente en nuestros planes, pero no será el efecto decisivo. Para el gran mameyazo hace falta un mártir verdadero, alguien que esté dispuesto a meterse en esto hasta el cogote y dar el golpe de gracia; hace falta el que le hará comprender al representante Rodríguez hasta dónde estamos dispuestos a llegar los proamericanos de aquí de la isla a la hora de exigir que nos permitan ser como ellos. Usted me comprende, ¿verdad? Estamos reclutando verdaderos santos de la Patria Americana, y queremos saber si usted conoce de alguno que tenga tanta devoción por el Ideal como para el sacrificio completo... *if you know what I mean...*

Chiquitín puede que estuviera tocado de la sesera, pero aquella indirecta no podía pasarle inadvertida. ¿Podía considerarse este, entonces, el llamado al sacrificio supremo?, se preguntó ceremoniosamente, mientras bajaba la mirada frente a la dura expresión de aquel reclutador severo que era Jiménez Schalkheit, quien, tan pronto estuvo fuera del campo visual de Chiquitín, rompió en una sonrisa sustitutiva del rictus de gravedad que hasta ese momento imperara sobre sus labios, mientras hacía una señal con la mano a los otros de que todo marchaba acorde con sus planes.

Sí, Chiquitín Campala, te ha llegado la hora de la verdad, dijo Jiménez Schalkheit, tuteándolo ahora para profundizar en la intimidad. La Libertad Americana te llama, Chiquitín Campala, la democracia mundial necesita tus servicios, el Ideal Supremo, la Igualdad tocan a tu puerta para que te consagres en cuerpo y espíritu sobre el Altar de la Nación. Me honra ser el mensajero de esta buena nueva para ti, Mártir de la Gran Corporación. Arriba, levántate y estate listo para redimir a nuestro pueblo pecador con la sangre americana pura que fluye por tus venas, hermano en la Estadidad. ¡Viva Puerto Rico, Estado cincuenta y uno!, exclamó Jiménez Schalkheit mientras intentaba que Chiquitín se pusiera de pie y abandonara la postura de sumisión que había asumido, con una rodilla en el suelo, los brazos cruzados sobre la otra y la cabeza baja como si le fueran a ordenar caballero.

¡Soy un humilde siervo de nuestro Partido, de nuestro Ideal y de nuestro señor presidente, director ejecutivo de esta Gran Corporación de la que los puertorriqueños somos accionistas minoritarios, pero accionistas!, gritó Chiquitín casi al borde de las lágrimas y sin percatarse de su propia inclusión en la grey, llevado por la emotividad con que Jiménez Schalkheit preñaba cada sílaba de cada palabra. Sintió que le hablaba a lo más recóndito de su psiquis, a los sentimientos más íntimos que albergaba su consciencia política; sintió que una voz más allá de la suya, más allá inclusive de la de Jiménez Schalkheit, una voz venida de la protogénesis anexionista, lo convidaba a asumir su papel en este drama nacional. El temido momento del llamado había llegado, eso era definitivo. Ahora restaba recibirlo con júbilo y humildad.

A todo esto, Miranda y Hamilton tuvieron que ocultarse detrás de unos muebles y taparse las bocas para no soltar los rollos de hilaridad que amenazaban con revelar la impostura de la pantomima. Lo que comenzó como pura tragedia, es decir, con el relato de Hamilton y lo ocurrido entre él y las muchachas, se convirtió en el colmo de la jocosidad, suficiente para hacerles pasar por livianas, al menos en aquel momento, las graves implicaciones de las actividades que ocurrieron aquella tarde en aquel recinto.

Controladas las comprimidas carcajadas y capaz otra vez de hablar con el mismo tono elevado que hasta ahora utilizara, Jiménez Schalkheit le dijo a Chiquitín, quien permanecía hincado y con la mirada dirigida hacia abajo en posición de vasallaje: ¿Estás listo, Mártir de la Igualdad, a ejecutar tu misión suicida?

Silencio. Chiquitín permaneció un instante callado, cabizbajo, ponderativo, y sin alzar la vista hizo un gesto repetido con las manos formando una te, lo que en lenguaje gestual deportivo significa pedir tiempo, receso, detener la acción un instante, ¡time out...! Subió curiosamente la cabeza para mirar a su interlocutor de frente y preguntarle: ¿Suicida?

¡Suicida, sí, alquitrán! ¿O vas a detener tú la república, que nos la quieren encasquetar a la trágala, tirando huevos, tirando chinas mandarinas?, gritó Hamilton desde algún lugar a sus espaldas. ¡Pues no, señor! Si te hemos escogido a ti es porque te hemos observado, porque reconocemos los atributos del verdadero mártir que tienes. ¿O crees tú que el mártir se supone que quede con vida? ¡Para nada! ¡El mártir se tiene que limpiar en la jugada, si es que de veras aspira al martirio!

Chiquitín, sin voltearse para escucharlo, bajó la cabeza nuevamente y acató aquellas razones. Estoy listo para mi misión suicida, dijo.

Los tres burlones ya casi no podían disimular las carcajadas, sobre todo Masul, que rebosaba de alegría con su intervención, igual que con los excelentes resultados de la estrategia de Jiménez Schalkheit. Por fin le fue evidente la locura galopante de aquel individuo. Sencillamente no podía acomodarse un agente federal secreto en aquel cuerpo. ¡No en balde era secretario general del Partido el condenao de Johnny, si es un estratega del carajo!, se dijo Masul, en quien desapareció el susto y la mala consciencia de sus actos, si alguna, y quedó en su lugar una renovada intoxicación etílica.

Siéntate de nuevo y escucha, dijo Jiménez Schalkheit, órdenes que Chiquitín acató. Escúchame con atención lo que te voy a decir, que voy a revelarte el germen del plan que hemos concebido. Luce como que la única manera de impedir que nos espeten la república y nos obliguen a ser independientes es si eliminamos de golpe y porrazo al liderato separatista completo, dejar el movimiento sin defensores ni dirigentes, acéfalo, incapaz de asumir las riendas de la maldita república que tanto han llamado. Es la mejor manera que tenemos de hacerle saber al idiota de Delano Rodríguez hasta dónde llegaremos los proamericanos para evitar que nos despojen de nuestra bendita ciudadanía americana. ¿O a ti se te ocurre alguna otra forma más eficiente?

Chiquitín, renegando con la cabeza, pronto admitió que no existía otra solución a aquella circunstancia tan atroz para el sector proamericano que no fuera la que proponía el secretario.

Estamos a principios de abril, continuó diciendo Jiménez Schalkheit. El 25 de julio los tendremos a todos juntitos sentados en una misma tarima, frente a al peñón de Guánica, como acostumbran hacer. Sabemos por fuentes de entero crédito que este año van a estar todos porque calculan que será la última vez que protesten allí contra la colonia. ¡Tan seguros están de tener esa gata de la independencia agarrada por el rabo! Imagínate la ingenuidad, la poca astucia política: a punto de tomar el poder político del país y se reúnen en un mismo lugar. Una situación absolutamente imposible de desaprovechar. Este encuentro tan temerario lo que nos pide es que lo hagamos picadillo. Será un golpe de gracia que cambiará el rumbo de la historia. Los vamos a sacar de la carrera, y no por las urnas… Tú, Chiquitín Campala, has sido escogido por los altos mandos del Partido, así como por las fuerzas del destino de las que ya hemos hablado, para llevar a cabo este magistral golpe de gracia. ¿Tienes hijos? ¿No? Bueno, pues tus hijos serán los americanos que vivimos en Puerto Rico, tu posteridad serán tus acciones del presente.

Chiquitín sintió un leve vértigo, una sensación combinada de emoción y miedo, una excitación oscilante entre el placer y la nada. La idea de perdurar eternamente lo sedujo de forma inesperada. Sobrevivir a su cuerpo —no le interesaba un ápice que aquella aberración casi monstruosa que era el suyo lo acompañara a la eternidad— mediante la impregnación de su esencia en el recuerdo de otros, evocar la admiración de quienes quedan y vendrán, convertirse en el héroe que siempre quiso ser, el patriota esencial de la Anexión, se le convirtió de repente en un sensato plan de vida. Era un honor ser escogido, y sería una afrenta para cada uno de los defensores del Ideal que no aceptara el llamado de su destino. No obstante, dado el momento un poco a destiempo en el que se le impartían aquellas órdenes, si se consideran los grandes avances que se proponía realizar en su búsqueda de los artefactos taínos, y ahora con la responsabilidad adicional de destapar la pirámide, la verdad es que el tipo de martirio y la fecha de ejecución no se ajustaban demasiado a sus planes inmediatos. Ya antes ese mismo día había cavilado respecto a este mismo tema, cuando el jefe de Combatividad Anexionista instó en el grupo el valor supremo de dejar la vida por el Ideal, lo que le pareció a Chiquitín por completo fuera de proporción. Desde luego, la información de la proximidad de la soberanía le dio al sacrificio un aspecto diferente y un carácter de urgencia del que antes carecía.

Básicamente, tienes tres meses para dejar listos tus asuntos y en orden tus cuestiones terrenales, le advirtió Jiménez Schalkheit como si le hablara a un recluta palestino. Aquí tienes este número de teléfono, y le extendió una tarjeta suya, es del Directorio del Partido. Como comprenderás, debido a la delicadeza del asunto, yo personalmente estaré al mando de este operativo. Debes procurarme a mí directamente y no dejar que nadie te diga que yo dije. Sólo es conmigo que vas a hablar. Te reportarás periódicamente mediante llamadas rutinarias para ir preparando el terreno de la acción política. Recibirás mis instrucciones y estaré cotejando tu estado de ánimo y el avance en los arreglos de tus asuntos. Recuerda que queremos una operación limpia, sin salpicones. Nuestra acción será el notición del día, del año, de la década, cuidado que del siglo. A la CNN la vamos a tener aquí metida en medio minuto, esos que nunca se dignan a bajar para acá, por mucho que los hemos llamado para que informen de lo que aquí ocurre, de las actividades de los saboteadores y comecandela.

La canallada de hoy debería conocerla el mundo entero, comentó Chiquitín, afectado con el recuerdo.

La conocerá, dijo Jiménez Schalkheit. Hasta en el jurutungo van a oír nuestros reclamos. Donde el diablo pegó tres gritos y nadie lo escuchó nos tendrán que escuchar a nosotros, y se tendrán que enterar de que la voluntad de nuestro pueblo es unirse al colectivo del norte, al dueño del mundo hoy y siempre. ¡Queremos ser miembros de la Junta Directiva de la Gran Corporación, no accionistas a medio pocillo! ¡Aquí se terminó el medio pocillo ya, la ciudadanía a medio pocillo, el Medicare a medio pocillo, la democracia a medio pocillo, el medio pocillo de libertad!, exclamó Jiménez Schalkheit exaltándose y exaltando a Chiquitín al utilizar elementos de su propio discurso bursátil, como para que supiera que eran ambos miembros de una misma tribu ideológica e hijos de un mismo extremismo. Recuerda que debes encontrarte en las inmediaciones de Guánica la víspera del 25 de julio. Allá nos volveremos a ver en persona en el escondite que tenemos en el pueblo y del cual te informaré a su debido tiempo.

Despreocúpese, que por allí estaré varios días antes, aclaró Chiquitín entusiasmado, porque hacia esa zona nos dirigimos mi asistente Margaro y yo, y si nos desviamos es por poco tiempo y a poca distancia. Recuerde que fui militar, un fervoroso de la puntualidad. Tomó la tarjeta que le entregara Jiménez Schalkheit y se la metió en el bolsillo de la camisa.

Si se le pierde, busque en la guía telefónica el número del Comité Central del Partido y procure el Directorio, le recordó el secretario general al parecerle que aquella tarjeta, echada así en aquel bolsillo inmundo, no duraría mucho en posesión de ese individuo calamitoso.

Afuera se escuchó a alguien tocar a la puerta y presumieron que se trataba de la senadora Catalina Cruz, que estaba de regreso de las casi forzosas compras en las que se exilió.

Bueno, hermano, dijo Jiménez Schalkheit, poniéndose de pie con gran ceremonia y conminando a Chiquitín a hacer lo mismo, que no se diga más. Si confías en el Partido, en nosotros sus líderes, y si tienes el coraje y la resolución que dices tener para realizar el acto que se necesita para impedir que aquí manden los puertorriqueños, comunícate según lo convenido. Te repito que debes guardar silencio absoluto acerca de esta reunión, la cual es del más alto nivel de seguridad que puedas imaginarte. Ni siquiera con tu asistente podrás conversar de estos asuntos, que estando tanto tiempo con él como sucederá, será a quien más tentado estarás de contárselo. Hablar de lo que hemos hablado es traición a la Patria Americana, sedición, que se paga con la muerte. Pero bueno, que no se diga más. Adiós, amigo Chiquitín. La gloria espera por ti.

Así será, don secretario…

Johnny, dime Johnny, ahora que hay más que hermandad y confianza entre nosotros.

Así será entonces, Johnny. Y no sólo prometo hacer el mutis que me exige, sino que me place anunciarle que la misión que se me ha asignado, que más bien es honor que me otorga el Partido, será, a partir de hoy, mi meta fija, mi faro y mi norte seguro. En este instante he colocado la búsqueda arqueológica, sobre la cual he levantado una empresa entera, en un segundo plano. ¿Cuánto puede alumbrar una mechita de gas al lado de estos relámpagos nuevos? ¿Puede importarme en lo más mínimo el Guanín ahora que el país está al borde de irse por el precipicio de la independencia? Comparado con la misión kamikaze de la cual me he responsabilizado, lo otro es ahora un juego de muchachos, dijo Chiquitín con la voz cada vez más compungida de emoción.

Muy bien, muy bien, reincorpórate a tu camino entonces; continúa con las actividades que ya tienes planificadas; sigue tu vida rutinaria hasta el día indicado, concluyó Jiménez Schalkheit, acompañando las palabras con unas palmadas en la espalda.

Chiquitín y Jiménez Schalkheit estrecharon manos con firmeza en señal de pacto acordado. Luego estrechó la de Nimbo indicándole mientras lo hacía que ahora, con aquella misión dentro de tres meses, poco le importaban las leyes de patrimonio cultural. Por último, le tendió la mano a don Hamilton Masul, a quien comenzó a temer desde que lo sorprendiera en pleno adiestramiento de las agentes y lo traspasara con aquella mirada que se le metió por las pupilas como dos jabalinas. Hamilton lo miró a los ojos de manera fija otra vez y le apretó la mano con la firmeza suficiente para que entendiera cuán lejos estaba dispuesto a llegar para garantizar su silencio respecto a lo visto y discutido en aquella oficina.

Se retiró con grandes aspavientos de despedida y llegó así hasta la puerta de la calle acompañado por Miranda Nimbo, quien la abrió para que saliera. Allí se cruzó con la senadora Cruz, que puso cara de que los olores objetables que emanaban de su ropa no le permitían siquiera saludarlo, por lo que salió corriendo pasillo abajo con los dedos en pinza sobre la nariz y el gesto de estarle huyendo a un brote de cólera. Despedido con una última palmada en la espalda, esta vez de Nimbo, Chiquitín salió a la calle oscura.

LIBRO DOS

Capítulo XXI

Donde se habla del tiempo que le costó a Chiquitín recobrar la unidad de propósito y el sentido del rumbo, con otras razones entre él y su ayudante Margaro de gran gusto y regocijo

Acurrucado al pie del palo de mangó del patio de la casa de la calle León, tres días le tomó a Chiquitín recuperar las energías y el ánimo necesarios para encaminar de nuevo los destinos de su empresa. Las nuevas circunstancias le habían trastornado la brújula interior al punto de que ya no tuvo claro si seguirían en dirección al Bosque de Maricao, lugar que se le metió entre ceja y ceja que era la guarida de los estafadores indígenas, o si, por el contrario, se quedarían peinando las zonas del sur, donde, según él, estaban el *yucayeke* y la reliquia indígena por descubrirse a tres por chavo. De todas maneras, debía encontrarse en las inmediaciones de Guánica para el día señalado de su martirio, fecha no muy lejana, en caso de que siguiera adelante con aquella encomienda patriótica. Porque para qué negar que ya en varias ocasiones, durante las noches oscuras de aquellos tres días, había dudado si debía romper el compromiso hecho con los líderes del Ideal, o si debía mantener la palabra empeñada de anexionista del corazón del rollo, que era lo que él se consideraba.

Contrario a lo que pudiera pensarse, que cada día que pasaba colmaba a Chiquitín más y más con la emoción de haber sido el elegido por la cúpula del Partido para tan crucial misión estratégica, las horas no hicieron sino socavarle la voluntad y cuestionarle la sabiduría de su decisión. Mas con sólo imaginarse el milagro de eliminar de un zarpazo a toda esa ralea de líderes separatistas, empeñados en llevarnos otra vez al pasado, a la picadera de caña y el recogido de café, a los apagones y el agua turbia, a la leche de apoyo y las lámparas de gas, en resumen, a

315

la cueva; nada más soñar con semejante golpe maestro le provocaba tal sensación de epifanía, tal satisfacción de ilusión alcanzada, que de nuevo se sentía afortunado de ser él el verdugo de la colonia y el anuncio de la gloria, el protagonista de aquella verdadera inmolación en el altar de la Patria Americana. ¡Aquí el agua no se va más porque el Americano nos quiere hidratados!, se decía para fortalecerse el ánimo. ¡Ni hay los apagones que se ven en las republiquitas de por ahí porque el Americano nos quiere alumbrados! ¡Ni tampoco hay hambrunas ni dictaduras porque el Americano, con sus cupones de alimento y su democracia, nos libra de estas plagas! ¿Qué más queremos, cojones? ¡Bah! ¡El puertorriqueño es el ser más infeliz sobre la faz de este planeta!

Misión suicida, le machacó Jiménez Schalkheit que era, recordó Chiquitín y, aunque no le dio los pormenores del acto, Masul le dejó más que claro que el mártir, para serlo, dejaría el pellejo en el intento; tendría, obligatoriamente, que liarlas por ser esencial en la definición de mártir suicida la cesación de su vida. Aún así, Chiquitín guardaba la esperanza de que aquello fuera más bien un habla figurada del secretario, una forma simbólica de exponer la importancia que revestía el asunto. ¿Qué valor tendría para él perder la vida en pos de una realidad futura de cuyos beneficios materiales no podría disfrutar desde los umbrales de la muerte? ¿O es que tenía sentido la Estadidad más allá de sus bonanzas, apreciables sólo a través de la vida material? Decirme a mí que seré el responsable de traer la Anexión por fin a mi país, pero a costa de no poder disfrutarla, a eso le llamo yo idealismo. Morir por un ideal era ser un idealista, se decía con cierto desprecio por ser concepto hacia el cual sentía suma animadversión, sobre todo por parecerle pueril, alocado e izquierdoso. Idealistas son los estudiantes revoltosos de la Universidad de Puerto Rico que no se quieren para nada y se la pasan poniendo bombas; idealistas son los intelectuales y los artistas con esas cabezas siempre llenas de tanta musaraña; idealistas son los sobreducados. Idealismo es lo mismo que extremismo, se decía, es cocteles molotov, es comunas, es granjas de reeducación, es filas y raciones, es manteca por cuarta y aceite por cuartillo. El idealismo es primo hermano del separatismo, se dijo, por lo que de pronto se sintió muy distante de aquel término que estimó debía reevaluarse su validez de inmediato dentro de aquel léxico anexionista en el que, a menudo, se le llama Ideal a la Anexión. Porque el anexionista es de la ley y del orden que dicte el Americano, que son siempre cosas concretas, cosas palpables: lo útil, lo que come la boca y el techo cubre y las telas tapan y la tierra pudre…

¡La Anexión es para los pobres, señores, para los desposeídos, para quienes nunca han disfrutado de los bienes de consumo! ¡Eso lo sabe hasta un orangután! Asimilarse, dejar de ser su vil esencia y convertirse poco a poco en esencia americana, era un baratillo que debían pagar los puertorriqueños si querían asegurarse de llevar siempre llena la barriga y contento el corazón.

Aquella congestión de sentimientos encontrados, aquella sinusitis del pensamiento, se le reflejaron a Chiquitín en un amotetamiento de la musculatura y el decaimiento de las facciones, las cuales pintaron la viva imagen de la depresión humana. Apenas le dirigió la palabra a Margaro durante aquellos días.

Usted, don Chiqui, la verdad sea dicha, porque es una y sólo una y no puede haber muchas verdades sobre una cosa al mismo tiempo. Quiero decir que no puede ser de día y a la vez de noche, ni lluvioso y soleado, ni frío y caliente, al mismo tiempo. Pues la verdad, don Chiqui, como le decía, es que regresó del arroz con culo que se armó en la plaza como si le hubieran dado con un mazo en la caguama, comentó Margaro ya en la tarde del segundo día, luego de ver cómo se comportaba su jefe, callado, retraído, siendo por naturaleza parlanchín, nervioso, sobrexcitable. Me sabrá disculpar, pero para mí que usted es víctima de alguna traición o desencanto, o guarda un secreto que lo atormenta, o ha visto lo que no debía, o las tres cosas juntas, que es lo más probable. Y no es que sea adivino, don Chiqui, ni espiritista, sino que de verlo nada más las horas muertas ahí sentado, en calzoncillos, más serio que un cinco de queso, cualquiera se percata de que algo no anda bien por sus aposentos. A Dios gracia que los árboles alrededor y la cerca de zinc lo mantienen oculto a la vista de los vecinos porque seguro hace rato nos sacaban de aquí, a mí a patadas y a usted en camisa de fuerza. Además, lleva horas murmurando entre dientes un discurso que no hay dios que lo descifre, y está con una miradera para todas partes como si temiera que lo estuvieran espiando. Dígame cuál es la intriga; póngame al corriente de la que haya antes de que aplique el don del pie y diga ahora me ve, ahora no me ve, porque no quiero pensar que esta empresa tan bonita y en la que tengo tantas esperanzas puestas se me haga una butifarra entre las manos.

Para empezar, me tumbas el don Chiqui, que no me gusta ni el principio de un comienzo. A ti puede que te parezca de lo más comiquillo y que sea hasta una señal de afecto, pero a mí me irrita tanto que no puedo ni expresártelo con tranquilidad, dijo de mala gana. Segundo, no sé a lo que te refieres con eso de la butifarra, pero ten por seguro que no debes temer, amigo mío, ni por mi salud mental, que está enterita y más lozana que una manzana, ni por mi salud física, que está camino a recuperarse. Espero que aprendas a disculpar mi comportamiento, más aún cuando me siento atribulado por cuestiones que ojalá pudiera compartir contigo. Por desgracia, son secretos que deberán permanecer, por ahora, guardados en mis entretelas, pues cambian radicalmente los muñequitos de esta empresa nuestra, igual en la ruta a seguir que en el tiempo a consumir. Pero eso a ti no debe afectarte demasiado, pienso yo, porque eres persona libre, juvenil, con hogar seguro y familia amorosa a tu regreso.

Ahora sí digo yo que el gato mató al zapato y el comején le cayó al piano. De buenas a primeras, el santo berenjenal en el que usted me ha metido me lo quiere transformar en un misterio amarrado a una adivinanza encerrado en la caja de un suspenso. Explíquese…, abunde…, hable claro, que no estoy para rompecabezas, dijo Margaro parado en la frontera entre el aturdimiento y el enfado.

Apenas te adelanto, para que no te tome por sorpresa, que es muy probable que no lleguemos al Bosque de Maricao. Igual llegamos, que nada está escrito en piedra, pero por ahora mejor pensemos en quedarnos por la zona sur y no adentrarnos demasiado en la montaña, que es camino sufrido y agotador. Eso es lo más que puedo informarte en este momento, le contestó Chiquitín secamente, convencido de que comprendería.

Eso es lo que yo llamo dejar la carne guindá. Y dado que no tiene remilgos para hablar, presumo que tampoco los tiene para oír, que quien dice lo que no debe, más le vale que aprenda a oír lo que debe. Porque ese acepta y calla que usted me quiere imponer simplemente no la hace conmigo; esa mordaza a mi lengua no la amarra; porque así como usted pretende, cualquiera manda y cualquiera es jefe. ¿Cómo no exigirle que me revele ese secreto que lleva apretado en los molares, siendo yo su asistente principal y único socio comercial? ¡Le aviso yo! Mire que donde hay yeguas, potros nacen, y a mí no me va a coger de zuruma a esta altura de mi vida, que de lejos se ve más que de cerca, y la verdad es que nunca se sabe para quién se trabaja, y no piense que voy a salir huyéndole a las vacas para venir a acostarme con los toros. Y puesto que usted no quiere compartir conmigo información que me afecta en lo personal y más íntimo, mi actitud de aquí en adelante será la de atente a pan y no comas queso, y ande yo caliente y ríase la gente, porque también yo haré mis planes secretos, y que atrás sólo se queden los huevos del perro. Y en caso del naufragio de esta empresa, mejor se hunda el capitán solo con su barca que con la tripulación entera. ¡Na! Que yo veo que usted me tiene a mí más por pollo praco que por venado, y hasta aquí me llega el tufillo de que pretende usted tenerme esclavizado, trabajando como un negro y durmiendo en el suelo, mientras usted se queda con el catre y la batea y a gozar que el sol campea. ¡Y que a mí con esa guasa! Y le digo, para que tampoco lo coja de sorpresa, que lo suyo se va pasando de lo castaño a lo oscuro y de lo maduro a lo podrido, y a mí ni a cañón rayado me pasa por buena esa bola baja. Desde ahora le advierto que se vaya con esa trulla a otro barrio si no quiere que le robe los huevos a la paloma mientras ella sigue echá…

¡Ya, por favor, ya!, lo interrumpió Chiquitín. Que tanto enredo ensartas con tu lengua que casi me pareces presa de la magia de un encantamiento lingüístico. Te confieso, amigo mío, que tus refranes me tienen hecho un mogollón el pensamiento, lo que creo que es adrede de tu parte, como para disfrazar lo que en realidad quieres decirme. Te digo más: estoy por creer que ese hablar tuyo cada vez más entrenzado responde a una pérdida de tu confianza en mí, que es lo mismo que perder la confianza en nuestra empresa compartida. ¡Vaya perseverancia la tuya! ¡Vaya paciencia en la conquista! ¡Cómo se ve que se te han dado fáciles las cosas en la vida a ti, muchachón! Porque esa ansiedad que demuestras es de persona que sólo acepta resultados inmediatos, que sólo recuerda experiencias recientes, que no conoce ni tiene idea de lo que significa acumular, insistir y sumar resultados: virtudes que nunca deben faltarle al arqueólogo profesional, que es lo que estás camino a convertirte, por si es que no lo sabías. Porque, aunque no lo sientas, te estoy adiestrando imperceptiblemente para que seas un arqueólogo de categoría, como yo, de manera que cuando esto termine —¡porque tarde o temprano terminará nuestra aventura!—, puedas ganarte el pan con el saber que te he regalado y la experiencia a la que te he expuesto. Conmigo sales igual de bien que si te metieras al Ejército americano: entras con un salario, porque te pagaré por tu adiestramiento una vez que cambiemos los tesoros que encontremos por dinero en efectivo, y sales con una carrera en corto tiempo, pese a que esta sea la única que puedo ofrecerte, aunque carrera al fin y al cabo, y de no poco prestigio; carrera que conseguirás sin tener que pasar ni por el entrenamiento fatigoso de la milicia, ni por las horas de estudio concentrado, ni por el peligro de que te limpien en medio de un conflicto bélico, que ya tú sabes cómo

Estados Unidos tiene siempre quien le envidia y quien le quiere poner el pie para verlo escocotarse. A mí la verdad me sorprende que tú no quieras darte cuenta de las ventajas que te trae ser mi empleado en esta empresa que butifarra puedo asegurarte que no es, como dices tú…

Aguántese la lengua un poco, don Chiqui, y no se desperdigue tanto que lo veo vaciándose como una calabaza que se pudre. Lo primero que quiero advertirle es que la avalancha de palabras que acaba de vomitar por esa garganta no tiene nada que envidiarle a las habladas por mí. ¡La fuerza de cara que tiene para acusarme de hablarle en jeringonza, cuando mis disparates, al lado de los suyos, son una píldora de clorato! ¡Qué pantalones! A eso le llamo yo tirar bolas cuadradas. ¿Y no que era yo socio en las ganancias del botín que encontráramos? Y entonces, ¿a cuenta de qué llamarme ahora empleado suyo y hablarme de salario? Apenas par de días hace que hablamos de esto para que tan rápido venga a olvidársele y a hablarme de adiestramientos que no le he pedido y de pagos por servicios que no me corresponden. Mire que lo que se da no se quita y ya usted, desde el principio, me otorgó el título de socio parcial. Así que no venga a ensuciar el batey conmigo, que ya la palabra suya está empeñada en cederme la mitad de lo que encontremos nuevo y un tercio de las cosas que rescatemos, como el cuadro italiano ese que usted tanto mienta y el blinblín del cacicón Agüeybaná que le tiene el melón afectado.

No se trata de eso, animalia. ¿Cómo vas a dudar de mi palabra, cuando tantas pruebas ya te he dado de su firmeza?, preguntó Chiquitín a la defensiva. Lo que ocurre es que en este proyecto nuestro, en esta aventura que hemos emprendido juntos, alguien tiene que mandar, alguien tiene que ser la cabeza y, dado que la idea es mía, el conocimiento es mío, el poder original es mío, pues yo pienso que lo más lógico es que yo siga siendo el jefe, ¿no crees? Así que continuaré siendo dueño de la autoridad y tú me servirás a modo de… a modo de… de siervo, de escudero, vamos a decir…

Sierva y escudera será la madre suya, disparó Margaro de la baqueta.

¡Qué tan fácil metes a la familia entre los dientes de esa boca suelta tuya! Te quejas de que estoy serio, te quejas de que estoy reconcentrado, me acusas de deprimido, que fue de lo que quisiste acusarme con tu palabrería, y cuando bromeo un poquito, me saltas encima como apagando fuego. Tú conmigo a patadas y, cuando te doy yo el menor empujoncito, se quiere acabar el mundo. Ya que no tienes temple para la burla sana, hagamos acto ambos de moderar los tonos y escoger mejor las frases, que en la moderación está la concordia y en la elección sabia de palabras, el buen entendimiento. Acepto la corrección que me haces, y sustituyo escudero y siervo por asistente, si te parece mejor, que en realidad fue lo que quise decirte. Pero tú mejor que yo sabes que la saya no hace al monje, ni tampoco el traje de luces al torero y si, aunque socios somos en las ganancias, en lo práctico, en el día a día de la organización de esta empresa, no podemos compartir la autoridad a la hora de tomar las decisiones. ¿O vas a decirme que la idea de esta expedición también fue tuya?

Mía no fue ni mucho menos. Eso sí no verá nunca cruzarme por los dientes de mi boca suelta, le dijo Margaro mirándolo con cierto desprecio al repetir sus propias palabras, como si el acto de repetirlas le hubiera causado asco. Pero dejémoslo ahí por ahora, que ya veo que estamos hablando en redondo. Sólo tenga consciente, don Chiqui, que palabras sacan palabras y, entre sangres que fácil hierven, fácil también se arma la pelotera y la de Cristo es Rey. Pero, antes de que le demos pichón a esta discusión, retire la acusación que me hizo de no tenerle confianza, porque el único que aquí tiene secretos que no comparte es usted, hablándole en arroz y habichuelas, como me gusta hablar a mí.

Una cosa es tener secretos, huevesímbalo, y otra muy distinta poseer información privilegiada, que es la que yo poseo. El no querer transmitírtela no significa en lo más mínimo que desconfíe de tu discreción y buenas intenciones. Significa que la estoy utilizando de manera estratégica para revelártela en el momento que considere oportuno. ¿O tú piensas que el presidente de los Estados Unidos le revela todo lo que sabe a su pueblo, por mucho que lo quiera y lo ame y quiera lo mejor para él? ¡Claro que no! No puede, por demasiadas razones para enumerártelas aquí ahora, no puede, pero ninguna de ellas es que no tenga confianza en un pueblo tan sacrosanto como el americano. Pues lo mismo pasa entre tú y yo. Yo soy tu presidente.

La verdad que tiene usted más golpes que un baile de bomba, porque no hay discusión que no moldee y tuerza a su favor, como hecha de plasticina. ¡Que Dios me libre a mí de gente tan leída y escribida como usted, don Chiqui!, dijo Margaro con evidente socarronería. Ah, y presidente será usted de sus locuras, que no de mis actos, ni de mi voluntad, ni de mis palabras, para que se vaya enterando.

Vamos a dejarlo ahí, que tu porfía no nos adelanta un átomo hacia nuestra meta y más bien nos enemista. Pásame la ropa, si fueras tan amable, que ya es tiempo de echarle unas telas a estas carnes que llevan tanto tiempo al aire. Razón tienes en decirme que lo de andar despechugado me puede hacer pasar por un enajenado, concluyó Chiquitín en ánimo de hacer las paces. Ah, y te recalco lo de don Chiqui, que sigues repitiéndolo como si no te hubiera advertido ya lo irritante que me resulta escucharte decirlo.

Ya a estas alturas Margaro había dejado de escucharlo, mas le alcanzó la ropa limpia que él mismo, junto con la suya, había llevado y traído de una lavandería cercana. Chiquitín se la puso con apuro y no se la apeó ni para dormir el resto del tiempo que pernoctaron allí. Parecería que la agitación de la conversación lo espabiló de la casi coma en que se encontraba, pensó Margaro, ahora que observaba a su jefe de nuevo despierto, alerta, jovial casi, ya fuera del estado zurumbático en que lo dejó la noche de los cocos explosivos.

Esa misma tarde, Chiquitín enfiló sus pasos hacia una óptica a pocas cuadras del lugar donde se hallaban, resuelto a ponerle fin a la avería de sus espejuelos, lo cual incidía en sus demás funciones de modo paralizante. En la óptica aceleraron su caso por creerle el riesgo que tenía aquello para su vida, mas no pudo solucionarse el mismo día, lo que significó una noche adicional en la guarida de la calle León. Al salir del oculista, apenas logrando discernir las figuras borrosas que sus ojos miopes, generosamente, aún le mostraban, se dirigió al banco, donde realizó un nuevo retiro, suficiente para pagar la reparación de los espejuelos y sobrevivir él y Margaro durante algún tiempo. Con evidente nebuleo, guardó el dinero en el fondo de la mochila, menos por desconfianza hacia Margaro que por no tentar alguna debilidad suya que hasta el momento no se hubiera mostrado. Vista larga, paso corto y malas intenciones, tres principios que Chiquitín estimaba en calidad de mandamientos cuando de dinero se trataba. Consideró que la cantidad sería suficiente para cubrir los gastos de la empresa hasta que tuviera que reportarse a Guánica, esto en el caso extremo de que ningún tesoro indígena los hiciera millonarios antes, evento propenso a ocurrir, según él, en cualquier momento del trayecto. Claro, siempre con austeridad, realizando las mayores economías, aprovechando las mejores ofertas de comida rápida para satisfacer la tripa, durmiendo al descampado las más de las veces, bien fuera en los yacimientos mismos, bien fuera en los caminos donde la noche los sorprendiera.

Margaro no desaprovechó aquel, más que descanso, receso de la empresa arqueológica en la que se embarcara. Utilizó el tiempo muerto para completar muy pero muy discretamente el secado de las flores hurtadas sobre el techito de zinc de la covacha. Asimismo, se dedicó a sondear los puntos de distribución de droga del centro de la ciudad, donde tal vez podría, pensaba él, pasarle el mono a algún ingenuo, es decir, vender el material robado sin levantar sospechas, sobre todo ahora que sus compradores perfectos, los muchachos de Mayagüez, se esfumaron como una procesión de ánimas al amanecer. Recorrió a pie varios lugares: la calle Guadalupe, la calle Estrella, la calle Unión, la calle Atocha arriba, y terminó en el punto alto de la calle Protestante, donde vivía un primo suyo que tiraba en el punto y a quien, por fortuna, encontró trabajando. Echándole el pescadito y tirándole la cascarita, Margaro se enteró de que el hurto de la yerba en Campo Alegre era ya conocido por todo el bajo mundo y que la totalidad de los ojos y orejas estaban pendientes a quien viniera con el ofrecimiento de dicha mercancía. En Ponce, al menos, tengo cerrado el mercado, se dijo. ¡Y con las flores casi en su punto! Margaro se encontró en situación de tener que ponerle movimiento a la búsqueda de comprador antes de que el exceso de secado de las flores significara su pérdida de valor.

Esa tarde regresó con una compra que incluía pan de agua y sobao, jamón, queso y mortadela, pastelillos de carne y de guayaba, empanadillas de pizza, jugos de parcha y de acerola. Se sentó en las escaleras traseras de la casa y comenzó a prepararse un sándwich y a mordisquear las empanadillas y los pastelillos sin ofrecerle nada a Chiquitín, quien no salía de su dieta estricta de comida americana.

¡Qué paladar tan primitivo tienes, Margaro!, le dijo Chiquitín con un asco innegable tras despegar la mirada de su mapita de ruta que sacó del tubito de aluminio al escuchar el crujido inconfundible de una empanadilla al mordisquearse. El ruidito de fritura cuando se muerde me pone la carne de gallina, añadió. Con sólo ver lo que has comprado te retratas como la persona burda y sin cultura que eres, incapaz de domesticar siquiera tu propio paladar. Pero dichoso tú que puedes vivir feliz comiendo calalú con vianda la vida entera sin apreciar los sabores ni apetecerte exquisitez alguna. Dime algo, añadió ya en abierta burla y con cierto desprecio sublimado en ironía, esa empanadilla, ¿es de engó?

¿Y qué demontre es engó?, le preguntó Margaro con la boca llena y sin prestarle demasiada atención.

¿No sabes lo que es engó, con la palabrería y las viejeras de que tienes preñado tu hablar? Me extraña y me araña. Pero por si las moscas, por si es que te me estás haciendo el bobito a saber con qué intención, te informo que engó es un machacado de pescado asqueroso que se usa a veces de carnada y otras para rellenar esas empanadillas de ustedes. Eso es engó. Un vomitivo de producto al que ninguna boca con un poco de orgullo debiera jamás darle entrada.

A mí el engó a lo que me sabe es a burla suya, dijo Margaro con la boca llena, lo que me demuestra que usted, con todo y la cara de tranca que casi siempre lleva, es capaz de correr su maquinita y pegar su velloncito, descubrimiento que agrada, pues no todo puede ser tan espigado ni tan grave ni tan severo ni tan el fin del mundo como usted a veces quiere hacerme creer, dijo Margaro mientras abría el periódico y comenzaba su lectura para sacarle el cuerpo a aquella conversación.

Tanto la primera plana como las páginas principales estaban dedicadas a la desaparición de la joven Yahaira Asunción Barradas, quien cumplía cincuenta días de desaparecida y se presumía muerta, según confidencias de la policía. Se vinculaba su desaparición y posible asesinato a cuatro policías estatales de la zona de Humacao, entre ellos su exmarido, a quien también se le vinculaba con una paliza que recibiera un fiscal unos meses atrás. Complicaba el asunto, según leía Margaro en voz alta y Chiquitín escuchaba escandalizado con el nivel de corrupción de la policía colonial, que la joven era hija del coronel Belisario Asunción, jefe de la región de Humacao, y sobrina de otros dos altos mandos de la misma región, incluyendo el director de la Unidad Marítima, quien participaba activamente en la búsqueda del cadáver, tras rumores de que fuera ultrajada por sus agresores y luego enterrada en uno de los cayos de La Barca. La policía escudriñó los Cayos sin encontrar rastro de ella, pero aseguró que existe un testigo del enterramiento cuya identidad aún no ha sido dada a la luz pública y a quien se está intentando localizar. La falta de pruebas y testigos confiables han obligado a dejar en libertad a los sospechosos, aunque fueron desarmados y relevados de sus funciones, al menos temporeramente. ¡Mi madre!, exclamó en voz alta Margaro. Andan por la libre comunidad los esbirros y seguro que a la caza del pobre testigo estrella para limpiarle el pico antes de que alumbre demasiado, dijo Margaro editorializando la noticia.

Te tengo dicho que este país está manga por hombro. Aquí la ley que vale es la del más fuerte, porque la otra vale lo que cuesta un pepino angolo, quiero decir, muy poco. Si no fuera porque los americanos están aquí para impedirlo, ya hace rato que los negros de esta isla se estuvieran comiendo por los rabos, comentó Chiquitín con escasa efusividad, como si estuviera cansado de repetir la misma lección sin obtener resultados.

Mire para acá las caras de angelitos que tienen, dijo Margaro mostrándole desde donde se encontraba las fotos de los policías sospechosos. Yo le digo a usted que hoy por hoy no hay quien distinga jodedor de policía. Mírelos: cejas sacadas, brazos y seguro que también piernas afeitadas, cerquillo, diseños estrambóticos en el pelo. Además, mucho reloj, mucha prenda, mucho colmillo con corona de oro, mucha pulsera y valentino. Le advierto, don Chiqui, póngase mosca, que aquí el que pinta también raspa, y un día se está del lado de acá de la ley y al siguiente se está del de allá, y alábate pollo, don Chiqui, que mañana te guisan, porque lo que es igual no es ventaja, y mire para que vea cómo dos cuchillos amolados no pueden hacerse mella.

Insisto en lo de don Chiqui, que me irrita inmensidades cuando lo dices, y lo terminantemente prohibido que te tengo usarlo. El diminutivo de un diminutivo es un minusculativo, lo cual me roba autoridad frente a ti, que veo que tendré que ejercerla a menudo, porque sé que eres rebelde de nación y díscolo de temperamento…

La madre suya, por si las moscas, disparó Margaro.

¿A qué te refieres?, preguntó Chiquitín, genuinamente intrigado.

A que disco loco será la mamá suya, contestó Margaro desafiante.

Si serás tarambana tú, Margaro. Díscolo fue lo que dije, que quiere decir indomable, amante de la libertad, como eres tú que siempre estás como un potrito salvaje que hay que estarte jalando las bridas para que no te desboques. Aprende de mi espíritu sosegado, que no siempre hay que estar como si tuvieras hormigas en el fondillo…

Margaro guardó silencio en relación con aquellas aclaraciones que hacía su jefe y se limitó a tirarle el periódico con la página abierta de las fotos de los policías a sus pies. Al principio, Chiquitín no les prestó atención; apenas levantó la vista del casi papiro en que se había convertido el mapita de ruta. Pero luego, con las imágenes allí junto a él invitándole a examinarlas, su vista fue y vino de los puntos en el mapita donde tenía marcados los yacimientos a las fotos aquellas que, tras un breve examen, le aceleraron el ritmo cardiaco, le alteraron el sistema nervioso, le elevaron la presión sanguínea y casi le queman un fusible de la memoria. O aquello era una broma de mal gusto jugada por el mismo Margaro, quien, sin embargo, no contaba con los recursos necesarios para llevarla a cabo, o su memoria le jugaba una trastada preocupante, o sencillamente la realidad tomó otro rumbo del que llevaba y ambos, ella y él, estaban por las antípodas uno del otro. No es que fueran idénticos los tipos que observó Chiquitín fotografiados, sino que eran, en efecto, los indígenas que sacaron el Guanín de la tumba de la princesa taína, quien, apropiadamente, llevaba por nombre Yahaira. ¡Ja!, se dijo, ¡ya sabía yo! ¿Les vi o no les vi a una milla de distancia la raja de taíno? Así que, además de indios, asesinos, policías y, para colmo, embusteros. Asesinato yo no vi ninguno. Lo que sí presencié fue la exhumación de la princesa acorde con el rito igneri, no su enterramiento. Parece que las autoridades, ignorantes de estos ritos, los acusan de infracciones que no pueden aplicárseles a esa cultura primitiva. Con suma perseverancia, Chiquitín quiso convencerse de que eso precisamente fue lo que allí ocurrió, si bien la mención de un testigo en la escena del crimen le puso de nuevo a andar los pensamientos. ¿Un testigo en la escena? ¡Imposible! ¡Yo fui el único allí presente! Pero la noticia era enfática: hablaba de inhumación, no exhumación, hablaba de enterrar, no de sacar. La duda comenzó a torcerle los recuerdos del evento, o más bien su interpretación de ellos. Ciertamente, la teoría de la prensa cuadraba con los trozos de carne fresca que encontró en su excavación y que atribuyó a arcanos procesos de embalsamamiento. Si fuera cierta la versión que publica la prensa, se dijo preocupado con las nuevas posibilidades que presentaba la realidad, entonces el Guanín no fue extraído de ninguna tumba sino más bien nunca puesto dentro de ella. Eso quiere decir, se dijo con gran misterio en el tono de sus pensamientos, que en lugar de enterrar a la princesa Yahaira con el Guanín de su cacique al cuello, como sí conozco que manda el rito, se quedaron con la prenda los muy malditos. Seguro que para comerciar con ella, para traquetear. ¡Con razón no la tenían en el carro cuando me topé con ellos en el Kentucky! De pronto, un alud de ideas raras abacoró la mente de Chiquitín a tal punto que comenzó a murmurar en voz alta y a meterle en la mente a Margaro la idea de una demencia transitoria.

Por la leche que mamé de mi mamá, don Chiqui, dijo Margaro, que si no fuera por su jinchera natural, se le notaría más la pálida que tiene dibujada en la cara que parece que ha visto un sanserení. ¿Usted conoce a los policías esos? ¿Por qué la excitación? ¿O usted no ve el tucutú que le han dado esas fotos que lo tienen hecho un tembleque? Los mira y no los mira, los mira y no lo cree, mientras, mascullando, parece como si conversara con alguien que llevara por dentro. ¡Hable, don Chiqui, que no estoy para adivinanzas!

Chiquitín no tuvo palabras para contestarle; tampoco atención para escuchar y comprender lo que le decía ni para irritarse con la insistente utilización del don Chiqui.

¿Me decías?, le preguntó mirándolo como si lo acabara de ver por primera vez.

¡Maldita sea, don Chiqui! ¡Regrese, vuelva de esa zona donde se encuentra, por Dios santo! Acabe y dígame cuál es la intriga que se trae, cojones, qué pitirre es el que canta en el alambre, cuál es el gallo que lleva metido en el saco.

Tú ya llevas conociéndome algunas semanas, así que sabes de la rectitud y honestidad que le profeso a mis cosas. Conoces también lo mucho que me gusta tener la verdad agarrada por las pelotas, por aquello de hablar vulgarmente, que sé que te gusta de vez en cuando que lo haga. Así que con la misma que te conté de la persecución que nos da —¡porque de que nos la da, nos la da!— Carlos Auches y su camarilla de arqueólogos, te cuento ahora que acabo de conocer la identidad —¡falsa, por supuesto, pero oficial!— de los estafadores indígenas que se alzaron con mi Guanín y con mis pertenencias de valor, incluido mi da Vinci, que es único en el mundo. Acércate, amigo, siéntate aquí junto a mí, toma el periódico, observa a los tipos esos mientras te narro los hechos que me llevaron a conocerlos, para que te sorprendas y se te caiga la quijada hasta el piso.

Y así mismo quedó Margaro al final de la narración de su jefe, guindándole la mandíbula, convencido más que nunca de su insania, pese a sospechar que algunas cosas faltaban aún por aclararse. Y antes siquiera de que terminara de relatarle los hechos, ya Margaro sabía que el alegado testigo estrella del que hablaba la prensa era Chiquitín sin lugar a dudas. Así que, además de los arqueólogos que supuestamente les daban caza y de los bichotes de Campo Alegre que pronto le darían también una vez se descubriera que su salida con Chiquitín y el hurto de las flores coincidieron en un mismo día, ahora, para darle el toque de gracia, tenían a aquel grupito de policías asesinos tras sus huellas, así como la Uniformada entera, la Fiscalía General, el Negociado de Investigaciones Criminales, presumió que también los federales, que según Chiquitín tienen autoridad para inmiscuirse en todos los asuntos, y a saber cuál otra entidad de ley y orden cuyo nombre y hasta existencia misma desconocían.

Margaro pensó en los pescadores que contó Chiquitín que pasaron de largo aquella noche tras ver el incendio del carro y el movimiento de siluetas frente a la luz del fuego. ¿Podrán ser ellos la fuente de la información?

¿Los habrán entrevistado los fiscales y llevado a la escena del incendio? ¡Imposible! ¡Hubieran hallado el cadáver! Seguro los pescadores no han sido identificados. ¿Quién más conocía entonces que él anduvo por allí? De la historia, Margaro sacó en claro que sólo los cuatro maleantes sabían de su presencia en la escena, lo que significa que alguno de ellos cantaba. En tremendo arroz con bicicleta se ha metido este jefe mío, pensó Margaro. Claro que, si nos paran y me capturan el cargamento, entonces sí que digo yo que estamos más salaos que patitas de cerdo en mondongo, se dijo.

Estamos fritos, don Chiqui. ¿O es que usted no se percata de que ese testigo del que hablan es usted mismo, de que los indios esos que usted dice deben andar a la caza suya y no para pasarle la manito, y de que los fiscales deben andar también detrás de usted para que identifique dónde enterraron a la princesa taína que dice? ¡Qué digo yo a la caza suya! ¡A la caza de ambos, que a mí seguro ya me tienen por cómplice suyo y a saber si por personaje peligrosísimo! ¡Sea la madre! Cuidado no me limpien el pico a mí también, por aquello de limpiarse al testigo del testigo, y venga y salte como un conejo y tenga que verle yo las patas a la perica. Don Chiqui, hábleme claro: ¿qué opciones tenemos?

Sólo se me ocurre entregarme a la policía y cantar como un canario. Ya sabrán ellos protegerme de los taínos rabiosos, que me han hecho ya dos atentados personales, dijo Chiquitín con completa candidez.

¡Está usted loco, don Chiqui! ¡Entregarse ni entregarse! Eso es como alzar la mano de voluntario para ir a un paredón. ¿O piensa que los indígenas que usted dice, que no son otra cosa que policías corruptos, no tienen sobre aviso a los cuarteles y retenes de la isla entera para que cuando aparezca usted por alguno de ellos hacerlo desaparecer? ¡Despierte, don Chiqui, abra los ojos, que no pienso durarle toda la vida! Mire que a la edad suya se peca lo mismo por ingenuidad que por maldad, así que me cancela el entregamiento ese, no sea que le hagan lo mismo que a la pobre de Jessica, ¿se acuerda de ella? Pues no sea que se lo pasen por la piedra antes de picarlo como para pasteles…

¿A qué te refieres con eso?, preguntó Chiquitín, entre curioso y ofendido.

Pues, usted sabe, como le hicieron a Jessica, que primero se la pasaron por la piedra los policías salvajes aquellos antes de volarle la tapa de los sesos. Eso fue por allá, por la playa de Vega Baja, recuerdo…

¿Tú dices violarme, ultrajarme?, lo interrumpió. Habla claro, Margaro, no seas pachoso, que no me sorprendería que lo intentaran, pues los policías coloniales se corrompen con una facilidad que lo que mete es miedo. Además de que el trabajo de ellos, el poder que les da, los convierte en sátiros naturales, en enfermos mentales. A quien se le corrompe el alma también se le corrompe el instinto sexual, por eso es que lo que tenemos por policía es una piara de hombres erotizados. Puede que lo intenten, pero van a necesitar un regimiento para aguantarme...

Yo lo que intuyo es que hay par de gente por ahí queriendo almorzárselo vivo y no dejar de usted ni los huesos. Escuche lo que le voy a decir: póngase mosca, don Chiqui, prevenga bien las cosas antes de realizarlas, procure no llamar tanto la atención con sus locuras. No se ponga potrón ahora, ni áspero tampoco, que la situación lo que manda es ser resbaloso como la guabina, coger por la sombra y ser yerba que el chivo no mastica... Créame, que si se entrega a las autoridades no va a quedar de usted ni los suspiros. El cuerpo entero suyo hecho picadillo lo bajan por cualquier inodoro industrial sin que nadie se percate ni sospeche, y aquí paz y en el Cielo gloria.

Bueno ya, me convenciste, tampoco tienes que ponerte gráfico, dijo Chiquitín tragando gordo con aquella descripción del paradero de su cuerpo, circunstancia que, pese a no creerla una posibilidad probable, le intranquilizó creerla una probabilidad posible. Veo que sigues pasándote por la entrepierna lo que te vengo diciendo de que no me llames don Chiqui. ¿Es que me va a tener que dar una corajina cada vez que me lo digas para que suspendas para siempre esa confianza tuya? Dímelo, para empezar ya.

¡Déjeme decirle así, don Chiqui, no sea tan huevo tibio!, se defendió Margaro. Yo soy como soy. Y parte de eso que soy incluye ponerle nombres derivados o motes a mis amistades o gente cercana. No puedo evitarlo. Para mí es señal de afecto, no de cogerlo de oso. Además, es mucho menos chiquito que Chiquitín, por mucho que me porfíe y diga lo contrario.

Si por oso te refieres al tamaño de mi cuerpo, déjame avisarte que ya te estás burlando. Pero si decirme don Chiqui es algo que no puedes evitar, y si está dicho, como alegas, en ánimo de tirar puentes, no de quemarlos, entonces lo aceptaré, aunque a regañadientes, y sólo para ser utilizado dentro de los límites de nuestra amistad. Queda terminantemente prohibido que lo uses frente a terceras personas porque, al hacerlo, vas a restarme autoridad ante ellos, que es lo menos que necesito que me pase en estos momentos.

Trato hecho. Se queda entre nosotros, dijo Margaro con una levísima entonación de triunfo. En cuanto a lo otro, a la rencilla que tiene con los policías que usted dice que son taínos, es asunto que también me incumbe. Porque el que pica el bacalao en este viaje es usted, don Chiqui, el que lleva el timón de la empresa. Comandar es su función, y la mía ejecutar. Pero no por ser yo su asistente significa que mis ideas sean secundarias, así que grábese los consejos que le doy para que después no se queje de que nadie le previno, de que cuando le dije dijo dije Diego. Porque el día que le metan el primer macanazo y caiga en manos de ellos, seguro que lo mandan para lo oscuro. La otra opción es ponernos las pilas y salir de Ponce ya, a ver si no nos reconocen por otros pueblos donde no piensan que andamos merodeando. Póngale el sello que a Ponce lo peinan de arriba abajo buscándolo. Cuidado no le hayan puesto ya la casa patas arriba, y a saber si hasta también la mía.

En eso, amigo Margaro, de que van a peinar a Ponce de arriba a abajo hasta dar con los dos piojos que somos ambos, en eso hablas con más razón que el mismo papa. Significa que nuestra situación en esta benemérita ciudad es cada vez más precaria o, mejor dicho, menos sencilla. Lo único que me tranquiliza, si te soy bien honesto, es que luego de haberme sincerado contigo y reveládote parte de mis secretos, no hayas vuelto a amenazarme con tomar tu camino y regresar al hogar y a la familia que dejaste atrás con promesas de regresar cargado de riquezas. Te advierto que, si optas por seguir conmigo, tras convertirme, sin yo quererlo, en uno de los sujetos más buscados del Caribe, te consideraré, más que mi amigo, un hermano. Tu gesto, tu aceptación de mi autoridad, la confianza que me brindas en este momento de tanto trance, significa mucho, pero mucho para mí, dijo Chiquitín evidentemente emocionado. Por ahora, continuó diciendo y cambiando de tema, sugiero que permanezcamos aquí discretamente guardados el resto del día a modo de precaución. Mañana recojo los espejuelos y zarpamos temprano en dirección a los *yucayeke*s del área de Guánica, que es donde de verdad está el masacote pesado. Te confieso en este instante que, en realidad, nunca vi propiamente relucir el oro del Guanín que me fue robado, más bien deduje que el hurto había ocurrido. Sin embargo, a la luz de la nueva información y del lío en que están metidos los malvados taínos esos, se me ocurre que tal vez entre las alhajas que extrajeron no figuraba el Guanín que buscamos nosotros. Ahora que lo pienso bien, es pura locura creer que el Guanín quedó enterrado por acá, por los *yucayekes* de Ponce, pues ya los españoles habían arrasado con todos ellos. Para escapar de los españoles, la clase caciquil se refugió en los *guarikitenes* más escondidos, que estaban casi todos por los matorrales del suroeste, hacia donde nos dirigimos. ¿Estaré picando fuera del hoyo?

Dímelo, hermano Margaro, si estoy dando palos a ciegas, corrígeme cuando sea necesario, si es que me desenfoco y no me percato de que en la oscuridad del pensamiento cualquier cosa ocurre y cualquier determinación se toma. A lo que voy es a que son mejores nuestras expectativas de encontrar el Guanín por el área de Guánica, donde se encontraba el principal *yucayeke* de Guaynía, que allá por Maricao, donde la raza taína se encuentra refugiada. ¿Ves la concatenación en mis decisiones?

¿Con ca qué?

Tenación, concatenación, el eslabonamiento, la cadena: Guanín, Guaynía, Guánica...

No veo la cadena esa tan clara como usted pretende, ni entiendo los malabares que dan sus pensamientos. Pero ni modo, que no todo puede ser miel sobre hojuelas, y allá usted se entenderá con sus propios argumentos que para mí son imposibles de desliar, dijo Margaro, queriéndole decir en realidad que le parecían cosas sacadas de la manga. De todas maneras, respaldaba su decisión de salir de Ponce cuanto antes, pues también a él se le había cerrado el mercado de la ciudad, por lo que debía moverse hacia el oeste si quería salir de aquel material. Se lo dijo y pactaron estar ya de camino al día siguiente antes de que pasara el Santísimo, dijo Margaro que decía su abuela refiriéndose al mediodía.

Capítulo XXII

Que cuenta la investigación que hicieron los indígenas asesinos
para dar con el paradero de Chiquitín
y de la visita que hicieron a su casa vacía

La noticia de que la Unidad de Investigaciones Especiales de la Policía
y la Fiscalía andaban tras la pista de un alegado testigo del lugar donde
yacían los restos de Yahaira, corrió como gasolina encendida entre sus
asesinos. Fue el salpafuera típico de los culpables acorralados. El coronel Belisario llamó histérico a Rafo, —¡Rafo! ¡Rafo! ¿Viste el periódico?—; Freddie Samuel llamó estupefacto al coronel Barradas, a su vez
escandalizado —Imagino que sabes para qué te llamo, tío Efra. ¡Claro
que me lo imagino, mijito, para qué iba a ser!—; Chucho y Papote se
llamaron desesperados uno al otro —¡Nos jodimos!—; y todos se llamaron eventualmente entre sí —¿Qué hacemos ahora?—. A los cuatro les pareció insólita aquella información, pero más les sorprendió
que aún no se hubiera encontrado el carro quemado. ¿Quién, además
de ellos, conocía de la existencia del testigo? Nadie, se respondieron,
mientras las miradas saltaban de ojo en ojo, fijándose un instante en
cada uno antes de saltar de nuevo.

De inmediato, Rafo se movilizó hacia la Comandancia de Ponce
donde, por medio de sus muchos encantos, barrocas conexiones y deudas viejas, obtuvo la descripción física del sujeto que buscaban para dar
testimonio del lugar donde yacía la occisa. Rafo llamó a Freddie Samuel
y le dijo que era el tipo de la bicicleta. Tienen la descripción exacta.
¿Cómo carajo lo saben?, le preguntó Freddie Samuel a Rafo con una ira
de esas que inspira a la temeridad.

Eso no supieron decírmelo, contestó Rafo. O tenemos un soplón en
el grupo o alguien en el Kentucky aquella mañana nos reconoció luego

por la prensa y recordó también al gordinflón. Dudo que sean los muchachos, que están igual de embarrados que nosotros, y si uno de ellos fuera chota, hace rato estaríamos presos y el misterio descifrado. Igual hay que ponerles el ojo encima desde ya, en particular a Chucho, que es el más llorón de los dos, el eslabón más flojo.

Freddie Samuel estuvo de acuerdo, mas pensó que si uno de los cuatros se mantuvo al margen del sangriento evento fue el mismo Rafo, que allá en la casa de los descuartizadores no quiso participar de las partes más comprometedoras de la actividad conjunta. Hizo nota de eso y determinó también ponerle el ojo encima, por aquello de no pecar de ingenuo ni casarse con ninguno. Porque si alguien estaba embarrado era él, Freddie Samuel que, además de poseer dos de las manos asesinas, poseía también la mente que ideó el macabro plan. Estoy solo, se dijo.

Acordaron encontrar al alegado testigo antes de que la policía lo hiciera y, aunque tenían su descripción física, que era inconfundible y contundente, carecían de la menor noción de por dónde comenzar su búsqueda. En cambio, sí conocían, además de sus rasgos, que debía ser ponceño, y, dado que se movía en bicicleta, que debía vivir en un radio razonable en torno al Kentucky Fried Chicken de la avenida Ednita Nazario, donde lo conocieron. Allí comenzaron su búsqueda. Preguntaron primero en los negocios de la zona circundante, después interrogaron gente en los patios y las marquesinas de las calles aledañas. Extendieron el perímetro, pasaron a la zona de Las Acacias, entraron en Los Caobos, cruzaron el río hasta Tenerías y Jacaranda. Al tercer día andaban por los restaurantes de comida rápida frente a la avenida que llaman *By-Pass*, donde comenzaron a tener las primeras respuestas positivas a la descripción del sujeto. En Constancia, un fulano que conocía a otro mengano que conocía a unos vecinos de los Campala Suárez sabían de Chiquitín por referencia… A su residencia en la calle Igualdad llegaron esa misma noche.

Los dos carros entraron sigilosos por lados opuestos de la calle. Apagando las luces antes de llegar, se estacionaron bajo los húcares frente a las casas vecinas a la de Chiquitín, quien cortó los que había frente a la suya porque botaban demasiadas hojas secas que él no podía estar siempre barriendo. En silencio, desenfundadas las pistolas, rodearon la casa apagada, en cuyo frente una maleza recrecida hablaba de un abandono reciente. Rafo y Freddie Samuel revisaron las ventanas frontales y se apostaron a ambos lados de la puerta de entrada, mientras que Papote y Chucho se ubicaron por la parte posterior, lo que ocasionó que el perro de la vecina de atrás saliera ladrando a comérselos vivos desde el otro lado de la verja. Aquello alertó a los vecinos, quienes comenzaron a asomarse por las ventanas para observar desde distintos ángulos la escena que en la casa de Chiquitín Campala se desarrollaba.

Rafo tocó a la puerta con la Glock y gritó que abriera, que era la policía. Nadie respondió. Ninguna luz se encendió. Repitió el nombre del procurado y, al responderle de nuevo el silencio, procedió a colocarse frente a la puerta en posición de intentar derribarla de una patada. En eso escucharon la voz de una mujer que les gritaba algo ya desde mitad de la calle, por la cual se aproximaba a pasos acelerados.

Ni piensen en tumbarme esa puerta, señores guardias, que después se queda la casa abierta y se meten los tecatos, y cuando el dueño regrese de sus locuras lo que va a encontrar es un hospitalillo de tecatos inyectándose marihuana y gente de mal vivir, gritó Nanó Casanova, que se movía con trancos certeros hacia los agentes. ¡Que no sea por mí, señores, que sea por ese Gran Poder de Dios, que todo lo puede, que me dejen abrirla, se los ruego, que aquí traigo la llave y ustedes, espero, la orden del juez!

Nanó, que venía vestida con su bata de florecitas ya tan gastadas que apenas eran un recuerdo remoto en la memoria del tejido, llegó hasta la entrada y se identificó. Traen alguna orden de arresto contra Chiquitín, presumo. ¡En qué lío se habrá metido ahora esa pobre criatura del Señor! Si quieren les abro y revisan lo que quieran, pero les advierto que no van a encontrar aquí casi nada de lo suyo, dijo Nanó, y sin esperar la respuesta de aquellos hombres, ni exigirles de nuevo la orden judicial, abrió la puerta de la apagada casa. ¿De qué me lo acusan al pobre loquito, por lo más sagrado? ¿De qué?

La puerta se abrió con el chirrido de goznes sin aceitar y del interior salió algo parecido a un eructo de aire preñado de alas de polilla pulverizadas. Nanó se movió a un lado al tiempo que Rafo y Freddie Samuel entraban con las pistolas apuntando hacia las sombras gritando que todo el mundo se tirara boca abajo en el piso con las manos en la nuca sin decir palabra. Nadie, desde luego, se tiró al suelo, ni hubo manos en nucas ni palabras proferidas. Simplemente crujió el silencio al rajarlo una risita fugaz y cohibida que a Nanó se le escapó de los labios.

¿Qué le pasa señora? ¿Cuál es el chiste, si se puede saber?, preguntó Rafo encolerizado por aquel ínfimo sonido.

Me da risa porque aquí no hay alma que pueda siquiera hablar ni moverse, mucho menos tirarse al suelo y...

¡Cállese, señora! Rafo, chequéate los cuartos del fondo, yo voy para la cocina y los de acá. Y usted, doña, quédese quieta donde está, ordenó Freddie Samuel.

¿En esta oscuridad van a chequear ustedes? ¡Tendrán pupilas de gato!, comentó Nanó contraviniendo las órdenes de Freddie Samuel.

¿Qué le dije, señora? Que se quedara callada. ¿Verdad que se lo dije? ¿Es eso pedirle demasiado? ¡Callada significa en silencio, sin comentar, pero a usted parece que no hay quien le pare de hablar esa lengua, puñeta!

¡Santígüese y lávese la suya con creso y glicerina! ¡Falta de respeto, y a una persona mayor, para colmo!, dijo Nanó, lo que provocó la ira de Freddie Samuel, quien pilló la punta de la lengua entre los labios y realizó los primeros movimientos para meterle un culetazo con la pistola en mitad de los dientes frontales a aquella vieja bocona. Encaminada ya su agresión, escuchó el sonido de unos tacones que cargaban sobre sí a una figura femenina que se aproximaba a la casa mientras pronunciaba el nombre de Nanó de una manera insistente y hasta alarmada. Era Lucy Campala, sobrina de Chiquitín, que por pura casualidad paró en ese momento en la casa de Nanó para saber si sabía algo nuevo de su tío y, al darse cuenta de que la casa de Nanó estaba abierta pero vacía, miró hacia la de su tío y se percató de que la puerta estaba abierta y de que allí unas sombras se movían entre otras más profundas.

¿Apareció, doña Nanó, apareció por fin?, llegó preguntando, justo en el momento en que Freddie Samuel distendía los músculos del brazo que se aprestaba a malherir a Nanó.

No, mi niña, peor aún: lo vienen a arrestar, todavía no sé ni por cuál motivo, contestó ella mientras miraba de arriba abajo a Freddie Samuel.

¿Arrestar a mi tío Chiquitín? ¿Y a cuenta de qué? Tienen que estar demente ustedes, o con la dirección equivocada. Mi tío es incapaz de cometer algo que lo lleve al arresto, no puede, no le sale, su cuerpo se lo impide. De que está un poco tostao, quizá lo esté, pero jamás se violenta con nadie por más que la gente abuse de él, ¡y mire que han abusado! No hace tanto le metieron una tunda que me lo dejaron más muerto que vivo. Él dice que se la dieron unos taínos, ¡imagínense ustedes!, unos taínos que andan tras sus cosas. Volado del seso estará mi tío, pero criminal sí que es imposible que sea.

Dama, le dijo Rafo a Nanó, señorita, le dijo a Lucy, no lo estamos buscando para arrestarlo, sino para protegerlo. El Gobierno lo quiere como testigo en un caso importante y han mandado a garantizar su seguridad por todos los medios disponibles. Son medidas de precaución las que estamos tomando.

A mí esa manera de entrar así mandando a tirarse la gente al piso y a callarse la boca no me parece un trato muy amable que digamos para un testigo tan importante. Esas no son formas que hayan aprendido en Gurabo, les dijo Nanó dándoles a entender con la sola mención del poblado donde se ubica la Academia de la Policía, que algún conocimiento tenía ella de los adiestramientos y la educación que allí se recibía.

¡Pero miren a esta doña! ¿Qué es usted? ¿Detective pensionada? Usted, señora, a lo suyo, a su égida, que nosotros nos encargamos de la justicia, exclamó Freddie Samuel por encima del hombro de Rafo, quien se había interpuesto en ánimo de aplacar los ánimos.

Oficiales, me llamo Lucy Campala, soy sobrina del dueño de esta casa. Exijo que se me entregue la orden del juez que les permite entrar a esta casa para buscar al testigo que dicen que es mi tío. Así funcionan las cosas en el sistema nuestro. Tiene que haber una orden de algún tribunal, gústele o no le guste.

Pues debe saber, señorita, comenzó a mentir Rafo, que esto es un operativo federal confidencial. Se nos prohíbe identificarnos ni con la ropa ni con las credenciales, como habrá visto, o mejor dicho, como no habrá visto. Aquí los federales no necesitamos ninguna de esas ñoñas que usted pide para hacer cumplir la ley federal en este territorio. Cuando le dije que el Gobierno ordenó su captura, no piense que hablo del gobiernito local de aquí, que no cuenta ni para *pool* ni para banca; me refería al gobierno federal, que es quien de verdad manda aquí. ¿O es que usted no lo sabe?

En la mejor tradición Campala, iba a contestarle que sí, que lo sabía, y que así debía ser, porque los puertorriqueños no eran capaces de gobernarse a sí mismos, por lo menos en las cosas importantes, cuando en eso aparecieron jadeantes en la puerta, por detrás de ella y de Nanó que ocupaban el umbral de la misma, Chucho y Papote, que llegaron uno por cada lado de la casa ante la ausencia de órdenes, movimientos, luces o sonidos dentro. Traían los rostros carcomidos por la curiosidad.

¡Mira a estos dos presentaos!, dijo Rafo. ¿Y a ustedes quién les dio vela en este entierro? ¿Alguien ordenó que abandonaran sus puestos? Le vamos a dar la razón a la señora ésta si actúan con tanta indisciplina. ¡Regresen a sus puestos, puñeta, volando!

Nanó alzó los ojos al escuchar aquello.

Pero Rafo…, intentó decir Chucho.

¡Teniente! Nada de Rafo. ¡Teniente!, interrumpió Rafo a Chucho con tono de haber perdido la paciencia.

¡Vuelvan de inmediato a sus puestos, si no quieren que los suspenda de empleo y sueldo! ¿O es que no ven que apenas hemos comenzado a revisar la casa?

Los insubordinados regresaron, resubordinados, a sus puestos en la parte postrera de la casa, acusándose mutuamente con señas y muecas de ser uno u otro el culpable de aquella reprimenda. De todos modos, pensó cada uno por cuenta propia, aquel era un operativo privado, lo cual no le daba derecho a Rafo a zarandearlos de aquella forma, a no ser que le interrumpimos alguna mentira que estuviera montándole a aquellas mujeres y que ellos casi se la echaban a perder.

El rumor del operativo policiaco en la casa de Chiquitín se regó como un olor a fuego por la calle Igualdad. Al poco rato se escucharon más pasos acercarse por la calle y pronto aparecieron frente a la casa las figuras de Radamés Colón, el Pastor, y Edwin Rivera, el Bolitero.

Buenas noches, amigos todos, saludó el Pastor a los agentes, con ese tono conciliador típico de los hombres de Dios. Somos vecinos y amigos del dueño de esta morada. Somos, por así decirlo, su familia. Si nos informan qué se les ofrece, estaremos en la mejor disposición de ayudarles.

Buscamos a Chiquitín Campala Suárez, dueño de esta residencia, para testificar en un caso de suma importancia en el tribunal federal, le informó Freddie Samuel.

Sí, don Radamés, tomó Nanó la palabra, dicen ellos que son agentes federales, pero se niegan a mostrarnos las credenciales o la orden del tribunal. Dicen que no las necesitan, que con sus bonitas caras basta. Ni gorra, ni chaleco, ni siglas. Nada.

¿Testificar? ¿Chiquitín?, preguntó el Bolitero. ¿En qué lío se habrá metido el pobre diablo? Te digo, Radamés, que ése es una bomba de tiempo. ¡Yo sabía que esto iba a acabar así!

Cálmate Edwin, le dijo el Pastor, y deja el drama. Si son federales como dicen, imagino que Chiquitín estará loco por entregarse a ustedes, porque no existe ser más proamericano y profederales que ande y respire sobre la faz de esta tierra que ese pobre hijo de Dios Padre. Hermanos, les puedo asegurar que el pistolaje es innecesario, y más tratándose de una persona que tan pronto los identifique se les va a tirar al suelo en acto de rendición y vasallaje. Les suplico que guarden las armas y hablemos sosegadamente, que más convence la fuerza de la palabra que la amenaza de la bala, concluyó diciendo no muy convencido de sus propias palabras.

Sí, señor, es cierto, intervino Lucy, que eso sí heredó él de la familia: ser proamericano de los buenos, y él el mejor de todos; además, es veterano de Vietnam, patriota probado, así que, cuando lo encuentren, me lo tratan con respeto, sin zarandeármelo como seguro hubieran hecho esta noche si llegaran a encontrarlo.

¡Ay, Virgen Sagrada María, Lucy, te pareces a Juana la del Hacha!, comentó Nanó.

Ninguna Juana la del Hacha, doña Nanó, que usted misma me acaba de contar que llegaron aquí con aspavientos de tratarse de un criminal común y corriente. Si no llego a aparecerme por aquí, le parten la crisma a usted y nadie se entera. Y no se crea que no le vi en la cara la maldad a ese agente, contestó Lucy refiriéndose a Freddie Samuel. Sí que se la vi, no se vaya a creer… Y usted, doña Nanó, no me tire la mala, que estamos las dos en el mismo bando. Recuerde que en la unión está la fuerza y que somos gente del Señor.

Dices verdades, Lucy, asintió Nanó, y calló.

Imagino que traen alguna identificación con ustedes, dijo el Pastor en tono que daba a entender que si no las traían también estaba bien.

Le estuvimos explicando a las damas, indicó Rafo, que dada la delicadeza del operativo, se nos dieron órdenes de realizarlo en ropas civiles y sin identificación. Los cuatro somos *marshalls* de la Corte Federal para el Distrito de Puerto Rico.

Decídanse, señores, pidió Nanó en su ingenuidad, o son de *Marshall's* o son de la Corte Federal, pero no comprendo qué tiene que ver una cosa con la otra.

Marshall, doña Nanó, corrigió Lucy, alguaciles federales.

Se ve que el inglés suyo lo tiene bastante mataíto.

Sí, doña Nanó, no sea becerra, comentó el Bolitero.

Yo que tú mejor me callo, y más frente a estos señores, contestó Nanó en tono de amenaza al Bolitero por excederse en los epítetos.

Bueno, procedan entonces con el examen de la residencia, que cuando terminen les diremos lo que deseen saber de la persona que buscan, hasta donde nos lo permita el conocimiento, claro, porque no tenemos noticias de él hace ya varios días, dijo el Pastor completamente amedrentado con la autoridad federal de aquellos impostores.

Aquí no hay nada que rebuscar, dijo Rafo al regreso de su inspección de los cuartos. ¿Qué fue lo último que supieron de él? Hablen ahora, si no quieren que nos los llevemos a los cuatro para interrogarlos en la Comandancia Central.

Nadie está negándose a dar información, señores, aclaró el Pastor, que ustedes son los que mandan aquí y más nadie. Como le dije, de Chiquitín no sabemos nada desde hace par de días. ¿Verdad, Edwin? Salió de aquí al amanecer de Dios, con un pobre diablo de Piedras Blancas, a quien convenció que lo acompañara en sus aventuras y búsquedas de porquerías indígenas. Demencia pura. Andan en una doblecleta con una carretilla amarrada detrás que, según cuentan, es una cosa ridiculísima. Los avistaron por el centro de Ponce hace semana y pico, en un reguerete político que hubo por allá alrededor de la plaza que terminó como el rosario de la aurora. Gente golpeada y llena de excreta fue el saldo. Sí, de mierda, alguien que tiró unas bombas de mierda, decía el periódico. Una hermana del culto que estuvo por allí y vio a Chiquitín participando de las actividades junto con un grupo de proamericanos, por supuesto, cuenta que lo vio rodar por el suelo. De hecho, hace un par de meses que salió también a buscar tesoros y regresó hecho un guiñapo, dizque unos indígenas lo agredieron.

Eso fue lo otro que trajo incrustado en la mente, interrumpió Nanó, que tenía que encontrar a los dichosos indios y recobrar no sé cuál prenda que él llama *guanime*, antes de que fueran ellos quienes lo encontraran a él y le quitaran la vida. Pura locura, le digo. Pero así y todo, pudo convencer a algún otro bobolón de que su historia era real y verdadera. Algo tuvo que prometerle para ganárselo, o aquel es un ignorante y cualquier idea le parece estupenda. No nos dijo para dónde iba, pero lo escuchamos repetir cantidad de veces que los yacimientos grandes estaban para el lado de Guánica, así que me imagino que andarán por esas tierras.

Sí, pero también mencionó que los supuestos taínos tenían su guarida en el Bosque de Maricao, y creo que hacia allá también iban, a enfrentarlos y reclamar lo suyo, agregó el Bolitero sin que nadie le preguntara.

¿Lo suyo?, preguntó Freddie Samuel.

Bueno, sí, la joya esa indígena que anda buscando obsesionado y unas pinturas que alegadamente le robaron también los indígenas, explicó antes de que el Pastor lo interrumpiera para que no se excediera en las explicaciones y fuera a revelar el asunto del ataque ficticio, pues podría resultar bochornoso dar cuenta de esto a las autoridades.

Eso decía él, comentó el Pastor, pero lo mismo decía otra sarta de cosas sin sentido que no vale la pena comentarlas. ¿Qué puedo decirle?

Parte de la esquizofrenia galopante que es lo que creemos que lo tiene así... Digo, a no ser que tenga metido un demonio por dentro o que sea víctima de algún maleficio africano, que también puede ser. Pero para mí que es un desajuste químico el suyo, alguna deficiencia de azufre u otro mineral que a lo mejor le sobra.

Tampoco exagere, don Radamés, intervino Lucy, que no es lo mismo obsesionado que loco, y mi tío Chiquitín puede que haya perdido un poco la perspectiva de las cosas, pero loco tampoco es. Que muchos hay por ahí que hacen cosas peores y nadie les llama locos, mientras que otros que han hecho y dicho cosas de gran valor han sido tachados de locos. Mucho lunático hay que ha cambiado el mundo, de eso no me cabe la menor duda.

Dudo que éste sea el caso, que también locos han complicado el mundo y llevado al desastre y a la tragedia colectiva, defendió su posición el Pastor protestante ante la embestida católica.

Yo, en lo personal, no pienso que mi tío esté tan demente como ustedes reclaman, arguyó Lucy con porfía.

Parece que corre en la familia, dijo el Bolitero.

No sea tan cizañero, don Edwin, y limítese a lo suyo. Y si la demencia corre por la sangre de mi familia, otras sangres hay que también están corrompidas, y usted sabe a lo que me refiero, replicó Lucy.

No, no sé a qué se refiere, niña Lucy, le contestó el Bolitero de modo desafiante.

¿Ah no, no sabe?... dijo Lucy.

Bueno, bueno, suspendan la disputa, intervino Freddie Samuel, que si no es porque son amigos y familiares del implicado, no estarían ni siquiera aquí parados hablándonos. Básicamente, el asunto es que don Chiquitín se encuentra desaparecido y su casa abandonada. ¿Alguien sabe quién es el cómplice con quien anda?

Un chamaco de Piedras Blancas, contestó el Bolitero.

Ni tan chamaco, aclaró el Pastor, que me han contado que es todo un manganzón de treintipico, con mujer que lo mantiene y trulla que no atiende. Un mandulete de primera categoría, debo suponer, capaz de escucharle los desvaríos a Chiquitín y creérselos.

¿Nombre?, inquirió Rafo.

Desconozco. En Piedras Blancas averigua rápido.

¿A qué se refiere con cómplice?, preguntó Lucy, para quien no pasó desapercibida la palabra. Decídanse, o lo buscan por criminal o lo buscan por testigo, porque no puede ser cómplice de nadie quien anda con un testigo.

Cómplice en el testimonio, señora, a eso me refiero, inventó el concepto Freddie Samuel, que tan importante es el testigo como el testigo del testigo.

Nanó entendió que ya todo estaba dicho y no se debía indagar más en aquellos asuntos, amén de que los tipos esos no la convencían de que fueran agentes federales, ni tampoco se comía el cuento del testigo, que no correspondía con la actitud suya al comienzo del operativo. Está bueno ya. Averiguaron lo que querían, no hay nada más que hablar, dijo ella. Voy a cerrar la casa, si no es mucha molestia para nadie. Si fueran tan bondadosos de por favor ir saliendo para trancar la puerta y dejarlo todo como lo encontraron, que Dios todo lo ve, señores, y todo lo juzga y a Él sí que no lo convence nadie de que es liebre el gato.

No sé a qué se refiere, dama, y deje de hablar en clave, que tampoco tengo tiempo para estar descifrando sus changuerías, dijo Freddie Samuel. Vámonos, Rafo, que aquí parece que todo el mundo está un poco contagiado de locura.

Freddie Samuel salió primero, casi atropellando a Lucy y a Nanó, que todavía ocupaban parte del umbral de la puerta, seguido por Rafo, quien al pasar al lado de los vecinos dijo señoras a las mujeres y señores a los hombres. Afuera, Freddie Samuel se fue por un costado de la casa, dobló un labio y torció la lengua y dejó escapar un pito ensordecedor. Papote volteó la cabeza hacia el lugar del sonido, desde donde Freddie Samuel le hizo una señal con la mano para que regresaran.

Se dirigieron a los vehículos sin cortesías ni despedirse de los vecinos, y partieron chillando gomas.

Que me mate San Gabriel si esos son agentes federales, dijo Nanó tras ver los carros perderse calle abajo.

¡Pero si lo dijeron, y tenían armas! ¿Por qué iban a mentirnos?, reclamó el Pastor.

Radamés, por favor, los criminales tienen armas también, y el mundo entero miente, aclaró Nanó.

Pues yo no soy de esa mentalidad. Yo creo y tengo fe en la humanidad y conozco, porque el mismísimo Señor me lo ha revelado, que son muchos más los buenos que los malos, los veraces que los mentirosos, intervino el Pastor.

Nada tiene que ver ser bueno con mentir, don Radamés, que los hombres más buenos de la historia han sido también los más embusteros, contestó Lucy.

Tienes razón, Lucy. Mírate al mismo José María Escribá ese de usted: un mentiroso compulsivo. Pero sabemos por ti, que tienes información privilegiada, que era un hombre caritativo creo, dijo el Pastor con desbordada inquina.

Eso es lo que yo llamo un golpe bajo, don Radamés, que yo con sus creencias y su pandereteo no me meto, y mire que mucho podría meterme con las fecas y embelecos que ustedes ponen crucifijo en mano, se defendió Lucy dando unos pasos atrás como si desconociera aquella actitud un tanto agresiva del Pastor.

Yo pienso igual que ella, Radamés, intervino Nanó, que no veo motivo para ese izquierdazo, y menos entre nosotros que somos *cómplices*, en cierta medida, del paradero de nuestro amigo y pariente. De quienes tenemos que defendernos no es de nosotros mismos, sino de individuos como los que acaban de marcharse...

¡Ay, doña Nanó, deje la cantaleta, se lo suplico! Si dijeron ser agentes federales tienen que serlo. Los agentes federales no mienten, comentó el Boliteo.

¡Qué mucho aprendo yo de ti, Edwin!, dijo Nanó con una apenas perceptible ironía, tras mantener un silencio sostenido y comprender la genialidad de la brutalidad de Edwin. Edwin sonrió con orgullo. Igual, añadió dirigiéndose al resto del grupo, ahora que conocemos lo que conocemos, que los camarones andan tras la pista de nuestro vecino y amigo, sugiero que intentemos ubicarlo también nosotros por nuestros propios medios, que alguna responsabilidad tenemos de que se le disparara la locura con el chistecito del ataque de los indios.

Sólo de disparársela, aclaró el Pastor, que la locura ya estaba anidada e iba a reventarle de cualquier forma, con o sin chistecito. La única responsabilidad que acepto es la de acelerarle el proceso, que tampoco es demasiada responsabilidad. Recuerden que tengo un rebaño entero que guiar y no puedo concentrar tanto esfuerzo en una sola oveja descarriada.

¡Vaya pastor!, comentó Lucy. Estos evangélicos son todos iguales: unos descarados masticadores de oro. Yo me voy, doña Nanó, que se me ha hecho la sangre horchata.

Y eso hizo. Sin despedirse de nadie, arrancó calle abajo en dirección a su carro, hasta perderse su imagen en la negrura de la oscuridad y convertirse nuevamente para sus recién interlocutores en el mero sonido de sus tacones sobre el asfalto.

Capítulo XXIII

*Donde se narra cómo Chiquitín y Margaro salieron de Ponce
hacia los yacimientos del sur y cómo Chiquitín terminó rodando
por el suelo por culpa de unos peligrosísimos terroristas*

Según lo convenido, salieron a media mañana del día siguiente, luego
de que Chiquitín concluyera los trámites de la reparación de sus espejuelos y que Margaro empacara lo desempacado y pusiera la tricicleta
en condiciones de viaje. Con un sol calcinante, un cielo sin nubes casi
blanco y un calmazo de brisa asfixiante, se internaron por caminos ve-
cinales y rutas alternas procurando evitar las vías principales y, por tanto, el contacto con las autoridades.

Está el sol que ahoga puercos, comentó Margaro en voz alta en mitad de un lugar llano donde pedaleaban con tranquilidad en un silencio
sin viento.

¿Qué quieres decir con eso ahora?, preguntó Chiquitín, levemente
irritado con aquel comentario que apenas comprendía.

Quiero decir exactamente lo que dije y que usted entendió, don Chiqui, no se haga el zuruma.

Te aseguro, Margaro, que no entiendo lo que quieres decir con eso.
¿O es que te tengo cara de campesino? ¿Cómo que ahogarse?, preguntó
sin que Margaro pudiera verle la cara para saber si era genuina su ignorancia o malévolo su cinismo.

Quiere decir que si dejas un cochino bajo este sol se ahoga, se muere en un credo y dos patadas, dijo Margaro dándole el beneficio de la
duda.

¿Pero no es en agua siempre que se ahogan las cosas?, recurrió Chiquitín a esta norma. Cómo es que se ahoga un puerco en tierra es mi
pregunta.

Ahogarse, en este caso, quiere decir asfixiarse. ¿O prefiere que diga está el sol que asfixia puercos? Bueno, pues delo por dicho y me ahorro las explicaciones, dijo Margaro ahora levemente irritado.

No lo tomes a mal, amigo Margaro, que deberías haber ya comprendido lo difícil que se me hace a veces comprender las razones de tus desvaríos. Te insto a no perder la tabla tan fácilmente cuando te pida aclaraciones de algún refrán que no me tenga ningún sentido.

Es un dicho bastante común y corriente, déjeme informarle, respondió Margaro, que aquí no estoy yo inventando la rueda ni descubriendo el cero.

Será común y será corriente en el mundo tuyo de las gallinas y los lechones, porque en el mío ese dicho no se menciona jamás. No sé si sabes que, aunque venida a menos, provengo de familia de alta alcurnia ponceña, que tú sabes que son clase aparte y no están con esas cafrerías. Es más, yo jamás escuché ni a mi padre, y mucho menos a mi madre, decir las palabras puerco, lechón, marrano, chancho, ni ninguna otra, al menos en mi presencia no lo hicieron. Como único se hacía referencia a dicho animal era con la palabra pernil, y sólo cuando se comía en navidades. Escuché la palabra puerco en mi familia de boca de mi abuela una sola vez cuando le comentó al jardinero de la casa que sudaba más que un puerco. Eso es para que sepas de dónde es que vengo. Pero igual no sé qué tiene que ver, porque cualquier animal que se quede al sol también se asfixia. Tírate tú mismo ahí en la brea caliente un rato a ver si no te ahogas, espíritu de contradicción.

Gracias por lo de animal. ¡No en balde está usted en la luna en cuanto a la vida de la calle, en cuanto al conocimiento de la tierra y de sus bestias! Ya veo, por el comentario de su abuela, que tampoco sabe un divino de lo que es un puerco. En mi mundo de gallinas y lechones que usted dice, no saber que el puerco no suda es como no saber que el sol alumbra. Por eso es que un puerco, al sol, se muere al escape. ¡Nosotros no, cojones, que antes que de ahogo me muero de insolación! Nosotros sí sudamos, don Chiqui, y más usted, que parece una regadera. ¿Dónde dejó la clase de ciencias, don Chiqui? El sudor refresca la piel y evita que el calor nos asfixie. Los lechones no cuentan con ese sistema de enfriamiento. Por eso es que recurren a los miasmas y los fanguizales. No me diga que tampoco ha escuchado cuando se le pregunta a una persona que da muestras de tener prisa si fue que dejó los lechones al sol. ¡Tampoco! ¡Ah no, usted sí que no está en nada! ¿Me lo jura que no se está haciendo el sueco?

Ni sueco ni noruego. La verdad monda y lironda es que estoy ajeno a todo ese saber granjil tuyo. Pero dime tú ahora, Margaro, ¿dónde es que tú ves que termina la asfixia y comienza la insolación? Porque es que tu forma de hablar me confunde y a veces no sé si me hablas en código o estás siendo literal.

Pues sepa que la asfixia le viene al puerco por no poder sudar, como le acabo de explicar. Se hierve en su propia agua al no poder salirle por ninguna parte. Debe ser eso: un hervidero interno. ¿Se acuerda, don Chiqui, de Basilio, el cantante, el que se moría por dentro? Quizás eso era lo que le pasaba, comentó Margaro para darle un sesgo burlón a la conversación.

No, no me acuerdo de ese Basilio que mientas, que seguro es un trovador de esos, amigo de la Calandria o de algún otro, de los que se pasan el santo día dale que es tarde con el dichoso lolelolai tan irritante y esa música primitiva que tocan allá arriba en la montaña. De todos modos, me parecen muy interesantes tus teorías científicas de los lechones, no te lo niego, pero presiento que están bastante alejadas de la realidad, para serte franco. Eso de que los lechones no sudan lo pongo en duda; por algún lugar tienen que hacerlo, que no hay animal hermético sobre la faz de la tierra. Me sorprende tu credulidad, Margaro, que eres tan preguntón y tan malamañoso y descreído. ¿Qué has estado leyendo? ¿*Claridad*, ese papelillo infame que lo que hace es depositar tinieblas sobre la razón y ensuciar las calles? ¿Qué canal has estado viendo en la televisión? ¿El Seis? ¿Esa porquería nacionalista que parece dirigido por el mismísimo Albizu Campos, que tanto dicen que vive? Entérate bien de los asuntos antes de soltar esas especulaciones tuyas como si fueran leyes naturales. Ponte a ver televisión americana, que a mí me parece que un día de estos vas a pasar tremendo bochorno, y no voy a ser yo quien te saque de ese entuerto.

Conversando de esta ridícula manera y de otras más aún, les tomó el día entero cruzar la carretera vieja de Ponce a Peñuelas. La topografía irregular del terreno se convirtió en un atraso para la travesía al no compensar el tiempo ahorrado en las bajadas con el perdido en las subidas. A medio día hicieron un alto en un friquitín a la vera del camino donde Margaro insistió en que se detuvieran. Allí se zampó una mixta de carne guisada con arroz y habichuelas a caballo que casi le costó lo mismo que las tres bolsas de Doritos y las dos latas de Coca-Cola que consumió Chiquitín, quien se negó a entrar al negocio y consumió lo suyo afuera, con tremenda cara de pocos amigos.

A mí es que me deja sin palabras de dónde usted va a sacar las energías para todo el ejercicio que estamos haciendo y el que nos falta. Dígame si se va a mantener a fuerza de bolsitas y de porquerías para informarle desde ya que en la primera curva se me va a colapsar. Ajuste el manubrio, don Chiqui, acóplese, porque de aquí para abajo escasean los berguerquines y los kentokyfrayes.

¡Na!, dijo y resopló Chiquitín. La berguerquización de Puerto Rico es perfecta, añadió con genuino convencimiento.

Bastante entrada la tarde llegaron al cruce de la carretera vieja de Ponce a Guayanilla y lograron alcanzar el abandonado Castillo de Mario Mercado antes de que les cayera la noche encima. Subieron la loma con las últimas luces del ocaso, espantando con piedras a varios perros satos que le salieron al camino y que, según lucía, allí vivían. Encontraron del castillo tapiadas con paneles y clavos de cemento las puertas y ventanas. Intentaron forzar la entrada hasta con el pico de cavar, pero les hizo falta más bien una pata de cabra que, en aquel lugar y a aquella hora, resultaba tan difícil de adquirir como un astrolabio. Pernoctaron en una de las terrazas de la parte trasera, la cual quedaba cubierta por un tapizado de enredaderas cuyas guías habían saltado entre las vigas que dejaran en pie los últimos vientos huracanados que castigaran la zona. Aunque el lugar resultó ideal para pasar la noche, con una brisa directa del mar que cruzaba de continuo por la terraza y un techo vegetal para protegerlos de las lluvias nocturnas y el sereno, Margaro apenas pegó el ojo por apoderarse de su mente la idea de que había alguien atrapado dentro del castillo. Decía sentir un cuerpo arrastrarse por el suelo y unos ojos mirarlos por las rendijas y grietas entre los paneles. Chiquitín ni atención le prestó a tales figuraciones, y, luego de cenar nuevamente papitas de bolsa con refresco y de dar del cuerpo en un lugar apartado en la maleza circundante, cayó redondo y roncó de lo lindo hasta que amaneció.

Temprano al día siguiente bajaron la loma y desayunaron en los cafetines de la playa de Guayanilla, para desagrado de Chiquitín, quien apenas pudo pasarse por la garganta media empanadilla. Atravesaron la barriada y tomaron la carretera hacia el centro del poblado, donde Chiquitín se disponía a hacer una comprita antes de internarse por los andurriales y descampados de la región entre Guayanilla y Yauco, en los que era muy poco probable encontrar agua o alimentos al alcance de la mano, pero sí lo era hallar gemas taínas a tutiplén. Nublada un instante su percepción cercana debido a la pesadez de la digestión y el calor del sol, Chiquitín casi pierde el control de la tricicleta al metérsele debajo un hueco en mitad de la vía que provocó gritos de ambos al intentar recobrar el control del vehículo y, luego, gritos sólo de Chiquitín ya en forma de maldiciones contra los funcionarios del gobierno colonial que se roban el dinero que envía el Americano para asfaltar las calles y construir las autopistas.

¡Ni eso pueden hacer bien estos mierdas de puertorriqueños, cojones, ni una perra carreterita!, gritó lleno de odio. Claro, ellos muy orondos en sus carrotes, con sus escoltas y sus biombos, y el pobre acá reventándose el coxis y destrozando los carros en los boquetes que el gobierno permite que nazcan y germinen. Yo te digo, Margaro, que el día que seamos parte de la Gran Corporación, aquí las carreteras vamos a pavimentarlas con un material nuevo que tiene el Americano que dicen que no se rompe ni decae y que es un tiro para el trópico. Porque dime tú, ¿quién va a asfaltar en la República, ah? ¿Con qué dinero?

Yo no sé quien las va a asfaltar, pero si la cosa sigue como va, mejor que nos envíen el material de una vez y se dejen de tanto privilegio, porque las cosas buenas son para compartirlas, y esa odiosa Gran Corporación que tanto usted alaba a mí me suena que funciona siempre según la ley del embudo, que el que pudo, pudo, y el que no pudo, no pudo. Y por supuesto, acá nosotros somos y seremos siempre de los que no pudieron, dijo Margaro con bastante buen entendimiento.

Somos ahora, aclaró Chiquitín, pero no seremos luego porque, cuando seamos parte de los que son, seremos de los que pueden.

Ahora sí que no entiendo ni papa, dijo Margaro al tiempo que llegaban a su destino.

Estacionaron la tricicleta frente al supermercado cuyos grandes vidrios en la entrada les permitían observarla desde dentro. Al cabo de un rato salieron con las bolsas de una compra que Chiquitín hizo para ambos en contra de todas las sugerencias de su asistente, quien exigía una dieta más sana y, mientras acomodaban las bolsas en la carretilla, de la nada aparecieron tres carros que frenaron bruscamente a poca distancia de ellos y de cuyo interior saltaron varios individuos con armas largas, chalecos antibala y pasamontañas sobre los rostros.

¡Aquí fue Troya! ¡Lo agarraron, don Chiqui!, dijo Margaro por lo bajo, convencido de que los encapuchados venían por su jefe. Chiquitín se quedó petrificado, frío con las palabras de Margaro que recogían sus mismos pensamientos, pálido como un pergamino.

Te prohíbo que me leas el pensamiento, Margaro, lo regañó con voz entrecortada.

No hable, don Chiqui, no llame la atención, a ver si pasa desapercibido, le susurró Margaro por la comisura del labio.

No cojas lucha, Margaro, la detención es inevitable. Lo que sí te voy a pedir son dos cosas: primero, que vayas llamando una ambulancia y me declares preherido, que ya sabes tú lo violentos que son los arrestos en esta islita en que vivimos, seas héroe o seas villano; y, segundo, que tan pronto me lleven, nos sigas para que averigües a dónde me trasladan.

Margaro miró a su jefe desorbitados los ojos por la locura de sus pretensiones. Y aún sin comprender que hablaba en serio, lo observó colocar las bolsas en el suelo, cerrar los ojos, extender los brazos hacia delante tocándose las muñecas como para facilitar el esposamiento y comenzó a caminar en dirección de los agentes encapuchados.

Aquí estoy, dijo. No sé nada, no he visto nada, no conozco a ninguno de los implicados. Me entrego pacíficamente a ustedes, fuerzas del orden, y les pido, por favor, clemencia, protección…, iba diciendo hasta entreabrir los ojos y percatarse que nada ocurría en torno suyo y que los agentes habían rodeado un carro pequeño que se estacionó en aquel lugar poco antes de que ellos salieran del colmado. El hombre al volante del carro y la mujer en el asiento del pasajero fueron sorprendidos en mitad de una conversación que tenían dentro del vehículo aún encendido. Resultó tan súbita la acción y tan impactante el despliegue de armas, que no fue hasta bastante después que el hombre vino a leer las letras FBI estampadas en los chalecos y las gorras. Los últimos en apearse de los carros oficiales fueron los agentes de mayor rango en aquel operativo.

Uno de ellos, un tipo alto de andar beligerante, bigote poblado y un delta de arrugas por la cara, se acercó hasta la puerta del conductor, sacó su placa que lo identificaba como agente federal y la pegó al cristal. Tras darle suficiente tiempo para leerla, con la misma mano que la sostenía, le hizo señas para que bajara la ventana. El hombre del interior acató parcialmente el pedido y bajó apenas una pulgada el vidrio.

¿Usted es el licenciado Orlando Parra Antonsanti?, preguntó el individuo con voz autoritaria y sin mirar siquiera a su interlocutor.

Sí soy. ¿Quién me busca?, respondió el hombre, desafiante, cínico.

Apague el carro y bájese, si es tan amable, fue la respuesta fulminante a su pregunta.

¿Qué es lo que ocurre, oficial?, preguntó el hombre como corresponde preguntar.

Que apague el carro y se bajen los dos, les digo, fue la contestación del arrogante agente.

¿Usted tiene una orden de algún tribunal para realizar esta intervención?, le respondió el hombre con otra pregunta.

Mire, licenciado, yo no necesito ninguna autorización de ningún tribunal ni tres cojones, le contestó el agente. Hágame el favor de apagar el carro y bajarse.

Usted no tiene autoridad para esto, le contestó el licenciado Parra, al tiempo que subía de nuevo la pulgada de vidrio que había condescendido bajar, e hizo oídos sordos y ojos ciegos a aquel cerco.

Tiene razón el señor, comentó Margaro por lo bajo a modo de glosa, a la vez que tomaba partido en el asunto.

Cállate y no digas sandeces, animal de monte, que si son federales son de los buenos, son amigos nuestros, y si están realizando el operativo que estás viendo es porque tienen la razón y la evidencia. ¿O tú piensas que puedan actuar fuera de la ley? ¡Estarás tú loco y no entiendes nada de cómo funciona el sistema americano! ¿Cómo piensas tú que son la gran nación que son? Violando la ley no ha sido, eso te lo puedo asegurar.

Maldito comunista de mierda, dijo el agente, alejándose un instante del vehículo antes de dar la próxima orden.

Son terroristas, susurró Chiquitín al oído de Margaro. Ya sabía yo que esto no podía ser un error. ¡Los federales no se equivocan, Margaro, nunca fallan!

¿Quiénes? ¿Los de adentro o los de afuera?, preguntó Margaro con mordacidad.

¿Quiénes qué?

¿Son los terroristas?

¿Cómo que quienes? Los del carro, ¿quiénes van a ser? ¿No escuchas lo que están diciendo?, subió un poco la voz Chiquitín y abandonó el susurro.

Pero es que yo no veo eso tan claro como usted, don Chiqui, dijo Margaro con velada sorna. Yo hubiera jurado que los terroristas eran los de las armas, que ahora resulta que son federicos, añadió con la continuada ironía que Chiquitín seguía sin detectar.

Pues sal del error y arrímate a la verdad de los hechos, canallete, que más claro no puede estar quiénes son aquí los malos y quiénes los buenos, a quienes llamas federicos, espero que por última vez. No dejes que te engañen las apariencias, amigo mío, que tú mejor que nadie sabes aquello del agua mansa y, aunque se vean inofensivos, seguro son individuos armados hasta los dientes y extremadamente peligrosos.

¡Pagán! ¡Valenzuela!, gritó el agente del bigote poblado con una agresividad que hizo inclusive a Chiquitín estremecerse de temor.

Dos mulos de tipos encapuchados se acercaron uno por cada lado del carro y, extrayendo no se sabía cuál instrumento contundente de sus respectivos cinturones, sin que se supiera cómo, y en un pestañear de ojos, rompieron los cristales de ambas puertas en miles de añicos que se derramaron hacia dentro del vehículo como dos olas de agua cristalizada. Sin perder tiempo, metieron las manos por los huecos, abrieron las puertas y sacaron por los pelos a ambos ocupantes, pese al forcejeo que montó el licenciado, quien resultó ser un individuo más bien diminuto y enclenque, y los gritos de la mujer, una blanca, alta, fuerte, de estructura ósea más de vikinga que de boricua, cuyos chillidos resultaron lacerantes al tímpano de todos los presentes. Aplicándoles técnicas de dominación sobre las carótidas, los dos fueron puestos uno junto al otro boca abajo sobre el bonete ardiente del carro que les achicharró los cachetes y se los dejó colorados durante varios días. En aquella posición, quedó mucho más en evidencia la enorme diferencia morfológica entre ambos miembros de aquella pareja, si es que pareja podían llamarse.

Eso es mucho jamón para tan poco huevo, comentó Margaro bien por lo bajo.

¿De verdad que tú piensas que el momento es propicio para hacer chistes?, le preguntó Chiquitín semi indignado con el comentario. ¿A quién te refieres con esa sandez? De todos modos, dime.

¿A quién va a ser? ¡Pues a la parejita!, contestó él, sorprendido por la ingenuidad de su jefe.

Eso pensé, dijo Chiquitín, y estoy un poco de acuerdo, pero ahora calla, acata y escucha, que esto se pone cada vez mejor.

Muy bravito usted, licenciado, le dijo el hostigador agente al abogado hostigado. Mucho tribunal pide ahora, ¿ah, conspirador? Pues déjeme recordarle que aquí en Puerto Rico los que mandamos somos nosotros. Aquí no tenemos que estarle pidiendo permiso a ningún tribunalcito para hacer nuestro trabajo. ¿Me comprende, Fidelito? ¿Me está escuchando? Sáquese ese moco de la mente, licenciado, que aquí nosotros tenemos mano libre para hacer lo que nos venga en gana, y no existe otra autoridad por encima de la nuestra que nos detenga o nos fiscalice. Me sigue, ¿verdad? ¿A quién va a llamar? ¿A la policía de Puerto Rico? ¡No me haga reír! ¿Es que usted no sabe que a esos nosotros les damos panpán y se les bajan las churras por los pantalones con una llamadita de mi jefe? ¡Ni siquiera con una llamadita! Con el mero vernos las siglas en las camisas o las gorras, de inmediato se convierten en perritos falderos. ¡Qué perritos falderos! ¡En nuestros negros se convierten, en los esclavitos de nuestras investigaciones! ¿Me entiende? ¡Ja! Seguro que me entiende...

¿Y a esto usted le llama investigación?, preguntó la señora que, hasta el momento sólo había abierto la boca para desgañitarse.

¿Por qué no se calla la bocota, señora?, que no es con usted la cosa, le dijo el agente en tono extremadamente belicoso.

Bueno, pues si no es conmigo la cosa, me voy yendo entonces, contestó ella, y decirlo y querer erguirse fue una misma acción, a lo que el agente respondió tomándola por la nuca y aplastándole la cara durante varios segundos contra la lata ardiente como si fuera un bocadillo, pese a los gritos sofocados que le escapaban por la garganta. Se le juntó por detrás de manera abiertamente lasciva y pegó su región pélvica a la de ella. Margaro hizo ademán de salir en defensa de la fémina, pero Chiquitín lo contuvo agarrándolo por el hombro, asegurándole que ellos sabían lo que hacían, que aquello no era humillación sino técnicas coercitivas comunes y corrientes en la comunidad de las leyes federales.

¿Le dije o no le dije que se callara la jodía boca y que se estuviera quieta, pedazo de estúpida?, la regañó el agente. Pero como no hizo ninguna de las dos cosas que le ordené, su desobediencia hace que ahora sea cómplice, si es que quiere un rango en este mambo de los actos terroristas que sabemos que están planificando ustedes los Macheteros. Quiero advertirles a ambos, palomitos, que si algo fuera de lo común ocurre en los próximos días, si un rayo cae sobre una base militar, o una ametralladora se zafa y rocía una guagua de nuestros *marines*, o un camión se estrella contra una oficina de reclutamiento, o si en mi casa se tapa un inodoro siquiera, los vamos a agarrar a usted, licenciado Parra, y a usted, rubia peligrosa, y los vamos a someter a la obediencia. ¿Está claro? ¿Nos estamos entendiendo?

Cagarse en la madre suya es lo que manda esto, dijo el abogado siempre desafiante.

El agente bigotudo, sin contestarle, sin vérsele en el rostro la ira que bullía por su interior, con una sonrisa en los labios, metió su mano dentro de la abundante cabellera rubia de la amiga del licenciado, enredó un mechón entre los dedos pulgar e índice casi a nivel del cuero cabelludo y sin avisar, sin prevenir, sin amenazar, le dio un tirón tan violento que casi desnuca a la mujer, arrancándole de raíz un grueso mechón entero y de la garganta un grito desgarrador como de loba herida, tan fuerte y sobrecogedor que se escuchó hasta en la sección de carnes del negocio.

Si sigue con sus faltas de respeto va a dejar calva a su amiga, le dijo el agente en forma muy poco amistosa.

Ahora sí que Margaro quiso intervenir y, acercándose a la escena a pesar de los intentos de Chiquitín por contenerlo y dejar que hicieran su trabajo los agentes, les gritó abusadores, a lo cual uno de ellos respondió apuntándole con un rifle.

Un nutrido grupo de personas se había arremolinado en torno a la escena. Unas provenientes del colmado y los comercios cercanos que salieron tan pronto vieron los vehículos y las armas largas, otras traídas por el ruido de los vidrios al romperse las ventanas del carro, por pensar que eran los suyos los afectados, y el resto alertadas por los gritos destemplados y el llanto de la rubia, a quien una mancha de sangre le marcaba el lugar de la cabeza donde pertenecía el mechón arrancado que el agente tiró al suelo con desprecio y luego apachurró con el zapato para añadirle injuria al ultraje.

Conscientes de la presencia de tantos testigos en el entorno, algunos de los cuales comenzaron a hacerle coro a los reclamos de Margaro, con la misma celeridad y sorpresa con que llegaron, intentaron marcharse los agentes, momento que aprovechó Chiquitín para aproximársele al agente bigotudo protagonista de aquella escena con la intención, por una parte, de abrazarlo y felicitarlo por la buena labor de meter en cintura a los terroristas macheteros antes de que cometieran sus satánicos actos, y, por otra, de disculparse por el comportamiento de su asistente Margaro, quien continuaba tildándolos de abusadores y otras cosas peores. Mas el agente lo que vio fue tal montaña humana aproximarse, que no tuvo tiempo para descubrir en sus facciones esos rasgos aprobatorios y hasta de orgullo que sentía hacia su labor y reaccionó a la defensiva. En ánimo de neutralizar el impacto de aquella monstruosidad de individuo que se le venía encima con los brazos extendidos como para triturarlo, recurrió a un súbito movimiento de jiu-jitsu que, en menos de un segundo, tiró a Chiquitín contra el suelo con un impacto atronador.

Allá fue corriendo Margaro a auxiliarlo mientras los agentes se metieron corriendo a los vehículos sin ofrecer disculpas o mostrarse contritos, y partieron chillando las gomas sobre el asfalto blando y dejando tras de sí un ruido enervante y una nube de humo nauseabundo.

Vaya amigos se gasta, don Chiqui, le dijo Margaro al llegar hasta donde se encontraba su jefe inmóvil en el suelo, concentrado en distribuir equitativamente por todo el cuerpo el dolor de aquel golpe recogido mayormente en el hombro derecho, la cadera y la rodilla esquirlada en la ciudadela de Hué. Para mí que usted está siempre viendo flores donde lo que hay son espinas, y si esos son amigos suyos, entonces no sé qué podrá considerarme a mí. ¡Un chupacabras seré para usted, no joda! Déjese de esa musiquita, don Chiqui, abra los ojos y póngase para lo suyo.

Ni espinas ni flores ni chupacabras ni cojones, le contestó Chiquitín desde el suelo. Es evidente que lo ocurrido aquí fue una confusión, un trastorno en la percepción de esa cautiva criatura que le hizo ver, en vez del aliado suyo que soy, a un atacante suicida o separatista furibundo, ¡que son la misma cosa y Dios me libre de ser ambos! Y ya tú viste su respuesta: acorde con su magnífico entrenamiento.

¿Cautiva criatura el tipo ese que lo cogió a usted, que no es ninguna chiringuita, y lo viró como un huevo frito? ¡Ja! ¡Déjese de esa bobería, don Chiqui!, exclamó Margaro exasperado con la actitud acomodaticia de su jefe, quien no podía permitirse que la realidad desmintiera aquellas ideas fundidas en su intelecto.

Tú me dirás si la llave marcial que me fue aplicada no fue realizada por un profesional de la ley y el orden, dijo Chiquitín, haciéndole caso omiso a las palabras de Margaro. ¿Me ha roto algún hueso con el golpe acaso? No. ¿Estoy manando sangre? No. Y aunque medio machucado, no lo niego, porque el reventón no me lo quita nadie, fue un reventón quirúrgico, quiero decir, efectuado con la precisión suficiente para no causar daños mayores al organismo del afectado, pero sí para neutralizarlo, como ves que ha pasado.

Usted no tiene salvación, don Chiqui, dijo Margaro, y antes de que pudiera continuar hablando ya estaban alrededor de ellos tanto el abogado Parra como la totémica rubia, que fueron en pos de su auxilio pensando que había intentado defenderlos.

¡Fuera de mí, terroristas, malhechores!, gritó Chiquitín haciendo gestos con las manos de sacudírselos de encima como si se tratara de un ataque de abejas africanizadas. ¡Aléjense, bestias inmundas, ratas de cuneta, hijos de la maldad, si no quieren que ahora mismo regresen los agentes y los terminen de hacer picadillo! ¡Aléjate, Belcebú!, le decía al licenciado, ¡que hasta aquí me llega tu tufo de azufre! ¡Anarquistas! ¡Comunistas! ¡Sediciosos! ¡Separatistas! ¡Antiamericanos! Ya mismo los metemos a todos en un bote y los mandamos para Cuba, que es donde deben estar, si tanto les gusta el socialismo. Ya verán lo poco que les queda para seguir sembrando el odio y la maldad en esta isla. ¡Zape de aquí, macheteros del demonio, que se les ve por encimita que tienen las manos manchadas de sangre!

Parra y la rubia se miraron las manos en busca de aquellas manchas que, en efecto, encontraron, mas no de la sangre de inocentes, que era lo que insinuaba Chiquitín, sino de la parte de la cabeza de la rubia que estaba bañada en ella. Espantados con su reacción, se alejaron del todavía derrumbado hombre sin decir palabra. A una distancia prudente fuera del alcance de los oídos de Chiquitín, Margaro se les acercó para disculparse por las palabras y la actitud de su jefe.

Parece que el golpe de la caída le voló algunos fusibles en la chaveta, les explicó, porque este delirio suyo no se lo he visto yo nunca antes, que soy su asistente y amigo. El que sí está solidario con ustedes soy yo, que vi el abuso con estos mismos ojos, y estoy dispuesto a testificar si me necesitan con esta santa lengua mía, que sólo dice verdades, cuando se lo propone, claro. Margaro Velásquez, para servirles.

Gracias, compañero, pero no creo que sirva de mucho testificar, a no ser para que te persigan y te hostiguen igual que a nosotros. Recuerda que esa gente, los agentes federales…

Los federicos, aclaró Margaro, refiriéndose al mote callejero.

Esos, andan por la libre y no responden a nadie aquí en Puerto Rico, ni les aplican las leyes nuestras. Ya tú escuchaste lo que opinan de los tribunales de aquí; te podrás imaginar hasta dónde llegarán nuestras querellas… Eso para lo que sirve es para que te fichen más todavía, para que los tribunales de aquí y los fiscales de allá se pasen la información y comiencen a escucharte las llamadas y te monten un operativo de intimidación. Gracias por tu apoyo, compatriota, pero no hay nada que pueda hacerse que no sea algún día meter presos a ese chorro de bandidos, boricuas traidores de su propia sangre.

Entre abochornados y reivindicados por la violencia misma del trato que sufrieran, tras limpiar los pedazos de vidrio del interior del vehículo, la pareja se montó otra vez en él y partió del lugar con cierto inexplicable aire de culpa.

Tú los viste irse, ¿verdad?, dijo Chiquitín a la vez que se puso en pie por sus propios medios y se le acercó a Margaro, quien se quedó petrificado observándolos marcharse. Cómo se les ve en la cara que son peligrosísimos. ¿No piensas tú lo mismo, Margaro, que apestan a pólvora esos dos? Tú viste lo que ocurrió aquí, tú viste lo beligerantes que se pusieron y las palabras que usaron. Suerte tuvieron que no era yo el oficial que los interrogó porque conmigo salen o muertos o arrestados. ¡No me juegues! La actitud de ellos es la típica de los que han recibido su entrenamiento en Cuba.

Margaro no quiso añadir nada a aquellos comentarios de los que no podía afirmar lo último, ni corroborar la peste de pólvora, ni la beligerancia. Optó por dejar que su silencio hablara y dedicarse a montar el resto de la compra en la carretilla para partir de allí cuanto antes.

Escucho mucho silencio, dijo Chiquitín, que no comprendía por qué Margaro, siendo la madre de la habladuría, no continuaba la conversación aceptando que estaba de acuerdo con sus palabras.

Y lo seguirá escuchando, don Chiqui, que yo, la verdad, no entiendo de qué usted habla y dónde ve tanto gato metido en tanto saco. Abuso es abuso dondequiera y como quiera, y más en nuestro reino animal. Pero a mí, por mucho que usted quiera pintármelo de balas y bombas, no me convence. Lo que vi fue lo que vi, abuso del fuerte sobre el débil, estuviera la ley donde estuviera. ¿O me equivoco? Ni me conteste, que diga lo que diga con esa cara de lechuga no me va a meter los mochos en esto. Mire que el que las sabe, las tañe, y yo sí sé lo que aquí pasó.

Te equivocas, Margaro, le contestó tan de súbito que parecía que no hubiera escuchado nada de lo que le dijera, y te equivocas de una manera tan garrafal, que lo que me da es casi vergüenza ajena y hasta un poco de lástima contigo.

Ni lástima ni pena ajena le dé conmigo, que mi calle es bastante más que la suya, y yo sí que he visto mucho abuso, y casi siempre acaba la gente cosida con agujas de plomo. Y por mucha muerte que tenga usted metida en la cabeza de la guerra a la que dice que fue, yo también tengo mi buena dosis de muerte metida en la mía. Porque lo que se vive en los barrios también es guerra como la de usted, reclamó Margaro desafiante con su jefe, cuyos argumentos sencillamente se negaba a aceptar, menos aún cuando fuera él mismo víctima de sus propios héroes.

Un día de estos te voy a hacer par de cuentos de Vietnam, para que no andes diciendo las sandeces que dices ni te esmandes con tus desmanes. Por ahora te sugiero que pongamos pies en polvorosa, no dé la mala pata que alguien haya llamado a la policía, por creerse, estúpidamente, que la intervención federal era un asalto a mano armada y vengan, me reconozcan, me capturen y me entreguen a las manos de los indígenas que nos acosan. Vamos, Margaro, y dejemos de discutir por hoy, que veo que no vamos a ponernos nunca de acuerdo. Además, tú parece que tienes una tendencia hacia la izquierda que cada vez se marca más. A poco he estado de llamarte comunista. Sólo tu buen corazón me ha amarrado la lengua.

Pues me parece bien que nos larguemos de aquí, comentó Margaro, que si me lo capturan a usted, ahí sí digo yo que me meto en briscas, y me veo sin la soga y sin la cabra pasando la zarza y el guayacán antes de sacar al buey de la barranca. Además, no estoy ahora mismo para comer higuillo, porque el huso sabe lo que hila y no quiero acabar echando humo por las orejas con sus desenfrenos. Y créame, don Chiqui, que así de pacífico como me ve, cuando me emberrincho me pongo que me bebo los meaos y acabo como mantequilla en palito.

No te sulfures conmigo, amigo Margaro, que todo lo que digo y hago es a favor de nuestra empresa y, si alguna bromita te he gastado, ha sido para relajarnos mutuamente y reencontrarnos en nuestros propósitos. Te pido que me disculpes y no te me pongas como mantequilla en palito, sea lo que sea que eso signifique…

Disculpas aceptadas, dijo Margaro de nuevo pacífico y llevadero. Prosigamos, como le dije, con el empaque de la compra, y a volar golondrinos…

Eso hicieron, empacar la compra, o más bien eso hizo Margaro, quien asumió aquella labor de organizar el equipaje en la carretilla que su jefe parecía incapaz de realizar de forma coherente y ordenada, y, partir de allí en dirección a los llanos costeros de Guánica y Yauco que se proponían recorrer durante las próximas semanas, según el plan de ruta que Chiquitín tenía trazado.

Capítulo XXIV

*Donde Chiquitín da prueba de sus destrezas en las artes marciales
y se cuenta de su encuentro con el grandioso* yucayeque *de Guaynía*

Un par de semanas anduvieron por los andurriales y se rasparon por
las asperezas del sur de Puerto Rico, siguiendo, como siempre, las in-
dicaciones del mapita, al cual Chiquitín le daba seguimiento con un
compás, una escuadra y una brújula, como si se tratara de una carta
marina. Sacaba con esos instrumentos unos cómputos que Margaro no
osó intentar comprender, y que terminaban por lo regular con una ci-
fra redonda y las palabras Por aquí, Margaro, acompañadas del brazo
extendido hacia el punto indicado. Aunque realizaron excavaciones esporádicas, descubrieron en la mayor parte de los lugares señalados en
el mapita o un centro comercial, o una urbanización, o una carretera, o
una vegetación tan apretujada que impedía el acceso al suelo.

Una mañana Chiquitín se levantó particularmente excitado con el
presentimiento de encontrar un importante yacimiento por allí cerca,
quizás el *yucayeke* mismo de Guaynía. Llegaron a través de un camino
pedregoso de tierra apisonada hasta la falda de una lomita con un tupido bosque en su cumbre que, a la lejanía, parecía que tuviera puesta
una boina.

Detrás de ese bosquecillo está Guaynía, dijo Chiquitín deteniendo
la tricicleta.

Pues a mi parecer, atravesar ese pedazo de bosque no va a ser como
echarle maíz a la pava. Por lo menos desde acá donde estamos, a esta
distancia intermedia, parece más tupido y cerrado que un tubo de radio, comentó Margaro.

¿Tú has visto alguna vez un tubo de radio en la canalla vida tuya,
Margaro?, le preguntó Chiquitín luego de un silencio y un suspiro de

paciencia consumida. Nunca, ¿verdad que no? Pues yo te digo, demontre de muchacho, que a mí los refranes y dichos tuyos, disparados así como haces, con esa naturalidad que se ve que los has mamado desde edad temprana…

Eh, cuidado con lo que dice, interrumpió Margaro.

¡Si tendrás la mente enferma, chico! Lo que quiero decir es que, aunque los escucharas desde chamaquito, pertenecen a otra experiencia que no es la tuya. Y ni hablar del maíz de la pava, que vaya a saber uno la obscenidad que es ésa. A lo que voy es a que tus refranes me tienen hasta la coronilla, y me perdonas la franqueza, pero tan calvo como tan franco, y eso tú lo sabes ya. Y como no corresponden a una experiencia tuya, Margaro, sino que pertenecen a una realidad pasada, muerta, de los abuelos que te criaron, pues resultan falsos cuando los pronuncia tu joven boca, dijo Chiquitín casi en ánimo didáctico. Es igual que mentir sobre el pasado, lo mismo que inventarte una vida y pasarla por veraz. Parecería que lo que te he contado y dicho sobre mi pasado te resultara también falso y tuvieras la necesidad de ponerte a la par conmigo e inventar ficciones y falsedades. ¿Tú sientes que yo te he mentido en algo, muchachón? ¿Piensas que soy un impostor? Habla ahora o calla ya y no jeringues más.

Bueno, ahora que me lo pone así tan crudo, le admito que la historia que me contó de la captura del chino aquel, Jo Min Chi, me parece tremenda guasimilla, dijo Margaro, haciendo referencia a una loca historia de guerra que le contara Chiquitín en noches recientes, que le resultó a Margaro absolutamente inverosímil, pese al juramento que hizo de veracidad y los esfuerzos indecibles por corroborarla.

¿Qué parte de la historia de Ho Chi Minh —¡Ho Chi Minh, dije! —, es la que te parece guasimilla, pedazo de mequetrefe? Dímelo ahora para explicártelo de una vez y para siempre y que no sigas por ahí hablando la basura que estás hablando y dudando de la veracidad de las cosas que te dice tu amo.

Lo de amo se le zafó, que por tener el pelo como pepita de jobo no significa que sea su esclavo prieto, aclaró Margaro, quien antes ya tuviera que despojarse del título de escudero que al principio quiso imponerle su jefe. Mire, que el tiempo de los amos hace mucho que pasó a los perros y, entre humanos, hoy por hoy a lo sumo se llega a jefe.

Amo, jefe, la misma vaina. Jefe es lo que se llama un eufemismo, ¿conoces lo que es eso?

Una prima que tengo que se llama Eufemia, y para feos, usted, por si las moscas…

Eres un atrevido, Margaro, pero por ser tan honesto y por saber yo que eres persona en esencia ignorante, te perdono la osadía, por una parte, y te ilustro en la prudencia, por la otra, para que no vuelvas a incurrir en la primera. Eufemismo es usar una palabra suave para referirse a algo fuerte que mejor resulta no hablarse directamente. Eso es lo que significa. Nada tiene que ver con ninguna prima ni con la fealdad de las personas, como toscamente piensas. A lo que voy es a que los jefes de hoy son los amos de ayer, exactamente los mismos, sólo que hoy los súbditos se creen libres.

Lo que usted diga, don Chiqui, lo que usted diga. El punto es que el cuento ese suyo del mandarín no me lo trago yo, le dijo Margaro más divertido por el cuento que ofendido. Tampoco le creo que sepa las artes marciales que dice que sabe, con las que alegadamente venció al ejército de ninjas que vigilaban el palacio del chino; ni le creo que llegara siquiera hasta el palacio sin ser visto; y, mucho menos, que entró sin disparar un tiro, todo a fuerza de karatazos, hasta el cuarto del mismísimo contrallao viejo. Tampoco le creo que lo encontrara en pijamas, ni que lo agarró por la chiva canosa y se lo llevó como prisionero hasta los Estados Unidos. Gocé como un enano escuchándole la historia, pero de gozar a creer hay un gran trecho.

Básicamente, no me crees ni jota de las experiencias de guerra que he vivido y que me he rebajado a compartir contigo. ¡Cómo se nota tu poco aprecio por las cosas imposibles! ¿O tú piensas que esta hazaña que estamos emprendiendo no es menos que imposible? Para todos los efectos, es imposible encontrar el Guanín y, sin embargo, te digo que lo vamos a encontrar, así tengamos que arrancárselo del cuello al último cacique que ande por ahí suelto o extraerlo de las más profundas entrañas del suelo. Para hacer lo posible está el mundo lleno de hombres. Nosotros no. Como dijo Kennedy antes de que lo mataran: Seamos realistas, hagamos lo imposible. ¡Ja!

¡Si sabré yo de cosas imposibles!

Descartada la posibilidad de convencer a su ayudante de aquel cuento mediante argumentos, decidió que la situación ameritaba una corroboración física. Se apeó de la tricicleta en la que esta conversación había ocurrido, y cuyo balance dejó a cargo de los pies de Margaro, y se internó como el desquiciado que era por entre la maleza tan de súbito, que Margaro pensó que lo agarró un ataque de diarreas por la de porquerías que se metía al cuerpo. Aunque al poco rato lo vio salir entre satisfecho y azorado, arrastrando tras de sí un tronco seco.

¿Fue a echar una cartita al correo, don Chiqui?, le preguntó convencido aún de su hipótesis pese a la evidencia del tronco, que apuntaba tal vez hacia otros propósitos.

¿Qué demonios de correo tú crees que puede haber por aquí cerca, anormalito? ¡Dime! ¡Correo ni correo! Además, ¿tú me has visto escribir alguna carta?

Es un decir, don Chiqui, un decir. Quise decir que si fue a echar una criolla, usted sabe, a dar del cuerpo.

Tú, Margaro, deberías chequearte la cabeza cuando regresemos a Ponce, porque esa escatología tuya a mí me habla de alguna condición mental.

¿Esca qué?

Tología, escatología, la fijación que tienes con la caca y las suciedades. Pero bueno, no ha sido para dar del cuerpo, como tú dices, ni para echar cartas que me interné en el monte, sino para encontrar un palo como este sobre el cual demostrarte de una vez y para siempre mis destrezas marciales, que hoy me entero que las tienes puestas en entredicho. Ahora sabrás si fue verdad o no que destruí yo solo un ejército de ninjas, como te conté que hice.

Y diciendo lo anterior, procedió a construir con dos peñones que por allí aparecieron, dos pilotes sobre los cuales colocó aquel tronco de guayabo a una distancia suficiente del suelo como para, de rodillas, partirlo con el golpe de karate mediante el cual se proponía convencer a Margaro de la veracidad de su sedicente historia. Margaro, preocupado con lo que su jefe se proponía realizar, pues comenzó a subir y bajar la mano plana y perpendicularmente sobre la madera como para determinar el lugar del golpe, se apeó de la tricicleta y llegó hasta el tronco, el cual palpó para determinar su dureza o fragilidad.

¿Usted no pensará hacer lo que pienso que va a hacer, verdad que no?, le preguntó Margaro, espantado con la solidez del tronco. Mire que, si me dice que sí, voy a dudar si considerarlo un paslote o un vesánico.

Aparentemente, es el único lenguaje que conoces porque veo que el hablado no te basta. Apártate y observa, alacrán, le dijo Chiquitín, al punto que comenzó a realizar unos sonidos guturales de origen oriental detrás de la epiglotis.

Se va a partir la mano, don Chiqui. Después no diga que no se lo advertí. Mire, que burro amarrado, leña segura. No me haga gastar saliva.

Sin prestar atención a las palabras de Margaro, como si la concentración necesaria para el acto lo hubiese sacado del plano de los sentidos, Chiquitín se arrodilló frente al tronco en una postura que turbó a Margaro por parecerle demasiado correcta para ser improvisada por su desvarío. De nuevo acercó y alejó varias veces su gruesa mano en forma perpendicular al tronco y, sin encomendarse a nadie, pegando un estruendoso grito que Margaro también interpretó como genuino, dejó caer su peso entero sobre el tronco, con la suerte que pegó justo en el único lugar donde la humedad del suelo y los termes habían infiltrado las fibras de la madera por dentro, lo que permitió que se partiera con relativa facilidad, aunque no sin perjuicio de la mano inexperta de Chiquitín. El dolor, que no fue poco, tuvo que tragárselo completo, si es que pretendía reclamar éxito en su proeza. Margaro levantó con ambas manos los ahora dos trozos del tronco y mostró, sin decir palabra ni hacer referencia, el ahuecamiento y la podredumbre interna justo en las partes quebradas.

Espero que ahora no estés con tanta duda y tanto jirimiqueo de lo que te cuento y te confío, dijo Chiquitín con la voz cambiada por el esfuerzo que hacía en administrar el dolor de la mano, la cual creía fracturada.

Dele, don Chiqui, sóbese, no se haga, que no voy a decirle nada ni a contárselo a nadie, dijo Margaro.

¿Sóbese qué? ¿Es que sigues dudando de las destrezas que acabo de demostrarte?, preguntó casi ofendido, a lo que Margaro respondió con una compresión de los labios hacia fuera que quería decir impostura, fingimiento, embeleco. Yo, a diferencia de ti, continuó Chiquitín sin hacerle caso a la mofa, soy la experiencia de lo que he vivido, mientras tú, como te decía al principio, que fue lo que nos llevó a esto, eres la experiencia de tus abuelos.

¡Y dale Juana con la crayola!, le contestó Margaro, subiendo los ojos y dando a entender que el que estaba irritado era él con aquella cantaleta. Me pegué el gordo con usted yo. Ahora resulta que no soporta mi forma natural de hablar. No en balde esa cara que pone de yautía jojota cuando le hablo, que lo que me dice es que no está Magdalena para tafetanes. Oiga, don Chiqui, que yo soy quien soy, sea por experiencia propia o ajena, que quien no tiene experiencia ajena en la propia no ha vivido nada ni se ha relacionado con nadie nunca. Y sí señor, soy como usted dice, un saco de palabrerías. Negarlo sería decir que el perro maúlla y el gato ladra, pero si va a estar con el bembe parao por causa de mis dichos, entonces es que le irrita lo más singular de mi persona; lo que signifique nuestra relacional obrero-patronal tiene poco o ningún futuro. Porque a Dios rogando y con el mazo dando, y a jullir Crispín se ha dicho, que mejor solo que mal acompañado, y aquí tiene punto final esta amistad entre nosotros que yo pensé de rancho y gancho y me resultó de cadeneta...

No lo cojas tan a pecho, amigo Margaro, que el que a mí me irrite tu avalancha verbal es más problema de mi intolerancia que de tus excesos. Recuerda que a mí no me molesta el refrán ni el dicho en sí, ni tampoco la variedad, sino lo fuera de contexto en que los usas. Pero hagamos algo, para que esto no se convierta en una dificultad insalvable. ¿Qué tal si conversamos o te expresas cuando yo te lo indique?, preguntó Chiquitín con cara de que era la más razonable de las sugerencias.

Ahora sí digo yo que se pusieron los huevos a peseta, contestó Margaro en relación a aquella orden de mordaza. Usted me quiere decir que aquí yo, un manganzón de treinta y pico, tengo que pedirle permiso a usted para hablar. Don Chiqui, parece que le llegó la termita al cerebelo. Porque a mí ni usted, por muy jefe mío que sea, ni nadie, me va a restringir el derecho a la expresión libre. ¡De cuándo acá! ¿Y usted no es el más americanote y el más defensor de las libertades? ¿O tampoco cree en la libre expresión?

Creo, sí, pero hasta cierto punto, claro. Tampoco se le puede permitir a los enemigos de la Nación andar por ahí repartiendo su veneno y regando el ácido de sus palabras como si tal cosa, sin que nadie les ponga freno ni les diga nada. Hasta ahí llega mi paciencia con eso de permitirle a cualquiera decir cualquier cosa. ¡Cojones, que hasta la libertad tiene que tener sus límites!

Don Chiqui, ¿usted me está hablando en caney o qué? A mí que se le está saliendo la espuma al coco. Y no me venga a pasarme retreta por serenata o gimnasia por magnesia, que yo lo he escuchado decir y decir que la libre expresión es un pilar de la democracia americana. ¿O es que límite y libertad no son cosas enemigas? No señor, esa guasa métasela a otro, si es que no quiere que lo mande a coger por las guaretas.

¡Cuando hablo de límite a la libertad es a la de la prensa, analfabestia! La prensa que se exprese y diga lo que le dé la gana, siempre y cuando ni critique ni ofenda al gobierno americano. Sobre cualquier otro tema, que se manifieste, que para eso está. Pero el individuo no, el individuo merece el derecho absoluto a su libre expresión. Claro, como individuo, hay que atenerse a las consecuencias. Porque si tú te paras frente a la casa de tu vecino y te pones a gritarle obscenidades a su mujer en nombre de la libre expresión, lo menos que te llevas es una tunda con un bate de pelota que te deja hecho harina, si es que no te dan un tiro. Pero ya que hemos dejado atrás tu incredulidad respecto a mis relatos, dejémonos de tanta desconfianza y pongámonos de nuevo en camino, añadió Chiquitín como para cerrar el desagradable episodio de enterarse, primero, que era visto por su asistente como un mentiroso irredento, y, después, demostrarle la realidad de lo contrario.

Chiquitín ordenó que treparan la loma de la tupida arboleda, detrás de la cual, acorde con sus mapas de campaña, tal vez se encontrara el gran *yucayeke* de Guaynía. Tomaron machetes, pico y pala; metieron vituallas indispensables en las mochilas, de las cuales, la de Margaro venía parcialmente ocupada por el material cada vez más seco y menos valioso, lo cual le recordó la urgencia de dirigir sus pasos hacia el Colegio de Mayagüez para buscar a Wendy y los muchachos y realizar la venta. Con estas preocupaciones en mente, la mochila, cargada con la esperanza de su riqueza pulverizándose en el fondo, le pesaba más sobre los hombros.

Chiquitín, a la cabeza de la marcha, batía inexpertamente con el machete la tupida vegetación que le salía al paso para hacerse un trecho tortuoso. Margaro, con falsa ingenuidad y satírica intención, sorprendido con aquel afán de su jefe que macheteaba como si lo persiguiera una fiera, le preguntó que a cuál palacio taíno se dirigían, que si al de Mabodomaca.

Comprendo, Margaro, que estés en ánimo de mofarte de mi conocimiento, después de tanta desazón que hemos pasado, y no te culpo, créeme, dijo Chiquitín deteniendo los machetazos y hablándole sin voltearse, como si le hablara a la vegetación de en frente. Comprendo, además, que te agarres del nombre más sonoro que recuerdas de los muchos que te he dicho y lo mezcles con tu maledicencia para escupir tu veneno. ¡Cómo se ve que tus actos van guiados por tu villanía, Margaro! Por fortuna, la prueba de mis destrezas marciales me dejó en una onda alfa, que es como si me embadurnara de mantequilla y todo se me resbalase. Y claro, como no sabes ni jota de quién fue Mabodomaca, que fue cacique de Guajataca, al otro lado de la isla, pues es normal que te equivoques. Sólo me resta responder a tu pregunta con un famoso dicho taíno: *Osama arocoel, guariken caoni yari.*

Que quiere decir..., respondió Margaro al toque, sin perder tiempo, como si estuviera acostumbrado ya a aquellos jueguitos. ¿O le tengo yo cara de *guarikitén*?

De *naboria*, querrás decir. Y no, no me tienes cara de *naboria* y tampoco espero que conozcas como yo el *arahuaco* y comprendas el dicho cuando dice: Atiende, abuelo, ven a ver el lugar bueno del oro.

Margaro puso cara de haberse metido en la boca un limón.

Soy más joven que usted, le recordó, así que lo de abuelo no va. En cuanto al resto del trabalenguas, mientras sea de oro, estamos hablando. ¿Y no podía decir, en vez de abuelo, hombre o muchacho, que es lo que soy? Porque si conoce usted tanto taíno como dice conocer y se las echa de chivo aventao en la materia, pues tampoco creo que se le haga muy difícil...

Lo que ocurre, zahorí, es que el dicho es así, no se le pueden cambiar las palabras porque pierde el ritmo y la musicalidad y hasta el sentido. ¿Qué quieres que diga? ¿*Osama guacokio*? ¿O mejor dicho, *Osama guamaracho*?, preguntó Chiquitín, de nuevo molesto con la incredulidad de su asistente.

¿Cuál es la diferencia?

Guacokio es hombre pelao, y *guamaracho* es hombre también, pero sucio y de mal vivir.

¡Ah sí! Entonces usted sí está facultado a chistear cuando le viene en gana, mientras que yo tengo que pedir permiso para hablar sencillamente. Es obvio que usted no quiere la igualdad entre nosotros, con lo mucho que se llena la boca con que somos socios de una misma empresa.

La sociedad es en las ganancias de la empresa, no en la jefatura de su ejecución, ya te lo he dicho, le respondió Chiquitín, volteándose ahora para enfrentarlo. ¡Imagínate tú a los dos mandando con igual autoridad! No señor, ya te dije que cualquier empresa, y más una empresa moderna americana, funciona mediante jerarquía como a través de un mando militar. Cualquier organización implica jerarquía. Hasta una guerrilla, para que triunfe, tiene que seguir una cadena de mando. Cuidado que los anexionistas no terminemos formando una guerrilla en la montaña en caso de que nos espeten la república, que dicen está por suceder..., se detuvo Chiquitín al percatarse de haber dicho demasiado. Pero tranquilo, Margaro, no pongas esa cara de haber visto pasar un ánima. Relájate y no lo tomes tan en serio, le dijo Chiquitín, sintiéndose de repente dueño de las virtudes del humor y, por extensión, también de la seriedad, como si él sólo estuviera facultado para decidir cuándo una y otra podían desplegarse.

¡Relajarme!, exclamó Margaro entre dientes. ¡Pero si el único relajado de ánimo estos días y entusiasta de espíritu he sido yo! Que si por usted fuera, todo sería hablar mal de los puertorriqueños, hablar consigo mismo en taíno y errar en sus cálculos de yacimientos, y chúpese ésa en lo que le mondo la otra. Que si usted, después de lo que le pasó en Ponce, se quedó como pollo que pica toronja, no me venga a echar a mí los veinte. ¿O no se percata que la mañana lo encuentra en las nubes, el día lo va poniendo que no come ni piña y ya por la noche está como sangre de chincha? ¡Y más cuando no hemos encontrado nada ese día, que han sido todos! Más tolerante que yo, nadie. Cualquier otro hace rato se le vira con carta, coge la juyilanga y lo deja con la escoba en la mano.

Demuestras tener tu par de moléculas de inteligencia cuando trenzas esa soga de palabras como has hecho ahora. Porque tienes agudezas que me dejan de una pieza, y una sabiduría arcaica que parece que fueras taíno. Tienes razón con lo ocurrido en Ponce. Se me debe ver en el semblante el peso que arrastro, y eso que aún no te he dicho ni palabra de las grandes responsabilidades que tengo encima. Pero dejemos esos tiros para más tarde, que no es el momento para esa habladuría aquí en medio de este pastizal caluroso. Mejor pon tu atención en la dirección que te voy dando, que esta vez sí que vamos en la ruta del éxito rotundo, concluyó Chiquitín. Se volteó de nuevo y comenzó a machetear, esta vez sin la virulencia de antes, sin la afrenta al reino vegetal que fue el macheteo original.

Callados, poco a poco remontaron la loma y cruzaron el tupido bosque, ambos al tanto de lo propensos que estaban de sacarse de quicio mutuamente. En eso, a través del monte frente a ellos, penetrando la materia misma del suelo, se escuchó el sonido de un golpe rítmico, profundo, contundente, que convertía el monte entero en una tembladera.

¿Escuchas eso, Margaro? ¿Lo sientes? No son mis oídos ni mis pies que me engañan, ¿verdad que no?, preguntó Chiquitín haciendo cono con la mano sobre una de sus orejas en dirección al sonido como si quisiera que su oído saliera en busca de él. Según calculo, proviene de la zona hacia la que vamos, lo que me va indicando que tengo la razón.

¿Y cómo es que esos mamellazos pueden darle la razón? Explíqueme, que me tiene en los aposentos de la neblina.

¿Has escuchado alguna vez hablar de Shangrilá?

¿El barrio Shangrilá de Juana Díaz?, preguntó Margaro en ánimo de mortificar.

No ése, animal, Shangrilá en las montañas Himalayas. Es una ciudad secreta y escondida donde se preservaba una cultura antiquísima de una sociedad que nunca muere ni envejece. Me sospecho que Guaynía es el Shangrilá de los taínos y que eso que escuchamos es el gran ruido que hace la piedra monstruosa con la cual apisonan sus bateyes. Margaro amigo, Margaro hermano, estamos en el umbral de los tiempos. Tenemos que movernos poquito a poquito y con sigilo porque seguro tienen vigías por estos montes y no quiero caer en las manos de los que me andan buscando.

¿Y no quedamos en que ya no eran taínos, que eran policías asesinos?

Taínos son, sólo que en nuestra sociedad se hacen pasar por policías y otras ramas del gobierno. ¿Qué quieres que te diga? Se mezclan entre nosotros, pero no se portan como nosotros. Deberían mantenerse allá en los montes de Maricao, o aquí en Guaynía, y olvidarse del resto del mundo. Lo importante ahora es permanecer vigilantes, andar con veinte ojos abiertos a la redonda, porque a la menor oportunidad nos figan con sus azagayas como chopas en el río.

O con cerbatanas, quiso aportar Margaro.

Cerbatanas no, que no existe evidencia alguna de que las usaran, ni tampoco hay tradición de cerbatanas en el Caribe, aclaró Chiquitín.

Prosiguieron adentrándose por la espesura con el peso de una humedad cada vez más sofocante que comenzó a sacarle a Chiquitín del pecho unos jadeos tan angustiosos que parecían el preámbulo de un ataque de fatiga, y a Margaro unos ríos de sudor que lo ubicaron al borde del vahído. Mientras se aproximaban al lugar donde nacía el sonido, aquellos descomunales golpes sobre la tierra se sentían cada vez más contundentes.

De pronto, Chiquitín detuvo la marcha bruscamente. Como si hubiera detectado algún movimiento sospechoso en frente; se puso de cuclillas con lentitud, acción que Margaro imitó, por parecerle que la velocidad con que Chiquitín la realizó demostraba la urgencia de imitarla. Cruzando un dedo a través de los labios en señal de silencio y moviendo las bolas de los ojos en todas las direcciones como si algo alrededor les acechara, Chiquitín conminó a su asistente a mantenerse quieto y silencioso un momento.

Deben ser muchos para mover una piedra que retumba de esa forma, le susurró a Margaro en el oído. Prepárate porque parece que es un poblado entero lo que nos vamos a encontrar. Y si tantos hay para hacer tan gran esfuerzo, otros tantos debe haber para vigilar el perímetro. Lo digo porque acabo de divisar un celaje… ¿Comprendes, Margaro, que estamos por ver una actividad comunitaria taína que ningún hombre blanco ha visto, ningún hombre occidental quiero decir, ninguna persona perteneciente a la tradición judeocristiana?

¿Tradición qué rayos dijo usted?

Olvídate, lo importante es que vamos a presenciar, si logramos acercarnos, unas técnicas de la Edad Antigua. ¿Estás o no estás preparado?

Preparado estoy para enfrentar esa técnica que usted dice de antigua edad, igual que mi abuelita, que en paz descanse, a quien siempre conocí ya antigua. Lo que no logro comprender es cómo algo puede ser siempre antiguo…

Pues cuando lleguemos a la fuente del sonido, comprenderás lo que te digo, le contestó Chiquitín resignado con la forma arisca y burlona de ser de Margaro.

Continuaron adelante, Chiquitín cuidadoso al principio y luego menos cauto, olvidado ya de los vigías, otra vez dando machetazos frenéticos, sudando como un cántaro rajado y cagándose periódicamente en diez, en Chana, en la Habana y en la potoroca, según fuera la resistencia de la vegetación que acometía. Con la pala sobre un hombro y el pico sobre el otro, Margaro, detrás de él, permaneció relajado, o más bien impávido ante las locuras y maldiciones que profería su jefe, por completo descreído de aquellas teorías que él esbozaba, aunque curioso respecto a ese impactante sonido. De trecho en trecho Chiquitín detenía su actividad, miraba alrededor como si buscara coronas de plumas, estiraba el cuello a la caza del zumbido de flechas, perseguía con la nariz el aroma del pan de casabe que, según él, siempre andaban horneando los salvajes taínos.

Tras cruzar la parte más densa del bosque, comenzaron a descender por una zona de árboles altos y poca vegetación terrera, a través de cuyos árboles se observaba un fondo entre blanco y amarillo brillante, de donde procedía aquel ruido que había aumentado en contundencia y trepidación. El follaje espeso de las copas de los árboles de aquella pendiente del monte, sumía la región del bosque en sombras profundas que contrastaban violentamente con aquel fondo relumbrante. El sonido de los golpes comenzó a mezclarse ahora con el de voces y gritos y pitos y flautas y sonajas y consignas y sirenas y alboroto generalizado.

La pendiente se puso de pronto más empinada, lo que obligó a Chiquitín a agarrarse de lianas y ramas, y a Margaro a utilizar el pico para no resbalar cuesta abajo. Cuando alcanzaron el borde del bosque en la falda de la loma, se encontraron con que la pendiente terminaba de súbito en un gigantesco valle de tierra caliza de esa blancura casi amarilla que, como un lago de maicena espesa, rodeaba otras tantas lomas iguales a la que recién ellos bajaran, las cuales parecían flotar en medio de aquel falso valle. Sobre la superficie de este valle blanco no había nada construido aún, lo que aumentaba la sensación de ser un cuerpo líquido. Sólo se observaba una buena cantidad de tractores y camiones de tumba llenos de caliche y apisonadoras que se movían por el terreno desde las regiones más lejanas del valle, en las que parecían lanchas y remolcadores de juguete, hasta las más cercanas a ellos, donde lucían desproporcionadamente grandes. A poca distancia, sobre ese valle de nuevo cuño, observaron gran cantidad de personas con banderas y banderolas de colores que, al son de címbalos e instrumentos nativos y rodeados por luces de policía y sirenas esporádicas, se arremolinaban en torno a una enorme torre desde cuya cúspide un mazo de acero descomunal golpeaba rítmicamente un ciclópeo pilote de madera que se iba enterrando en el caliche.

Las luces azules de la policía hicieron que Chiquitín retrocediera y se internara otra vez en la orilla del bosque. Margaro retrocedió con él y se escondieron detrás de un montículo de tierra y troncos de árboles empujados allí por los mismos tractores. Sacó con torpeza de su mochila unos binoculares pequeños como para observar deportes, espectáculos o pájaros y comenzó a escudriñar la escena desde la distancia.

Como me temía, dijo al cabo de un momento mientras, sin dirigirle la mirada, le extendió a Margaro los binoculares con la mano izquierda. Observa tú mismo y dime si tenía o no razón.

Margaro tomó los binoculares, observó y, hasta cierto punto, quedó sorprendido con lo que vio, aunque no porque concordara con la fantasía indígena de la antigüedad que le vendió antes. Observó, sí, a varios indígenas vestidos en taparrabos y pintados de cuerpo entero, tocando sonajas y flautas de caracol y bailando en son de protesta, junto a otro grupo de personas encadenadas de brazos y sentadas en el suelo blandiendo banderas puertorriqueñas a los pies de varios policías parados alrededor sin saber qué hacer. Algunos inclusive rascándose las cabezas y las barrigas y mirándolos en total desconcierto. Vio, además, a varios individuos con capacetes de construcción, algunos vestidos de obreros y otros de ejecutivos, cerca del masivo hincapilotes que hacía retumbar el entorno como un evento sísmico. Margaro no quiso comentar cuán abismales eran las diferencias que separaban la realidad de la fantasía de Chiquitín, pero lo cierto es que bailaba allí un grupo de personas que parecían indígenas.

Hagamos una cosa, Margaro. Tú ve allá y averigua si alguno de los policías tiene pinta de los pajarracos que vimos retratados en el periódico. Te voy a estar velando desde acá por los binoculares. ¿Tienes un pañuelo? ¿No? Pues toma el mío, le dijo, mientras se sacaba del bolsillo trasero un bollo de tela mojada, apestosa y amarillenta como el caliche de aquel recién hecho y compactado valle, que le entregó sin vergüenza a Margaro, quien lo recibió con las puntas de los dedos pulgar e índice. Si no hay moros en la costa, me harás señales con el pañuelo; si te percatas de algo sospechoso, bonitamente retrocede, vuelve sobre tus huellas sin que nadie se percate y, como quien no quiere la cosa, regresas aquí para intentar una nueva estrategia. ¿De acuerdo?

De acuerdo, le contestó Margaro. Aquí le dejo mis cosas. Cuídeme la mochila y no la abra, que tiene efectos personales.

¡Pero qué clase de ratero piensas que soy!, exclamó Chiquitín ofendido.

Lo digo por si acaso, no por usted mismo, sino por lo despistado que siempre anda, le dijo Margaro para recomponer.

No digas más sandeces, amigo mío, y baja allá donde te he pedido para que me informes qué se trae ese enjambre de gente.

Capítulo XXV

Donde se narra la gran aventura del yucayeque *de Guaynía
y cómo nuestros héroes fueron por lana y salieron trasquilados*

Dio la coincidencia, para quienes creen en ellas, que aquel día se dieron
cita en el mismo lugar varios grupos de protesta decididos a impedir que
continuaran las obras de construcción de un Walmart y un puente de autopista donde los manifestantes reclamaban que se encontraba un gran
yacimiento y tal vez cementerio taíno. Valiéndose de permisos obtenidos
mediante sobornos en los más altos niveles del gobierno y de una Declaración de Impacto Ambiental falsa que la Junta de Planificación, también sobornada, pasó por buena, que describía como semillano aquel
terreno escarpado, los desarrolladores recibieron la luz verde. Comenzaron las obras de deforestación en horas de la madrugada guiados por
la malévola intención de hacer el daño grande antes del alba, tras lo cual,
sin importar el nivel de protesta que generaran los escombros de aquel
bosque al ser descubierto por la luz del día, ya no pudiera darse marcha
atrás.

La noticia de que un desarrollador inescrupuloso y cubano había
cubierto bajo una capa de caliche el alegado lugar de uno de los centros
arqueológicos más importantes del país, donde ya el doctor Auches,
presidente del Instituto de Arqueología Contemporánea, junto a un se-
lecto grupo de la Asociación de Arqueólogos de Puerto Rico, llevaba
varias semanas realizando delicadas excavaciones a brocha y cepillo,
y donde recién descubrieran una osamenta completa que en aquellos
momentos era analizada por arqueólogos forenses. Aquel acto tan canalla de enterramiento del yacimiento, ocurrido al amparo de la noche, despertó la ira de un gran número de arqueólogos, quienes, junto

con sus ayudantes y estudiantes, se presentaron en el lugar con la intención expresa de detener las obras, cuestionar los permisos, reclamar la violación de la Ley 120 y exigir la presencia inmediata del Consejo de Arqueología Terrestre. Enterados por el mismo Carlos Auches, quien, además de a los arqueólogos, puso sobre aviso de lo que ocurría a los líderes de la lucha y los grupos indigenistas de la región, también se presentaron en el lugar gran cantidad de independentistas con banderas y panderetas en mano dispuestos, desde el lado político, a brindarle su apoyo a los reclamos de los arqueólogos, lo mismo que otra gran cantidad de miembros del grupo neotaíno Bajareque de la Séptima Esfera, liderado por una especie de cacica llamada Maguadanami, que también se presentaron para, desde el lado ancestral, reclamar sus derechos sobre los huesos hallados en aquel tal vez cementerio taíno.

Puesto que arqueólogos e independentistas se encadenaron de brazos para detener las obras, y puesto que los indígenas danzaban y cantaban alrededor de la maquinaria pesada, los contratistas detuvieron el movimiento de tierra en la zona y apenas lograron poner a funcionar el hincapilotes de manera casi simbólica, más en ánimo de amedrentar a los manifestantes con el poder de los mamellazos que de adelantar los trabajos. La intensidad de la protesta los obligó a llamar a la policía para que se hiciera cargo de cumplir la validez de sus permisos. Dos patrullas llegaron primero y pidieron refuerzos; luego aparecieron tres más, de las que se apearon un coronel, un capitán y un sargento, quienes lucían desconcertados con la situación.

El andar claro y sereno de Margaro de alguna manera camufló su figura, la cual cruzó desde el monte donde quedó apostado Chiquitín, a través del impecable valle de caliche sobre el que resaltaba su maranta de pelo apretujado bajo la gorra de pelota ladeada y sus gafotas oscuras, y se internó en el tumulto sin que se cuestionara su procedencia ni fuera vista con sospecha su apariencia o su llegada. Fue directo al nudo de la muchedumbre, donde se encontró a varios ejecutivos engabanados con capacetes amarillos que enfrentaban a una línea de hombres y mujeres con aspecto de ser ciudadanos serios y cumplidores. Destacaba entre ellos un señor grueso de hablar pausado que, pese a la descripción minuciosa que Chiquitín le hiciera de su archienemigo Carlos Auches y, pese a lo mucho que lo alertara de mantenerse vigilante ante aquel fenómeno de individuo, ni se le cruzó por la frente que se tratara de una y la misma persona, en particular porque su ecuanimidad y hablar ponderado distaban mucho del carácter exaltado y gritón con que Chiquitín lo pintaba. Colocado justo al lado de este personaje, escuchó la discusión entre él y los desarrolladores, observada por los tres altos oficiales de la policía colocados entre los ejecutivos del lado del hincapilotes, que continuaba su incesante labor con un estruendo sonoro al cual Margaro tuvo que acostumbrarse si quería averiguar lo que ocurría allí, y el grupo de arqueólogos, independentistas y neotaínos, del lado contrario.

Señores, digan lo que digan, el permiso con el que tanto se abanican y alegan que está en ley, es por fuerza ilegal o fraudulento, dijo Auches con tono sosegado, pero con suficiente volumen para ser escuchado por encima del hincapilotes y las sonajas y flautas de los indígenas del Bajareque, quienes perdían dirección y sentido propio tan pronto su líder, Maguadanami, se alejaba a más de veinte pies de ellos. Y lo es porque aquí donde estamos parados se encuentra un conocido yacimiento indígena que llevamos semanas excavando, continuó diciendo Auches. Hace poco desenterramos la osamenta intacta de un indio matado a flechazos, lo que podría indicar la presencia de un cementerio indígena, o quizás algún importante campo de batalla. ¿Se dan cuenta de lo que estamos hablando? De aquí no se va a ir nadie hasta que comiencen a remover este relleno, puntualizó Auches, un poco jadeante ahora.

Esa osamenta de indio flechado seguro es la de un tecato cosido a tiros que lanzaron hace años por esa barranca, dijo con burla uno de los ejecutivos que ocultaba su cara tras las gafas y bajo la sombra de la visera del capacete.

Eso lo sabremos cuando regresen los estudios de arqueología forense que el doctor Pardo realiza en estos mismos momentos, dijo Auches sin dejarse sonsacar por el ludibrio de aquella gente. Ustedes saben lo que hay aquí, no se hagan los nuevos.

Acaba de admitir que es barranco esto, aquí por donde tiraron al tecato que usted dice, manifestó por encima del hombro de Auches uno de los otros arqueólogos que participaba de la protesta. Y sin embargo, sus permisos dicen que el terreno es semillano, lo que constituye un fraude.

A mí, dijo otro de los ejecutivos mientras observaba a su alrededor a través de unas gafas tan oscuras que no dejaban ver la sorna de su mirada, esto aquí me parece semillano, y dio un pisotón contra el suelo como para asentarlo un poco más bajo sus pies. Es más, yo lo llamaría llano por completo, añadió con una sonrisa que en los demás ejecutivos provocó burlonas carcajadas. De todos modos, si nos sentamos a esperar que ustedes terminen de escarbar con sus pinceles, nos sale moho y nos crece hongo.

Señores, repitió Auches revestido con una nueva dosis de paciencia, aquí se han violado todas las normas, códigos, reglamentos y leyes ambientales habidas y por haber…

¡Las Normas que queden en la concurrencia, huyan, que aquí se está ultrajando a todas!, gritó otro de los ejecutivos hacia el grupo de manifestantes como el gran chiste, del cual sólo se rieron los mismos ejecutivos nuevamente.

Señores, volvió a decir Auches tras la interrupción, ¡aquí también se ha tapado una quebrada!…

Seca, interrumpió otro de los ejecutivos.

Seca, sí, ¿y qué? ¿O es que usted ignora lo que es un cauce natural, una cuenca hidrológica? Aquí no se ha hecho ni el más mínimo intento de una Declaración de Impacto Ambiental verdadera y objetiva, que es requisito para un proyecto como este. ¡La madre naturaleza se las va a cobrar!

Si nos dejaran hincar los malditos pilotes y construir el jodío muro de contención y el desvío de la quebrada que está planificado, la cuenca hidrográfica esa que usted dice no estaría tan molesta con nosotros como usted reclama, dijo con cierta agresividad otro de los ejecutivos, quienes parecían turnarse para contestar.

Como me temí, contestó Auches, bajando unos decibeles la voz para provocar el efecto de que aquellas palabras eran dichas más por su consciencia que por su boca. No saben un divino de hidrología ni les importa. Los permisos aparecieron sobando manos, comprando funcionarios y aportando al Partido. Pero igual, destacó con el volumen de su voz, ya nada de esto resuelve lo que es más grave, la situación del yacimiento de Guaynía y tal vez del cementerio de los grandes caciques de la isla, que ustedes, como ladrones en la noche, han sepultado bajo treinta pies de tierra en menos de seis horas de trabajo. ¡Vaya eficiencia!

El muerto al hueco y, mientras más abajo, más contento, comentó otro de los ejecutivos. Otra vez risas entre ellos.

¡Aquí yacen los restos de nuestros ancestros, imbéciles!, interrumpió Maguadanami al borde de las lágrimas. ¡Para nosotros son más sagrados los muertos que para ustedes sus propias madres vivas, so desgraciaos!

Tranquila, mamá, dijo Auches mientras, con la mirada, le encargaba a una de las señoras de mayor confianza que se ocupara de controlar los exabruptos de la cacica.

¿Y quiénes son *nosotros* y quiénes son *ustedes*? Porque yo la escucho a usted hablando el mismo español boricua que el de todos aquí; hasta más blanca que yo es, con esas pecas y esos ojos verdes, dijo el ejecutivo cuyo aspecto físico encajaba mejor en el grupo del Bajareque que el de Maguadanami, a lo que los demás ejecutivos respondieron, como siempre, con la misma risería.

Todos somos indígenas, pedazo de troglodita, todos los puertorriqueños. Las pruebas de ADN lo tienen réqueteconfirmado. Los hijos de esta patria son, genéticamente hablando, una cuarta parte taína pura. ¿Usted no sabe eso, canto de estúpido?, dijo Maguadanami, exaltada de nuevo y fuera de las manos de en quien Auches delegó la responsabilidad de contenerla. ¡Allá abajo también están los huesos de su tátara tátara tátara tátara tátara tátara…!, y la señora encargada se la llevó sin que pudiera terminar, entre lágrimas de rabia, el final del linaje.

Bueno, de todos modos, retomó la palabra el ejecutivo que estaba a la cabeza del grupo y quien hiciera la bromita del llano y el semillano, ustedes tráiganme una orden de cese y desista de un tribunal federal que anule nuestros permisos, y yo paro las obras. Mientras tanto, les pido de buena gana que se echen a un lado y nos dejen continuar nuestro trabajo. Y no me vengan a traer una ordencita de algún tribunalucho local, se los advierto, que, si no es del gobierno federal la orden, no vamos a acatarla. Recuerden que aquí lo que viene es un Walmart, y están ustedes interfiriendo con el comercio interestatal.

Cómo se nota…, empezó a decir Auches.

Se nota no, se ve, interrumpió desde atrás la voz de Margaro, con una impertinencia absoluta, pero que sirvió para corroborarle que estaba aún hecha de materia corpórea su existencia, pues la indiferencia rotunda del grupo en relación a su presencia cambió al instante.

Cómo se ve, retomó la palabra Auches, un poco confundido por aquel atrevimiento proveniente de su propio grupo, que ninguno de ustedes conoce lo que es protestar, mucho menos rebelarse. Aquí de lo que estamos hablando es de detener con nuestros cuerpos unos trabajos cuya legalidad está cuestionada. En lo que el tribunal se decide, van a tener que hincarnos los pilotes en los pechos a cada uno de nosotros si quieren continuar con las ilícitas obras. Quiérese decir, señores, que de aquí nos sacan o arrestados o muertos, concluyó Auches, lo que provocó vítores y gran algarabía entre el grupo que le acompañaba, que contagió luego al grupo de los independentistas justo detrás de ellos, y luego de estos al grupo de los indigenistas, todavía más atrás, quienes nada escucharon de lo que decía Auches, pero que, fuera lo que fuera, daban por seguro que era a favor de su justa causa.

Oficial, se dirigió el ejecutivo principal al coronel que escuchaba la conversación, usted lo escuchó. Nuestros permisos están en ley. Atienda esta situación y remueva a estos revoltosos, que lo que quieren es detener el progreso de Puerto Rico. Digan lo que digan, a mí no hay quien me convenza que es más provechoso para los vivos una pila de huesos de indios muertos que un buen Walmart, que lo único que quiere es dejarle más dinero en su bolsillo. Oficial, o los remueve usted por las buenas, o los removemos nosotros por las no tan buenas...

Amigos, dijo el que parecía el coronel, seamos razonables, que no queremos que aquí se arme la tángana y terminemos golpeados. Vamos a ponernos de acuerdo y negociar una salida a este tranque en lo que se ventea la cuestión en los tribunales. ¿Usted, míster, no puede poner en pausa el asunto de los pilotes y dedicarse a otra parte del terreno en lo que esto se resuelve?

A nosotros nos urge construir el muro de contención para que no se erosione la tierra del relleno, explicó el segundo de los ejecutivos al mando.

Claro que les urge, dijo otro arqueólogo del grupo de Auches, porque si llueve y la quebrada coge agua, les descojona la mierda que han hecho.

Observada la situación y estudiados en detenimiento los rostros de los policías en la escena, Margaro estimó seguro el perímetro para que su jefe saliera de la espesura y se incorporara al grupo que defendía el yacimiento que tanto buscara. Era, hasta el momento, la primera vez que Chiquitín acertaba en la predicción de un yacimiento, lo que le alegraría sobremanera y lanzaría de pecho a favor de la causa arqueológica e indigenista. Se despegó del grupo, salió al claro, sacó del bolsillo el asqueroso pañuelo y, tomado otra vez con las puntas de los dedos índice y pulgar, hizo medias lunas sobre su cabeza. Al poco rato vio estremecerse la maleza en el monte y salir como expulsado por ella a su jefe Chiquitín, que daba grandes trancos para alcanzar cuanto antes el lugar de la escena. Llegó jadeando, preguntándole a Margaro con grandes voces si tenía o no tenía razón, y si no fuera por el ruido del hincapilotes, las sonajas indígenas y los panderos independentistas, todos se hubieran vuelto a ver quién daba aquellos gritos estertóreos. Sin escuchar las explicaciones de Margaro, fue caminando con gran entusiasmo hasta llegar al centro del grupo que discutía. Fue entonces cuando se fijó en la figura rechoncha de Auches y escuchó su voz que argumentaba, mas no tuvo tiempo para retroceder antes de que éste registrara su presencia.

¡Ajá!, gritó Auches al ver la figura de Chiquitín presentarse en su campo de visión. Éramos muchos y miren la mierda que parió la abuela. Compañeros, amigos, miembros de la comunidad arqueológica de este país, dijo dirigiéndose ahora a su grupo de apoyo y con el brazo extendido hacia Chiquitín con la palma hacia arriba a modo de presentación, aquí tienen de cuerpo presente a uno de los mayores estafadores y usurpadores del patrimonio indígena puertorriqueño, el tan poco visto y siempre mal ponderado Chiquitín Campala, saqueador profesional, destructor de yacimientos, falsificador de cemíes, hijo ideológico de don Benjamín Vals, de triste recordación, heredero de sus técnicas, en resumen: el anatema supremo de la cultura puertorriqueña. Mírenlo bien, compañeros, llévenselo grabado en la memoria, porque a este tipo hay que pararlo y ponerlo en evidencia dondequiera que se le encuentre. Y de nuevo dirigiéndose a Chiquitín, le preguntó: ¿Para dónde venías, víbora inmunda? ¿Qué haces por estos rumbos, pirata? ¿Cómo conoces de este yacimiento, que parece condenado a perecer, o bajo los tractores de estos desalmados, o bajo el pico y la pala criminales de Chiquitín Campala? Que nadie crea que vino a solidarizarse con nosotros, compañeros. El único propósito suyo aquí es saquear el yacimiento y las tumbas indígenas que están bajo nuestros pies. ¡Mírenlo bien, que a este pajarraco hay que seguirle la churretada!

Eso hicieron los seguidores de Auches, mirarlo fijamente para grabarse su figura, en tanto que Chiquitín no dijo esta boca es mía, y le pidió a Margaro con el dedo índice que se le acercara.

Vámonos de aquí, don Chiqui, que esta gente se ha puesto a observarlo como gallina que mira sal y temo que pueda comenzar un motín en su contra …

Cállate un momento y ven acá, pedazo de tarambana, hijo del diablo, viento del olvido, ¿acaso no te describí hasta en el menor detalle a este cerdo de tipo que ahora tenemos en frente? ¿Te advertí o no que era uno de nuestros peores enemigos? Has visto cómo ha pretendido humillarme en público al apenas verme. ¿Cómo es que no lo reconociste? ¿Cómo es que después de machacarte tanto con esa imagen, que después de prevenirte insistentemente sobre la importancia de mantener los ojos bien abiertos a la aparición de este renacuajo, se te pasea por frente y ni te percatas? En bonito lío me ha metido esa cabeza tuya de paloma, con tan poca memoria y la atención tan dispersa. ¿Dónde metes tú el conocimiento que te prodigo, malagradecido? ¿En la misma pata hueca donde metes lo que te comes? Este trance en que me has puesto me hace dudar grandemente de tus afiliaciones, si en realidad eres amigo o enemigo mío, asistente o saboteador contratado, bien por el bando de los comecandela, bien por el bando de los taínos, bien por el bando de Auches, que es lo más probable, según ahora veo.

El que ahora ve soy yo, y es por primera vez, a este cachalote, don Chiqui. Pero ahora que sé quién es, pues la verdad es que es obvio que se trata del infame Carlos Auches del que tanto me previno. ¡Pero si es idéntico a como me lo pintó! Yo mismo no sé qué pudo pasarme, don Chiqui, qué entidad diabólica me cubrió la vista y vedó la buena razón. O quizá sea la mala influencia de la televisión, que te obliga a recordar sólo las figuras que ven los ojos, mientras las que arman las palabras se quedan siempre como celajes de muertos en la memoria. Mala mía, don Chiqui. Acepto la culpa de plano y sin peros. En cuanto a la desconfianza que dice que le provoca mi dejadez, ni se le ocurra pensarlo de nuevo si no quiere verme desaparecer. Y valga decir que sí, en efecto, usted tenía razón, aquí debajo existe un yacimiento y se llama Guaynía, como usted dijo. Lo único es que ahora tiene treinta pies de caliche encima. Yo que usted, no le hacía mucho caso a las palabras del gordo papujo ése, porque sabrá que palabras son motivos y no buenas razones, y a pesar de la violencia de las que emprendió en contra suya, conozco en mi fuero interior que la razón está del lado nuestro, don Chiqui. Porque debe reconocer que, por muy enemigos declarados que sean ambos, con escuchar a esos ñames con corbata sabe uno que está más del lado de las razones de Auches que de las mentiras y la corrupción de esos tipejos engabanados, concluyó Margaro.

Alguien con tan mala fe, tan impresentable, tan destemplado y que tanto se equivoca, a mí me cuesta creer que esté alguna vez del lado de la razón, y más en un caso como este que me estás contando, sentenció Chiquitín con un drama exagerado, como si intentara buscar cualquier pretexto para combatir la posición que le presentaba su asistente Margaro. ¿Acaso el cruel destino le deparaba hacer causa común con aquel insolente?, se dijo. Le resultó un pensamiento cáustico para su sistema, que le provocó oleada tras oleada de escalofrío y náusea liviana. Después de tanto hostigamiento y acoso, después de tanta injuria pública como la de ese mismo instante, ¿iba a aliarse con semejante enemigo, a quien más bien hubiera preferido envenenar?

Don Chiqui, ya le expliqué de mi turbación y hasta me abochorno de lo siniquitate y poco observador. Pero a lo hecho hay que darle pecho y, aunque enemigos ayer, hoy están del mismo bando, por lo que me parece que es mejor hacer cooperativa, partir las diferencias, antes que los cangrimanes de la construcción tapen esto con cemento. Mire, que mejor es mitad que nada, y más vale pájaro en mano que ciento volando, porque dejar que nos coman los dulces a esta altura de la pelea, después de tanto periplo que hemos dado, es pedir que le caigan moscas a la leche…

Cállate, por favor, y coge aire, que me vas a volver loco con la carretilla de cosas que me disparas, interrumpió Chiquitín desesperado. Además, antes de que se me olvide, te he pedido que no me digas don Chiqui en público y lo estás haciendo en el peor momento, frente a esta gentuza, que gracias al ruido de la máquina no te han escuchado, pero podrían escucharte, en caso de que hables más fuerte, como es tu natural tendencia. En público, te repito, me llamo Diego Salcedo, y hoy más que nunca. Voy a fingir no ser quien sabe él que sé yo que soy. ¿Estamos?

Estamos, más o menos, aunque con ese último trabalenguas no puedo decir ni que estoy ni que no, contestó Margaro. ¿Cómo es ese nombre otra vez? ¿Ensalsado?

¡Salcedo! ¡Salcedo!, casi gritó Chiquitín, ante las miradas atónitas de Auches, su grupo, los desarrolladores, los independentistas y los miembros del Bajareque, quienes observaban incrédulos aquel palique susurrado entre jefe y asistente. Te suplico, por lo que más quieras en este mundo, que te lo grabes, Salcedo, y que no te vayas a equivocar cuando te lo pregunten. Porque dalo por seguro que te lo van a preguntar cuando tengan que corroborar con alguien mi identidad. Eres, además de mi socio en negocios, mi asistente en la arqueología y mi amigo en el afecto, por lo que debes ser también mi coartada en la impostura.

¿Qué postura es ésa?, preguntó Margaro casi escandalizado.

Impo, impostura, en mi aventura como impostor, que verás cómo me propongo pasar descaradamente a Chiquitín Campala por Diego Salcedo, y a Auches por demente genuino. Está claro, ¿verdad?

Sí, claro como agua de yuca y cielo borrascoso y el espejo del baño de casa, dijo Margaro, desentendiéndose de aquellos planes de su jefe, los cuales apenas comprendía.

En eso, uno de los ejecutivos a cargo de las obras, hijo de familia cubana que formó su imperio económico promoviendo el progreso y corrompiendo al gobierno para darle paso a la modernidad del cemento, experto en las tácticas de soborno y manipulación de incautos que le inculcara su padre, se aproximó a Chiquitín y, en un aparte, que excluyó también a Margaro, le hizo un acercamiento.

Le pregunto, ¿don…?, dijo el ejecutivo con cierta arrogancia.

Diego Salcedo, contestó Chiquitín, para servirle.

Encantado, ingeniero Xavier Biascoechea, saludó el ejecutivo mientras estrechaba su mano con cierto desprecio. Le pregunto si usted es arqueólogo también.

Certificado y colegiado número 634 durante más de veinticinco años, mintió, impertérrito. Tengo más experiencia de campo que ese chorro de idiotas que me tienen confundido con a saber quién. No tengo los papeles conmigo, pero se los puedo mostrar luego.

Le creo. Y dígame, ¿viene usted en son de paz o de guerra?

Eso depende de quién representa aquí la paz y quién la guerra… Vengo a explorar unas cuevas que deben estar por aquí cerca, aunque le confieso que no exactamente por razones científicas ni culturales, *if you know what I mean…*

Creo que lo voy comprendiendo. A mí me parece que usted es de los nuestros. Me gustaría contratarlo como mi perito en arqueología. Si me certifica ahora mismo que no hay ningún yacimiento aquí debajo, ni ningún cementerio, le voy a dar acceso exclusivo al lugar y a proveerle la maquinaria que necesite para que excave y saque lo que le convenga antes que le pongamos la torta de Walmart encima. ¿Qué me dice?

Chiquitín se quedó petrificado con aquella oferta, y no por parecerle insólita, ilegal o antiética, sino porque era la oferta con la que de inmediato fantaseó apenas unos segundos antes, cuando comprendió la realidad de lo que allí ocurría.

De acuerdo, sólo que no quiero cavar aquí. Quiero destapar una pirámide taína que tengo ubicada en Ponce, que debe estar por dentro preñada de tesoros tan valiosos como mi propia ciudadanía americana. Para eso sí que necesito maquinaria pesada, no para excavar aquí, donde ya está demasiado avanzado el progreso.

Y nada debe interponerse en el camino del progreso, añadió el ejecutivo cubano convencido con lo que acababa de escuchar de que aquel individuo estaba por completo fuera de sus cabales. Sus deseos para mí son órdenes, don Salcedo, y tendrá sus máquinas listas allá en Ponce cuando usted diga. Me alegra que seamos del mismo pensar respecto a la construcción y el progreso. El que construye es un patriota, don Salcedo; el que siembra cemento siembra patria; y el progreso, caballero, como decía mi padre, es lava que no quema sino que cementa; que no destruye, construye. En una isla diminuta como esta, los montes, los bosques, son excesos, cosas que están de más. ¿Para qué montañas, señores, para qué? Lo que conviene aquí es aplanarlo todo, montar un buen sistema de alcantarillado y construir encima una ciudad modelo. ¡Eso es civilización! ¡Eso es cultura! Usted, don Salcedo, y yo hablamos el mismo idioma. Y si al mismo tiempo podemos, usted desenterrar su pirámide y yo sembrar mi Walmart, pues cuente conmigo.

Chiquitín se quedó mudo con lo progresista de las ideas que planteaba el ingeniero.

Estrechando manos, sellaron así un pacto entre caballeros. Ambos profirieron las palabras adecuadas en señal del compromiso asumido, mientras la concurrencia, atónita, observaba aquel evento de abierta connivencia, indescriptible por el exceso de descaro y desfachatez con que se realizó en la carota de todos.

El dúo se acercó al grupo general, el ingeniero medio pie delante y a la izquierda de Chiquitín, con el brazo derecho echado sobre su hombro izquierdo en señal de causa común y esfuerzo compartido. Al pasarle por el lado a Margaro, que continuaba espetado en el mismo lugar donde se hallaba cuando el individuo se interpuso entre él y su jefe, le hizo un guiño confirmativo. Escuchara lo que escuchara, viera lo que viera y dijera lo que dijera, que confiara.

Amigos defensores del patrimonio cultural, indígenas y averiguaos, caballeros y damas, acabo de contratar los servicios de un perito en arqueología puertorriqueña con veinticinco años de experiencia en yacimentación y tesorabilia patrimónica, el doctor, ¿doctor, verdad?, le preguntó a Chiquitín.

Sí, doctor, contestó él con absoluta seriedad.

El doctor Diego Salcedo, quien nos confirma que aquí, como dicen nuestros permisos, no existe ningún yacimiento taíno ni ningún embeleco similar, y que ese reclamo, nos asesora el doctor Salcedo, es puro embuste y sinvergüencería de quienes pretenden detener el avance implacable del progreso y el cemento, que son una y la misma cosa, dijo el ingeniero.

Usted tiene que estar bromeando, reclamó Auches admirado con el anuncio.

¿A qué se refiere, don… don?, preguntó el ingeniero Biascoechea.

¿Cómo que a qué me refiero? ¿A qué va a ser?, contestó Auches molesto con lo evidente de la respuesta. Señores, quién no conoce a Chiquitín Campala Suárez, profanador profesional de tumbas, estafador por naturaleza, enemigo a ultranzas de la cultura y de cualquier cosa que le huela a puertorriqueñismo. Es un novato en el mundo de la arqueología boricua. Éste tiene de arqueólogo lo que yo de polaco, ¿me entiende? Señores, caballeros, oficiales de la policía, ingenieros, el zuruma aquí es usted, que se ha dejado tomar el pelo por este idiota. ¿Es que no se percata que Diego Salcedo es un nombre inventado?, casi le gritó al ingeniero.

Diego Salcedo no es ningún nombre inventado, intervino Chiquitín. Me lo pusieron mis padres en memoria de aquella primera víctima de los salvajes puertorriqueños, allá en los tiempos de España. Así que amárrese la lengua, señor, y mire a ver si me puede dejar de confundir con ese tal Chiquitín.

¿Se lo dije o no se lo dije? ¡El tipo está más lunático y más republicano que nunca! ¡No se dejen meter las cabras, que este no es ningún perito, ningún arqueólogo, ningún puto carajo, sino un buscón hecho, derecho y contrahecho! ¿Es que alguien que dice las cosas que dice este tarado puede saber lo más mínimo de arqueología?, preguntó dirigiéndose al ingeniero. O lo están engañando como a un niño o les conviene dejarse engañar, que es lo que me temo. Yo lo siento por ustedes, pero este bambalán no va a certificar aquí ningún permiso. ¡Cojones es! ¡Sobre el cadáver mío y el de todos los aquí presentes!

Señores, amigos, indígenas, intervino el coronel con una formalidad exagerada. Seamos razonables, el hombre —refiriéndose a Chiquitín— es arqueólogo como ustedes y perito en la materia. Él certifica lo mismo que certifican los permisos, de que aquí abajo lo que hay son tumbas de árboles y no de indios. ¿Qué tal si se serenan y permiten que los trabajos continúen?, concluyó con un optimismo inverosímil.

Este hombre, que yo más bien diría, este elemento, es un impostor conocido en el ambiente desde hace muchísimos años. No es ningún doctor ni ningún Diego Salcedo, oficial, tampoco se deje coger usted de zoquete. Pídale una identificación, para que se abra el paquete, dijo Auches.

No traigo identificación conmigo porque lo dejamos todo en el vehículo al otro lado de aquella montaña. Mi única fuente de identidad aquí es el testimonio de mi asistente, Margaro Velásquez, y extendió el brazo hacia él a modo de presentación, que me conoce hace meses y sabe sobre mí en detalle. Margaro…

Margaro se movió hacia donde se encontraba su jefe, entre callado y abochornado, menos por la concurrencia y el protagonismo, que no era él de sacarle el cuerpo a hablar en público o ser centro de la atención, que por habérsele esfumado de la mente el falso nombre apenas lo propuso Chiquitín como testigo de su identidad.

¿Este pelú es tu coartada, canto de fresco?, le preguntó Auches a Chiquitín buscando el descrédito prematuro, mientras Margaro se acomodaba mejor el mangle de pelo debajo de la gorra. ¿Este pelú que se ve a leguas que le tienes comido el cerebro? ¡Vaya testigo de reputación te gastas hoy en día, Chiquitín!

Un momentito, dijo Margaro, alzando el dedo índice de una mano y dando un paso hacia delante, mejor pelú que con esa obesidad mórbida suya. Porque lo mío con una tijera se resuelve, mientras que a lo suyo hay que meterle cuchilla. Así que no me venga con esos brincos, que yo también sé dar leña, y ni le temo al cortao, ni tampoco al que lo cortó. A las palabras de Margaro siguió entre la concurrencia que los rodeaba un bullicio de risas apagadas, lo que aprovechó para pausar un instante en su diatriba y propiciar que se le escuchara. Y sepa que, aunque pelú y humilde, tengo mis cascos bien puestos, y estoy al día de lo que acontece, y nadie me tiene los sesos carcomidos, como usted sugiere. Y Dios al orgulloso quebranta y al humilde levanta, y si a mí me acusa de marioneta, yo a usted de leche de perra, porque la falta de criterio mío no puede deberse a otra cosa que al exceso de la mezquindad suya. Mida sus palabras y no muestre el refajo, que no es mi propósito ni éste el lugar para ponerlo como chupa de china, pero lo haré si el caso lo amerita, y le advierto que estoy aquí por mi propia voluntad, no mediante hipnosis o indoctrinación, ni tampoco a carajazo limpio ni a rompe y raja. Y sepan todos que lo que dice usted, lo dice desde el fondo de un boquete, y que sus acusaciones contra mi jefe son puras fanfarronadas, que lo hacen lucir peor que si se hubiera dado un palo de ron con guaco. Váyase con esa trulla a otro lado y deje de meterle los faroles a esta pobre gente que no sabe nada ni nada entiende.

¡Nos salvamos ahora!, exclamó Auches, un poco cortado en su entusiasmo y hasta colorada la piel de cierto bochorno que le revolcó por dentro aquel verbo de Margaro. ¿Conque fanfarronadas, ah? ¿Y quién es este pico de oro que te acompaña ahora, Campala?, dijo Auches dirigiéndose a uno y a otro respectivamente. ¿Fanfarronada que este señor se llama Chiquitín Campala? Lo dudo. ¿Fanfarronada que es un charlatán y ningún arqueólogo colegiado? ¡Negativo!

¡Y dale con esa matraca!, dijo Margaro con cierta condescendencia. ¡Dale con decirle Chiquitín al gigantón de mi jefe. ¿No ve que lo menos que tiene este armatoste de hombre es de pequeño? ¡Qué ocurrencias las suyas! ¡Escuche, don Alfredo, y que Chiquitín...!, concluyó dirigiéndose a su jefe, quien le abrió los ojos como dos platos al escuchar su confusión, que sin duda presagiaba complicaciones mayores.

¡A Dios! ¿Y no era Diego?, intervino Auches con actitud de quien sorprende a alguien con las manos en la masa. ¿Usted ve, coronel, que éstos son dos payasos?

Venga acá, dijo el coronel dirigiéndose a Margaro. Díganos su nombre completo y el de su jefe, y díganos cuál es el propósito de su visita hoy por aquí.

Chiquitín quiso intervenir para desviar estas preguntas, evitar la evidente torpeza de su asistente y el eventual colapso de su farsa, mas el coronel lo calló mostrándole la palma de la mano a nivel de su cara en señal de deténgase y guarde silencio.

El mío es Margaro Velásquez y el de mi jefe Alfredo Ensalzado, hombre bueno y de fiar, de cascos tremendos, gente lo que se dice leída, escribida y cuatriborlada, que a mi parecer sabe hasta donde el jején puso el huevo, dijo con absoluta confianza en lo que porfiaba, que fue la mejor manera que tuvo de salir ileso de aquel tropiezo en la memoria, mientras escuchaba a sus espaldas la risotada general de Auches y su gente.

¿En qué quedamos? ¿Salcedo o Ensalzado el apellido de su jefe?, preguntó el coronel, confundido por la cercanía de los conceptos.

Es Salcedo, tomó la palabra Margaro, pero yo le digo Ensalzado de cariño, y también cuando quiero verlo perder los estribos.

Eso digo yo, Margaro, que este no es el momento de estarte con esas bromas pesadas, intervino Chiquitín, para quien el retiro de la mano levantada del coronel significó también el retiro de la veda de hablar.

Debemos tenerles tremendas caras de sananos para que pretendan que nos traguemos ese pescaíto. Coronel, estos dos están igual de fundidos. ¡Abra los ojos, pare la oreja y no se deje meter la feca!, exigió Auches.

Aquí hay jutía encerrada, comentó Maguadanami, quien ya había regresado a la línea del frente y ocupado su posición junto a Auches.

Sin añadir palabra a aquella disputa, el ingeniero Biascoechea, convencido de la conveniencia de la ilegitimidad de Chiquitín, se volteó y, tomándolo por un brazo, se lo llevó consigo como si nada de lo que allí se planteara en adelante pudiera cambiar las circunstancias. En un aparte, le reiteró su oferta de contratación, la cual, desde luego, no se proponía cumplir, pero que le serviría para adelantar los trabajos que le urgía terminar.

Quedamos entonces en que usted va a ser nuestro asesor en este asunto, nuestro perito en temas de yacimientos y pendejadas taínas, quien va a certificar como libre de restos indígenas este lugar a cambio de lo que ya hablamos de la pirámide de Ponce, le dijo el ingeniero con esa petulancia natural en sus formas.

¡Hombre, por supuesto, claro que quedamos! ¿O usted le va a hacer caso a ese envidioso, a quien lo único que lo mueve son las ganas de mortificar, interponerse, detener el avance del progreso? ¡Imagínese de la calaña de gente que estamos hablando!, dijo Chiquitín.

El ingeniero estuvo de acuerdo con la apreciación de Chiquitín y hasta sonrió con un poco de lástima. Pidiéndole que lo excusara, llamó con gestos y gritos por encima del ruido del hincapilotes a otro de los ejecutivos, a quien pidió que le tomara los datos al doctor Salcedo. Mientras, llamó por su teléfono celular a su secretaria para pedirle que redactara un contrato para un perito en arqueología en la misma línea del contrato de los peritos en compactación de terreno, sismología e hidrología. Al poco rato, uno de los ejecutivos le trajo una tabla a Chiquitín junto con un bolígrafo para que escribiera sus datos. Chiquitín escribió su falso nombre con la dirección correcta de la urbanización Constancia y le devolvió la tabla al ingeniero Biascoechea, quien leyó la información y le extendió la mano.

Con este apretón sellamos el acuerdo de contratación que se estará formalizando en los días siguientes, dijo.

Y justo cuando esto ocurría, en el momento preciso cuando ambos hombres se miraron a los ojos para formalizar con la mirada la palabra aceptada con las manos, vino volando por los aires un peñón de piedra de caliche compacta que impactó a Chiquitín en plena cara, rompiéndole, además de una pata a los espejuelos, dos muelas y tres dientes. Chiquitín cayó al suelo con la cara bañada en sangre, mientras el ingeniero se alejaba de la zona donde seguramente aterrizarían nuevos proyectiles, lo que ocurrió enseguida, esta vez en la barriga, las costillas y otra vez en la cara de Chiquitín, que se encontraba aturdido en el suelo. En efecto, Auches, iracundo por el descaro con que se ignoraban sus reclamos y establecían pactos ilícitos frente a sus narices, colérico con la farsa de aquel enemigo suyo, recogió un peñón que tenía a sus pies, y lo alzó al aire mientras gritaba: ¡Esto aquí se va a acabar ahora!, y, con una destreza insospechada en un gordo como él, lo lanzó contra Chiquitín, pegándole, como se vio, en plena cara. Fue tal la precisión del tiro, que el resto de sus acólitos levantaron vítores primero y piedras de caliche después, las cuales lanzaron en la misma dirección con gran algarabía. De pronto nadie se sintió dueño de sí mismo. Los policías se echaron a un lado y el coronel dio órdenes por radio de que enviaran las unidades tácticas.

Margaro corrió en dirección a su jefe para auxiliarlo y protegerlo luego de la primera andanada que, además de abrirle la carne, le ahuyentó la consciencia. Convertido, por la cercanía a su desmayado jefe, en blanco también de las piedras enemigas, recibió varias en el área del torso, las manos y las piernas, y una que otra en la maranta de pelo que le protegió el cráneo de serle quebrantado. Chiquitín recuperó el conocimiento casi al instante de Margaro abofetearlo varias veces. Bajo una lluvia de piedras, se incorporó del suelo con la ayuda de su asistente y, antes de que fuera mayor el daño, emprendieron la fuga a duras penas por el nuevo valle de tierra caliza aún sin compactar que Chiquitín, en medio del caú de los golpes y el desmayo y la fuga repentina, pensó que se sentía como si atravesara las nieves de la Estadidad.

Capítulo XXVI

Donde se cuenta cómo Margaro salió en busca de medicamentos
para su jefe y en el trayecto conoció a Efrén, quien le narró
la extraña historia de su encuentro con Virginio Santomé

A la segunda noche de convalecencia, ambas pasadas al amparo de un árbol de bayahonda cuyas hojas y ramaje formaban una oquedad que sirvió de refugio a los dos averiados, Chiquitín instó a Margaro a buscarle pastillas para el dolor y la hinchazón de la boca, y antibióticos para la infección, tras quedarle varias piezas flojas y una prácticamente pulverizada.

Alma de Dios, le dijo a través de unos labios desfigurados que dejaban escapar su voz como si saliera por un embudo, me creí lo suficientemente saludable y fuerte para vencer las averías que me ha dejado la maldad de ese hombre del que tanto te advertí; me creí alimentado lo necesario para vencer la infección que se me presentara; pero veo por el dolor sin tregua y el malestar general que comienza a poseerme, que puede estarse gestando por algún lado de mi cuerpo un traicionero golpe de Estado. Vete pronto, amigo mío, te lo suplico. Deja tus posesiones a mi cargo que, aunque infecto puedo defenderlas de facinerosos o bestias del camino. Avanza, desengancha la carretilla, ve en la bici hasta el poblado más cercano, que debe ser Yauco, y allí te metes en la primera farmacia que encuentres abierta. Además de los medicamentos, recuerda traerme cualquier cosa que se te ocurra que sea blanda para comer y acorde con los gustos que me conoces. Párate en un Wendy's y me traes un *frosty*, pero déjalo para el final para que no llegue derretido. Avanza, te lo suplico, que las bacterias son peores que los güimos en eso de la reproducción continua.

Tampoco espere demasiado ajoro de mi parte, don Chiqui, que yo también cogí mi aguacerito, y aunque móvil y sin sangre derramada, me siento pegado con saliva, dijo Margaro mientras desenganchaba la carretilla. Lo que se dice energético, no estoy, ni tampoco muy de lo vivo a lo pintado. Mire que somos dos los heridos, y si uno de nosotros, el menos averiado, puede llegar hasta la farmacia o el hospital, se le debe perdonar que vaya y vuelva a paso relajado.

Ve al paso que quieras, hermano mío, pero no jeringues, y parte ya antes de que el dolor me parta la cabeza en mil pedazos. Anda, muévete, te lo suplico, que cada segundo que te requedas es una patada que me das en la cara, le dijo haciéndole con la mano un gesto como para espantarlo, movimiento que le ocasionó algún sufrimiento en la espalda baja.

A través de la penumbra, Margaro se puso su mochila que ni loco pensaba dejar al cuidado de su jefe, tomó de la de él el dinero necesario para las compras y una pequeña linterna de mano que tenía, y partió a pie, arrastrando por el manubrio aquella alargada doblecleta que, en manos de un solo individuo, más podía ser un estorbo al movimiento que un mecanismo para facilitarlo. En efecto, se trabó entre las breñas, las lianas se le enredaron entre los rayos, los pedales se engancharon en los arbustos, todo lo cual le arrancó varias imprecaciones contra Dios mismo y una que otra maldición en general. Al cabo de un rato de andar por entre aquellos abrojos, coincidieron el encuentro de un camino de tierra transitable con la fuga de la luna de su prisión de nubes, cuya luz le permitió pedalear un buen rato con bastante buena visibilidad, antes de que otro nubarrón igualmente imponente volviera a aprisionarla. Sacó la linterna, cuya batería comenzaba a fallarle, y la colocó entre su mano y el manubrio derecho para alumbrarse el camino, lo que le permitió continuar pedaleando un buen rato, con más cautela, desde luego, y menos premura que cuando alumbraba la luna.

El camino resultó estar en mejores condiciones que la mayoría de las carreteras asfaltadas, por lo que concluyó que debía conducir a alguna finca privada o grupo de ellas, cuyos dueños se encargaban de su mantenimiento. En el trayecto, Margaro dejó vagar sus pensamientos, que lo transportaron, como con frecuencia le ocurría en días recientes, hacia su mujer y sus críos, que tan lejano se sentía de ellos que hasta sus facciones comenzaban a borrársele del recuerdo. Pensó en la salud de ellos y su estado emocional; pensó en la fidelidad de su mujer, Yaritza, si es que aún perduraba, que bien sabía él que aquella fogosidad de ella que ciertamente echaba de menos no se mantendría apagada por demasiado tiempo. Imposible que se quede cruzada de brazos cuando dé mi partida por abandono, se decía. ¡Yo la conozco! Porque abandono era, en cierta forma, aquella locura suya de arrancar e irse con el loco de su jefe y, aunque siempre le dio su güiro y su maraca como corresponde, el cuerpo seguro se lo pedirá cuando ya él no esté presente. Aquellos pensamientos le activaron las sustancias químicas y los neurotransmisores al grado de manifestársele una semierección que, reposada sobre el sillín de la doblecleta, los huecos inesperados del camino a oscuras la convertían en una potencial amenaza a su salud. Se le ocurrió echar una canita al aire tan pronto se le presentara la ocasión, que no serían muchas por aquellos rumbos tan remotos por los que lo llevaba su jefe. Mientras tanto, seguiría lavando a mano la ropa que, aunque no lave igual que en máquina, algo lava y refresca.

Pensó que luego de la farmacia quizá tuviera tiempo para meterse en algún centro comercial que permaneciera abierto a aquella hora, a ver si algo caía y daba un palo con cualquier hembrita que anduviera suelta, se dijo con cara de satisfacción adelantada y hasta cierta ufanía de sus dotes de seductor, sin pensar en su apariencia o en la maraña del pelo que seguro espantaba a más de una. Un poco de carne de guinea es lo que me hace falta, se decía, haciendo alarde de sus gustos por las carnes mulatas. Porque si de una cosa era aficionado Margaro en el terreno del gusto femenino, era de que hubiera mucha esteatopigia en los tafanarios... Intentando evitar que, de semi, pasara a completa su erección y fuera a lastimarse de seriedad con las anfractuosidades del terreno, dirigió sus pensamientos de nuevo hacia su familia, hacia aquel calor y aquellas majaderías que comenzaba a echar de menos cada vez más, y lo que le vino fue un pesar sobre los hombros por la responsabilidad del nido abandonado y la dicha prometida, que le tumbó el palo y lo puso melancólico. Ya casi un mes llevaban de camino y no se perfilaba ni de lejos el posible rescate del medallón de oro, ni de la pintura aquella que tanto se mencionaba, pieza que Chiquitín, al percatarse de su sentido de frustración con la empresa, recién le propuso dividir a partes iguales una vez la subastaran.

De la familia y las posibilidades de éxito de aquella empresa, pasó a dedicarle el pensamiento al tema del material robado que llevaba encima, cuyo valor había depreciado significativamente en las semanas que habían pasado metidos por aquellos andurriales. Ni los prospectos económicos que Margaro salió a la calle a buscar montado en los proyectos de Chiquitín, ni los prospectos que salieron a su paso el mismo día de su partida y que él estimo como un evento inevitable del destino, se mostraban hoy muy prometedores. Como agua que buscara cauce, comenzó a reevaluar su compromiso con aquel jefe convaleciente contra quien se gestaba una guerra bacteriológica que, si no regresaba pronto con los antibióticos, seguro le ganaba la batalla de la boca y luego la guerra contra el resto del cuerpo. Se cuestionó inclusive si sería demasiado cruel, demasiado monstruoso de su parte regodearse un tanto en el regreso, comer bien, buscar un comprador para el material hurtado, ver si le caía una hembrita en las manos, se dijo mientras daba rienda suelta a aquellas fantasías que él mismo reconocía como impensables en las actuales circunstancias. Otro día entero metido en la sombra árida, poca agua ya, infección galopante, fiebre de caldera, se lo lleva Pateco porque se lo lleva. Un día le daba. ¿Y entonces, qué era lo próximo para él si su jefe las liaba? ¿Regresar cabizbajo, fracasado, sin nada que mostrar salvo chichones y mamellazos, a una casa quizá cerrada para él, a una mujer ya tal vez de otro? ¡Algo tengo que traer conmigo! ¡Con algo tengo que forzar mi entrada al hogar que me pertenece! ¡Con algún arma tengo que sacar de allí al usurpador! En ese instante alumbró su pensamiento la firme idea de que cualquier otra opción que no fuera salvar al infeliz de Chiquitín, ayudarlo a reponerse, empujarlo a encontrar los malditos tesoros que le tenía prometidos y convertirlos en cascajo lo antes posible, quedaba fuera de su marco de acción. Preocupado con ese prospecto, volvió a hacer propósito firme de llegar cuanto antes a una farmacia o a algún Centro de Diagnóstico y Tratamiento.

Inmerso iba Margaro en aquellos pensamientos cuando, a lo lejos, al comienzo de lo que parecía un túnel de arbustos frondosos que cubrían el camino en frente de él, apenas registraron sus ojos la luz tenue y moribunda que lo atravesó. Fue cuando la luz se escurrió por entre unos arbustos, reapareció un poco más allá y volvió a esconderse, que a Margaro se le erizaron los pelos del cuerpo entero que, por ser tan peludo, le resultaba siempre una experiencia muy intensa. Pensó en la lámpara del Jacho, pensó en su búsqueda incesante de las cenizas de la cruz que vilmente quemara. Sin dejarse amedrentar por la imaginación, continuó pedaleando y, al poco rato, observó, en la misma dirección hacia donde vio desplazarse la lumbre, las luces de una casa solitaria. La lumbre apareció de nuevo, esta vez moviéndose en dirección suya, hacia la carretera. Cuando se acercó un poco más vio una figura parada a la vera del camino con la luz en una mano, como a la espera de que él se aproximara. Margaro se percató, ya un poco más de cerca, que se trataba de una señora mayor, una viejita con bata de viejita, aunque se le cruzó también la idea de que fuera una aparecida.

¿Quién va?, preguntó ella con voz cascada y temblorosa.

Hombre de bien y sanas intenciones, Margaro Velásquez me llaman, oriundo de la Perla Sureña. Voy camino a una farmacia o un hospital o alguna clínica, y grande sería mi alegría que me pudiera indicar cómo llego al más cercano de ellos.

Usted no es ni Belcebú ni Luzbel ni Asmodeo ni el Já ni el Príncipe de las Tinieblas ni el Rey de la Noche ni el Ser de las Encrucijadas ni...

Ninguno de esos señores que menciona ni los que está por mencionar, la interrumpió Margaro al percatarse de que aquel listado pudiera durar para siempre. Le repito, soy hombre humilde de Ponce, o más bien el único hombre humilde de Ponce. Soy un hombre sano y no traigo malas intenciones.

Muéstreme sus manos, si no le es mucha molestia, dijo la señora apologéticamente, lo que Margaro procedió a hacer a la luz del quinqué de aceite que la señora acercó para hacer la inspección, mientras le aseguraba que no era molestia alguna. Le pidió que las volteara varias veces, luego subió la luz hasta la cara del dueño de las manos examinadas, cuyos ojos observó con intensidad y preocupante detenimiento.

Perdone que lo jeringue tanto, pero es que necesito un favor urgente suyo que puede verlo como un acto de caridad suprema, le dijo la señora.

Si es por caridad, estoy dispuesto, porque soy de los que predican haz el bien sin mirar a quién, y de los que creen que el amor todo lo puede y lo perdona. Pero tampoco puedo desviarme tanto de mis propósitos, pues tengo un enfermo grave que puede írseme del aire en cualquier momento si no le consigo los productos que detengan el avance de sus infecciones.

Pues yo también tengo un enfermo grave, sólo que de la mente, y creo que usted ha venido aquí traído por la mano de la Providencia para ayudarme también a sanarlo a él. Se trata de mi sobrino. Necesito que me acompañe hasta mi casa un minuto, la que ve allí, y que intente convencerlo de que usted no es ni el Diablo ni el Anticristo ni ninguno de ellos. Mire que al pobre me lo devolvieron malito malito de allá de Irak, aunque debo reconocer que el trastorno le comenzó la noche antes de marcharse, pero pienso que es todo parte de lo mismo. Recuerdo como ahora que subió a la casa lo que se dice hecho un manojo de nervios, con un anillo dorado rarísimo en forma de la cara de un indio con penacho, el cual traía con ambas manos como si se tratara de una piedra muy pesada. Dijo que el Diablo acababa de entregárselo. Ni me pregunte. Usted lo verá. Ahora le ha dado con la matraca de que viene de nuevo a reclamarle el anillo que le salvó la vida en la guerra. Dice que sin el anillo no puede vivir. Apenas cae el sol, le comienza una temblequera que lo que da es pena. Se la pasa de la casa al camino y del camino a la casa, montando una especie de guardia de los perímetros a la espera de su tan temido visitante. Claro, lo vio a usted bajando por el camino y llegó a la casa como una bala para meterse a su cuarto y trancar los mil cerrojos que le ha puesto a la puerta. Ahora mismo debe estar con un bate en la mano, esperando que se comiencen a abrir uno a uno los cerrojos. Por lo que usted más quiera, por lo más blando que haya en su corazón, le suplico que me acompañe un instante nada más, a ver si cae en razón el pobre muchacho y usted le demuestra que no es quien él piensa que es. Mire que yo vivo sola con él y tengo que tirarme este numerito casi diario. Necesito que me ayude a calmarlo, joven, que yo sola ya no lo consigo hacer.

Además de la sed que lo consumía y que pensó podría saciar en esta parada, Margaro sintió en su interior mezclarse una bondad sorpresiva con una curiosidad enfermiza, por lo que estimó correcto complacer a la señora y acompañarla hasta la casa a fin de ayudarla a tranquilizar a aquel muchacho.

¡Me voy pa' casa de mi mamá!, se escuchó a lo lejos gritar varias veces al sobrino.

Imagínese, dijo la señora mientras caminaba hacia la casa, que también le ha dado por irse para la casa de su madre, la pobre Cuca, que está a punto de cumplir tres años de difunta. Se la llevó Dios, o a saber si fue el demonio ese que visitó el nene. Fue poquito después de que se lo llevaran para Irak; un cáncer repentino en la espina dorsal me la fulminó en par de semanas. Una tragedia, podrá imaginarse, y más para él, que no pudo despedirla. Para mí que fue la pena lo que la mató, la pena de ver a su hijo, la luz de sus ojos, partir hacia esas arenas de la muerte y con aquella loquera que le dio la noche antes. Yo creo que ella intuyó que no lo volvería a ver... Vaya a saber uno. Él, por supuesto, regresó lo que se dice de remate. Y no lo culpo. Porque entre lo que vio y lo que dejó de ver, la visita del Diablo y la muerte de Cuca, cualquiera se trastorna. ¡Bien está!

La casa era una estructura de madera de una planta, construida sobre zocos de seis pies de altura, techo a cuatro aguas con aleros extendidos como para evitar que el sol se colara por las ventanas. Defendida por un seto de árboles frondosos cuyas siluetas se distinguían a la luz de la luna, se levantaba solitaria en mitad de la nada. En la fachada se destacaba un balcón sellado por una tela metálica suficientemente fina para darle paso a la brisa y negárselo a las alimañas; por los costados se distinguían varios juegos de persianas tipo Miami, a través de una de las cuales Margaro distinguió una sombra que se paseaba sin paz de un lado a otro como una fiera en cautiverio. El viento árido y polvoriento que soplaba en ráfagas por detrás de la casa le daba al lugar un sentido de irrealidad espectral, onírica.

Margaro dejó la doblecleta recostada contra un foco de luz solitario que a su vez alumbraba la parte trasera de un carro viejo y destartalado. Subió la escalerita de cemento detrás de la señora cuyo nombre aún desconocía y entró al balcón por una puerta de tela metálica que se cerró a sus espaldas con un estallido de petardo.

Siéntese por aquí, le dijo la señora, señalándole uno de los sillones mientras ella entraba a la casa por otra puerta metálica que hizo otro estruendo horripilante al cerrarse. Vengo ahora, la escuchó decir desde el interior. Téngale paciencia, que está malito de los nervios, oyó que dijo con voz cada vez más lejana.

Margaro ocupó uno de los sillones y puso la mochila que traía consigo en el suelo, pillada entre las piernas.

Aunque temeroso respecto a aquel enfrentamiento con un lunático, pensó que la cercanía y el trato continuo con Chiquitín le facultaban para bregar con cualquier condición demencial. Aunque la gestión caritativa era un atraso para sus diligencias, que carácter de urgencia tenían si pretendía salvar a su jefe, rescatar el medallón y la pintura, venderlos y hacer millones, se sintió misteriosamente llamado a realizar aquella buena acción que tanto le imploró la viejita y cuyo ruego le movió a compadecerse.

Al rato se abrió la puerta metálica y vio salir por ella, empujado por su vieja tía, a un pobre muchacho vestido en pijamas que lo miraba genuinamente espantado y tembloroso.

Muéstrele las manos primero, escuchó a la señora decirle, oculta tras el cuerpo de su sobrino.

¿Qué es lo que pasa con las manos?, preguntó Margaro mientras las ponía en frente y las rotaba para que se observaran en todos sus ángulos, como hiciera antes para beneficio de la vieja.

El muchacho las observó con una intensidad tan completa que por los ojos se vio pasar clarísima la caravana de su consciencia camino al oasis del recuerdo. Cuando alzó los ojos, Margaro se percató que su mirada quedó limpia y su semblante, distendido. Comenzó a dar pasos más largos, adquirió mejor movilidad. Aún así, y pese al apaciguamiento notable que le causó el examen de las manos de Margaro, se percibía el alto voltaje de su sistema nervioso. Tal vez el calor de la noche hubiera logrado justificar aquel sudor suyo, pero por la manera errática en que le brotaba, se sabía que era de ansiedad, de puro nervio que lo consumía ante la expectativa del aciago encuentro. De las uñas le quedaban menos de la mitad en cada dedo, y la otra mitad, junto a las cutículas y los pellejitos, eran devorados de continuo por sus dientes maniacos y titiritantes. La señora, guiándolo por los hombros, lo sentó junto a Margaro.

¿Tú ves, corazón, que no es quien tú crees?, le dijo con una bondad suprema, mientras volvía a escrutar a Margaro de cuerpo entero, como a la caza de algo en él fuera de lugar, alguna señal que aún lo delatara como hijo legítimo del Príncipe de las Tinieblas.

Margaro, le dijo, Margaro Velásquez, para servirle, y le extendió la mano en gesto de saludo y presentación. El muchacho, con reticencia aún, le correspondió pronunciando el nombre de Efrén sin añadir el apellido, y le extendió la mano. Era una mano pesada, sin ser ni grande, ni huesuda, ni carnosa. Se percató que llevaba en el dedo índice el anillo que la señora mencionara.

Estoy aquí, muchacho, comenzó a decirle Margaro, porque tu tía me pidió de favor que la acompañara. Tengo apuro en llegar a una farmacia o clínica esta misma noche antes de que me cierren, pero fue tanto el ruego para que entrara un minuto y te hablara un rato y demostrara que no soy quien piensas que soy, que no hacerlo sería tener la hiel por dentro suelta, dijo con inocencia mientras dejaba escapar del interior de su gorra la monstruosa maranta de pelo ensortijado que llevaba allí apretujada.

Efrén dio un brinco con aquel descubrimiento, se le fue el color de la cara y se le aguaron los ojos, y tanto susto le dio la desproporción de la cabellera de Margaro, que lo poseyó un tembleque que casi lo lleva a dejar libre el intestino.

No te asustes, muchacho, dijo Margaro al percatarse de su cambio hacia la paralización absoluta y la palidez completa, es pelo y nada más. Llevo casi un año sin recortarme y varios días sin lavármelo, por eso parece más un puercoespín que un afro. Me lo voy a guardar para que estés tranquilo. ¡Oye, no te tienes que asustar ni conmigo ni con la pepita de jobo que tengo por pelo, que no soy ni Aquel ni Belcebú ni ningún otro! Si quieres hablar, pues hablemos, porque si no, me voy yendo, que tampoco ando paseando. ¿A qué hora es que cierran las farmacias por aquí?

Por aquí es mucho decir, que no son tan de por aquí que digamos. La que estoy pensando ya está cerrada, dijo la señora. Antes había farmacias pequeñas por estos barrios de acá. Ahora hay que ir hasta la Walgreens del *mall* del cruce de la carretera vieja hacia Yauco, que dicen que está abierta veinticuatro horas. Pero llegar hasta allá, en bicicleta, a esta hora, le va a tomar su tiempo, sabrá.

¿Y un hospital por aquí?

¡Hospital! Ahí va a tener que llegar hasta Yauco. Le digo, señor, que romperse una pierna, hasta un simple catarrito, en Puerto Rico, puede convertirse en algo de vida o muerte. Aquí no se puede dar uno el lujo de enfermarse; ni los lugares están accesibles, ni los planes médicos aprueban tratamientos, ni en las salas de emergencia hay cupo. Si tienes plan médico privado, a lo mejor te salvas, pero al que no tiene se lo chupa la bruja. Ese debe acogerse al plan del Gobierno, que usted sabe lo que eso significa: filas, espera y trato chapucero de los médicos. Antes había una clínica pequeña que atendía bastante bien a la gente de por aquí; hoy lo que hay allí es una tienda de chucherías para turistas, que tampoco llegan hasta acá. Yo misma, una anciana de setenta y cinco años, me tengo que estar cuidando los achaques con remedios caseros porque no tengo de otra. ¡Y mire que a mí me da fatiga y reuma, y hasta pequeños infartos he tenido que atendérmelos yo sola con yerbas y brebajes! ¿Y qué usted me dice de Efrén? ¿Qué tratamiento hay para él por acá? ¡Ninguno! El pobre tiene que bregar con el pastilleo que le dan en el Hospital de Veteranos para embobarlo y mantenerlo dócil. Pero tratamiento psicológico, lo que se dice tratamiento, ninguno. ¿Usted cree que esas son formas de pagarle a un veterano de guerra, a un hombre que ha puesto su vida al servicio de unas causas que ni siquiera son las suyas? En verdad le digo que la vida es una infamia. ¡Ay señor, usted perdone la cantaleta, pero es que con la vejez me ha dado con ver las cosas más claras, y me frustro, señor, me frustro cuando veo las injusticias y cómo se humilla al pobre!, dijo la vieja aliviada, como si el exabrupto de aquella perorata fuera el escape de un gas de angina que llevara mucho tiempo encajado en el pecho. Olvídese del hospital, como le decía, que eso queda muy lejos. Lo único seguro por aquí es una farmacia en el poblado que abre hasta las doce. Pero cójase un descansito, que tiene tiempo. Tenemos, si quiere, refresco en la nevera hecho en casa. ¿Le puedo ofrecer un vaso?, propuso la señora.

¿Refresco de qué?, preguntó Margaro sintiendo de nuevo su sed.

Maví, hecho aquí, le dijo. Margaro no se lo esperaba y permaneció en silencio. ¿Se lo bebe o no se lo bebe?, preguntó ella un poco impacientada.

Me lo bebo sí, y más con esa presentación de que es casero, contestó él con una cordialidad compensatoria a la impaciencia de la que creyó percatarse.

Pues ahora regreso con un vaso frío para que se refresque antes de que prosiga su camino, dijo la señora de nuevo amable y servicial, al momento que entró a la casa.

Ya casi me convenzo de que usted no es quien me temía que fuera, dijo Efrén, trémulo y con la voz cortada, al ir su tía en busca de los refrescos. Si supiera con quién lo confundí, va a pensar que estoy loco de remate, como piensa mi tía que estoy, y a saber si tal vez también usted.

Sé con quien me confundiste, le dijo Margaro, pero tampoco me creas demasiado impresionable, que con el pandemonio que he vivido los días recientes, hoy puedo asegurarte que casi nada me sorprende. Habla, hermano, cuéntame tus penas, que veré si puedo aclarar tus dudas y reajustar tu destino; habla que soy oídos puro, que si con alguien vas a toparte en esta vida que no te acusará de loco, ese alguien lo tienes frente a ti. Soy el vivo ejemplo de tolerancia y resignación, y eso porque ando para arriba y para abajo con el más loco de todos los locos, de seguro una de las personas más loca de remate que camina sobre la faz de este planeta, y de ese sí doy fe que lo es y que casi a orgullo lo lleva. Pero recuerda que no hay hiel sin miel, y que el pájaro canta aunque la rana ruja, y recuerda, por supuesto, que no hay mono al que no le falte un cuarto de su rabo, le dijo Margaro queriendo solidarizarse con él y hacerlo sentir en confianza, pues la realidad del caso es que a leguas se veía que en aquel muchachón había varias tuercas y arandelas desajustadas, y que los nervios lo tenían hecho un saco de pulgas. Soy un imán para los locos, se dijo.

Se abrió la puerta metálica y salió la señora de nuevo, ahora con dos vasos helados, a juzgar por la condensación de los vidrios y las servilletas en torno a su base. Uno, para Margaro, tenía maví, y el otro, para el sobrino, refresco de raíces, porque aparte de las pastillas que le daban en el Hospital de Veteranos, la tía, en su saber de remedios caseros, descubrió que era la única otra sustancia que apaciguaba su desgaste nervioso. Ambos bebieron en un silencio absoluto, apenas rasgado por el ulular de la ventolera, el rugir de los árboles afuera y el gluglú de las contracciones de las tráqueas al descender los líquidos por las gargantas. La señora permaneció de pie, mientras observaba cómo su sobrino se bebía el vaso entero de dos o tres sorbos saludables y se lo devolvía. Lo tomó con una mano y extendió la otra hacia el vaso de Margaro, cuyo contenido apenas había probado. Él le hizo así con la mano para darle a entender que prefería bebérselo a poquito, pero ella, agitando a su vez la suya desde la muñeca, lo conminó a bebérselo de sopetón, como si se tratara de una costumbre del lugar.

Bébaselo entero, que el maví tibio sabe a rayos, dijo Efrén, de pronto descomprimido y hasta con cierta autoridad en su tono. Fue tal el cambio que vio Margaro en él, que acató y se lo bebió a culcul. Sin duda, era mejor el maví cuando estaba frío.

Como notó que su sobrino se mostraba recompuesto y hasta hablador, la señora se retiró con los dos vasos y lo dejó solo con el visitante, a ver si se distraía un poco con él y conversaban. Efrén sacó una cajetilla de cigarrillos del bolsillo de la camisa y le ofreció uno a Margaro, quien aceptó, aunque sólo fuera por aceptarle la cortesía, dado que no era muy afín con la nicotina.

Yo quisiera un montón contarle la historia de lo que me ocurrió porque sé que va a dejar de considerarme tan demente como sé que no puede dejar de hacerlo. Yo le digo que desde que apareció por aquí el Maléfico, la vida se me ha hecho de cuadritos, y le juro que no hallo forma de pegarla de nuevo. Desconozco por qué ha sido esto, por qué le ha dado con manosearme tanto la mala fortuna, por qué me escogió a mí para sus canalladas. Algo malísimo tuve que cometer yo en otra vida, en otro plano de la existencia… Si yo le cuento, usted se queda como un trofeo de quieto…, dijo el muchacho.

Te escucho si comprimes un poco el cuento, porque tengo a cargo un enfermo que si no llego a la farmacia y regreso pronto, seguro que me lo encuentro hecho carne momia. Tú dirás, contestó Margaro.

Resumiré, aunque me duela apretar esta historia, que ya verá que me pide que zafe, dijo Efrén advirtiéndole de la intensidad de su relato. Echó un suspiro al aire y, con cierto dramatismo, comenzó la narración.

Al graduarse de Escuela Superior con notas poco sobresalientes y habiendo alcanzado la mayoría de edad, dos fueron las circunstancias que lo llevaron a enlistarse en las filas de la Guardia Nacional: una fue la necesidad de convertirse en el eje económico de su familia, de apuntalar las finanzas familiares de su madre y de su tía Amelia, quienes a través de los años mantuvieron a flote aquella casa mediante las pensiones de maestras retiradas de ambas y el Seguro Social; la otra fue la escasez de trabajo en la ciudad y sus alrededores. En la milicia comenzó con el entrenamiento básico, que le resultó excitante por disfrutar que un americano le gritara. Luego fue a reportarse a las barracas un fin de semana al mes para realizar ejercicios militares. La única ventaja que obtuvo de su enlistamiento fue poder hacer compras en las bases militares a precios ridículos. ¡Uva!, se dijo, y se enlistó con tremendo entusiasmo por el guiso que representaba aquel arreglo. Además, pensó, aprendería a manejar armas, destreza que había que dominar en una sociedad violenta como la nuestra.

Desde luego, no fue tan fácil ganarse los estudios libres de costo en las Fuerzas Armadas como él pensaba. Había que hacer mucha lista de espera, suplicar mucha conmiseración de los oficiales, que nunca eran magnánimos con los reclutas. Después de bastante fatiga y ya con dos años de enlistado, todavía era la hora en que no se manifestaban las oportunidades educativas a las que tanto destaque le daban en el proceso de reclutamiento. Dos años en lista de espera no podía ser normal. Algo, sin duda, se cuajaba en las altas esferas militares, y algo, en efecto, se cuajó: una guerra contra Irak. A él, a Efrén, acá en su casita de las llanuras remotas del sur de Puerto Rico, con su madre y su tía en su mundito pequeño que no pasaba de cinco millas a la redonda, donde tenía su noviecita con quien enroscarse de vez en cuando y de cuando en vez, iba al gimnasio, hacía chiripas en un taller de hojalatería y los domingos atendía al culto, nada se le había perdido por allá por Irak, ni tenía que ver nada con su gente, ni con aquel conflicto, ni con el presidente americano que provocó el problema. Su unidad, desde luego, fue llamada a pelear por la democracia y la libertad en aquellos desiertos y ciudades polvorientas, momento en que comprendió lo engañado que estuvo en creerle a los reclutadores que la guerra fuera una posibilidad tan remota como se la presentaban.

La noche antes de su partida hacia Irak, su madre Cuca y su tía Amelia, aunque con caras largas y aguajanadas, prepararon una suculenta cena de despedida. Ambas fingían que nada ocurría, como si a través de sus acciones y palabras pudieran devolverle a las cosas la normalidad extraviada, como si estuvieran por completo seguras de que su partida y su regreso no fueran muy distintos a un viaje a Ponce para resolver un papeleo con Hacienda. Le prepararon su plato favorito aquella noche: piñón a la sartén, arroz con habichuelas blancas, maíz en grano y habichuelas tiernas. Durante la cena, el fingimiento fue decayendo y la realidad se fue imponiendo en la conversación. Llovieron los consejos: que si mantente unido al grupo, le decía una, que si no quieras ser más machito que nadie, le decía la otra, que si no hay que arriesgarse tanto por líos ajenos y las causas perdidas, convenían ambas. Los americanos dicen que no se debe hacer amistad con la población, así que no la hagas, aconsejaba la tía Amelia. Cuidado con las mujeres árabes, que dicen que enamoran con mirarte por la ranura del velo, le advertía Cuca, y si una de esas zorras es capaz de dinamitarse como si eso fuera comerse un guineíto, qué no van a hacer contigo con un puñal en la mano. ¡Cuajo y gandinga te hacen, cuajo y gandinga!, imaginaba ya Cuca a la muy zafia convirtiendo en eso a su hijo.

Esa noche, continuó narrando Efrén mientras se erguía en el sillón y ponía cara de que se disponía a tocar asuntos algo más delicados, tras la cena, aprovechando para bajar un poco la hartera que se había dado, salió al garaje para meter las cosas en el carro. Mientras se encontraba frente al baúl abierto montando los motetes, escuchó muy, pero muy lejos, la voz como de un borrachín que desentonaba un lolelolai que casi le sonó a maullido de gato enamorado. Pasó un largo intervalo de silencio en el que el peso de la materia negra del universo se apretó a su cuerpo como para sacarle un molde a su persona. Erizado de punta a rabo, sintió una brisa fría poco usual por aquellos sures calurosos y polvorientos que le arropó la espalda. Volvió entonces a oír la misma voz, el mismo lolelolai desentonado, sólo que esta vez demasiado en la cercanía para ignorarlo. Al voltearse asustado, vio que venía por el caminito de tierra de la casa un hombre alto, desgarbado, de una edad indeterminada que iba desde los treinta y pico hasta los cincuenta y algo, vestido al estilo típico del jíbaro de la montaña como ya no se veía por ninguna parte, descalzo, amarrados los pantalones brincacharcos a la cintura con un cabo de soga para atar vacas, camisa de botones con los superiores abiertos, arremangada hasta mitad de los bíceps. Completaba el cuadro una enorme pava de paja en la cabeza, un cigarrillo en la boca, y llevaba, para asombro y espanto de Efrén, en una mano la otra. Según pudo apreciar mejor en tanto el individuo se aproximaba, fue que de su brazo izquierdo, a nivel de la muñeca, llevaba amarrado lo que lucía como el muñón sanguinolento dejado por una mano cercenada mediante cuchillo afilado o machete, un pañuelo cada vez menos blanco. Pese a lo espantable de la situación, Efrén se percató de que algo azulado tipo aura apenas perceptible rodeaba como un escudo invisible al extraño personaje y pensó que tal vez el frío que sentía salía de aquella especie de ectoplasma.

Di... di... digo, digo, tartamudeó el insólito personaje con voz fañosa. Jo... jo... jovencito, bue... bue... buenas noches, por favor. Bu... bu... busco dirección y agua fresca, si la hay.

Efrén pensó que aquellas palabras las dijo todavía a una distancia superior a su capacidad para captarlas, en cambio las escuchó claritito, dictadas casi al oído. Y en tanto pensaba esto, vio acercarse al personaje como por fases, por estampas, como si diera saltos de espacio-tiempo hasta tenerlo de pronto justo en frente de él en todo el esplendor de su detalle. El cigarrillo, como que adherido con pegamento a la comisura del labio superior, subía y bajaba con su respiración.

Se... se... señorito, disculpe, ¿ha... habrá por aquí una clínica cercana? Es que... es que... es que mire la reyerta en que me he visto en... en... envuelto, dijo a la vez que subió el muñón para que Efrén viera cuán significativa era la herida. Je, je, je, se rió, como si reyerta meramente significara portarse mal.

Estremecido con el asunto, afectado ya por el ambiente helado del entorno, Efrén observó de nuevo al individuo de cuerpo entero que, pese a la gravedad del evento, sonreía de forma inverosímil, y cuyo cigarrillo, prendido del labio, ardía, y su humo ascendía, mas no se consumía su sustancia. Quedó hipnotizado con su sonrisa inconcebible, si se consideraba el dolor extremo en que debía encontrarse. Se le acercó un poco más, de nuevo en estampas, y sin ponerle demasiado pensamiento a sus actos, sin dubitaciones, como si aquella fuera la cosa más normal del mundo, se metió la mano cercenada debajo del sobaco del brazo al que pertenecía y le tendió la mano sana a modo de introducción y saludo.

Virginio Santomé, para servirle, le dijo.

Embobado con lo que ocurría, Efrén estiró la suya y ya se prestaba a decir su nombre cuando se percató de una deformación del cuerpo de Virginio Santomé tan absolutamente impresionante que, al instante de observarla, el calcio de los huesos se le hizo de la consistencia del tembleque. La mano de aquel hombre, en cuyo interior se perdió la suya como un pichón de paloma acurrucado en un gigantesco nido, era no sólo descomunal y soberbia, sino simple y llanamente monstruosa. Debió crecerle de manera espontánea en el trayecto que va del sobaco hasta estrecharle su mano, se dijo, pues sin duda se hubiera percatado antes. Aunque era una deformación asombrosa, lo verdaderamente tremebundo de aquella mano, lo que la hacía parapelo y provocaba genuinos corrientazos de estupor por el cuerpo entero de Efrén, fue que no era una mano enferma, ni tampoco tumefacta o elefantiásica, menos aún mofolonga, regordeta o engrandecida por acumulación sebácea; era una mano musculosa, surcada de venas brotadas, de una fuerza titánica proporcional a la de un hombre como de unos veinte pies de estatura. Su dedo del corazón le llegó a Efrén hasta poco más de la mitad del antebrazo, mientras que el suyo, húmedo, insignificante, apenas ocupaba una fracción de la línea de la vida de aquella desproporcionada palma. Durante el tiempo que duró el contacto entre su mano y aquella mano cósmica, Efrén se sintió a merced de una fuerza devastadora que le congeló el protoplasma de cada una de sus células. Pensó que un apretón siquiera leve de aquella manota podía pulverizarle los huesos de los dedos, la muñeca y el brazo entero, sin hablar de estrangularlo apenas aplicándole un mínimo de presión, en caso de que quisiera brincarle hacia el cuello. Ningún temor que Efrén sintiera antes, ningún espanto de niño, ningún miedo de adulto, se comparaba siquiera con el terror que sintió en aquel momento; se le secó la garganta, se le fue el color de la piel, se sintió levemente mareado.

El apretón duró poco, lo que dura cualquier apretón de manos común y corriente entre personas que recién se conocen, mas fue suficiente para que el joven comprendiera lo endeble de su propio cuerpo, la fragilidad de la vida, la fugacidad del tiempo; suficiente para que se sintiera por primera vez realmente desnudo, desprovisto de cualquier revestimiento, al garete en el mar de las fuerzas profundas, razón por la cual el instante del apretón se le dilató de forma interminable. Efrén apenas pudo decir su nombre, que le salió en un melisma de voz la verdad que lamentable.

¿E... E... Efrén, dijo?, preguntó el tipo, apretando un chin su mano.

Sí, le contestó con el mismo melisma acobardado. En ese momento el individuo soltó el agarre de su mano gigantona para retomar la otra del sobaco donde la dejara pillada. Efrén observó que ahora, otra vez abajo, la mano recuperó sus proporciones naturales.

Yo... yo... yo como que te conozco a ti, muchacho, aunque tú... tú... tú no... no a mí. Se... se... sería un fastidio po... po... ponerme a explicarte el... el... el hilo que hasta ti me trae, dijo el tipo entre sonrisa nerviosa y sonrisa nerviosa que Efrén tomó por dejo menos amistoso que arrogante. Mañana sa... sa... sa... sales pa'la guerra, ¿verdad que sí, papi? ¡Ah! ¿No... no... no te digo que te co... conozco a ti y to... to... todo lo que te pasa?

Yo a usted nunca lo he visto en mi vida entera, dijo Efrén con la boca sin saliva, escandalizado. Comenzó a sudar copiosa y amarillamente. Ya no era la mano gigante lo que le amedrentaba, ahora era el tono gélido de su voz. Se figuró que debía ser alguien vinculado a la Guardia Nacional, que sólo así pudo obtener aquellos datos sobre su persona.

Mi... mi... mira, nene, pa... para... tu información: la guerra pa'la que sales mañana está ca... caliente que se acabó, no te va... vayas a confundir o... o creas lo contrario. Digo, digo, tú lo sabes, ¿verdad que sí? Po... po... por allá se va a limpiar un fracatán de gente, pa'que sepas, co... como pollos se van a limpiar. Pe... pe...pero ¿tú sabes qué, Efrén? Que... que... que aunque no me lo creas, yo... yo... yo vine aquí pa' ti, pa' complacerte en lo que quieras, lo que sea, pa... pa... pa' salvarte de esa viciosa guerra, mi niño, para la que te mandan.

Efrén se quedó mudo, atónito, petrificado, congelado, tanto por la información como por el ambiente cada vez más gélido que les rodeaba. Por lo súbito del giro que había tomado el intercambio, al principio no entendió de lo que hablaba el individuo. ¿Cómo que estaba allí para él? ¿Cómo que para salvarlo?, se preguntó con pensamientos tan temblorosos que, sin percatarse, se hicieron sonoros. El cigarrillo seguía sin consumirse en el mismo lugar de la boca de Virginio, y el pañuelo blanco sobre el muñón del brazo, aunque lucía lleno de sangre fresca, no se enrojecía por completo ni goteaba.

Po... por ti, sí mijito, he... he... he venío a concederte lo que me pidas. Si... sin condiciones, si... si... sin peros. Pide, y te... te... te lo concedo, así no más. Hazlo, mijito, que... que... que yo no mue... mue... muerdo ni hago na. Pero di, di, pi... pide en grande, aprovecha, que esta suerte no se te re... re... repite nunca ja...ja... jamás.

La primera reacción de Efrén ante aquella oferta fue encomendarse a los ángeles y a los arcángeles, al Cristo Crucificado y a la Virgen de la Divina Providencia, patrona de todos los puertorriqueños. De ahí pasó a los santos uno a uno, en orden de jerarquía, sin olvidar la santísima Mano Poderosa, hasta concluir en ese Gran Poder de Dios, del cual se acordaba sólo en situaciones extremas. La segunda reacción fue negarse a aceptar cualquier ayuda que viniera de aquel ser a todas luces atroz, maligno, temible, cuyo tufo de sudor viejo y pestilencia a clavo de especie le tenía el olfato macerado.

No gracias, no necesito nada de usted, le dijo. Cristo y yo nos basta-mos, lo mismo en la paz que en la guerra, en la concordia que en la dis-cordia, en la vida que en la muerte. Que el Todopoderoso me ampare siempre, hermano, es lo único que te pido, y si no puedes concederme eso, pues que sea como Dios quiera.

¡Ja!, rio el tipo con un chillido que pareció provenir de la garganta de una hiena. ¡Ja!, repitió con el mismo sonido espantoso. ¡E... e... eso es lo único que no pue... puedo concederte!, dijo con burla el jíbaro en-demoniado.

¿Qué?, preguntó Efrén.

¡Olvídate del Cristo ese y de tanto Poder de Dios, muchacho, que eso es un tostenemos que no va contigo, y ahora menos que vas a meterte en las fauces de la muerte!, dijo con soberbia Virginio, de súbito borrado cualquier rastro del tartamudeo que antes tanto le agobiara, así como de su habla ajibarada, que hicieron a Efrén considerarlo una persona nue-va, diferente a la de hacía un instante. Escúchame lo que te voy a decir: el noventa y ocho por ciento de los chamacos que caen en las guerras, caen con el crucifijo en las manos y un Cristo en los labios, para que te enteres. El único que puede ampararte soy yo, este humilde servidor que ves aquí parado, herido pero sin apuro, porque en mí el tiempo no tiene imperio ni relevancia. El que no juega ni bolita y hoyo por el campo de la guerra es ese Todopoderoso tuyo; ese que se canta de ser eternamen-te justo, eternamente equitativo, eternamente amoroso... En la carnice-ría hacia la que vas, a Él ni se le va a ocurrir pasar por allí. ¡Esos pobres corderitos de su rebaño que se piensan protegidos por el poder de su be-nevolencia! ¡Ja! Y si eso es con su gente, imagínate quienes no lo alaban ni lo agasajan con plegarias, que es en lo que Él se regocija. ¡Esos que se pudran, que ardan en las pailas del infierno! ¡Ay hogar, dulce hogar!... A eso llamo yo ser selectivo. ¡Qué pelotas tiene ese Señor tuyo, qué pelotas! En resumidas cuentas, y sin tanto rodeo: te adelanto que tu encomenda-miento a ese dios tuyo no te va a bastar en ese lugar para el que vas, mi-jito. La última vez que Él anduvo por esas regiones todavía las guerras eran con lanzas y piedras. Mírame, le comandó Virginio, a lo que Efrén no pudo resistirse: yo sí tengo el poder para salvarte, dijo molesto casi, mostrándole el muñón del brazo sin señal de dolor o de molestia siquie-ra. ¡Te he escogido a ti y a ti sólo, entre las multitudes que pueblan la faz del mundo para poner el derroche de mi poder a tu disposición!

Efrén no puso en duda nada de lo que aquel señor le decía. Pese a ello, y, dando varios pasos en retroceso, pero que no parecieron afectar la distancia entre ambos, de nuevo se negó a aceptar el ofrecimiento de aquel individuo que declaraba ya casi sin reservas ser el Maléfico. De nuevo se encomendó al Dios Divino que apenas invocaba, al Dios de Israel, y hasta comparó la proeza de librarse de la influencia de ese personaje con las proezas de Cristo ante las tentaciones del demonio en el desierto.

¡Ja!, volvió a reír con la misma estridencia el señor Santomé. Déjate de tanta babosería, que esa adulación no te va a llevar a ninguna parte ni te va a hacer ningún bien. Vamos, no seas malagradecido, muchachón, que por bueno que eres es que he venido a hacerte el ofrecimiento, no por malo. ¿O es que a ti alguna vez se te ha presentado en persona, así en carne y hueso como yo, el Cristo Crucificado que tanto alabas y a quien tanto amparo le pides ahora? ¿En sueños siquiera se te ha aparecido?, preguntó Virginio mientras Efrén lo pensaba, pero antes de contestar en la afirmativa, continuó su cháchara el extraño personaje. ¡Pues en sueños no cuenta! ¡Hay que bajar y ensuciarse las manos un poco con los asuntos terrenales para que el creyente resuelva y crea! ¡Dios Todopoderoso, por lo que más quieras, haz algo por tu reputación, chico! ¡Ja! Déjame reír un rato, por favor, déjame reír de tus boberas. Y comenzó a reírse con tan escandaloso estruendo que Efrén imaginó a su mamá y tía asomadas por las ventanas, curiosas respecto al origen de aquella satánica carcajada. Pero, al estirar el cuello, vio, a través de la ventana que daba al comedor, a las dos mujeres recogiendo afanosamente la mesa sin el menor gesto de escándalo, asombro o siquiera curiosidad con la risa. Cada nuevo segundo que perduraba la carcajada de Virginio le resultaba al joven muchacho mucho más aterrador que el anterior. Intentó cubrirse con sus manos los oídos, pero sentía que la transmisión de las ondas provenientes de aquella garganta infernal le penetraba directo en el cerebro. De pronto calló, como si un silencio que lo persiguiera desde hacía rato le diera por fin alcance.

¿Qué me dices? ¿Qué se te ofrece? Habla, no seas tímido, no te cohíbas. ¡Pide por esa boca, muchacho! Mira que te puedo sacar de aquí ahora mismo, de esta pocilga en la que vives con tu mai y tu tía y ponerlos a vivir como condes a los tres donde les dé la gana. Y olvídate de la guerra, que de esa te zafo yo de pura ñapa. Vamos, dime, ¿para dónde los traslado? ¿En qué lugar fabuloso los pongo?

Mientras más hablaba Virginio, más se apertrechaba su resistencia a aceptar el ofrecimiento del nefasto personaje. Supo en su corazón que semejante proposición no podía ser un mero regalo producto de una magnanimidad pura, como alegaba el personaje, sino un intercambio al que tarde o temprano tendría que responder, seguro que en el momento menos adecuado, en la cúspide del disfrute de su felicidad. Así eran las cosas de Belcebú, se dijo Efrén, y de nuevo recordó las vicisitudes de Cristo en el desierto. Pensó que aquel evento se repetía en él, y si ya estaba el demonio, entonces el Cristo debía ser él. El frío que emanaba de aquel hombre se hizo casi insoportable. Apúrate y dime qué hago contigo, que estoy perdiendo la paciencia, dijo el jíbaro con una seriedad aterradora.

Efrén le reiteró que no quería nada suyo. El personaje se quedó mirándolo un rato a los ojos sin bajarle la mirada, sin pestañear, sin añadir palabras. Entonces procedió a pillar de nuevo la mano cortada con el sobaco del brazo tuco y, mediante rápidas contorsiones de los dedos y casi indescifrables movimientos que dificultaban la observación de la impresionante mano, se removió del dedo índice de su mano otra vez ciclópea, un anillo dorado con la cara de un indio con penacho. Se lo mostró a Efrén, sostenido entre el pulgar y el índice, y al instante se lo lanzó, a lo que su cuerpo respondió capturándolo en pleno vuelo, que fue como si capturara una bala de acero disparada por cañón. Tras recuperar el balance extraviado por el anillo que casi lo lanza al suelo, descubrió que resultaba doloroso sostenerlo en la palma de la mano debido a su peso descomunal.

Úsalo en el índice de la mano izquierda y no jeringues más. Cuando estés en aprietos y quieras algo imposible, le das vuelta para la izquierda mientras pides. Tenlo un tiempo, goza de él, que luego vengo a recuperarlo. Estás advertido de lo que hace. Úsalo con prudencia y llévatelo contigo para donde vas. Si no, no regresas, te lo adelanto, que una que otra cosa conozco del futuro. Nos vamos viendo, mijito, y que tu Dios—¡y mi anillo!— te amparen.

Y diciendo esto se volteó, volvió a entonar su lolelolai y, en menos de lo que se parpadea, lo escuchó a una distancia asombrosa, tras alejarse en estampas, dueño del tiempo y del espacio. El aire volvió a ser cálido y la brisa polvorienta.

Capítulo XXVII

*Donde se continúa la narración de la extraña historia
que Efrén le hiciera a Margaro, su trágico desenlace
y el hallazgo del anillo diabólico*

Margaro regresó al lugar donde dejara a su jefe Chiquitín hecho un alambre de nervios, pero no lo encontró allí. Convencido de que su asistente lo abandonó a los designios de su suerte, había intentado encaminarse hacia el poblado más cercano siguiendo la misma dirección por la cual vio partir a Margaro, pero apenas había alcanzado la próxima acacia cuando ya la fatiga, el dolor de los golpes y el malestar general, lo detuvieron de manera definitiva.

Pensé que me habías abandonado, hijo pródigo, dijo Chiquitín medio abochornado por su desconfianza al sorprenderse Margaro de encontrarlo en un lugar distinto al que lo dejara.

Lo primero es que no soy su hijo, don Chiqui, sino el mismo Margaro de siempre que partió encomendado y regresa cumplidor. Y lo segundo es que el prodigio fue que regresara de las ventas del carajo donde fui a parar en busca de sus dichosos remedios y las porquerías que le traje de comer, en vez de seguirlo de corrido para mi casita en Ponce.

¿Y qué te detuvo de cometer semejante traición?, le preguntó Chiquitín fingiendo sentirse ofendido con aquella mención de lo que estuvo tentado de realizar.

Me detuvo que soy una pelota de decencia, don Chiqui. ¿O es que después de tanta prueba de fidelidad a la empresa que le he demostrado, y de la cantidad de intereses que ahora compartimos, me va a pensar capaz de semejante abandono? ¡Vaya confianza que me he ganado con el sacrificio y la lealtad a sus demencias, para que ahora venga usted a bregar, como dicen, cajita de pollo, y a dudar de mis buenas intenciones!

Margaro, dijo Chiquitín casi exhausto con apenas un hilo de voz, tú fuiste el que dijo que casi fue un milagro no haberme abandonado a mi suerte y regresado al calor de tu hogar en Ponce. Pero si me apresuré en acusarte, te pido me disculpes la flaqueza de dejar pasarme por la cabeza tales pensamientos sobre ti, pero comprenderás que la demora fue tanta, y el malestar que se me regó por el cuerpo hizo que me sintiera tan al borde del abismo, que pensé que no me salvaba ni un *bojique*. Si tal circunstancia me cegó la razón y me llevó a tomar la no tan sabia decisión de arrastrarme hasta aquí, crucifícame entonces, si tan ofendido estás.

Con que sepa que se esmandó conmigo me basta, y sepa que me tiene bastante mal dibujadito. Cualquiera diría que han pasado días desde que me fui. ¿O es que caí yo en un portal del tiempo? Me da mucho que pensar esa actitud suya, don Chiqui, y siento que entre aquí y allá han corrido mareas entre nosotros, porque si bien hoy fuiste, mañana serás, y Dios no hizo nada mejor que un día tras el próximo...

Desconozco el tiempo que llevas fuera. Creí que estaba por amanecer, por eso me desesperé y pensé lo peor de ti. Seguro fue por causa del delirio de la fiebre encampanada que tuve hace unas horas, aunque te confieso que hace un ratito me vengo sintiendo mejor.

No se recueste demasiado de ese lado, que se sabe de sobra cómo es que las máquinas corren mejor que nunca justo antes de esbielarse, y el cuerpo no es otra cosa que una máquina de carne sobre otra máquina de hueso. De todos modos, apenas son las tres de la madrugada, así que su reloj interior tiene como cuatro horas de adelanto. Pero bueno, lo perdono por ahora, don Chiqui, aunque sus acciones me demuestren lo contrario de sus palabras, dijo Margaro con exagerado tragiquismo, habiendo virado la tortilla completamente a su favor. Y dígame otra cosa, ¿vio desde aquí el relumbrón de fuego de la casa que se quemó por allá abajo?

Sí lo vi. Si supieras que me trajo recuerdos penosos de mi primera salida, cuando un fuego casi me lleva a la gloria del Guanín y otro, poco después, casi al desastre... ¿Era una casa? ¿Casa de quién?

Pues el fuego que se ve allí todavía con un poco de lumbre, le dijo Margaro, cuando yo le cuente de qué se trata va a pensar que le quiero correr la máquina.

Antes de contarme, dijo Chiquitín, que no dudes que me interesa cantidad, te pregunto si me trajiste los medicamentos.

Sí, traje varias cosas. Tuve que ir hasta una farmacia Walgreens, que era la única abierta las veinticuatro horas.

Claro, el empresarismo americano, lo interrumpió Chiquitín, que ni sintiéndose mal dejaba pasar un elogio o una defensa cuando de los hermanos del Norte se trataba. Mientras el boricua duerme o bebe, el Americano trabaja. ¡Qué diferencia!

Unas pastillas le traje, para bajar la hinchazón, le dijo Margaro interrumpiéndolo a su vez. También un mejunje que me preparó la farmacéutica según las especificaciones que le fui dando de su condición y de sus traumas, a escondidas, claro, de su jefe, que usted sabe que los americanos no creen en ninguna de esas pociones que preparan aquí. Póngale que es un remedio casero. Antibióticos no conseguí porque la farmacia americana no me los vende sin receta, como hacen las farmacias pequeñas de la comunidad. Pero me aseguró la farmacéutica que el mejunje poseía las mismas propiedades curativas que los antibióticos.

Y eso, me imagino, que también te lo dijo con un susurro al oído, porque si el jefe de ella se llega a enterar que dijo semejante cosa, seguro la sacan a patadas de allí y cuidado que no la acusen de bruja, dijo Chiquitín con voz cansina. Imagínate los titulares: cadena americana de farmacias vende remedios espirituales. ¡Ja!

¿Lo boto entonces?, preguntó Margaro, malhumorado con el desprecio de Chiquitín a su esfuerzo por obtener un paliativo a sus dolamas.

No hay que ser tan extremista, que a falta de pan, galleta, contestó Chiquitín.

Pues hable menos, don Chiqui, y deje de contrariar tanto. Tome, aquí lo tiene. También le traje agua, refrescos de lata, mucha comida de bolsa y hasta el periódico de hoy, que cuando lo podamos leer será de ayer.

Ese lo leeré por la mañana, que desde que se me esgranó el radio allá en Ponce, no me entero de nada de lo que ocurre. A saber si tenemos la república encima y ni nos hemos enterado. ¿Tú te imaginas? ¿Me trajiste los Doritos?

Una bolsa grande, contestó satisfecho.

Pues vete pasándome las cosas en el siguiente orden, dijo Chiquitín incorporándose un poco para recostar mejor la espalda contra el tronco del árbol a cuyo pie se encontraba, haciendo un sonido gutural como de hipopótamo apuñalado. Primero la botella de agua para bajar las pastillas, dijo. ¿Qué son, antiinflamatorios? Muy bien. Aspirinas, ¿trajiste? Bien hecho. ¿Y el *frosty*?

Negativo, contestó Margaro con voz de autómata, ningún Wendy's por el camino.

¡Lástima! ¡Con lo saboreado que ya lo tenía en la imaginación! Ni modo, pásame entonces el mejunje ese que dices, que aunque soy de la opinión del jefe de la farmacia, y más me parece esto brujería de negro supersticioso que remedio genuino, a falta de medicina americana, pues medicina nativa, ¡qué se va a hacer! Ahora pásame los Doritos. Muy amable. Por último, una lata de Coca-Cola. ¡Excelente! Ahora dame un minuto, en lo que absorbo los nutrientes y los remedios.

Se tragó dos aspirinas con varios sorbos de agua que derramó en parte por la comisura de los labios hinchados, y después dos antiinflamatorios. Abrió el mejunje y colocó la boca de la botella en la parte menos hinchada de su boca, por donde mismo se metiera las pastillas y sorbiera el agua. Succionó el espeso líquido un rato, puso cara de que sabía a rayos y hasta comentó que si aquello no lo curaba seguro lo mataba. Ingeridos los paliativos, procedió con la alimentación. Recuperado el ánimo por el efecto psicológico instantáneo de los medicamentos recién ingeridos, abrió la lata de refresco y la bolsa de Doritos y comenzó a meterse por el huequito de la boca aquellos pedazos duros de tortilla que entraban por ella sin causarle dolor, llanto o siquiera molestia con todo y la catástrofe que ocurrió en su dentadura, y a beberse aquel refresco caliente con total agrado y sin escapársele esta vez ni una gota por las comisuras. Háblame ahora, dijo, que ya estoy de vuelta al centro.

Margaro se sentó frente a aquel transformado jefe suyo que comía y lo miraba con atención infantil, como si ya no le doliera ni una uña, ahora hasta con una pierna cruzada sobre la rodilla de la otra a la expectativa de algún gran cuento de fantasía. Le contó primero a grandes rasgos la historia de su encuentro con la tía de Efrén y luego con el muchacho mismo, y entró de lleno en la historia que este le relatara y su triste desenlace.

Efrén partió para la guerra y resultó que, pese a su firmeza de no aceptar nada del espeluznante ser que se le apareciera aquella noche, tampoco se deshizo del anillo del indio. Intentó subvertir las instrucciones y colocárselo en el índice derecho, pero apenas lograba que pasara de la mera punta; en cambio, en el izquierdo entraba sin problema. Concluyó que el tránsito de una a otra mano estrechaba o ensanchaba el diámetro del anillo, dependiendo de la dirección en que se moviera. Quiso observar con detenimiento el proceso mientras efectuaba el traslado en cámara lenta, mas no pudo percatarse del cambio molecular que evidentemente ocurría en aquel insólito objeto. Se miró con detenimiento ambos índices y le parecieron idénticos. Por fin se lo puso en el izquierdo, donde únicamente le cupo y donde, extrañamente, no pesaba nada. El peso del anillo, su cancelación una vez puesto en el dedo indicado, lo mismo que su invisible poder de dilatación y contracción, se convirtieron en asuntos de tal magia en la vida del muchacho que la mera posesión de ese objeto en aquel ambiente tan hostil socavó su moral cristiana y lo inyectó con cierto destilado de soberbia y sentido de superioridad que sin duda le fueron corrompiendo el alma.

En Irak se confrontó con la realidad de que su compañía entera de la Guardia Nacional estaba bajo el mando de comandantes americanos completamente ineptos y sin la menor idea de lo que allí ocurría. En aquel convulso país árabe ya nadie sabía quién era quién y a qué bando respondía. El ambiente tan cargado de peligros incrementó dramáticamente las posibilidades de que utilizara el anillo del que al principio tanto renegó. En la asamblea general de sus motivos y razones fue ganando adeptos la idea de hacer uso del elemento diabólico y, pese a que ciertos instintos éticos de resistencia a la tentación del Cuyo aún pervivían en su psiquis cristiana, la guerra no tardó en convertirlos en ondas electromagnéticas por completo inofensivas. Cuando por fin estuvo en pleno escenario de batalla, la posibilidad de tener que utilizar el anillo se le hizo de tal magnitud que al punto colapsaron los diques de su resistencia.

Efrén participó en aquella guerra apenas ocho meses, tiempo en el que, en dos ocasiones, se vio obligado a utilizar el anillo endiablado, ambas con resultados inimaginables para su vida. La primera fue durante el asalto y sitio a la ciudad de Faluya, a la cual los tiros, morteros, cañonazos y bombas teledirigidas casi habían borrado del mapa. La unidad de Efrén llegó al lugar como parte de la escolta de un convoy de suministros. Las encarnizadas luchas se intensificaron de tal manera que tomó varios días para que el convoy saliera del cerco del combate y regresara a la base. Atrapados en el fuego cruzado, tuvieron que unirse a un batallón de la Guardia Nacional de Tennessee que estaba bajo el mando de un coronel de los Marines.

Se les ordenó, en contra del sentido común y el buen juicio de los oficiales boricuas que dirigían su unidad, penetrar por las callejas de un barrio que aún estaba muy activo de fuego enemigo, pese al violento bombardeo al que estuvo sometido. La destrucción convirtió el lugar, ya intrincado de por sí, en uno infinitamente más laberíntico. Impregnado con un tufo asfixiante a pólvora detonada, a cemento y cal pulverizados, a humo de goma y cadáveres quemados, el aire del sitio resultaba irrespirable. Pocos sonidos de vida se escuchaban; por todos lados, eso sí, el crepitar de materia que arde. En aquel escabroso lugar, ahora preñado de recovecos nuevos desde los cuales podrían esconderse mejor para dispararles, comenzó a penetrar la unidad de Efrén, él moviéndose en tercer lugar por el flanco de la derecha, cincuentitantas libras de equipo en la espalda y una M4A1 para defenderse. Fracasados los intentos de la tecnología por evitar la transferencia de calor, sentía que, en vez de un casco, una lupa gigante era lo que llevaba sobre el cráneo.

Entre el equipaje, el armamento y las gafas que se veían obligados a utilizar para atenuar la resolana, protegerse del polvorín y evitar el sudor en los ojos, Efrén se sintió blando, vulnerable, el blanco perfecto para cualquiera que anduviera por allí con un arma enemiga en la mano. Salvo por el crujir de los incendios, un silencio la verdad que ominoso retumbó por los callejones que su compañía patrullaba; cada piedrita bajo el zapato crujía intensamente a través del casco. Todo vibraba sin generar sonido. Por un instante, tuvo una noción del final de su existencia; supo, presintió, que a pocos pasos bullía, agazapada, su Majestad la Muerte. Aquel instante de premonición provocó en él la inesperada interrupción de su avance y el eñangotamiento automático de su cuerpo. Los soldados que le seguían lo imitaron, intuyendo que algo sospechoso observaba o escuchaba. Los dos que caminaban delante de él continuaron haciéndolo por entre los escombros sin percatarse de la retaguardia. Efrén les silbó para avisarles, pero no lo escucharon y prosiguieron. Sudaba más allá del calor que había; un nudo se le hizo en la boca del estómago y un hormigueo le corrió por la nuca; la piel se le estiró y puso turgente como rozada por el ala del Ángel Exterminador.

De pronto, un silbido agudo le penetró el oído: una nota sostenida, un sonido aterrador como de taladro de mecha demasiado gruesa sobre madera demasiado dura. Al principio le costó detectarlo, pero luego su oído lo llevó a mirar hacia el suelo justo a su lado derecho, donde una bala enterrada en el suelo insistía en penetrarlo con un intenso movimiento de rotación que quemaba la tierra seca y producía tan extraño silbido. Si Efrén no escuchó la detonación de aquel disparo, los demás sí porque al instante dirigieron sus armas hacia la retaguardia, de donde provino la bala cantora. Y detrás de ella vinieron, primero, unos cantos de guerra que proclamaban a Alá como el Único y el más Grande, y, segundo, otro silbido, pero más grueso que el primero, como de garganta ronca, correspondiente a la granada propulsada que llegó volando bajito desde la retaguardia y alcanzó a los soldados que iban a la vanguardia del pelotón.

La explosión fue tan potente que vio pasar justo sobre su cabeza un pedazo de esquirla de metal retorcido que llevaba enganchada la mano entera de uno de sus compañeros, la cual distinguió porque pudo observar el más mínimo de sus detalles: las venas, los vellos, las arrugas, los lunares y hasta el anillo de matrimonio, que fue por lo que reconoció a su dueño en aquel instante fugaz de horror descomprimido. Si llega a quedarse de pie, aquella misma esquirla lo cercena por mitad de la cintura como hecho de mantequilla. Acto seguido se desató una violenta balacera que parecía provenir de muchos lados al mismo tiempo y de ninguno a la vez. La humareda que levantó la explosión, los gritos, algunos en español, otros en inglés y otros muchos en árabe, el estruendo de las detonaciones, el tableteo de las AK-47 y el silbido de sus proyectiles moviéndose alrededor de él, hicieron que Efrén se sintiera al final de su existencia. Así es como acaba todo, en aquella confusión, sin gloria, sin grandeza, se dijo. Presa del pánico, deseoso por vivir, aparentemente abandonado de la mano de su señor Jesús, optó por recurrir al anillo, pese a los muchos juramentos que se hiciera de jamás hacerlo, de nunca sucumbir a la tentación de usarlo. Sólo pidió salir vivo de aquella escaramuza, giró el anillo hacia la izquierda alrededor de su dedo, según las instrucciones, y el milagro ocurrió: un reajuste temporal, un desfase cuántico que le permitió salir ileso de aquella refriega.

Aunque las acciones de su propio cuerpo transcurrían en tiempo ordinario, la velocidad de los eventos más allá de su piel disminuyó de forma dramática, al menos para propósitos de su percepción. Aquella facultad inusitada que le otorgó el anillo, le permitió dilucidar con absoluta claridad la secuencia de eventos que allí ocurría: quiénes eran los heridos, quiénes los muertos, dónde estaban los atacantes y dónde los atacados y, sobre todo, cuál era la mejor ruta de escape. Era tal la lentitud de las acciones que sucedían en torno a su persona, que Efrén podía ver cada bala acercarse y esquivarla sin problema, y de cada granada a propulsión predecir el lugar de su explosión y evitar ser alcanzado por las esquirlas; podía sortear los peligros de aquella escena caótica como si atravesara un espacio cruzado de hilos sin enredarse en ninguno de ellos.

Tomó por la camisa a uno de los soldados heridos, lo puso de pie y le instó a que se agarrara de su hombro para salir juntos; a la vez, levantó a otro del suelo en peor estado y lo colocó debajo del brazo como si fuera una alfombra enrollada. Con una fortaleza inusitada, salió con ellos por el mismo medio de aquella lluvia de balas y granadas hasta ponerse los tres a salvo, apenas alcanzado por una esquirla que no vio venir y que únicamente le rozó la piel. Una cosa la verdad diabólica, según contaron los testigos de aquella hazaña. Disipado el peligro inmediato y a salvo los tres, el ritmo de las cosas en su entorno recuperó su velocidad hasta volver a sincronizarse con la suya. Su gesta de valentía al arrastrar consigo a dos compañeros heridos debió ganarle la Medalla de Honor, pero en vez aprovecharon el guayacito que le hizo la esquirla para darle el Corazón Púrpura, condecoración ganada más por su herida que por su hazaña, herida que tampoco significó el fin de sus deberes militares, casi recién iniciados, y menos aún en esa guerra cada vez más peliaguda y que parecía perdida desde el arranque. Su madre Cuca se lo había advertido: los invasores siempre llevan las de perder.

Aquella fue la primera de una serie de situaciones de peligro extremo de las que salió ileso milagrosamente, aunque nunca volvió a manifestarse el fenómeno de la lentitud del tiempo, ni tampoco hizo más uso del anillo embrujado en situaciones de combate. Una aparente inmunidad a los peligros, especie de capa de barniz, cubrió su sustancia humana como en aquel desierto cubría siempre las pieles una delgada película de sudor. Hasta que un día en que se encontraba su unidad descansando en las barracas tras varios días de patrullaje, se escuchó una gran detonación fuera del perímetro de la Zona Verde de Bagdad que hizo retumbar violentamente el suelo de las barracas. Por el humo prieto se percataron de que había ocurrido en el área cercana a los portones de entrada a la Zona. Comenzaron a sonar las sirenas militares, así como las alarmas de los carros en las cuadras circundantes de la ciudad que recibieron el impacto de la onda expansiva. El portón de entrada, aunque seguía de pie, lucía ablandado en su firmeza y abandonado en su vigilancia. Los miembros del escuadrón a cargo de la seguridad en el portón salieron corriendo con la detonación y abandonaron los puestos, lo que provocó que la unidad boricua de Efrén, que era la más próxima al lugar afectado, se movilizara casi como por acto reflejo, con las armas empuñadas para asegurar el portón. Pero por correctas que fueran sus intenciones, a todos los detuvo en el trayecto una especie de bulto humeante que observaron en el suelo y que rodearon para mirar en silencio, como si se tratara de una reliquia o asunto de veneración. Antes de que Efrén llegara al lugar, ya uno de los soldados había tomado la primera foto del fenómeno.

Según se supo luego, un hombre vestido con túnica típica y *kaffi-yeh*, se presentó al portón para pedir entrada y solicitar empleo en la Zona Verde, donde había más trabajo que en la calle, después que pasara el escrutinio de los servicios de inteligencia y seguridad americanos. El árabe presentó una identificación para entrar que no fue aceptada como válida en la puerta, por lo que se le negó el acceso a la Zona. Refunfuñó al principio. Intentó argüir y fue suprimido bruscamente con varios gritos en inglés. Lo vieron alejarse cabizbajo, humillado, sin mirar ni una vez hacia atrás, con las manos al frente como si rezara con un rosario entre ellas. Entonces se volteó, ahora con la parte frontal de la túnica abierta, mostrando las cargas de explosivos aferradas a su pecho con cinta adhesiva y unidas con cablería rústica. El primer soldado que lo vio, desde uno de los nidos de metralla, no dudó en dar la voz de alerta y en dispararle con su ametralladora de 25 mm, lo que hizo estallar las cargas. Fue una explosión monumental y, de su epicentro, se vio salir volando casi a modo de cohete un objeto que surcó el espacio, atravesó el hongo de humo que se levantó con el estallido, cruzó por encima del arco de la entrada a la Zona y fue a parar a mitad del camino entre la unidad de los puertorriqueños y el jamaqueado portón. Dicho objeto atrajo fuertemente la atención de los soldados e inspiró gran cantidad de fotos con sus cámaras digitales, las cuales fueron corriendo a buscar en sus equipajes.

Efrén se acercó y confrontó aquella cosa. Miró a los demás, que se reían nerviosamente y tomaban fotos. Pensó que había que estar enfermo para disfrutar de aquello, para querer llevarse un recuerdo de aquel oprobio, de tan abominables restos. Volvió a observarlos. Vomitó.

Durante los dos días siguientes, que fue lo que pudo resistir antes de sucumbir otra vez al poder del anillo, la única imagen que se le presentaba a su mente y la totalidad de sus pensamientos era la de aquella cabeza chamuscada, la de aquellos ojos brotados como por una presión interna descomunal, la de aquella piel llena de rollitos de pelo consumidos hasta la raíz y de manchas oscuras de pólvora quemada. Al verla, por la manera como la piel cedió a la altura del cuello, con los flecos de carne cauterizada guindándole, que más que de piel parecían de goma, su primera impresión fue que se trataba de una máscara de carnaval o de Halloween. Enseguida se percató que algo horripilante, largo y achicharrado, yacía enroscado como una víbora junto a la cabeza carbonizada, lo que resultó ser, al observarlo más fijamente, la columna vertebral casi intacta del individuo, limpia de carne y sin una vértebra perdida, que permaneció adherida, como por milagro, al occipital. Aquella culebra de huesos, humeante todavía en algunas partes, como recién sacada de una parrilla, le daba al conjunto un aspecto tan monstruoso que por un instante ciertas mentes excitadas pensaron que se trataba de otro ser mitológico, en la línea del chupacabras, la gárgola o el garadiábolo.

A partir de ese momento, aquella visión quedó espetada en su mente como un clavo de acero en una viga de pichipén. Creciéndole por dentro y corrompiéndole el sistema, comenzó a ocuparle, o más bien a invadirle, a modo de virus o cáncer, todos los espacios de su consciencia, a desplazarle las memorias fijas, a intervenirle los procesos cognitivos, hasta al final dominarle el conjunto completo de sus pensamientos. Resultó incapacitado para la batalla. Taciturno, decían sus amigos que quedó —en un viaje, decían los realistas— idiotizado, los crueles. Para todos los efectos, quedó incomunicado del mundo, atrapado en aquella imagen dueña de sus pensamientos y protagonista de sus sueños. Dejó de comer, de bañarse, casi de moverse. Lo dieron de baja e internaron en el hospital para ser alimentado mediante suero.

Pese al poder cegador de la atroz imagen, Efrén tuvo instancias fulminantes de lucidez, fogonazos de comprensión que abrieron hendiduras en su consciencia averiada, por las cuales se colaba algo de su realidad en aquel hospital, lo que le permitió padecer un poco de su sufrimiento. Y fue en una de aquellas instancias de ruptura con el embudo mental, que logró la coordinación neurológica y motora necesaria para hacer girar el anillo que nadie pudo removerle, ni con jabón ni con aceite, y pedirle que lo liberara de la esclavitud de aquella estampa mental. Como arrasada de pronto por una ventolera intracraneal, la imagen maldita quedó por completo borrada de su mente y en el acto restablecidos a la normalidad sus procesos motores e intelectuales. Sintió que renacía, que disparaba hacia el cielo el chorro de su existencia.

Los días siguientes fueron para él de un júbilo incesante. Corroboró una y otra vez que era capaz de recuperar el recuerdo de la cabeza vertebrada según su deseo, y que era capaz también de expulsarlo con el menor esfuerzo. A los tres días de su súbita recuperación, de regreso en las barracas, mientras se disponía a tomar una ducha fría, se quitó el anillo para lavarse bien con jabón las manos, mas, al hacerlo, quedó de nuevo cegado por la cabeza chamuscada, por los ojos saltones como huevos duros, por las vértebras descarnadas que observó ahora en su imaginación a menor distancia de la que las observara en la realidad. La imagen saltó sobre su mente como una pantera que le cayera desde la rama más alta. Por el estrecho resquicio de consciencia que apenas logró conservar, pudo colocarse de nuevo el anillo y recuperar la cordura y la noción básica de las cosas. Para muestra, con aquel trastorno momentáneo le bastó: era evidente su dependencia absoluta hacia aquel artefacto de naturaleza básicamente diabólica si pretendía llevar a cabo una vida serena, rutinaria, cristiana… Más que nunca, ahora era un alivio saber que contaba con aquel recurso inusitado, por decirlo de alguna forma, para evitar su completa ruina, pero también resultaba una fuente de preocupación perpetua, que era también una de las muchas formas que asume la tortura. A partir de entonces, la idea de perder el anillo, o de que le fuera reclamado a su regreso a Puerto Rico, le convirtió cada día de su existencia cotidiana en un suplicio prolongado.

Luego del incidente de la explosión del árabe, los compañeros de la unidad de Efrén comenzaron a verse afectados de los nervios, a perder la compostura, la concentración, y a morir como pollos en la balacera. Al mes de aquello, uno de los vehículos de un convoy de su unidad detonó una mina en la carretera hacia el aeropuerto; cuatro de sus compañeros murieron en el acto y otros tres quedaron malamente mutilados. Las esquirlas de la explosión volaron por todas partes alrededor de él sin siquiera rozarlo; el zumbido de una de ellas casi le susurró un secreto en el oído. Varios días después, un francotirador mató a otros dos de sus compañeros justo a su lado; esa misma tarde, una bala de mortero cayó sobre la carpa del comedor mientras almorzaban y dejó a otros cuatro de sus amigos desmembrados. Su unidad mermó tan rápidamente en cuestión de tan pocas semanas que los sobrevivientes, Efrén entre ellos, fueron enviados a sus casas para descansar del trauma. Él, temeroso de regresar a la isla y que le fuera reclamado de vuelta el anillo, pidió ser transferido a alguna otra unidad, pero le fue negada la solicitud, máxime tras los episodios de enajenamiento que sufriera. Tuvo que regresar a Puerto Rico, a la casa de su tía, donde hasta hacía poco viviera también su madre Cuca. La noticia de su muerte, ocurrida durante el coma mental que sufriera, vino a alcanzar la zona consciente de su ser a las pocas semanas de su regreso.

Pobrecito, interrumpió Chiquitín para comentar con la boca llena, y que regresar a este hoyo de mimes estando tan bien allá en la milicia, aunque fuera en guerra. No lo culpo que enloqueciera, no lo culpo. Cualquiera pierde la chaveta en este circo en que vivimos. Y si malo es bregar habiendo visto tanta muerte y tanta cosa apabullante, como me

415

ocurrió a mí, no digas tú tener al diablo acechándote para robarte la medicina de tu sanidad.

Margaro estuvo de acuerdo, aunque no le prestó demasiada atención, sabiendo que a menudo Chiquitín hablaba por oírse hablar. Continuó relatándole que, para Efrén, el regreso a su casa fue entonces el regreso a la casa de su tía, a la ausencia de su madre, al vacío, a un espacio que debía llenar con algo que no fuera ni tristeza, ni ansiedad, ni locura, ni espanto. La ansiedad que le causaba el lugar dejado por su madre, arrancada de la vida sin el menor anuncio, lo sumió en una depresión violenta que casi había acabado con él. Primero dejó de salir de la casa, después del cuarto. Una que otra ocasión, cuando se le acababan los cigarrillos, mostraba la cara pálida por alguno de los negocios de la zona; otras veces, el estómago despertaba de su suspensión anímica y salía del cuarto hasta la cocina. El resto de las horas las pasaba recostado contra el espaldar de la cama, fumando sin parar un cigarrillo tras otro, mirando por la ventana hacia el follaje de los húcares, puestos sus pensamientos en la truculencia de la muerte, en los amigos llevados por ella, en el dolor sufrido por su madre Cuca en la postrera hora...

La intensidad de aquellos pensamientos, la soledad y la intoxicación de la nicotina, combinadas con el terror que lo acompañaba de que reapareciera el dueño del anillo, lo transformaron en un amasijo de nervios hipersensible. Su dependencia de aquel objeto era su única preocupación en la vida. En cierto momento pensó que quizás el viaje, la distancia, el mar de por medio, hubieran lavado el recuerdo de la asfixiante imagen. Quiso hacer la prueba, saber a ciencia cierta cuán fuerte era aún el maleficio óptico en el interior de su mente, advirtiéndole a su tía que le colocara el anillo de nuevo en el dedo índice de la mano izquierda en caso de que no pudiera colocárselo él mismo. Estoy perdido, fue lo primero que le vino a la mente tan pronto su tía le colocó el anillo de vuelta en el dedo.

Así pasaron los días sin que nada mejorara, echándose a perder en los miasmas de su cuarto, obsedido con la idea de su visita nefasta. En el Hospital de Veteranos le prescribieron lo de siempre: las pastillas verdes, las blancas y las coloradas, pero no le hicieron ni cosquillas a su condición nerviosa. Refirieron su caso a la Administración de Servicios de Salud Mental, pero esta se declaró sin jurisdicción sobre los veteranos y, aunque el funcionario que lo atendió por teléfono se mostró diligente y comprensivo, al final tuvo que confesarle que si la Administración no tenía dinero ni para comprar papel sanitario para limpiarle el fondillo a los locos, qué iba a tener para visitarlo allá en las sínsoras del carajo donde él vivía y darle el seguimiento que necesitaba. Fue por pura casualidad que la tía descubrió en el refresco de raíces, del cual Efrén se convirtió en un fanático consumidor, un efecto apaciguador que no lograba ninguna pastilla. Un vaso lo normalizaba por un rato y hasta le despertaba la conversación. De hecho, le explicó Margaro, todo este relato me lo contó bajo los efectos de esas raíces que él bebe.

¡Tan asqueroso que es ese refresco!, comentó Chiquitín. Lo deberían prohibir. Estoy seguro que cuando seamos parte de la Unión, el Americano no va a permitir que aquí se siga produciendo ni eso, ni el maví, que es como tomar agua de mangle, ni ninguno de esos pitorros clandestinos.

A mí me encanta el maví. Eso bebí yo mientras Efrén bebió su refresco, dijo Margaro.

¿Quieres decirme que él, bajo el efecto de las dichosas raíces, y tú, centella, que debías mantener la cabeza fría, bajo el del mabí? ¡Vaya si se puede confiar en este cuento tuyo! Veo que esta historia se va poniendo cada vez más inverosímil... Te confieso que, con lo que acabas de decirme, no voy a saber qué creerte y qué no, replicó Chiquitín.

Calma, paja larga, que ya verá usted que confía en mi verdad, dijo Margaro con aires de sentirse ofendido en su orgullo. Pero al final crea lo que le parezca, don Chiqui, aunque todavía falta escuchar lo peor de este cuento.

La situación nerviosa de Efrén se agravó. Lo próximo fue ponerse a velar el camino; dizque quería verlo venir desde lejos, escuchar acercarse el discordante sonsonete. Resignado a aquella visita, cada noche se ponía su ropa de fatiga y se apostaba tras el tronco de un grueso almácigo que le recordaba la columna de una mezquita de Karbala que lo protegió durante horas de un intenso tiroteo. En aquel estado persecutorio se pasaba las horas muertas, fuma que te fuma, bajo luna o bajo lluvia, viviendo de pura cutícula y uña, con su lámpara de aceite y sus dos paquetes de cigarrillos, en vela hasta romper el alba, menos vencido por el sueño que por el peso del rocío.

Y así fue que se me apareció primero a mí, camino a la farmacia a buscarle las medicinas: una lucecita tenue moviéndose entre las matas rumbo a su casa, donde le anunció a su tía con voz quebrada que el personaje que venía por ahí bajando, es decir, yo, era sin lugar a dudas el mismísimo Lucifer. ¡Lucifer creía que yo era, imagínese!

Pues tampoco cuesta tanto creerlo, que yo mismo lo he pensado en varias ocasiones. ¡Bastante demoníacamente que a veces te comportas, déjame informarte, para que tampoco te creas tan pegadito del Cielo, mi amigo, ni tan mosquita muerta como a veces pienso que te crees!, exclamó Chiquitín en ánimo de poner las cosas en su justa perspectiva. Margaro lo miró fijo un instante como si no comprendiera lo que le decía. Y no me mires así tampoco, que santo no eres, y que te lo diga no debe ser nuevo para ti. Lo que sí debe ser nuevo es mi reconocimiento de tu demonismo, porque quiero que sepas que algo me barrunto de que estuviste involucrado en el asunto de la lluvia de mierda que nos tiraron en Ponce. Te equivocas si piensas que me mamo el dedo, Margaro, añadió, mirándolo con unos ojos de entendimiento que lo dejó verdaderamente perplejo.

¿A qué se refiere con eso, don Chiqui?, preguntó Margaro. Mire que ahora el que está hablando cangá es usted, según parece.

Cagao estarás tú, y me perdonas, pero grosería se paga con grosería, intervino Chiquitín.

Cangá dije, una lengua que no hay quien la entienda. ¡No me diga que ahora voy a ser yo quien le dé a usted lecciones de idioma!

Tú sabes a lo que me refiero, no te hagas el sanano, le dijo Chiquitín tirándole aquella cascarita a ver si resbalaba en ella, puesto que, en realidad, ninguna evidencia tenía que vinculara a Margaro con los cocos explosivos, aunque su actitud aquella tarde cuando se apareció así de la nada, le levantó entonces y le seguía levantando hoy no sabía él cuáles suspicacias.

No, no lo sé, y prefiero seguir mejor sin saberlo, en la ignorancia, como se dice, que en el conocimiento de sus insinuaciones. Porque si llego a comprenderlas, seguro lo mando a cortar majagua. Así que prefiero ni saber cómo es que usted bate ese cobre, ni de la misa suya un canto, ni tampoco cómo quitarle los mocos a esos desvaríos que lleva traídos por los pelos de sus loqueras, dijo Margaro en ánimo de desarticular aquellas sospechas que parecían casi puestas por un espíritu bufo en la cabeza de su jefe.

Y dio la mala pata, continuó Margaro tirando del hilo del cuento de Efrén, porque mala tuvo que ser la pata, que fui yo el primer conejillo de Indias de una nueva técnica de confrontación directa concebida por la tía. Y no se equivocaba la tía: un efecto definitivo tuvo nuestro encuentro, puesto que aquella conversación, que más bien fue un desahogo suyo, un intento de contacto humano más allá de su tía, tuvo un desenlace devastador.

¿A qué te refieres con esa palabra tan alarmista?, preguntó Chiquitín.

Ya verá. Salí tarde de allí, casi una hora después, cuando a Efrén, de repente, presumo que al írsele el efecto de las raíces, adoptó un silencio incómodo y se fue en un viaje que me permitió despedirme y proseguir mi camino hacia la farmacia que, dada la intranquilidad en que me dejó la conversación, me costó otra hora adicional encontrarla. Créame que aquel trayecto, por aquella oscuridad, lo hice con el alma en la mano y los orines para dentro, pensando lo peor y escuchando sin escuchar aquel lolelolai de Virginio que me tenía los pelos de punta. Cuando por fin llegué a la farmacia, le expliqué la circunstancia de usted a la farmacéutica y ella recomendó llevarle a un hospital lo antes posible.

¡Hospital! ¡Ni muerto!, dijo Chiquitín. ¿O tú no sabes que las listas de los hospitales es lo primero que vela la policía? ¡Allí van los indígenas esos disfrazados de agentes de ley y orden y me rematan en el cuarto mismo! De todas formas, a los hospitales de Puerto Rico a lo que se va es a morir, no a que te curen, que si no te limpia un matón, te limpia una bacteria.

El hospital más cercano es en Yauco, a las afueras del pueblo, porque los Centros de Diagnóstico y Tratamiento, ¿los conoce?..., preguntó Margaro.

Claro que sé lo que es un CDT. ¿Es que alguien no conoce el lastre que son para el tesoro público? La salud no debería concernirle al gobierno en lo más mínimo, interrumpió con extrema arrogancia Chiquitín.

Usted, don Chiqui, dice y hace más disparates que el faquir Urbano. ¿Y quién, si no, se va a encargar de la salud? ¿Las monjas, los curas? ¿Las cooperativas? ¿Cada persona por sí sola en su cuarto? Coja cabeza, don Chiqui, que usted parece que no usa ese melón para más nada que maldecir a los puertorriqueños, equivocar los rumbos y coger insolaciones, dijo Margaro.

La salud es para la gente que pueda pagarla. Punto y se acabó. Los que no pueden son una carga para la sociedad. ¿O tú crees que esos doctores, que se metieron al cuerpo tantos años de estudio pagándolos tan caros, cogiéndose tanto préstamo a intereses que están por las nubes para pagar las universidades americanas —que son las que hacen buenos médicos, porque las de aquí, lo que se dice las de aquí, la de Río Piedras, la de Ponce, lo que gradúan son buenos carniceros, buenos matarifes—, pueden cobrar barato por sus servicios? ¡Pues claro que no pueden! Además, el doctor es siempre persona distinguida y debería vivir una vida holgada, con sus buenas cosas. ¿Con qué dinero va a comprarse su buen carrazo, su buena lancha, su buena casa, su buena mujer y su buena corteja también, que no hay amor verdadero sin corteja escondida, tú lo sabes, dime, con qué chavos? No se puede pretender que los doctores reciban un salario de maestros de escuela, ¿verdad que no? Pues si no, entonces que aquí la salud sea para quien tenga el billete, y el que no lo tenga pues no se lo merece. Que tome teses de yerba y miel de la tierra, reclamó Chiquitín.

Yo no sé quién le metió a usted esas ideas por la chola para dentro, pero veo que usted es de los que cree que se comulga con ruedas de molino. Para mí que ya no tiene remedio, don Chiqui, le dijo Margaro con cierto grado de resignación en su tono. Yo, como huso que conoce lo que hila, admito que no conozco ni una fracción de lo que usted sabe de ese berenjenal de los indígenas, por eso ni protesto ni incomodo ni digo esta boca es mía cuando usted jura y perjura que en tal o cual lugar se encuentran los tesoros que buscamos. Pero fuera de eso, existe toda una sarta de otras cosas de las que no sabe un divino, y aún así arguye y tira cualquier barrabasada, cualquier cosa de becerro mongo o cabro viroldo, cualquier asesinato del sentido común y sano juicio, sin sentir calor en esa cara. Dicen que el loco no come candela, pero le aseguro, don Chiqui, que usted va camino a meterse una brasa en la boca y hacer que caduque ese refrán.

Ya sabía yo que en algún momento me sacarías en cara las excavaciones fallidas que hemos tenido, dijo Chiquitín mientras movía su cabeza en señal de reprobación. Cómo se ve que no sabes un rábano de lo que es la arqueología terrestre, ni conoces cosa alguna de la paciencia y perseverancia que debe guardarse en un yacimiento como se guarda silencio en un claustro de monjes. Oiga, míster, la labor arqueológica es labor acumulativa; es intento y fracaso; es un me caigo y me levanto. A nosotros no nos llueven los cemíes del cielo ni una columna de fuego nos indica el próximo *yucayeque*.

Lo espeluznante vino cuando, de regreso, continuó Margaro sin darle más cuerda a Chiquitín, puestos los pensamientos en aquellas historias inverosímiles del joven Efrén, me percato de que la luna ya no brillaba tanto, y comencé a observar a la distancia un relumbrón grande como de algo masivo que consumieran unas llamas salvajes. Apreté el pedaleo porque me dio un tucutucu raro que no sabía lo que era. Cuando me acerqué, vi que el fuego estaba sobre mi ruta, lo que me convirtió el tucutucu en mala espina, y al escuchar la crepitación de madera tratada que arde, que suena un tanto distinta a la natural, la mala espina esa se me hincó en el pulgar. Aceleré la burra lo más que me permitieron las piernas y fui el primero en llegar a la casa de Efrén y de su tía, la cual consumían las llamas tan parejamente que parecía como si toda ella se hubiera incendiado al mismo tiempo. Para colmo de tragedias, en el balcón observé los cadáveres achicharrados y esqueléticos de sus dos ocupantes, sentados en los sillones aún sin colapsarse.

Lo que me cuentas me parece insostenible, interrumpió Chiquitín. Lo primero es que eso de saber distinguir el ruido del fuego que consume madera silvestre del que consume madera tratada lo que me da son ganas de reír. Eso lo que hace es poner en entredicho todo lo que ya me has contado y lo que estás por contarme. Cualquiera diría que has sido bombero o que eres un piromaniaco consumado. Pero prosigue, a ver si el asunto se endereza.

No sea carne de pescuezo, don Chiqui, ni quiera tumbarme las patas para venir a virarme la tortilla, que porque usted adobe sus cuentos, no significa que los adoba todo el mundo. Y aunque no me crea, a mí me espantó aquello igual que usted se espanta ahora que le cuento. De inmediato quise salirme corriendo de aquel fogón, no fuera a pagar yo las habas que se comió el burro. Algo incalculabe me hizo sentir culpable de aquello, mas no sabía yo qué o por qué. Comencé a escuchar sirenas y vi luces rojas y azules a lo lejos. Así que antes de que me tomaran por el incendiario, me monté en la bici y la emprendí para acá como alma que lleva el diablo, casi literalmente hablando... Lo digo porque en eso, la goma del frente de la bici se dio contra algo tan duro y filoso en mitad del camino que se reventó con una explosión que casi pareció un escopetazo. ¿Y a que no adivina, don Chiqui, lo que me encuentro allí en el suelo al apearme para ver cuál clavo o piedra era culpable de aquel sabotaje? ¡El anillo de indio de Efrén! Yo le juro que casi se me sale el verde de las tripas. Mientras se acercaban las sirenas, mi confusión fue en aumento, tuve enormes dudas y tentaciones en mitad de la nausea, del temor, del deseo. Al final, lo recogí con dificultad del suelo porque, en efecto, como me dijo Efrén, pesaba, o pesa debo decir, un quintal. Lo metí en el bolsillo de la mochila y me desaparecí de allí, arrastrando la bici averiada y gravada por el anillo.

¿Gravada dices?, preguntó Chiquitín, sorprendido tanto con la aparición del anillo como con la palabra utilizada.

¿No es así que se dice?, preguntó Margaro, irritado con las tonterías en que se fijaba Chiquitín de una historia tan llena de cosas asombrosas.

Sí, se puede decir. Es que me admiro de ese vocabulario tuyo que te metieron al cuerpo como un suero de viejeras. Pero vamos a lo que vale la pena y enséñame el contrallao anillo ese que tanto cuentas.

Margaro fue hasta su mochila, que había amarrado al manubrio trasero, y regresó con ella. Metió la mano en uno de sus bolsillos interiores y sacó de él el famoso anillo. La apariencia del objeto no delataba nada extraño, pero el esfuerzo con que lo manipulaba Margaro sí apuntaba a alguna anomalía. Chiquitín puso su mano abierta y, con cierta reverencia, dejó que Margaro colocara el anillo sobre ella. Sin duda era más pesado de lo que aparentaba, y tal vez más que los anillos comunes, pero tampoco era tan exagerado su peso como anunciara Margaro, y hasta volvió a revivir aquel desengaño que sintió la vez que le mostró la falsa *manayá*.

¡Es increíble!, dijo Chiquitín con fingimiento, mientras le pasaba de vuelta el anillo a la palma de su mano. ¿Para qué rayos te lo trajiste? ¿O no te parece suficiente tener a la policía detrás, a la nación taína, a los Auches y su canalla, para ahora añadir a Belcebú? Cuidado no se nos aparezca a la vuelta de una curva y nos trastorne las vidas. Como si necesitáramos más trastornos de los que tenemos. ¡Na! ¡A mí no, a mí me sacas de ese bizcocho, que cuando se aparezca ese Maligno bregarás tú con él!

Lo saco sí del bizcocho, pero después no me pida un ñaqui, que ahí sí le aplico la de mi maíz ni un grano. Porque ya lo veo venir por el caminito, y me estoy preguntado si no será usted como el alcatraz, que come por delante y come por detrás. Lo desentiendo del asunto como me pide, pero después no me ruegue participación o mendigue migajas, que por mucho ñeñeñé y mucha horquilla que me monte y mucha curva que recurva, va a encontrar en mí una cosa de no te muevas ni dirás, dijo Margaro.

No discutamos tanto, amigo mío, y descansemos las lenguas en lo que dura la oscuridad y el fresco de la madrugada, que cuando salga el sol no va a haber descanso que valga. Dejemos esa chuleta, como dices tú, y procuremos el sueño, que debes estar molido con el bicicleteo y la excitación. Mira que a mí el mejunje, las pastillas y los Doritos también me han puesto a contar cabritas. Y piensa bien lo que vas a hacer con el dichoso anillo, que a mí que eso más nos atrasa que adelanta. Advertido quedas, concluyó Chiquitín con un suspiro, antes de recostar la espalda contra el árbol y cerrar los ojos.

Capítulo XXVIII

Donde se cuenta la extraña experiencia que tuvieron Chiquitín
y Margaro camino al Ovnipuerto y su posible rapto
por parte de una nave madre

Chiquitín se levantó con el primer rayo del alba y de inmediato echó
mano a una Coca-Cola y una bolsita de Cheetos que devoró a modo de
desayuno. Se sentía radicalmente mejorado, casi fenomenal. Aunque
no quería admitirlo, ni siquiera pensar en ello, sabía que el mejunje que
él tachó de poción supersticiosa de negro bruto le vino de maravilla; la
inflamación de la boca se redujo de modo notable durante las pocas horas de sueño; el dolor dio paso a un relajamiento de la carne insospecha-
do, una especie de adormecimiento; dejó de sentir la aspereza ferrosa de
la sangre bajarle por la garganta; incluso respiraba mejor y drenó mu-
cosidades. El estómago, que le diera muestras de protesta hacía pocas
horas, se sentía de nuevo apaciguado y listo para la absorción. Lo peor
seguían siendo los golpes en el rostro, porque los del cuerpo eran ya el
recuerdo de apenas una molestia. En la cara continuaban siendo notables; cada gesto, cada expresión de sentimiento se traducía en un dolor
o una incomodidad.

Ahíto, recostada la espalda contra el tronco de la acacia, cruzada la
pierna derecha sobre la rodilla izquierda en apariencia estabilizada su
salud, comenzó su actividad de lectura. Miró a Margaro, lo observó allí
durmiendo como una marmota en invierno, amparado por el ramaje
de las acacias y acariciado por una brisa fresca y seca que flotaba por el
suelo, y envidió aquel sueño dulce. Apenas volteó la primera página del
periódico del día anterior, su cara de curiosa expectativa se transformó
de golpe en expresión de inesperada alarma. Leyó la noticia entera extasiado, boquiabierto, hasta quedar tendido bajo el peso de los aconte-

cimientos. Cuando Margaro por fin abrió el primer ojo, Chiquitín, sin mirarlo, le dijo:

Duerme más si quieres, que la realidad acá afuera no es propicia para que seres como nosotros anden mucho tiempo despiertos. Más vale, Margaro, que regreses a la placidez del sueño, o al horror de la pesadilla, que por horripilante que sea no es competencia para lo que te espera cuando te reincorpores al mundo de los vivos y las materias duras. Regresa al sueño, te digo, no seas cabeciduro, que mientras más tiempo pases apartado de este lado de las cosas, serás mejor persona.

Con esos truenos, quién duerme, dijo Margaro a la vez que se incorporó de la cama improvisada con el saco de dormir sobre un colchón de hojas secas. Con esas trompetas, acurrucarme sería ser soga y pasto al mismo tiempo. Acabe y dígame qué coño pasa, que ahora sí que me tiene hecho un salpiquín, exclamó Margaro mientras se sacudía la maranta de pelo como si la modorra se hubiera escondido en ella. Le pregunto, en mi ignorancia, ¿es que puede pasarnos un nuevo percance, señor mío, ganarnos algún otro enemigo desconocido que venga a convertir nuestra tragedia en catástrofe? A mí se me ocurre que no, que no es posible, pero por lo que dicen sus palabras y luce su cara, lo que nos viene encima es sangre de chincha. Usted a lo mejor piensa, don Chiqui, que soy un supersticioso, pero de que estamos salados, lo estamos, y cuidado que con tanto enemigo junto detrás de nosotros no le extrañe que tengamos el camino empedrado de brujos, cirios, lámparas y malos pensamientos. O que estemos metidos en la boca de algún sapo clavado a alguna ceiba, o en algún caldero con enfumbe, algún fufú de esos que cuando dicen virarle la vida a uno, se la viran. Yo le digo a usted que un mal pensamiento acumulado, día tras día, llega y hace el daño…

No digas tanta tontería, Margaro, que eso de enfumbes y fufuces son cosas folclóricas de la gente bruta. Hazme caso, que si alguien sabe distinguir folclor de cultura, ese alguien soy yo. Pero no son cosas de brujerías lo que me atormenta en esta mañana desgraciada, sino verdades duras y desagradables. Mira lo que ha pasado, le dijo, enseñándole de lejos la hoja abierta del periódico: ¡Me han arrestado a Hamilton Masul! ¡Con todo y ser presidente de la Cámara, me lo han arrestado sin decoro alguno, como a cualquier mequetrefe, cualquier Paco el que baña perros!, dijo Chiquitín con tono grave y ademanes circunspectos.

¿Pero y quién es ese Hamilton Masul? ¿Qué es suyo? ¿Hijo? ¿Hermano? ¿Tío?, cuestionó Margaro.

¡Si serás morón!, se exasperó Chiquitín. ¡Qué hijo ni tío ni hermano! ¡Ya te dije que el presidente de la Cámara, la de Representantes! Y de mí, pues que es mi amigo y por la lealtad que le tengo, por ser uno de nuestros pilares, uno de nuestros principales estrategas, por ser la primera línea de defensa del Ideal, por eso es que para mí su tragedia es mi tragedia.

Le tengo dicho y repetido más veces que un novenario, que no sigo la política ni conozco a ninguno de sus personajes. Si le parece un pecado, crucifíqueme aquí mismo, monte maderos, clave cruz y póngame ahí al sol y al acecho de las auras tiñosas. De lo contrario, déjeme pedir las aclaraciones que sean y no me vuelva a tildar de morón sin que medie algún acto que lo justifique... ¿Amigo suyo dice? ¿Y cuál es el crimen que se le imputa?, inquirió Margaro.

Dos niñas adolescentes, violación, sodomía, estupro, dijo Chiquitín con los ojos bajos y la voz consternada.

Escupa, si quiere, que eso es lo que da ganas de hacerle a ese señor que me dice, pegarle sendo gargajo en el ojo al amiguito suyo, que es lo que se merece, le dijo Margaro sin asomo de ironía.

Estupro dije, bestia erguida, violación de menores, una verdadera desgracia. Lo triste del caso es que conozco, aunque pienses que estoy loco, que sé que lo piensas de todas maneras, de primera mano la falsedad de tales acusaciones, que no se trata de ninguna violación ni de ningún estupro, sino de una elaborada emboscada que le han tendido. Tal vez las chicas eran agentes dobles... No puedo contarte los detalles, pero debes confiar en mí, le aseguró Chiquitín.

¿Cómo que de primera mano? ¿Cómo que confiar? ¡Y va a seguir con el mismo trambo, la misma musiquita y las pocas vergüenzas! Dígame ya de una vez, ¿estuvo allí usted, me quiere decir?, le preguntó Margaro.

No te quiero decir nada, majadero, contestó Chiquitín. Y ya deja de hostigarme con tus preguntas, te lo suplico, que no tengo autorización para revelarte nada.

Déjeme ver acá la noticia esa, don Chiqui, dijo Margaro a la vez que le arrebató el periódico de las manos, que se le quedaron en el aire como sosteniendo la ausencia del diario, y se lo llevó consigo hasta su cama improvisada, donde se tiró a leer la escandalosa noticia.

Aquí dice que otros líderes del Partido estuvieron presentes en el lugar de los hechos, que fue en Ponce, dicho sea de paso, y que fue el mismo día del revolú de la mierda en la plaza, según dice aquí. Hmm... Ya veo… Que ninguno de ellos vio nada sospechoso, ni escuchó nada distinto… ¡Sí, Pepe!, exclamó Margaro, mientras leía la noticia como para sembrar en la mente de su jefe la semilla de la desconfianza de sus aliados. Las muchachitas alegan que existe otro testigo de los hechos… Se desconoce, dice, la identidad del sujeto o su paradero. Hmm… Margaro alzó los ojos y miró a Chiquitín, quien bajó los suyos y apretó los labios. Fiscalía anda tras la pista del alegado sujeto, de quien se tiene una vaga descripción física. Hmm… Yo le apuesto una mano y la mitad de la otra a que si la hicieran pública, incluiría las palabras grande, gordo y majadero. Volvió a alzar los ojos del texto y los dirigió hacia su jefe, que no variaba su postura ni siquiera ante los epítetos. Así que en esas andaba usted, don Chiqui, cuando se dio la perdida que se dio la noche del mierdero. ¡Y haciéndose el juey dormido conmigo! ¡Cómo he comido agallas yo! Lo que sí le advierto es que tan pronto pongamos los pies en la civilización, o más bien los ponga usted, que yo los míos los dejaré varios pasos detrás de los suyos, seguro le ponen las esposas y a mí también, si no me cuido, por cómplice y alicate. Creo que estamos perdidos, don Chiqui, quemamos la mecha. Puerto Rico entero anda tras nosotros, dijo Margaro sin que Chiquitín supiera de la ganga de Campo Alegre que seguro andaba también ya tras su pescuezo. Si me agarran con el mono encima, me limpian a mí por pillo y a Chiquitín por ser mi cómplice, pensó.

Hasta al diablo tenemos detrás de nosotros por culpa de tu golosería con el dichoso anillo con el que te has encaprichado. Y como más vale preveer que tener que lamentar, te suplico, o mejor dicho, te sugiero que lo dejes aquí mismo en el suelo y nos libremos del dolor de cabeza que significa tener la Bestia tras nuestra sombra, como sugieres tú que la tendremos.

Usted y yo, la verdad sea dicha, vemos las cosas a través de vidrios opuestos. Me maravilla que hayamos amistado siquiera y que sigamos soportándonos. Algo habrá en el zodiaco que nos hace pacientes, llevaderos el uno con el otro. Usted, por ejemplo, quiere que deje el anillo aquí y nos evitemos un nuevo perseguidor; yo opino que con tanto enemigo detrás de nosotros, más que nunca nos conviene andar con el anillo aunque sólo sea en defensa propia. O en la defensa de nuestra empresa de joyas y riquezas sepultadas, comentó Margaro, albergando aún las esperanzas de hacer los hallazgos prometidos, y más ahora que de su última aventura comprendió que, aunque fuera el artífice de sus propios desastres, su jefe Chiquitín sí tenía la noción correcta de dónde se encontraban los yacimientos verdaderamente valiosos. En todo caso, añadió, si nos damos de frente con el Tipo, sencillamente le devuelvo el anillo, aquí paz y en el Cielo gloria, que no creo que por cargarlo meramente signifique que son suyas nuestras almas.

Querrás decir tu alma, aclaró Chiquitín, que yo no tengo la menor intención de pedirte que hagas nada a favor mío por medio de ese fetiche. Lo que sí estoy por pensar es que el anillo mismo te va a llevar a usarlo, como le pasó a ese muchacho que me acabas de contar. ¡Ya te veo encaminado a otorgarle tales poderes!

Todo a su tiempo se verá, don Chiqui, que usted corre más que una yegua esnúa. Por ahora, me lo quedo, dijo Margaro en tono que daba por finalizado el asunto.

Bueno, bueno, a su tiempo será entonces, dijo Chiquitín molesto con aquella actitud de su ayudante, en la que detectaba una gota de sublevación. Poniéndose de pie de repente sin demasiadas señales de dolencias, impartió órdenes de recoger campamento, empacar y prepararse para partir cuanto antes. Le advirtió a Margaro que debían llegar primero hasta un teléfono público, pues, con aquellas noticias de Masul debía corroborar si seguía en pie su misión, si quedaba pospuesta o si estaba cancelada.

¿De cuál misión habla? Hable claro ahora, don Chiqui, que cada vez que abre la boca me convenzo más del cacho de gato que lleva metido en ese saco. Ahora resulta que tiene una misión secreta. ¡Tupinamba! Y me imagino que se la dieron la misma noche del asuntito con las niñas, ¿verdad que sí?

¡No digas palabras tontas, cabeza de cadillo!, dijo Chiquitín sin mirarlo, ¡que en este tema en particular tú eres el que no sabe de la misa un canto! Lo primero es que niñas no eran, sino mujeres bastante bien hechas y derechas; y lo otro es que allí lo que hubo no fue ninguna violación ni ningún estupro como dice el periódico, sino una sesión intensiva de adiestramiento en condiciones extremas para agentes especiales. Créeme, amigo mío, que yo mismo fui testigo. Y dejémoslo ahí, que ya te he dicho demasiado…

¡Y va a seguir con los misterios y con el habla a medias! Si no me va a decir completo, mejor no me diga nada, pero esas no son formas de restregarme en la cara el que no me tiene confianza, dijo Margaro.

¡No es eso, morrocoyo! ¡Es que hay cosas que aún no puedo revelarte!, regañó Chiquitín, y al instante Margaro le dio la espalda y lo ignoró. Suspéndeme la necedad, hazme el favor, que casi no reconozco al hombre ecuánime, al alma templada que conocía en ti, dijo Chiquitín con voz calmada, como si el asunto, sacado de proporción, necesitara un apaciguamiento en los tonos verbales. Vamos paso a paso y poco a poco. Tómalo con calma, baja revoluciones, descomprime y sé comedido en tu habla, si eres tan amable, que como mismo dices tú, palabras sacan palabras, y no queremos enredarnos aquí en una discusión redonda que termine por enemistarnos. Escúchame ahora lo que te voy a decir: los planes de mi misión los sabrás a su debido momento. ¡Y chitón!

En lo que esta pequeña cantaleta se manifestaba, Margaro se adelantó a recoger sus cosas en silencio y estuvo listo. Entretanto, Chiquitín, tras comprender que su ayudante ya no le hacía el menor caso, comenzó a hacer lo propio con sus cosas, a un ritmo extremadamente pausado dadas las dolamas que, aunque mejoradas, persistían. Margaro sacó un estuche con los materiales para reparar la goma de la bicicleta y una bomba de aire manual que tuvieron la buena previsión de incluir entre las herramientas básicas de aquel viaje. Antes de que Chiquitín estuviera listo para partir, ya Margaro tenía reparada la goma averiada por el penacho del indio en el anillo, que era la única parte de aquel objeto que pudo causarle esa rasgadura.

Luego, entre ambos, reconstruyeron la triciclita mediante apretones de las abrazaderas y, despidiéndose del lugar que durante los últimos días les fuera refugio y hospital de campaña, emprendieron el camino hacia la civilización, que en este caso significaba hacia las inmediaciones de Yauco o de Guánica, que con cualquiera de los dos poblados se toparían en algún momento si continuaban su curso más o menos hacia el este. Margaro insistió con vehemencia en que no pasaran frente a la casa quemada, que no quería ningún percance ni recordar aquellas figuras ardiendo en el balcón comido por las llamas, y Chiquitín aceptó para contentarlo. Mientras salían de aquellos descampados, el sol comenzó a crujir de manera tan brutal y despiadada que les fue empujando las cabezas hacia abajo, como heridas las nucas con picas y banderillas. Ambos sudaban a mares y, antes de llegar siquiera al camino, sintieron sus fuerzas reducirse a menos de la mitad.

Llegaron a un camino de tierra distinto al que tomara Margaro la noche anterior. Era lo suficientemente liso como para comenzar a pedalear por él, lo cual hicieron. Entraron de repente en un túnel de elevados almácigos a ambos lados, cuyas sombras hicieron mucho más llevadero el ejercicio. Recorrieron un buen rato aquella ruta sin aproximarse a ninguna edificación o detectar el menor indicio de actividad humana. Todo alrededor eran hatos de pasto divididos por guardarrayas de esquejes y alambres de púas. Apenas se percataron del tiempo prolongado que estuvieron pedaleando con suavidad por aquella senda, ni tampoco les pareció extraña la idéntica repetición de los mismos almácigos. Chiquitín fue el primero en escapar de esa especie de catalepsia temporal.

Este caminito luce interminable, dijo a modo de queja y detuvo el vehículo. Si nos hubiéramos ido por el otro lado, ya estaríamos allá, encontrado el teléfono, hecha la llamada, desayunados y listos para la pelea. Además, hubiera podido observar los restos del siniestro de la casa de tu alegado amigo Efrén, que de vez en cuando necesito corroboración de tus historias.

¡Como si el anillo no fuera suficiente prueba!, reventó Margaro. ¡Ahora lo sé yo! Y para echarle sal a la herida, me quiere echar el retraso, sabiendo, como sabe, por más que se haga el zorro clueco, que las únicas historias que necesitan confirmación todo el tiempo, todo el tiempo, son las suyas, que más veces que menos están sacadas de proporción. Así que déjeme esos saltos, que ya veo que lo mío con usted es machacar en hierro frío, y lo suyo, tras quemadura, agua caliente.

¿Insinúas, mequetrefe, que no te he dado pruebas de mis hazañas? ¿Tan rápido olvidas mi demostración de las artes marciales que domino? ¿Necesitas más pruebas, descreído? El anillo es sin duda una prueba sólida, pero queda un amplio margen de duda razonable con el resto del cuento, dijo Chiquitín. Hablemos verdades: el que comenzó a sembrar la cizaña de la duda en las historias del otro fuiste tú…

Si a prueba de veracidad se refiere la manito machucada esa que tiene del karatazo, no creo que sea muy convincente…, replicó Margaro.

El machucamiento de la manito que dices, hablador, por si no te diste cuenta, fue del salvaje peñonazo que recibí en ella, no del karatazo. ¿O es que tú no viste cómo pasé aquel tronco como si estuviera hecho de plastilina?, lo refutó Chiquitín.

Margaro redujo su respuesta a alzar los ojos y dejar suelto un resoplido que hablaba de paciencia, resignación y hasta de filosofía…

A lo que voy, continuó diciendo, es a que nunca te he visto el lado de pilluelo, pero no descarto que puedas tenerlo, incluso bastante desarrollado y hasta todo camuflado. Quiero decir, que igual te llevaste el anillo de la discordia de algún otro sitio que te abochorna lo suficiente para inventarte las historias del veterano de Irak trastornado y la visita del Diablo y combinar las dos de manera ingeniosa para coincidir con el casual incendio. Una genialidad de la inventiva, eso te lo concedo..., dijo Chiquitín.

Ahora soy un pilluelo, según usted, respondió Margaro incapaz de sentirse verdaderamente ofendido con las palabras de su jefe. Tengo que tener yo más paciencia que San Atanasio para no perderla en este momento. Parece mentira que me acuse de tocar el piano al revés sin otro motivo de sospecha que sus prejuicios de que el pobre y el humilde siempre roban.

¡Qué poquito eres, Margaro, qué poquito! A ti no hay más que hacerte así para que te bebas los meaos, como tú dices. Pero más allá de tus formas bruscas, tu negativa de irnos por el otro lado, ¿a qué diablos respondió? ¿En qué pensabas? ¿Que iba a estar allí esperándote el jíbaro aquel a que volvieras a pasar por la escena del crimen para arrebatarte el anillito? ¡Como si, engañado por tus maquinaciones, no pudiera prever que tomaríamos esta ruta! Y viajando como dices tú que viaja, en estampas, hace rato nos hubiera dado alcance. Algo tú querías que yo no viera alguna cosa que quizá pudiera poner tu historia en una luz más realista, para hablarte claro..., señaló Chiquitín.

Déjese de tanta cabronada conmigo, don Chiqui, que ya le tengo advertido lo rápido que me estoy cansando de sus necedades y lo tentado que estoy de montarme en la burra, dejarlo aquí solo y romper la botella, sin que me tiemble un pelo ni cargue con el petate. Y créame, don Chiqui, que, en su estado actual, si me da con dejarlo aquí como le estoy advirtiendo, se me hace usted tal maraca sin palo que para regresar hasta Ponce tendrá que moler su buen vidrio y masticar unos cuantos peñones, dijo Margaro.

Silencio guardó Chiquitín, que no sabía qué responderle a aquella retahíla de reproches y amenazas refraneadas que, en definitiva, algún nivel de verdad debían tener, ya que le frenaron la lengua y congelaron las réplicas. Comenzaron de nuevo a pedalear.

¿Y no que Puerto Rico es un pañuelo?, comentó Chiquitín en tono refrescado, tras dejar que se enfriaran un poco los ánimos. ¿Y no que está superpoblada la isla? Porque a mí hoy me parece más infinito y desierto que las planicies de Iowa, que cuentan que empiezan y nunca acaban. ¿Cuánto tiempo llevamos por este camino? ¿A ti no te parecen horas? ¿Has visto alguna señal de vida?

No sé si tanto como horas, que cada minuto es un mundo y no se debe andar muy zafado de mano con las cifras del tiempo, dijo Margaro con bastante frialdad y cierto aire de superioridad y satisfacción previa. Pero la verdad es que llevamos un rato dale que dale y como que no avanzamos nada. En lo de señales de vida, sí he visto, claro que hay, todo alrededor nuestro es vida. La yerba, los árboles, los pájaros que surcan por encima nuestro, hasta los microbios que no vemos... Además, por allá lejos he visto algunas vacas rumiando en unas sombras.

Eres como el matapiojos, Margaro, buscabulla profesional, agente disociador por excelencia. ¡Oye, no me dejas pasar una!, se defendió Chiquitín.

Margaro sonrió con alevosía detrás de Chiquitín, quien, pese a no poder constatarlo visualmente, sintió la maledicencia de la mueca. De nuevo el silencio se ubicó entre ambos y siguieron pedaleando por aquel sutil camino de tierra que, sin mucha loma ni escabrosidad, ondulaba ahora por medio de un valle fértil, verde y hermoso como un río de gravilla que atravesara un paraíso extraviado en mitad de un panorama lunar. Pararon a beber agua ante un hermoso paisaje intacto, sin rastro de civilización, por cuyo centro circulaba un arroyo de amplios meandros en un cauce que quedaba demarcado por hileras de árboles frutales entre moñas de palmiche y bambúes esporádicos. Una brisa agradable subió de aquel valle edénico hasta ellos trayéndoles el sonoro fluir del arroyo y refrescándoles las pieles. Respiraron hondo y exhalaron con satisfacción.

¡Qué falta de visión hay en esta isla!, comentó Chiquitín. ¿Quién será el bambalán dueño de estos terrenos que los tiene tirados al desperdicio? Seguro algún morón ecologista, que son una partida de embrollones, embelequeros y carentes de imaginación y espíritu progresista, y sobrantes de necedad y espíritu comunitario. ¡Pamplinas! ¿Tú te imaginas lo que se le puede sacar a estos predios? Primero sobornas a algún funcionario del gobierno para que ajusten la clasificación de los suelos, que seguro los quieren para agricultura o cualquier otra idea descabellada como esa. Esa es la parte sencilla de la ecuación. Difícil es la de esperar su par de añitos especulando con la tierra bajo la nueva clasificación. Cuando al final la vendes, le sacas una purruchada de millones. Igual ahora mismo está ya en ese proceso de especulación, que no puedo imaginarme que alguien sea tan lerdo como para no desarrollar esto aquí. A menos, como te dije, que pertenezca a algún ecologista, que ahí se jodió la cosa porque seguro lo quiere para preservación o cualquier otra de esas ideas que traen de Cuba y nos quieren imponer aquí a la trágala. ¿O no? Y has de saber, Margaro, que aunque no todos los comunistas son ecologistas, todos los ecologistas son comunistas, y más en esta isla en que vivimos, que ni uno se salva.

¿Y qué sugiere usted que se construya aquí, si se puede saber, para que progresen estos terrenos?, preguntó Margaro.

¿Pues qué va a ser? Con seis palabras vas a entenderlo todo: torta de cemento armada con varilla. ¡La base de cualquier desarrollo! Sea lo que sea que emprendas en tu vida, Margaro, absolutamente sea lo que sea, ponle primero debajo su buena torta de cemento armado con varilla y tú verás. En ese proceso se encontraban los amables ingenieros de las obras donde nos encontramos, por desgracia, al gordo Auches y su grupete, observó Chiquitín.

No me recuerde la escenita, que sin estar yo implicado en sus rencillas ni involucrado en sus desmanes, recibí mi no merecida mano de pedradas que debieron aterrizarle a usted en la cabezota, contestó Margaro.

¡Más piedras quieres para mí, malvado!, se quejó Chiquitín. Escúchame te digo, para que aprendas un poco de estas cosas: lo primero que hay que hacer es desviar ese riachuelo, que no vas a sembrarle encima al agua la plasta de cemento, eso es lógico. Es cuestión de ir poco a poco empujándolo—¡con relleno, por supuesto!— de su cauce y forzarlo a que se escurra por otra parte, si tanto encontrarse con el mar es lo que quiere. Luego se talan esos árboles de allí, que en su mayoría son meaítos, dañafincas que les llaman, hasta poner parejo el suelo. Encima entonces se le coloca la torta y encima de la torta su buena urbanización para gente bien y decente, que sepa apreciar la belleza natural del lugar. Más de cien casas quizá lo dañen. En algo más exclusivo estoy pensando. Después, cuando las casas estén hechas, ya cada uno de los dueños irá abriendo huecos en la torta de sus patios y sembrando en ellos sus árboles. Verás tú cómo se recupera el encanto original del lugar y hasta más hermoso aún. Verás robles, sauces, cedros, las casas perdidas entre bosquecillos de conífera. De verdad que una mejoría considerable a este terreno baldío que se desperdicia aquí y que, más que alegrarme, me deprime.

Don Chiqui, hasta yo, que no sé un divino de construcción ni de planificación ni de cosa alguna de esas que llaman urbanas, puedo reconocer el tronco de disparate que está diciendo. No prosiga, se lo suplico, no sea que las uñas que le empiecen a salir sean sendas pezuñas de asno, dijo Margaro.

¡Asno la madre tuya, ahora digo yo!, interrumpió Chiquitín mirándolo intensamente. Y no te vengas a ofender tanto, ni te me pongas delicado, que estamos a la par en esto de insultos gruesos y madres mentadas. Que bastante que has traqueteado tú con la mía para que saques la trompa por una mera estrujadita a la tuya, déjame decirte, añadió con cierta sorna enredada entre los aún hinchados labios.

Tras refrescar la vista y las gargantas, continuaron pedaleando por aquel camino sin llegar a ninguna parte y sin adelantar tampoco, a juzgar por las mismas montañas que se observaban hacia el norte, por los mismos prados edénicos a ambos lados y por los mismos almácigos que continuaban repitiéndose periódicamente. Por momentos se sintieron atrapados por un sortilegio, y hasta un ataque de risa nerviosa les ocupó los pechos, al punto de tener que detenerse un instante por no lograr Chiquitín ver el camino a través del llanto que le causó la carcajada.

El sol está cruzando el cielo a un ritmo preocupante, pensó Chiquitín.

Ven acá, centella, ¿o soy yo un loco arrebatado o el sol va más rápido que de común y ordinario? ¿Te has percatado, porfía personificada?, dijo Chiquitín tras recuperar el aliento.

Va volando sí, y no comprendo cómo ni por qué. Parece un fenómeno galáctico; o tal vez se ha desatado una guerra nuclear por alguna parte y todavía no nos hemos enterado, que usted de seguro ha escuchado lo que dicen, que los ríos viran su curso y los mares hierven y que llueve para arriba y sangra la tierra. Debe ser algo así lo que tiene tan apurado al sol por esos cielos. Pero sea por hache o por erre, a ese ritmo pronto nos cae la noche encima sin que hayamos encontrado un alma en el trayecto, ni probado bocado, en mi caso al menos, aunque le confieso que no siento el hambre acumulada que a esta hora debiera parecer una fiera en la barriga, dijo Margaro.

No, no es ningún fenómeno galáctico, como tú dices, ni ninguna guerra nuclear. Puede que a lo sumo los comunistas chinos por fin llevaron a cabo su macabro plan de saltar todos al mismo tiempo, que tengo entendido es suficiente para acelerar el movimiento giratorio de la Tierra, si no es que se les va la mano y la sacan de órbita por completo. Créeme cuando te digo que llevan tiempo sobornando al mundo con ese acto de terror masivo, en especial a mis queridos Estados Unidos, que son la envidia del planeta, comentó Chiquitín como si se tratara de información clasificada.

Sorprendido con la magnitud de aquella noticia, Margaro caviló sobre las implicaciones de ese aceleramiento giratorio o trastorno orbital, de las cuales, la incertidumbre de si se envejecía más pronto o si se vivía más vida, fueron las principales. Después le pareció imposible la coordinación de millones de personas para semejante hazaña, pero recordó que cosas más raras luego demuestran ser verdaderas, e igual aquella hipérbole también lo era.

Oscurecía cuando divisaron los primeros seres humanos desde que salieran por la mañana, reunidos en una especie de meseta a la que los llevó el camino. Al llegar a ellos, que allí calladamente se encontraban, ya casi era noche cerrada, por lo que su existencia se limitó a sombras, a voces apagadas, a las lucecitas de los equipos electrónicos y teléfonos celulares de cada uno. Extrañados con aquel encuentro, se aproximaron a uno de los grupos de siluetas recostadas en tumbonas plegadizas observando el cielo, unos a ojo pelado, otros con prismáticos y amplificadores auditivos.

Disculpen, gente misteriosa, dijo Chiquitín con voz un poco más alta que los susurros imperantes. ¿Qué es este campamento? ¿Dónde estamos? ¿Qué hacen aquí tan bien acomodados? ¿Tomando baños de luna?

Despegando con lentitud los ojos o del cielo o de los aparatos ópticos, los presentes, al unísono, como si respondieran a las instrucciones de un coreógrafo secreto, se voltearon hacia el lugar de origen de aquella sarta de preguntas que, primero, los tomó por sorpresa y, después, irritó sobremanera.

Baños de luna no son, graciosito, dijo con voz perentoria una de las figuras masculinas. Identifíquese primero, que es lo correcto, por ser quien llega, ordenó.

Diego Salcedo llevo por nombre y me pongo a sus servicios, saludó Chiquitín. Arqueólogo soy de profesión, junto a mi asistente Margaro Velásquez. Somos ponceños, pero buenos, hombres de bien. Llevamos el día entero pedaleando por un camino sin toparnos con un alma. Nunca pensé que quedaran caminos tan desolados en Puerto Rico, ni tan largos, ni tan desperdiciados, pudiendo poner una buena carretera de brea de cuatro carriles, que es lo que manda. ¿Qué camino es este que llega hasta aquí, si me pueden explicar?

Camino ninguno, carretera es lo que hay, la 101, también conocida…

Reconocida, querrás decir, interrumpió una voz de mujer perteneciente a una silueta reclinada en una silla que les daba la espalda.

Reconocida, rectificó el mismo varón con cierto resentimiento de ser corregido, como la Ruta Extraterrestre. Llega directo aquí, al Ovnipuerto de la Sierra Bermeja, pero sigue hasta empatar con la carretera que lleva a Combate y al Faro.

Cabo Rojo, dijo la misma voz femenina sin inmutarse en observarles las caras a los interlocutores.

¿Cabo Rojo?, preguntó escandalizado Margaro, acercándosele a Chiquitín para inquirirle ¿Y no que estábamos por Yauco?

Un desvío razonable, amigo Margaro, que tampoco es que salimos por Luquillo. Pero igual resulta misterioso que hayamos venido a reventar por acá. Ya tú viste la rareza del camino, lo dilatado y solitario que fue, y si te pones a pensarlo, pedaleamos lo suficiente como para remontarnos más lejos todavía, contestó Chiquitín, que también quedó anonadado con aquella información que, no obstante, como líder y jefe de la expedición, debía disimular. ¿Y ustedes, a qué se dedican?, le preguntó Chiquitín a las siluetas.

Yo soy abogado, contestó la misma voz masculina de siempre.

Y yo secretaria, añadió desde lo apretado de la oscuridad circundante otra voz de mujer que parecía provenir de un cuerpo joven y delgado.

Yo soy directora de escuela, contestó la mujer de espaldas a ellos y que antes interviniera con las correcciones.

No me refiero a eso. Quiero decir aquí esta noche, en este momento, ¿qué hacen?, aclaró Chiquitín.

Aguardamos por una nave madre que se propone atracar en este lugar que le hemos preparado para devolvernos al desaparecido Rubencito de diez años, quien desapareció hace casi el mismo tiempo. Ustedes conocen a Rubencito, ¿no?, dijo la voz de una mujer cuya callosidad delataba su edad.

¿Rubencito, el que desapareció de su propia cama hace una tonga de años?, preguntó Margaro. Y ante las contestaciones afirmativas, añadió que a ese ya va a haber que decirle Rubenzote porque debe estar hecho tremendo manganzón. Si es que sigue con vida, digo yo...

Vivo está, claro, aclaró otra voz de mujer desde la oscuridad, eso lo sabemos por los mensajes y la comunicación que la gente de aquí tenemos con los alienígenas que nos visitan. Además, los múltiples mentalistas que han visto el caso concuerdan todos en que está vivo.

¿Y saben en qué forma va a regresar?, preguntó Margaro en ánimo de ridiculizar aquellas ideas.

Niño, idéntico a como se fue aquella noche, contestó la directora de escuela con tono de voz aplastante y en ánimo de ponerle fin a la conversación. En las naves madre no pasa el tiempo, así que debe estar igual que cuando lo secuestraron. Para él no ha pasado ni un segundo de vida, aunque para nosotros sean años.

Eso lo quiero ver yo con mis propios ojos, dijo Chiquitín. ¿Nave madre dicen ustedes?, preguntó a nadie en particular.

Madre, sí, respondió la femenina voz, aunque tiene más forma de castillo de vidrio invertido que de otra cosa. Más que madres, son ciudades enteras, pero se les dice así porque de ellas salen las naves pequeñas, que son las que por lo común nos interceptan, las que aterrizan por aquí y se llevan a los Rubencitos de la vida para allá. La madre nunca aterriza como tal, con todas esas puyas y filos como de vidrio iluminado que le salen alrededor como un erizo, pero sí saca una rampa larga que toca suelo y permite el tránsito. Yo personalmente nunca he visto una madre, pero eso cuentan los que sí las han visto. Si quiere, acérquese por aquel grupito que está allá por las antenas, que ellos sí le pueden contar a ustedes dos o tres cosas de las madres que les van a poner los pelos de punta.

Eso hicieron Chiquitín y Margaro, y dando las gracias, y estipulando su deseo de que entregaran a Rubencito pronto y no les hicieran esperar la noche entera, abandonaron el primer grupo y se dirigieron al área de unas antenas gigantescas de telecomunicaciones, enclavadas en la periferia de aquella meseta que llamaban Ovnipuerto. Calladamente se acercaron a través de la oscuridad hasta un nutrido grupo de personas paradas en círculo, del que salía una voz ronca y cascada de persona mayor. Como era tanta la oscuridad, ambos pasaron inadvertidos, por lo que no interrumpieron al dueño de aquella voz, quien narraba por enésima vez la misma historia al grupo, que lo escuchaba cada vez con igual atención, como si se tratara de la primera, y más si había alguien nuevo en el grupo que no la conocía, como parecía ser el caso aquella noche, y no por Chiquitín o Margaro.

Ustedes saben que hace años soy piloto de Cessna, dijo la voz. Los aviones, además de mi pasatiempo y mi afición, son mi pasión. Los he piloteado durante los últimos cuarenta años de mi vida y sé más de ellos que de mi propio cuerpo. Pues ocurrió que una noche, hace ya dieciocho años de esto, aunque me parezca que fue ayer, veníamos Mercedes, mi mujer, y yo, volando desde Punta Cana hacia San Juan, con un tiempo despejado y fenomenal. Como es lo rutinario, al despegar llamé por radio al aeropuerto de San Juan para indicarles el curso y mi hora aproximada de llegada. Nos elevamos a tres mil pies sobre el canal de la Mona, la altura ideal para un Cessna. Todo, hasta ese momento, a pedir de boca. Apenas llevábamos cinco minutos de vuelo, cuando de repente Mercedes me mira asustada, o digamos aterrorizada, blanca como un papel, y me pregunta si me daba cuenta de lo que ocurría afuera. No sé cómo no me había percatado por mi cuenta, pero tan pronto miré supe a qué se refería Mercedes: el avión continuaba encendido, su motor continuaba ronroneando, mas no se movía en el espacio, no se trasladaba; parecía guindado del techo de un escenario, como si volara en seco; las pocas nubes alrededor no se movían, el aire no fluía afuera, el anemómetro marcaba cero cuando lo chequeé. Asustadísimo, cotejé los demás instrumentos y salvo ese, el resto lucían correctos y calibrados. Intenté llamar, pero el radio estaba muerto; ni estática se le escuchaba. Yo estaba lo que se dice atónito, por no decir atontado, y Mercedes, que es más inquieta, se puso a mirar por las ventanillas como una loca, hasta que observó debajo de nosotros y se quedó patidifusa, la pobre. Del mar, de mitad del canal, venía saliendo una nave madre monstruosamente grande, un verdadero palacio de cristal, una catedral de vidrio. ¡Mira para abajo, mira, mira!, me gritó Mercedes, lo que hice al instante, que yo siempre le he hecho caso a mi mujer, y también pude observarla.

¡Una madre! ¡Usted vio una madre!, exclamó con entusiasmo algún joven del grupo, quien aparentaba ser el que no había escuchado la historia antes. ¡Siéntase dichoso, don, que sabe por sus propios ojos lo que es una nave madre!

Sí, una madre, confirmó el piloto del Cessna con cierto aire de superioridad jerárquica que le otorgaba aquella experiencia. A mí casi se me sale el corazón por la garganta de lo fuerte que comenzó a latirme; un fogonazo me sacudió el cuerpo entero, y los músculos comenzaron a darme saltos erráticos y brincos independientes. Lo próximo fue que, como si aquello debajo de nosotros fuera una proyección de nuestra propia imaginación, o como si una nube se interpusiera o la nave misma soltara una esencia, en un abrir y cerrar de ojos dejamos de verla. Al instante volvimos a volar de modo regular, con las nubes pasándonos por los lados mientras atravesábamos el aire. Un minuto duró aquella misteriosa experiencia, quizá menos. El radio recobró su vida y, de inmediato, escuchamos una transmisión de un avión de American Airlines dirigida a nosotros. Aterrorizado, contesté la transmisión y el piloto me preguntó muy exaltadamente que dónde estábamos, que llevaban rato llamándonos, que hacía más de tres horas se supone aterrizáramos en San Juan. Por el radar del avión de American, que volaba por encima de nosotros, me enteré de que estábamos casi en mitad del Atlántico, más cerca de Bermuda que de Puerto Rico. Escuchar aquello y volarme los ojos hacia la aguja de combustible fue casi un mismo evento. Ya no quedaba nada en los tanques. Volábamos con la reserva, o mejor dicho, volábamos con los gases de la reserva. Le digo a Mercedes, agarra el salvavidas, negra, y aguántate bien que vamos pa' abajo y no es chiste.

Me lancé casi de picada con el poco combustible que me quedaba para que el apagón del motor, que era inminente, me encontrara mucho más cerca de la superficie del mar. Y podrán creer ustedes que, en mitad de aquel anchuroso e infinito mar, veo las luces de un barco grande que atravesaba la negrura, y hacia él dirigí la avioneta. Al acercarme, me percaté de que se trataba de un carguero. En ese momento se me apagó el motor y comencé a planear mientras caía, que si una cosa buena tiene el Cessna es que se puede planear un poco con ellos. Así, logré acercarme más al buque, pero como no llevaba ya luces ni el ruido del motor me identificaba, corría el peligro de pasar inadvertido en aquella noche de nubes bajas y poca luna.

Y de nuevo ocurrió lo improbable, lo imposible, lo que no podía ni debía ocurrir; sucedió el evento que dio el toque final a la extraña experiencia de la nave madre que recién tuviéramos Mercedes y yo y que ya dudábamos si acaso fuera una alucinación compartida. Podrán o no creerme lo que les voy a contar, aunque espero que si estamos aquí es porque nos creemos. De pronto, a través de las nubes, apareció un rayo de luz, un foco descomunal que alumbró desde aquella distancia directo a nuestro avión, justo en el momento que caíamos en el agua un poco a babor del carguero. Mercedes y yo saltamos fácilmente de la cabina. Nos dio tiempo de ponernos los salvavidas antes de que el avión se hundiera y cayéramos en aquella agua helada. La luz, de una intensidad que yo nunca he vuelto a ver y de un color casi plateado, se mantuvo sobre nosotros hasta que el buque se acercó un poco más, encendió su propio foco con el que nos alumbró y tocó el silbato en señal de que se aprestaban a rescatarnos. En ese instante la luz del cielo se apagó y se sintió una especie de succión sobre nuestras cabezas, como si algo gigantesco encima de nosotros partiera de repente.

El silencio reinó un instante al final de aquella inverosímil narración, interrumpido esporádicamente aquí o allá con una u otra exclamación de sorpresa, asombro o maravilla. Chiquitín y Margaro se sumaron al mutismo general del grupo, aunque a Margaro, más que a Chiquitín, aquello de la nave madre le parecían puras pamplinas.

La mía es tan impresionante como la del señor, con todo su respeto, pero de manera distinta, dijo un muchachón cuya calvicie prematura era lo único, en aquella oscuridad, que revelaba su identidad. Una noche veníamos mi novia y yo de una fiesta en Palmas del Mar como a las cuatro de la mañana por la carretera de Humacao hacia Caguas. Yo iba bien, como si nada, con par de palos encima nada más, sin mucho sueño, espabilao y escuchando la Zeta, que la salsa a mí me mantiene despierto en la carretera. En eso, algo brillante me llama la atención por el espejo retrovisor y veo que se aproximan a una velocidad considerable varias luces coloradas y anaranjadas, algunas intermitentes, otras fijas, justo por encima de la carretera. Yo les juro por la madre mía, que está muerta y era una santa, que antes de que pudiera yo siquiera decirle una palabra de advertencia a mi novia de lo que ocurría, nos pasaron por encima las luces aquellas como un bólido, con un zumbido como de tábano o abejón monstruoso que nada más recordarlo se me pone la carne de gallina. Tan brillantes eran, y tan veloces, que no dejaron ver nada del artefacto que las producía. Cagaos mi novia y yo, admirados con lo acontecido, erizados de pies a cabeza, bajé la velocidad y nos miramos con los ojos llorosos, incapaces de decirnos palabra. Lo próximo que veo acercarse es un letrero que dice Humacao 12 kilómetros. ¿Humacao?, me dije. ¡Humacao! ¡Pero si de allá es que venimos! Señores: estábamos ahora en el lado opuesto de la misma carretera, en dirección contraria a la que llevábamos. Mi novia aún no se había percatado, así que la miré y, en la claridad de uno de los postes de luz de la carretera que en aquel momento pasamos, descubrí que ella tenía la ropa puesta al revés, con las costuras y los bolsillos de la blusa por fuera. Cuando bajo los ojos y me veo a la luz del próximo poste, me percato que también mi propia ropa la tenía puesta de igual forma. Mi caso era peor, porque llevaba los calzoncillos puestos por encima de los pantalones...

¡Ja ja ja! ¡Y que la ropa al revés!, interrumpió Margaro con grandes carcajadas, incapaz de seguir escuchando aquello sin que se le inundaran los diques de la risa y tuviera que abrir compuertas para descargarla, a la vez que se movía hacia el centro del oscuro círculo de personas que escuchaban las anécdotas. ¡Déjense de tanta guasimilla y de darle tanto marrón a ese cuento, por lo más santo, que tampoco van a decirme que en esta oscuridad me están viendo la cara de sanano! ¡Señores, ese dedo sí que está malo! Miren que venimos mi jefe y yo de lejos y no estamos para comer higuillos. Y aunque nos hemos fumado hasta el cabo ambas historias, esto último de la ropa al revés ya es de no creer en velorios y querer pegarnos el vellón. Vamos, hablemos cosas que puedan creerse, que no todos los matos son coloraos, y a mí no van a meterme esas cabras.

Los presentes no podían creer aquella intromisión burlona por parte de ese individuo desconocido y de silueta estrafalaria, a quien nadie reconocía ni por su voz ni por sus intenciones. Alguien encendió una linterna y la dirigió a la cara de Margaro, quien se la cubrió con el dorso de la mano.

Primero que nada, pedazo de presentao, ¿quién demonios es usted? ¿Qué hace aquí? ¿Quién lo dejó entrar? ¿Qué se trae entre manos? ¿A cuenta de qué se cree en derecho de ponerse con esos comentarios de tan mal gusto en este grupo?, hizo una tras otra estas preguntas el dueño de la linterna con una voz seria y amenazadora. Grande, gigante fue el asombro general cuando, al correrle la luz de la cara al torso y luego hasta la extensión de las piernas, descubrieron que él mismo llevaba su ropa también al revés. Margaro se quedó helado con la inusitada situación que allí acontecía, que superaba las fronteras de su propia imaginación, de su experiencia, de la materia y sus posibilidades. Su reacción de genuina sorpresa, visiblemente plasmada en la absoluta decoloración de su piel, salvo por las orejas, que se le pusieron de un rojo bermellón, quedó oculta bajo el manto de la oscuridad, que evitó sirviera de prueba exculpatoria ante aquel grupo de hombres que había tomado muy a mal aquello por interpretarlo como mofa descarada que merecía, obligatoriamente, un castigo.

Señores, tenemos un payaso en el grupo, dijo una de las voces con gravedad extrema. El círculo comenzó a estrecharse en torno a Margaro, quien, según la opinión general, merecía algún tipo de escarmiento por atreverse a llegar hasta allí, hasta el cenáculo mismo de los ufólogos boricuas, tan atacados y vituperados por los escépticos y los burlones que dominan la opinión pública, para mofarse de ellos. Si se considera la cantidad de escarnio de que ha sido objeto el grupo responsable por la construcción del Ovnipuerto, aquel pelú con esas sandeces en medio de ellos, como quien dice en su casa, no podía ser tolerado. Aquella afrenta sólo se borraba con sangre. La próxima vez lo piensas dos veces antes de venir a bailar a la casa del trompo, dijo el individuo de la voz grave en demasía.

Ven acá, loco esquizofrénico, ¿qué rayos haces? ¿Quieres que te linchen, que te hagan picadillo, animal de dos patas?, le preguntó Chiquitín en voz alta a su asistente, mientras atravesaba el anillo de personas alrededor de Margaro e irrumpía en el centro del mismo para intentar rescatarlo. Agarrándolo fuertemente por los hombros, comenzó a jamaquearlo como si intentara sacarlo de un letargo, y ya cuando estuvo a punto de abofetearlo, el reflejo de la luz de la linterna cayó sobre él mostrándole sus propias ropas también puestas al revés. Espantado, incapaz de comprender lo que ocurría, Chiquitín empujó de sí a Margaro como si le contaminara su demencia y comenzó a gritarle. ¿Qué carajo has hecho conmigo, demonio inmundo? ¿Qué mala jugada es esta, Judas Iscariote, después de las oportunidades que te he dado y el pan que te he puesto en la boca? ¿En qué embrollo me tienes enredado, orate del diablo?

Parece que son dos los payasos que nos visitan esta noche, dijo con voz metálica un individuo del grupo que aún no se había manifestado. Y este parece que se dejó puesta la máscara, dijo en relación con los golpes y moretones que aún lucía Chiquitín en su cara y que se la habían deformado. ¿Quién los envió a montar este espectáculo, ah? ¿Jayson Torres, que no se cansa de ridiculizarnos cada vez que puede? Hablen, par de idiotas. ¿O piensan que nos vamos a mamar el dedo y darlos por buenos, por locos inocentes? Igual son enviados de la gente esa de la Tercera Iglesia Reformista del Ángel Caído, que no sabemos todavía ni por qué nos quieren ver destruidos… Hablen, hablen ya y expliquen bien antes de que se zafen aquí las manos y se suelten los pescozones.

Calma les pido, gente intranquila y alterada, sosiego, por favor, que no es para que se pierda la compostura ni se alebresten los ánimos de tal manera. Somos gente de paz y buena andanza que para nada anhela un zafamiento de manos o una soltura de pescozones. Lo que aquí ocurre seguro tiene su explicación, y más aún con lo que acabamos de escuchar esta noche, dijo Chiquitín con la calma recuperada y apelando a la razón, ya que, por mucho que culpara a Margaro de aquello, sabía que estaban ambos enyuntados en el mismo embeleco, que eran víctimas de la misma broma, por lo que más le convenía salvar el pellejo de ambos que el suyo solamente. Créanme cuando les digo, señores, que ni conocemos al tal Jayson Torres, ni profesamos la fe del Ángel Caído.

Margaro, que era mucho más escéptico que Chiquitín respecto al fenómeno extraterrestre, quedó enmudecido con la experiencia, anulado, incapaz de defenderse ni con los puños ni con las palabras. La luz de la linterna volvió a caer sobre la cara de Margaro, que parecía estar en otro plano.

Espabílate muchacho y dime cómo fue que hiciste el truco, que no es justo que me mantengas en la oscuridad, siendo yo protagonista de tu bromita, le dijo Chiquitín cerca del oído, fingiendo un aparte que fuera claramente escuchado por la beligerante concurrencia.

Ni truco es ni bromita alguna, dijo Margaro como una momia parlante. Me temo, don Chiqui, que algo nos pasó en ese camino que atravesamos el día entero, alguna madre de esas nos pasó por encima sin que nos diéramos cuenta y nos hizo la misma gracia que al muchacho y su novia. Es lo único que puedo figurarme, don Chiqui, y si tiene otra explicación, tírela al medio, que soy todo oídos.

Chiquitín se volteó hacia las siluetas que continuaban su amenazador avance y, con voz de un nivel de convencimiento inexpugnable, les dijo: Señores, por favor, es evidente que a nosotros también nos pasó una madre por encima, pero en el momento fue tan insólito para nosotros, tan incapaz nuestra mente de aceptarlo, que ninguno de los dos la pudimos ver. Pero ahora que conocemos de qué trata el asunto, ahora que hemos escuchado los testimonios de los amigos y que he puesto mis pensamientos en el recuerdo de ese momento, tengo en mi mente la imagen como de un puercoespín enorme, parecido a uno de esos globos gigantescos que de vez en cuando pasean por la Quinta Avenida en Nueva York, flotando sobre nosotros, que tuvo que ser la madre que les digo. Se diría que nuestras mentes, al no reconocer lo que observaban los ojos, rehusaron verla. Conozco de un fenómeno parecido en ciertos indígenas de no sé cuál selva, que no pueden ver ciertos colores artificiales aunque se los muestren porque no existen en su ambiente natural. Lo mismo tuvo que pasar con nosotros. ¿Verdad, Margaro? ¿Recuerdas la última vez que nos detuvimos a beber agua, frente al paraje aquel bonito donde discutimos lo de la torta de cemento, que sentimos aquella extraña sensación sobre nuestras cabezas que ninguno de nosotros comentó por sernos tan misteriosa? Parece que ahí fue que nos desnudaron y nos hicieron el chistecito de la ropa, que la verdad es que no entiendo para nada cuál será el propósito. Porque, habiendo tanta cosa importante que investigar, que se pongan con esas boberías los muy extraterrestres, me parece un derroche de recursos. Mantener una nave madre volando para hacer ese tipo de sandez debe costar una millonada de dólares, sea aquí, sea en Júpiter o sea en Alfa Centauro, que para mí que el dólar es una bendición repartida por el Universo entero.

Ante aquel intento de esclarecer los hechos, las sombras detuvieron su avance hacia ellos al reconocer en el habla de Chiquitín la de alguien con alguna educación. Pero de gente educada estaban ellos también hasta la coronilla de recibir ataques; defenderse de un educado, que además era osado, no tenía nada de particular, salvo la oportunidad de castigarlo. En resumen, que no quedaron conformes con las palabras de Chiquitín por parecerles fingidas, artificiosas, un recurso de oratoria de último momento.

Para empezar, dijo la misma voz que relatara los hechos del camino de Humacao a Caguas, nosotros no sabemos qué hacen cuando nos desnudan, ni cuánto tiempo transcurre, ni qué pasa con nuestra consciencia durante ese periodo que sin duda se olvida. Eso que ustedes dicen de que no les hicieron nada más que virarles la ropa al revés no es cierto. Cuando se está bajo la influencia de una madre, lo que ocurre es que te raptan. Así que si les viraron la ropa, también les sacaron el esperma y les exploraron los orificios del cuerpo. Básicamente los ultrajaron...

¿Qué está diciendo este imbécil?, comenzó a intervenir Margaro, sublevado con las insinuaciones. ¡Pero si aquí los únicos que le dan el culo a los extraterrestres son ustedes!

Quieto tú ahí, le advirtió Chiquitín extendiendo el brazo con la palma abierta hacia él y con suficiente severidad para no tener que voltearse.

Que no nos tragamos el cuento chino ese de que la madre les pasó por encima sin que la vieran y que ahora en el recuerdo es que la ven, dijo una de las voces severas que antes hablara, con una seriedad recuperada y extrema. ¡Señores, una nave madre es una nave madre! Opaca el cielo, cubre entero el valle de Lajas. Si hubieran tenido una encima, la tuvieron que ver por fuerza ¡Y más de día! Ni yo ni ninguno de los aquí presentes nos tragamos ese cuento. Ustedes a lo que han venido aquí es a fastidiarnos la paciencia en nombre de algún burlón enemigo nuestro. Son dos zorros colados para mofarse de nosotros en nuestras propias caras. ¿No es así, muchachos? A mí me parece que sí y, si por mí fuera, a estos dos no hay quien los libre de una buena catimba, compañeros, que por muy locos que parezcan estar o por muy raros que nos luzcan, son dos buenos sinvergüenzas, y la madre mía si salen de aquí ilesos. ¿Alguno de ustedes, muchachos, le cree una palabra a estos fanfarrones?

Nadie dijo yo, y continuó estrechándose el círculo de agresores.

Amigos, somos tan víctimas de ellos como ustedes, créannos, suplicó Chiquitín.

¿Nosotros, víctimas?, respondieron.

A uno de ustedes le viraron la ropa como a nosotros, se defendió Margaro.

Cálmense, señores, que nos hermana la experiencia extraterrestre. Somos uno de ustedes, creyentes igual que ustedes, arguyó ahora Chiquitín.

La diferencia, la gran diferencia, la enorme diferencia, contestó la sombra severa, es que la experiencia nuestra es genuina, y la de ustedes burla inventada. No es la primera vez que somos blanco de estos chistecitos, pero sí la primera que llegan tan lejos y nos la montan en las narices.

Se apagó la luz de la linterna y descendió sobre ellos una brutal avalancha de golpes. El arma principal fue el puño, pero hubo patadas en cuenta extendida, golpes con cuartones que aparecieron vaya uno a saber de dónde, y varios mazazos dados con algún tipo de tubo que se pasaron de mano en mano con extrema villanía. Hasta las mujeres repartieron taconazos.

Llegaron a la trici casi por puro milagro, y porque sus atacantes no estuvieron en ánimo de darles persecución cuando escaparon del cerco. Los cantazos que recibió Chiquitín en la cara resucitaron las viejas heridas recibidas con las pedradas y casi mágicamente sanadas por el mejunje. Para ambos, lo menos golpeado resultaron ser las espaldas, mientras que lo más fue la psiquis, que quedó temerosa al trato humano. Molidos, aporreados, incrédulos ante su mala racha, hechizados por las circunstancias, cruzaron por medio de una oscuridad que ni los ojos de un gato atravesaban, hasta encontrar de nuevo la carretera alumbrada y continuar camino a algún poblado.

Capítulo XXIX

Donde se da cuenta del coloquio que transcurrió entre Chiquitín
y Margaro en camino al río, en donde se encontraron
con los residuos del progreso

¡Qué de cosas imposibles nos ocurren, Margaro! ¿Tendremos de verdad esa macacoa que tú dices detrás de nosotros? ¿Será el destino de nosotros coger palos, patadas y pedradas por dondequiera que asomemos los hocicos?, se quejó Chiquitín tirado a la vera del camino, hecho un amasijo de dolores, donde tuvieron que detenerse por fuerza para ponerse la ropa al derecho y sobarse los golpes propinados por los enloquecidos ufólogos. ¡Y a ti!, continuó diciéndole a Margaro, quien permanecía silencioso, ¿qué te picó? ¿Por qué te dio por reírte y salir a burlarte del cuento allí en sus narices, que fue la chispa que encendió la pradera?

¡Qué iba a saber yo que estábamos con los bolsillos por fuera!, gritó Margaro. ¡Además, qué diantre es eso de que una madre nos dejó en cueros y nos viró al revés y a saber qué otras cosas nos hizo! Y hablando de madres, quiero que sepa que por mucho que he intentado recordarla, no me di cuenta de ningún palacio de cristal flotante, ni de ningún puercoespín monumental que nos pasara por encima, ni de cosa alguna que se le parezca, como dijo usted que vio.

Pues me alegro que no vieras nada, porque yo tampoco vi ni sentí madre ninguna, pero ya que te quedaste mudo como una estatua, tuve que inventármelas para salir airosos de aquel atolladero en el que nos metiste tú y sólo tú. Pero igual algo raro hubo, o qué otra explicación tienes para el maldito asunto de la ropa al revés, que eso sí que no lo salta un chivo, como tú dices, declaró Chiquitín. Algo en la línea de la nave madre tuvo que ser. ¿O crees tú que sea coincidencia encontrarnos con esa gente, la discusión que escuchamos y la situación de nuestra ropa? Como te he repetido diez mil veces, hace mucho que dejé de creer en las coincidencias.

Yo, a decir verdad, no tengo ánimo ni fuerza para pensar en nada nuevo ni razonable en estos momentos, que tengo la mente como que reblandecida y no quiere dar un tajo ni en cuenta propia. A mí lo que me interesa ahora mismo es fumarme una pipita de lo mío, que voy a prepararme ya, a ver si me anestesia un poco su poderoso humo, dijo Margaro, a la vez que metió una mano hasta el fondo de la mochila, de la que extrajo, pillado entre el índice y el pulgar, un polvillo verdusco que atacuñó en la copa de una pequeña pipa de madera que, con la otra mano, sacó simultáneamente de un bolsillo de la misma mochila. Con mayor destreza de la que se pensaría en un aporreado a golpes como él, le sacó la flama al encendedor de la primera, con la cual causó la combustión del polvillo y creó el humo que penetró sus pulmones, los impregnó plácidamente con su alcaloide y le salió por la boca en una exhalación más de dragón que de ser humano.

¡Qué bonito, ah! ¿Se puede saber qué haces? ¿Tú piensas, Margaro, que es el momento de ponerse con actividades ilícitas? ¿No te parece impropio en nuestras circunstancias? Si nos encuentran será por la peste, y no de muertos, sino de esa porquería que fumas. Yo seré liberal y todo lo que tú quieras, pero me toca decirte que esta actitud tuya lo que nos va a traer son tremendas complicaciones. No hay mente contigo, muchacho, no hay mente…, se quejó Chiquitín.

Más complicaciones de las que ya tenemos, lo dudo. ¡Y que vengan si quieren, que tal parece que estuviéramos a la caza de un récord mundial de abusos y enredos!, exclamó Margaro con acritud abundante.

Margaro, Margaro, le dijo Chiquitín, aquí donde me ves, soy el primero en apoyar y defender lo espontáneo, lo demente, lo pecaminoso, pero también soy el primero en decir que cada cosa tiene su momento y su lugar, y que si su hora la hay para el vacilón y la risa, la hay también para estarse serio y buscar soluciones. A mí me parece que el momento actual es del segundo tipo, y que la fumadera está por completo fuera de lugar. ¿No te parece que pueda ser un imán de policías en vez del repelente que nos conviene?

A mí no me parece mucho nada, para serle bien sincero, don Chiqui, ni me importa tres cojones de carey lo que piensen o dejen de pensar quienes perciban este aroma de los dioses. Usted, don Chiqui, tiene la imaginación sobreexcitada. Esa jodedera suya de ver indígenas escondidos, de imaginar enemigos entre los matorrales, de ver bajo cualquier bulto pitorro o gallos tapados, me tiene hasta los lerenes, reclamó Margaro con completa irritación.

Margaro amigo, Margaro hermano, yo mejor que nadie conozco de los palos, puños y patadas con que nos han pagado. Negarlo sería decir que el mar es dulce o la miel amarga. Pero tampoco es justo que descargues contra mí tu ira y te pongas en ese estado al que yo llamo de histeria femenina. Lo que pasó, pasó, y pasó porque ambos lo propiciamos. Si golpes menos severos recibimos fue por mi astucia de la nave madre, que yo, ¡yo!, me inventé, le dijo Chiquitín enfáticamente y con gran satisfacción. Ya en más de una ocasión Margaro se había percatado que cuando él se ponía serio y se quejaba de algo, su jefe lo acusaba de histérico y lo desarmaba con una actitud autosatírica que ponía en ridículo su seriedad. Recomponte, muchacho, deja la tragedia y de fumar esa porquería y pongámonos en camino, que saber que estamos en Cabo Rojo y no en Guánica, donde deberíamos estar, me comprime el ánimo. Además, me urge hacer la llamada que te he dicho, por lo que ojo abierto al primer teléfono público que se nos cruce en el camino.

A regañadientes, Margaro dejó morir la candela en su pipa, la guardó en un bolsillo de la mochila y, con una gran calma que no se sabía si era para mantener suprimidos los dolores dejados por los golpes, o si era parte de la lentitud natural que ocasiona la droga en los drogados, o si simplemente para mortificar a Chiquitín, guardó la mochila en la carretilla, se montó en su asiento y prosiguieron su camino, guiados ahora por la refulgencia de una luna madrugadora que apareció por detrás de unas torres de nubes que un viento en las capas altas disipó.

Don Chiqui, le dijo Margaro desde su asiento en la trici, yo quisiera aprovechar este momento de recogimiento que estamos teniendo para tocar de nuevo el asunto de mi salario, el cual se mencionó al principio y después lo ha mencionado menos que el nombre Pirulo. Usted perdóneme que le traiga este asunto que seguro le resulta penoso, pero es que debemos resolverlo de una vez, porque ahora mismo lo que estoy es lambiéndome la arepa y más pelao que un maestro de escuela, mientras que usted, gordo y colorao, ha dado pocos indicios de estar dispuesto a pagar por mis esfuerzos.

¿Te ha faltado algo, malagradecido? ¿Has pasado hambre, perverso? ¿Te has visto privado de algo que hayas necesitado, cuervo comedor de ojos? Habla, rata inmunda, que aprovechas el trance delicado que acabamos de pasar para sacar las uñas. ¡Mira que hasta ahora las tuviste bien escondiditas, felino feral!, reclamó Chiquitín.

Ahora le digo yo, don Chiqui, que se deje de esa histeria de niña. ¡Claro que he pasado hambre! Ahora mismo no como desde ayer, y eso fue la porquería que a usted le encanta y a mí me repugna. Si de vez en cuando he comido caliente y logrado meterme al sistema una mixta es porque me he escapado de sus maquinaciones. De que he perdido peso, lo he perdido. Me lo dicen los pantalones y el huequito adicional de la correa al que he debido recurrir. En cuanto a verme privado de cosas importantes, no le niego que me hace falta poner en veinte uñas a alguna hembrita de cuando en vez, y también un poco de independencia para realizar mis propios negocios...

¿Negocios, dices? ¿Hembrita?, interrumpió Chiquitín por primera vez enfrentado a aquellos reclamos. ¿De qué diantre hablas tú, centella? ¿En qué momento me has dicho tú a mí, don Chiqui, detengámonos en tal o cual poblado que tengo necesidad de desfogarme con alguna putita que encuentre, o déjeme unos días vagar solo a ver si riego un poco el platanal, como dirías tú? ¡Nunca! Yo mismo he querido también desfogarme en algún rancho con algún buen cuerillo que me haga cosquillas tú sabes dónde, pero he desistido en sugerirlo, primero por la prisa que corre nuestra empresa, y segundo por verte tan poco inclinado a ese tipo de aventurillas, presumo que por ser hombre casado. En cuanto a lo de los negocios propios, no tengo ni idea a lo que te refieres...

Ni quiere tenerla, se lo aseguro. Pero lo que me dice que usted ha querido echarse en los brazos de una hembrita y que yo se lo he impedido es una acusación viciosa, de persona desajustada, replicó Margaro sorprendido con las locuras cada vez más astutas de su jefe. Y me perdona, pero en el tiempo que llevamos andando por estos pastizales no ha mostrado la menor intención de salir de ellos y hacer un poco de vida urbana; ni siquiera lo he visto retirarse discretamente a hacerse una buena majuana, como seguro me ha visto a mí en reiteradas ocasiones. Pero no quiera desviarme de lo que es la pepa de mi pregunta, don Chiqui, que usted como patrono sabe lo que es salario. El trabajo asalariado es lo contrario a la esclavitud, que es lo que había antes, y el modelo que usted propone. Porque mírese por donde se mire, yo soy una especie de esclavito suyo.

Esclavo cojones, contestó molesto Chiquitín, ni tampoco mi empleado, que eso lo sabes tú mejor que yo. Tú lo que eres es un péndulo. Antes insistías en que te hiciera socio en los negocios, lo que acordamos hace ya bastantes semanas cuando te declaré predueño de la mitad del valor de los tesoros que descubramos y de un tercio de lo que rescatemos de las garras taínas. Bajo ese arreglo, mucho hago en pagarte los gastos para que me vengas con que salarios y ñoñas de ese tipo, que son lo opuesto a la sociedad que ya creamos.

Ñoñas ningunas, dijo Margaro con voz segura, que eso se habló al principio, y no venga a darme a entender ahora que he comprado gatos entre sacos con usted, que el salario del que me habló fue lo que me convenció de apenas traer de mi propio dinerito. Usted me disculpará, don Chiqui, pero no soy ningún niño y tengo derecho a mi propio dinero y a que se me pague por mi labor. Respóndame con claridad, que usted se me vendió de bueno y me ha salido más duro que un mojón de guayaba. Además, esa actitud suya de no querer pagar es antiamericana. ¿En qué quedamos? Mire a ver qué hace, porque ese hacerse y gustarle suyo no va conmigo. Acabe y diga dónde está parado, que, por mucha que sea la demencia, debe tener su término.

Suave con lo de antiamericano, le advirtió Chiquitín. Tú querrás decir anticapitalista, y en eso te equivocas igual, que yo lo que hago es cortar gastos, ahorrar, balancear presupuesto: valores aprendidos todos del Americano. Te suplico que acabes de meterte en el cerebro que el ahorro es la base del capital. ¿Pero y con quién me creo yo que estoy hablando? ¿Qué puedes saber tú de capital y del sistema económico de la Gran Corporación, tú que de lo que sabes es de cambalache y chiripeos? Pero igual tienes razón en eso último que dices, que no hay cosa más humillante para un manganzón como tú que andar sin un peso encima. Así que, cuando hagamos la primera parada, te dejo caer alguito... *if you know what I mean.*

Le tengo requetedicho que a mí no me hable en taíno, don Chiqui, que no entiendo ni el principio de una sílaba, respondió Margaro, pero sí que apruebo que me deje caer ese alguito que usted dice, que es lo menos que puede hacer. Mire que llevo un buen tiempo bailando con la más fea y está bueno ya de andar sobre esa hiel y verme siempre en los camones. Avance con eso y no hable por hablar, que ya es tarde para ablandar granos, y quien lo quemó que lo sople...

Chiquitín no quiso añadir comentario alguno y, como Margaro también calló, aprovechó para cavilar respecto a la próxima etapa de su proyecto, tomando en cuenta que, con las últimas noticias, seguro el estatus de su misión había cambiado. Aunque secreta y torcidamente, al punto de no poder admitírselo a sí mismo, le regocijó la idea de que el arresto de Hamilton Masul, aunque sin duda injusto, ocasionara la cancelación de su misión suicida. Le convenía, pues con tanto plan malogrado y tanta humillación seguida, su ánimo estaba menos en dejar el pellejo en pos de ideales y martirios que en vengarse de Auches y su camarilla de cabrones, recobrar el Guanín y su valiosa pintura de da Vinci de las estúpidas manos de los hijos de la gran yegua de esos taínos disfrazados de policías corruptos, venderlos al mejor postor y dividir ganancias. Claro, que si el Ideal insistía en llamar a su puerta, se dijo, si en mitad de la noche o del sueño se le aparecía una espectral Betty Crockett y se lo pedía con voz implorante, no tendría de otra que responder a los comandos de su deber patriótico. Tampoco encontraría fuerzas para enfrentarse a Jiménez Schalkheit y negarse a cumplir su misión, sobre todo ahora que es cuando cuenta. Mi misión de lo que se trata es de detener en seco la llegada de la república roja a Puerto Rico. ¿Cómo puedo negarme a cumplir tan gloriosa encomienda, y más cuando, al hacerlo, me convierto en mártir del Ideal, en héroe eterno para quienes queden al amparo de la Pecosa? ¡América nos libre de ser libres! Y que nadie se esté metiendo en el asunto, que quien único conoce lo mejor para nosotros es el Americano, eso lo sabe cualquiera. ¡Nadie va a gobernar ninguna república en esta isla nunca, cojones! El Americano no puede hacer otra cosa que aceptarnos en la Unión, quiera o no, por las buenas o por las malas.

En este debate interior iba inmerso Chiquitín cuando la luz mañanera les mostró por primera vez en más de un día los primeros asentamientos humanos. Eran unas casitas de madera aisladas, apiñadas en un espacio estrecho como defendiéndose unas a otras. A la entrada de dicha comunidad, Chiquitín percibió lo que le pareció una caseta de teléfono público, que resultó serlo para gran sorpresa de Margaro, quien había vislumbrado dificultades para encontrar una. Hasta allí llegaron y estacionaron la tricicleta contra un árbol justo al lado. Rebuscó en la billetera la tarjeta que le entregara Jiménez Schalkheit, echó unas monedas y marcó el número con gran entusiasmo. Margaro observó desde la distancia prudente que decretó Chiquitín, donde su voz no pudiera alcanzarlo.

Al principio la conversación fluyó con bastante naturalidad y buena disposición, o al menos lo que escuchó Margaro le parecieron saludos alegres de amigos que han dejado de verse. Pero a medida que avanzó el intercambio, fue mermando el entusiasmo de Chiquitín, cuyas piernas, tan contentas durante las frases iniciales, tan felices que giraban en sus talones o se enredaban como dos boas, detuvieron su alegre jugueteo y quedaron ambas separadas y firmes sobre el suelo en actitud grave. Pronto, Margaro observó cómo el peso del cuerpo de Chiquitín fue distribuyéndose de modo que comenzó a indicar pesadez, doblegadura, vencimiento. Conciente, aunque en un segundo plano, de la ubicación de Margaro, Chiquitín se colocó de espaldas a él para evitar que se percatara del obvio compungimiento de su expresión, que ninguna otra reacción podría resultar de aquel rosario de órdenes que recibió de boca del secretario general del Partido.

Como sospechará, el Ideal no espera, le informó Jiménez Schalkheit. Los planes de la inmolación estaban concertados y seguían corriendo. El asunto de Masul era, como también se imaginara Chiquitín, sólo el comienzo de un operativo mayor de ellos mismos, del Partido, una especie de preámbulo al ataque suicida que a él correspondía ejecutar. Ambas cosas, según las estrategias del Partido, tendrían un efecto aterrador en la mente de los congresistas americanos, particularmente la del tal Delano Rodríguez, respecto a la gravedad de la situación y la seriedad de la amenaza de los proamericanos de Puerto Rico para que se les respetara su ciudadanía. Lo que sí le pidió encarecidamente fue que pasara lo más inadvertido posible desde ahora hasta el momento cumbre en el templete independentista de Guánica. Había que recordar que los enemigos de la Anexión son muchos y andan siempre al acecho, y como bien dijera el prócer americano Benjamín Franklin, le recordó Jiménez Schalkheit, cosas hay que, para lograrse, han de permanecer ocultas. Debe saber que las muchachas le acusan a usted —¡acusan, sí, a usted!—, de ser testigo y cómplice de los hechos que se le imputan a Masul, lo cual, desde luego, no es cierto, añadió Jiménez Schalkheit.

¡Cómplice yo!, intentó gritar Chiquitín, pero apenas tenía la primera sílaba enunciada cuando ya Jiménez Schalkheit lo atajó desde el otro lado de la línea pidiéndole que se tranquilizara, que era todo parte del mismo operativo y que lo crucial de aquí en adelante era que llegara él con su carga intacta hasta la tarima para detonarla.

Después de eso, lo que suceda o deje de sucederle a Masul tendrá muy poca relevancia para usted, Chiquitín. ¿O es que pretende sobrevivir al estallido?, le preguntó a su vez, con una descarga de agresiva risotada que le cerró el camino a cualquier tipo de respuesta contraria. No, señor, añadió, el mártir que sobrevive no es mártir, no puede serlo, imposible que lo sea…

La conversación, o más bien monólogo de Jiménez Schalkheit, acabó con una dirección en el pueblo mismo de Guánica, en una de las calles perpendiculares a la avenida 25 de Julio, a la cual debía reportarse la noche del 24 de julio para comenzar el proceso que culminaría en el martirio anexionista necesario para catapultarnos de una vez y para siempre, según palabras del mismo Jiménez Schalkheit, a los brazos del Tío Sam.

Acorde con las observaciones de Margaro, el lenguaje corporal de Chiquitín al regreso del teléfono denotaba derrota absoluta. Con gran silencio y circunspección llegó hasta su sillín, se encaramó con movimientos pausados y colocó ambos pies sobre el suelo mientras aguardaba a que Margaro se acomodara en su lugar para proseguir. Aquello era una especie de orden silente, pero orden al fin. Margaro caminó con lentitud hasta su lugar, sobre el cual se encaramó de un salto. Impulsándose ambos a cuatro piernas, continuaron la marcha.

¿Hacia dónde nos dirigimos ahora, si se puede saber?, preguntó Margaro antes de formular la pregunta que mandaba la ocasión, que era, de nuevo, la de su salario, del cual prometió hacerle un adelanto en la primera parada que tuvieran, lo cual no fue cumplido. Pero como su actitud tras la conversación telefónica era de mírame y no me toques, optó por aquella pregunta inocente antes de volver a traer los cuestionamientos espinosos.

La realidad era que no le importaba mucho ya hacia dónde se dirigían, siempre y cuando fuera en la dirección general de Ponce, donde le esperaban su mujer y sus niños, que tal parecía ser su último e inevitable derrotero. Sintió que nada lo ataba ya a aquel demente, menos aún si se metía en los líos que sospechaba que estaba metido. Sí, volver a Ponce, cabizbajo y todo, pero volver. Y aunque no regresara tan lozano como partiera ni fuera ya capaz de bailar el trompo en una uña como antes, volvía libre al menos, sin heridas mayores ni lesiones perennes, con el pellejo más o menos intacto. Mejor cabizbajo que muerto o preso, y si aquello fue mucho nadar para morir en la orilla, mejor montarse en la burra que torcerle el brazo al destino.

Vamos de vuelta a Guayanilla, de vuelta al origen, a Guaynía, como ocurría en tiempos taínos cuando se le requería en ese gran *yucayeke* soberano. Debemos estar allí en corto tiempo, como ya te he contado, respondió Chiquitín con una suavidad que en nada concordaba con sus ademanes circunspectos y talante serio que traía desde que regresara del teléfono. Necesito, hermano, que me acompañes hasta el último momento y que me asistas como asistente mío que eres mientras goce de existencia terrenal; asimismo, te pido que me ampares, como amigo mío que eres, en el momento que me veas comido por el miedo, paralizado por la inercia o arrebatado por el éxtasis de la furia, y me infundas el valor que me hace falta. Mi misión le pone fin al resto de mí, te lo adelanto, y aunque nada hay que más quisiera que ser un mártir de mi causa, eso no impide que me temblequee el alma un poco, además de las piernas. Te imploro, único ser humano testigo de esta cruzada arqueológica de tanta trascendencia para esta maldita isla que no sabe apreciar nada, que seas mi custodio por los próximos días hasta que me toque la hora final, que me toca más pronto de lo que imaginas. Esto significa que estás a las puertas de librarte de mis malos cascos y testarudeces, que no creas que no me doy cuenta que soy un fastidio, un hueso duro de roer... Te prometo, es más, te juro, dijo Chiquitín con emoción, mientras soltaba la mano izquierda del manubrio y la alzaba como si prestara juramento ante un tribunal, que te compensaré justamente por los cuidos que me dediques, que mejoraré mi trato y mis formas contigo, y que te doy permiso para que durante los próximos días que pasemos juntos, que ya te tengo anunciado que serán los finales, seas la criatura manumisa de lengua que te gusta ser y digas y hagas lo que te venga en gana, siempre y cuando no me dejes al borde del precipicio, por lo más sagrado, ni me abandones a la hora de la verdad. ¿Es mucho pedir, amigo mío? ¿No dejar a un pobre ciego —¡porque ciego estaré ya pronto!— al borde del abismo?

Suelte la olla ya, don Chiqui, y deje de profanar, que esas cosas que dice le ablandan el alma a una piedra. ¿Qué catástrofes son estas que anuncia su lengua, que me tienen erizado de la cabeza hasta los pies y llena la boca de espuma rara?, indagó Margaro, arrepentido de casi todo lo que recién pensara de su jefe y sus planes de abandonarlo, ahora que se le mostraba de pronto vulnerable, desnudo, hasta delicado se diría, si no fuera porque el término contrastaba demasiado con la grandura de su cuerpo y la brusquedad de su persona. Que si la hora final, que si el martirio, que si la ceguera, que si el abismo. ¿De qué demontre usted habla, don Chiqui? Y no me venga con que son secretos que no puede revelarme, que ya hablamos del asunto antes, y si pretende que sea su custodio, mejor sea que conozca al dedillo lo concerniente a las demencias que se propone ejecutar y los peligros a los que pretende exponerse. Yo he sido para usted claro como un arroyo, así que no me venga ahora con tanto misterio ni ande casándose con el Padre Monte. A saber si hasta el anillo tengo que poner en función a nombre suyo...

Hablas, como siempre, con una intuición que asusta y una facundia que sorprende, Margaro, sobre todo porque quien te ve en persona no da dos centavos por ti. Pero el que escucha esa mezcla tuya de ingenio y macarronismo da un Potosí por hacer patentes de ti. Pormenores de la misión me pides y pormenores no puedo darte por ahora, porque el tiempo de las revelaciones aún no ha llegado, aunque puedo jurarte por la madre que me parió, que Dios la tenga en su gloria, que nada existe que quiera yo más en este momento que compartir cada minucia del asunto contigo. Comprende, te lo pido, que hasta este instante en el que hablamos, mis instrucciones, o más bien mis órdenes como agente secreto del Ideal, me impiden soltar prenda, dijo un genuinamente compungido Chiquitín. Ah, y casi se me olvida: lo del anillo es iniciativa tuya. Si lo usas para mí, serás tú quien le pague esa cuenta al Maligno, no sea que venga a cobrarme a mí en muerte las deudas tuyas en vida.

Ahora viene con que utilice el anillo a favor suyo, si es mi deseo, pero que ponga la cuenta a nombre mío. ¡Qué mamey! Y después de la peste que ha hablado y las veces que me ha empujado a que lo deje por ahí tirado. Yo le juro que está usted como la gata de Flora, que si se lo meten grita y si se lo sacan llora…, dijo Margaro.

Eres un ser vulgar y ordinario, canto de penzuaca, interrumpió Chiquitín.

En serio, don Chiqui, póngase de acuerdo con usted mismo, que esa veletería suya no le hace bien a su prestigio. Y hablando acá nosotros en privado, don Chiqui, usted no puede pretender demasiada protección de parte mía, ni mucho uso de anillo tampoco mientras siga con el fantasmeo de no contarme nada ni ponerme en confidencia de sus asuntos que, según dice usted y deduzco yo, son de vida o muerte. Así que yo, para donde voy es para Ponce. Estaré con usted hasta donde llegue, que usted dice que es Guánica, y de ahí en adelante me hago el juey dormido. Porque no se puede pretender que siga yo como una mascota detrás de cada cosa loca que se le ocurra a su mente demente, sin saber nada de su destino ni de sus pretensiones. ¡No joda! Que tampoco me va a coger a mí de palo pa'cagar, le digo.

Las de suciedades que tienes siempre en la boca, Margaro, y sólo por el puro gusto de embarrarte en la porquería, que es lo que a ti más te place, según he podido observar. ¿La abuela tuya nunca te lavó la boca con Ajax? Lo que debes hacer es confiar y tranquilizarte. Todo lo sabrás a su debido tiempo, le dijo Chiquitín haciendo gesto con la misma mano con la que antes jurara, otra vez fuera del manubrio, para que lo cogiera suave. Y como lo que nos queda juntos son unos quince días, continuó diciendo, me atrevo a informarte, aquí y ahora, que te revelaré los pormenores de mi operación en cuestión de unas cuantas horas. ¡De horas! Eso es más que razonable. Si no aceptas, sabré entonces que eres un intransigente, y la intransigencia es de gente bruta y fanatizada, lo que sería una pena enorme para mí saber que se me coló un bruto o un fanático en mi empresa.

¡Eso es lo que yo llamo pelar el pollo! A usted sí que no se le va una, don Chiqui. ¡Y lo rápido que me acorrala con esos argumentos de pacotilla! ¡Pintados, claro, con luces y sombras de verdad y de coherencia, pero argumentos que, a la larga, resultan caravelita! Eso es tener labia y tener flema, que a usted le sobra por bateas. Y ya le tengo dicho, don Chiqui, que a su edad se peca lo mismo por maldad que por inocencia, por malicia que por idiotez, que eso es más verdad que una bula papal, y la verdad, aunque severa, es única y absoluta.

En menos de dos oraciones me has acusado de labioso, ingenuo, bambalán, sofista y creo que también de bruto, aunque no así tan directo... Eres todo boca, mi hermano. Y eso que te cantas de ser bueno conmigo. ¡No quisiera imaginar si fuera lo contrario! ¿Tú crees que es justo, a esta hora, en estas condiciones, haciéndote yo las confesiones que te hago de lo que nos espera y en el estado vulnerable en que me encuentro, después de abrirte el corazón y pedirte compasión y ayuda, venirme con esas exigencias y amenazas?, reclamó Chiquitín con un dramatismo que pretendía debilitar las posiciones enemigas.

Primero explíqueme qué es eso de sofrita, inquirió Margaro, esquivando las saetas de culpa que le disparara su jefe desde el asiento frontal de la tricicleta. Que para sofrita la cebolla, no yo, y en todo caso querrá decir sofrito, que es lo que usamos aquí.

¡Ni sofrita ni sofrito, esa mezcolanza repugnante que daña lo que toca! Dije sofista, que quiere decir exactamente de lo que acabas de acusarme, de alguien que disfraza de verdaderos argumentos falsos, indicó Chiquitín didáctico. Conozco el término porque lo usaron mucho los arqueólogos contra don Vals y contra mí, en tiempos ya hace mucho pasados y mal recordados.

Sea frita o sea fista, usted sabe de lo que le digo, que aquí donde me ve, que dice que no da dos centavos por mí, soy una jachita bota, y si he podido nadar en dos aguas es porque tengo más leche que un papayo macho, contestó Margaro entre amenazador y jactancioso.

En esta conversación iban cuando alcanzaron un puente tendido de un lado al otro del lecho de un hermoso río, de aguas caudalosas y por fuerza cantarinas, con muchas pozas magníficas ocultas tras las piedras, ideales para darse un baño privado y sin apuro. La posibilidad de asearse, con tantos golpes encima, y tanto revolcarse en el polvo, y tanto sudor viejo acumulado y amazacotado sobre las pieles, les llenó de entusiasmo, y más cuando al borde del puente encontraron un trillo ancho y no muy escabroso que se abría entre la maleza aledaña en dirección al río, por el cual se internaron con todo y tricicleta sin grandes tropiezos.

Aquí podremos bañarnos, sanarnos un poco las heridas, quitarnos la sangre seca y la costra que nos tienen los poros sellados, indicó Chiquitín. Yo mismo me siento que a veces el cuerpo no me respira. ¿Tú no? Pues yo sí. Me da como que un ahogo que siento que los pulmones no me bastan... Como ves, es un río ancho, solitario, lleno de pozas, por lo que te podrás ir tú por allá por una y yo por acá, por otra, y que cada cual en su bañera, con su calma y su tranquilidad, se restriegue a gusto y gana. ¿Te parece?

Créame, don Chiqui, que si algo quiero ahorrarme yo es el espectáculo de la bola de pellejo blanco que debe ser usted en pelotas. Me voy lejos. Nos vemos luego, dijo Margaro antes de recoger su mochila de la carretilla y perderse por unas peñas río arriba.

Chiquitín también recogió su bulto y se metió por otros peñascos, donde encontró una poza acorde con sus gustos, en la que se sumergió completamente desnudo. El agua estaba congelada, pero se sentía limpia y refrescante, lo cual le llenó el pecho de una agitada respiración que a su vez despejó de su mente, siquiera por un momento, los pensamientos que le torturaban respecto a la misión política que se le endilgara. Se sentó en una piedra lisa sumergida a flor de la superficie y se recostó contra otra que le servía de respaldo, por cuyo centro bajaba un chorro de agua fría que le quedó a la altura de la nuca, la cual dividía en dos corrientes que le bajaban por ambos lados del pecho. Aquel contacto con el agua en movimiento lo transportó fuera de su mente a un espacio neutro, blanco, o más bien lleno de luz, donde se sentía a gusto y pudo reposar tranquilo, sin la fatiga que le causaba el futuro. Las magulladuras de su cuerpo, las hinchazones y golpes recibidos, las encías adoloridas, absorbieron con alegría aquel líquido benefactor que parecía sanarlo con su transparencia coruscante. A veces, dejando escurrir el torso hacia abajo sobre la piedra, lograba que el chorro le cayera, unitario, directo a la calva, lo que le causaba un placer intenso pero efímero, pues pronto se tornaba en molestia y luego en cefalea. Se incorporaba de nuevo y volvía a dividir el chorro principal con su nuca y a manipular con los hombros su trayectoria sobre el pecho. En ese estado de compenetración con la naturaleza se encontrada, cortado casi por completo cualquier pensamiento involuntario o consciente, cuando un fuerte olor industrial a no sabía qué lo expulsó de su nirvana y le trajo de vuelta al duro mundo de las realidades. Pero ya antes de que pudiera impedirlo sintió el cambio de densidad del agua que, en ese instante, le caía de nuevo por mitad de la cabeza, y luego el grito de Margaro, más arriba, que le advertía que se saliera corriendo del agua porque venía un golpe de grasa. Cuando por fin pudo poner su desnudo cuerpo en movimiento hacia fuera de la charca, la sustancia oleaginosa ya había ocupado la totalidad del agua de la poza y embadurnado la superficie de su cuerpo y las piedras, al punto que lo primero que tuvo que limpiarse una vez salió fueron los ojos y las pestañas, seguido de las orejas y los dientes. Margaro llegó gritando y maldiciendo, para encontrar a su jefe sumergido en la poza no ya del agua contaminada, sino de la resignación, retirándose lo mejor que podía, con las hojas caídas de los árboles y los matojos alrededor, el aceite que lo cubría desde la calva hasta por debajo de las uñas.

Por fin ves lo que te vengo diciendo hace semanas y casi a diario, señaló Chiquitín con la emoción de ver ratificadas sus enseñanzas, que la gente en este país son unos marranos, unos cerdos capaces de cagar en el plato donde comen y mearse en la cama donde duermen. ¿O no te he repetido cuchucientas mil veces que los puertorriqueños son gentuza vil, que merecen montarlos a todos en una balsa y pegarles candela en mitad del ancho mar? Menos a los proamericanos, claro, que son los patriotas que encenderán la balsa. Para la canalla, la inyección letal, la silla eléctrica, el garrote vil, el paredón... Pero a lo hecho, Margaro, pecho; ante la adversidad, sonríe, levántate y piensa que si cosas peores ocurren diariamente que ni nos tocan, que nos toque una tan pequeña como esta no significa mucho. Encuéntrale, como he hecho yo, para no romper en llanto, una esquina positiva a este evento y enfócate en ella, para que no pierdas eso que tú le llamas tabla, y salgamos de esta nueva mala pasada del destino lo más rápido y menos afectados posible.

Pues debe serle más fácil a usted encontrarle la esquina bonita, porque el cadillo no tiene ninguna, y menos el que tengo yo por pelo, ahora embarrado con esta jodienda que parece aceite de camión quemado, aunque veo que a usted ni le va ni le viene la sustancia, respondió Margaro, a quien el olor del aceite lo sofocaba y desesperaba la imposibilidad de sacárselo del pelo sin los detergentes ni el agua limpia para hacerlo.

Te confieso, comenzó Chiquitín a decir en ánimo de sermoneo, que pese a molestarme malamente el contacto con la sustancia, en su esencia misma no me desagrada. Este olor de aceite usado, pasado por bielas y pistones, lo que me inspira es orgullo por la industria humana, por el progreso que ha traído el Americano a este patio de negros que era Puerto Rico antes de que ellos pusieran su bota aquí. Hoy no seríamos ni una sombra de lo que somos si no fuera por la industria americana que nos llegó, con todo y su aceite pesado. Pero sabrás que la industria no viene sin un cierto precio que debe pagarse, y no siempre es en cascajo, dijo Chiquitín haciéndole un guiño a Margaro para que comprendiera la alusión. Mientras tanto, aunque parezca duro decirlo, no podemos correr los humanos con el costo entero del progreso. La tierra, los mares y los ríos también deben pagar su cuota. Digo, alguien, algo, tiene que ayudar a sostener el desarrollo y la industria americana. ¿O no? Mírame a mí, que acabo de ser bañado en ese desecho industrial, y fíjate cómo soy de comprensivo y resignado, siempre y cuando que sea en bienestar de la economía, que es donde, en última instancia, sabemos que acaban todas las preocupaciones. A eso me refería cuando te dije, Margaro, que le buscaras un ángulo positivo a la desgracia, aunque te cueste.

Lo miro y veo que no le está costando nada decir la tonga de estupideces que acaba de ensartar como un collar de peronías. Si usted no está de verdad que por completo tocado de la sesera, don Chiqui, entonces yo digo que el mundo es cúbico y Puerto Rico queda en uno de sus doce filos o en una de sus ocho puntas, comentó Margaro desesperado con el grado de fanatismo de su jefe. No hace un minuto los puertorriqueños eran unos marranos por echar aceite al río, y ahora resulta que el aceite es una panacea, un bálsamo curativo que se le ofrece al río para que comparta con nosotros el costo del progreso. ¿En qué quedamos?

Veo que tienes buena cabeza para las situaciones más extremas, que yo mismo no hubiera sacado tan rápido el número de los filos y las puntas del cubo, interrumpió Chiquitín.

¿Usted no ve que el agua de este río, por su caudal, va a parar a alguna represa?, gritó enfurecido ya con las evasivas de su jefe y su actitud en contra de los principios más básicos de lo que él, Margaro, estimaba como un asunto elemental de la vida en civilización. ¡Esto es agua para beber, don loco! ¿Usted no ve? ¿De verdad aprueba que tiren esto por aquí y contaminen río abajo el agua de miles y miles de personas? ¡Mírese! ¡Míreme a mí! ¿Cómo nos vamos a quitar esto de encima? Yo, que no sé nada de estos temas, declaro que tirar el cabrón aceite es un acto de terrorismo.

¿Terrorismo dices?, preguntó Chiquitín.

Sí, terrorismo digo, que eso es lo que es, le respondió Margaro seguro de sí.

Pues yo digo que aquí los únicos terroristas son los que están en contra del progreso, del avance de la especie humana. Lo que queremos es decirle a la madre naturaleza, a los ríos, los montes, el mar, el valle, decirles, aquí tienen, retomen estos residuos sacados de ustedes mismos, del fondo de sus entrañas, para que no nos interrumpan la vida construida, contestó Chiquitín, inspirado. ¿O tú piensas que el petróleo cae del cielo? ¡No! ¡Es natural! ¡Todo a la larga es natural! Y lo que es de la naturaleza, pues que vuelva a ella. ¿Tú no crees? Digo, ¡si alguien es culpable del aceite en el mundo es la misma naturaleza, carajo!

¿Y por qué usted piensa que la madre naturaleza mete el cabrón petróleo en el fondo de sus entrañas? No por nada. Miles de años le tomó deshacerse de ese residuo, que es como si fuera su propia excreta, para que vengamos nosotros por acá ahora a echársela de nuevo por la cabeza. Es como si usted fuera al baño, hiciera todo tipo de descargas en el inodoro, y cuando fuera a bañarse, le saliera esa misma agua por la ducha, explicó Margaro.

Yo es que me sorprendo cada vez más contigo, Margaro, la de cosas que me enseñas siempre que hablamos. Tienes razón en algunas, y en otras no. Pero mejor dejémoslo ahí, que no estoy en ánimo de discusiones, y menos contigo, que de aquí hasta el fin serás mi bastón, dijo Chiquitín en ánimo reconciliador.

No venga ahora a querer pasarme la mano, que ya voy viendo que lo suyo es morder y soplar después…, respondió Margaro, dando a entender que aquello no estaba decidido.

Bueno, vamos a limpiarnos lo mejor que podamos de esta sustancia pegajosa, olvidemos si benigna yo o maligna tú, y emprendamos el camino lo antes posible, no sea que carguemos también con la culpa de este derrame, advirtió Chiquitín.

Cuando por fin el río comenzó a aclarase de nuevo, Margaro metió la cabeza en las aguas otra vez limpias, que no consiguieron desprender la nefasta grasa de su cabellera, y dado que las piedras de todo el lecho estaban también impregnadas de la misma materia, resultaba difícil moverse entre ellas y hasta peligroso. Chiquitín insistió que salieran pronto de allí, así como estaban, porque aquel derrame fue bastante grande y ya tenían que estar enteradas las autoridades. Y eso precisamente hicieron, Margaro el primero y más veloz.

Subieron el mismo sendero que bajaron, ahora empujando la tricicleta cuesta arriba y resbalándose por todas partes como en una comedia del cine mudo. En el puente se limpiaron lo mejor que pudieron con unas toallas que sacaron del equipaje, y ya cuando casi estuvieron listos, escucharon varias sirenas que no se sabía si bajaban de la cuesta o subían por ella. Asustados de que los fueran a sorprender en aquella situación tan extraña, se apuraron a montarse y partieron cuesta abajo. A los pocos minutos se hizo evidente que las sirenas provenían también de abajo y que pronto se cruzarían con los vehículos que las producían, y así fue. Al poco rato vieron acercarse las luces y, casi seguido, en un trecho bastante recto de la carretera, venir hacia ellos, a gran velocidad, varias patrullas de la policía, un camión de bomberos, un camión que decía en su costado Emergencias Ambientales, y luego varias guaguas tipo todo terreno con cristales ahumados y luces intermitentes azules y coloradas en la parrilla del radiador.

No los mires, le dijo hacia atrás Chiquitín a Margaro. Actúa natural, que no es con nosotros la cosa.

Eso hicieron. Observaron de reojo aquella veloz caravana mientras la cruzaban, pero por mucho que intentaron no fijarse en ella, Chiquitín notó que en una de las últimas guaguas de cristales ahumados, que traía la ventana abajo, venía sentado, a juzgar por la forma de la cabeza, por el bigote, por la estructura de los hombros y de la quijada, el mismo agente federal que en el pueblo de Guayanilla sometiera a la obediencia a los dos comunistas, y luego, por error, a él. Chiquitín creyó pensar que al pasarles por el costado se fijó en ellos y los reconoció. Pedalea duro, Margaro, pedalea, que nos ficharon, ordenó Chiquitín mientras le aplicaba calor a las piernas.

¿Nos mangaron?, dijo Margaro por no entender bien lo que le decía, aunque sí entendió la necesidad de aumentarle la velocidad al vehículo. Comenzó a pedalear con fuerza.

Creo que sí. No mires para atrás y ayúdame con los pedales, que tenemos que desaparecernos de aquí más rápido que ligero, contestó Chiquitín. Si son los federales, estamos fritos, que a esos sí que no hay quién se les escape; si son los locales, somos hombres libres, que esos no descubren un elefante en un cuarto vacío.

Ninguno de los carros se les fue detrás. Llegaron a una gasolinera rural con un servicio de limpiar carros al aire libre, donde, con una botella de jabón de fregar, se bañaron ambos y sacaron los restos de aceite del cuerpo. A los empleados del puesto que los cuestionaron les dijeron la verdad, que se estaban bañando en el río cuando bajó la ola de aceite, pero algunos de ellos se negaron a creerles. Esa misma tarde, antes de que concluyeran su aseo, corrió por los medios radiales la noticia del derrame de aceite en el río, del cierre de las plantas de tratamiento de la Autoridad de Acueductos y Alcantarillados afectadas, y de la cancelación del servicio de agua potable para cientos de miles de familias. Las autoridades federales y locales indicaron que tenían la descripción de dos sospechosos, y que pronto darían con ellos.

Capítulo XXX

*Que trata del tiempo que pasaron Chiquitín y Margaro ocultos
en la espesura, la discusión que tuvieron respecto a la economía
del futuro y la extraña aparición de una monja en el camino*

Dos días estuvieron ocultos en los matorrales alrededor de otro puesto
de gasolina, bastante lejos del primero, donde se limpiaron, y del que
salieron casi volando por temor a que los escépticos de su historia lla-
maran a las autoridades. El tema del río contaminado acaparó la prensa escrita y radial durante varios días y se convirtió en una catástrofe
nacional. La radio primero y luego los periódicos repetían que, según
fuentes de entero crédito, los federales tenían la descripción de dos sujetos sospechosos a quienes se les vio salir de la escena. Convencidos de
que los sospechosos que mencionaba la prensa eran ellos, se internaron
más aún en la espesura, donde armaron un rústico campamento para
pernoctar un par de noches en lo que pasaba el paroxismo de la noticia
y disminuía la vigilancia en el perímetro. Margaro bajaba de la jalda
dos veces al día hasta la gasolinera para buscar vituallas y periódicos;
quiso comprar un nuevo radio portátil, pero aquello implicaba adentrarse en el poblado donde seguro lo reconocerían. Tuvieron que darle
seguimiento a la historia del derrame y los sospechosos a través de los
patéticos periódicos que se publicaban en el país, que más mostraban
publicidad comercial y ofertas de venta que noticias confiables. Pero a
los pocos días, tan pronto regresó el servicio de agua potable a los afectados, se dejó de hablar del asunto.

Metidos allí en la espesura, el ánimo de Chiquitín tuvo un decaimiento precipitado y pasó en pocas horas de lúgubre a tétrico y a hermético. Perdió buena parte del apetito, lo que hizo que comiera menos
porquería y, por consecuencia, se sintiera físicamente mejor, sensación

que interpretó como el efecto del ayuno de un mártir rumbo a su inmolación. Apenas conversaba, encerrado en la cápsula de un silencio inquebrantable que Margaro sólo lograba quebrar trayéndole algún nuevo ángulo de las teorías persecutorias que ambos tejieron en torno a sí mismos. Sólo entonces le brillaba la mirada a Chiquitín y se animaba a salir de aquel lago de modorra en que estaba todo el tiempo zambullido.

¿Qué le pasa, don Chiqui, que está cada vez más alicaído y ni le huelen las azucenas? Hasta el cuerpo parece que se le estuviera derritiendo como un cirio encendido a Santa Rita, preguntó Margaro.

Dirimiendo, quisieras decir, amigo Margaro, no derritiendo, que realmente me siento ya al final de mis palabras, contestó Chiquitín con voz de ultratumba. Margaro, hermano, ni en Vietnam tuve la temblequera que siento ahora. Quizá porque conozco ya la fecha y hasta la hora aproximada, lo que me da un marco fijo de lo poco que me queda, mientras que allá, en la guerra, nunca se sabía ni cuándo ni cómo ni el día ni la hora y, aunque aquella incertidumbre volvía locos a muchos, a mí me daba sosiego y hasta un poco más de valor.

¿Cómo que conoce la fecha y hora aproximada?, preguntó Margaro sorprendido. ¿A qué se refiere?

Deja de hacerte el bobolón, Margaro, que tú sabes mejor que yo que de mis responsabilidades políticas en Guánica no saldré con vida.

Primeras nuevas para mí. Así que ni bobolón ni sanano ni penzuaca ni ninguna de las afrentas con las que le gusta tanto atormentarme. Eso usted a mí no me lo ha sugerido ni sonámbulo, dijo Margaro convencido de sus planteamientos.

¿Ah no? ¿Y no he mencionado yo un fracatán de veces la palabra mártir en los últimos días?, preguntó Chiquitín a la defensiva. A buen entendedor...

Señor, decir mártir no es decir morir, protestó Margaro, ni tampoco decir retrata es decir serenata. Mire, don Chiqui, que usted dice tanta cosa sin sentido que...

¿Tú conoces a algún mártir que esté vivo?, lo interrumpió agitadamente.

No conozco uno muerto, voy a conocer uno vivo, le contestó.

Nada más con el testigo, concluyó Chiquitín como si en realidad estuviera satisfecho con la conclusión de su argumentación.

A medida que pasaron las horas y se aproximaba la fecha de su encuentro con el Ideal, Chiquitín comenzó a dejar pasar pensamientos

de mayor razón y entendimiento. Concluyó que, si fueran ellos los verdaderos sospechosos, hace rato los hubieran encontrado, bien fuera
esperando en la gasolinera que Margaro visitaba para adquirir las provisiones o mediante helicópteros por los cielos, que no habían visto ni
uno. Además, por las descripciones básicas nada más estaban fritos; y
ni hablar de la llamativa trici nuestra, que es un choteo, se decía. ¿Qué
pasa que no acaban de venir a peinar estos cerros, a rociarlos con agente naranja para sacarnos por las greñas de aquellas asperezas? A menos
que Margaro ande en malos pasos…, se permitió pensar. A saber si ya lo
han detenido en una de sus incursiones a la civilización y ha accedido a
espiarme, a sacarme información respecto a los planes de Guánica. Eso
debe ser, se decía Chiquitín. No existe otra explicación. Seguro ahora
mismo está alambrado de pies a cabeza y me graba cada palabra. ¡La
madre que lo parió! Si llevo días conviviendo con el enemigo sin olér-
melo siquiera. Déjalo, que las cosas caen por su peso, y a ese lo cojo yo
bajando. Le doy soga, pero lo mantengo cerca, donde mejor puedo fis-
calizarlo y más fácil se me hará darle el jaque mate a los enemigos cuando el momento se presente.

Aprovechando que Margaro se había internado en la maleza buscando soledad para hacer sus necesidades, Chiquitín decidió violar el
pacto de privacidad que había imperado en relación con el contenido
de las mochilas de cada cual y procedió a ingresar en ese recinto privado
de su ayudante a la caza de pruebas de la doble identidad que se imaginó. Con poca delicadeza y ningún disimulo, procedió a desamarrarle la
tapa y a verter su contenido en el suelo como si en vez de hurgar quisiera
sacar una cucaracha o un ciempiés de dentro. Claro que no encontró cables ni grabadoras ni transmisores inalámbricos o micrófonos en miniatura, pero sí una bolsa enorme de plástico, llena de aquello que emitía el
fuerte olor que percibió desde los días de la pirámide. Tuvo que ponerse
de pie y mirar de lejos la bolsa que dejó en el suelo tan pronto la abrió,
como si su contenido le repeliera. Tras un rato de observación y cálculo, y de recobrar la noción de la existencia de Margaro y de su pronto
regreso al lugar, intentó reacomodar sobre el suelo el contenido de la
mochila como si se hubiera derramado por causas naturales. Cuando
Margaro se asomó por entre la maleza, Chiquitín se encontraba de pie
en actitud federal, con las manos en la cintura, formando con los brazos dos triángulos, un poco alejado del contenido expuesto, incluyendo
la bolsa de la maloja, como si su mera aproximación lo implicara en un
escándalo.

Una ventolera la tumbó y se derramó así como lo ves, explicó Chiquitín sin darle tiempo a que preguntara Margaro, quien se precipitó sobre sus cosas, en particular sobre la bolsa de flores aromáticas, la cual intentó subrepticiamente colocar otra vez dentro de la mochila sin ser vista. No creas que no me percaté de la bolsita esa tuya, que tú podrás hacerme creer que es para tu consumo, pero a mí eso me habla, y tú me perdonas si me equivoco, de intento de distribución, añadió con gran sobriedad y tono admonitorio.

Intención de distribuir, querrá decir, dijo Margaro, quien aprovechaba cualquier ocasión para corregirle.

¿Intención? ¿De qué me hablas?, preguntó Chiquitín.

Intención de distribuir quiere decir usted, porque intentos, hasta ahora, ninguno, aclaró Margaro.

Que yo sepa, añadió Chiquitín.

Sí, que usted sepa... ¿O es que me ha visto intentando distribuir algo a alguien durante las semanas que hemos andado juntos, casi sin perdernos ni pie ni pisada uno del otro, metiéndome en cuanto lío puede uno imaginarse a costillas suyas, por unos tesoros que veo cada vez más y más distantes? ¿Y qué se supone que haga yo ahora, cuando me entero que piensa liquidarse usted a nombre de ideales descabellados? ¿Que vaya al palo de billetes que tiene usted en su casa allá en Ponce y arranque par de miles para seguir viviendo? Sepa que, de toda esta travesía, con lo único que me quedo es con el secreto de la pirámide, dijo Margaro.

El secreto del Guanín no es poca cosa, aclaró Chiquitín.

¡Dale Juana con la crayola! Oiga, examine su habla, que casi en cada una de sus oraciones o ensarta el sujeto o traspasa el predicado con las palabras Guanín o americano, comentó Margaro exasperado.

Eres un difamador y un exagerado, respondió Chiquitín airado. Además, ¿qué sabes tú tanto de sujetos y predicados, imberbe? ¿De cuál manga te sacas ahora estos conceptos gramaticales que sin duda has escuchado a alguien mentarlos y los repites como el papagayo?

Piense todo lo que quiera, pero no diga todo lo que piensa, y menos así sin censurarse, como es costumbre natural suya, porque va a seguir metiéndose en líos la vida entera, le advirtió Margaro. Pero volviendo al tema del que hablábamos, subrayó Margaro, que usted es muy hábil descarrilando conversaciones, le decía que sí, que la intención de distribución la tengo, para qué negársclo. Lo que me han faltado son oportunidades, clientes, al menos no por estas soledades por las que usted me tiene metido, en las que si nos hemos cruzado con una cabra ha sido mucho...

Sabes que eso nos puede meter en una tonga de problemas adicionales a los que ya tenemos, que muchos son, dijo en tono aleccionador Chiquitín. Eso, en cualquier liga, es intento de distribuir.

¡Intención! ¡Intención!, gritó Margaro.

Intención, quise decir, y no hay manera de que convenzas a un juez de lo contrario. A no ser que te toque un juez de esos trililí que hay en los tribunales locales, jueces coloniales les digo yo, que cuando no son miembros de pandillas nacionalistas, son traficantes de armas y de drogas internacionales y lo que quieren es legalizar la droga para ellos guisar y convertir este país en una Jamaica o en una Holanda, dijo Chiquitín.

Poco sabré yo de jamaicas y de holandas, pero sí sé que perjudica más manteniéndose ilegal que si no lo fuera. Usted quizá no, don Chiqui, pero el que sabe, sabe que menos daña un tabaquito los pulmones que un palo de ron o una cerveza el hígado o el estómago; amén de que el alcohol pone a la gente bruta y a comportarse como chimpanceses. Buena cosa que usted ni fuma ni bebe ni hace nada, pero tampoco se puede pretender que el mundo entero se comporte igual, porque desde que el mundo es mundo, los humanos se han drogado, y no todo a lo que se le llama droga hoy era droga entonces. El que conoce sabe que nadie roba en grande ni mata para fumarse un filicito. ¡A mí que me piquen la mano si la sociedad no se beneficiaría con el consumo libre de esta planta!, explicó Margaro convencido de lo que decía, como si fueran ideas fraguadas durante horas de pensamientos enfocados.

Pues vete poniendo la mano en lo que busco el machete porque eso te lo puedo contestar ahora mismo. ¿En qué mundo tú vives, inocente criatura? ¡Claro que hace daño! ¡Claro que perjudica a la sociedad! ¡Aniquilas células del cerebro que aquello es una masacre! No hay que ser ningún genio ni científico nuclear para saberlo. ¡Eso lo sabe el mundo entero! La yerba la trajeron aquí y a los Estados Unidos los contrallaos negros cuando vinieron de allá esclavizados; ellos trajeron las semillas escondidas debajo de las uñas que después dispersaron por estas tierras americanas sabiendo que es un matojo que crece como yerba mala. Los molletos se fuman esos pitillos de maloja y después lo que quieren es violar niñas blancas. Así como te lo digo, pontificó Chiquitín. ¡Por eso la prohibieron, mi hermano, por eso mismo! Aquí fue igual. La gente se fumaba eso y tú los veías después por ahí por las haciendas, de noche, acechando muchachitas de las familias bien. ¡Escucha la radio, Margaro, escúchala! ¿O tú te crees que yo no sé que eso lo que da es una promiscuidad tremenda y una bellaquera que no la detiene ni una pared de cemento?

Yo no sabré tanto como usted de esos datos, que ya le he dicho que el mismo Lepe es un niño al lado de usted. Pero sí le digo, por la experiencia mía que tengo, que ya es de varios años fumándola, que eso que usted dice de los negros y las muchachitas son cuentos de camino y propaganda falsa, aclaró Margaro. Usted tráigame los números y despúes hablamos. De que se chinga mejor, se chinga, pero de ahí a andarse por allá con la daga como palo de goleta buscando hacer la rosca en cualquier boquete, tampoco...

¡Ves que pone rijoso!, casi gritó Chiquitín como dueño de una evidencia incontestable. Además, ¿cómo vas a decirme que no hace daño si un pitillo de marihuana equivale a treinta cigarrillos de tabaco? ¿Necesitas más pruebas? Yo tampoco he sido ningún santito, eso tú lo sabes, y aunque puritano, como debe ser todo buen americano, sabes que en el pasado la he fumado y bajo cuáles circunstancias. Y te reconozco que tampoco lo pasaba mal. ¡Por eso gusta tanto! Si se pasara mal no la fumaba nadie...

Y le digo más..., reviró Margaro en tono aleccionador.

Dime, Margaro, dime, interrumpió Chiquitín sorprendido con el tono instructivo de su asistente, y para inyectarle un poco de sarcasmo a sus palabras en menoscabo de las de Margaro.

Que si los políticos de este país..., comenzó a decir Margaro.

Isla, di isla, que esto lo menos que tiene es de país, lo interrumpió de nuevo Chiquitín.

Déjese de tanto brinco y escúcheme, aunque sea una vez en su vida, que no seré persona tan leída y escribida como usted, pero sí consumo a diario los periódicos de tapa a tapa y sé un poquito de casi todo. Hasta de economía y política internacional sé un poco.

Pues eso es nuevo para mí y me alegra que tu nivel sea mayor del que hasta ahora has demostrado. Si tú lo dices, así será, que yo apenas leo la prensa y me entero de lo que ocurre por la radio, que no es lo mismo ni se escribe igual. Expón tu punto y dime lo que me ibas a decir, que prometo escucharte con cautela y juzgar tranquilamente tus ideas.

Gracias, sólo espero que se atenga a su palabra y no me interrumpa a cada sílaba que, si vuelve a hacerlo, me callo y no me verá decir ni por ahí te pudras, le advirtió Margaro, y Chiquitín, con un movimiento sutil de la cabeza, acató. Pues le decía que si los políticos de este país fueran listos, de mente abierta, gente con cabeza, menos temerosos de que el gringo les tueste las manitas, legalizarían la marihuana aquí y harían una industria del producto.

¡Estás loco!, gritó Chiquitín.

Lo primero es que no me grite, que no estoy sordo, y seguro antes nos descubre la policía por sus gritos que por los olores de mi inofensiva yerba. Lo segundo es que prometió no interrumpir y es lo primero que hace, recordó Margaro con una paciencia casi infantil.

Pero es que…, quiso Chiquitín interrumpir.

Escúcheme y no jeringue tanto, don follón, por mucho que le cueste estarse con la boca cosida, que más jode usted que un juey en una lata. Le decía que si los dichosos políticos fueran astutos, llegarían a la conclusión de que la marihuana es la única industria virgen por esta parte del mundo en la que se puede competir. Yo le aseguro que su cultivo en grande nos convertiría en una potencia mundial. Escúcheme, insistió Margaro al ver alzarse las cejas de su jefe y comenzar la quijada a gesticular movimientos de réplica, que lo que pienso compartir con usted lo tengo requetepensado y no es un mero salírseme los sesos por la boca. Escúcheme nada más y vea por dónde es que van los tiros.

Dale, habla criatura, que me tienes en una expectativa angustiosa, dijo Chiquitín con cierto grado de escarnio en las palabras.

El primer paso es sacar a los tecatos de la calle y meterlos en un hospital especializado. Es la primera inversión que tiene que hacer el gobierno: un nuevo hospital sólo para adicciones: manteca, *crack*, pastillas, y ese tipo de cosas. El perico no sé aún qué hacer con él, pero quizá también sea de hospital. A eso tengo que darle más pensamiento, se lo confieso. El hospital brega con la enfermedad, medica la droga y encamina al paciente hacia la desintoxicación. Ofrece el tratamiento a los adictos y también la terapia mental que llaman, cosa de que nadie quede muy tocado de la azotea ni muy desesperado. Una vez el hospital esté funcional, se prohíbe por ley pedir dinero por las calles.

Sigue hablando, demonio, que me tienes sorprendido, tanto con las palabras como con los conceptos que expones, a la vez que me tienes consternado, porque veo que en el fondo eres más rojo que la bandera china, dijo Chiquitín.

Escuche y calle: el siguiente paso es medicar, establecer centros de distribución del gobierno para administrar las drogas pesadas en condiciones sanitarias adecuadas para usuarios funcionales. Así matamos al hospitalillo. Recuerde que el usuario que se convierte en crónico, por ley, debe internarse en el hospital especializado, sin importar la clase social ni la condición económica. El que puede mantenerse funcional, recibe su dosis gratis y los servicios y oportunidades de recuperación. El gobierno debería fijarse más en la realidad de la vida. Tú podrás llevar el caballo al río y, si no quiere beber, hay que subirle el agua a la boca, para evitar que se descabrite y dé coces sin ton ni son.

Continúa, que me tienes boquiabierto con la nueva luz en la que te observo, pidió Chiquitín.

A esta altura de los eventos, lo único que permanecería ilegal sería la marihuana, que es la que menos debe serlo. Procede entonces despenalizarla: el que la quiera hacer crecer para fumársela, que la crezca. Al mismo tiempo, se comienza una campaña de medios masivos, con los datos médicos a la mano, que son los datos más contundentes. La campaña debe enfatizar la evidencia científica que apoya las virtudes médicas y sociales de la planta. Hasta la Asociación Médica Americana lo ha dicho...

¡Ya! ¡Aguántate! ¡Hasta aquí llego yo! ¡Me salvé yo ahora! Ahora resulta que también sabes de medicina y te lees los artículos médicos de la AMA, cuestionó Chiquitín con incredulidad.

¿Qué ama ni qué ama?, contestó Margaro genuinamente sorprendido, que la única AMA que yo conozco lo que hace es correr guaguas, y eso por allá por San Juan nada más.

American Medical Association, becerro, animal de monte, dijo Chiquitín bien de mala gana.

Toda esta parte médica me la explicó un amigo que trabaja con mi mujer, no lo sé yo de primera mano. Pero como confío en él, debo confiar en sus datos para sacar mis propias conclusiones, que usted sabe que al ñame hay que sacarlo por el bejuco, explicó Margaro.

No, no lo sabía, ni entiendo a qué te refieres, prestidigitador de refranes, contestó Chiquitín.

Nada, a nada me refiero, lo que quería decirle es que una vez le metas en la cabeza a la población que aquel fiero león en realidad era un corderito, lo próximo es no sólo legalizarla, sino promover su cultivo e industrializarla. Y por supuesto, ponerle impuestos al producto, para que el Gobierno salga del hoyo económico en el que se encuentra y del que parece que nunca va a salir a menos que se invente algo como esto. Dígame, ¿quién compite con nosotros en el Caribe? ¿Jamaica? ¡No creo!

Tú no sabes ni lo que estás diciendo, disparatero, le comentó Chiquitín sin mirarlo, descartándolo de plano con un comentario que, analizado, carecía de fundamento.

¿Y usted sí sabe la verdad?, lo retó Margaro. Perdóneme la letra, don Chiqui, que yo a usted no le pongo un pie delante en cuestiones taínas e indígenas y de yacimientos, pero en este temita, aunque le parezca extraño, tengo mis cavilaciones hechas y sé de lo que le estoy hablando.

Dale entonces, sigue con tus ideas descomedidas, que te sigo escuchando, dijo Chiquitín, de nuevo sorprendido.

Lo próximo es declarar una moratoria para permitir que los jodedores, los dueños de los puntos, saquen los millones que tienen en las neveritas enterradas en los patios y los legalicen, libres de impuestos y cargos criminales, siempre y cuando se depositen en los bancos locales, que actualmente están con las cajas fuertes vacías. Esto tiene que ser un requisito, porque tampoco va el gobierno a legalizar tanto dinero para que se vaya para el extranjero. ¡Más nunca!, levantó la voz Margaro para hacer énfasis en este punto.

¡Meh! Ahora resulta que también eres perito en economía, interrumpió Chiquitín ya un poco tocando el terreno de la envidia.

Pues algo sé también, don Chiqui, aunque usted piense que yo bajé de la jalda ayer. O más bien algo he aprendido leyendo la prensa, escuchando a la gente sabida en los temas, haciendo las preguntas a quien debo. ¡Y eso que quien me ve no da dos centavos por mí, según usted!, replicó Margaro, echándole sal a las viejas heridas. No se preocupe, que esa carta se la tengo guardadita… Pues como le decía: son medidas que le parten el espinazo al negocio ilegal sin crear caos ni guerras en el bajo mundo. Le digo, con lo que le propongo, se matan tres pájaros de un tiro: se crea una nueva industria superlucrativa para crear riquezas en el país; absorbes a los trabajadores de los puntos para una industria afín, en la cual pueden participar y de la cual pueden vivir, y, por último, engordas los bancos de aquí, y estos empiezan a prestar y así se va regando otra vez el dinero entre la gente del país. ¡Imagínese, don Chiqui! ¡Un paraíso en el Caribe para los amantes de la flor aromática, que son muchos millones en el mundo y representan un nicho turístico virgen y sin competencia! Para colmo, lanzamos también una industria de tela de cáñamo, que es de primera calidad, y de papel, que el mejor papel del mundo sale de la marihuana. ¡Hasta la Declaración de Independencia de los gringos que usted tanto alaba está escrita en papel hecho de mafú!

¡Blasfemo! Deberías lavarte la boca con clórox, reclamó Chiquitín.

Pues es la pura verdad, aunque le duela. Imagínese: telas, papel, marihuana y, para colmo, algunas de las mejores playas de *surfing* del mundo, que usted sabe que esas dos cosas van siempre de la mano. ¿Sabía que la mayor parte de los programadores de computadoras del mundo, además de ser *surfers*, son tremendos perros marihuaneros? ¡Imagínese que jalemos esa gente para acá! Les montamos tremendo centro tecnológico por allá por el área de Rincón y que programen de aquí para el planeta, que usted sabe que en las computadoras está el futuro. Le digo yo que en menos de veinte años estamos los puertorriqueños tan adelantados, que hasta nuestros propios cohetes con nuestros propios satélites lanzaremos al espacio desde nuestra propia base aeroespacial en Monito...

Para ahí, plis, y no me hagas reír. ¡Monito ni Monito! Te ordeno que no digas una palabra más y desistas en tus intentos de intentar convencerme, aunque sea por el mínimo respeto que me debes por ser tu jefe, interrumpió Chiquitín. Yo lo siento mucho, pero esas últimas no son ideas tuyas. Eso se lo escuchaste decir a alguien y lo repites por boca de ganso. Imposible que hayas llegado tú solito a esas conclusiones, imposible. Yo lo siento, pero esa curva que me quieres pasar tengo que bateártela sin misericordia.

No es mía la idea, le dije ya, son cosas que le escuché hablar a un compañero de trabajo de mi mujer, pero es algo con lo que estoy de acuerdo por completo y que he conversado con gente entendida en el tema. Piénselo, don Chiqui, que aunque parezca descabellado a primera vista, tiene una lógica incuestionable.

Descabellado es la palabra, tú la has dicho. ¿O es que piensas que el Americano va a permitir semejante locura? ¿Tú te crees que va a permitir que esto se convierta en un paraíso de la drogadicción? Estás soñando con pajaritos preñados si eso es lo que piensas. ¡Será para que se nos llene esto aquí con los tecatos del mundo! Heroína gratis, *crack* gratis, coca, todavía no se sabe, yerba legal. ¡Ja! ¡Filete! Ni jugando lo sugieras, ni jugando..., dijo Chiquitín.

No se trata, don Chiqui, de que sea más o menos bueno. Se trata de la realidad, de ajustarse a los tiempos. Yo propongo aceptar el consumo de la flor de la marihuana como parte del comportamiento normal de algunas personas, y no tan pocas, si se cuentan libremente. Propongo que se regule lo que de todos modos pasa, y de una vez el gobierno del país entero aprovecha. Usted que es tan amigo de los billetes americanos y está siempre a favor de que la gente se enriquezca, no sé cómo es que no le ve la pepa a esta idea. Todo porque a los dichosos americanos no les gusta la idea. El día que venga un gringo de mucho prestigio, de esos que alumbran mucho, a sugerir lo mismo que yo, usted será el primero que lo secunde y pensará que sólo el Americano, como usted le dice, sabe lo que hace, comentó Margaro.

Piensas mal. Me lo propongas tú o me lo proponga Richard Nixon, a los dos les digo que es una perversión. Eso va en contra de los principios americanos, no hay más vuelta que darle. Claro, comunistoide como eres en esencia, no comprendes lo imposible de que un gringo proponga semejante aberración, ni comprendes la importancia de la guerra contra las drogas que llevamos librando contra los malvados colombianos por los pasados cincuenta años. Eres como todos los yerberos que he conocido: se la pasan el día entero hablando de la yerba, comentando sus variedades, sus notas, y fantaseando con la utopía de fumar por la libre.

Qué bodrio es usted, don Chiqui. ¡No se trata de eso!, casi gritó Margaro al borde del desespero. Se trata de la cantidad de dinero y recursos que invierten para combatir el crecimiento de una mata que, la pura realidad, no le hace daño a nadie. Se equivoca, don Chiqui, el que diga lo contrario, que no son ningunos deseos fantasiosos; es de dinero de lo que estamos hablando, de lana, de moneda contante y sonante, de negocio para el país entero, pedazo de crótalo.

Te dejas de majaderías y de ofenderme, que es lo que haces cuando me llamas así y me estrujas en la cara esa palabra, país, que tanto detesto. Esconder bien la maloja es lo que tienes que hacer; asegurarte de que no huela tanto ni nos delate, que se hace tarde ya y debemos ponernos en camino, advirtió Chiquitín.

Margaro optó por no insistir y se dijo que Chiquitín, pese a su evidente educación e inteligencia, estaba lo que se dice trancado a la banda de allá. Dejó pasar el asunto y se ajustó a los nuevos planes de su jefe, quien, pese a su convencimiento de que ya no eran sospechosos del derrame de aceite, decidió que viajarían mejor con el sol ya muriendo y la noche aún nonata, por aquello de no tentar al diablo… Así que la tarde los vio partir, Chiquitín sumido de nuevo en un silencio tan pétreo que no más verle la cara bastaba para saber que cargaba un madero entre los hombros. Pedalearon un buen trecho sin decirse palabra, hasta que Chiquitín rompió el silencio y dijo desde su asiento y sin dejar de pedalear, para gran sorpresa de su asistente:

Margaro, me sucede casi por primera vez en mi vida que siento la necesidad de algún tipo de consejería espiritual. Me siento de pronto como que llamado por un no sé qué religioso que me tiene hecho harina. ¿Qué me aconsejas que haga?

Yo digo que sigamos pedaleando, que tarde o temprano nos damos contra un templo, o atropellaremos a algún profeta o capellán o alguna reencarnación de Cristo que ande por ahí vagando. Seguro que cualquiera de ellos lo saca de ese apuro, quiero decir, de ese llamado que dice usted que siente, don Chiqui. Porque para mí eso es un llamado, una voz espiritual que lo reclama. Mire que Puerto Rico es tierra del llamado celestial; usted da una patada por cualquier grama o cualquier pajal y saltan cuatro pastores, siete curitas de pueblo y ocho poseídos hablándole en lenguas, dijo Margaro.

Pues ten los ojos bien abiertos para cualquiera de esos fenómenos, que si son tan frecuentes, seguro nos topamos pronto con uno, advirtió Chiquitín. La primera iglesia que veamos, no importa su denominación, me avisas para hacer una meditación en el recinto sacro y ver si eso me sube los ánimos que estoy que arrastro los pies.

De nuevo silencio. A la media hora de desplazarse por aquellos caminos secundarios, siguiendo los letreros que decían Lajas primero, Yauco o Ponce después, Margaro pensó que escuchó a Chiquitín llorar y observó un brevísimo, casi imperceptible estremecimiento del torso entero, típico de un ataque de llanto contenido. Trató de observar su perfil, pero su cambio en la ubicación del peso del cuerpo se reflejó en el manubrio y Chiquitín se volvió de súbito y lo confrontó un instante en su espionaje.

¿Qué pasa? ¿Qué estás mirando?, preguntó sin que notara en su cara la menor señal de llanto reciente o compungimiento apisonado y, más allá de la congoja normal que le había caído sobre los pellejos de la cara como sereno, no se percató de nada fuera de lo común.

Como lo vi temblar, pensé que lloraba, respondió Margaro.

¿Llorar yo? ¡Estarás tú loco! Que lloren los niños y las mujeres, no los hombres hechos y derechos que se encaminan jubilosos a la muerte gloriosa. El temblor que viste fue una muerte chiquita que me atravesó de lado a lado como si fuera una nube. Los primeros avisos van llegando, hermano, van llegando…, dijo Chiquitín en tono apocalíptico, sin dejar de observar fijamente el camino.

Al poco rato, se detuvieron para descansar y beber agua frente a unos a hatos de ganado divididos por guardarraya de alambre de púas y esquejes.

Sé que no creerás lo que te voy a pedir, dijo Chiquitín solemnemente, pero te suplico, sin que te escandalices, que enciendas la pipa esa tuya y me des un poquito, si no es mucho pedirte, que de repente me ha dado con que me vendría como anillo al dedo en esta noche oscura del alma por la que atravieso.

Usted, don Chiqui, es de los que sale para San Juan y coge para Ponce. Pero lo dejo, que mi gusto no puede ser mayor, mi jefe, que encenderle su pipita, porque quien goza de estos sanos placeres se complace en compartirlos, sin importar las cantaletas a que lo sometan, ni los infundios que le disparen, ni los vejámenes con que lo aplasten, ni los atropellos con que lo arrollen. Porque de vez en cuando hay que darse la del perro, y cuando todo es sufrir y trabajar sin gozo ni diversión, la vida deja de tener brillo y cada paso es un peldaño hacia el infierno. Sí, señor, yo coincido en que una nubecita le va a venir de pláceme en esta travesía oscura de su espíritu que usted dice que atraviesa, contestó regocijado Margaro, mientras rebuscaba en su mochila por la pipa anhelada.

Fumaron en silencio, Chiquitín limitándose a una sola inhalación por temer que la virginidad de sus pulmones propiciara que aquella leve impregnación de humo tuviera un efecto devastador. Hablaron de la calidad de la planta y Margaro le indicó que era de una variedad exquisita, lo que preocupó aún más a Chiquitín, por creerse de repente a la merced de un potente alucinógeno. En efecto, en pocos minutos estaba que no podía articular una sílaba, ni pensar en construir palabras o mucho menos oraciones coherentes.

¿Tú conducirías un rato, por favor, que no me siento en condiciones?, pidió Chiquitín a duras penas, haciendo con la lengua un gran esfuerzo de espabilamiento y concreción.

Con gusto, contestó Margaro, regocijado.

El humo fumado por Chiquitín, en lugar de relajarlo, lo hundió en el caos del desamparo. Margaro intentó recogerle un poco el ánimo, haciendo piruetas con la tricicleta y realizando movidas temerarias que no perturbaron a Chiquitín en lo más mínimo, de lo metido que iba en sus tribulaciones. El sol caía, la luz natural se hacía escasa, y en una de aquellas oscilaciones en que lanzó a la tricicleta para provocar aunque fuera una reacción mínimamente jovial en el entusiasmo de su jefe, vio salir, a poca distancia en frente, de entre los matorrales a la vera del camino, una monja de hábito negro que, de súbito, saltó y se colocó en mitad de aquel trayecto por donde se aproximaba la tricicleta lo que se dice volando bajito. Margaro no tuvo tiempo para reaccionar. Cambiar abruptamente la dirección que lo llevaba directo a atropellar a la monja hubiera significado un accidente aparatoso para ellos dos que, con la velocidad que llevaban, quedarían severamente lesionados. Serían entonces dos heridos y una monja sana para atenderlos, en lugar de lo que debería ser, dos sanos para atender a la monja suicida, calculó la masa encefálica de Margaro en la fracción de segundo antes de gritarle a la religiosa que se saliera del medio y de pegar un grito prolongado como si se estuviera cayendo por un precipicio.

Todo ocurrió en la chispa de un instante. Gritando, Margaro la vio aproximarse, vio su cara regordeta acercarse precipitadamente, sin que se alterara en lo más mínimo su ascética ecuanimidad. Parecía familiarizada con aquellas situaciones. Y entonces, en el momento mismo de atravesarla, justo cuando se convirtió en una nube fría que le dejó en la piel un rocío sutil con olor a agua florida, en el instante en que su cara atravesaba la cara de la monja, que ambas coincidieron exactamente a la misma altura, la escuchó decir, suplicante: ¡Dile que son barras de chocolate!

Sin dejar de gritar, ahora en un tono más bajo, dadas las nuevas circunstancias, ya no tanto de alarma como de resignación, y con el grito sumado de Chiquitín, que comenzó a darlo en respuesta al que escuchaba, Margaro dirigió la tricicleta hacia un arbusto espinoso que detuvo el avance descarrilado del vehículo y previno un accidente mayor, encerrándolos, no obstante, en una especie de burbuja de espinas.

¿Qué ha ocurrido, si se puede saber?, preguntó Chiquitín sentenciosamente. ¿Por qué el grito? ¿Cómo nos hemos metido en esta madeja de espinas? Te advierto que como este descarrilamiento haya sido juego y bobería tuya, nos la vamos a ver tú y yo de verdad tan pronto salgamos de este espinoso asunto.

¿Pero usted no la vio, don Chiqui? ¿Para dónde iba mirando? ¿O es que andaba, como siempre, por los imbornales?, exclamó Margaro al borde de la furia y la intransigencia total.

¿Que si vi qué?

¡La monja, cojones, la monja!, gritó Margaro.

¿Cuál monja?

¡La que se nos metió en el medio, don Chiqui! ¿O piensa en serio que me metí aquí por puro chiste, para sacarlo de la cosa boba que lo tiene con esa cara de gata paría que no hay quien la aguante?, protestó Margaro.

Pues yo no vi monja ninguna, y hasta lo pongo en duda. Me cuesta imaginar qué podría hacer una religiosa por estas soledades, para colmo brincando como una venada frente a los vehículos. Ahora digo yo que te vayas a tirar esas piedritas a otro río. ¿Dónde está entonces la monja herida? ¿Se esfumó? ¿Salió corriendo? Yo no la veo por todo esto. ¡Sor! ¡Sor!, llamó Chiquitín. ¿Tú escuchas alguna respuesta, parcelero? En cuanto a lo de la cosa boba y la cara de gata paría, di que se te zafó y quedamos en paz.

La monja se esfumó, así como usted mismo lo dice, y no, no se me zafó, explicó Margaro.

Eso me temí que dijeras. Parece que la maloja que me pusiste a fumar a mí te afectó más a ti, porque te ha puesto a delirar, amigo mío. Alicaído podré estar yo, no lo niego, melancólico y pensativo respecto a mi futuro, pero por muy así que esté, no veo monstruos ni culebras ni...

Monjas, aclaró Margaro.

Monjas, bestias, culebras, es todo la misma cosa. ¡Qué más da una que otra! Lo cierto es que, si no es por ella, no estaríamos metidos en esta maraña vegetal que a cada movimiento amenaza con robarme un ojo, ni tendríamos la piel lacerada como nos ha quedado, ni se me habrían lastimado algunas de las machucaduras que tenía casi sanas, ni estuviéramos aquí inmóviles en esta selva de puyas que no me dejan ni pensar tranquilo... Metido en líos hemos estado antes, y sufrido percances y vejaciones, pero ninguno ha sido tan gratuito ni tan poco merecido como este trance en el que me has metido tú con tus alucinaciones, si me permites que dé mi humilde opinión sin que te sulfures, que últimamente estás hecho un fosforito, dijo Chiquitín.

¡Qué pantalones! Menos fosforito sería y menos disparado si usted no dijera tanta sandez que dice ni desconfiara tanto de mí cuando le digo las cosas. A usted es que hay que pararle el caballito de cuando en vez, porque de la nada ya se las da de Martínez Campos y coge más vuelo que un entierro de pobre. No diga que no, que hacha sabe el palo que pica, y usted tiene más huevos que una fanduca.

¡No más refranes, Margaro, por favor, no más refranes! ¡Y deja de pelear ya tanto conmigo! Enterremos las hachas grandes, las hachitas botas dejemos de amolarlas y pongamos mente a cómo vamos a salir de aquí sin lastimarnos demasiado, dijo Chiquitín con voz de asumir el control de la cordura. Ya sabemos que la monja no va a ayudarnos, así que manos a la obra...

Siga, siga con las insinuaciones..., interrumpió Margaro. Y no le digo lo que me dijo antes de atravesarla, que si ya me acusa de alucinador por la monja pelá, no quiero saber de qué me acusará si se lo repito.

Resérvatelo, Margaro, que no estoy para más loqueras tuyas, dijo Chiquitín poniéndole punto final al asunto. Después me lo refieres, en algún otro momento, pero no ahora, por favor, que tenemos que salir de esta prisión vegetal.

Un buen rato les tomó salir del espinero, y casi lo hacen malheridos, sobre todo Margaro, a quien una espina larga estuvo a un átomo de reventarle un ojo como un globito de agua y dejarlo ciego de ese lado. La más averiada fue, desde luego, la tricicleta, cuyas dos gomas principales se poncharon y hubo que repararlas antes de continuar.

Estoy tan hecho leña que te voy a pedir que continúes tú al mando de nuestro vehículo, pese al pésimo trabajo que has hecho. Pero nadie llega a la perfección sin la práctica, y yo no me siento que cuento con las fuerzas ni con la capacidad de concentración necesarias para conducir con seguridad. Eso sí, te pido encarecidamente, que si ves monjas, o lloronas, o conejos gigantes o cualquier otra cosa que se nos interponga en el camino, hazte de cuenta que se va a esfumar y convertir en la nubecita esa de rocío que dices. ¿De acuerdo?, comentó Chiquitín.

Resignado, aunque a regañadientes, Margaro retomó el mando de la tricicleta.

Capítulo XXXI

Donde se narra el encuentro de Chiquitín con la Iglesia, cómo fue escogido sostén de la Sábana Púdica y terminó presenciando la Inseminación Celestial

Poco a poco fueron saliendo de la ruralía y entrando en lo que parecía ser la suburbia de algún poblado grande que Chiquitín estimó sería tal vez Lajas o San Germán. Entraron por un camino que llevaba a una urbanización bastante antigua, a juzgar por el tamaño de los árboles en las aceras y las copas de los que salían de los patios traseros. Aunque construida según el modelo suburbano estadounidense de la cuadrícula de idénticos cajones de hormigón, cada dueño había realizado sus adaptaciones a lo largo de los años, colocando estructura sobre estructura, con el resultado del ensanchamiento de las casas originales hasta casi el límite de las vecinas. Lo que originalmente fuera un solapado proyecto americanizador terminó convertido en una arracimada barriada popular en la mejor tradición criolla.

Y quiso el mal sino que Margaro tomara casi inconscientemente por una de las calles perpendiculares y escuchara al fondo de ella, en la última casa, un estruendoso y monótono repique de batería con timbales acompañado de panderetas y sonajas al son de una música claramente identificable con algún culto religioso. Consciente del error cometido, Margaro intentó virar sin que se diera cuenta su jefe de aquel alboroto, lo cual, dado su estado místico-melancólico, resultó imposible.

Margaro, le dijo, a la casa de Dios hemos llegado. Ha sido la mano misma del Señor la que te ha hecho girar el manubrio para que me lleves donde Él se encuentra, que es hacia donde se escucha esa música de templo. Seguro que el mismo Dios en persona tiene palabras de consuelo para mí ante la misión que me espera. O quizá deba yo descargarle mis cuitas y miedos, porque debes saber, Margaro, que le temo a la muerte como cualquier hijo de vecino, aunque pienses lo contrario. ¿Qué tal si me acercas a ese cenáculo divino, aunque sea un momento, para cumplir con el llamado que me viene royendo el cerebro desde hace varios días?

Suspirando, a Margaro no le quedó más remedio que hacer lo que le pedía su jefe con tan dulce ahínco, así que dirigió la tricicleta hacia el área de la casa llena de luces de donde salía la estridente música y hacia la que confluía, de calles vecinas y carros que aparecían en la oscuridad de la nada, una gran cantidad de feligreses. Era una multitud bastante homogénea en su apariencia física y gustos de vestimenta. Las mujeres iban casi todas con faldas de mahón hasta media pantorrilla, camisetas o abrigos bordados, nada pegado, nada expuesto, pelos largos amarrados en un rabo sobre la nuca, piernas y rostros velludos, mucho ojo miope; los hombres vestían, no se sabía si por la ocasión o por la costumbre, uniforme de zapatos y pantalones oscuros y camisa clara de mangas cortas.

¡Saramaya!, saludó Margaro de modo burlón al aproximarse en la tricicleta a un grupo que hacia allá se dirigía. Ninguno le contestó el saludo y una que otra de las miradas que recibió fue de franca hostilidad.

¿Por qué tienes que hacer eso, hijo del diablo?, le preguntó Chiquitín. ¡Ves que eres tú el que indispone el mundo contra nosotros, no yo, como quieres achacarme!

Déjeme divertirme un poco aunque sea, don Chiqui, contestó Margaro, que la pesadumbre es demasiada y los golpetazos exagerados, y si no puede regarse la varilla un poco, pues lo que queda entonces es el agobio y la horca. Porque si éste no es sano entretenimiento, no sé yo qué pueda serlo, y si algo malo hay en pelar los dientes de cuando en cuando, pues malo soy y seré siempre, porque mi único entretenimiento es pegar el vellón, correr la máquina, pasar el macho y formar la bayoya.

Más bien eres lo que se llama una ladilla, un ácido y un agente disociador, Margaro, una mala influencia al medioambiente. Es ahora que vengo a aquilatar cuán peligroso eres, cuánta ha sido la influencia tuya en los percances nuestros. Te pido, te suplico que, le imploró Chiquitín, en lo que entro un rato y participo de los servicios, te quedes aquí junto a nuestras cosas, que te mantengas callado y vigilante, y que no te pongas a fumar la maloja esa tuya, porque esta gente sí se escandaliza y te llama la policía, y cuidado que, si después se enteran que eres mi subalterno, tal vez no salga yo de allá adentro en una sola pieza.

Así será entonces, respondió Margaro. Vaya, vuelva y no se detenga, que si se demora demasiado, cada minuto será un minuto más cercano a romper la tercera parte de su pedido, y después que se rompe esa se rompe la segunda casi automáticamente, porque no soy amigo de quedarme callado, sobre todo cuando tengo el sistema arrebatado, y seguro que en el calor de las discusiones que genere contravenga también el primero de sus pedidos, y ya usted verá cómo todo es causa y efecto y un encadenamiento, concatenación que usted llama, que hará las cosas caer por su propio peso...

Sin hacerle caso a lo que decía Margaro, Chiquitín se metió detrás de un seto de cruz de Malta y allí se cambió la camisa sudada que llevaba por otra seca que extrajo de su mochila y que, a través de aquellas semanas, había permanecido doblada e intacta. Como las de los demás caballeros que entraban en la marquesina de aquella casa convertida en templo de culto cristiano, también la suya era blanca de mangas cortas, que, combinada con sus habituales pantalones oscuros y zapatos negros, completaba el uniforme de los devotos. Su rareza física lo hizo parecer un ortodoxo del culto, un vehículo directo del Santo Espíritu para hablar sus tergiversadas lenguas, por lo que pronto se integró a la multitud como uno de los más devotos miembros de aquella congregación.

Buena suerte, don Chiqui, y que encuentre la paz que busca entre tanta gente rarota, lo cual dudo, si nos dejamos llevar por el alboroto que se escucha allá adentro, le dijo Margaro antes de que entrara, sorprendido con lo limpio y refrescado que se veía Chiquitín con su camisa nueva, cuyos filos aún se marcaban en una cuadrícula sobre el pecho.

Deja la majadería y quédate aquí quieto velando nuestras cosas, ordenó Chiquitín en voz elevada mientras se alejaba hacia el templo. Recuerda que a veces, entre la gente del Señor, hay mucho interesado en la materia, y si dejas la trici mucho rato sola, seguro la encuentras en los camones.

¡So! ¡Baje la voz, don Chiqui, que le van a dar una catimba allá adentro si se descuida!, le previno Margaro escandalizado con que ese último comentario lo hiciera casi a gritos.

Al templo se entraba por la marquesina de la casa, en cuyo patio trasero habían construido, con una carpa enorme, paneles de oficina y luces fluorescentes, un gran salón en el que cabía el número elevado de personas que fue arribando al lugar. Estaba dividido por un pasillo libre entre dos secciones enormes de sillas plegadizas en las que los feligreses se fueron acomodando. Chiquitín encontró una esquina bastante libre y espaciosa donde podía estirar las piernas y acomodarse lo mejor posible para escuchar el servicio.

En actitud contrita, las manos juntas sobre la frente, los codos sobre las rodillas, la cabeza inclinada en el ángulo de reverencia, Chiquitín se compenetró e hizo uno con aquella congregación compuesta, en su mayoría, de mujeres y niños. Aún sentado y encorvado, Chiquitín resaltaba entre la concurrencia por la brillantez de su piel, por las magulladuras visibles de su rostro, por la enormitud de su ser que desbordaba los límites de la pobre silla, la cual parecía, doblegada bajo su cuerpo, gemir.

Al fondo del salón se observaba un gran altar de tres niveles pintado de blanco, adornado con cortinas y telas del mismo color y por grandes ramilletes de flores también blancas. En el tercer nivel de la plataforma se observaba un trono que, mirado con detenimiento, se descubría la silla de barbero glorificada mediante maña, artilugio, tabla, tela y abalorio que yacía debajo de tan gran pompa. Sobre el cabezal de la silla, de la cual salía un gigantesco abanico de plumas blancas como de pavo real albino que hacía pensar más en un carnaval que en un culto religioso, se observaba un crucifijo enorme de madera cruda que pendía de forma diagonal. A ambos lados del trono, en el segundo nivel de la plataforma, se veían dos reclinatorios también pintados de blanco y construidos con tablas burdas y sin mucha lija, dirigidos hacia el trono, como si la postura mandatoria a esa cercanía del trono fuera la de rodillas.

En el primer nivel, el más cercano, Chiquitín observó una hilera de almohadillas de satín blanco muy lustrosas y mullidas colocadas en el suelo. Abajo, fuera de la plataforma, en una esquina, tres muchachos producían la estruendosa música que se escuchaba afuera como si se tratara de una orquesta de diez músicos. Uno en la guitarra eléctrica, otro en el bajo eléctrico y el último en una batería que incluía los ruidosos timbales; el trío combinaba sus vibraciones sonoras para llevar a aquel tumulto de gente fervorosa hacia la cúspide del éxtasis místico.

En poco rato el salón quedó por completo apiñado de personas acomodadas no sólo en los bancos y sillas sino a ambos lados del pasillo central. La banda incrementó el ritmo del sonsonete y fue entonces que una señora gruesa, con grandes espejuelos y el uniforme del culto, tomó el micrófono y comenzó a cantar con grandes voces que su alma volaría, que su alma volaría, que al sonar de las trompetas, su alma volaría. Los devotos respondieron con el mismo coro, que promulgaba el destino idéntico de las suyas cuando también sonaran los divinos clarines. El coro continuó durante un rato a un ritmo más y más frenético, hasta que salió de entre unas cortinas al nivel de la plataforma más baja, un viejito de unos setenta años, a juzgar por la cantidad de arrugas de la cara, de pelo y bigote pintados de un negro tan renegrido que casi daba vergüenza mirarlo. Vestía un traje completo de gabán, corbata, chaleco y pantalones de impecable hilo blanco, combinado con unos zapatos de charol de igual color que golpeaban la vista con su brillo. Sólo rompía aquella armonía la coquetería de un príncipe negro que llevaba en la solapa, como si más que un pastor fuera un cantante de boleros, un hampón o un proxeneta de la vieja escuela.

A su entrada hubo en aquel recinto una conmoción como un rugido. La congregación se puso de pie en ovación desesperada, con grandes sonrisas en caras que hablaban de entrega absoluta, de confianza inquebrantable en la figura mesiánica de aquel anciano. Aunque las mujeres eran las más fervorosas, también resultaba evidente la emoción de los hombres, quienes se enorgullecían de sus mujeres cuanto más espasmódicas y crispadas se mostraban. Muchos aplaudían dando vueltas en tal rapto de emoción que se les veían los capilares de las palmas de las manos al borde del sangrado y las venas del cuello hinchadas hasta la demencia; algunos, particularmente los de la primera fila, comenzaron a zarandearse de forma convulsionada y a mover la cabeza de manera descontrolada, dando al aire coletazos con los largos pelos y arrancándose de las caras los gruesos espejuelos. Todo era conmoción ante la presencia del anciano, excitación desmedida, oribasia.

Chiquitín se puso de pie para observar mejor la escena y catar hasta donde fuera posible de dónde manaba el poder del viejo y qué nivel de conexión tenía con el ser divino, que, en suma, era lo que venía él a hacer allí. Al no poder dar con las claves de estos misterios, dirigió su atención a la concurrencia. La ovación era unánime. Nadie mostraba la menor huella de descontento, de desazón, de ironía, siquiera de duda. De hecho, las muestras de devoción que allí veía eran de tal contundencia que para él fueron la prueba que necesitaba para admitir que la conexión entre Dios y el viejo pastor de aquel gremio, como quiera que se estableciera, existía.

Mientras el pastor, ahora micrófono en mano, pedía que fuera bendecido el Cristo Resucitado, que llegaran ya el día y la hora en que la Tercera Venida hiciera de Puerto Rico la Nueva Jerusalén, fue caminando frente a una primera fila de seguidores escogidos, tras los cuales se aglomeraba una segunda de fervientes fieles. Uno a uno tocó a los de la primera fila en la frente con su tembloroso dedo índice, lo que provocó que salieran disparados hacia atrás como empujados por una bola de aire y cayeran, desmayados, en los brazos de los de la segunda fila, que estaban allí para capturarlos, colocarlos mansamente en el suelo y abanicarlos con los programas de la actividad en lo que se les espabilaba el Santo Espíritu. Chiquitín no entendía qué les ocurría a aquellas personas, cuál trance era el que los atravesaba, qué tipo de deidad era la responsable de su posesión y, como llevaba años alejado de los templos, se figuró que cada culto tenía ya su propia tecnología del ritual.

Chiquitín buscó en las caras cercanas a la suya la de alguien que se mostrara de alguna manera abierto a la interpelación o el cuestionamiento curioso, y cuán grande fue su sorpresa al descubrir entre la multitud cercana el rostro del líder de Combatividad Anexionista, responsable de las humillantes y desastrosas operaciones de Ponce y el Fuerte Allen. Sorprendido con el encuentro, pensó que la afinidad política serviría de preámbulo a la confianza religiosa respecto a aquella congregación y a su pastor.

Psss… psss…, le hizo con los dientes Chiquitín antes de decirle ¡Oiga!

¡Ea, rayos!, exclamó mientras se acercaba. ¡Usted aquí! ¡Con que además de hermano en er Idear, hermano en ra fe der Cristo Resucitado! ¡Amén! Er pastor es de ros nuestros, es amigo personar der doctor Quirindongo. ¡Aquí somos catórico-protestantes, no se crea! ¿O no ro sabía? Pues sí… Yo ra verdad es que nunca ro había visto por aquí.

Chiquitín estaba a punto de responderle que era la primera vez que participaba, cuando de repente la esposa del líder anexionista sufrió un estremecimiento de posesión del Santo Espíritu que su esposo tuvo que atender al instante y dejarlo con la palabra en la boca, no sin antes conminarlo a que perdiera cuidado y se sintiera como en su hogar, que allí todo el mundo era anexionista y proamericano como ellos.

Aquello calmó a Chiquitín bastante. Hasta comenzó a reconocer algunas de las caras que viera en Ponce, o eso le pareció al menos, que tal vez las circunstancias influían de manera engañosa en su percepción y recuerdo. Mas con el mero hecho de saber que estaba entre su claque, se sintió aliviado de la incertidumbre, y se dijo que si se encontraba entre los suyos estaba con la verdad. De pie, emocionado con la noticia del compadrazgo político que lo unía a aquella congregación, comenzó a batir palmas al compás alocado de las demás palmas batientes que acompañaban las canciones que entonaba la anfitriona por el micrófono, que hablaban de ángeles, sables, de derribar los templos de Baal y le exigía al Señor de modo reiterativo e insistente que mandara su candela sobre ellos. El ritmo y la música enloquecedora lo fueron amoldando a la circunstancia y, antes de siquiera darse cuenta, ya cantaba y aplaudía con tanto fervor como el que más.

Apareció entonces por el pasillo central una fila de niñas de edad quinceañera y vestidas como tal, con pelos esculpidos en salones de belleza, llenos de florecitas y diademas y redecillas con brillo, tocadas de trajes blancos sumamente recatados, hechos de telas bordadas en ciertas partes y vaporosas en otras, inyectadas con cantidades colosales de almidón. Llevaban la misma sonrisa de nerviosa expectativa dibujada en sus rostros, de emoción contenida, de exaltación ante la dicha, de intriga ante el brillo de lo desconocido. Al mismo tiempo, una cierta altanería era visible en sus caras, en las miradas que disparaban hacia la congregación y, más que nada, en las que se disparaban unas a las otras, que delataban no una mera ceremonia iniciática, sino algún tipo de contienda o competencia o certamen que las indisponía entre sí. Si por la vestimenta y el arreglo de las niñas se pensara en un quinceañero en masa, por las actitudes se diría que eran atletas en un desfile olímpico, o más dramático todavía, gladiadoras camino a la arena. Los familiares, colocados a ambos lados del trayecto central del templo, contribuían a esta impresión competitiva alentando con susurros a sus hijas a ser fuertes y devotas y agraciadas.

Cada una de las niñas se colocó frente a una de las almohadillas y, a una señal invisible de la señora que cantaba en el micrófono y que, además, era la coordinadora del evento, se arrodillaron al unísono de manera casi coreografiada y juntaron las manos frente a sí, con un *corsage* de orquídeas en la muñeca izquierda y un rosario enroscado entre ambas. La música continuó, pero a menor volumen. El anciano reverenciado se levantó de la silla, lo que ocasionó que un gran número de los feligreses se arrodillara gritando a voz en cuello que alabado fuera el Cristo Resucitado, y se movió lentamente hacia la primera de las niñas arrodilladas. Dada la posición de las niñas y el hecho de que el anciano caminara a un nivel más alto que el de ellas, sus miradas de amor absorto, sus sonrisas de éxtasis supremo, debían viajar por la zona pélvica del pastor antes de llegar a la zona perceptiva de su cara, hacia la cual se dirigían. El pastor fue una a una tomándoles el cachete entre el pulgar y la segunda coyuntura de su dedo índice, preguntándoles retóricamente,

¿Y tú, serás la agraciada, serás la portadora de la Segunda Encarnación, mi niña?, a lo cual cada una respondía con un anhelo inefable que se le atragantaba en la laringe y que, a lo sumo, expresaba en una acuosidad exacerbada de los ojos. ¿Tienes miedo?, le preguntó a una de ellas, la que más joven lucía, cuya mirada parecía más alejada de la realidad de los hechos. Ella contestó con un rotundo no que le satisfizo.

Chiquitín observó aquel ceremonial desde una distancia suficiente como para no parecerle excesiva la galantería del pastor, y menos ahora que conocía su afiliación política, lo que le daba mayor seriedad y pureza a sus propósitos. No obstante, le parecieron extraños tanto los mimos que prodigaba el anciano como el coqueteo de las niñas, que se encontraban en un estado de exaltación del que sólo cabía alzar las cejas y presumir lo mejor de ellas. Chiquitín quiso restablecer el contacto con el jefe regional de Combatividad Anexionista, mas este se encontraba demasiado interesado en lo que ocurría en la tarima, como si una de aquellas fuera su hija o sobrina o vecina. Tras intentarlo con varios gritos obviamente ignorados, tuvo que conformarse con la información visual que recibía del evento. El viejo pastor, con su traje blanco casi de mariachi, ahora sí que con mucha coquetería luego del paseo inicial frente a las damiselas, subió los demás escalones de la plataforma dando saltitos juveniles que provocaron la ovación primero y luego las risillas de las niñas que él propició volteando sólo la cabeza hacia la multitud y haciendo una mueca que algo tenía entre jocosa y lasciva. Aquella jocosidad, sin embargo, duró poco, atajada al instante por la súbita severidad de su expresión tras las muecas, lo que provocó uno que otro bamboleo entre los más devotos del público. Tras este pequeño y agridulce interludio, procedió el anciano a desaparecer entre unas cortinas que se abrieron a su paso. De nuevo hubo gran ovación por parte de los fieles, de nuevo eran los alabados y las alabanzas y los manda fuego Señor y las ansias de una Nueva Resurrección.

A una señal invisible que tal vez estuviera escondida en la entonación particular de alguno de los cantos que elevaba infatigablemente la coordinadora, las chicas se pusieron de pie como una sola, se voltearon a un mismo tiempo hacia la derecha como soldados prusianos y comenzaron a marchar con gran ceremonia hacia un área oculta tras las cortinas. Al momento de pasar tras bastidores, casi todas las niñas aprovechaban para buscar con la mirada el lugar donde se encontraban sus padres o familiares y obtener de ellos una última señal de apoyo y fortaleza; sólo la más joven, la que al pastor le pareció atemorizada, se negó a voltear la mirada, como si aquel acto de estoicismo le fuera imprescindible para cancelar la cintila de sospecha sobre su valor dejada por la pregunta del pastor. Pronto, las niñas dejaron de ser visibles a la concurrencia. La señora del micrófono también desapareció tras las cortinas, luego de lo cual la banda calló su estruendo.

Desaparecidas las chicas, la multitud, en lugar de apaciguarse, se exaltó más todavía, pero de forma contenida, sin las posesiones o los chillidos. No había más que mirar en detalle a los grupos para ver las caras de histeria de las mujeres, de solidaridad con las mujeres las de los hombres, de susto las de los jóvenes, que no estaban seguros de qué ocurriría con sus hermanas y primas y amiguitas, de envidia las de las niñas. Chiquitín pensó que aquel sería el momento apropiado para interpelar de nuevo al jefecillo estadista, pero lo encontró con el brazo echado a su mujer, ambos enhiestos en sus sillas con la atención entera puesta en la tarima vacía, o más bien detrás de ella, como si intentaran formar imágenes tridimensionales con los sonidos que se escuchaban a través de las cortinas. Chiquitín, erguido en su silla, también prestó atención a lo que ocurría en la tarima a la que tantos estaban tan atentos.

El crujido que se oyó no fue el sonido que se esperaba. Algo de madera se escuchó romperse detrás de la tarima, seguido de un grito corto, o más bien acortado, una pregunta de otra voz de si estaba bien y una afirmación de la misma voz del grito. Otros sonidos se percibieron y después de un rato se vio aparecer por la apertura entre las cortinas la cabeza de la coordinadora, quien comenzó a peinar el salón con la mirada. Aquellos ojos errantes fueron a posarse finalmente en los de Chiquitín, paralizándolo con una mirada de gorgona. La mano derecha de la señora salió por debajo de su cabeza entre los pliegues de las cortinas y, apuntándole directo a él, le hizo un gesto con el dedo para que se aproximara. Chiquitín no podía creer que fuera él el interpelado, por lo que hizo gestos interrogatorios respecto a la identidad del sujeto requerido, los cuales fueron contestados en la afirmativa por la cabeza de la señora respecto a él ser el sujeto, y hasta con muecas de exasperación. La mano y la cabeza de la señora y su conversación mímica con Chiquitín era lo único que pasaba en la tarima, por lo que la atención de la concurrencia se posó en ellos. Chiquitín se puso de pie y se movió entre los congregados en medio de un gran silencio. Subió a la tarima, caminó por frente de las almohadillas y, en respuesta a instrucciones de la mano, los ojos y los labios de la coordinadora, se internó tras bambalinas por donde mismo recién se escurrieran las jovencitas en fila india.

Allí se encontró una escena la verdad que rebuscada. El centro del espacio que se abría lo dominaba una hilera de mujeres casi idénticas a la coordinadora, si bien más jóvenes y más bajitas, trepadas en unos taburetes de madera rústica equidistantes uno del otro, que sostenían una larga sábana blanca a modo de telón, salvo el último tramo donde, al parecer, faltaba una de las sostenedoras, ausencia evidenciada en la caída de la sábana en aquel punto. En la parte baja de la sábana, por debajo del nivel de los pies de cada una de las mujeres en los taburetes, se observaba un perfecto círculo negro que Chiquitín no entendió a qué respondía. En el mismo espacio donde se encontraban las sostenedoras, observó, sentado en dirección a la sábana en una silla no tan ostentosa como la de la tarima pero adornada con cojines y telas y volantes, al venerado pastor, quien observaba jadeante la sábana sostenida por las vestales. Sudaba en abundancia, se mordía, sufrido, los labios, parecía en proceso de iluminación, pensó Chiquitín.

Hermano en Cristo, lo llamó la coordinadora para que se acercara, necesitamos hacer uso de su estatura para que nos aguante este trecho de la sábana, que el taburete de aquí se hizo leña y casi nos mata a la sierva. Siéntase dichoso de que el destino lo ha puesto en el camino del buen pastor Morales, quien se propone impregnar esta noche a la virgen que será la portadora del señor Dios en su segunda y última venida a este valle de lágrimas.

Chiquitín escuchó y no escuchó aquellas palabras. Pasaron por su razón como meros sonidos sin sentidos, significantes sin significados. O mejor dicho, escuchó sus palabras sin que su razón diera crédito a su significado. Lo único que quedó claro en su entendimiento fue, primero, el apellido del pastor y, segundo, la realidad de que el motivo por el cual se le escogió para realizar aquella aguantadora tarea fue su estatura, no su fervor.

Véngase por aquí, hermano, para que sostenga esta punta de la Sábana Púdica, que lo único que puede pasarle a usted con su contacto es que se purifique, dijo la señora mientras se dirigía con Chiquitín hacia el extremo de la sábana donde estaba el tramo caído. Él la siguió y pasó frente al pastor, que seguía con aquella cara entre rijosa e iluminada, momento que aprovechó para hacerse la señal de la cruz y decirle por lo bajo, Pastor, a lo que él respondió, sin mirarlo, Hermano. Fugazmente, casi sin quererlo, Chiquitín se fijó en que el pastor padecía alguna especie de deformación en una de sus piernas, o al menos desde el ángulo en que lo observó le fue evidente la gordura de un muslo respecto al otro, algún tipo de elefantiasis de la que no se percató cuando lo observó andar por la tarima. Chiquitín continuó detrás de la señora. Al pasar junto a las mujeres que sostenían la sábana, Chiquitín sólo pudo verles el trasero y las pantorrillas.

Párese aquí. Agarre esta punta, alce el brazo, sosténgala como si por ella le fuera a entrar el Santo Espíritu y no se mueva un átomo. Cuando llegue el momento de impregnar a la virgen se le pedirá que cierre los ojos, que nadie está autorizado para observar ese momento sublime de la materia, salvo las hermanas escogidas, que son iniciadas y sin mácula. ¿Entendido?

Chiquitín entendió, pero preguntó cuánto tiempo tendría que sostener aquella punta de la sábana así alzada, a lo que ella le respondió secamente que el tiempo que fuera necesario, antes de alejarse sin prestarle más atención, con pasos cortos y rápidos como de persona demasiado ocupada. Por estar en un extremo de la sábana, Chiquitín pudo observar, a un lado de ella, a las demás mujeres y al pastor en las actitudes descritas, y al otro, una hilera de bancas colocadas frente a trece cuadrados negros pintados o pegados en el otro lado de la sábana, al mismo nivel de los círculos que observara en el lado opuesto. Como una brisita fluía por el entorno, se percató de que los cuadrados eran de tela negra cosidos a la sábana blanca por una costura superior, lo cual le hizo entender que los círculos negros eran más bien huecos perfectos a través de los cuales se observaba la tela negra del lado opuesto.

Aunque el tema de la sábana y sus complejidades acaparó buena parte de sus pensamientos, la visión de las bancas fue algo que no supo dónde ubicarla dentro de su experiencia. Para su sorpresa, en medio de aquel lugar tan rústico, de paneles de oficina, luces fluorescentes, sillas plásticas, taburetes burdos, los asientos de aquellas bancas lo dejaron la verdad que perplejo. Primero que eran rojos, el mismo color del príncipe negro en la solapa del pastor, y segundo que, en lugar de ser planos y burdos como se pensaría, lucían pulidos hasta la exquisitez y tenían la forma convexa de las cóncavas nalgas y la parte alta del muslo, ya que se recortaba en el medio dibujando la separación de las dos piernas que allí comenzaba. El material del asiento era evidentemente plástico y, en lugar de ser sólido, estaba lleno de huecos por todos lados como para ventilar partes que se aprestaban a sudar. A Chiquitín le parecieron algo quirúrgicos los sillines, o como para que las mujeres parieran, y reconoció que nunca había visto cosa igual en materia de bancas. Lo más curioso era que los asientos de los banquillos quedaban casi a la misma altura, tal vez un poco más elevados de cada cuadrado negro en la sábana, lo cual sin duda los relacionaba y establecía un vínculo que no tuvo tiempo de descifrar porque en ese mismo momento hicieron su entrada las chicas, cada una precedida por una especie de nodriza que llevaba encendido un velón blanco en cada mano.

La procesión de velas y vírgenes, vista a través de la sábana purificadora, fue una visión que al parecer puso en un inquieto estado al pastor, quien de repente no cabía en su asiento y la pierna gorda le impedía acomodarse como le requería el cuerpo. La lengua le cobró vida propia y comenzó a paseársele por los labios de una manera que ofendía la sensibilidad básica, pero que Chiquitín confundió con síntomas del éxtasis religioso. Al parecer, seguía intacta su esperanza de consultar sus penas con aquel anciano una vez aquel espectáculo concluyera.

¡Sostenes!, gritó la coordinadora a quienes sostenían la sábana, ¡trancando miradas pecadoras, se acerca el momento del engendramiento reverencial! Las sostenedoras, de modo contrito, cerraron los párpados lentamente como telones en un escenario que caen entre la acción y el público. En su oscuridad, la coordinadora les recordó que la visión de la Inseminación Celestial quemaba retinas profanas, que por puras que fueran, desnoblecen los actos sacros.

Aquellas palabras de la coordinadora, que ya a Chiquitín le caía sangrigordísima, volvieron a activarle la confusión dejada por las primeras que le dijera. ¿Sostén era entonces su título?, se dijo. ¿Inseminación Celestial? ¿Engendramiento reverencial? ¿Y aquello de impregnar a la virgen, que su consciente bloqueó al mencionarse pero que ahora se le revolcaba como agua sucia estancada en el fondo de la memoria?

Chiquitín, por ser sostén, acató al principio la orden, pero con el esfuerzo que hacía por mantener la sábana del pudor en alto mientras intercambiaba los brazos para evitar el agotamiento, se le entreabrieron unas ranuras en los párpados por las que observó cómo las nodrizas, que habían colocado los velones al pie de las bancas, instruían a sus respectivas chicas sobre cómo sentarse en ellas, las cuales habían aproximado a la sábana del pudor. Inevitablemente, la forma del sillín mismo de la banca forzaba las piernas de las niñas a mantenerse semiabiertas, lo cual le pareció ser el propósito de aquel diseño. Chiquitín cerró los párpados y se recriminó por permitirle a su mirada volar hasta aquel ritual tan elevado y a la vez mundano. Y fue precisamente lo mundano, lo casi carnal de aquel asunto, lo que tentó de nuevo la mariposa de su mirada. Hubiera preferido no hacerlo, al menos en un plano público de su mente, pero se convenció de que nadie se percataría, siempre y cuando fuera de modo parpadeante. Observó que cada niña se encontraba sentada en su respectiva banca de la forma ya descrita y que las nodrizas les enrollaban las largas faldas en forma de sorullo hasta la mitad de los muslos y las amarraban a las patas traseras de la banca como para sacarlas del medio y que no fueran estorbo al proceso.

El peso del pudor le cerró de nuevo los ojos a Chiquitín. ¿Qué era aquello?, se dijo. ¿Cuál ritual cristiano presenciaba? Ni comunión ni bautismo. Algún tipo de confirmación, supuso, alguna ceremonia intermedia mediante la cual se pretendía canalizar la gracia del Dios Creador, o algo por el estilo, por medio de una mecánica insospechada e íntima... Algún propósito noble y sagrado debía tener aquel procedimiento que estaba por consumarse.

Con un apretamiento de ojos, pasó su atención al otro lado de la sábana con gran fingimiento de mantenerlos herméticos, dada la vigilancia tenaz de la coordinadora, quien reconocía en los sostenes la debilidad del músculo del párpado ante la tentación de la carne libidinosa. Allí observó a través de un velo de pestañas, al cual Chiquitín achacó la distorsión de lo visto, una escena que le pareció preocupante, por no decir monstruosa. El pastor Morales era asistido por dos pudorosas señoras, quienes le retiraron primero los zapatos de charol blanco, luego las medias rosadas, cuyo uso le pareció a él una zalamería que rompía con la armonía del blanco, y luego los pantalones de blanco lino que dejaron al descubierto unas piernas delgadas y morenas, alrededor de una de las cuales, la que Chiquitín había colegido que padecía de elefantiasis, se observaba algún tipo de correa de cuero amarrada al muslo que Chiquitín no descifraba a qué respondía.

Sucedía con el pastor Morales que era paciente crónico de bestialismo genital, el cual, con los años, desembocó en una condición priápica extrema que lo forzó a amarrarse con una correa al muslo el miembro monstruoso y turgente, si es que pretendía llevar a cabo una vida más o menos normal y rutinaria. Aquella condición, dolorosa sin duda, era el foco de buena parte de sus pensamientos continuos, un rasgo significativo de su anatomía al cual tuvo eventualmente que sacarle provecho para salir de la miseria a la que casi lo condenaba a vivir. Aunque en una ocasión pudo operarse, el doctor le advirtió que en su caso, dada la naturaleza descomunal de la dotación, la cirugía sería en extremo dolorosa y sin garantía de resultados, sin mencionar la posibilidad de una hemorragia incontrolable. Optó por el dolor original, lo que significaba transformar aquel castigo de la naturaleza, sacarle provecho de la forma que fuera, moral o inmoral, legal o ilegalmente. ¿Qué otra opción le quedó al señor Morales que convertirse en pastor y, con los años, convencer a su feligresía de que aquel fenómeno de la naturaleza que Dios le había puesto entre las piernas no podía ser otra cosa que el instrumento, el vehículo de algún gran acontecimiento para el género humano? Comenzó a decir que una noche, a través de un ángel, le fue revelada la profecía de que su sufrido obelisco estaba destinado a lanzar la semilla que habría de fecundar el óvulo de una virgen, a través de cuya concepción regresaría en su segunda y última venida el nuevo Mesías al mundo, con la espada en la mano y la revolución en el verbo, a secar este valle de lágrimas y rescatar de la muerte a los justos, a los que fueron fieles seguidores de los preceptos del anterior Mesías. Convenció a sus seguidores de que Dios escogió a Puerto Rico como sede de su última aparición y que, para cerciorarse de que el óvulo mariano era fertilizado por el semen consagrado, este debía depositarse en las trompas mismas de Falopio.

Con aquella historia inverosímil en casi todas sus partes, salvo para la gente incauta de aquel lugar apartado y árido del sur de la isla, Morales se hizo de una comunidad de seguidores que comenzaron a llamarle pastor y a rendirle ovaciones a su *bastón mesiánico*, llamaban los más fervorosos, *manguera del Espíritu Redentor,* los más juguetones, sobre todo las mujeres que ya no podían aspirar a la dicha de concebir de aquel semen tocado por lo sagrado, que lo decían con cierta malevolencia. A pasos cautos, ganó adeptos y adoración el falo del pastor Morales, y como era lógico que sucediera con aquella construcción mítico-religiosa, su ego hinchado lo llevó en última instancia a convencer a aquella feligresía atontada, a que ofrendaran en cuerpo y alma a sus niñas núbiles en el altar de su lascivia, de cuyo encuentro, alegaba él, saldría el nuevo Hijo del Hombre. Con un buen discurso de pastor que desarrolló con apenas un par de semanas de escuchar Radio Profecía, se hizo de una Iglesia y una grey numerosa. En poco tiempo se armó de un séquito de pseudomonjas incondicionales, las cuales ejecutaban el chorro de barbaridades que se le cruzaban por su mente enferma como si se tratara de una Gestapo privada. Aunque gozó de toda clase de privilegios con su feligresía femenina, incluida la introducción del Báculo del Señor entre los orificios de las menos devotas, que después quedaban convencidas de que aquella expresión corpórea era la marca inconfundible del Recipiente Sacro de la Simiente, la culminación de las maquinaciones más oscuras de Morales ocurría aquella misma noche en la que Chiquitín terminó sosteniendo una de las puntas de la Sábana Púdica.

Volposado en la cresta del murelio, el pastor Morales dio voz de estar listo. La coordinadora respondió según el libreto.

¡Hermanas, guantes!, comandó, lo cual fue acatado de inmediato por las nodrizas, quienes sacaron de unos bolsos que llevaban aferradas bajo los sobacos, unos guantes de hule grandes y amarillos como para lavar platos, así como unas botellitas llenas de un líquido claro, las cuales procedieron a colocar en el suelo junto a los velones. Tras ponerse los guantes en ambas manos, se arrodillaron junto a las bancas a la espera de alguna nueva orden.

¡Música, hermana!, susurró el pastor.

¡Banda, elevando cantos!, gritó la comandante, y la banda elevó cantos, asistida por una nueva cantante que ocupó el puesto libre tras el micrófono con una voz igualmente chillona y un aspecto general idéntico al de la coordinadora.

Levantándose de la silla, todavía con la correa amarrada al muslo, lo que le impedía a Chiquitín observar su miembro en permanente turgencia, comenzó a andar con las piernas desnudas en dirección al primer punto negro de la sábana, ubicado en el extremo opuesto al que se encontraba Chiquitín. Detenido frente a la sábana, alzó los brazos al Cielo, rogó a Dios por una ceremonia exitosa, y bajó las manos a la correa, la cual, luego de forcejear un tanto con ella, desamarró del muslo, dejando en evidencia aquella monstruosidad innombrable. Chiquitín ahora sí que cerró los ojos; por primera vez se sentía cómplice de una barbarie. ¿Sería correcto lo que acababa de observar? ¿Podía estarse dando un acto de semejante obscenidad en el seno de aquella respetable institución dedicada a la adoración del Dios Único, y para colmo entre hermanos en el Ideal, entre luchadores de la Estadidad y comandos de la Igualdad? No podía ser. Sencillamente no podía ser. Alguna explicación debía tener aquello. Confianza, se repetía, confianza, que Dios aprieta pero no estrangula.

Confiado en que llegaría a comprender el significado de aquello, no escuchó cuando el viejo dio la última orden, que la coordinadora repitió por encima del estrépito de la música, a través de la sábana, hacia la primera de las nodrizas. Esta procedió a echarse en las manos enguantadas un chorro del líquido claro que traía en el pomo y a embadurnárselas bien antes de declararse estar lista. La nodriza susurró algo al oído de la niña, la cual elevó al cielo sus ojos con aire angelical y separó aún más las piernas de lo que ya de por sí las forzaba la forma misma del asiento. Permaneció a la espera hasta que la tapita de tela negra comenzó a elevarse y apareció poco a poco por el hueco de la sábana el falo mitológico del pastor Morales, que la nodriza procedió a atrapar entre sus manos, embadurnarlo del líquido claro con movimientos claramente masturbatorios y a dirigirlo hacia la vulva intocada de la primera doncella, en la cual se fue introduciendo lentamente al compás de los gritos adoloridos de aquella niña ultrajada cuya garganta sólo volvería a emitirlos en el momento de su primer parto. La nodriza realizaba sus funciones de una manera mecánica, fría, exacta, sin dar muestras de excitación, como si se tratara de una técnica de pista de aeropuerto que encajara una manga de combustible en la toma de un avión.

Chiquitín no quiso observar más nada de lo que ocurría allí, no quiso ni siquiera imaginarlo, pero supo por los ruidos que aquel mismo suplicio se repetiría en cada una de las niñas, la última siendo la más cercana a él y cuando más tendría que luchar contra su voluntad de abrir los ojos y enfrentar ese evento que prefería saber que no era atroz. Chiquitín sintió la fuerza abandonarle las rodillas, mas quiso mantenerse en pie, cumplir su función y sostener la Sábana Púdica, que sólo ahora comprendía el porqué de su nombre. Era ella la que transformaba aquello de un acto profano en uno sagrado, se dijo Chiquitín en un esfuerzo desesperado por protegerse del asedio de su propia consciencia. Debía mantener la vista cerrada al evento, conservar la cantidad mayor de sus sentidos vírgenes al desvirgamiento de las vírgenes. Sólo así lograría justificarse la cobardía de su pasividad, la indolencia de su apatía; sólo así podría argumentar que no vio nada, que sus ojos en realidad no estaban autorizados a observar aquel gran momento de la concepción divina.

Aquello que le ocurrió a la primera niña se repitió en las otras, y no sólo con el consentimiento de sus padres, sino con el aplauso y la esperanza de que fuera su hija, de todas, la agraciada en recibir la semilla de Dios en sus entrañas. El miembro sanguinolento se retiró de una niña casi desmayada y se movió hacia la próxima. Eran muchas las sangres mezcladas sobre su perverso falo al término de su última ruptura y al regreso a la primera desdichada. La segunda vuelta fue la de las embestidas pélvicas, sin duda lo más difícil de soportar para Chiquitín en términos auditivos; fue la parte de mayor severidad debido a que en ella el pastor buscaba la fricción desesperada y se movía de una forma tan violenta que hacía dudar mucho la edad que mostraba su rostro. Los gritos y las tribulaciones de las niñas violadas se perdían entre los cantos de alabanza al que todo lo puede, los dobleces enloquecidos de la batería, los repiques estridentes de los timbales y los gritos estentóreos de la congregación que elevaba voces al Cristo Redentor para ahogar los aullidos de sus hijas, quienes gemían tras la Sábana Púdica.

Todo, por fortuna, ocurrió con velocidad. El viejo pastor Morales, aunque prodigioso, tampoco era de alcance infinito, por lo que fue dentro de aquella niña que lucía la más joven de todas, apenas quinta en la hilera, la misma a quien preguntó por su valor a la hora de saludarla en la sesión de las almohadillas, en quien quedó depositada la simiente sacramental. Al llegar a ella, el pastor Morales sintió en torno a su miembro una presión incomparable, al tiempo que la súbita inundación de la cavidad femenina le hizo perder el control, hincharse y enviar la partícula de Dios al mar del sagrado óvulo expectante. La niña perdió el conocimiento, se le fueron en blanco los ojos, comenzó a convulsionar como si su columna vertebral fuera un látigo en manos de un ogro maldito y a expedir sin control, por el intersticio entre su piel penetrada y la piel penetradora del pastor, un líquido claro que no era orín pero que la nodriza dio por tal. Se ha orinado la chiquita, dijo sin quitar el ojo de la zona de inserción, con cara de ingeniera que observara el pistón de un tren en movimiento.

¿Que qué? ¿Cómo es?, exclamó la coordinadora desde el otro lado la Sábana Púdica, con evidente escándalo. ¿No digas que mató la Mies con sus ácidos? ¡Condena eterna tendrá la chiquita si cae mala, condena eterna!, gritaba la doña casi fuera de sí y por encima de la dichosa música, la cual no había recibido órdenes de cesar su estruendo.

Fue en eso que se escucharon las primeras sirenas en la lejanía y se vieron las primeras luces azules acercarse por las ventanas de la entrada al templo. Cuando se hizo evidente que las sirenas se dirigían al templo, entró un tumulto de creyentes que habían permanecido en la calle durante el culto alegando calor o fumando cigarrillos, pese a la prohibición del pastor y de la congregación contra ese vicio, y otros porque no cabían dentro. Entraron gritando como si huyeran de un maremoto, dando voces de que venía la policía y que estaban rodeados. Tumbaron sillas y arreglos florales, se atropellaron y atropellaron a los de dentro, a quienes transmitieron la misma histeria y sentido de acoso que a ellos los poseía. Silenciados conjunto musical y cantante, fue mucho más claro el estampido aterrador de la multitud enardecida.

La policía entró al lugar repartiendo macanazos en una ola arrolladora que dispersó a la feligresía en mil y una direcciones distintas, igual que a una banda de ratones. Chiquitín, quien cerró violentamente sus ojos para no ver el éxtasis del pastor Morales, fue el único de los sostenes que permaneció con la sábana aún tomada en alto, como si esperara la orden de abrir los ojos y bajar los brazos. Pero fue tal el horror de lo que presenciara, tal la barbarie y la pornografía del acto, que ni la gritería de la gente entrando en tumulto al templo, como si allí no pudiera alcanzarlos el brazo largo de la ley, lo sacó de su trance. Pese al corre y corre que era evidente, pese a la carga de la sábana, y pese a escuchar la gritería y la palabra policía repetida en múltiples contextos, no fue hasta que escuchó la voz de Margaro gritarle ¡Don Chiqui, por aquí, don Chiqui, por aquí!, que vino a abrir los ojos y a observar el pandemonio.

El caos que se armó al ingresar en el templo las Unidades Especiales fue absoluto. Chiquitín, quien permaneció parado en medio de aquella escena como un ciego en mitad de un campo de batalla, dio unos primeros pasos de desmomificación, de desenredo, en dirección a su amigo Margaro, que lo conminaba a apurarse porque tenían a los guardias casi encima. Él mismo no supo bien cómo fue que pudo salvar aquel campo traviesa de banquetas y velones y potes de lubricantes aplastados por zapatos cobardes. Cuando por fin pudo salir de la comedia de errores en que se había convertido aquel acto de misticismo, una mano, la de Margaro, lo atrapó por el antebrazo y arrastró por lo que parecía un laberinto de gabinetes hasta salir milagrosamente por una puerta solitaria al costado de la casa, opuesta al lado donde se realizaba el ingreso de los agentes del orden.

¡Venga, don Chiqui, por aquí está la trici nuestra, venga!, gritó en susurro Margaro mientras casi consigo arrastraba a Chiquitín. Esto es lo que se le llama armarse la tángana, le dijo una vez roto el encantamiento de la escena. ¿Qué rayos hacían allá dentro para que se formara esa pelotera?

Pues tampoco sé decirte cómo un acto tan solemne degeneró en este rosario de la aurora, le mintió Chiquitín mientras se alejaban del lugar del descabellado evento, ya con menos urgencia que al principio.

¿Solemne?, preguntó Margaro extrañado. ¿Solemne en qué sentido?

En el sentido más universal que puede pensarse, Margaro, en el sentido de solemnidad cuando se consagran el pan y el vino en los altares cristianos, en el sentido de solemnidad cuando le matan una paloma encima a sus cemíes los salvajes taínos. ¿O es que existe algo más solemne que la concepción del próximo Hijo del Hombre?, preguntó retóricamente Chiquitín. Hasta yo, que soy medio ateo, no se me ocurre nada más solemne y primigenio.

¿Pero y qué pamplinas son estas que está hablando? ¿Y cómo es que se concibe al Hijo del Hombre, según usted? Porque hasta donde conozco, no hay manera de concebir que no sea por la vieja vía del güiro y la maraca. ¿O es que peco de picar fuera del hoyo?

Sí que pecas, pecador, que otras vías tiene que tener el Creador para concebirse, y si a Él le diera la real gana podría nacer de una mata, o de un manantial, o venir montado en un aerolito, pero no lo hace y prefiere hacerlo por la vieja vía del güiro y la maraca que dices, pedazo de ser humano tan ordinario que eres, replicó Chiquitín. Si no, si llegara de cualquiera de las otras formas, nadie lo tomaría en serio, sería un fenómeno, *freak* que llaman. ¿O por qué tú pensabas que le llaman Hijo del Hombre? Pues porque se concibe por la vieja vía de la cópula normal y corriente. El próximo Hijo del Hombre, que se supone salga de la ceremonia de hoy, también debió concebirse por la vieja vía, mi hermano. En eso radica la grandeza del acto. ¿Te das cuenta?

De lo que me doy cuenta es que a usted le han comido las agallas y está siendo víctima de tamaño embaucamiento. Porque si es cierto eso que usted dice, entonces allá dentro ocurría tamaña fresquería, que no por nada aparece la policía así tan en masa y con ese alarde. Usted tuvo que haber visto algo, no lo niegue.

Cosas vi, sin duda, cosas sagradas y puras que no estoy autorizado a divulgarte, pero cuando me indicaron que cerrara los ojos eso hice, porque la irradiación del momento podría ser demasiada para mi desacostumbrada retina y dejarme ciego en el instante. No sé qué será a lo que te refieres por fresquería, que si te refieres a un acto sucio, a un coito pecaminoso, pues te equivocas. De nada de eso fui testigo, mintió Chiquitín.

¿Por casualidad le dieron a comer algún chocolate a usted o a beber alguna chocolatina?, preguntó Margaro.

No que me percatara. ¿A qué viene la pregunta?

A nada. Por saber dónde el huevo tiene el pelo, contestó Margaro.

Habla claro, alacrán, di a qué te refieres, qué tiene que ver el huevo con el pelo con el chocolate del que me hablas, indagó Chiquitín un tanto incómodo.

Quiero descifrar el mensaje de la monja, dijo Margaro.

¿Cuál monja?, preguntó Chiquitín poniendo los ojos como dos faroles.

¡Cuál va a ser! ¡La que casi nos deja hechos una coladera en aquel árbol de espinas!, le disparó Margaro.

Vaya intriga te traes, canallete. Honestamente, ahora mismo no quiero ni saber de qué se trata. Sólo me interesa conocer ahora en qué terminaron las ceremonias del pastor Morales, dijo Chiquitín.

Ya eso lo sabremos mañana, que este salpafuera seguro mañana es noticia, don Chiqui. Porque detrás de los policías venía la prensa en caravana. Parece que es un escándalo de marca mayor, y usted, uno de sus protagonistas, fugado ileso de tan descomunal leña, que si de una cosa podemos estar seguros es de que tiene usted más leche que un caimito morado.

Mucho más protagonista de lo que te imaginas, aclaró Chiquitín con misteriosa consternación.

Me imagino, sí, qué no me imagino..., dijo Margaro en ánimo de no indagar más y, llegando a la tricicleta, se montaron ambos listos para partir cuanto antes. Chiquitín reclamó estar molido y no tener los sentidos completos para conducir el vehículo, por lo que ocupó el segundo asiento, y Margaro, sin quejarse, tomó el manubrio. Salieron a toda carrera de aquella urbanización como por obra y gracia de un encantamiento, sin ser vistos ni oídos por la gran multitud de gente que se aglomeró frente al templo del pastor Morales. Al final de la calle apareció un caminito rural de tierra bien apisonada, sobre cuyo caliche la luz de la luna rebotaba de tal forma que más bien parecía iluminado por debajo, perfecto para una escapatoria sin peligro. Tras pedalear su buen par de horas, el camino se introdujo por medio de un paisaje por completo rural que les llevó hasta un sembradío de arroz.

Capítulo XXXII

*Que narra el encuentro con el cacique Pablo Podamo
y el descenso de Chiquitín a la cueva Guacayarima*

Mira para allá qué clase de desperdicio, comentó Chiquitín, mientras con el brazo le señalaba a Margaro los arrozales. No es por echarle flores al comunista, que flores son perlas para esos cerdos, pero la verdad es que al puertorriqueño le corre por las venas el pus de la vagancia. En Vietnam estaría este arrozal ahora mismo cundío de gente recogiéndolo y sembrándolo y recogiéndolo de nuevo. Te lo digo yo que lo vi con mis propios ojos y no lo saqué de ningún libro de propaganda insurgente ni de ninguna estampilla comunista. Los cruzábamos a diario durante las patrullas nocturnas y los animales del Vietcong nos ponían trampas horribles debajo del agua para ensartarnos como jueyes. Pero dígase lo que se diga, esa gente es fajona como ninguna que yo haya visto. Un afán con el arroz que aquello es recoge y siembra, recoge y siembra, aunque les llovieran las balas por encima. Una vez nos dieron órdenes de destruir los arrozales porque era el mismo arroz que alimentaba al enemigo escondido bajo tierra. ¡Muchacho, el banquete de explosiones que nos dimos! Y si bonitas son esas plantaciones, todas tan exactamente cuadriculadas, más linda es la explosión de una granada en ellas, que forma como un gigantesco hongo de agua fangosa. A veces los demonios vietnamitas no querían salirse de sus arrozales para evitar que los destruyéramos, y entonces nos daban órdenes que reventáramos dos o tres sembradíos junto con sus cultivadores. ¡Te podrás imaginar! El mismo hongo, pero con destellos rojizos. ¡Y a coger para el monte se ha dicho! No quedó uno solo de los bravucones en los arrozales.

Usted, don Chiqui, quizá quiera que le sea alabancioso, pero la ocurrencia que me viene es que tiene los cascos más cerrados que un huevo, y que no es más bestia a falta de buena alimentación y vitaminas, le dijo Margaro repugnado con aquellas descripciones. Por mucha calle que se tenga y por muy dura que esté la brea, yo me quedo frío con sus cuentos, que son los de una máquina o estatua animada sin gota de sentimiento. ¡Y menos recién saliendo de una iglesia y en la postura de santurrón que lo encontré! Mire, don Chiqui, que no seré yo la gran cosa ni me las echo de café con leche, pero a mí si me dicen tírate por ahí, yo miro, y si es muy alto, no lo hago. Usted, al contrario, se zumba sin mirar. Atraviésate esta espada por el cuello, y allá va usted; degüella a tu abuela, y ya se ve alzarse el puñal en su mano...

Atropéllame, dale, sigue, lo conminó Chiquitín; atácame, fustígame, que siempre soy yo el malvado del dúo dinámico que somos. Pero debes saber que confundes, Margaro, la gimnasia con la magnesia, que una cosa es razonar las órdenes que se reciben del mando militar y decidir cuáles están dentro de la legalidad y cuáles no, y otra muy distinta es cumplir órdenes sin protestar ni renegar ni pasarlas por filtro alguno del pensamiento. Porque si cada soldado le aplica a las órdenes sus propias tablas de la ley, se tranca la maquinaria bélica y se muere degollado por el enemigo, que ese sí no va a tener remilgos como tú. En la guerra se siguen órdenes y punto, porque en el momento que dejes de hacerlo, te liquidas tú mismo, bien por mano amiga, bien por mano enemiga. ¡Cómo se ve que no has sido nunca ni cobito y ni siquiera has tirado un petardo!

La astucia suya no conoce límite a la hora de virarme la tortilla. No es más hábil por ser tan grandulón, ni más escurridizo por no ser salamandra. Porque su especialidad, señor Jabón, es la de limpiar las cosas y ponerlas a su favor. En eso no hay quien le ponga un pie delante. Pero hagamos eso a un lado, don Chiqui, y continuemos nuestro camino, a ver si alcanzamos alguna población a tiempo para el desayuno, que tengo un hambre vieja de varios días, contestó Margaro.

Bueno, pues continuemos. Y estate con los ojos abiertos, que estamos en plena zona taína. Imagínate tú, entre Guayanilla, Yauco y Maricao...

Maricado, corrigió Margaro.

Cuidado con lo que dices, que no quiero tener que darte un sopapo ni iniciarte en la bofetá del mozo que no te he dado todavía, y que has estado cerquita de ganarte, contestó molesto Chiquitín.

Dije Maricado, que es el nombre del pueblo, no maricón, que es lo que su podrida mente le hizo escuchar en el cerebro, dijo Margaro.

¡Que Maricado ni maricón! ¡Maricao es un nombre taíno, igual que Humacao! ¿O tú dices Humacado? ¿Verdad que no?

Sí, admitió Margaro, también lo digo.

Pues aprende a hablar, animal de monte, que es cosa requetesabida que muchos vocablos taínos terminan en dos vocales, dijo Chiquitín en tono de sabihondo. ¡Pero esperar que puedas saber tú algo de gramática taína es creer que la piedra es blanda y la lija suave! Te decía que estés con los ojos bien abiertos, que por estos caminos y lejanías en cualquier momento se topa uno con una tropa de indígenas que descienden del Bosque de Maricao para buscar los víveres y las vituallas que necesitan.

Si usan tanta toalla no pueden ser tan primitivos como usted dice, que la cosa suave y mullida no creo que sea de tan buen gusto en el mundo indígena, pienso yo, comentó Margaro.

Pues piensa menos, bacalao, que no son toallas sino vituallas, que significa provisiones, aclaró Chiquitín.

En ese caso, vayamos, que lo único que nunca espera es el porvenir, dijo Margaro con cierto cinismo, a la vez que comenzó a pedalear por el mismo camino por el que se movían entre los arrozales. Abriéndose paso a través del sendero a fuerza de luz de luna, se aproximaron a una zona de bosque que crecía al pie de lo que parecía una escarpada formación rocosa libre casi por completo de vegetación, salvo por uno que otro mechón de yerbajos que crecían desperdigados entre las peñas como una barba inconexa. Aunque ambos coincidieron en que el camino parecía dirigirse hacia un lugar cerrado y sin salida, optaron por proseguir y confiar en que debía atravesar en algún punto la extraña cordillera que parecía cerrarles el paso y conducir a otro valle detrás. En silencio, asombrados con aquel lugar que a Chiquitín le pareció un anfiteatro natural, continuaron adentrándose hasta que observaron al pie de unas formaciones rocosas una lucecita que parpadeaba como un planeta en la vastedad del espacio oscuro.

¿Usted ve esa lucecita parpadeando, don Chiqui?, preguntó Margaro reduciendo la velocidad de la tricicleta.

La veo sí, y me pregunto si acaso será alguna lámpara indígena de las que le prenden a sus dioses. Te aseguro que si llegamos a la fuente de esa flama, encontraremos un cemí iluminado, opinó Chiquitín convencido de lo que decía.

Todo puede ser, como dice usted, pero yo opino que esa lucecita se mueve como si estuviera en la mano de un ser vivito y coleando, no ofrecida a una deidad inmóvil. Cuidado que tengamos que enfrentarnos nosotros aquí con un nuevo enemigo suyo, de esos que parecen esconderse hasta debajo de las piedras. Yo le juro, don Chiqui, que usted es un fenómeno, un imán para el obstáculo y el infortunio. Nunca he conocido persona más conflictiva que usted en los días enteros de mi vida, ni a nadie que le salga tanto ratón de tan poca malla. Me voy a colocar el anillo, que nunca se sabe con usted, y si habemos de encontrar nuevos peligros, mejor es tenerlo al dedo, en caso de que necesitemos preservar nuestra integridad física.

Ponértelo es el principio de usarlo, dijo Chiquitín. ¿Te dije o no que poseerlo nada más era el comienzo de la tentación? Debiste dejarlo donde te indiqué, pero no te sermoneo más del asunto, que debes estar hasta la coronilla. Haz lo que te dé la gana, pero no me inmiscuyas en tus transacciones con ese señor…

Margaro echó mano a su mochila y rebuscó en el fondo de ella donde su propio peso lo había llevado. De allí lo sacó con relativo esfuerzo y, a la luz tenue de la penumbra previa al alba de aquella zona boscosa en la que se internaron, se lo puso en el dedo índice de la mano izquierda, a cuyo diámetro se acopló perfectamente y en el cual, tal y como le contara el difunto Efrén, su peso excesivo desapareció.

¿Lo sientes todavía?, preguntó Chiquitín con ironía, mientras observaba a Margaro hacer piruetas y movimientos extraños con su mano que demostraban la liviandad del anillo. Deja ya eso y acerquémonos para ver de qué se trata tanta misteriosa lucecita que me tiene intrigado.

Al acercarse, la llama comenzó a demostrar movimientos erráticos, apagándose y encendiéndose de forma irregular, lo que convenció a Chiquitín de que, en efecto, como pensara Margaro, iba en la mano de un ser en fuga. Tras dirigirse un rato hacia aquel fulgor errante, el aumento de su tamaño les hizo comprender que la velocidad de aproximación de ellos era mayor que la de huida de la luz. Al fondo, a través de los árboles, observaron acercarse la silueta gris de la falda de la montaña, lo que reducía las posibilidades de escapatoria de quienfuera que portaba el haz luminoso. El camino no atravesó la cordillera, y llegó a su fin que era el comienzo de una floresta baja, al pie de las escarpadas piedras que se levantaban detrás y que la luz de la luna dibujaba ahora con nitidez. Dejaron la tricicleta recostada contra un árbol y se aproximaron al área de la zona rocosa de la montaña donde Chiquitín, formando un embudo con las manos y colocándolas sobre la boca, gritó:

Identifícate, quienquiera que seas, espíritu o ser, hombre o mujer, ermitaño o forajido, exigió con voz engolada.

Un rato interrogaron el silencio sin recibir respuesta.

Te dije o no te dije que por aquí está el indio que hace orilla, le dijo Chiquitín a Margaro. Esto a mí me tiene la pinta de ser un caso típico de un anciano que la tribu abandona en el bosque para que encuentre su muerte. Si no nos contesta es porque seguro no entiende ni jota de español, te lo aseguro. Vamos a ver ahora si tengo yo razón o no, y dirigiéndose otra vez a la oscuridad donde se observaba la llama meterse en la montaña, volvió a desgalillarse diciendo:

Huisan huisan huisan, gritó, antes de tomar una gran bocanada de aire y mantenerla en los pulmones como si sus próximas palabras necesitaran todo aquel viento para proferirlas. *Niem iróponti núcusile, niem caniscotu núcu-suru, wa-tti-un-ttia-hudu-n da-llua hall-kebbe, ácaheu há-muca nhem araméta.*

Como picada por aquellos sonidos, la luz pareció moverse con algún nivel de inteligencia.

¿Tú ves? Te lo dije, indígenas son, celebró Chiquitín. ¡Te digo que esto aquí está preñado de ellos! Don Vals me lo decía, que él mismo los había visto varias veces andaregueando por aquí como si tal cosa, aunque yo, en los años que pasamos juntos, nunca vi uno. Aunque tampoco es que anduviéramos tanto por esta zona, que si vinimos por acá, por la sierra Bermeja donde creo que estamos, en par de ocasiones, fue mucho. Pero igual ni siquiera estemos en la sierra Bermeja, tal vez hayamos penetrado una región anómala, a la que no se llega con un mapa ni con una brújula así como así, sino atravesando una especie de membrana, que pienso yo que hemos cruzado ya, no sé yo en cuál momento exactamente de nuestra errancia.

¿Qué fue lo que le dijo, don Chiqui?, preguntó Margaro, intrigado con la extraña lengua y por completo ajeno a aquellos últimos conceptos un tanto demasiado metafísicos para interesarle más que la balumba de sonidos que escuchó poco antes salirle por la boca a su jefe.

Lo que se dice primero cuando se confronta a cualquier fenómeno desconocido, que venimos en son de paz, contestó Chiquitín satisfecho con su formalismo.

¿Tanta palabrería para decir algo tan sencillo?, preguntó intrigado con la excesiva complejidad de aquella lengua primitiva. Me extraña y me araña. Algo me oculta, añadió con maledicencia Margaro.

Recuerda, amigo Margaro, dijo Chiquitín, que la palabrería que dices es básicamente arahuaco, y en dicho lenguaje las asociaciones, los movimientos, las acciones, se exponen de manera mucho más expresiva que en el español que hablamos. Como dices, mucha palabra para expresar un concepto, pero es que para llegar con las palabras suyas al concepto mío hay que mencionar que los padres son buenos y las madres sabias, aunque estén muertos, y que nuestros corazones se alegran, y los de ellos también, aunque lo escondan. Cosas así para formar una idea sencilla.

¡Tanto teque con teque para decir tan poco!, protestó Margaro. Poco tendrán que hacer con su tiempo esos indios para esa comunicación tan alambicada. No me imagino a dos indígenas de esos suyos cazando una jutía. En lo que uno le dice al otro que vio al animal meterse en el hueco del árbol, escarba la jutía un hueco por el otro lado, escapa, llega a su madriguera andando, merienda, siesta, cena y ronca... ¿Cómo puede ser eso?

Siendo, Margaro, siendo, como igual son muchas cosas más exageradas. A mí también me parece una lengua ridícula, inútil para nuestro mundo moderno, pero el español también me lo parece, que hay que darle mucha vuelta a la noria para lograr exactitud. Yo favorezco el inglés, que es más sencillo y directo, que la vida moderna no da tiempo para andarse con tanto enredo en la lengua. En eso los americanos son un tiro, en su sentido práctico de la vida, en su habla. ¡Por algo son dueños del mundo! ¿Por qué tú piensas que el inglés es el idioma por excelencia para domesticar mascotas? ¡Porque hasta una tortuga lo entiende, hijo mío! A mí házmelo fácil, gracias, todo masticadito y procesado, gracias...

No me lo tiene que decir, don Chiqui, que ya sé yo cómo lo suyo es el trompo bailao y cometa elevao, la ley del mínimo esfuerzo, dijo Margaro haciendo mueca de desprecio. Rey de la Desidia me llamaba mi abuela, título que me honra traspasarle a usted, que sin duda me vence y lo merece.

No sé a qué te refieres, confundidor por excelencia, trabalenguas con patas, acólito de Cantinflas. Cuando te decidas a hablarme claro, continuamos con esta interesante discusión que llevábamos, pero antes fijémonos en la luz, que se nos escapa, dijo Chiquitín, y procedió a adentrarse por entre aquella floresta a nivel de la cintura en dirección al faro movedizo.

Por fin, la luz se detuvo y mantuvo estacionaria en tanto se aproximaron por entre la vegetación que comenzó a hacerse aún más rala.

Pronto se vio que la lumbre misteriosa alumbraba el interior de algún tipo de gruta o depresión en la base de la montaña. Aunque de puntillas, el crujir de las hojas y las ramas secas del suelo anunció su llegada a quien se escondiera en aquel esconce del mundo. Casi en la boca de la cueva, Chiquitín gritó:

Huisan, matunjerí, daca Chiquitín Campala Suárez.

Adelante, contestó una voz ronca desde el fondo de la cueva, que parecía provenir de una traquea gigantesca o del cañón grueso de un órgano de fuelles. Sin timidez, sin siquiera percatarse del español de la respuesta, como acostumbrado a lidiar con gente primitiva o monstruos de espelunca, Chiquitín entró en la cueva sin encomendarse a nadie y atravesó una especie de malla para mantener fuera a los insectos y que hacía las veces de puerta. Margaro lo siguió, y entraron ambos en aquel recoveco jamás imaginado, menos aún en las soledades y asperezas en las que se encontraban.

Puesto que las paredes de la cueva estaban cubiertas con gran variedad de telas coloridas, trastornaba un segundo el sentido de la vista e impedía juzgar con claridad el tamaño del espacio. A la derecha de la entrada, en una especie de hueco tallado en la piedra, había lo que pudiera llamarse una cocina rústica, con los utensilios básicos, una hornilla de gas y unas palanganas con agua. Huecos similares, de distintos tamaños, habían sido cavados por otras partes de la cueva para crear lo que parecían gavetas, asientos y hasta camas, a juzgar por lo alargado de las formas y la proliferación de cojines en algunos de ellos. Ninguna silla se observaba, pero sí en el extremo izquierdo de la cueva lo que parecía una mesa grande o altar. Allá, detrás de esa pieza ambigua, en lo más oscuro de la cueva, observaron una forma como de hombre acostado a lo largo en uno de los nichos.

Cáte lumanuágu…, comenzó a decir Chiquitín acercándose al lugar donde se observaba la figura.

Déjese de tanta tainada, lo interrumpió la sombra con perfecto acento puertorriqueño, a la vez que se movió del lugar oscuro donde se encontraba y se colocó en el trayecto de un rayo de luz de su lámpara de gas, que llegaba hasta allí impoluto, y dejó al descubierto la imagen del más puro indio taíno que hubieran visto los ojos de ambos, recostado de lado a todo lo largo de una especie de gruta.

Tú, le dijo el indígena a Margaro con voz ronca señalándolo con aquel brazo suyo tan oscuro que parecía pintado de azul, apéate la lámpara del clavo allá atrás y tráela para acá.

Ambos quedaron impactados con la imagen del personaje. Su cabellera lacia y recortada poco por encima de la mitad de la frente, la tez renegrida como de tatuaje viejo y descolorido, las orejas atravesadas por dos jóvenes varas de bambú demasiado gruesas para cualquier oreja humana, el tabique de la nariz igualmente atravesado por otra vara más corta que lo obligaba a respirar con dificultad y sofocamiento asmático, y una cabeza desproporcionadamente grande, comparada con el cuerpo, que le bamboleaba como impulsada por un peso suelto por dentro, les pareció la viva imagen del ser primigenio. En un estado casi de automatismo, Margaro fue hasta la lámpara, la sacó del clavo y la llevó hasta aquel hombre que se hallaba recostado a lo largo y de costado como una odalisca, no en un nicho de la pared como creyeron al principio, sino en un banco largo lleno de cojines y telas acogedoras frente a una gruta a su espalda y detrás de la mesa grande o el altar que resultó ser un grueso pedazo rectangular de piedra aparentemente tallado, por su grosor, colocado sobre cuatro gruesos troncos de árbol de idéntica altura.

El hombre se incorporó y tomó de Margaro la lámpara, la colocó en un gancho que pendía de una cuerda proveniente de algún lugar lejano del techo de la cueva, y de inmediato se hizo clara toda la escena. Con la apariencia del indígena quedaron ambos aún más sorprendidos, pues aunque su aspecto básico era del más primitivo de los hombres, la camiseta, la ropa occidental y el surtido de prendas que utilizaba, le daban un aspecto más difícil de ubicarlo en el espacio y el tiempo. Era en sus rasgos físicos primordiales la esencia de lo taíno, mas en los complementos y su manera de expresarse, el boricua común y ordinario.

También la luz les permitió ver que los motivos tallados a lo largo del grosor de la piedra que formaba el elemento horizontal de la mesa eran caracteres chinos. La superficie principal de la piedra estaba cubierta con una especie de tapete color vino, sobre el cual se observaban pocas cosas, aunque significativas: un vaso con una pócima oscura que, por su espesura y maridaje con algún otro tipo de sustancia más carnosa que salía a flote sobre ella, se sabía que no era un brebaje inofensivo; también se observaba una especie de instrumento o aparato tipo flauta o tubo redondo tipo cuerno de carnero, que resultó ser el instrumento mediante el cual aquel hombre se administraba sus dosis regulares de cojoba pulverizada, como le explicó luego Chiquitín a Margaro, según pudo colegir de sus observaciones. Frente al indio se distinguía, además, un puñado de chinas mandarinas, así como un libro grueso y manoseado que parecía la única forma de entretenimiento de aquel hombre atemporal en esa cueva recóndita. Pese a que vestía ropa ordinaria, lo último que se imaginaron Chiquitín y Margaro fue que siquiera pudiera leer, por lo que la aparición del libro les resultó más que imposible, fantástica. El indio, extendiendo las manos con las palmas abiertas hacia arriba, les indicó la existencia de dos bancos rústicos, los cuales utilizaron para sentarse frente a él, al otro lado de la mesa.

¿Qué lee?, le preguntó Chiquitín incapaz de dominar su curiosidad.

Lo único que vale la pena leer hasta la muerte, dijo el taíno con mucha corrección. *El Quijote*.

¿El qué?, preguntó Margaro, para quien su única referencia de aquel personaje de la literatura era la etiqueta del ron ponceño que llevaba por nombre el del caballero andante.

El Quijote, le explicó Chiquitín, un libro español muy viejo escrito para los niños.

Pues se equivoca, le contestó el indio con un dominio del lenguaje inusitado. Que aunque es un libro de mucha diversión, es también el mejor que jamás se ha escrito. Los niños, los de aquella época, puede que se entretuvieran cantidad, pero no que penetraran las cosas más profundas del libro. Es el único que vale la pena poseer. Lo llevo leyendo cuarenta años y cada día le encuentro algo nuevo.

Ladrillo duro de roer es lo que es, dijo Chiquitín, además de que pertenece a una época pasada, ofrece lecciones inútiles para los días que vivimos, está caduco.

Óigame, don, le dijo el indio, yo seré lo que parezco y lo que usted quiera pensar que soy, pero aquí el primitivo parece ser usted, don...

Diego Salcedo, para servirle, contestó Chiquitín sospechoso de aquellas palabras del indígena e interpretando en ellas la existencia de un posible contrario, a saber si hasta un nacionalista en potencia.

Margaro Velásquez, dijo Margaro sin que le preguntaran, socio aquí del amigo don Diego, que a veces llamamos Dieguín los que lo queremos, Dieguete los que no tanto, y Dieguillo de puro cariño.

Suspende ya, Margaro, dijo Chiquitín a modo de regaño.

Parece que hubieras leído el libro, por la forma en que hablas, comentó el indígena a las palabras de Margaro.

Pues no se deje engañar, intervino Chiquitín, que ahí donde lo ve que parece que está hablando con un académico, en realidad lo que hace es ensartar sin ton ni son dichos y palabras al margen de las leyes de la coherencia y de su significado.

Cada día compruebo más y más que amigo es el ratón del queso, y que aquello que profesa en las malas, en las buenas, lo embarra. Cuidado, don Chiqui, que la amistad es como el zapato, que cuando aprieta mucho ya no sirve, y mire que usted me aprieta a mí y me pone en las situaciones más ridículas, protestó Margaro.

¿Don Chiqui?, preguntó el indio, sorprendido con el cambio de nombre.

¡No le digo que me tiene veinte mil motes y nombrecitos con los que se divierte el día entero!, contestó Chiquitín fingiendo molestia.

¿Y qué los trae entonces por estos andurriales tan alejados de la civilización suya?, les dijo, divertido con aquella garata entre ellos.

Margaro estuvo a punto de responder, pero la mano de Chiquitín alzada le indicó que detuviera la lengua y dejara que fuera la de él la que contestara.

Somos arqueólogos, o mejor dicho soy arqueólogo, y él es mi asistente, respondió Chiquitín, subrayando con el tono la palabra asistente, para contrastarla con la palabra socio que antes utilizara Margaro. Somos ponceños y hemos llegado hasta aquí siguiendo las huellas de la última tribu de taínos que sabemos que se esconde por estas laderas. Obviamente, usted sabe más de ellos que nosotros…, le dijo Chiquitín.

Lo primero que puedo decirle de ellos es que son un chorro de cabrones y desalmados, le contestó el hombre con absoluto convencimiento en el tono de su voz. Ni se ocupen en contactarlos, que sólo van a encontrar en ellos estafa, lujuria y lascivia. Son una banda de degenerados.

Tenemos razones de peso para querer hacer contacto con ellos, comentó Margaro adelantándose a su jefe y dándole a entender con aquella atribución que se tomaba para responder, que el aspecto de aquel hombre reanimó su convencimiento de que era cierto lo del Guanín y las pinturas hurtadas.

¿Cuáles?, preguntó secamente el indio mientras con sus largas uñas pelaba una de las chinas mandarinas con lentitud extrema.

No diremos otra palabra hasta que usted, don indio, nos diga de su parte quién es, qué hace en esta gruta metido y a cuenta de qué ese aspecto indígena con esa habla puertorriqueña y esa cultura española, intervino Chiquitín, quien aceptaba la buena fe de Margaro, mas desconfiaba de su discreción.

Les contaré mi historia, si tanto interés les despierta, con la condición de que también después abunden ustedes en la suya y me hagan saber las razones que tienen para encontrar a esa pandilla de títeres que son los indios de esta isla. Caribes es lo que son ya, que no taínos, pero eso ni se les puede mencionar, que si algo los sulfura es que les llamen caribes, comentó el indio. ¡Pero si es la pura verdad, señores! ¡Que ya no son ellos ni los indígenas bondadosos en tiempos de paz, ni los bravos taínos en la batalla! Son traicioneros, caníbales, energúmenos, salvajes, indecentes, cobardes, y alguien que me pare, que puedo seguir durante horas soltando sapos y culebras sin que se me asome la ronquera ni afecte la laringe...

¡Pare!, dijo Chiquitín tomando literalmente el comentario retórico.

Gracias..., le contestó el indígena con un suspiro. Mi nombre es Pablo Podamo. Fui cacique de esos infames y hoy vivo agradecido de encontrarme lejos de la tribu. Ni ellos me visitan a mí ni yo a ellos, por estar vedado por la tribu el contacto entre nosotros. Vivo de viandas mayormente, de ratones de monte que capturo y de carne de iguana, que es igual que la del pollo.

Una pena que no queden jutías por ahí, don indio, respondió Chiquitín, sorprendido con aquella dieta. Porque dicen que esa carne es mucho más sabrosa, para el gusto de ustedes los salvajes, quiero decir, que no me como yo un muslito de jutía ni así me pongan un revólver en la sien.

Para empezar, lo de don indio me lo tumba, que yo no le digo a usted ni don jincho ni don gordo ni don calvo. Tratémonos con respeto,porque para colmo de cosas usted está en mi casa, no yo en la suya. ¿Entendido? Prosigamos pues. Sí, son ricas las jutías, y no sólo para los salvajes, pero hace siglos que no veo una. Vivo aquí feliz con mis viandas y mis carnes cazadas, con mi *Quijote* y con la reliquia de la piedra china, que allá le perdieron el cariño y hasta la tiraron por un rincón, siendo una reliquia única, venerada por nuestros ancestros los caciques de Borikén.

¿Cómo que piedra china?, preguntó Chiquitín sorprendido con aquella revelación y en obvia referencia a la piedra que los separaba y hacía función de mesa, y temeroso de que fuera cierta la información que una vez le comentara Margaro y que fuera motivo de su mofa más cruel.

Piedra china, sí, esta que ven aquí, una de las más antiguas reliquias del pueblo taíno. Tiene fácil seiscientos años, mínimo cien años más que Agüeybaná, el Gran Sol. Pasó de mano en mano, de cacique en cacique, como una de las reliquias sagradas de nuestra cultura. Su culto es muy intrincado y, si no fuera por mí y por otros pocos que ya han pasado, se hubiera extinguido hace mucho. A los taínos jóvenes no les interesa el pasado, ni su tradición, ni su lengua, ni el culto a los cemíes y las deidades, mucho menos el culto a la piedra china. Sólo les gusta lo fácil y lo rápido. No hay quien entienda. ¡Y usted no sabe a cuánta gente ha curado esa piedra a través de las épocas! Cuando a mí me retiraron de cacique, como hacen siempre con los ancianos —¡figúrense ustedes, retirarme a mí, en la plenitud de mis capacidades, con apenas sesenta años cumplidos y como coco que estoy!—, el cacique que me siguió sacó la piedra del altar mayor porque le estorbaba. La mandó a un *guarikitén* construido en la parte trasera del batey, para quien todavía quisiera adorarla. Pero el cacique apenas tiene poder en nuestros días ya. Ya no somos los dioses en la tierra que éramos en tiempos anteriores. Ahora nos derrocan a la menor provocación. Yo me convertí en cacique por línea materna, pero los que me siguieron fueron impuestos por la voluntad de las masas, de las pocas masas que nos quedan, que no pasan de un puñado de cientos. Una vez destronas un rey dios, un rey hombre lo ponen y deponen como si fuera a comerse un guineíto.

¿Usted me quiere decir, don Podamo, que los taínos saben, o sabían chino?, dijo Chiquitín escandalizado. Me niego a aceptar semejante teoría. Eso sencillamente no puede ser. ¡Eso es lo que yo llamo cuento chino! ¡Y que resbalarme en esa cáscara, a esta altura de mi vida profesional! ¿Chinos los taínos? ¡Na! Aquí se tiene que tirar la raya. Frene su caballo, don Podamo, que tendría que ser yo muy manganzón para caer en ese pescaíto.

No se haga, don Chiqui, que hace tiempo le comenté algo al respecto y bruto e ignorante fue lo menos que me dijo, intervino Margaro, cuya información parecía convalidarse.

Pero si hasta su asistente parece saberlo, ¿a qué viene tanta sorpresa? Los orientales llegaron aquí casi un siglo antes que los españoles, en barcos veinte veces más grandes que los de estos. Por lo menos eso cuentan los ancestros que los vieron llegar. La piedra fue un regalo que le dejaron a los caciques de entonces, ancestros de Agüeybaná, a quienes enseñaron el mecanismo de su funcionamiento. A partir de la visita de los chinos y el inicio de la adoración a la piedra, o por lo menos eso cuenta la tradición, fue que la cultura taína llegó a su máximo esplendor. Pero como ocurre siempre, sin importar cultura ni origen ni circunstancia, el poder de la grandeza sembró en ellos el veneno de la soberbia, por lo que olvidaron los cultos y abandonaron la atención a la piedra. Fue entonces que llegaron los españoles, quienes con sus salvajadas le dieron muerte a la cultura casi entera. Cuando culminó la tragedia, el pueblo taíno, más bien los pocos que quedaron de él, se refugiaron en lo más apretado del Bosque de Maricao. Fue la renacida adoración y ritual de la piedra china, y el estudio de su liturgia, lo que mantuvo la tribu a salvo por más de cinco siglos sin ser descubierta o aniquilada. Eso se lo aseguro yo como que me llamo Pablo Podamo, que si la ley del linaje existiera aún, sería cacique todavía y con muchos años por delante de buen y sabio gobierno.

¿Y qué dice la piedra? ¿Qué es lo que está escrito?, preguntó Margaro.

Nadie sabe ni ha sabido nunca. Una vez contraté a un traductor para que lo descifrara y nos dijo una sarta de disparates. Después descubrimos que no sabía ni jota de mandarín. ¡Charlatanería que pagó con su vida, que así se paga la injuria en la sociedad taína! Más aún si van en contra del cacique, que ya le dije que no somos para nada los corderitos mansos que se piensa ni los indios sumisos que se pintan. Lo que sí creemos, por lo menos los devotos, aunque apenas seamos un puñado, es que la piedra china tiene el poder de transformar las cosas que nos rodean, de mover el basamento del mundo y, si se sigue la liturgia correctamente, de transformar el Universo.

Para ser tan sagrada, don Poda, a mí me parece que le debe sentar un poco mal a la piedra ser tope de mesa, dijo Margaro, quien insistía en intervenir en la conversación.

Es una manera de camuflarla, por si me atacan los enemigos, para que no la reconozcan ni la profanen, que es lo que quieren hacer con ella. Jamás se imaginarían que yo, el más devoto de los seguidores de la piedra, la utilice como mesa. Como ven, no hago mis comidas sobre ella. Sólo me permito sobre ella, a modo de disfraz, una taza de café, mi libro de cabecera, que son objetos puros e incapaces de perjudicar, y unas cuantas mandarinas.

Yo no sería tan benévolo con los libros, que algunos se las traen y han causado catástrofes y hasta masacres, aclaró Chiquitín, que aprovechó la oportunidad para demostrar un pensamiento templado y riguroso.

El Quijote, estoy seguro, no ha sido, que si un libro hay que es benévolo es este, señores, comentó el indio a la defensiva.

¿Y dónde aprendió su español, si se puede saber? Porque digo, lo habla como el que más, como si fuera su idioma natural. Y que le guste tanto esa lectura de gente que fue tan mala con la suya, le confieso que me tiene maravillado y en suspenso, comentó Chiquitín.

Olvídese del taíno allá arriba en Maricao, donde están esos locos metidos, que esos ya ni lo hablan, reveló el indio. Somos indistintos de la población, menos yo, porque he sido cacique y he tenido que marcarme demasiado la piel y traspasármela con los bambúes que ven; por eso vivo por acá apartado, porque la gente me ve y se espanta. Los niños lloran, las mujeres se esconden, los hombres se ponen a la defensiva. Cada incursión que hago en la civilización es un reto a mi supervivencia. Además, es imprescindible que alguien custodie siempre la boca de la cueva, que bajo ningún concepto debe entrarse por ella sin mi visto bueno y buen consejo.

Hable claro, don Podamo, interrumpió Margaro desesperado ya con tanto rodeo al asunto, porque si a esto usted le llama cueva, no sé yo lo que pueda ser gruta.

Lo de que la sociedad taína esté integrada a la puertorriqueña no me sorprende. Resulta lo más lógico. Lo que sí me intriga, igual que a mi asistente, es a cuál cueva se refiere, que tampoco veo yo ninguna por ningún lado, interrumpió Chiquitín obviamente interesado por aquellos datos que obtenía del primer taíno genuino con quien lograban tener una plática decente, que no podía llamársele plática al intercambio de oraciones que sostuvo con los indígenas exhumadores de la princesa que luego intentaron asesinarlo.

¡¿Cuál cueva va a ser?! Guacayarima, por donde entra la luz a las entrañas de la Tierra.

¿Guacayarima? ¿Está seguro de lo que dice? ¿No querrá decir Iguanaboína?, preguntó Chiquitín puesto de pie con aquella mención.

Guacayarima es lo que quiero decir, reiteró Podamo. El ano de la Madre Tierra, por donde expulsa sus desperdicios y por donde el Sol la penetra para inyectarle energía vivificante, informó Podamo.

A la Madre Tierra entonces le gusta que le den por entre las nolas, comentó Margaro, reflexión que le cayó como una piedra a Pablo Podamo, a quien se le reflejó en la expresión estar ofendido en lo más íntimo.

¿Y por qué dices eso, perverso?, preguntó Chiquitín, a quien también le escandalizó el comentario de su ayudante. ¿Cuál pudrición mental es la que existe debajo de ese cadillo que tienes por pelo y que varias veces te he pedido que te recortes?

¿Pero no acaba de decir don Podamo que el Sol penetra a la Tierra por su ano? Aunque sea con rayos solares debe dolerle. Y no me diga que no lo dijo, que eso lo escuché yo con estos ojos de comer, respondió Margaro dirigiéndose al indio. Dígame que estoy loco y que estoy escuchando visiones, para decirle yo a quién es que se le ha metido comején en el casco.

Sí lo dijo, contestó Chiquitín desesperado, pero no puedes pintarlo todo con el asqueroso color con el que pintas cada cosa. Recuerda que estamos hablando de símbolos, de imágenes, de parábolas, de alegorías. Pero claro, ¿qué vas a saber tú de algo de esto, siendo más áspero que el filo de un serrucho?

Alegrías no hemos tenido ninguna hace tiempo, que usted mejor que nadie sabe, don Chiqui, el tiempo que llevamos moliendo vidrio y en la rueda de abajo, contestó Margaro.

Alegrías no, bestia, alegorías, que son como unos cuentos con una moraleja enredada en su trama, indicó Chiquitín. Recuerda, torbellino humano, que aquí el hombre está hablando de cosas mitológicas, que no son ciertas así como se cuentan sino más bien en un sentido figurado. ¿Cómo te explico? Son historias que igual fueron ciertas, igual no lo fueron, eso ya no importa, lo que vale es la enseñanza, lo que deja establecido, el sabor de su bocado.

Yo la verdad le digo, don Chiqui, que usted a veces habla como un dios y a veces como un poseso. Brinca de un lado a otro como si tuviera en la boca un conejo. He leído en el periódico que a eso le llaman ser bipolar. Su doctor Quirindongo dicen que es uno, y si a juicio mío me lo dejan, diría que usted también lo es, porque a veces me sorprende con sus palabras sabias y a veces me saca buches de bilis con las necias.

Y dígame, don Palomo…, retomó la conversación Chiquitín, prestándole ninguna atención a las palabras de Margaro y dirigiéndose al cacique.

Podamo, Pablo Podamo, corrigió el indio ya un poco irritado.

Don Podamo, quise decir, disculpe, dígame, ¿dónde está esa cueva que llama usted cómo, Guaca qué?

Guacayarima. La que usted dice, la cueva Iguanaboína, La Boca que le dicen, el primer orificio de las Antillas, queda en Haití. El segundo orificio, la Mamona, está en Quisquella. Y a mí me ha tocado el honor de ser el custodio de su tercer orificio, Guacayarima, que es su esfínter, aquí, en Borikén, dijo el indio con gran ceremonia y alguna resignación.

Margaro soltó una gran risotada que rebotó como una pelotita de goma por el interior de la gruta. ¡Mamona! ¿Quién es esa mamona, por favor, díganme?, preguntó entre carcajadas.

Obviamente, Margaro, no lo que te imaginas, le disparó Chiquitín. Contrólate, si eres tan amable, que no es lugar para esa risa.

Pero es que mamona…, intentó decir Margaro.

¡Cállate ya, por Dios!, gritó Chiquitín llevado al límite de su paciencia, lo que por fin acató Margaro. Y dirigiéndose ahora con mucha seriedad al indio, añadió: ¿Y por dónde se entra al esfínter ese del que usted habla?, preguntó Chiquitín, picada su curiosidad. ¿Qué hay dentro?

Se entra por aquí detrás, cruzando esta cortina, dijo el indio a la vez que con la mano, volteándose a medias, corrió la tela gruesa que pendía de la pared detrás de él, tras la cual se reveló, en vez de la superficie lisa que era de esperarse de la roca, algo bastante distinto. Lo poco que lograron ver allí detrás Chiquitín y Margaro, antes de que la mano del indio devolviera la cortina a su lugar, no fue oscuridad sino un abismo vertiginoso, del cual salía un aullido temible que les erizó la piel. Se miraron un instante, no se sabía cuál azorado y cuál excitado, por ser la expresión de ambos sentires similares. ¿Y qué es lo que hay dentro de la cueva que tanto tiene que guardarse su entrada?, preguntó retóricamente don Podamo a sus visitantes adelantándose a los inevitables cuestionamientos de sus visitantes. ¡Ah, ya eso es harina de otro costal! Tan difícil es definirlo como siquiera mencionarlo. Hay que verlo con los propios ojos, por lo menos echar una ojeada para saber qué es lo que viene expulsando la Tierra. Adelante, crucen la cortina, los invito a descender.

A mí me sacan de esa olla, que son muchos los hijos del muerto, respondió Margaro sin perder un segundo, que en mí no existe un átomo de curiosidad por meterme por ese boquete y bajar a sabe Dios dónde, que allá abajo seguro no se sabe si se va o si se viene y hay que andar como gato mojado. ¡Nacarile del Oriente! Yo me quedo en la superficie, que es donde mejor respiro, que nunca he sido muy dado a explorar los tractos de nadie, y menos de la mamona esa de quien habla usted. Si usted, don Chiqui, quiere averiguar lo que está en el intestino grueso de la Tierra, adelante, bienvenido sea, pero yo lo espero aquí como un centinela junto a nuestras cosas. Sea usted testigo del inframundo, que yo lo seré del súper.

¿Súper qué?, interrumpió Chiquitín.

Supermundo, el de la superficie, dijo Margaro.

Supramundo se dice, Margaro, que la verdad es que eres una manguera de disparates, aclaró Chiquitín.

Déjeme aquí tranquilito como un trofeo, que es donde puedo serle útil.

Como quieras, amigo, dijo Chiquitín, aunque para mí que te da miedo bajar. Pero eso no importa, mejor no hablemos de ello, que no hay para qué estar echando sal en las ampollas, porque por mucho que lo niegues, don Podamo y yo sabemos la verdad. ¿No es así, don Podamo?

Don Podamo, de pura diversión con aquellos dos visitantes tan estrambóticos, asintió.

Guíeme. Bájeme al tracto grueso ese del que habla usted de la Madre Tierra, que quiero revolcarme entre las entrañas de la Mamona, como dice este asistente mío, que lo mejor que sabe hacer es echar sandeces por esa boca endiablada, respondió Chiquitín.

Guacayarima, lo corrigió Podamo.

Capítulo XXXIII

*Que habla de la truculenta conversación que tuvieron Margaro
y el cacique Pablo Podamo, y se da cuenta de la rubia peligrosa
con quien se topó Chiquitín dentro de la cueva*

Margaro y el indio Podamo observaron a Chiquitín descender sin dubitación por el hueco detrás de la tela, la cual volvió a correrse al indio soltarla de entre sus dedos. El cacique se volteó hacia Margaro y
sin perder tiempo, a través de la oscuridad, procedió a clavarle los ojos
en los suyos, que Margaro vio ahora colorados y repletos de una cólera muy antigua y recalentada. Un frío seco tipo estepa rusa, distinto al
frío húmedo natural de la espelunca, comenzó a llenar la gruta. El cacique sonrió y, en la penumbra, se dibujaron perfectamente sus dientes
como si algo detrás de ellos los iluminara. Margaro empezó a incomo-
darse y a sentir la necesidad de moverse hacia la boca de la cueva para
acercarse al calor de la intemperie y alejarse un poco de aquella extraña
gelidez, pero al intentar hacerlo, algo como una imantación lo mantuvo sembrado donde se encontraba, con los pies casi cementados en el
suelo. El silencio que se propagó entre ambos como un incendio dejó
sordo a Margaro, por lo que, al comienzo, le costó trabajo descifrar lo
que el indio le decía.

Sabes que ese anillo me pertenece, dijo con una voz como de fuelle
salida de la caja del pecho que le puso a Margaro la carne de gallina.

¡No!, protestó Margaro, poniéndose pálido y huyéndole cobarde-
mente las fuerzas de los miembros.

Sí, soy yo. ¿O pensabas que no iba a encontrarte?, le dijo el indio
con una vibración en la voz que Margaro sintió en el líquido sinovial
de las articulaciones. Te repito, ese anillo me pertenece, le recalcó con
tono perentorio.

¿Y quién es usted?, preguntó Margaro con un hilo de voz.

¿Quién voy a ser? No te hagas el idiota, que no hay cosa que me ponga más frenético que se me cante de tonto un listo, dijo.

Pero es que nosotros nunca nos hemos visto, argumentó Margaro.

¿Tenemos que habernos visto las caras para conocernos? ¡Vamos! Déjate de niñadas. Tú bien sabes quién soy, aunque sólo sea por referencia de tú sabes quién... ¿O es que sólo me vas a reconocer si vengo vestido de jibarito y cantando un lelolai?

Margaro comenzó a temblar de forma leve al principio en reacción al frío, pero luego más pronunciada y hasta espasmódicamente en reacción a sus palabras. Sintió írsele la fuerza de los tejidos, una sensación de peso que apisona, y algo como una cosa redonda que le ocupara las partes cuadradas. Enmudeció. Las palabras se le atollaron en la lengua; la lengua misma se le salió por el lado de la boca como un perro sofocado.

¿Qué, que no me lo piensas devolver?, inquirió Podamo con aquel ronquido suyo de asma perenne que parecía que tuviera carbones encendidos en los pulmones. La evidente amenaza en sus palabras no admitía una respuesta negativa.

No había nada más que decir. Margaro comenzó a sacarse el anillo del dedo con más lástima que entusiasmo, dada la mar de fantasías que se hiciera de cómo sacarle provecho a los poderes del anillo sin pagar directamente las consecuencias de su uso. Y ya cuando el codiciado objeto se despedía del último nudillo de su dedo, la voz del cacique interrumpió aquel adiós.

A menos, casi gritó, que desees quedártelo, con las mismas instrucciones que ya conoces de su dueño anterior, lo sedujo el cacique. Si lo usas, obtendrás lo que pidas, pero pasaré a cobrártelo en un tiempo razonable. Cuanto más lo uses, menos razonable será el tiempo de la llamada de cobro, si es que me hago entender...

Sí se hace y no se ocupe, que ya le tomé el hilo a sus ideas. Pongamos por caso que me lo quedo y que lo utilizo en una situación de vida o muerte, espero que para salvar la primera de la segunda, ¿debo pagar igual, considerando que no puede haber más anillo sin vida? Yo opino, sin tampoco saber demasiado de las leyes misteriosas del Universo, que utilizar el anillo en defensa propia no debe considerarse parte del pacto. ¿No cree usted, don Podamo? Para mí que eso se cae de la guajana y tiene más lógica que la geometría, se atrevió a decir Margaro no supo ni cómo y recobrando de súbito el habla.

No, no creo que sea así, ni que se caiga de ninguna guajana, ni tengo que considerar nada porque el anillo es mío y de más nadie. Las reglas de uso las pongo yo sin que medie otra opinión, indicó el indio con cara de pocos amigos. Usarlo meramente, sin importar cómo ni cuándo ni en cuáles circunstancias, te hace a ti mío, punto y se acabó. No sigas con la jeringa, que lo único que vas a provocar es mi cólera.

Ambos permanecieron allí juntos frente a frente, Margaro enmudecido después de la descarga de aquel señor desconocido, quien de repente se identificaba como el Ángel Caído. Pese a las pruebas contundentes que ya le diera de su identidad, Margaro dudó. ¿Quién era aquel individuo en realidad?, se preguntó con asombro de lo que le ocurría. ¿Cómo sabía lo que sabía? ¿Era un muerto que le hablaba? ¿Leía los pensamientos?

¿Pero no te acabo de decir quien soy? ¿Que no me crees aún? Te dije hace nada que no me gusta la gente que se canta de tontita, que ahí sí que no hay poder ni anillo ni la madre de los tomates que valga contra mi rabia, dijo Podamo sin que Margaro le hubiera revelado sus pensamientos.

¡Suave conmigo, discúlpeme, que aún no tiene usted ningún poder sobre mi persona!, le contestó Margaro, indignado con aquellas amenazas.

Eso pensarás tú en tu pobre ignorancia, le respondió tranquilamente el indio. Yo tengo poder sobre todas las cosas, y más sobre las que tienen mi anillo puesto, porque sabrás que, si te lo quedas, tarde que temprano lo usarás...

Pues tremendo chasco que se va a llevar, don Lucifer, y ahora con más razón me lo llevo, menos porque me gusta cómo me luce en el dedo que por llevarle la contraria, para que sepa que habemos almas libres capaces de rechazar su influencia, respondió Margaro.

El indio lo observó con seriedad y seguido dejó escapar dos carcajadas secas y cortantes como ladridos de lobo, que dejaron en el aire un olor a sangre quemada y redujeron la temperatura de la cueva en por lo menos cinco grados.

¡No me hagas reír, pequeño!, dijo Podamo. Con el mismo cuento me han venido antes millones de personas en distintas épocas y circunstancias y todos, a la larga o a la corta, se han hecho mis siervos. ¿Qué te hace pensar que tú recorrerás un camino distinto?

Diga lo que quiera, que cada hombre es un universo, y la vara que usó una vez para medir a uno no puede usarla para medirlos a todos. Igual, yo ya no necesito tanto. Lo que me queda de trayecto es acompañar a mi jefe hasta su destino, protegerlo, procurar dentro de mis capacidades que no le pase nada y entregarlo intacto a su loco sacrificio. Créame, que si alguna vez utilizo el anillo, lo haré para salvarlo a él, que a mí la piel mía me importa menos que la suya. Y hablando de eso, por aquello de aclarar las instrucciones, cuando el anillo se usa para salvarle la vida a otro, un tercero, ¿cuenta como utilizado para uno, o la responsabilidad con usted la asume el tercero, el salvado? Contésteme, don Diablo, que bien sabrá usted que no todos los gatos son pardos ni rubias todas las suecas, dijo Margaro.

Te advierto, mi hijo, que por mucho que te diga tu jefecito que sus días están contados y te haga creer que el fin está cerca, no va a ser tal su caso. Lo único que se propone con eso es ablandarte, usarte para sus propósitos de reconquistar la joya taína para entonces venderla en el mercado negro con tu ayuda pero sin tu participación en las ganancias. Hazme caso. Aprende, que por muy buenazo que se vea y muy emotivo que se haya puesto contigo, lo suyo es teatro, pantomima, falsedad. Conócelo, ingenua criatura, que ese hombre lo que lleva por dentro es una fiera encadenada, contestó el cacique.

No sea tan cizañero, don Lucifer, que ya llevamos suficientes días juntos por estos caminos para que la fiera esa que usted dice le hubiese saltado del pecho, y no he visto yo en él ni el asomo de una garra, y más bien todo ha sido lacio como lana de carnera. Podrá usted saber más que yo con sus poderes, pero a mí mi jefe sólo me ha mostrado locura básica, demencia elemental. Malignidad, ninguna.

Allá tú con tu porfía, respondió el cacique resignado. Piensa lo que quieras, que hasta idiotas hay en la viña del Señor y, aunque hubiera cura para la ceguera, seguro hay ciegos que quieran seguir siéndolo. Que conste que quise advertirte, pero veo que eres más confiado que un cristiano, por eso lamento de corazón que quieras mantener el anillo aferrado a tu dedo, que el aferrarse nada más como has hecho es ya comenzar a perderse por sus laberintos. Recuerda que mientras más lo uses, más pronto vendré a reclamarte, pues comprenderás que mi alimento principal son almas. Porque de eso es de lo que se trata en última instancia, de la muerte del cuerpo y la esclavitud del espíritu. Margaro, abre los ojos a tus actos, que noto en tu cara los pensamientos extraviados por la isla de Guanina. ¿Comprendes, muchacho?

Comprendida cada palabra de las que me ha dicho, excepto lo de la dichosa isla que menciona, que a saber en qué parte del inframundo se ubica, contestó Margaro con una severidad inusitada.

Bueno pues, que sea como tú prefieras. Que queden las decisiones al albedrío del dueño de ellas, y mejor sea que no le comentes nada de lo que hemos hablado a tu jefe cuando regrese, pues ya casi lo escucho venir de vuelta, dijo el indio.

¿Tan rápido?, preguntó casi retóricamente Margaro. El indígena procedió a correr con la mano la gruesa cortina que cubría la boca de la cueva, y en el acto se escucharon los alaridos de Chiquitín. Venía fatigado y colorado como un tomate.

¿No me escuchaban? ¡Por Dios santo, que llevo más de diez minutos aquí esgañitao! ¿Dónde estaban?, preguntó Chiquitín mientras realizaba la difícil maniobra para su gran cuerpo de atravesar el hueco de regreso a la sala de la cueva del cacique. Al incorporarse del suelo, donde fue a parar debido a la torpeza de su maroma, dejó escapar por su boca un largo suspiro de pecho entero. Apenas regresó de la cueva, la frialdad dentro comenzó a mermar.

Cosas grandes he visto, hermano Margaro, y he recibido revelaciones de suma importancia para nuestra empresa, le dijo Chiquitín a su ayudante, hablándole de modo más afectuoso de lo común, como si hubiera estado mucho tiempo ausente y se reencontrara con un viejo amigo. Y a usted, don cacique, gracias por la oportunidad de enterarme de lo que me he enterado y tener aunque sea un atisbo de lo que será el éxito de mis gestiones. Ahora debemos partir. Margaro, de vuelta a nuestro vehículo, ordenó.

Gracias por su visita entonces, señores. Espero que para ambos haya sido una experiencia que ilumine el entendimiento de las cosas…, *if you know what I mean…*, dijo el cacique.

¿También le mete al difícil, don Podamo?, preguntó Chiquitín sacado un poco de su centro con aquella nueva revelación del cacique.

Lo mastico un poco, contestó.

Pues sin duda es usted un indio moderno, que quien ni siquiera lo mastica no puede llamarse a sí mismo un ser evolucionado… Sin molestarle más, vamos partiendo. Le reitero que para mí ha sido una experiencia enorme conocer los secretos de la Guacayarima, indicó Chiquitín. Y lo digo por mí solamente, porque de mi asistente Margaro, quien prefirió la vida cómoda de arriba y declaró la victoria de la ignorancia sobre el saber, no puedo decir lo mismo, añadió con gran causticidad y contrario al espíritu jovial que demostrara un segundo antes.

Para mí también ha sido iluminadora, don Chiqui, y no con candil de quinqué o palmatoria, sino con una llama mucho más caliente que la suya, dijo Margaro.

¿En qué sentido lo dices, Margaro?, preguntó su jefe.

En un sentido que usted mismo no puede ni llegar a imaginarse, tan remoto está de su imaginación o de su captación mental siquiera, contestó Margaro con cierto dejo de superioridad.

Pues si no puedo imaginármelo, para qué lo mencionas, centella. Eres la changa maximina. ¿Por qué te pones en esa fase de querer presentarme como el zopenco que no soy? Para colmo, te importa un comino dónde estamos y en frente de quién. Me pegué la lotería yo contigo, protestó Chiquitín.

Vayan con cuidado, interrumpió Podamo de nuevo entretenido con las polémicas entre aquellos dos personajes, pero como queriendo acelerar su salida. Les pido que no divulguen mi paradero, que aquí vivo suavemente, fuera del alcance de mi vieja tribu y de la sociedad moderna.

Despreocúpese, don... don... don Podamo, que no nos volverá a ver por aquí ni la pluma del sombrero, dijo Margaro un poco turbado. Somos dos tumbas, téngalo por seguro.

Secundo la voz de mi asistente, que en esta ocasión dice verdades. Despreocúpese, relájese, reclínese y disfrute de sus facilidades, que no hay para qué apurarse con nosotros, que somos gente discreta y poco amiga de la conversación. Vamos partiendo, Margaro, y ojalá nuestros destinos vuelvan a cruzarse en alguna otra coordenada de la vida, expresó Chiquitín a modo de despedida final.

Suave, don Chiqui, que yo que usted no andaría añorando tanto destino entrecruzado y tanta coordenada nueva, interrumpió Margaro por lo bajo. Gracias por su hospitalidad, don Diablo.

¡Vamos, Margaro, controla ese látigo que tienes por lengua! Discúlpelo, don Podamo, y gracias por su hospitalidad, intervino Chiquitín.

Margaro quiso protestar, pero Chiquitín movió su mano velozmente hacia la boca de su asistente, la cual tapó antes de que profiriera algún sonido adicional. Chiquitín reclinó el torso ante el personaje y, caminando hacia atrás y empujando a Margaro con la mano que evitaba el derramamiento de sus palabras, salieron de la cueva.

Atravesaron de vuelta el bosque que los separaba del camino, donde dejaran escondido el vehículo entre unos abrojos. Lo hicieron en silencio, puesto que la oscuridad del bosque los obligó a enfocarse en evitar un traspié o una caída durante la travesía. Mas apenas llegaron al camino despejado, Chiquitín interpeló a Margaro.

Ven acá, jiribilla, ¿a cuenta de qué esa agresividad tuya con ese indio tan pacífico que es don Podamo? ¿Qué es eso de estarle diciendo don Diablo? ¿Cuál es la confianza tuya?

Don Chiqui, si supiera que ese tiene de indio y de cacique lo que yo tengo de sor Isolina Ferré. No se duerma de ese lado, don Chiqui, que por más que brinque el grillo nunca será maromero, contestó Margaro.

No entiendo a qué te refieres y tampoco levantes el nombre de los Ferré en vano, que ahí te la vas a tener que ver conmigo a los puñetazos. Mejor vete al grano y suspéndeme los brincos y el palabreo, que esos refranes tuyos hay que buscarles demasiado la vuelta para entenderlos y, aún entendiéndolos, resulta difícil descifrarlos. Habla claro, eso es lo que te pido siempre, que hables claro.

Le repito, don Chiqui, que ese de pacífico no tiene un pelo. Le digo más, para que sepa y no se deje confundir como se dejó con lo de la cueva..., iba diciendo Margaro cuando Chiquitín le interrumpió.

La cueva me la dejas quieta, que todavía no te he contado nada del asombro y las maravillas que vi allá abajo, así que no tienes derecho a pasar juicio sobre eso.

Será todo lo asombrosa que usted quiera, pero le adelanto que, si algo tiene que ver el guardián con la cueva, lo que usted vio no pudo ser ni bonito ni agradable ni maravilloso ni enaltecedor, contestó Margaro. Porque debe saber, don Chiqui, que no hizo más que meterse usted por el hueco, que el pacífico cacique se transformó en el demonio que anda tras de mi anillo, y me habló tremenda perra mierda de usted, para que lo vaya sabiendo.

¿Qué me dices?, preguntó Chiquitín escandalizado.

Así como lo oye. Me bajó con que le devolviera el anillo y me habló de cosas que me confirmaron su naturaleza sulfúrea y me quiso envenenar en su contra. Ahora mismo debe saber que le estoy contando lo que me pidió que no le contara, dijo Margaro.

Déjate de tanta máquina y embeleco, hazme el favor, Margaro, que tu comportamiento siempre tan infantil y competitivo a veces lo que me inspira es a zarandearte a ver si te espanto la bobería. Porque el hecho de que yo me atreviera a meterme hasta el intestino de la Guacayarima, no te autoriza a venir ahora con tus intentos de neutralizar mi historia con otra que pretenda superar la mía, que todavía desconoces.

Allá usted entonces, y que cada cual que are con los bueyes que cuenta, dijo Margaro resignado, y si usted se empeña en arar sobre el mar, pues are, don Chiqui, que no seré ya yo quien lo vuelva a interrumpir, pero tampoco pretenda que después le saque los malangos de la siembra. Pero suspendamos las discusiones, don Chiqui, y ocupémonos de nuestra alimentación que, si no se ha percatado, llevamos tiempo sin cargar las baterías, y tengo el estómago tan pegado al espinazo que hasta búlico con bacalao me lo como si me lo ponen en frente.

Sacaron la tricicleta de entre los abrojos, limpiaron los rayos de las ruedas de ramas y hojas y Chiquitín ocupó el primer asiento, retomando así la dirección de aquella empresa. Comenzaron de nuevo a pedalear a la luz de la luna, de vuelta por el mismo camino que llevaban cuando observaron moverse entre la penumbra la luz del cacique desterrado. Tras un periodo de varios minutos en silencio, la curiosidad de Margaro hizo explosión.

Suspéndame el mutismo, don Chiqui, hable ya, desenrolle esa lengua, que bastante larga que la tiene para otras cosas. Arranque e infórmeme de eso que vio dentro de la cueva que dice usted que lo ha dejado tan maravillado. Aproveche que me tiene hecho una vara de atención, y no me venga de nuevo con que lo que vio cae dentro del ámbito de las entretelas, que ya el secreteo del martirio y del pandereteo que se traían allí de donde lo rescaté me tiene hasta la siquitrilla.

Si tanto me exiges, acato y no te guardo nada, pero es imprescindible que seas receptivo y le pongas freno a esa actitud de mofa generalizada que es como un sarpullido de tu personalidad, respondió Chiquitín para sentar las pautas. Comenzaré por decirte que el descenso mismo hacia aquella espelunca le mete lo que se dice el miedo en el cuerpo al tipo con más bemoles. Porque una cosa es entrar como tal en la cueva, y otra muy distinta escalar la cara mojada de aquel farallón, de cuyo fondo salía una ventolera húmeda hacia donde penetraba la luz solar, siguió diciendo Chiquitín con gran pausa. Unas lajas talladas en la piedra mojada a modo de escalones me guiaron precariamente hacia un túnel lateral del farallón que penetraba la piedra y se dirigía hacia una fuente de luz azulada. Entré por allí en dirección a la luz y al instante me adentré en una región totalmente oscura para mis pasos, al quedar atrás el resplandor del farallón y todavía no alumbrarme suficiente el resplandor azulado hacia el que me dirigía. Tras caminar un buen rato por aquella oscuridad, donde casi me caigo en varias ocasiones por lo irregular del suelo, por fin la luz azulada, que al acercarme me percaté que provenía de una especie de rectángulo de cristal empotrado en la piedra al fondo del túnel, comenzó a iluminarme los pasos hasta que por fin pude avanzar mejor y alcanzarla. Una especie de capa de suciedad o salitre que cubría el vidrio por la parte interna casi no dejaba pasar la gran claridad y el calor que se sentía al otro lado del mismo. Miré a través y, aunque no se veían formas fijas, sí el vibrar de cuando en cuando de unas sombras sin mucha sustancia. Más nada. Me puse a buscar alrededor del cristal a ver si encontraba algún mecanismo que me permitiera abrirlo, y en esa búsqueda empujé con las dos manos a la vez una zona cercana al cristal que abrió el fondo del túnel entero como si fuera la puerta de un carro. La luz del otro lado me dejó ciego un instante. Una pelota de calor que entró por el hueco casi me asfixia y quema la piel. Hubiera jurado que entraba a los infiernos, si no fuera porque la intensidad luminosa me hizo pensar en algo más bondadoso. Salí por el espacio abierto hacia la luz y, al voltearme, vi que se cerraba lo que, en efecto, era la puerta de un carro asqueroso de sucio detenido en mitad de un tapón colosal en una de las calles principales de nuestro Ponce amado. ¡Y qué Ponce fue el que me encontré, Margaro, qué Ponce! Verdadera Perla no sólo del sur sino del Caribe completo. Una ciudad digna de ser parte de la Gran Corporación Americana, a la cual aparentemente ya pertenecemos allá abajo en la cueva…

¡Pare ahí, hágame el favor, deténgase en seco, don Chiqui!, interrumpió Margaro.

¿Qué pasó? ¿Se te quedó algo en la gruta del indio?, preguntó Chiquitín azorado mientras pegaba el freno de pie y la tricicleta se barría con apenas control suyo del manubrio sobre una gravilla la verdad que traicionera.

¡No, no se quedó nada, don loco!, gritó Margaro fuera de sí, sulfurado hasta el colmo con aquella reacción de su jefe y el tan peligroso resbalón. ¡Cómo va a frenar así! ¡Tiene trombosis cerebral, o qué! ¿Será capaz de seguir una conversación normal y corriente sin ponerse con semejantes locuras, coño? Y yo aquí con el corazón en la boca y usted que ni se le menea un pelo…

Eso sí que no se me va a menear, interrumpió Chiquitín.

¡Usted sabe a lo que me refiero!, casi gritó Margaro. No se haga, don Chiqui, que más me saca el *mostro* todavía, le advirtió, colérico a un punto que Chiquitín no lo había visto nunca.

Como me pediste que parara…, quiso justificarse.

Que parara el rosario de guayabas con las que pretende enredarme el pensamiento. Yo sencillamente no sé qué clase de zoquete usted piensa que yo soy, pero esto ya va de lo pinto a lo podrido y usted, don vesánico, lo que hace es ofenderme tratándome como a cualquier Juan Maracas. ¿Cómo que llegó a Ponce por el dichoso boquete? ¿Cuál Ponce?, cuestionó Margaro.

El Ponce del futuro, nada más y nada menos, contestó Chiquitín con completa serenidad.

¡Por favor, déjese de cuentos chinos y moscas con rabo, que si algo no puedo tenerle después de tanta aventura juntos es cara de sanano!, protestó Margaro.

Recobra la serenidad, Margaro, que no es para tanto. ¿Nos caímos? ¿Nos reventamos? Pues no cojas tan a pecho las cosas, que no todos los caminos llevan a Roma ni todas las saetas son para San Sebastián...

Después no se queje cuando le meta la metralla de los dichos míos, interrumpió Margaro. ¡Le juro por la leche que mamé de mi madre que, si vuelve a criticarme mis refranes, lo dejo plantado dondequiera que sea y no hay vuelta atrás ni disculpa que valga!

Está bien, pero también deja tú de estarte erizando por cualquier cuento y de estar amenazando con irte a cada rato. Escúchame un momento sin pasar tanto juicio y ver tanta conspiración, que cualquiera diría que el renegado y perseguido por las autoridades eres tú. ¿De cuándo a acá?

Dele, aproveche que lo escucho, dijo Margaro un poco más sosegado, pero me reservo el derecho a intervenir cada vez que el cuento tome un giro que me escupa la inteligencia. Porque la veracidad mínima hay que mantenerla en cualquier cuento que se cuente, si no quiere que deje de serlo y pase a ser patraña... Y antes de que prosigamos, añadió, le adelanto que como vuelva a dar otro frenazo como el que acaba de dar o a realizar alguna maroma peligrosa de esa categoría, me bajo, agarro mis tereques y nos vemos, Lola.

¡Ah, entonces tú sí puedes meternos en un arbusto de espinas y casi matarnos, y puedes hablar de demonios y de anillos encantados, y yo no puedo dar un simple frenacito para complacerte ni narrarte mi aventura en el Ponce del futuro que está pujando la Guacayarima!, se quejó Chiquitín. Mejor escucha y calla, que es lo que debes hacer, que cosa más sabia no puede haber que callar cuando palabras hay que maravillan, canto de socarrón. Lo que debes es sentirte privilegiado de ser el primer testigo de este viaje subterráneo que he dado y que estoy seguro ningún otro hombre blanco ha dado en esta isla... Te decía que empujé la roca desde dentro y que se abrió como la puerta de un carro desde fuera, del cual salí para encontrarme con el Ponce del mañana. Me encontré en la esquina de las calles Marina y Ferrocarril, donde recuerdo que estuvo Sears, ese oasis de la cultura y la industria americana que sació la sed de los ponceños durante tantos años. Reconocí donde estaba sólo por la torre de la compañía telefónica que permanecía en el mismo lugar de siempre, porque el resto de mis alrededores era de enormes edificios que antes no estaban. No tanto como rascacielos, pero sí de entre treinta y cuarenta pisos de altura. En fin, que allí lo que se respiraba era puro progreso y puro americanismo. No se veía un alma por todo aquello, salvo las personas apiñadas dentro de carros inmersos en aquel colosal tapón búmper con búmper que más bien parecían vagones de un tren detenido en todas direcciones. De uno de aquellos carros fue que yo me apeé, pero luego de andar unos pasos quedé desorientado y lo perdí de vista, o, más bien, perdí de vista la puerta de regreso al mundo normal de arriba donde te encontrabas tú, de quien soy responsable. Te admito que ganas no me faltaron de quedarme allá abajo a vivir el gran sueño de la megalópolis puertorriqueña, de convertir esta maldita isla en lo que debe ser por su tamaño y falta de recursos: un cayo en el Caribe hecho de cemento y progreso.

Vamos por partes, don Chiqui, no se precipite. Déjeme meter la cuchara un instante, que son muchos los hilos que hacen la soga, si quiere que siga imaginando lo que me plantea. Usted dice que ese Ponce se encuentra debajo de la tierra, debajo de donde estábamos entonces y donde estamos ahora, que tampoco nos hemos alejado demasiado.

Así es, aunque no lo creas. Yo lo vi con mis propios ojos y lo anduve con mis propios pies, contestó Chiquitín confiado en lo que decía.

Es como si la ciudad actual fuera el diente de leche y el Ponce que viene empujando desde abajo, el diente permanente, dedujo Margaro con cierta ingenuidad.

¡Exactamente! ¡Qué bien lo has puesto! Lo único es que cuando ese diente de leche se caiga, no va a haber conejo que valga ni te van a poner nada debajo de la almohada, contestó Chiquitín, quien no desaprovechaba oportunidad para meter la puya.

¿Y cómo es que viene saliendo por acá por donde estamos por Cabo Rojo o Lajas o sabe Dios dónde puñeta, tan lejos del Ponce que tiene que desplazar? ¿Será que habrá que ponerle los ganchos después de que salga para que llegue a su sitio?, preguntó Margaro, otra vez exasperado con la locura de la historia.

¿Ganchos?, dijo Chiquitín retorciendo el rostro.

Sí, los breisers que llaman, contestó Margaro con absoluto ludibrio.

¡Si serás malvado, Margaro! ¿Y tú piensas que los dientes tienen que salir derechitos? ¡Pues te equivocas! Olvídate del orden y de ese pensamiento antiguo. El nuevo Ponce será en otra parte distinta. Que, así como viene Ponce subiendo, deben venir subiendo los demás pueblos en los demás lados. Parece que en el futuro los municipios estarán barajados, opinó Chiquitín.

Ni una guabina le gana a usted en lo de resbaloso, don Chiqui. ¿Y no dice que estaba en la calle Ferrocarril y Marina?, preguntó Margaro en ánimo de darle un jaque mate.

El Ponce emergente es idéntico en su esencia básica al que ya existe, si no para qué llamarle Ponce. Te digo, pedazo de incrédulo, que era el mismo Ponce, sólo que ultradesarrollado, como debe ser. Un misterio. No me preguntes. Sólo te digo que era Ponce, respondió Chiquitín a medida que comenzaba de nuevo a pedalear. Aunque la luz del sol no alcanzaba directamente la calle debido a los edificios, el calor era el mismo de siempre, sólo que ahora hasta en la sombra ardía. El único refugio era dentro de los carros con aire acondicionado o en los edificios igualmente refrigerados. Por eso las calles vacías. ¿Te dije que nadie andaba por las calles? Pero lo que más me llamó la atención, y también lo más que me agradó de aquella ciudad, es que no quedaba un árbol de pie, ni una mata, ni una flor ni nada, ni siquiera una hiedra por alguna de las muchas paredes. ¿Tú sabes lo que se ahorra una sociedad cuando no tiene que bregar con el crecimiento destructivo de la vegetación? Adiós, hojas secas —¡por fin!—, adiós, raíces rompeaceras, rompecomedores, rompesalas, adiós, bandidos escondidos en las cruces de Malta. ¡Ja! ¡Ya era hora!

Usted me asusta, don Chiqui. A la hora de los mameyes, es capaz de cualquier cosa. Ahora me vengo a percatar yo que es más peligroso que una aguja en un asopao, y que a la menor provocación se pone que se bebe los meaos y no se quiere para nada, dijo Margaro.

¿Qué dices, roedor?, gritó casi Chiquitín. ¿De qué me estás acusando ahora, serpiente? ¿De peligroso, por quejarme de los problemas que le traen los árboles y la vegetación a la sociedad contemporánea? ¿De quererle meter machete a dos o tres palitos por ahí? ¡Vamos, Margaro, basta ya de idealismos!

Si usted se escuchara, don Chiqui, otro sería el cantar del cuervo, que yo sé que usted mismo no es todo lo que dice. ¿Vivir sin árboles? ¿Sin matas y sin grama?, preguntó Margaro con incredulidad.

¡Eh! ¡Yo no dije grama! La grama está bien. Hay que mantener algunos lugares con grama, para que haya oxigenación y para que las mascotas hagan sus necesidades, que tú sabes que los americanos somos muy de las mascotas, nos gusta mucho cuidar a los animales, y entre tanto cemento hay que darles el canto para que caguen. ¿No crees?

¡Sin flores, don Chiqui!, dijo Margaro sin hacerle caso. Y mire que no soy persona de andarme con mucha changuería, ¿pero sin flores, don Chiqui? Me perdona, pero usted debería estar recluido.

Las flores lo que han hecho es más daño que bien a la civilización. Las flores lo que han hecho, sobre todo en el terreno de las pasiones, ha sido siempre complicar situaciones, sentenció Chiquitín, como si aquello fuera un dato histórico probado.

Ahora resulta que le estorba la vegetación... Eso sí, no lo vi quejarse cuando las acacias lo refugiaron, que si no fuera por su sombrita, no estaría aquí hablándome así tan recuperado. ¡Qué mamey! ¡Usted de verdad cree que los pollos maman!

No hay lugar para la vegetación en el progreso, punto, dijo tranquilamente Chiquitín. Apréndete eso. La clorofila es enemiga del Estado cincuenta y uno de Puerto Rico, para que lo vayas sabiendo. Cuando veas lo que se ahorra la sociedad en no tener que bregar con la vegetación, me darás la razón. Pero te decía que comencé a sentirme agobiado con aquel calor, aunque me encantaba lo que veía de la ciudad: los edificios grandiosos, como te dije, las avenidas y calles repletas de carros que no cabía uno más, el progreso por doquiera. ¡Ah, y las torres de compresores de los aires acondicionados en todos los techos, la belleza! En el Ponce futurístico, el arte de la refrigeración estaba en su apogeo. Como era el único ser humano en aquella intersección expuesto al sofocón directo de la calle, comencé a caminar en dirección a la torre telefónica hasta llegar al restaurante Pizza Heaven que tú conoces, sólo que ahora estaba en los bajos de un edificio moderno y remodelado al estilo de los *fast-foods* americanos. Cuando abrí la puerta para entrar, me succionó algo como una gigantesca aspiradora o imán monumental. El ambiente dentro era prepolar. Temí por un pasme y que se me cayera media cara. Al instante comenzó a penetrarme el frío, seguro que por el sudor que llevaba pegado a la ropa. Me percaté de que la dependienta del negocio que veía detrás de la caja tenía puesto un abrigo tipo parca, por lo que concluí que en el Ponce del futuro la vida humana era a temperatura acondicionada. Antes de hablar con ella, entré al baño que allí en frente tenía para cambiarle el agua al pajarito. ¡Y qué baño, Margaro, qué baño! Toda la modernidad americana. ¡El gusto de echar un guarapo, la pena de tener que ensuciar aquello con una criolla! Cuando salgo, me percato de que la doña del abrigo no estaba, así que me dirigí a una de las mesas en ánimo de sentarme y pedir algo. ¿Y qué me encuentro, Margaro, aunque no me lo creas? Pues a una tronco de rubiota sentada sola en una de las mesas, con cuya mirada, que me dirigió con suma insistencia, me invitó a que la acompañara. Se trataba de una hembrota de ojos claros, azules, creo, ¿o verdes?, creo que azules, busto despampanante, coja del tafanario, por no decir chata como una tabla, pero claramente una mamota de pura sangre norteña. Aunque no llevaba abrigo puesto como la dependienta, sí tenía la suya sobre el respaldo de la silla e iba bastante abrigada, lo que hacía que le resaltaran los senos de manera predominante. No por tímido, sino por discreto y respetuoso, me senté en una de las mesas contiguas a la de ella porque no puedo negarte que me atrajeron mucho sus formas clásicas y su pinta extranjera. Al principio se me hizo que era la misma rubiota subversiva que vimos allá en Guayanilla, pero pronto me di cuenta —¡a Dios gracias!— de que no era ella. La hembrota americana, como te decía, se me quedó mirando como si me conociera, y no te niego que con ojos de cierto libido encandilado que me puso la respiración a jadear y la sangre a galopar por las arterias. Pidió lo suyo a una muchacha, también abrigada, que vino a tomar las ódenes. Mientras yo hacía mi pedido de una pizza personal y un vaso grande de Coca-Cola, se me quedó mirando fijamente. ¿Está solo?, me preguntó con una voz casi mecánica. Le contesté que sí. ¿Almorzamos juntos?, sugirió ella, y yo accedí. Ella se levantó y vino para mi mesa, que ya tú sabes que la mujer americana es liberal, osada, no le interesan tanto los protocolos ni las galanterías. A la americana, cuando le gusta lo que ve, va directo a buscarlo. Brincó como una coneja para mi mesa con una agilidad que no me esperaba y se acomodó de lo más zalamera en una de las sillas vacías con cara de cómeme cruda. Me llamo Virginia, me dijo. ¡Como el jamón!, fue lo primero que me vino a la mente. Me tendió su mano y yo la tomé entre la mía como un pajarito frío y se la apreté con cierta firmeza masculina que yo sé que le ocasionó cierta chispa que le recorrió ciertas áreas. Se me acercó al oído y me preguntó descaradamente si me picaba la ingle.

¡Ah, no, esa es una fresca, esa lo que quería es que usted se lo pusiera!, contestó Margaro excitado.

Lo mismo pensé yo. La tengo en el saco, fue lo que me dije con alegría de adolescente, que no soy ni he sido nunca afortunado en los amores, y menos en los amores imprevistos y repentinos, dijo Chiquitín. Ya tú sabes, en un santiamén se me puso...

¡Como palo de goleta!, interrumpió Margaro lleno de gozo y maldad.

Así mismito, pero no celebres tanto, amigo mío, respondió Chiquitín con tono de traer de nuevo las cosas a la realidad.

¿No me diga que no salió premiado de su pequeña excursión a los submundos? Porque ya lo di por un hecho tan real y contundente como la pirámide nuestra, renegó Margaro.

No fue eso lo que me preguntó, sino que si hablaba inglés, mas lo hizo con un acento tan macarrónico, continuó Chiquitín, y como al principio me habló en español, pues no me lo esperaba... La miré a la cara intentando identificar cuál acento era aquel de la lengua de Jorge Washington, o si acaso era el acento del inglés de los puertorriqueños del Estado cincuenta y uno. Le dije: *Yes, my dear*. ¿De dónde eres?, me preguntó ahora en su acento marroneado. No reconozco tu acento, añadió la muy fresca. ¡Imagínate tú, Margaro, no reconocía mi acento! Que de dónde eres, vaya preguntita. ¡Y qué iba a contestarle yo! ¿Cómo explicarle que venía de arriba, del pasado? ¿De qué forma hablarle de la gruta, del cacique Podamo, de ti, Margaro, que me esperabas arriba? Tuve que mentirle. Soy de aquí, le dije, pero mi inglés lo aprendí allá afuera. Y no hice más que decirle eso, que me puso los ojos chinitos y un remeneo la flageló entera. ¿En los Estados?, me preguntó con una coquetería que ni te describo. Sí, en los Estados, le mentí, donde obtuve mi grado de bachillerato en un colegio americano de Nueva York. Seguí mintiéndole, que no iba a decirle que mi inglés era de Vietnam, siendo ella tan del futuro que tal vez pensaba que le estaba corriendo la máquina. Es como si tú, Margaro, me dijeras que peleaste en la batalla de Troya. Ahí mismo te amarro y te suelto en una clínica. Bueno, pues acercó aún más su silla hacia mí, como si aquella información fuera un imán para su sensualidad. Hasta se subió un poco la falda disimuladamente, como para mostrarme aún más la carne firme de las columnas de mármol que eran sus muslos. ¡Una verdadera liberal americana era ella! Qué interesante, me dijo en su inglés pateado, en referencia a mis estudios. Pero dime, mi águila —*my eagle!*, dijo ella—, algo buscas tú que yo conozco. Eso me dijo, mirándome fijo al entrecejo como si a través de un tercer ojo me leyera el pensamiento. Aquello me dejó lo que se dice frío, o más que frío, carcomido por la curiosidad. Le pregunté que a qué se refería. Usted sabe de lo que yo le hablo, me dijo mientras con su mano más próxima a mi pierna, me sobó, primero el muslo a modo de cariño, y luego pasó a formar con ambas manos delante de ella lo que parecía un medallón invisible. Obviamente se refería al Guanín que, como tú mejor que nadie sabes, es el motivo e inspiración principal de esta empresa nuestra. ¿El Guanín?, le pregunté. Claro, qué otra cosa iba a ser, me dijo con gran suavidad, a la vez que se pasaba la mano por un mechón de cabello rubio que le caía sobre la frente y me echaba tremendo guiño de lo más zalamera. Te diré, Margaro hermano, Margaro amigo, Margaro apoyo mío, que el lenguaje corporal de ella era sumamente locuaz. Algo en mí la convertía en una fiera, efecto que no es frecuente que yo ocasione. Era la primera relación humana con la que me topaba en aquel submundo, lo que me augura grandes éxitos amorosos cuando formemos parte de la Unión... En eso, la mesera nos interrumpió con la insulsa noticia de que nuestras pizzas estaban listas.

¿Listas las pizzas?, preguntó Margaro, sorprendido.

Así de eficientes son las cosas en la estadidad del futuro, Margaro, contestó Chiquitín.

Eso es imposible, porque yo lo que estuve esperándolo afuera con el demente de cacique, que nada más le he contado las cosas que me dijo, fueron apenas diez minutos, y ya los usó para bajar el farallón, atravesar el túnel a tientas, salir a la calle del Ponce naciente, andar por sus calles, llegar al Pizza Heaven, ir al baño y asearse, y hasta bellaquiar con la hembrita, sacó cuentas Margaro. Apenas le quedarían unos segundos libres, y usted me quiere hacer creer que en ese ratito cocinaron las pizzas. Lo siento, don Chiqui, pero hasta las fecas tienen su límite. El tiempo, sencillamente, no cuadra con la historia, por mucho que intente marronearla y convencerme de que cuatro más cuatro es sesenta y seis.

Margaro, Margaro, ¿cuándo será el día y la hora en que decidas coger las cosas un poco en serio, un chin nada más, y dejes ese carcomillo en el que siempre incurres? ¿De verdad piensas que puedes seguir aplicándole a ese submundo del que te estoy contando las mismas leyes del tiempo que arriba donde nos encontramos? ¿No ves que está en el futuro? ¿Cómo diantre vas a aplicarle los minutos del presente, que allá serían del pasado?, arguyó Chiquitín.

En eso se escuchó en algún lugar de la noche, y en la dirección hacia donde se dirigían, un sonido bajo, retumbante y repetitivo.

Shhhh..., pidió silencio Chiquitín. ¿Escuchas?

Escucho, contestó Margaro, poniendo atención.

Mientras se acercaban se percataron, o más bien se percató Margaro, de que se trataba de alguna música proveniente de una casa o carro estacionado con las puertas y ventanas abiertas.

Parece que hay *pary* por algún sitio por aquí, susurró Margaro casi seguro de lo que decía.

¡*Pary* ni *pary*! ¡Estarás tú loco! ¿No escuchas que se trata de un *areyto*?, dijo Chiquitín convencidísimo y con el rostro tan desencajado por el delirio, que Margaro no tuvo corazón para salirle con una de las suyas. ¡De esto ya me habló la rubia, que son cosas fuertes que no te he contado aún!

¿Cómo es?, preguntó Margaro.

Asimismo como te lo digo. Ella me describió a grandes rasgos lo que encontraría en este *areyto* y me advirtió respecto a la tentación de intervenir y llevarme las prendas de los taínos presentes, que son tan buenas como las que hay más adelante, después del Mar de Adentro.

¿De qué me está hablando, don Chiqui, de cuál Mar de Adentro?, preguntó Margaro entre intrigado y molesto.

Ya te contaré a su debido tiempo, pero atendamos esta situación primero que ya veo unas luces y tampoco estoy muy de ánimo para vérnoslas con estos indígenas de frente. Seamos estratégicos. Acerquémonos a esta celebración indígena de la manera más recatada posible, que ya te conté lo que me hicieron en la canalización del río y luego en mi casa, que por mansos que parezcan, no son nada pacíficos.

Pues para ser música tan taína, a juicio mío, suena demasiado a reguetón, que parecería que ni los taínos se quieren quedar atrás y hasta a sus propias ceremonias le han metido el ritmo del momento, que no puede negarme, don Chiqui, que es pegajoso.

Déjate de esa fantasía ahora y abre los ojos. Acerquémonos lo más calladamente que podamos, si es que eso es posible contigo, dijo Chiquitín frenando la tricicleta mientras se aproximaban a lo que parecía una casa, o más bien un galpón o barracón de madera grande, más para almacenar granos que para vivir humanos.

Capítulo XXXIV

*Donde se cuenta del barracón con las princesas taínas cautivas
que encontraron en medio del bosque y el trágico desenlace
de esta altruista aventura*

Del barracón metido jalda adentro brotaba una cornucopia de abruptos ritmos que rebotaban entre las lomas de aquel campo, y por sus ventanas se fugaban destellos luminosos de colores diversos que sin duda identificaban la actividad en su interior como festiva. En un tris, escondieron la tricicleta entre unos matojos, convertidos como estaban en peritos del camuflaje, y continuaron a pie por medio de un terreno de vegetación mediana, suficiente para ocultarse sin dificultad y acercarse sin ser vistos. Margaro tomó la delantera, mientras que Chiquitín, un poco cohibido, marchaba detrás en aparente estado de acatamiento. Pero, a medida que se fueron acercando, les fue extrañando más que aquello pudiera ser una fiesta, tanto por lo remoto del lugar como por la escasez de vehículos en los predios de la propiedad. La música aumentaba de volumen con cada paso que daban y los tonos bajos comenzaron a oprimirle a Chiquitín la caja del tórax.

Oh, oh, pronunció Chiquitín, me temo que las profecías de la rubia se están haciendo realidad. O más bien, que me voy encontrando tan pero tan rápido los mojones que me indicó ella que me llevarían al Guanín Sagrado...

¿Cuál rubia?, interrumpió Margaro al escape, más pendiente de los movimientos alrededor del barracón que de sus palabras.

¿Cuál va a ser? ¡La que te he estado contando!, respondió Chiquitín un poco desesperado.

¡Baje la voz, don Chiqui!, susurró Margaro. ¿La de la cueva? ¿Cómo va a ser? ¿Y le mostró sus mojones ella a usted, don Chiqui? ¿Pero qué clase de porquería es esa, Señor mío? Imagino que se metieron juntos en el baño a hacer esas suciedades porque no iba a mostrárselos ahí mismo en la mesa, la muy puerca, le dijo Margaro en ánimo de correrle la máquina.

A veces pienso que Dios te puso en esta Tierra sólo para incordiarme, contestó Chiquitín. ¡Con la de preguntas interesantes que pudiste haberme hecho, sobre todo ante la revelación de las profecías que me dijo la rubiota y que he compartido contigo! Pero nada, eres un desperdicio de hombre. Ahora ponle atención a las cosas que estamos realizando, y más aún en este trance nocturno en el que nos acercamos al *guarikitén* que mencionó la jevota, donde dice ella que tienen cautivo un harén de princesas taínas.

Baje la voz y déjese de locuras que nos estamos acercando y, aunque la música está alta, a lo mejor tienen vigías escondidos, dijo Margaro, quien le hablaba a Chiquitín sin mirarlo mientras continuaban la marcha. Agáchese, que nos ven y nos lanzan las azagayas, añadió al final con sorna en el tainismo aprendido de él.

Se acercaron hasta una distancia razonable, desde donde se percibía la música a tal volumen que cualquier ruido que hicieran pasaría inadvertido para quienes se encontraran dentro. Los susurros entre ellos ya no se entendían. Desde allí precisaron que se trataba de una antigua estructura de campo, un barracón compuesto de dos secciones: una, de unos diez pies de altura, treinta de largo y veinte de ancho, con techo de zinc a dos aguas; la otra, con unos veinte pies de alto, cincuenta de largo y treinta de ancho, y techo también de zinc y a dos aguas. Por su estado de abandono, se diría que ya no cumplía la función de almacén o granero, o vaquería, o lo que fuera para lo que sirvió en sus tiempos productivos, sobre todo la estructura grande. Por las ventanas de la estructura más pequeña era que salían aquellos destellos de luces coloridas y esa algarabía musical que Margaro reconoció como el reguetón inconfundible. Observaron tres carros estacionados frente a la estructura y concluyeron que debía servir de residencia o de lugar de reunión, mientras que el resto del barracón, cuyas ventanas, más elevadas que las de la parte de la vivienda, y demarcadas por el resplandor de alguna fuente de luz muy tenue, estaba sin duda dedicado a otra actividad.

Cualquiera que sabe un poco de música precolombina reconoce los ritmos arcaicos de los primeros taínos, dijo Chiquitín con relación a la música. Sin duda, Margaro, hemos llegado al *guarikitén* del que me habló la rubia de la cueva, que estaría repleto de princesas taínas cautivas, imagino que allá, en la parte trasera de este tambo.

¿Tampón?, preguntó Margaro, que fue lo que escuchó.

Tú nunca sabes medirte, Margaro. Me escuchaste bien, no me engañes, y aunque no sepas lo que significa tambo, lo cual dudo, con tanto que te cantas de ser criado en el campo, sabes que no es lo mismo que tampón.

Yo nunca me he cantado de ser criado en el campo. Crecí con abuelos de campo, pero me criaron en las carreteras de pueblo en pueblo, porque mi abuelo era campesino convertido en vendedor ambulante. Eso no quiere decir que sea del campo, aclaró Margaro.

Pues para que te instruyas, tambo es una especie de lechería o lugar donde se mete ganado o cosas similares. Pero te decía, amigo Margaro, que eso allí está lleno de princesas esclavas y una de ellas, Guanina Nabonoex, conoce la próxima pista para llegar al Mar de Adentro, desde el cual estaremos a dos pasos de la captura del Guanín.

Don Chiqui, me está hablando en chino. Deje de delirar y concéntrese en la escena, no sea que sean jodedores esa gente y tengan una casa de luces aquí escondida, que es lo que a mí me huele. Y si nos cogen husmeando por aquí, téngalo por seguro que nos tumban sin mucho miramiento, nos pican en trocitos y nos tiran a los pitbulls.

¿Tienes que ponerte tan gráfico? Aplícate el cuento tú y ponte más vigilante, si tanto le temes a los narcos y a la casa de luces que dices que es esto, que vaya uno a saber de qué diantre estás hablando. Yo, que sé y reconozco una *araguaca* y una *guángara* dondequiera que me la pongan, te digo y advierto que allá dentro lo que hay es tremenda bebelata de *chicha* o de *uikú* o de alguna otra porquería de esas que beben ellos que los pone a fornicarse entre sí al ritmo de esa música desenfrenada, explicó Chiquitín. Quizá no sean tan violentos como los narcos que tú, en tu desconocimiento, crees que son, pero debes recordar que han intentado asesinarme dos veces ya. Así que esta gente, aunque ya pueble las ciudades, siguen siendo silvestres y de cuidado, por lo que de seguro andan ocultos por entre los árboles circundantes velando que nadie del mundo exterior irrumpa en sus ceremonias o celebraciones.

Shhhh…, escuche, pidió silencio Margaro pues comenzaban a descifrarse las primeras letras de la música.

Maldita puta, maldita bellaca, se pasa todo el día saboreando matraca…, se escuchó claramente una de las frases de la canción que cantaba una voz chillona. *Chingan en los paris, chingan en los montes, chingan en los carros o dondequiera que las monten…*

Pues eso que se escucha es reguetón, no es ninguna música taína ni ninguna baba de la suya. Y ni se le ocurra llevarme la contraria, hágame el favor, dijo Margaro sacado de sus cabales.

¡Si matraca, bellaca y chingan no son palabras taínas, que baje aquí el mismísimo Yocahú y me desmienta!, replicó Chiquitín a la defensiva. Pero que sea lo que tú quieras, petardillo, y no sigamos discutiendo bobadas, que tampoco es el lugar ni la hora para dilucidar los orígenes de la fea música puertorriqueña. Mejor hagamos una apuesta, ¿te parece? ¿Qué tú dices que hay aquí escondido?

Yo digo que una siembra de marihuana, respondió Margaro sin titubear. A eso me refería con casa de luces.

Como a mí no me corre tanto la imaginación como a ti, digo que tienen cautivas a las princesas indígenas que me dijo la rubia. Entre ellas se encuentra mi Guanina Nabonoex, como ya te dije, así que necesito penetrar en ese edificio y liberarla si quiero obtener la información que ella posee y nos hace falta para llegar a nuestro destino, o más bien para alcanzar nuestros propósitos, que nuestros propósitos no tienen necesariamente un destino fijo. Siempre hay sorpresas, te digo, y para mí es tan nuevo el destino de este Mar de Adentro como para ti. Pero vamos, acerquémonos a alguna de las ventanas posteriores y tratemos de provocar una fuga masiva de princesas, y si sólo logramos hacerla parcial, al menos que escape la princesa Guanina, ordenó Chiquitín sin el menor rastro de ludibrio o ironía en lo que decía.

Don Chiqui, le suplico otra vez que se deje de loqueras, que nada bueno nos van a traer. Mire, que no es ni el momento ni el lugar propicio para nada de eso. Quien lo escucha da por perdida su chaveta. Dé gracias que soy yo, que ya conozco de la pata que usted cojea, así que por el mínimo de respeto que me debe, déjese ya de la doña esa de la cueva con quien usted no pudo tener una conversación tan extensa, diga lo que diga...

Ni tan inverosímil, lo interrumpió Chiquitín. ¿O no estamos aquí frente a lo que ella muy exactamente me dijo que nos encontraríamos?

Le decía, continuó Margaro, suspirando por haber sido en vano sus súplicas, que por estar con esas demencias, se expone a que le caigan encima con los helicópteros y lo llenen de más agujeros que un colador. Le advierto que eso es lo que va a pasar aquí si a usted le da por hacer lo que tiene pensado. Yo creo que debemos aplicar una retirada estratégica, antes de que estos individuos nos hallen husmeando por sus predios y nos prendan aquí mismo.

No, señor, estás muy equivocado. De que rescato a la princesa, ponle el sello que la rescato, con o sin tu ayuda. Sígueme si te da la gana, que debiera darte, siendo el amigo fiel que te cantas ser, le dijo Chiquitín en pleno chantaje de amistad. De lo contrario, regresa a la tricicleta, prepárala para un tercer pasajero y espérame allí.

¡Usted está borracho, don Chiqui! Seré su amigo fiel y lo que usted quiera, pero yo me quedo aquí y tan pronto escuche el primer rifle, pongo pies en polvorosa, para que se entere desde ya.

¿Rifle? ¿De qué estás hablando? ¿No me hablaste algo de llevarme en un helicóptero?, preguntó Chiquitín, transgredido ya el colmo de la ingenuidad.

¡Señor padre, en lo que se está usted metiendo sin saber ni un comino! Usted no entiende nada de lo que le digo. Va directo a las fauces de lobo, pero no se lo vuelvo a decir…

¡Lo de los helicópteros lo dijiste tú, demonio!, se defendió Chiquitín. De todos modos, voy para encima de ese tambo, y que me sigan los verdaderos valientes, si es que alguno hay por aquí cerca.

Y diciendo esto, rebasó a Margaro, que se encontraba apostado detrás de una mata densa, y se dirigió con el mayor sigilo del que era capaz, que no era mucho, hacia el área posterior de la estructura en ánimo de comunicarse con las cautivas por las ventanas ligeramente iluminadas que se observaban a la redonda. Margaro quiso disuadirlo, pero, temeroso de que fuera a llamar la atención de algún vigía que anduviera por los predios, lo hizo con voz poco audible. Mas no le quedó otro remedio que lanzarse tras su jefe e intentar aminorar el daño que pudiera hacerle a la clandestinidad de ambos su fanatismo indigenista. De cualquier forma, le quedaba la coartada de la vesanía de su jefe, a quien podía echarle la culpa por el atrevimiento de penetrar en aquellos predios privados. Pero tampoco podía dejarlo por la libre para que hiciera sus sandeces sin restricciones y lo fueran a coser a tiros sin siquiera saber quién era o qué buscaba. Un chamaquito de gatillo fácil y nervios de mantequilla, de los que hay por ahí a dos por chavo que de puro susto lo zurcen con agujas de plomo, se dijo Margaro.

Aunque despreocupado por el ruido que hacían las rocas al patearlas con sus zapatos, y la protesta de los arbustos o los gemidos de las moñas de yerba que se llevaba de por medio como un elefante en estampida, al menos no se le ocurrió a Chiquitín gritar ni llamar a nadie. Llegó a la parte oscura del barracón, donde no se percibían señales de que bajo su techo de zinc latiera corazón alguno. Margaro por fin le dio alcance a Chiquitín, hasta quien llegó jadeante al pie de una de las ventanas, donde se encontraba observándola como si calculara su altura y las posibilidades de que, mediante una empresa conjunta con su asistente, pudiera alcanzarla.

Aunque quisiera ser yo el primer testigo de las taínas cautivas y seguro amordazadas allá dentro, dijo Chiquitín, porque temo que tú, por no dar el brazo a torcer, me mientas y digas que no hay nada ahí, habiendo tanto, tampoco voy a pretender que me levantes en vilo para alcanzar la ventana, que sé que estoy más gordo que…

La osa Carolina, interrumpió Margaro.

Iba a decir que tú, dijo Chiquitín mirándolo con mucha más gravedad de lo que ameritaba el comentario. En fin, que te podría aplastar si me levantas en vilo, así que te voy a hacer un escalón con las manos para alzarte hasta la ventana. Pero antes de encaramarte, vas a jurarme, Margaro, por tus abuelos, que en paz descansen, que me darás un informe fiel de lo que observes dentro. ¿Me lo juras? ¿Sí? Margaro asintió con la cabeza. Date la vuelta, muéstrame las manos. Bien, pues mete el pie, dijo Chiquitín mientras entrecruzaba los dedos de las manos con las palmas hacia arriba y se agachaba un tanto para dar con el cuerpo entero el empujón del alzamiento. Y recuerda no mentirme, que hasta aquí huelo a las hembras cautivas.

Sin decir palabra, y un poco jadeante aún por la corrida que tuvo que pegar para alcanzar a su jefe, Margaro metió el pie entre las manos de Chiquitín, se aguantó por un lado de su hombro y, por el otro, de la pared de madera del barracón, la cual resultó ser áspera y llena de astillas, y se dejó alzar hasta alcanzar con las manos el marco de una de las ventanas. Agarrado del mismo, se aupó un poco más, ocasión que Chiquitín aprovechó para colocar los pies de Margaro sobre sus hombros y estirar los brazos y las manos contra la pared. Desde aquella nueva altura, Margaro pudo observar sin dificultad lo que había dentro, o más bien lo que ocurría dentro del barracón.

Convencido de sus especulaciones, al principio pensó que las dos hileras de los bultos prietos que observó sobre el suelo eran libras de yerba listas para transportarlas. Entre las hileras de fardos, distinguió una hilera de velones colocados allí como para alumbrar la escena. Comenzó el movimiento de abandonar su visión de los bultos y dirigirla hacia abajo, hacia su jefe Chiquitín, para informarle sobre el resultado de la inspección y cómo favorecía sus especulaciones, cuando, ya encaminadas cabeza y mirada, le pareció ver por el rabo del ojo estremecerse uno de los fardos. Regresó de inmediato la mirada hacia la ventana y ahora se percató de que en realidad todos los bultos se movían, y que no eran libras de yerba sino cuerpos atados de pies y manos y, seguramente, amordazados. Margaro no daba crédito a lo que sus ojos daban cuenta, y menos cuando echaban por tierra sus conjeturas y validaban casi por completo las loqueras de su jefe.

Pese a su insistencia de que le narrara lo que ocurría y que intentara contar cuántas eran las princesas cautivas, Margaro tardó un rato en precisárselo a su jefe, dado el grado de estupefacción en que se encontraba. Los bultos se movían, en efecto, o más bien se retorcían en un intento continuo de zafar los amarres que les mantenían constreñidos. A Margaro le pareció imposible que, al principio, cuando los observó la primera vez, los viera inertes. Chiquitín insistía en que le proporcionara información y, mientras más se prolongaba el silencio de Margaro, más exasperados eran sus reclamos. Ya cuando se encontraba a punto de ejercer la amenaza de bajarlo de la altura en que se encontraba, gracias a sus hombros y a la sólida armazón de su figura, Margaro, sin voltear la cara para hablarle ni despegar la mirada de los bultos en movimiento, le dijo en voz queda:

Don Chiquitín, aunque me cueste admitirlo, parece que tenía razón. Aquí dentro hay un paquetón de gente maniatada. De que sean princesas taínas, ya eso es otro cantar, pero de que están cautivos, están.

¡Condená rubiancona! ¡Tenía razón la muy bruja!, expresó Chiquitín entusiasmado.

Quédese quieto, don Chiqui, que va a hacer que me escocote, pidió Margaro. Celebre menos, que todavía no sabemos qué es lo que hay con esa gente amarrada, si son o no son lo que usted dice que son. Péguese más a la pared y súbame un poco, a ver si puedo abrir la ventana. Y no haga ruido, cojones, que si nos cogen en esta movida, nos va a ir mal.

Moviéndose hacia la pared con sumo esfuerzo, Chiquitín cerró un poco el ángulo de inclinación, lo que le proporcionó a Margaro varias pulgadas de ventaja. Apoyó los codos en el marco de la ventana, que era ancho casi como un antepecho, la empujó hacia arriba y su mecanismo corredizo la hizo subir sin mucho esfuerzo, pero sí con un chirrido audible a los cuerpos amarrados, que de súbito dejaron de retorcerse. Poco a poco comenzaron a voltearse y a dirigirse hacia la ventana que acababa de abrirse y hacia la figura cuya silueta se dibujaba en su vano. El gemido colectivo a través de las telas que las amordazaban se convirtió en un rumoreo de pujos acumulados que llenó el entorno como con el gorjeo de un enorme nido de palomas. A Chiquitín, aquel murmullo que apenas le llegaba, le pareció un idioma precolombino que, conociendo la certeza de las predicciones de la rubia, debía ser arahuaco. Su alegría con aquellos sonidos se tradujo en un mayor entusiasmo, que a su vez se tradujo en un brinquito de emoción que llevó su cuerpo a adelantar de golpe el espacio restante entre él y la pared, lo que provocó que Margaro se fuera de cabeza por la ventana.

Voló por el vacío menos tiempo del que estimó y cayó de cabeza sobre una montaña de maletas y bolsos y piezas de ropa de mujer que por fortuna alguien acumuló justo debajo de aquella ventana, lo cual, junto con el muelle considerable de su maranta de cabello, evitó que se partiera el cráneo en cuatro pedazos sobre el piso de cemento que le esperaba. Rebotó, se le enredó un *brassier* triple D en el cuello y calló de fondillo frente a la isleta que separaba las dos hileras de cuerpos, que Margaro se percató ahora eran de mujeres amarradas, que gemían y retorcían con una desesperación multiplicada. Un fuerte olor a orín y a cuerpo sucio le sojuzgó el olfato, y el relumbrón de los velones le permitió observar mejor la terrible situación en la que se encontraban aquellas desdichadas féminas, las cuales no cabían de emoción con su llegada.

Resulta, como se enterara Margaro por boca de una de las muchachas que liberó, y luego Chiquitín por boca de Margaro, pese a parecerle una patraña y una mentira monumental, que eran dominicanas llegadas en yola a través del mortífero canal de la Mona, secuestradas en tierra por los facinerosos que escuchaban el reguetón, quienes las esperaban en las mismas playas donde desembarcaban para capturarlas y pedirles recompensa a los familiares en Puerto Rico, porque la mayoría de ellas tienen familiares acá esperándolas. Los maleantes las metían en aquel barracón, las amordazaban y ataban de pies y manos, manteniéndolas en ese estado de confinamiento, en lo que los parientes o amistades respondían por ellas y pagaban el rescate. De día las mantenían sueltas dentro del barracón, sin preocuparse de que gritaran, dado lo remoto del lugar, ni de que escaparan, dada la redoblada vigilancia diurna. Las alimentaban con puré de viandas y café prieto sin azúcar, de vez en cuando unas manzanas y botellas de agua. Nada de baño ni aseo personal ni cepillarse los dientes. Las necesidades básicas las hacían en bacinillas que los secuestradores vaciaban por las noches; después de atarlas y amordazarlas para evitar fugas o rebeliones nocturnas, se orinaban encima, en vestidos que descartaban y acumulaban por la mañana en otra montaña de ropa pestilente. Como el tráfico de mujeres era bastante movido, y apenas pasaban un par de días allí metidas antes de que pagaran sus rescates, las chicas se conocían allí, si es que no llegaron en la misma yola, y se desconocían allí mismo, pocos días y hasta horas después, sin que pudieran establecerse lazos ni relaciones perdurables que pusieran en peligro aquella empresa criminal.

Los secuestradores que atendían las necesidades mínimas de las mujeres, que les cocinaban la papilla y sacaban las bacinillas, eran en realidad una pandilla de jovencitos dirigida por un hampón mayor que ellos, quien nunca se mostraba de cuerpo, y sólo de voz realizaba el trámite de la recompensa. Los cuidadores de las cautivas conformaban la parte jerárquica más baja de aquel esquema criminal. Chamaquitos sin educación, sin límites, con la soberbia del poder que da la posesión de un arma, y más si era automática; fanáticos del reguetón, bebedores de *Gasolina* y de pastillas, que cuando se les trepaba la nota, se ponían rijosos y terminaban acudiendo a las cautivas para satisfacerse. Muchas fueron ultrajadas. Otras cedían a cambio de algún privilegio. Unas tantas se negaban de plano, trancaban las piernas y predominaban en su decisión. Esas, por lo común, terminaban desfiguradas.

Entretanto, Chiquitín, que se quedó solo afuera esperando, no tanto preocupado por la caída de Margaro como curioso por lo que ocurría dentro, comenzó a dar grandes saltos para tener aunque fuese un atisbo de la acción, un cuadro elemental del evento interno, un pedazo de imagen que le permitiera construir con su magín el resto. Los saltos, dados por aquel cuerpo tan voluminoso, tuvieron sobre el terreno un efecto estremecedor que los captores sintieron en una pausa musical. Les extrañó aquella tembladera, así que tomaron las armas y salieron a inspeccionar los predios. Chiquitín los sintió porque la música cesó de repente, unas voces alteradas se elevaron y luego se escuchó el chirrido de una puerta de metal que se abría y cerraba, lo que le permitió reaccionar y esconderse, mas no lo suficiente para la cantidad de cuerpo que debía ocultar y la escasez de espacio para hacerlo. Aunque la vegetación era mediana y abundante en aquella parte, una especie de área lateral con vegetación baja rodeaba el barracón y no proveía ningún resguardo a la inspección de los sicarios, en caso de que llegaran hasta esa parte del almacén. A lo sumo, Chiquitín logró esconderse de pie en un rincón donde la luz de la luna, que no paraba de alumbrar, no lo alcanzaba, pero casi a plena vista de quien llegara hasta allí. Se sintió perdido. Se sintió desnudo. Quiso ser invisible. Se fue escurriendo con la espalda pegada a la pared hasta donde le permitieron las piernas. Metió la cabeza entre las rodillas y se hizo un ovillo. Aquella situación desesperada y casi sin salida, su inevitable descubrimiento por parte de los sicarios, le provocó el síndrome del avestruz. Pretendió que la mera compresión del cuerpo en aquel ovillo fuera suficiente para pasar inadvertido.

Varios jóvenes, armados hasta los dientes con todo tipo de armas automáticas, sobre todo con las famosas AK-47 a las que llamaban helicópteros por el sonido de su descarga, salieron con bastante agitación, alertas pese a la jodedera que llevaban dentro. Examinaron el área inmediata frente al barracón y luego se dividieron para rodear la estructura y examinar el terreno a la redonda. Hasta la parte donde se encontraba Chiquitín llegaron dos muchachos con rifles en las manos. Parecían dos payasos armados y peligrosos, con los pantalones hasta mitad de la pantorrilla, mitad de los boxers por fuera, las camisas extragrandes con números e insignias de equipos de baloncesto norteamericanos, que más parecían pijamas que camisas, y gorras de pelotero con la visera descentrada y la etiqueta con el tamaño de la gorra adherido todavía como parte de sus atributos estéticos. Pese a su aspecto casi cómico, se mostraban peligrosos. Chiquitín alzó un poco la cabeza y los observó registrar los matorrales en frente y conminar a quienes allí se ocultaban a rendirse y mostrarse.

Estoy perdido, pensó, mientras los muchachos se voltearon, miraron hacia el lugar donde se encontraba él ovillado, al parecer cubierto por algún tipo de manto mágico que lo hizo invisible a la vista de ambos, quienes le pasaron a menos de cinco pies de distancia sin percatarse de su presencia. De que un milagro había ocurrido, un fenómeno metafísico o extrasensorial, no le cupo a Chiquitín la menor duda. Sus deseos no sólo fueron escuchados por ente sobrenatural alguno, sino cumplidos en el acto y con una contundencia impresionante, incluso para él, que se contaba entre los descreídos. Los jóvenes regresaron a la parte de la casa de donde salieron y se transmitieron unos a otros el resultado de sus respectivas búsquedas. Al rato se escuchó de nuevo la puerta metálica abrirse y cerrarse repetidamente y luego la música ensordecedora.

Chiquitín tembló un rato sin control. *Too much*, se dijo. Pensó que regresarían a fusilarlo como a un perro allí mismo, pues creyó imposible lo ocurrido. Me están esperando a la vuelta del edificio, se dijo. Es un entrampamiento, una emboscada. Mantuvo el oído atento a cualquier sonido en el entorno cercano que corroborara sus conjeturas, pero su ausencia lo motivó a erguirse. ¿Seré aún parte de los vivos?, se preguntó mientras se pellizcó la piel con las uñas en un intento por reconocer el dolor de su existencia. Desconfió de su propio contacto. El muerto se pellizca a sí mismo y se piensa vivo, se dijo. Debía contactar a Margaro cuanto antes y que él hiciera las pruebas de cotejo de su existencia física, se dijo dudoso de si había sido ametrallado y hecho colador y se encontraba en la fase de negación, que dicen que es la primera que atraviesa el alma tras una muerte violenta y súbita, según recordaba de unos espiritistas que a menudo escuchó que hablaban del tema en el círculo espírita al que asistían sus abuelos. Decían que los suicidas, los que mueren de súbito en accidentes, caídas al vacío, ahogados, entran en una fase de negación de la muerte. Viven, andan y hacen las cosas que hicieron en vida, sólo que en la dimensión de la nada. Aquello se le quedó a Chiquitín presente y no fue hasta ese momento, en circunstancias la verdad que inconcebibles, que se lo aplicó y llegó a cuestionarse su permanencia material.

Regresó a la ventana y se alejó un poco del barracón para tener un mejor ángulo de visión sin tener que saltar como hiciera antes. Y dado que nada se manifestaba por aquel hueco, Chiquitín comenzó a tener barruntos de que a Margaro le había pasado algo en la caída, pese a no haber escuchado nada, ni siquiera el golpe que era de esperarse en una caída desde esa altura. Pero igual estaba inconsciente dentro y, si no daba muestras de vida pronto, tendría que penetrar de algún modo en aquel recinto para rescatarlo, que tampoco iba a dejarlo solo para que lo acribillaran, pues dejarlo allí, cualquiera que fuera su condición, era una condena de muerte. El único condenado a muerte era él, se dijo, a la muerte del martirio, y Margaro el encargado de llevarlo seguro a ella, por lo que debía socorrerlo a toda costa si iba a tener éxito su inmolación patriótica, así tuviera que romper aquellas paredes para sacarlo y batirse sin armas con los secuestradores de las taínas.

Determinó hacer una incursión violenta en el recinto sin importar el escándalo que provocara, cuando en eso escuchó un silbido y, más que silbido, unas eses alargadas que llamaron su atención. Al dirigir la mirada hacia su origen, se percató de una sombra apostada tras la esquina del barracón, casi donde mismo se escondiera él de los muchachos armados, y, aunque no podía distinguir las facciones del individuo que producía el sonido y que le conminaba con la mano a que se acercara, el bulto negro que se dibujaba sobre la silueta de su cabeza le revelaba ser la sereta de pelo de Margaro que, cuando se la sacaba de la gorra donde iba comprimida, salía como si cada uno de sus cabellos quisiera huir de su cuero cabelludo. Chiquitín se acercó con cautela, hasta que escuchó que decía: Don Chiqui, soy yo, don Chiqui, avance, y entonces fue casi corriendo hacia allí donde su asistente requería su presencia.

Pellízcame, Margaro, por tu vida, pellízcame, le pidió al llegar hasta él mientras le ofrecía el antebrazo para que cumpliera su deseo.

¿Qué le pasa, don Chiqui?, susurró Margaro en tono irritado.

Que me pellizques te pido, que quiero corroborar algo, le solicitó de nuevo.

¿Con qué embeleco nuevo se anda usted, don Juan Bobo?, susurró Margaro una vez más, ahora genuinamente molesto con aquella payasería que su jefe le requería.

Haz lo que te pido y no jeringues, Margaro, pellízcame, te digo, el antebrazo.

Eso hizo Margaro, con suficiente vileza como para arrancarle un gemido de dolor profundo que era precisamente lo que Chiquitín anhelaba.

Tras soltar un suspiro del placer de reconocerse aún entre los vivos, se volteó hacia Margaro y le dijo: Ahora dime, amigo Margaro, cuánta razón tenía yo acerca de las taínas cautivas, o más bien cuánta razón tenía la rubia de la cueva, de quien ya sé que dudas. Vamos, si quieres me lo dices con la mirada, que sé que con la boca te va a costar, pero dilo claro, Margaro, y llévame donde se encuentran las féminas abusadas.

¡Baje la voz le digo, don Chiqui, no sea alborotoso, que si nos cogen nos matan a sangre fría!, le susurró Margaro temeroso de que lo hubieran escuchado los guardias. Y déjese de tanto tainismo ya, que no son ningunas indígenas, sino dominicanas comunes y corrientes.

Eso te habrán hecho creer a ti, presumo porque les pareció que jamás les creerías la verdad. ¡Te iban a decir la verdad para que las creyeras locas y las dejaras igual de cautivas que las encontraste! ¡Claro que te iban a decir que son dominicanas! ¡Idiotas les dicen, moronas! Lo menos que se imaginan ellas es que tú tienes a alguien que te informa de la inverosímil realidad que ellas viven, por eso te la ocultan.

¿Cómo sabe que están maltratadas, abusadas?, preguntó Margaro sin hacerle demasiado caso a sus explicaciones y como para ponerlo a prueba y hacerle sospechar que él sospechaba que en algo de aquel asunto él estaba implicado.

El cautiverio siempre es un abuso, amigo Margaro. Negar la libertad en sí es un acto violento, se defendió Chiquitín. ¿Por qué me preguntas?

Olvídelo, don Chiqui, dijo Margaro con voz queda. Vamos, véngase conmigo, siga mis pasos en silencio para evitar que nos descubran.

De eso no te tienes que preocupar, que por lo menos yo, no sé tú pero yo, soy inmune a sus miradas, dijo Chiquitín.

¿Cómo que inmune?, preguntó Margaro mientras esbozaba los primeros pasos que ya anunciara que daría.

Lo que te digo, inmune, que no me ven, que soy invisible para ellos, aunque te parezca insólito y hasta una locura nueva mía, que no creas que no sé que piensas que la mayor parte de mis cosas están llevadas por los hilos de la demencia. No, Margaro, me pasaron por las mismas narices los sicarios armados hasta los dientes, nuestras miradas se cruzaron (mintió), pero no me lograron ver. Los ojos suyos me traspasaron, los sentí traspasarme como rayos láser (mintió de nuevo) y seguir de largo.

Yo ya no sé ni qué pensar de usted, don Chiqui. Se saca cada cosa de la manga, que me pone, lo que se dice, la sangre gelatinosa. Pero entonces ocurre que, de cuando en vez, algo de su locura acierta y yo me quedo que no sé ni qué pensar. Y no es para que se vanaglorie, don Chiqui, que si ha acertado en par de ocasiones, ha errado en muchas más, y si lo nuestro fuera más pelota que arqueología, tendría un promedio de bateo por debajo de los cien, dijo Margaro mientras comenzaban a darle la vuelta al barracón.

Llegaron a una ventana baja y Chiquitín se percató de que estaba semiabierta. Como una culebra, Margaro se escurrió por el hueco de ella sin hacer el menor ruido. Chiquitín pensó en las ventajas de ser delgado y flexible como lo fuera alguna vez de muy joven. Intentó meterse lo más rápido posible por donde mismo hiciera su asistente, mas tuvo que aceptar lo aparatoso de su cuerpo y la rigidez de sus extremidades, que disminuyeron su velocidad de entrada al barracón.

Lo primero que le impactó fue el olor a cuerpo sudado y sin baño, a cuerpo de mujer sudado y sin baño, a un popurrí de residuos corporales cuyo efluvio casi había adquirido una masa concreta. Poco después vio la lumbre leve de los velones, y a la luz de ellos las caras asustadas de un grupo de mujeres con ojos desorbitados, que apretaban entre sus brazos bolsos y maletas pequeñas y bolsas plásticas y líos de ropa tomados como al azar. Se les veía el espanto en las caras, el miedo de la incertidumbre en el temblor de las miradas, el sudor aceitoso de los cuerpos aterrados. Chiquitín las observó un instante y pensó que debían ser taínas de pieles extremadamente castigadas por el sol y las inclemencias.

Matunjerí, pronunció Chiquitín en voz baja mientras realizaba una pequeña genuflexión hacia el grupo.

Silencio general. A espaldas de Chiquitín, Margaro, incapaz de contenerla, soltó una corta carcajada.

Perdón, perdón, se disculpó, a lo que Chiquitín respondió sin voltearse con un profundo suspiro de rabieta contenida.

¿Pero qué cosa dice usted, doncito?, escuchó que una de las mujeres preguntaba.

¿Hablan español?, indagó Chiquitín dando un paso hacia atrás como si la sorpresa lo hubiera empujado, olvidando por completo que ya Margaro se había comunicado con ellas.

Oh, pero qué íbamos a hablarle, don, ¿chino?, dijo otra de las voces, lo que propagó entre las mujeres un leve contagio de risillas asustadas. A Chiquitín no le sentó para nada bien el corillo de voces regocijadas a costa suya, si bien la manera de decirlo le pareció propia de alguien que aprende un idioma que nunca domina por completo.

Muchachas, de él fue de quien les hablé, mi jefecito, don Diego Salcedo. Él fue quien se empeñó en llegar hasta aquí para rescatarlas. ¿Verdad, don Diego?, dijo Margaro.

Así es, beldades. Supe de su situación gracias a otra mujer cuya historia no viene al caso en este momento. Lo cierto es que tenía razón, y si tenía razón en cuanto a su cautiverio, también la debe tener respecto a una de ustedes, princesas, que posee la clave para llegar hasta el Mar de Adentro.

¡Dique yo princesa, cucha eso!, dijo una de las muchachas, lo que de nuevo ocasionó las risitas suprimidas. Pero si usted, doncito, me abanica, seguro le tomo el fresco.

¿Y qué eso de Mar de Adentro?, preguntó otra de ellas. Mire que yo nunca he oído mentar eso y llevo viviendo tiempo aquí en Puerto Rico. Es la tercera vez que cruzo en yola y la primera que me secuestran.

No se me hagan las suecas ahora, que la hora no es de juegos ni las condiciones son de guachafita, contestó Chiquitín. Entre ustedes, la princesa, que es la que sabe de lo que hablo, por favor dé un paso adelante e identifíquese, si no quiere que revele su nombre secreto.

Las chicas, asustadas, miraron todas al mismo tiempo a Margaro como una escuela de peces que buscara en él a su genuino libertador y dueño, respuestas a aquella plática de la cual no entendían un ápice.

Yo soy el primero que digo que no es momento de ablandar granos, pero créame, don Chiqui, digo, don Diego, que aquí no hay ninguna princesa taína ni nada que se le parezca. ¡Si ni siquiera hay una boricua autóctona entre ellas, va a encontrar una taína! Esto aquí no pasa de ser un corillo de señoras dominicanas asustadas.

Eso lo veremos, que tengo tremendo ojo para lo taíno, y no hay truco ni trampa que valga conmigo, les advirtió Chiquitín.

Y diciendo esto, tomó del suelo uno de los velones y se movió con él en dirección al grupo de mujeres amontonadas al fondo del barracón y locas por salir de allí. Llegando hasta el extremo izquierdo del grupo, acercó el velón a la primera cara y requirió su nombre.

Elvida, contestó ella.

¿Procedencia?, indagó Chiquitín.

Higüey, respondió.

Sin dar muestra alguna de afectarle aquellas respuestas y más bien como si las esperara, movió el velón y pasó a la próxima.

Cándida, de Cotuí.

Ruth, para servirle, de Neiba, en Barouco.

Leonida, de Nagua.

Petra, del Cibao.

Onidis, Jimaní.

Miguelina, de Jarabacoa, a sus órdenes.

Reina, de Samaná, que es como estar casi en Mayagüez.

Juana, de Guaymaté.

Altagracia, de Bayaguana.

Mercedes, de Yaguaté.

Reinosa, de Maimón.

Ya a esta altura casi la mitad del grupo había dicho su nombre y procedencia, lo que era suficiente para confirmar en la mente de Chiquitín sus elucubraciones.

¿Tenía o no tenía razón, incrédulo?, le dijo a Margaro en una especie de aparte público. Como podrás ver, nuevamente la rubiancona, de quien no crees ni el principio de una sílaba, dio en el blanco. ¿O no te has fijado que todas, hasta ahora, provienen de un lugar taíno? ¿O tú no sabías que en la República también había taínos? Y aunque se camuflen y alberguen detrás de un nombre cristiano, has de saber que cada una tiene su nombre secreto que jamás revelan.

La próxima en ser interrogada resultó ser la más joven, la más dorada de piel, la de facciones más pseudoorientales y el pelo más lacio, y la más parecida a una princesa taína, según los parámetros mentales de Chiquitín. Cuando le acercó la lumbre, quedó impactado con ella.

Dime tu nombre, querida, y de dónde vienes, le pidió.

Yubelkys, dijo, y Chiquitín dejó escapar un suspiro, más de satisfacción que de desconcierto.

¿Y de dónde es usted, su excelencia?, preguntó.

De San Pedro de Macorís, contestó, para desagrado y amargura de Chiquitín.

Con que Macorís, su excelencia, dijo él un tanto confundido. Será futil que niegue su identidad, mi princesa. Véngase por aquí, su graciosa excelencia, sin resistirse, que debo interrogarle. Y diciendo esto, la tomó por una muñeca y tiró de ella con fuerza. Ella no se resistió y, aturdida como estaba con la atroz experiencia que estaba viviendo, pensó que aquello sería otra circunstancia desagradable a la que debía resignarse de las muchas que le habían tocado ya desde que pusiera sus pies en esta tierra vecina pero extraña. Es ella, Margaro, estoy segurísimo, dijo Chiquitín satisfecho.

¡Pero si es la única que no es de un lugar taíno!, protestó Margaro.

Chico, no será de un lugar taíno directamente, pero mira el nombre, por lo que más quieras, que si hay un nombre taíno entre ellas es ese. ¡Mírala no más! ¡Es la estampa viva de la mismísima Anacaona!, refutó Chiquitín excitado, mientras tiraba más aún de su brazo en ánimo de interrogarla un poco más privadamente.

¿Y no que los nombres taínos eran secretos y que jamás…?, indagó Margaro.

¡Margaro!, lo interrumpió. ¡Qué quieres que haga! Si se le zafó, pues se le zafó, que por muy cautiva que se encuentre, debes recordar que es persona de sangre real, sangre nitaína, criada en algún palacio o *yucayeke*, lo que significa que está llena de ingenuidades y de ignorancias. Si le cuesta comprender lo que ocurre, ¡no va a costarle esconder su apodo! A lo mejor es tan de sangre real que ni nombre cristiano tiene. Porque has de saber que el indígena nuestro es muy de ponerse apodos, costumbre arcaica que aún persiste entre todos los puertorriqueños.

Usted, don Chiqui, no sabe perder, y la verdad que me sorprende lo bien que nada y guarda la ropa a la vez. Lo veo venir por el caminito de la catástrofe de nuevo desde hace ya par de horas, y quiero advertirle que no me agrada ni el comienzo de un principio. Así que le pido que mida bien las cosas y no se ofusque con esto de la princesa, no sea que la puerca entronche el rabo, se arme la de San Quintín con ellas y termine de nuevo pagando yo las verdes por las maduras. Tráteme a las muchachas con dulzura, que no vamos a liberar a estas chicas de una tiranía para meterlas en otra. ¿Verdad, mis chicas?, dijo Margaro, dirigiéndole esta última pregunta al grupo de mujeres que seguían la conversación petrificadas.

Tú déjamela a mí, que si no me ofrece los datos que le pido voluntariamente, me los revelará mediante otros métodos coercitivos que aprendí en Vietnam, que de todos modos ya son legales a nivel nacional, respondió Chiquitín mientras continuaba.

No está en su sano juicio, muchachas, se disculpó Margaro con las dominicanas.

¡Qué va!, exclamó una. No coja lucha, tú, y déjalo que resuelva con la chiquita, siempre que nos deje salir al resto de nosotras, añadió en compinche con las demás mujeres.

Esa demencia ya mismo se le espanta, ya mismo se da cuenta de lo que está haciendo y hasta se abochorna. Le ha pasado antes. Pero ya se le pasa, ustedes verán, ya mismo cae de nuevo en sus cabales, volvió a excusarse Margaro.

A mí que ese lo que está es metido en mamajuana, dijo una de las muchachas a modo de chiste. Ahora sí el grupo rio con más soltura y volumen, si bien no con escándalo. Margaro también rio sin comprender de qué reía, pero, al acompañarlas con su jocosidad, se sintió también con la autoridad de pedirles que bajaran el volumen de su risa, no fueran a alertar a los secuestradores, que no se pondrían nada de contentos si los encontraban a ellos allí y a ellas desatadas.

Su alteza, se dirigió Chiquitín a Yubelkys, a quien le llevaba su buen medio cuerpo de altura, hagamos de este intercambio un asunto lo menos escandaloso posible y lo más veloz que podamos, para salir de aquí todos juntos y escapar de las manos de los truhanes. Me comprende, ¿verdad? *¿Imugaru-garútu hiáru?*

Ella asintió a la primera parte de la pregunta y puso cara a la segunda como si algo muy agrio le hubiera tocado la punta de la lengua.

Me alegro. Ya sabe lo que quiero de usted y yo lo que usted de mí, así que hagamos el intercambio y salgamos de esto lo antes posible, dijo Chiquitín.

La chica colocó su maletita de flores en el suelo, se puso de pie, y con un movimiento serpenteante de los hombros dejó caer uno de los manguillos del traje que llevaba para poner al descubierto uno de sus dos hermosos senos. Chiquitín la miró y no comprendió qué era lo que hacía, mas cuando se dio cuenta finalmente, echó un pie hacia atrás y, mirándola de arriba abajo, incapaz de creer lo que hacía aquella figura real de la nobleza taína, la cuestionó.

¿Qué hace, su alteza? No pele por la ropa, se lo suplico, que a eso no es lo que me refería, expresó Chiquitín escandalizado. Usted ya ha sufrido demasiado para venir a aprovecharme de su candidez en intercambio por su liberación. Vamos, vamos, súbase eso y dígame simplemente qué camino debo tomar para llegar al Mar de Adentro.

Oh, pero si yo ni soy ni de aquí siquiera, mi don. ¿Cómo voy a saber decirle qué camino tomar ni cuál Mar de Adentro ni qué vaina me habla?, respondió la muchacha. Además de que tampoco soy taína, pero que Dios le escuche y me convierta en la princesa que usted dice, mi don.

Decirme que no es la princesa taína que busco con ese nombre suyo es querer convencerme de que el sol no quema ni el agua moja. Le repito, su alteza, que no debe convertir las cosas en más pesadas, ni dejar que la intransigencia impere. Porque aunque bueno, soy hombre de palabras y acciones firmes, y no pienso dejarla salir de aquí sin la información que sé que tiene y que yo necesito. Le suplico que coopere, su alteza, no tenga que recurrir yo a la fuerza y ponerme yo hecho un sátrapa, que no es mi temple natural. Y no es que pretenda amenazarla, pero sepa que el Gobierno de los Estados Unidos es mi único jefe y mi faro, a él respondo y él me autoriza, o más bien me apoya, en el uso de métodos severos para obtener la información que necesito. Lo que quiero decir es que, si no habla por las buenas, lo hará por las malas, y no puedo comprender por qué no me quiere dar una información tan simple como la que le solicito. Dígame sencillamente: es por aquí, es por allá. Mire que a usted y a las muchachas les falta aún escapar de este lugar, que imagino que sospecha que no se encuentra cerca de ningún sitio poblado, lo que representa tremenda caminata que no querrá hacerla coja o adolorida…, expuso Chiquitín ya formulando amenazas abiertas.

De nuevo la muchacha se declaró ignorante de la información que le requería y procedió a repetirle su lugar de procedencia y el tiempo que llevaba en Puerto Rico. Chiquitín fue perdiendo la paciencia y, aunque en la penumbra no se notaba mucho desde donde se encontraba Margaro con las muchachas, se observaron unos movimientos bruscos de la silueta de Chiquitín. Acto seguido se escuchó una voz femenina, al principio un poco alterada, que luego se transformó en un gemido femenino, o más bien en los sonidos guturales producidos por algún tipo de forcejeo en torno a una garganta.

Margaro y el resto de las mujeres permanecieron alerta a lo que ocurría entre Chiquitín y Yubelkys con cierta intriga, aunque listos para intervenir en caso de que la situación lo ameritara, hasta que se escuchó a Chiquitín que llamaba a Margaro y le pedía ayuda para aguantar a la muchacha.

Si entre los dos la agarramos, dijo una vez este acudió a su llamado, podemos meterle la cabeza dentro de algún inodoro por aquí cercano para que tú veas cómo escupe la ruta al Mar de Adentro que no quiere decirme ahora.

¿Cómo es?, preguntó Margaro incrédulo de hasta dónde podía llegar el delirio de su jefe. ¿Meter qué dónde? ¡Usted está tripeando en kétchup, don Chiqui! Esa comida americana que se mete lo tiene envenenado y vuelto un salvaje. ¿Usted se escucha las cosas que dice? ¿Cómo que va a meterle la cabeza dentro de un inodoro para que hable?

¡Por Dios! ¿Y no que tú lees tanta noticia y tanto periódico?, casi grita Chiquitín, indignado. ¿No sabes que nuestro presidente ya dio permiso a sus súbditos, que somos nosotros, de emplear la fuerza si era necesario para obtener alguna información escondida en el interior de algún enemigo? Y aunque no puedo decir que la chica sea mi enemiga, sí tiene información escondida por dentro que pudiera o no convertirla en mi enemiga. Lo más que puedo decir de ella es que es mi preenemiga. Me parece que es lo único que podemos hacer aquí rapidito en estos momentos porque tampoco vamos a construir la tabla para ponerla boca abajo y derramarle el agua por la cara, que es el método más efectivo. Así que si el agua no puede llegar a la cara, pues que la cara llegue al agua. ¿O no? Vamos, vente, agárramela y deja de protestar. Me duele que tenga que ser así, pero no hay de otra.

Y ma me duele a mí si mato un loco, caray, dijo ella antes de reaccionar.

Chiquitín recibió directo el impacto del mamellazo del bolso de Yubelkys quien, pese a su aparente delgadez, desarrolló suficiente palanca en su brazo para asestarle justo en la quijada el salvaje golpe. Porque en el bolso no sólo venía un cambio de ropa interior, un sostén estirado, un lápiz de labios, tres sobres de toallas sanitarias, sino que, además, llevaba senda piedra pulida de río que cargaba a modo de arma desde que saliera de la República y que, milagrosamente, seguía dentro de él, incluso luego de que los secuestradores se la quitaran, la registraran y la lanzaran en la pila de pertenencias de las demás cautivas que salvó la vida de Margaro. El impacto de la piedra y el impulso de traslación que llevaba, le espantaron de la cabeza la consciencia a Chiquitín, quien se desplomó de la primera como un árbol serruchado. La lluvia de golpes y bolsazos pasó a concentrarse en Margaro, menos contundente que repetitiva, por lo que la presión se acumuló hasta socavarle su firmeza y obligarlo a desplomarse, adolorido, incapaz de resistirse, apenas coherente y en control de sus facultades.

Yubelkys, como para rematarlo, volvió a asestarle otro golpe a Chiquitín con el bolso y la piedra, que esta vez le aterrizó sobre el pómulo izquierdo, aflojándole un par de las muelas que todavía tenía lastimadas desde la aventura del hincapilotes.

Eso es para que respete, dijo. ¡Cúchalo a él y que meterme a mí la cabeza en el inodoro! ¡Estará tocado usted de la sesera, doncito, que porque me vea sequita y tullida no significa que sea una angelita bajada del Cielo!

Dio un brinco sobre los cuerpos colapsados que bloqueaban la ruta de regreso al grupo de mujeres, quienes se habían alzado en abierta rebeldía. De asustadas cervatillas pasaron a convertirse en evasivas gatas montesas que ágiles y sigilosas salieron por la ventana. Apenas levantaban Margaro y Chiquitín sus caras del suelo, cuando escucharon las ráfagas de tiros fuera del barracón porque, por muy silenciosas que fueran, cualquier estampida crea siempre un runrún. En su desesperación, los secuestradores se fueron detrás de las fugadas prodigando tiros como piropos por entre aquella espesura, sin ocurrírsele a ninguno siquiera entrar al barracón y averiguar cómo se habían desatado. Aquel descuido les permitió a Chiquitín y a Margaro salir por la ventana sin ser descubiertos y esconderse un rato entre los matorrales de la cercanía, donde aplacaron sus jadeos en lo que los chamacos regresaban al barracón.

Aunque los tiros cesaron, las voces no se aproximaban, por lo que pensaron que reconocieron el valor económico de la mercancía viva y prefirieron darle caza a pie y tomarlas con las manos.

Mejor salgamos ahora, indicó Chiquitín con la boca adolorida y apenas un melisma de voz, que si capturan a una de esas desalmadas seguro nos chotea y van a arropar esta zona entera hasta dar con nosotros. Margaro estuvo de acuerdo, aunque advirtió la posibilidad de encontrarse con alguno de ellos de regreso, preocupación que Chiquitín calmó recordándole que algo tenía él aquella noche que lo hacía invisible ante las miradas de ellos. Así que, si se recostaba un tanto de él, seguro aquella facultad se le transmitiría y podrían salir ilesos de la encerrona.

Partieron en medio de la oscuridad en dirección a la tricicleta, al frente Chiquitín con su manto de invisibilidad cavilando respecto a las últimas palabras que recordaba de la princesa y cuestionándose a qué se refería la rubia cuando le advirtió sobre la tentación de prendas menores. ¿Prendas menores? De esas no vi ninguna en ningún cuello, se dijo. Por fortuna, no se toparon con ninguno de los vigías en el trayecto. Margaro, quien recibió un maletazo en la cadera que lo dejó de verdad que agobiado, renqueaba un poco, y Chiquitín, adolorido profundamente de los dientes y la quijada, sólo tenía pensamientos para el mejunje que le quedaba, cuyas propiedades curativas de nuevo calmarían su dolor y pondrían fin a cualquier infección en progreso. Entre los quejidos y el sonido de ramitas que se partían con sus adoloridas pisadas, se los tragó la noche boscosa.

Capítulo XXXV

Donde se da cuenta de la última conversación telefónica entre Chiquitín y el secretario general, así como de los primeros lineamientos que este le ofrece al directorio del Partido respecto a la Operación Chocolate

¡Dímelo cantando!, contestó Jiménez Schalkheit como si aquella zanganería invitara a la simpatía de su interlocutor, quienquiera que fuera que llamaba por su línea privada, que debía ser alguno de sus contactos. ¿Quién dice? ¡Don Chiquitín! ¡Dichosos los oídos! Me alegro de que llame, don Chiquitín, nos ha extrañado mucho su silencio en estos días. ¿Por dónde anda? ¿Por dónde dice? No lo escucho bien. Muévase, que parece que no tiene señal. ¿Que no puede moverse dice? ¿Pero por qué no? ¿Que está en un teléfono público dice? ¿Y eso existe todavía? Bueno, pues debo ser yo el que no tiene señal, déjeme moverme. Ahora, ¿me escucha mejor? Bien. ¿Me decía que anda por dónde? ¡Cómo que no sabe! Pero es que tiene que saber, no puede estar simplemente en el limbo. ¿Norte, sur, este, oeste, centro? ¿Fajardo, Arecibo, Ponce, Mayagüez, Orocovis? Hable, dígame, aproxímese. ¿Camino al mar qué? ¿Y dónde diantre queda eso? ¿Eso es un barrio, un sector? ¡Cómo que no! Mire, don Chiquitín, déjeme los misterios y hable claro, que no tenemos tiempo para esta majadería… Vaya al grano, don Chiquitín, vaya al grano, que no entiendo ni papa. Hágame el favor de enfilar rumbo a Guánica, que no le quedan tantos días para llegar ni para dejar sus asuntos listos. Lo estaremos esperando desde el día anterior. ¿Qué dice? ¡Y dale bola! ¡Oiga, deje ya la jodienda y dirija su espíritu hacia el cumplimiento de su deber patriótico con el Ideal Sagrado! Escúcheme, por favor, que no le entiendo nada de lo que me quiere decir. ¿Que tiene la boca hinchada dice? Ya eso está un poco más feo… ¿Un golpetazo? ¿Y de manos de quién? ¿De una princesa taína dice? ¿Cómo que una princesa taína? Ponga freno, don Chiquitín, basta ya… Sí, también eso, por donde se sube se baja, lo sé, sí, y también otro par de cosas… La pregunta es: ¿viene o no viene para acá como lo acordamos? Viene, muy bien, me alegro. La próxima pregunta es: ¿cuánto tiempo le va a tomar llegar al mar ese y regresar a tiempo para estar en Guánica? ¡Cómo que no sabe! ¡Deje la bayoya ya, don Chiquitín, que no estoy para eso! ¿Qué quiere decir con eso de que si también yo soy taíno? ¡Atiéndame, atiéndame! Usted hizo un compromiso con el futuro, hizo un compromiso con el Ideal, hizo un compromiso con la Santa Nación Americana y con nuestra anhelada y siempre bien ponderada anexión. ¿Usted ha escuchado últimamente las noticias? Pues entonces no se ha enterado de lo color de hormiga brava que están las cosas para nosotros los anexionistas y progresistas, que somos una y la misma cosa. Ya le expliqué antes que tenemos al Congreso virado en contra nuestra. Sí, el americano, claro. Sí, el suyo, el mío, ¿cuál otro iba a ser? Pues ese mismo Congreso nuestro está a punto de empujarnos por el barranco de la independencia, para que sepa. ¿Usted sabe lo que eso significa? ¿Usted conoce el precio de semejante libertad? ¡No lo va a conocer na, usted siendo uno de nuestros pilares! La decisión está prácticamente en manos del maricón congresista Delano Rodríguez, que eso es un comunista tapado. Quiero que comprenda, don Chiquitín, que nuestra única alternativa en estos momentos es descabezar al liderato separatista que está a punto de recibir el poder de las manos traicioneras de nuestros propios compatriotas. Sí, así como lo oye. Usted no se puede rajar ni a cojones. El liderato anexionista ha puesto en sus manos la máxima misión de nuestros tiempos, la más importante responsabilidad que anexionista alguno haya asumido jamás. Tenemos que demostrar quién es quién, hasta dónde estamos dispuestos a llegar los anexionistas en la defensa de nuestros derechos como ciudadanos americanos. ¿Es o no es? ¡Claro que es! Y a usted lo hemos escogido para ser el artífice de esta obra maestra, para ser el patriota delegado. Así que no me venga con tanta inconveniencia ni tanto Mar de Adentro, que estoy que no le creo ni media palabra de lo que me dice. ¿Cómo que el mar está en el medio de la isla? Una charca, usted dirá, claro, y muchas que hay, un lago tal vez, varios que también hay, pero un mar… De todas formas, quiero que sepa, don Chiquitín, que arrestaron a nuestro amigo Hamilton Masul. Sí, por lo de aquella noche en Ponce. ¿Lo sabía? Ah bueno, pues sí ha estado leyendo los periódicos entonces. ¿Y por qué me dice que no? Sí, las muchachas flaquearon, colapsaron ante la presión, se nos hicieron una ñoña y acusaron a Hamilton. Lo han mencionado a usted como testigo del evento, y la policía y la Fiscalía y hasta los federicos andan buscándolo como aguja en un pajar. Lo digo de cariño, don Chiquitín, que esos son siempre nuestros aliados. ¡Milagro que todavía no lo hayan encontrado! Y que ni lo encuentren, que usted es demasiado reconocible, y si no se pone un sombrero o algo en la cabeza, o se cambia la combinación de ropa que lleva siempre, o se monta en un carro como Dios manda y se baja de la doblecleta en la que dice que anda, a lo mejor no lo arrestan antes de llegar a Guánica. Sí, yo sé que estaban inconscientes cuando usted las vio, por lo que soy de los que creo que hay gato encerrado en esto. Yo, en lo personal, pienso que fue la senadora quien choteó. Lo único sospechoso es que tienen conocimiento de ciertos asuntos que se tocaron cuando ella estuvo ausente. Quizá había micrófonos escondidos o, tal vez, Nimbo le contó cosas a ella que luego ella comentó… Da igual. Lo importante es que usted está siendo perseguido de cerca por todas las fuerzas del orden y la justicia y, si en realidad pretende llegar vivo a la tarima el 25 de julio… ¿Qué? ¿Que no son los únicos que le persiguen? ¿Quiénes más dice? ¿Unos taínos disfrazados de policías? ¿Y una trulla de arqueólogos envidiosos? ¡Hable claro, don Chiquitín, que parece que tiene un mafafo en la boca! ¿Qué me dice? ¿Cómo que el demonio? Déjese de loqueras ya, don Chiquitín, y ponga su cabeza clara para las cosas importantes, que el movimiento anexionista entero del país tiene las esperanzas puestas en su ejecutoria. Recuerde que, si marcha todo según planeado, la acción decapitará la posibilidad de la independencia y dejará el camino libre para convertir el Ideal en una realidad. No se preocupe, que ya usted tiene reservadas varias escuelas y avenidas y alguno que otro caserío que vamos a construir nuevo y que vamos a ponerle su nombre en eterna memoria de su sacrificio. Cuando en los Estados Unidos se enteren de que los ciudadanos americanos de aquí estamos dispuestos a inmolarnos como usted en el altar de la Nación, le aseguro yo, como que me llamo Jonathan Jiménez Schalkheit, que darán un paso atrás y se allanarán a nuestras exigencias. Así como se lo digo. Y si se empeñan en convertir esto aquí en una republiquita bananera como quieren los separatistas, los anexionistas nos vamos a mudar para allá y le vamos a montar una guerrilla allá, en su propio territorio, que se van a cagar en sus madres. Porque no vamos a armarle la tángana aquí en la republiquita, sino allá en los Estados, que es donde duele y donde nos rechazaron. ¡Que se atrevan para que tú veas, que se atrevan!… Claro, que siempre hay que dejarle esas cosas a Papito Dios, claro, y que sea lo que Él quiera, siempre y cuando no vaya en nuestra contra... ¡Ja ja! No, pero en serio, don Chiquitín, esta es la oportunidad de la vida, no se olvide, tanto para usted, que de ser nadie pasará, por medio del martirio, a ser un héroe del pueblo anexionista. Ni se le ocurra echarse para atrás, que de aquí depende que seamos o no seamos en el futuro parte de la Gran Corporación. ¿Estamos claros? ¿Seguro? ¿Vamos pa'lante entonces? Bueno, pues tengo su palabra. Lo vamos a esperar. Usted será el protagonista del día, el chico del momento. Pero bueno, en caso de que no me pueda llamar de nuevo, anote las siguientes instrucciones: avenida 25 de julio, número 51. Se reportará allí la noche del 24 de julio. Es la residencia de uno de los nuestros, un incondicional del Ideal. Allí se harán los preparativos. Es una casa humilde, de techo plano tipo urbanización. Tiene en frente una asta con una bandera americana, así que no se puede perder. De más está decir que llegue solo al lugar. Toque a la puerta y, cuando le atiendan, diga *arroz con pollo*... Sí, esa es la contraseña. ¿Que no le gusta dice? ¿Que no le gusta qué, el arroz con pollo o la contraseña? ¿Que los asuntos del paladar para usted son de principios dice? ¿Y cuál contraseña quiere? ¿*Apple pie*? ¿Qué dice, que casi no lo escucho? ¿*Burger with fries*? Bueno, está bien, de acuerdo, la mando a cambiar si tanto le molesta, no se ponga bravo. Tiene razón, tiene razón, ahora que lo pienso, tiene razón... El resto de las instrucciones las recibirá cuando llegue. Es de suma importancia que nadie sepa dónde va a estar. ¿Me comprende? No deje que la indiscreción eche a perder la hazaña. Bueno, bueno, lo dejo. Espero verlo pronto en el lugar indicado. No se deje agarrar por la ley, que hasta ahí llegan nuestros planes. Y cuidado con el Mar de Adentro ese, que a mí me parece que es una trampa. Una espina que me da, don Chiquitín, una espina...

Jiménez Schalkheit dobló su teléfono celular y lo miró como si fuera testigo de la virtud de sus maquinaciones. Echado hacia atrás en la silla reclinable de su oficina, se empujó con los pies que tenía cruzados sobre el escritorio y se empujó aún más, como si aquella reclinación y reacomodo físico hacia lo placentero representaran el reacomodo favorable de sus planes nefandos. Dejó la mirada vagar hacia un punto indeterminado de la pared y comenzó a gesticular una amplia sonrisa en sus labios que estiró su bigotillo hasta hacerlo casi una línea recta. Hizo rechinar los dientes de satisfacción plena con el buen encaminamiento de aquellos planes suyos que harían temblar la tierra, aunque sólo fuera la de aquella minúscula ínsula Barataria. Se volvió a empujar con los pies para llevar el resorte del mecanismo reclinador de la silla a su capacidad máxima y que este lo lanzara como una catapulta hacia el frente. De aquel impulso cayó parado y listo para dar el próximo paso sin ningún desbalance o necesidad de buscar centro, el cual dio, y continuó dando los otros sucesivamente en dirección a la oficina del presidente del Partido, donde se realizaba una reunión del Directorio.

¡Muchachos, muchachos!, gritó a voz en cuello apenas entrara por la puerta en medio de la algarabía que era aquella reunión. ¡Compañeros! Por favor, bajen la voz, escúchenme, un poco de silencio, pidió Jiménez Schalkheit con la voz y las manos, que se movían como si aplastara algo blando frente a sí. Amigos, dijo mirando hacia un lado de la concurrencia, amigas, y miró hacia el opuesto, compañeros y amigos: *habemus locus.* Acaba de llamar el suicida, anunció mientras hacía con los dedos un gesto como si estuviera poniéndole comillas a esa última palabra. Me aseguró que va a estar donde acordamos para la misión. Hubo gran murmullo entre la concurrencia sin que ninguna palabra coherente se distinguiera, salvo la pregunta: ¿Quién será el mamalón?, que salió de la boca del senador Rafael De la Peña Pi, reconocido por poseer más lengua que inteligencia y por andar en actitud de confrontación eterna, como si sólo en el roce fuera su personalidad llamativa. Era el miembro más reciente de la colectividad política, llegado a ella no por convencimiento sino por expulsión de los demás movimientos políticos.

Tú no lo conoces, Rafito, tú no estabas ni por los centros espiritistas cuando comenzó nuestro plan, así que tampoco esperes demasiadas contestaciones, le raspó Jiménez Schalkheit con una contundencia que demostraba poca tolerancia hacia el personaje.

¡Bah!, dijo Rafi en voz queda, haciendo con la mano un gesto como de que se dejara de tanta vaina. A ti y al que se me ponga de frente me los papeo cualquier día de estos. Uno a uno o todos a la vez, como prefieran, dijo fuera de contexto y con la guapetonería que le caracterizaba.

Cállate la boca, Rafito, y no jodas tanto, dijo Jiménez Schalkheit con severidad rotunda, que tú aquí sigues siendo un advenedizo, para que lo sepas y caigas en tu pendejo sitio otra vez. Rafi bajó los ojos y calló. Hermanos en el Ideal, continuó diciendo Jiménez Schalkheit, todo marcha según lo planificado. Los malditos comunistas piensan que nos tienen acorralados y vencidos, pero lo que menos se imaginan es el doble guatapanazo que les espera de nuestra parte. ¿Se dan cuenta lo conveniente que nos resulta este fanático demente? ¿O nadie comprende igual que yo el alcance verdadero de este golpe maestro? ¡Señores, con él matamos dos pájaros de un tiro! Matamos el otorgamiento de la república, que seguro el estúpido Delano Rodríguez se friquea y se echa para atrás, y le matamos a la Fiscalía su testigo estrella contra Hamilton. ¿O díganme qué jurado puede tomar en serio a un lunático como ese? Este loquillo nos viene como anillo al dedo. Cuando en los Estados Unidos se enteren hasta dónde están dispuestos a llegar algunos proamericanos para reclamar sus derechos adquiridos, cuando observen que algunos están dispuestos a dar la vida con tal de que aquí en Puerto Rico sólo manden los americanos, cuando vean lo que sería el primer hombre bomba puertorriqueño, el primer desesperado y radicalizado, por patético que su intento resulte, se quitarán la venda de los ojos y tendrán que darse cuenta de quiénes somos y hasta dónde defenderemos lo nuestro. ¡Ja, los quiero ver con el rabo entre las patas!

Johnny, gritó la senadora Margaret Rodríguez Bacallao desde el fondo del salón, yo no estoy segura de que ese plan tuyo valga la pena. Para mí que tenemos que irnos por las urnas, porque las urnas…

La urna, interrumpió Jiménez Schalkheit, la urna es la tumba del Ideal, doña Margaret, así que déjese de tanta pendejada, que ya usted está vieja para esa bobería.

¡Pero Johnny!, protestó ella.

Pero Johnny nada, dijo Johnny, que la Estadidad vamos a tener que traerla a la trágala, que a este rebaño de reses que son los puertorriqueños hay que obligarlos a tomar la decisión correcta y beber del río del progreso. ¡No me juegue usted con que si las urnas!

La senadora, colorada como un pimiento morrón, volvió a protestar, ahora en un murmullo mucho menos audible, sin duda derrotada.

Tú, Catalina, continuó Jiménez Schalkheit dirigiéndose a la representante Cruz, que en ese momento conversaba con el doctor Quirindongo que, relegado a las sombras como un don de la mafia en proceso de transición, delegó en su heredero la potestad de manejar sus poderes políticos. Catalina se creyó a salvo de la lengua de Jiménez Schalkheit mientras se mantuviera en conversación privada con Quirindongo, pero erró en sus cálculos. El mismo Quirindongo ya no quería ser refugio para nadie. Tras el primer llamado de Jiménez Schalkheit, quien había tomado la dirección del Directorio, Catalina se hizo como que no lo había escuchado. ¡Catalina, no te hagas pendeja y hazme caso, coño! Catalina lo miró, azorada. Tú, que eres la lengüilarga aquí y la madre de la indiscreción, dijo en tono que causó risotadas generales en toda la concurrencia hasta que Quirindongo alzó el brazo, lo cual calló como de un bofetón la estulticia. Tú, que dio la mala pata que conociste al personaje, tienes que guardar cautela de no describírselo a nadie ni hablar siquiera del tipo, que ya sabemos que estamos bajo la mirilla, así que debemos ser cautelosos.

William, tú también lo viste, tengo entendido, prosiguió diciendo Jiménez Schalkheit, dirigiéndose al senador William Johnson Vázquez, que se encontraba sentado a un lado, en silencio, con su habitual peinado engominado hacia atrás al estilo siciliano y su cara de filipino dormido, en compañía de su íntimo amigo Miranda Nimbo, quien, junto a Jiménez Schalkheit, era el otro cerebro detrás de aquel operativo. La vez que estuvieron por allá por Juana Díaz en aquel motel bregando el asunto del hospital de Arecibo. ¿Recuerdas…?

Yo personalmente no lo vi, aclaró el senador Johnson con una sonrisa desvergonzada.

A lo que voy, continuó diciendo Jiménez Schalkheit, es a la necesidad de mantenernos herméticos respecto a su descripción, que seguro conoces por Miranda. ¡Y ten cuidado cuando bebas el champán *rosé* ese que te gusta tanto y que te pone a decir cosas imprudentes! No podemos decir ni esta boca es mía. Esto va a ser grande, va a causar conmoción, y si alguien se entera de que alguno de nosotros conoce al personaje, estamos fritos y nos vamos todos para dentro.

No problem!, dijo el senador Johnson con la misma sonrisa en su cara porcina.

Mejor sea, respondió Jiménez Schalkheit con arrogancia extrema. El resto tampoco comente nada, que nadie levante sospecha en absoluto. Lo importante es que luego de que ocurra lo que tiene que ocurrir, estemos de acuerdo en que si aquí nos meten la república por la cocina, como nos quieren hacer, los proamericanos estamos dispuestos a convertir esto en una Irlanda del Norte. Digo, no tiene que ser en esas palabras. Cada cual sabrá cómo ponerlo. Tenemos que llevar el mensaje de que estas son las consecuencias lógicas de ignorar y oprimir a los anexionistas.

La audiencia se mantuvo callada, absorta, como hecha de yeso. Ninguno se atrevió a elevar el menor gesto de disidencia contra Jiménez Schalkheit.

Te copiamos, Johnny, ahora dinos los detalles y deja de andarte por las ramas, gracias, disparó desde las gradas el senador De la Peña Pi.

Estoy explicándoles cómo queremos que se interprete el evento, Rafito, por si no me estás escuchando, disparó Johnny. El discurso que queremos repetir en los medios y que los comunicadores fututeen por la radio y repitan incesantemente: que los anexionistas vamos a reventar esto aquí si nos otorgan la maldita libertad y soberanía que tanto odiamos. ¿Está claro? El doctor Quirindongo aquí presente, yo como secretario general y ustedes miembros del Directorio, somos los únicos que conocemos de este acto bufo, cuyo mensaje debe poner en su sitio al pendango congresista y a nuestro *dear Congress* en general. ¿Entendido?

Silencio, ojos brotados, sienes sudadas, asentimiento de cabezas.

¿Entendido, Rafito más que jode De la Peña Pi?, dijo ahora dirigiéndose al senador.

Entendido, Johnny ladilla Jiménez Schalkheit, contestó desafiante.

¡Salud!, exclamó Jiménez Schalkheit.

¿Perdón?, preguntó De la Peña Pi.

¿Eso no fue un estornudo?, preguntó en tono que hinchaba de ironía las palabras.

A no ser tu propio apellido que te sonó a estornudo, contestó con una ingenuidad tan inconcebible que rayaba en la idiotez.

Eso debió ser entonces, dijo Jiménez Schalkheit haciendo grandes muecas con ojos y cara a la concurrencia que levantó sonrisas y hasta carcajadas esparcidas. Se dice Schalkheit, Schalkheit, repitió Jiménez Schalkheit pronunciando exactamente su apellido, no el revolú ese de saliva y bemba que te sale por la boca. Los miró a todos con desprecio, como a seres inferiores, incapaces de sostener principios o expresar anhelos.

La senadora Rodríguez Bacallao alzó tímidamente la mano.

Dime Margaret, ¿qué te pica, qué no entiendes?, preguntó Jiménez Schalkheit.

¿Qué es eso de acto bufo que ahorita mencionó?, preguntó casi con un melisma de voz y la piel más amarilla y apergaminada que nunca.

Alguien, por favor, explíquele a Margaret lo que es acto bufo…, pidió a la vez que retiró la mirada de la concurrencia para no querer observar el acto un poco lamentable de tener que explicarle aquello a la pobre senadora. El silencio le demostró que todos tenían la misma cara de papa y compartían la misma pregunta que la senadora Rodríguez Bacallao.

¿Nadie sabe lo que es un acto bufo?, preguntó con los ojos abiertos como dos platos de preocupación. El mismo silencio glacial volvió a responderle. *Jesus Christ!*, se dijo con arrogancia. Empecemos de nuevo…, añadió, respirando hondo y bajando la mirada como abochornado por el bajo nivel intelectual de su audiencia.

Capítulo XXXVI

Que cuenta la inverosímil historia del Mar de Adentro
y del desconocimiento de su desenlace

No *tresspassing, Federal Property*, leyó Chiquitín en voz alta el letrero marrón con letras blancas que encontraron atornillado a una vara de metal clavada en el suelo a la orilla de aquella vereda que llevaban ya un buen rato, desde antes del amanecer, remontando. Sólo cargaban los aparejos de excavación en la carretilla, la cual Margaro empujaba con renuencia a instancias de su jefe, debido a la queja y al malhumor que aquello le causaba.

¿Está seguro de que es por aquí?, preguntó Margaro.

Seguro seguro no puedo estarlo, que sólo sigo las crípticas instrucciones que me dio la taína maldita antes de intentar que las olvidara con el golpe que me asestó. Tú mismo la escuchaste claritito cuando dijo *imammeleque amá sibaorucu carayá…*, que ya te informé que significa *mañana, por el camino pedregoso, subirás hacia la luna*.

Yo escuché una cosa muy distinta, pero si usted insiste, continuemos adelante, que sólo somos dos y bastante lejos que hemos llegado, y más cuando llevo yo la parte gravosa de esta expedición, dijo Margaro mientras sudaba grandes goterones y jadeaba de un modo notable por el esfuerzo.

No entiendo a qué te refieres con que sólo somos dos, Margaro, respondió Chiquitín mirándolo con genuina curiosidad.

¿No que dice ahí que si son tres no pasen? ¡Usted mismo lo acaba de leer en voz alta!, protestó Margaro.

Si serás animal… Hoy puedo decir que la escuela pasó por ti sin que te percataras. ¿De dónde me dices que es tu inglés, pedazo de bestia? De la escuela pública me imagino…, opinó Chiquitín.

Pues se imagina mal y lo de bestia se le salió. En cuanto al inglés mío, sepa que, aunque goleta, es de los colegios privados a los que me enviaron mis abuelos con mucho sacrificio, y las becas que me gané jugando baloncesto, que tampoco soy el macrón que usted me pinta ser ni mucho menos. Y aquí donde me ve, soy puro cráneo, y no hay cosa que pase por mi masa cerebral que no me deje una huella recordable.

Pues no muy buenos debieron ser esos colegios porque es evidente que tus nociones de ese lenguaje son más imaginarias que gramaticales, respondió Chiquitín.

Y el inglés suyo, ¿de dónde es, don Chiqui?

Mi inglés es de Vietnam, como le expliqué ya al cacique, so preguntón, dijo con sumo orgullo sin siquiera percatarse de la ridiculez de su respuesta. De todos modos, lo que dice aquí es que no se puede pasar más allá de este letrero, por ser estos terrenos de los federales..., aclaró Chiquitín.

¡Los federicos de nuevo! ¡Cojones! ¡Qué cruz! Óigame, don Chiqui, esa gente está como el arroz blanco, en todas partes. Apúntelo por ahí que algo valioso debe haber aquí para que los federicos se apropien de estas tierras.

Si insistes en llamarle federicos a nuestros superiores los federales y de faltar continuamente el respeto a mi persona y a mis ideales, al menos hazlo a escondidas, le sugirió Chiquitín.

Está bien, trataré, respondió Margaro con cierta contentura de oprimirle de nuevo aquel botón a su jefe.

Gracias. En cuanto a las tierras valiosas de las que hablas, ¡claro que es la responsabilidad de ellos administrarlas! Estás de verdad que psicótico si piensas que van a dejar las cosas importantes de Puerto Rico en manos de los puertorriqueños, que son como el rey Midas, pero al revés, que en vez de en oro, convierten lo que tocan en mierda. El rey Mierdas... Así que no me des lecciones de cosas obvias, y mucho menos a mí, que tú sabes que simpatizo con ellos. ¿O por qué tú piensas que llamo yo la Gran Corporación a la nación nuestra? Pues porque el único idioma que conoce es el de los dólares y centavos, que tú y yo sabemos que es el idioma universal. En el dinero está el poder. El que más tiene es el que manda... Sin duda que por aquí se encuentra algún elemento de valor supremo. ¿Tú crees que sea el Guanín mismo con lo que pretenden quedarse? Porque ya sabemos que poco más allá del Mar de Adentro... ¿Tan valioso es el dichoso medallón, que hasta los federales le tienen el ojo echado?

Eso sabrá usted, don Chiqui, que aún no conozco en persona a la alhaja. Pero prosigamos, don Chiqui, mientras tenemos los músculos calientes, porque arrancar en frío por esta loma va a ser más difícil para mí que para usted, que no ha dado un tajo con esto de la carretilla. Dele, don Chiqui, que nada nos detiene, a ver si aparece el dichoso mar que usted dice y que yo nunca he escuchado hablar de cosa que se le parezca. Pero cada loco que sueñe con su guaraguao preñao, y allá Juana con sus pollos y Petra con sus urracas.

¿Pero cómo que dele que nada nos detiene? ¿Qué es, que a ti la autoridad federal no te detiene?, le preguntó Chiquitín, genuinamente escandalizado con la propuesta de su ayudante. ¿Tú estás loco, bacalao?

¡Usted no venga a decirme ahora que vamos a darnos la media vuelta y regresar por donde vinimos después de empujar yo esta carretilla hasta acá por culpa de sus caprichos!, se negó a aceptar Margaro. Allá usted si los americanos le meten los mochos, que a mí no, y menos aquí en las sínsoras del culo del carajo. Y si se ha puesto manilo o salido malango, dígamelo ahora para seguirla yo solo con mis planes.

Qué poco sabes del aparato de inteligencia americana, dijo Chiquitín con rostro de paciencia extrema. ¿Tú alguna vez has escuchado la palabra satélite? ¿Sí? ¿Estás seguro? Pues no parece... ¿Y no piensas que ahora mismo nos están observando con un pájaro de esos, y hasta saben lo que estamos hablando, y sólo se encuentran a la espera de que nos atrevamos a cruzar la línea para enviarnos un avión sin piloto que nos lance un misil para hacernos carne molida o dispararnos un rayo láser que nos incinere? Te aseguro que si dice así tan contundentemente que no se cruce, es porque algún peligro hay. ¿Y si se trata de una zona de entrenamiento militar? Nunca se sabe. A lo mejor nos metemos por ahí y nos encontramos de pronto en medio de una escaramuza entre dos ejércitos que entrenan con bala viva. Piensa bien lo que vas a hacer, Margaro, e impide que la lengua te reproduzca en crudo los sonidos de los pensamientos insensatos que se fermentan en tu mente enferma.

A mí me tiene sin cojones lo que usted diga de los americanos, que ellos a mí me lo maman, don Chiqui, y perdóneme el inglés. Eso sí, añadió a modo de advertencia, después no venga a querer la mitad de lo que encuentre, sea el Guanín o sea el maní, que no pienso dejar que el becerro mame ni tener puercas a medias con usted. Y acabando de decir estas últimas palabras, cuyo significado Chiquitín pudo comprender a medias, Margaro levantó de nuevo la carretilla y comenzó a caminar hacia los terrenos federales.

¡Detente, hazme el favor, y déjate de tanto drama!, le imploró Chiquitín al verlo continuar su camino. Hagamos algo. Tú sabes que soy veterano, lo que me convierte, en cierto modo, en agente federal. Déjame ir yo al frente, por si el tiro viene que me coja a mí primero, que soy el federal, para que después no se hable de víctimas civiles ni de daño colateral. Pero antes déjame hacer algo, por aquello de cubrir todas las bases...

Con suma diligencia desamarró las ataduras de su mochila, soltó las hebillas, aflojó las correas, abrió la tapa y comenzó a rebuscar en su interior, hasta que por el tacto identificó en el fondo su billetera de cuero marrón, que al sacarla más bien parecía medio pastel de masa fosilizado.

Aquí la tengo, dijo con alegría. De entre los pliegues de cuero apelotonado que pudo despegar, extrajo una tarjeta similar a una identificación tipo licencia de conducir o tarjeta electoral. Aquí está, mi credencial de veterano, señaló, y tomándola por las cuatro esquinas, la alzó al cielo como si se tratara de una ofrenda al dios Sol.

¿Qué hace, don Chiqui?, preguntó Margaro intrigado.

¿Qué va a ser? Mostrarles mi credencial a los satélites americanos, contestó, convencido de que aquello tendría el efecto deseado. Bueno, dijo a la vez que bajaba la tarjeta y la introducía de nuevo en la billetera, ya saben quién soy y están sobre aviso, y diciendo esto dio el primer paso y cruzó de lleno la frontera de la propiedad federal.

A medida que avanzaron, el camino fue aumentando el ángulo de su pendiente hasta hacerse una cuesta escarpada, al tiempo que la vegetación fue ganando verdor y el aire humedad. El sudor de Margaro aumentó en la misma medida que aumentaba el esfuerzo físico que realizaba empujando la carretilla por aquella jalda. Entre tanto, Chiquitín, que había agarrado un palo seco que le sirviera de punto de apoyo e impulso, continuó su ascenso sin percatarse demasiado del esfuerzo cada vez mayor que realizaba su ayudante. Al dejar de escuchar el crujir de la rueda de la carretilla sobre el terreno y el jadeo de los pulmones de Margaro, comprendió que había quedado a la zaga, o más bien que reposaba, como confirmó al voltearse.

¿Qué me dices?, preguntó Chiquitín a voces desde la distancia donde se encontraba detenido esperándolo, mientras miraba hacia el cielo despejado. ¿Funcionó o no funcionó mi estrategia? ¡Claro que funcionó! Si no, hace rato estaríamos muertos o arrestados. ¡Si sabré yo cómo es que se bate el cobre en el gobierno federal! Oye, ¿te has fijado con la luz de la mañana cómo ha cambiado la vegetación desde que entramos en la zona prohibida? Se siente una humedad como de bosque tropical lluvioso, pero como puedes ver, no despunta ninguna nube ni se ve que haya llovido en algún tiempo. Y sin embargo, mírate los helechos, mírate las bromelias, escúchate los coquíes, que hasta de día cantan los muy malditos, mírate los líquenes en los troncos de los palos. ¿A qué tú crees que se debe este aire mojado? ¡Debemos estar cerca del Mar!

A lo mejor donde estamos es entrando en las laderas del Yunque y no hemos notado el desplazamiento brutal, contestó Margaro. Mire que hace no mucho nos creíamos en Yauco y estábamos en Cabo Rojo; a saber si nos ha vuelto a pasar algo parecido, pero más exagerado aún.

Todo puede ser, amigo mío, como te he dicho mil veces, pero más bien pienso que estamos penetrando en los predios del Bosque de Maricao, que es un bosque semipluvial.

¿Y con qué se come eso?, preguntó Margaro intrigado.

Semipluvial es el bosque donde llueve mucho y hay altos niveles de agua en el aire, pero no tanto como en el bosque pluvial, que es el Yunque, explicó pacientemente Chiquitín. La pregunta del momento es de dónde proviene la humedad, porque si no viene de arriba, del cielo, viene obligatoriamente de abajo, del subsuelo. ¿O dime tú de dónde más?

Usted, don Chiqui, me asusta, dijo Margaro mirándolo fijo y sin rastro de ironía en sus palabras. Por primera vez estoy por creer que lo del famoso Mar de Adentro suyo va a resultar también ser cierto. Mire el aire, don Chiqui, mire hacia allá, hacia la luz, se ve claro el rocío que flota. Viene como de la parte alta de esta misma ladera que vamos remontando.

Chiquitín miró hacia arriba, comprobó la presencia del rocío ínfimo, hizo un sonido gutural de aquiescencia y continuó subiendo por la vereda sin añadir palabra a aquellos comentarios. A cada paso se inclinaba más la pendiente, el aire se hacía casi irrespirable y la vegetación más exuberante. El suelo comenzó a tornarse blando primero, fangoso pronto y resbaladizo luego. Margaro sugirió dejar la carretilla escondida entre las breñas y continuar con sólo las mochilas. Además, arguyó, ya llevaban más de la mitad del recorrido hacia el destino final de aquella subida, lo que significaba que regresar por ella en caso de necesidad sería un brinco apenas. Chiquitín, milagrosamente, a saber si por la fatiga del ejercicio o por mera compasión humana, estuvo de acuerdo con Margaro.

Puesto que el sol había salido ya por completo, el cielo se mostraba sin una nube y la iluminación era absoluta, el estímulo visual del verdor de las plantas llegó a tal paroxismo de intensidad que comenzó a afectársele a Margaro el sentido de la perspectiva, lo mismo que el balance y la percepción profunda. De inmediato sintió náusea y tuvo que detenerse.

¿Qué tienes?, le preguntó Chiquitín. Te has puesto más jincho que el sobaco de una monja. ¿Te sientes mal?

Desorientado, contestó Margaro sin mencionar la náusea. Debe ser la humedad...

Y también tanto verde desconcierta. A mí me marea un poco. Me afloja el estómago y da un no sé qué. ¡No te digo que hay que meter puercas mecánicas dondequiera que se levante un árbol!, exclamó Chiquitín.

¿A usted también le pasa entonces?, preguntó Margaro con el entusiasmo del extraviado que de repente se encuentra con otro igual de perdido que él.

Hasta al más fuerte lo trastorna tanto verde. ¿Por qué tu piensas que es el color preferido de los separatistas de esta isla?, inquirió Chiquitín como quien instruye en un dato oculto.

Don Chiqui, tiene que quitarse ya esa fijación de la cabeza, que está como el matapiojos y me tiene a mí hasta los lerenes. Yo jamás he conocido a alguien a quien le guste tanto remover la mierda y meterle la tranquilla política a lo que sea como usted, le dijo Margaro sintiéndose un poco mejor. Mire que se cazan más moscas con miel que con vinagre, y si alguna vez quiso convertirme a su causa, lo que ha hecho es repelerme.

Como no te interesa nada la política, lo que es una anomalía en Puerto Rico, pues sencillamente no sabes que el estatus político, el asunto de la colonia, toca y afecta todas las cosas y todos los temas y casi todos los pensamientos.

¡Qué cipote!, exclamó Margaro subiendo los ojos y los hombros. Mejor dígame, don Chiqui, ¿a qué se debe esa cosa mala que da el verde?

Pues sabrás que no tengo ni la menor idea. Lo que vale preguntarse es qué ocurre aquí que las plantas brillan más allá de lo normal. Porque si esta humedad proviene del Mar de Adentro, yo no le siento el salitre.

Tal vez sea un lago, el Lago de Adentro. ¿O qué es lo que hace mar al mar? ¿No es la sal?, preguntó Margaro intentando ahogar el malestar con la curiosidad.

Estás en el camino correcto, amigo mío, que sin duda la sal de su agua es un factor determinante en la definición de lo que es mar y lo que es lago. Me sospecho, sin embargo, que no es lo único. En algo debe influir el tamaño del cuerpo. Pero continuemos, hermano, que no nos debe faltar demasiado.

Retomaron su ascenso por aquella vereda cada vez más angosta, tupida de vegetación y difícil de andarla a pie, la cual rodeaba la montaña hacia su cima, que, a juzgar por el borde que se recortaba contra el cielo a poco más de cien pies de distancia sobre ellos, se encontraba ya muy próxima. Y más o menos a esa distancia comenzaron a escuchar el rumor, o más bien el bramido ronco de algo grandioso, monstruoso, gigantesco, que respiraba y gemía. Cuando ninguno de los dos pudo seguir dudando que escuchaban aquel sonido imponente, Chiquitín se detuvo y miró a Margaro sin decir palabra. Ambos palidecieron.

Margaro llegó primero, completamente empapado por el rocío en el que estaba envuelto el tope de la montaña, mientras que Chiquitín hizo la parte final del trayecto andando normal y respirando agitadamente, por lo que escuchó por más tiempo el rugido e imaginó más cosas locas. Margaro cayó de rodillas, incapaz de mantenerse sobre sus pies ante aquel espectáculo superlativo que era el soberbio Mar de Adentro. Comenzó a jadear violentamente, casi con dolor. Parecía que le quisieran saltar los pulmones del pecho. Dos lagrimones le bajaron por las mejillas; el erizamiento era absoluto. Cuando Chiquitín llegó al punto donde este se encontraba casi extasiado, también cayó de rodillas, sobrecogido.

Se diría que el Mar de Adentro fuera el cráter estrecho lleno de agua de un volcán dormido. En esencia, su forma era redonda, con un diámetro aproximado de una milla, rodeado por un perímetro de formaciones rocosas punzantes e irregulares del tipo conocido como diente de perro, común en las costas marinas, mas no allí en el corazón de la montaña. Eran dos los aspectos del Mar de Adentro que más impactaban y que, en definitiva, o al menos en apariencia, definían su naturaleza marina. Uno era el color índigo de su agua, tan intenso que más bien parecía la boca de una enorme botella de tinta china. Mirarlo nada más era pensar en un abismo sin fondo ni luz, en seres chatos de ojos brotados y escamas fosforescentes. Y el segundo aspecto, sin duda el más impactante por su dramatismo, era su furioso oleaje. Sobre aquel cuerpo de agua tan reducido y circunscrito, se levantaba un oleaje de una violencia que sólo cabe imaginarse en mitad de un océano durante el paso de una tormenta. Los portentosos marullos del Mar de Adentro se elevaban como montañas de agua empujadas desde abajo por el retorcimiento de alguna fiera mitológica. Subían y descendían formando enormes cordilleras y hondos valles, sin romper directamente contra los acantilados que le rodeaban, aunque sí penetrándolos por debajo de las piedras en distintos puntos y saliendo en forma de monumentales chorros de agua que ocasionaban los rugidos que escucharan durante el ascenso y el rocío perenne que regaba las laderas de la montaña. Aquel violento oleaje producía en su propio desplazamiento un sonido torvo como de respiración asmática y exhalación ronca y que, combinados, formaban el zumbido como de un péndulo monstruoso que pasara a ras del agua.

¿La probó?, preguntó Margaro mientras sacaba la lengua para atrapar el rocío.

Sí, es dulce, dijo Chiquitín sorprendido.

¿Mar o lago entonces?, preguntó Margaro volviendo a la vieja pregunta.

Yo diría que ojo de agua monumental. Pero míralo tú y dime, contestó Chiquitín mirándolo a su vez con rostro de satisfacción extrema, de razón nuevamente corroborada. Tiene el agua y la forma de un lago, pero se comporta como mar.

Mar se queda entonces, respondió Margaro escaso de palabras para describir aquel fenómeno de la naturaleza que ambos, atónitos, observaban. Debe ser hondísimo, añadió luego de un charco de silencio un tanto extenso.

Mira el color del agua y dime tú, contestó Chiquitín sin quitarle los ojos de encima al agua embravecida. Es insondable, yo diría.

Yo diría que al revés, que parece una cosa sacada de los sueños mismos, comentó Margaro.

Insondable dije, no insoñable, que cualquiera diría que el taíno aquí eres tú de lo primitivo que a veces te comportas. Hasta en momentos sobrecogedores como este que estamos viviendo eres capaz de salir con una de las tuyas. Insondable quiere decir que no tiene fondo, o más bien que no se le puede medir el fondo, que es otra forma de no tenerlo, explicó Chiquitín sin desenfocar su atención del agua exaltada.

Sí, insondable entonces, yo estoy de acuerdo, contestó Margaro. Oiga, don Chiqui, y no es por salirme de la rosca, pero a mí se me ocurre que aquí hay agua para darle de beber a la Humanidad entera. ¿Cómo puede ser que nadie en Puerto Rico sepa de esto y ni siquiera se mencione?

¿Por qué tú crees? Pues porque está federalizado, es propiedad del gobierno federal de los Estados Unidos y no le pertenece a los puertorriqueños. A Dios gracias que, si así fuera, estaría esto aquí lleno de condominios y friquitines y descargas de aguas negras y vertederos clandestinos y gente ahogada y bachata y esa abominación que tú llamas reguetón, dijo Chiquitín casi asqueado con sus propias palabras.

¡A Dios cará! ¿En qué quedamos? ¿Y ese no es el progreso que usted tanto aplaude? Ahora no me venga con que es defensor de la naturaleza porque estoy cansado de oírle despotricar en contra de ella. Ubíquese, don Chiqui, que tampoco puede venirme con que este mar lo quiere en su estado puro, reclamó Margaro.

En este caso te equivocas, buen amigo. ¿O no te percatas que este es un recurso económico sin par, seguramente el más importante de la isla? Como bien dices, es un pozo de agua potable sin fin y también un pozo de riquezas inagotables para los Estados Unidos.

Esto sí es lo que llaman patrimonio…, se atrevió a decir Margaro.

¡Patrimonio cojones!, exclamó Chiquitín indignado, sacando los ojos del mar para mirarlo de arriba abajo un momento, como si la palabra lo hubiera ensuciado.

Es que si es este el dineral que usted dice, ¿qué pasa que no es nuestro, de los puertorriqueños? ¿Cómo fue que llegó a manos de los federales? ¿Quién se los dio? ¿Quién se los vendió?, cuestionó Margaro.

¡Nadie se los vendió, centella! ¿Cuántas veces te tengo que decir que los federales, que son los amos y pastores de nuestro rebaño, gústele a las ovejitas jóvenes o disgústele a los carneros mayores, pueden adueñarse de lo que les venga en gana aquí en la isla sin tener que pedirle permiso a nadie ni comprar tres carajos? Puerto Rico entero les pertenece, Margaro, métete eso ya en la cabeza, por lo que más quieras. Tú, yo, la vaca, el perro, el Mar de Adentro, les pertenecemos. Nos expropian y ya. Si ellos quisieran, y los puertorriqueños se portan demasiado mal, los expulsan de aquí sin contemplaciones ni encomendarse a nadie; los echan al océano y se traen su propia población rubia y ojiazulada que, bien pensado, sería lo más conveniente. A ver si de una vez borran a esta nefasta raza del planeta, que los puertorriqueños no son otra cosa que una piedrita en el zapato del mundo. Despierta, por Dios, Margaro, abre los ojos, que apenas te voy a durar unos cuantos días. Ustedes, los puertorriqueños, son dueños de nada, ni de la isla misma que les da su gentilicio.

¡Mameyes! ¡No riegue tanto, don Chiqui, no riegue!, dijo Margaro con evidente diversión interna.

Búrlate si quieres, ser perverso, que después te darás de frente con la dura realidad, y ahí me verás a mí mofándome de tu desgracia. Además de que no sé a qué te refieres con lo de regar.

Que no invente tanta cosa, don Chiqui, que deje de elucubrar tanta fantasía, que podrá ser que tenga alguna razón, pero las cosas tampoco son así como las pinta. Esto aquí, por ejemplo, este Mar de Adentro que usted llama, si le pertenece a los federicos es porque nos tocaron el piano al revés, nos lo tumbaron, como se dice más vulgarmente. Su forma de ver las cosas será otra, pero para mí que es sacar el ñame por el bejuco.

Hace media hora me decías que estaba loco de remate con lo del Mar de Adentro y ahora mírate tan enamorado de él que hasta lo quieres tuyo, puntualizó Chiquitín. A ti nada más se te ocurre que el Americano quiera robarnos algo. Sugerir que los puertorriqueños tengan algo que ellos codicien es una fantasía del tamaño de una montaña. Este mar ha sido de ellos desde el principio de los tiempos, mi niño. ¡Todas las cosas en esta isla, a la larga o a la corta, son y han sido siempre federales! ¡Apréndete eso ya, chico! Cada piedrita y cada granito de arena... Pero ya estamos aquí, ya para qué. Ya ellos saben que hemos entrado, llegado y visto, y nos lo han permitido, lo que significa de manera tácita que tenemos permiso para continuar la marcha. Este trecho que termina aquí en realidad continúa por allí, donde comienza esa barandilla de soga que veo bordeando el acantilado. Me imagino que allá, en la otra orilla, es que se encuentra el cruce hacia el valle de la tribu que comanda el cacique del momento y de cuyo pecho pende mi Guanín Sagrado. Vamos andando, que nos queda mar para rato y tenemos que cruzar lo que desde aquí luce como que podría ser un trecho peligroso.

Vamos entonces, contestó Margaro con parquedad, tragando con dificultad se diría que de la emoción, aunque tampoco sabía él muy bien ni por qué.

Chiquitín se puso de pie de un salto, con más arranque y mejor entusiasmo que en muchos días anteriores, como si el rocío de aquel extraño mar le hubiera sanado las heridas y curado los dolamas ganados en aventuras previas. Margaro, en cambio, menos magullado, menos molido de golpes, más joven y mejor alimentado, apenas logró erguirse, completamente robado de fuerzas y trémolo de piernas. Parecía un paciente de artritis crónica.

¿Qué te ocurre, Margaro?, le preguntó Chiquitín impactado por el evidente colapso en la vitalidad de su ayudante.

No sé, don Chiqui, me ha entrado un tirijala que me tiene hecho una jalea. Me siento con los huesos hechos una tripa de pollo. Pienso que algo que tiene que ver con ese oleaje tan impresionante, que observarlo me deja vacío como una higuera. Tengo la caja del pecho hecha un baúl de aire y siento recorrerme por las costillas una gota de azogue.

Déjate de tanta fruslería, que peores cosas hemos pasado y mayores peligros para que te pongas con esas berenjenas. Tú lo que estás es impactado, como lo estoy yo, que me esperaba la superficie casi aceitosa de una especie de laguna salobre. Pero no te dejes impresionar por la naturaleza, mi amigo, que siempre ella misma se sobreestima. El espectáculo mayor de la naturaleza somos nosotros mismos, los seres humanos, la civilización y la cultura americana. Mira ese mar, si tienes que mirarlo, pero no te dejes impresionar por él, porque me temo que seduce de maneras insospechadas, posee el ánimo e inclina la voluntad. Ajústate bien la mochila y partamos.

Apretadas las mochilas contra las espaldas, echaron a andar por aquel suelo de diente de perro que a cada paso atentaba contra la integridad física de los zapatos de ambos, pero sobre todo los de Margaro. Al frente, Chiquitín se manejaba con bastante destreza, aprovechando que aquel rocío le hizo desaparecer el dolor de la rodilla, y que contaba con el apoyo del palo, en tanto que Margaro trastabillaba y estaba a punto de irse de bruces con cada paso que daba.

Espabílate muchacho, por favor, que estás muy joven para el papelón que estás haciendo, así sea yo, que soy tu amigo, el único testigo de la pachotada. ¡Componte, mi hermano, que la compostura es lo último que se pierde!, casi le gritó, por encima del cada vez más estruendoso rugir de los chorros de agua, cuya dispersión creaba al derredor una constelación de colores primarios que daban al paisaje un aire aún mayor de cosa soñada y enigmática. El sonido hondo del vaivén de las olas aumentó mientras se acercaban al borde del acantilado, donde se veía nacer el primer tramo de la baranda de soga que rodeaba el labio del Mar de Adentro. Chiquitín llegó primero a ella y allí esperó a Margaro, quien caminaba ancianamente.

Este mar me tiene hecho una maraca sin palo, dijo Margaro justo al llegar donde lo esperaba su jefe con cara de impaciencia.

¿Qué quieres decir con eso, delicada criatura?

Que estoy completamente perdido y sin rumbo, y a cada rato se me sube el pensamiento a la cabeza de lanzarme al agua, explicó Margaro. ¿A usted no le ocurre que el oleaje como que lo llama, como que lo quiere halar para lo hondo, como que se lo quiere llevar con él?

A mí no me ocurre nada ni remotamente suicida como lo que te ocurre a ti, mi hermano. Porque sabrás que tirarse ahí es ahogarse casi en el acto. Respira hondo y mejórate, Margaro, que no estamos para achaques de vieja esclerótica a esta altura de los eventos, cuando nos encontramos en el umbral del éxito. No te me amotetes ahora, te lo suplico, que si hay un momento que resulta inapropiado para esa cháchara es este.

Don Chiqui, por amor al cielo, déjese de tanta imposición. ¿No me ve el sudor de yegua que tengo y la piel que se me ha puesto de papiro?, preguntó Margaro irritado ahora con la falta de empatía de su jefe. Algo similar me pasaba de niño frente a la corriente de un río crecido, pero nunca tan fuertemente. Parece que es la violencia del agua lo que me hala. Es una sensación rara, no sé si me entiende, don Chiqui. Sólo le pido que tenga paciencia conmigo y no ensucie el batey, que bastante he tenido yo con usted durante las pasadas semanas como para que me niegue el ruego. Y usted mejor que nadie sabe las veces que he estado por poner los pies en polvorosa, y, sin embargo, aquí sigo sirviéndole, de pura pena que me da dejarlo solo y al garete por estas espesuras. Ahora soy yo quien necesita ser servido en este trance que no sé a qué se debe, y usted que me sale con esa negativa egoísta que más parece de chivo que de humano.

Hagamos una cosa, Margaro, vayamos despacio por esta vereda, tú agarrado de mi mochila con una mano y con la otra de la soga de la baranda. Así, sin mirar hacia el mar, o mirándolo lo menos posible, nos movemos poco a poco. Estoy seguro de que se te quita la ñoña esa que te tiene casi paralizado. Vamos, agárrate, y diciendo esto le dio la espalda y se le acercó a Margaro caminando hacia atrás hasta casi tumbarlo al suelo con la mochila.

Pare, pare, pidió Margaro a punto de irse de espalda.

Agárrate te digo, comandó Chiquitín.

Incapaz ya de actuar por sí mismo, llevado por los impulsos como de una borrachera, Margaro enganchó el dedo índice de la mano izquierda de una argolla de la mochila de su jefe, de la cual tiró para darle la señal de que podía arrancar. Chiquitín comenzó a descender por la vereda que marcaba la baranda, con Margaro siguiéndolo detrás como un ciego guiado por su lazarillo. El camino los colocó a un nivel incluso inferior al tope de algunas de las enormes torres de agua que se alzaban desde el Mar de Adentro, lo cual exacerbó en Margaro, aún sin observarlo directamente, una sensación de pequeñez, de insignificancia, de absoluta vulnerabilidad frente al fenómeno de los elementos. Chiquitín le recomendó que ni se le ocurriera abrir los ojos y que pusiera toda su concentración en no tropezarse con los salientes del suelo. Una caída contra aquella superficie era una magulladura considerable y hasta un tajo abierto asegurados, y más con los ojos cerrados. Una caída en aquel momento era también abrir los ojos por acto reflejo y observar la grandeza portentosa de aquellos castillos de agua.

No te lo recomiendo, amigo mío, que mete miedo este mar visto desde aquí. Hasta a mí me parece que me va a chupar el agua… No somos nada, amigo mío, te digo yo que no somos nada…

¡No diga eso, don Chiqui, ni de bayoya lo diga!, le suplicó Margaro a la vez que detenía el paso. No le añada detalles a la imaginación, que para eso mejor abro los ojos, que es lo que estoy tentado a hacer, y me entrego a las manos del destino…

Contrólate, por favor, que más no pueden poder las circunstancias que tu voluntad. Aférrate a la mochila y sigamos andando que a este paso nos va a tomar el resto del día llegar al otro lado.

En Margaro, como señalara su jefe, ocurría una lucha entre la tentación de abrir los ojos y la voluntad de mantenerlos cerrados. La sinuosidad, el vaivén del agua, lo atraían con tal insistencia, que de continuo se veía obligado a enviar dosis adicionales de resistencia a sus párpados para evitar que flaquearan. La voz ronca de las olas le susurraba cosas al oído y, aunque ignoraba el significado de su diatriba, su entonación era de oferta seductora. El desplazamiento del aire, causado por el ascenso y descenso del agua, también afectaba la cantidad de aire que ocupaba sus pulmones. La mera proximidad del evento lo socavaba a niveles fundamentales, más allá de su libre albedrío, más allá del instinto de supervivencia. El agua revoltosa de aquel incógnito mar reclamaba la atención de sus sentidos. ¿Por qué sería? Seguro luego reclamaría su devoción, y después su esclavitud, y al final su entrega, su sumergimiento en ella. Margaro sabía que tarde o temprano sucumbiría, bien fuera por un tropezón, bien fuera por propia debilidad, y pensó seriamente que era el momento adecuado para utilizar el anillo satánico y contrarrestar con él aquellas fuerzas ignotas. Pero dado que el anillo iba en la mano que se aferraba a la mochila de Chiquitín, y dado que su miedo de dejar ir su agarre de ella se había convertido de pronto en una fobia, no pudo congraciar ambos propósitos, que si en algún momento estuvo dispuesto a hacer girar el anillo, fue en aquel último instante de lucidez.

Chiquitín sintió a Margaro soltar la mochila y apenas se volteó, lo vio realizar los primeros movimientos para saltar al agua.

¿Qué estás haciendo, pedazo de yuca cruda?, le preguntó, al tiempo que lo agarró por una de las correas de la mochila y lo lanzó contra la pared de piedra al lado opuesto. Se le cuadró en frente para evitar con su cuerpo que observara el agua detrás. Estate quieto, chico, déjate de esa majadería, le exigió Chiquitín en una especie de ruego severo que no admitía réplicas ni negativas y que más bien era un regaño preocupado.

Margaro no contestó. Tenía la mirada ida, o más bien ida hacia el agua, que insistía en reclamar su cuerpo como el de un súbdito suyo. Permaneció contra la pared mirando a través de Chiquitín, quien seguía plantado en frente gritándole cosas que él ni entendía ni escuchaba, pendiente como estaba en el sube y baja de la cordillera acuática. Percatado de aquel grado de enajenamiento, Chiquitín se permitió la licencia de abofetearlo libremente hasta que obtuvo el efecto deseado.

¿Qué? ¿Qué pasó?, preguntó Margaro como si saliera de un trance, atolondrado por la mano de golpes inesperada que le encendió como dos hornillas los cachetes.

¿Que qué pasó? ¡Que estuviste a punto de tirarte al agua, eso pasó, mijito!

¿Cómo va a ser?, preguntó Margaro incrédulo ante aquella revelación.

Siendo, niño, siendo, que esa agua revuelta de verdad que te pone malo de los nervios.

Y decirlo fue Margaro mover la cabeza a un lado para observar de nuevo lo que ocultaba el cuerpo de su jefe, abrir los ojos desmesuradamente, y luego decirle a Chiquitín, mientras le bajaba por el gaznate un buche espeso como la miel, pero de una saliva amarga. ¡Diablo, don Chiqui, mi problema sí que es de gravedad!

Lo primero que tienes que hacer es tranquilizarte, respirar hondo y juntar fuerzas, respondió Chiquitín.

Más fácil decirlo que hacerlo, que de verdad que soy víctima de algún demonio que me quiere empujar hacia esas aguas encabritadas. No me pida que me explique, don Chiqui, que ni yo mismo me entiendo, contestó Margaro con voz de puro espanto.

Pues vas a tener que hacer de tripas corazones y echar el resto, que no vamos a detenernos aquí después de que hemos llegado tan lejos y superado tantos obstáculos. Creo que lo más conveniente será que recurras al poder de tu anillo, a ver si es verdad que el gas pela, porque si es verdad que el anillo lo puede todo, podrá también contrarrestar el efecto que tiene sobre ti el brutal oleaje de este mar.

Intenté hacerlo hace rato, pero el temor a tirarme no me dejó llevar una mano a la otra para activarlo. Pero con la misma le admito que me da un poco de temor usarlo, no sea que por esta aventurita del momento y el mal estado en que me ha puesto este mar suyo, tenga que comprometer yo el resto de mi existencia que ni a la mitad llega, explicó Margaro. Quizá lo mejor sea que me lleve de regreso al lugar de partida antes de que me dé el tucutú, que allí me quedo en lo que usted va, recupera el Guanín y regresa. De todos modos, no nos hemos alejado tanto del lugar de inicio como para que sea una molestia enorme volver. ¿Cierto o falso?

Falso de toda falsedad, respondió Chiquitín. Hemos recorrido ya más de la mitad del trayecto, así que yo para atrás no regreso ni aunque me mande a buscar mi abuela, que Dios la tenga en su gloria. ¿O cuánto rato tú piensas que llevamos andando?

¿Cómo que cuánto? Cinco minutos, a lo sumo, contestó Margaro.

Chiquitín se le quedó mirando fijamente, con la expresión de quien mira una paloma e intenta descifrar sus pensamientos.

Ahora veo la gravedad de la situación en que te encuentras, amigo mío. Se te ha anulado hasta el sentido del tiempo y el espacio. El que lleva andando por más de una hora y cree que lleva cinco minutos, sin duda tiene dañado el reloj interno, cosa que apunta a un problema mental de alguna gravedad, algún desbalance químico o algo por el estilo que te lleva a hacerte daño.

Don Chiqui, con el semblante de ñame hervido que sé que tengo, ¿no piensa que está un poco impertinente ponerse con diagnósticos?, preguntó Margaro con voz esforzada.

Puede que tengas razón, Margaro, que a menudo me descubro pensando en voz alta, y más en estos últimos días. Pero la realidad del caso es que hemos recorrido más de la mitad de la circunferencia del Mar, lo que significa que no podemos dar marcha atrás. Tienes dos opciones: o sigues conmigo como íbamos hasta ahora o te quedas aquí esperando a que regrese. Tú decides.

Me quedo, contestó Margaro, dudoso de siquiera poder dar los pasos en retroceso hacia el lugar de partida cuando su jefe regresara. Me tapo la cara con una toalla en lo que usted regresa para que el oleaje no me arrastre. Lo espero aquí mismo sentadito donde me dejó.

¿Estás seguro de que es lo que quieres hacer? ¿Crees poder esperarme aquí sin desesperarte y salir corriendo? ¿Podrás tú pernoctar aquí si pernocto yo por allá? Lo digo porque está un poco fuerte pasar la noche aquí solo, junto a este mar que no sabemos cómo se comporte a esa hora. Margaro asintió con la cabeza a todas sus interrogantes.

Sacó de la mochila de Margaro la única toalla que llevaba para colocársela sobre la cabeza en lo que él iba y regresaba. No pudo prometerle un pronto regreso, por desconocer las vicisitudes o contratiempos que le esperaban, mas le aseguró que no pasaría de dos días.

¡Dos días!, casi gritó Margaro. En dos días, si no me muero de pulmonía, me muero de hambre y me encuentra aquí donde me dejó, no lanzado al agua infernal del Mar de Adentro, pero muerto igual, un cadáver ensopado envuelto en la toalla como una almojábana. No, don Chiqui, no sea fregao ni bregue cajita de pollo conmigo ahora. O vuelva pronto o se va después de dejarme en un lugar seguro. Mire que hoy por mí y mañana por ti, y una mano levanta a la otra, y si una mano lo ha levantado muchas veces a usted en días recientes, esa ha sido la mía. Así que póngase para lo suyo, que hoy es mi mañana de ayer y no pienso quedarme como un espeque a la espera de que usted le encuentre una solución razonable a mi circunstancia.

Ese trabalenguas no tengo planes de descifrarlo, contestó Chiquitín. Te dejo aquí y prometo regresar antes de la segunda noche, es decir mañana por el día. Tienes que ser fuerte y chuparte esa cáscara amarga en lo que regreso, que ya te expliqué cuán irrazonable es que me pidas que te lleve de regreso al punto de partida...

Y si pasa la segunda noche y usted no regresa, ¿qué debo hacer?, preguntó Margaro sentado en el suelo con los codos sobre las rodillas por debajo de la toalla que ya Chiquitín le había colocado sobre la cabeza.

En dicho caso, debes comprender que algo horripilante me ha pasado, o que he debido ocultarme para no ser hecho prisionero, que también podría ocurrir. Te verás obligado a ponerte de pie, caminar directo hacia el frente hasta toparte con la baranda de soga, tomarla con ambas manos y andar despacio de vuelta dejándote llevar por ella. Será duro para ti porque deberás vencer esa tentación que dices de tirarte al agua, cosa loca por demás, aprovecho para decirte, tú que tanto me has acusado de ser yo el que tiene el tornillo flojo.

Hagamos otra cosa mejor, sugirió Margaro, que si algo conozco yo de mí es que no voy a soportar aquí así por mera voluntad propia. Le sugiero que me amarre de algún modo a algo por aquí y me deje así hasta su regreso, que lo peor no será tanto lo que me falte echarle al cuerpo sino lo que este expulse.

Chiquitín lo escuchó y se mantuvo callado varios segundos después de que Margaro hablara, ahora reconociendo cuán seria era su condición para estar dispuesto a aquel martirio. Lo sacó del marasmo mental en que lo dejaron aquellas palabras, el deseo de encontrar un lugar conveniente para cumplir los deseos de su amigo, pero al principio todo lo que vio fueron formaciones rocosas a las que no podía hacerse un nudo o atarse nada. Luego se volteó hacia el mar y enfocó su vista en los postes de acero que alguna mano emprendedora había fijado a la roca para crear el barandal. Con una cuchilla que sacó de la misma mochila de Margaro, cogió la toalla que cubría su cabeza y la convirtió en varias tiras. Una de ellas, la más gruesa, la usó para vendar a Margaro, quien aceptó complacido que tal cosa se le hiciera a su mirada. Lo guio como a un ciego por entre los salientes de las rocas hasta la baranda, donde lo conminó a sentarse de espaldas contra el poste que, visualmente, le dio mayores muestras de firmeza, lo que Margaro cumplió con buena disposición.

Estira los brazos hacia los lados, le requirió Chiquitín una vez estuvo bien acomodado, lo cual hizo de inmediato sin decir palabra. Esto aquí está perfecto para amarrarte, añadió sorprendido de cómo coincidían casi al centímetro la longitud de sus brazos con la distancia de los dos postes laterales.

Amárreme duro, don Chiqui, que no porque me vea enclenque significa que sea incapaz de producir una fuerza impresionante en un momento desesperado. Apriete sin miedo, don Chiqui, aunque piense que me va a gangrenar la mano, le indicó mientras este le amarraba cada mano a su correspondiente poste. Las venas de los brazos de Margaro se le brotaron de una manera asombrosa y las manos le adquirieron una tonalidad morada que resultaba inquietante.

Ahora amárreme el torso y el cuello al tubo, que si no seguro me zafo en par de horas, le pidió. Haga lo que le pido, don Chiqui, y olvídese de los peces de colores. Las piernas sueltas son un peligro: amárremelas juntas también por los tobillos y las rodillas, añadió. Chiquitín hizo lo que le pidió su amigo.

¿Tan grave estás, Margaro?, le preguntó Chiquitín consternado con aquellas medidas espartanas que insistía en tomar su amigo en contra de su propia voluntad.

¡Usted ni se imagina lo que estoy sintiendo por dentro, don Chiqui! Ese mar que ruge a mi espalda lo que hace es reclamarme, insistir que me lance en él. Lo único que me falta para vencerlo son tapones de cera en los oídos para dejar de escucharlo.

No sé si interpretar lo tuyo como enfermedad mental o como dramatismo para manipularme y hacer conmigo lo que te da la gana, que no es otra cosa sino que volvamos de regreso, dijo Chiquitín. Porque de más está decir que así no puedo dejarte por más de un día sin que te me deshidrates o mueras de insolación, lo que le mete una presión de tiempo a las gestiones que debo realizar del lado de allá del Mar que ya ni soporto, y ni siquiera me he marchado. Eres la changa, Margaro, con tu ñeñeñé y tu peleíta monga convences al agua de que está seca. Quizá debí tener más cuidado contigo de lo que me imaginaba…

Margaro no hizo comentario alguno acerca de los planteamientos de su jefe. Sólo le pidió que antes de partir le alcanzara una barra de dulce que llevaba en la mochila y le diera un sorbo de agua del botellón que allí también llevaba. Eso hizo Chiquitín y aguardó en silencio mientras Margaro comía el sólido que él ponía entre sus dientes y bebía el líquido que él vertía por sus labios. Luego se despidió y le aseguró que estaría de vuelta en unas cuantas horas. Margaro se mostró complacido con su promesa, mas no hizo ningún comentario ni dejó escapar sonido alguno de aquiescencia. Chiquitín le colocó la mochila sobre la falda, metió los brazos por las correas de la suya y partió sin añadir palabra. Anduvo un buen trecho sin volver la vista atrás, pero justo antes de tomar un sesgo del trecho luego del cual dejaría de ver a su ayudante, se volvió y observó un instante aquella imagen en exceso rebuscada, que a la distancia más bien parecía una escena mitológica sacada de un cuadro barroco.

Capítulo XXXVII

*Donde se da cuenta de la llegada de Chiquitín y Margaro
a Guánica, el ameno coloquio de despedida entre ellos
y el hurto desesperado de un arma para la escritura*

Llegaron a Guánica a mediados del día convenido por Chiquitín con
sus superiores políticos para reportarse a su misión suicida. Era una tarde de verano particularmente calurosa, sin una nube que jaspeara aquel
cielo de un azul marmóreo casi blanco que borroneaba las aristas de las
cosas y hacía verlas menos definidas. A medida que se aproximaron a
la zona donde se llevarían a cabo las actividades políticas, tanto las de
protesta como las de celebración, comenzaron a observar un gran movimiento de vehículos y bullicio de gente cargada de cajas y neveritas y
paraguas y bolsas de hielo y carpas desmontables para los puestos de
comida que alimentarían a la muchedumbre, convocada allí para las vi-
gilias de esa noche y las actividades del día siguiente. Un fino polvorín
levantado igual por ruedas de vehículos que por pies humanos, volaba
por todas partes llevado por una brisa calurosa que lo adhería a la ropa
y mezclaba con el sudor de la piel, donde se convertía en una especie de
engrudo pegajoso que, al secarse, se tornaba en una panoplia de barro
que multiplicaba la sensación de hornearse por dentro el cuerpo.

El otrora glorioso vehículo de traslación, compuesto por las acopla-
das doblecleta y carretilla, conocido como la tricicleta, que partiera de
Ponce hacía escasos meses con la pompa y los bríos de un transatlántico
que se echara al mar, los trajo hasta Guánica a duras penas, convertida
ya en apenas el esquema de un bosquejo de la silueta de lo que fuera. De
la carretilla y su contenido, abandonados por fuerzas mayores durante la descomunal aventura del Mar de Adentro, quedaban el recuerdo
de algunos pedazos de alambres que amarraron las varas, así como el

sonido de su goma sobre la gravilla, que permaneció incrustado en la memoria de ambos como un hecho continuado. Las dos redondas ruedas con sus galantes rayos que tan llenas de aire y de entusiasmo lucieran al comienzo de este asombroso viaje, regresaban convertidas en dos lastimosos aros más aluminio que goma, con muchos menos rayos que al comienzo y ya sin duda más del lado del óvalo que del círculo original. Ninguna pieza de equipaje los acompañó en este último tramo.

Se detuvieron al pie de un frondoso algarrobo que esparcía a su alrededor una sombra tenue y refrescante, de cuyo tronco recostaron la doblecleta con muestras ambos de extenuación grave. Margaro se sentó en el suelo polvoriento completamente rendido, mientras que Chiquitín, con las manos en las caderas, se movió hasta el borde de la carretera y miraba perplejo aquel polvorín y movimiento de gente como si fuera un general que supervisara los preparativos para una ofensiva en el desierto. Observó un rato, yendo y viniendo bajo aquel sol de acero, el mar no ya de agua encabritada sino de gente aglomerada, así como el aparato de actividad comercial que se levantaba en torno a ellos, mientras cavilaba a cerca de su destino final. Dejó de recorrer la vera del camino y regresó donde estaba Margaro sentado en el suelo para advertirle que lo que venía era grande de verdad, refiriéndose al evento político que acontecería y no al desastre natural que pensó Margaro le anunciaría su jefe, a juzgar por la expresión cataclísmica que traía en la cara.

Parecemos sobrevivientes de un naufragio, le dijo Margaro sin que aquello tuviera nada que ver con lo que acababa de comentarle su jefe.

Lo somos, confirmó Chiquitín.

Chiquitín era eso mismo: un compendio de catástrofe humanitaria. Había perdido gran cantidad de lastre y, pese a que continuaba siendo una persona gruesa por su propia armazón ósea, se le veía ajado, cetrino y de carnes caídas. De la piel cerúlea, ebúrnea, que lo vistió siempre, quedaba un pellejo más arrugado que antes y menos maleable, curtido como por un sol que se diría de años a mar abierto, de un color bronceado tirando al oscuro del mestizo, lleno de manchas y lunares como de vejez repentina o exposición continua al salitre. Sobre la calva llevaba una bandana amarrada como para protegérsela, aunque ya aquello resultaba académico, por habérsele quemado y vuelto a quemar encima de forma irresponsable y despreocupada varias veces corridas hasta creársele una cáscara colorada en continuo proceso de despellejamiento, más parecida a la piel del tronco de un almácigo que a la humana. Aunque remendado con cinta adhesiva, el marco de los espejuelos seguía en una pieza más o menos unitaria, aunque los vidrios se habían guayado de tal manera que por ellos Chiquitín percibía la realidad como un ambiente brumoso y encapotado. La ropa que llevaba puesta, la camisa blanca de siempre y los pantalones oscuros, hablaba de grandes y recientes vicisitudes que dejaran la tela floja y a punto de ceder en varios puntos de sus costuras; los zapatos de salir, los mismos que llevaba puestos desde el comienzo de la travesía, lucían de un color indefinido que distaba mucho del negro original, combinación de fango seco, polvo de camino y clorofila y, como el resto de su atuendo, también parecían haber sufrido enormes trastornos que le dejaron las suelas rebeldes y separatistas cerca de los dedos gordos, que por unas rendijas insistían en escapársele.

Don Chiqui, no se exponga al sol tanto, que ese rubio está que prende pelo con brillantina barata, dijo Margaro desde la sombra con cara de enajenado mental. Llevaba una barba de muchos días, prieta y espesa como betún, y la piel curtida como por una tormenta marina que lo azotara durante varios días seguidos. Sobre la cabeza llevaba su gorra de siempre, que en un tiempo fuera blanca y ahora apenas podía llamársele gris a su costra, y alrededor de los pies unos tenis deportivos ya deformes, achatados, rendidos por los rigores del camino, que daban señales de imprimir sobre el polvo ya sus últimas pisadas. Unas gafotas oscuras, surgidas de no se sabía dónde y que se encasquetó con más ufanía que vergüenza, apenas contribuían a mejorar su apariencia, y aunque apaciguaban la brillantez del sol, a cuya resolana sus ojos se habían hecho hipersensibles durante la aventura del Mar de Adentro, completaban el cuadro suyo de un personaje evidentemente pernicioso a la sociedad decente.

Me muero de sed, dijo Chiquitín aún en la misma posición de supervisor general de las obras, dándole la espalda a Margaro. ¿Nos queda algún dinerito en la bolsa? Te suplico que no me contestes en la negativa que, aunque haya delegado en ti las funciones de tesorería poco antes de llegar al Mar de Adentro, no creas que no llevo una cuenta mental de cada céntimo que hemos gastado, que no pueden ser tantos según mis cálculos. Te repito, que si tu contestación es en la negativa, es mejor que calles, que ya sabré yo entender y bregar con el asunto lo mejor que pueda, al comprender lo malversador, cuando no corrupto, que has sido.

Pues ni son buenas las noticias respecto al balance de su cuenta, ni pienso callarme la boca como usted quiere que calle…, comenzó a decir Margaro sin levantarse del suelo.

¡Cállate dije, demonio!, interrumpió Chiquitín con un histrionismo la verdad que ridículo y hasta tragicómico.

Pues no me callo y hasta le digo más, que si tanto le interrumpo o tan mal le sabo…

Si serás… ¡Versador, animal de monte, malversador, no malsabedor, señor silvestre! ¡Interrumpo no, corrupto! ¡Sepo, no sabo!, exclamó Chiquitín aún de espaldas a él y de repente fuera de sus casillas. ¿Estás sordo? Las dos palabras se refieren a personas que no saben llevar las finanzas, bien porque son botarates o sencillamente porque se benefician de las riquezas ajenas. A eso es a lo que me refiero.

Don Chiqui, le dijo sosegadamente Margaro, le suplico que no vuelva con esa actitud ácida y acusatoria suya que me tiene lo que se dice hasta la siquitrilla, si es que pretende mantenerme a su lado durante las próximas horas, que dice usted que son sus últimas. Y yo que pensé que el tragiquismo que pasamos en el Mar de Adentro nos hermanó, para que venga de nuevo con esos perros. De mi parte, declaro que aumentó mi afecto por usted y la confianza en sus cosas, que acepto con humildad han sido mucho más verdaderas de lo que imaginé posible; hasta he llegado a sentir por usted cierto grado de admiración y amistad de rancho y gancho, lo cual no parece ser el caso de su parte. Estipuladas las diferencias, como dicen los abogados, le recomiendo que me tenga mansito, que si no fuera porque quedé en ayudarle a llevar a buen fin sus encomiendas y porque mi palabra vale igual se la dé a usted o se la dé a un perro, hace rato hubiera volado el golondrino y hecho su readmisión en el nido ponceño. En cuanto a nuestra situación económica, debe saber que lo que se dice boyantes no estamos, ni siquiera remotamente, sino más bien hundidos en la más honda miseria. Si no se llegan a ensopar las flores aromáticas y echado a perder por culpa suya, las cuales tal vez pudiera vender entre este bullicio de gente alegre y regocijada, quizá no tuviera que informarle que al fondo del pozo hemos llegado. La realidad es que nuestro escocotamiento fiscal es absoluto, la bancarrota total, el endeudamiento absoluto, al punto que ni para comprarnos un par de límbers tenemos en la cartera, asunto que resulta la verdad que lastimoso para personas de nuestra categoría, y sobre todo para alguien como usted, que ya casi es un mártir americano.

Al pozo hemos bajado, dices, contestó Chiquitín aún sin voltearse y sin hacer referencia a su tema predilecto, que Margaro le tocaba por cuenta propia por primera vez.

¡Será usted!, dijo Margaro con picardía, que lo que se dice yo no he visto un pelo ni siquiera a la distancia, y si no fuera porque Manuela no me pelea, tendría el saco reventado y la leche saliéndome por los oídos.

¿Cuándo se te irá la vulgaridad que te ensucia esa boca tuya, Margaro? Sabes muy bien que eso no fue lo que quise decir. De cualquier forma, tú fuiste el que mencionó el pozo. Y si estamos en el fondo, en la quilla, en la prángana, se debe, como me temía, a tus finanzas liberales.

Usted, don Chiqui, insiste en que me reviente el volcán y escupa la lava. Y le advierto que lo que verá no será el manso cordero de Puerto Rico acostado sobre los Evangelios, sino una genuina fiera antillana convertida en su peor pesadilla. Yo espero que sea el susto en el que lo tiene la cercanía de su martirio que lo lleva a ponerse de nuevo agresivo conmigo y acusador, porque es la única excusa que puedo aceptarle. Recuérdese que el manejo del dinero me lo vino a encomendar apenas cuando salimos hacia el Mar de Adentro, que fue el otro día. Las veces que lo usamos desde entonces pagó usted con el menudo que yo le di, porque tampoco me va a decir que tiene usted una política monetaria muy fiscalizada que digamos.

Desconozco a qué te refieres con ese mejunje que dices de política monetaria, dijo Chiquitín. Pero mejor dejemos la discusión y vamos a encargarnos de nuestra realidad inmediata, por ejemplo, la realidad de la sed, que supongo que a ti también te castiga.

Sí me castiga, pero como ya le dejé caer —¡que parece que no la cogió en el aire como creí!—, nuestra realidad económica es, como menos, cataclísmica. Quiero decir que estamos más pelados que rodilla de chivo, por lo que tendremos que conformarnos con agua de fuente o de arroyos cantarinos que nos encontremos por aquí.

Como rodilla de chivo dices que estamos, mequetrefe…, contestó Chiquitín sintiéndose incómodo, aunque inevitablemente incluido en aquella clasificación. Pues si con agua de fuente —¡que no se ve ninguna por toda la redonda!—, o de arroyos cantarinos que dices, pedazo de charlatán, debemos conformarnos, entonces debo decir que no nos queda otra que robar o mendigar, aunque sea para obtener el preciado líquido, que en lo que encontramos una fuente natural en donde saciar la sed nos coge el sol y nos seca como pasas. Pero sea lo que sea, mejor es que avancemos, que ya pronto nos iremos separando y cada cual deberá seguir el curso de su destino, el tuyo que seguro será largo y agradable, y el mío que ya sé que es corto y dolorido. Yo abogo por que robemos.

Y yo por que mendiguemos, que ya estoy imaginándome a quién tiene en mente para realizar sus fechorías. Pero yo le aseguro que nada más con vernos, el primer dueño de agua que se tope con nuestros labios agrietados seguro se compadece y nos la regala sin siquiera requerírsela, opinó Margaro.

¡Estás tú loco! ¡Lo inocente que te mantienes, Margaro, pese a los rigores que te ha dado la vida en este corto periplo que hemos hecho juntos! Y creyendo todavía en la bondad de las personas, con la de experiencias que hemos tenido que demuestran lo contrario. Y más con los puertorriqueños, que son tan rencorosos y oportunistas. ¡Déjate de eso, Margaro, bájate de esa nube y aterriza aquí en la realidad dura de la sed y el calor que nos abrasa! Yo que tú robo sin culpa, sin misericordia, sin pena, y verás que te va bien. Escoge si quieres mendigar, pero te adelanto que, por tu mera facha, será tan evidente que vienes a robar que si pides no te creerán. Apúntalo por ahí, a que entras y sales de cualquier lugar con tus dos botellas de agua a plena vista sin que nadie siquiera te lo cuestione o te pare. ¡Roba sin escrúpulos, amigo, que a ti la vida te ha robado en bruto y ni siquiera te percatas!

Don Chiqui, yo, por inclinación natural, no soy de los que auspicia el tumbe, mintió Margaro. Pero si usted, que es mi jefe, me manda, yo le obedezco, y sólo porque veo que la cercanía del fin lo pone a usted que no hay quien lo mastique. Igual me siento en deuda con usted, don Chiqui, luego del yeyo que me dio en el Mar de Adentro y lo que hizo en mi favor para evitar el desastre. Así que robo si esa es su voluntad, y hasta mato, si también la fuera.

No hay que llegar tan lejos, amigo mío, que para mí basta con que te tumbes la mercancía sin tener que incurrir en asesinar al comerciante, concluyó Chiquitín exhausto con las hipérboles de su ayudante.

Usted quédese ahí parado que regreso ya con su agüita.

Margaro se puso de pie como si no le doliera un músculo del cuerpo, se sacudió con las manos sucias el polvo de los pantalones y, sin mucha prisa, se diría que llevado por el empujón de la brisa, partió en dirección a unos puestos que se observaban en la lejanía a la orilla de la carretera. El aspecto de Margaro era realmente despampanante, lo cual se propuso utilizar a su favor a la hora de requerir la conmiseración ajena, en caso de que nada resultara como se proponía y terminara apresado por la muchedumbre y llevado al borde del linchamiento. Seguro no tenga ni que robar ni que mendigar, se dijo. Con sólo pararme frente a cualquiera de los puestos y estirar la mano me darán lo que les pida con tal de que me largue cuanto antes del lugar.

Encapsulados en un Oldsmobile viejo de cuatro puertas con el catalizador reventado, cuyo aire acondicionado apenas mantenía la temperatura por debajo de la temperatura de afuera, los cuatro ocupantes sudaban a chorro tendido. Chucho sugirió que bajaran las ventanas, pero Rafo lo acusó de ingenuo y le preguntó si prefería la brisita de afuera o la seguridad que les proporcionaba el tinte oscuro de las ventanas. El tinte, contestó Chucho, y no volvió a insistir.

Abran bien los ojos, que deben andar por aquí cerca. Por mucho Guanín que ande buscando, van a llegar hasta aquí…, comenzó a decir Freddie Samuel.

¡Toma Guanín!, interrumpió Papote, ¡Toma Guanín!, repitió Chucho, ambos realizando un fugaz movimiento pélvico.

Toma Guanín, dijo también Rafo, esta vez sin el movimiento y con mucho menos ánimo, como repitiéndolo para darle muerte a la repetición. Pues por mucho Guanín que ande detrás, no va a resistir la tentación de unirse a este evento, que tengo entendido será único en su clase. Digo, si es verdad que ve luces por todo lo gringo y que se pasa metido en cuanta trifulca política habida y por haber, explicó Rafo.

No se fijen tanto en los mongoloides comunes y corrientes y pónganse a buscar a los dos mongoloides que nos interesan, dijo Freddie Samuel. Recuerden que al mamut, cuando lo agarremos, hay que meterlo a la mala aquí dentro y someterlo a la obediencia, que tampoco va a ser cáscara de coco. Ustedes dos estense listos, que en cualquier momento nos topamos con él y hay que proceder con velocidad frente a mucha gente, a modo de secuestro… Créame que siento la proximidad de la presa, dijo mirando por las ventanillas y moviendo levemente la nariz como si olfateara el prado a través del vidrio.

A las afueras del poblado, en el cruce de la carretera donde mismo se encontraban y la avenida 25 de julio, que era el destino de Chiquitín, en un área bastante extensa donde cabrían apretujadas unas veinte mil personas, los anexionistas armaron una tarima gigantesca que empapelaron desde su frontón más evidente hasta su más insignificante tablita, con banderas estadounidenses en todas sus manifestaciones, incluyendo una red entrecruzada de hilos con banderines sobre la extensión de la explanada como la tramposa excrecencia de una monstruosa araña proamericana. En el perímetro de aquel terreno se había instalado ya una hilera de carpas y casuchas hechas con tablas endebles, desde las cuales un ejército de fritongueros y fritongueras se disponía a despachar toneladas de empanadillas y bacalaitos y carnes ensartadas en varitas y arroces con pollo pisados con platos de cuajo y bajados con cervezas y tragos y piñas coladas, al son de la música estruendosa que escupían las gigantescas bocinas encaramadas unas sobre otras a modo de obeliscos. Una pequeña concurrencia había comenzado a congregarse para la vigilia que el doctor Quirindongo había convocado aquella noche, en auxilio al estado de coma en el que se encontraba el Ideal Estadoísta, por lo que se ideó aquella actividad que pretendía ser de ambiente grave y espíritu solemne, contrario al bembé que eran casi siempre este tipo de actividades.

El Oldsmobile pasó frente a este templete y dobló en dirección al pueblo, mientras Freddie Samuel le recordaba al grupo que si por algún lugar andaría merodeando la presa sería por aquel. Rafo redujo la velocidad y los cuatro, cada uno por su ventana, peinaron con la vista a la concurrencia en busca de aquel monolito humano que recordaban de su encuentro en Ponce. Nada, dijo. Nada, repitió Chucho detrás. Nada, añadió Papote a su lado. Nada por ahora, concluyó Freddie Samuel. Síguelo, le indicó a Rafo.

Doblaron por la 25 de julio, que conducía directo hasta una gran piedra en el malecón, linde que señalaba el lugar del desembarco norteamericano de 1898 y frente al cual los independentistas realizaban sus anuales actos de protesta. Se estimaba que los independentistas acudirían al evento de la mañana siguiente en números nunca antes vistos, dadas las circunstancias políticas del momento y el hecho de que se prestaban a reunirse en un mismo templete el liderato independentista de la isla entera, en una gran muestra de cohesión y unidad nacional. Al parecer, Puerto Rico se encontraba en el umbral de la resolución de su principal dilema político, y todo pintaba a favor de los defensores de la soberanía nacional y en contra de los proponentes de la anexión a los Estados Unidos, quienes, por primera vez desde aquel primer 25 de julio, no contaban con el favor de los amos benévolos de la metrópoli. Todas las organizaciones independentistas del país, antes enfrascadas en guerras intestinas, por primera vez se pusieron de acuerdo para celebrar juntas la inminente resolución del conflicto colonial y el comienzo de una Nueva Historia, que así dieron por llamarle al período histórico que arrancaba a partir de aquel día. El Partido Nacionalista, el Movimiento Independentista Nacional Hostosiano, el Frente Universitario Pro Independencia, el Ejército Popular Boricua, los Macheteros, los restos desperdigados del Partido Independentista Puertorriqueño y cuanta organización patriótica grande o pequeña, se aprestaban a dar muestras de número y fortaleza al día siguiente, y de consenso interno para gobernar. Se rumoreaba que un gran número de medios noticiosos internacionales estarían cubriendo los eventos de aquella noche por parte del bando anexionista, y los del día siguiente, por parte del bando independentista, el cual pasó casi por magia de minoritario a victorioso.

Si no lo encontramos hoy, mañana se va a poner la cosa más difícil para ubicarlo, háganme caso. Abran bien los ojos, que yo sé que anda por la zona, les juro que lo huelo, ordenó Freddie Samuel con una excitación peligrosa. Le tengo un odio a ese mamabicho que casi he desarrollado un sexto sentido nada más que para él.

No es para tanto, chico, contestó Rafo. Olvídate ya de lo de la canalización, cojones. Aquí lo principal es que no delate dónde fue que metimos a tu mujer, cabrón, que en ese lío nos metiste tú.

Es verdad, dijo Papote, cogiendo pon con el comentario de Rafo. En este revolú de tu mujer nos metiste tú.

Sí, nos metiste tú, concurrió Chucho.

Los metí yo, sí, seguro, respondió Freddie Samuel sin mirarlos, con un sosiego absoluto, como si aquello no fuera más que un conato de motín fácil de aplastar. ¡Pero bien que se la gozaron antes de que la despacháramos para el otro lado! ¡Bien que se la comieron los muy angelitos! Esa mujer ya no era mía, cojones, era de todos, dijo a la vez que se reía malévolamente, a lo que Papote y Chucho, casi inocentemente, correspondieron con sonrisas de simpatía, cáscara en la que Rafo no resbaló con otra sonrisa similar.

Esto aquí no es tan grande, comentó Rafo para decapitar el tema. Lo mejor será que nos bajemos, nos disfracemos un poco con las gorras y las gafas y nos dividamos el área, que así va a ser más fácil para cubrir el terreno, sugirió. Si alguien lo descubre que llame a los demás...

¡Caminar con este calor!, protestó Papote. ¡Estarás tú de que te amarren!

Tienes razón, Rafo, opinó Freddie Samuel, lo mejor es que nos bajemos y nos repartamos. Papote miró a Chucho y ambos subieron los ojos en forma de protesta. Si alguien ve algo, llama a los demás. ¿Ya te sacaste el celular, Chucho? ¿Qué no? ¡Mano, puñeta, y qué estás esperando!, protestó ante su gesto negativo con la cabeza. ¿Y cuándo pensabas hacerlo, idiota?

No cojas lucha con él, Freddie, que este todavía está a nivel de leña del monte y agua de pozo, intervino Papote.

Margaro, sentenció Chiquitín, al tiempo que se echaba al pie del algarrobo tras beberse de varios sorbos seguidos el agua de la botellita que su ayudante, alegadamente, hurtó para él, el fin de nuestro viaje es inminente, lo que en mi caso significa el fin de mi vida material, y en el tuyo la continuación de una que espero sea próspera y prolongada. Pronto deberé reportarme a mis labores en una casa segura aquí en el mismo pueblo, tan pronto terminemos esta plática nuestra, que espero no sea muy larga por no ser muy bueno yo con las despedidas, como comprenderás.

Lo comprendo mejor que si lo hubiera parido, don Chiqui, en especial porque a mí también me angustian los adioses. Créame que si no fuera por lo que pasamos allá arriba, de la que salí vivo gracias a sus gestiones de buen amigo, no estaría tan acongojado como me siento ahora que se va usted hacia ese destino infame que le han impuesto los políticos desalmados que le tienen comido el seso, si me permite que opine. Pero sabemos que la ocasión es menos de cantaleta que de recordar los buenos ratos y, aunque es cierto que tenemos una macacoa detrás, sin duda que los ratos gratos en algo compensan los no tanto, por mucho que estos hayan sido, además de más largos, también más pesados y seguiditos. De usted, don Chiqui, tengo menos quejas que de las circunstancias que nos han tocado, y aunque con frecuencia se ha portado como tremendo carne de pescuezo, siempre ha sido un caballero conmigo, eso no lo puedo negar, por muy acelerador de infortunios que haya sido yo. Lo que sí falta antes de que cada cual tome su camino es que, dado que el suyo es tanto más corto que el mío, me firme antes de partir un testamento de su puño y letra y me otorgue el total de su herencia, que hasta donde tengo entendido ni mujer ni descendientes tiene. Más que nada, me interesan las pinturas del italianote ese que tanto usted menciona, porque del Guanín ni hablemos, que ya sabemos lo mucho que hay que pasar para llegar hasta él, y créame que por el mar ese no pienso asomarme en la vida entera que me quede… Así que vamos a enfocarnos un momento en conseguirnos un papel y un lápiz, los cuales imagino que deberé también robármelos.

Aunque siempre supe que te gustaba servirte con la cuchara grande, nunca imaginé el tamaño de los bocados que querías darte, dijo Chiquitín. Pero tienes razón, es menos la hora de protestar que la de testar, y dado que la idea fue tuya, encárgate tú de conseguir las armas que nos faltan para la escritura. Si supieras que me sorprende menos la manera en que te has apropiado de mis bienes antes de siquiera yo dejar de ser materia, lo natural que me ha parecido dejártelo todo a ti que sí que te has fajado conmigo y eres, en realidad, la única familia que tengo, por parejero y desvergonzado que seas. Me quedan allá en Ponce mi sobrina Lucy, que lo que hace es mirarme con susto y acusarme de loco, y los vecinos de la cuadra, que también son como familia, doña Nanó, la pobrecita, el Bolitero, que es un descarado, y el Pastor, un zahorí. Pero esa gente me tiene por perdido, así que se perdieron también la fortuna que valen mis cuadros, una vez los recaptures, por supuesto, que no sé cómo lo harás...

Usted déjeme eso a mí, don Chiqui, y preocúpese por dejarme bien escrito el título de dueño de sus pinturitas, si no es pedirle demasiado. A mí déjeme blindado hasta los dientes con las leyes de mi lado, que del rescate y la venta al mejor postor me ocupo yo solito, concluyó Margaro.

Te pido que el mejor postor sea un coleccionista proamericano, en caso de que sea puertorriqueño, aunque prefiero a uno de allá afuera, que sepa cómo cuidar de obras maestras de esa categoría, que más bien debían estar guindando de algún museo importante de Washington DC o de Nueva York. Lo más inteligente de tu parte, fiel aliado, será venderlos cuanto antes, que mantenerlos en tus manos será corromperse como se corrompe todo lo que queda en manos puertorriqueñas. Te sugiero que el dinero de la venta lo guardes en algún banco también americano, que son los únicos seguros, o lo inviertas en la Bolsa, que con ella es fácil darle la vuelta a las leyes y hacerse millonario, amigo mío..., indicó Chiquitín, haciendo alarde de aquella troglodita mentalidad monetaria.

¿De qué me habla, don Chiqui? Deje los trabalenguas, ahora digo yo, y sáquese la batata de la boca, que no se le entiende nada. ¿Cómo que meta mi dinerito en un saco que va a hacerme millonario? Usted, por mucho que haya reevaluado algunas de sus locuras anteriores, no deja de tener varias clavijas todavía sueltas, y si lucidez hubo alguna vez y hasta decisiones sensatas, hoy lo que queda es pura carne de carroña para la tiñosa del pasado.

Claro que te haces entender, maldito embelequero. ¡Si serás verdugo de ti mismo! ¿No sabes lo que es la bolsa de corretaje? ¿Tampoco has oído hablar de Wall Street? ¡Tampoco! ¿Y no que lees tanta prensa? ¿Pero y en qué cueva has estado tú metido, muchacho de Dios? Ahora es que me vengo a percatar de la clase de bestia en cuestiones financieras que he tenido manejando mis asuntos económicos, exclamó Chiquitín.

Bestia será la abuela suya, respondió Margaro no realmente ofendido. Explíqueme qué diantre es eso de lo que usted habla, que no entiendo ni la jota de ji.

¿Tú crees que hay tiempo ahora para explicarte lo que es el mercado de las acciones y por qué es que me has escuchado llamar tanto a la Nación la Gran Corporación? Pues creo que no. Invierte mi dinero como mejor se te ocurra, que no estaré yo ya para aconsejarte y ayudarte a comprender lo que se te escapa… En fin, amigo Margaro, debo ya partir, por lo que el momento de la despedida entre nosotros es inminente.

Con carmona, don Chiqui, sin priscila, tampoco salga por ahí como entierro de pobre, que aún no me ha firmado el papel de herencia de los cuadros en cuestión ni me ha pasado los poderes de su cuenta de banco, protestó Margaro. Y ahora se me ocurre que también quiero que me traspase por escrito los derechos sobre la pirámide que encontramos en Ponce, para heredar también el favor que le debe aquel ingeniero de Guaynía. Mire que yo lo he seguido hasta aquí a usted confiado en que al final saldría de la prángana y dejaría de estar abajo en la rueda, y si el cuento va a terminar en huevo pinto, le recuerdo que, aunque fervoroso seguidor suyo que he sido, yo me quedo y usted se va. Así que tengo que poner mente en mi futuro, por mucho que me compunja su partida y el rompimiento de su cascarón. Lo acompañaré parte del camino porque seguro que antes de llegar a su destino nos cruzamos con alguna farmacia en la que pueda meterme y tumbarme un lapicero aunque sea, que el papel lo conseguimos por ahí volando.

Dices bien, Margaro, vayamos andando y te iré dando en el camino las últimas instrucciones mientras me aproximo a la realidad de mi destino, le dijo a la vez que realizaba los primeros movimientos.

Vayamos, don Chiqui, que si le apremia el tiempo suyo también me apremia el mío. ¿Y qué hacemos con la bici?

¿La bici? ¿Pero tú no ves el estado en que ha quedado esa carcacha y en qué condiciones la dejó la epopeya del Mar de Adentro?

Ninguna popeta que es ella, defendió Margaro a su vehículo, que aunque exhausta y quizá parapléjica, bastante lejos que nos llevó y bien que nos trajo. Mire, don Chiqui, que no hay nada peor para purgar penas en el más allá que la ingratitud en el más acá.

Epopeya dije, y no refiriéndome a ella. Déjala ahí te digo, muchacho, y cógete un carro público hasta Ponce mañana o móntate en una de las guaguas que vayan de regreso con la gente de Ponce que venga a los mítines, y te cuelas como uno de ellos.

Con la pinta que traigo y la catinga de sanserení del monte que llevo en la sobaquina, a lo más que puedo aspirar es a colarme en la jaula de monos de algún circo que ande de paso, contestó Margaro mientras se olía el sobaco.

Margaro miró con resignación la doblecleta solitaria recostada contra el árbol, convertida en aquel amasijo de metal casi irreconocible. Observó el diabólico centelleo en su dedo y estimó que su cuerpo y el anillo le bastaban para su travesía hasta Ponce. Si algo aprendió en aquella expedición fue a pernoctar a la intemperie y en los caminos, por lo que la posibilidad de realizarlo una última noche ni le iba, ni le venía, ni le desconcertaba en lo más mínimo. Desafecto ya del evento, se volteó y dio la espalda a aquel objeto que durante varias semanas fuera herramienta imprescindible de traslación y consecución de fines comunes, sin el cual apenas una fracción de lo realizado hubiera podido ejecutarse. Echó a andar tras de su jefe Chiquitín, quien también se despidió de ella sin mucha efusividad ni muestra de ternura, y se encaminó hacía el poblado tras la algarabía que se dirigía en la misma dirección.

Margaro corrió un poco hasta darle alcance a su jefe quien, pese a no haber comido bien en varios días, daba muestras de una energía impresionante, generada seguramente por la adrenalina de su voluntad enloquecida que lo mantenía de continuo al vilo de lo próximo.

Allá veo una Walgreens, indicó Margaro refiriéndose a una estructura alta que se observaba a lo lejos con el habitual cartelón en letras rojas que identificaba al establecimiento.

¡En Walgreens sí que no, que esa es una cadena americana!, casi gritó Chiquitín a modo de protesta. Si vas a robar, métete en una farmacia pequeña, un negocito pequeño donde vendan lápices y plumas, algo local y de familia. Robarle a Walgreens es como si me metieras la mano en el bolsillo a mí, y eso es un descaro que no voy a permitirte, por mucho que nos hermanara el Mar de Adentro. Y a propósito del Mar de Adentro, tras mi desaparición material, o más bien tras mi transformación material en puro espíritu estadista, vas a ser seguramente el único hombre blanco..., y se interrumpió un instante para mirar a Margaro de arriba abajo como si necesitara recordar algo de él que contradecía sus palabras... blanco refiriéndome a no taíno, no indígena, pues serás el único hombre blanco en Puerto Rico que conoce este secreto y ha llegado a contemplarlo...

¿Y en qué quedaron los federales? ¿No que eran territorios de ellos?, cuestionó Margaro.

Ingenuo eres y serás siempre, amigo Margaro. Dime de verdad que no te diste cuenta de que el letrero era pura feca de los propios taínos, para asustar, que tú sabes que todo el mundo respeta aquí a los federales. ¿O tú piensas que era chiste lo que te conté de que nos hubiera incinerado un rayo láser o desmaterializado un misil tierra aire o mar tierra, si en realidad estuviera federalizado aquel lugar? Te imploro que te guardes la respuesta, que de verdad no quisiera escucharla... Lo que quiero es que mantengas para ti el secreto, que ya hemos sido tú y yo testigos del poder y la rareza que guarda ese endemoniado cuerpo de agua, por lo que estarás de acuerdo conmigo de que es mejor que permanezca oculto a la población... ¿No te parece?

Pues fíjese que no me parece ni correcto ni incorrecto, sino todo lo contrario..., comenzó a decir Margaro en ánimo de enredar a su jefe en sus propias conjeturas.

¿Tú no te cansas?, lo interrumpió. ¿Ni siquiera ahora que están sonando las últimas palabras que nos lanzaremos? Ya veo que, si dos constantes hay en la vida de Margaro Velásquez, esas son el vacilón y la guachafita.

¡Claro, menos cuando te pusiste blanco como un huevo hervido allá arriba, que no hubo intento de humor mío que no atajaras de manera casi violenta y con una cara de machete que mirarla cortaba...! Ah, y a propósito, ¿qué tal va ese anillo en ese dedo, más liviano o más pesado?

Ni lo uno ni lo otro, que ya le dije que su uso ni desgasta ni grava su materia. Lo que sí es que desde que nos salvó de despeñarnos por los farallones en el camino de regreso, lo llevo con cierto temor y hasta un poco azorado con la idea de que se aparezca usted sabe quién..., contestó Margaro.

Déjame hablarte algo del anillo ahora un momento y antes de que el destino nos separe, le informó Chiquitín. Reconozco que te he prohibido en reiteradas ocasiones que utilices ese maldito instrumento en beneficio mío, pero las circunstancias llaman a que se le hagan enmiendas a mi pensamiento. Te pido que no caigas en brote, que si alguien ha visto pasar agua bajo los puentes somos tú y yo, por lo que entre nosotros no deben existir ni escándalos ni sorpresas. A lo que voy es a que he variado mi pensar. He decidido arriesgarme a que se use el poder de tu anillo a favor del éxito de mi misión, dijo Chiquitín, quien había comenzado a sudar de una manera la verdad que prodigiosa. Aprieta el paso mientras lo piensas, a ver si llegamos pronto a algún sitio con aire acondicionado que me calme este sofocón que me quiere estrangular.

Acelerando y saltando del encintado a la calle, dejaron atrás a varios grupos de personas gruesas, lentas y ensombrilladas que obstruían el libre flujo por la acera, quienes los miraron entre ofendidos por sus olores y azorados por sus colores.

Te decía que la última misión tuya como mi ayudante y mi socio en esta empresa... O mejor dicho, que la última misión tuya como mi amigo que eres, como hermanos que somos por habernos salvado mutuamente de las garras de la muerte, es interceder por mí el día de mañana mediante el poder diabólico de tu anillo para asegurarte que cualquier obstáculo al buen éxito de mi empresa quede debidamente neutralizado. Tu último día de trabajo será mañana entonces, cuando te colocarás a una distancia prudente de la tarima separatista —¡no vayas a estar tú entre los heridos!—, para cerciorarte de que ninguno de los muchos enemigos que me acechan me alcance o me detenga. ¿Comprendes lo que quiero de ti?

No tanto como usted quisiera, contestó Margaro, quien escuchó con genuina intriga aquellas confusas instrucciones. Yo como que lo escuché a usted jurar que jamás tendría nada que ver con el anillo y hasta me pidió nunca utilizarlo a su favor ... Pero nada, serían cosas mías, cosas de mi imaginación afectada por este viaje. Déjeme ya de hablar en taíno, que no soy yo ni Pablo Podamo ni Guanocanoni ni cosa que se le parezca, y dígame en arroz y habichuelas qué específicamente es lo que quiere que haga.

Lo que te pido es que te pases la noche por ahí como mejor puedas, que en eso ya debes estar hecho un titán de la llanura, y que mañana bonitamente te arrimes a la distancia prudente que te indico, en un lugar si es posible elevado, con vista privilegiada, que conociéndote sé que no vas a tener problema en encontrarlo. Desde allí, anillo en dedo, evitarás que cualquiera se interponga a mis designios. Si, por ejemplo, encaramado dondequiera que te vayas a trepar, decir un poste, un palo, un techo, un balcón, ves a Auches o a cualquiera de sus secuaces, ya sabes qué debes pedirle al anillo —¡a nombre mío, por supuesto, para que no te caiga a ti el fufú!—, que los convierta en estatuas, que los esfume, que los enferme, que los tropiece, que los ciegue, lo que tú estimes apropiado, pero que los detenga. Igualmente, si me ves que estoy a punto de treparme en el templete de los separatistas y observas que viene alguien a impedirlo, sea guardia, agente federal o ciudadano, sea quien sea, es tu deber último, y mi deseo póstumo, que le pidas a tu anillo que lo detenga en el acto. En otras palabras: eres la garantía de mi posteridad, Margaro. Es tu última y más importante misión. ¿Qué opinas?

¿Opino? Que lo suyo es mucho con demasiado para andarse ahora con esos repelillos, eso opino, y que tanto paga el que mata la cabra como el que le aguanta la pata, y que usted parece no saber de cuál palo ahorcarse, ni yo el porqué salí huyendo de las vacas para venir a acostarme con los toros...

En ese momento de la conversación llegaron a la farmacia Walgreens, donde Margaro insistió en meterse a buscar el lapicero. Chiquitín aceptó a regañadientes el atraco al bolsillo americano y aprovechó para refrescarse con el aire acondicionado del establecimiento y quitarse de encima los calores. Margaro, ni corto ni perezoso, convencido de que mientras más evidentes fueran sus intenciones menos visibles serían sus actos, estuvo por completo ignorante de que, desde el momento en que entró por la puerta, el primer cajero apretó el botón de alerta y que ya estaban las cámaras y el personal de seguridad al tanto de su presencia. Con gran disimulo, se colocaron en las puertas del negocio para evitar la fuga del sospechoso personaje, que sin lugar a dudas se disponía a salir del mismo con alguna mercancía sin intercambio monetario. Y así mismo ocurrió. Con la mayor desfachatez concebible, Margaro fue hasta la sección donde se encontraba el material de oficina, agarró el bolígrafo más barato que vio, lo metió en su bolsillo y se dirigió hacia la salida fresco y con campantes aires.

Chiquitín, hipnotizado por un *dip* de queso con jalapeño en la sección de los bolsos de papas y la picadera barata, lo vio salir por la puerta como quien ve llover, como también vio a los dos mastodontes que le cayeron encima como apagando fuego, y lo tiraron de bruces contra la acera frente al establecimiento con un salvajismo la verdad que alarmante. Uno de los tipos, evidentemente adiestrado en técnicas de defensa personal, lo neutralizó con una rodilla sobre la nuca y la otra sobre el coxis, con lo cual el único músculo que le quedó a Margaro para defenderse fue la lengua, que comenzó a proferir improperios y a acusar a los individuos de asaltantes y abusadores. Un tercer personaje, con uniforme de la tienda y actitud de gerente, le metió la mano en el bolsillo del pantalón a Margaro y extrajo el bolígrafo robado, el cual alzó al aire en señal de evidencia encontrada. Aguántalo ahí en lo que llega la policía, dijo. Hazme el favor, mi amor, le pidió a una de las cajeras que había salido a ver la conmoción, márcate el número de la policía, si eres tan amable. Agárramelo bien, le ordenó al que se encontraba sentado encima de las piernas de Margaro y le tenía subyugados los brazos en una dolorosa cruz tras la espalda. Con gran paciencia extremada, como si se tratara de otra chiquillada de un hijo hiperactivo, Chiquitín devolvió el pote de *dip* al estante y caminó en dirección a la escena donde ocurría el percance con Margaro, pero en el trayecto de apenas unos veinte pasos, ponderó y desarrolló varias estrategias de acción respecto a lo que allí ocurría y cómo podía afectar sus planes. Primero, se dijo, podría tratar de abogar por él, lo cual de inmediato lo convertía en su cómplice o en garante personal. Como quiera tendría que esperar allí a que viniera la policía y arriesgarse a ser reconocido y puesto bajo restricción de movimiento. La segunda estrategia se desprendía de la cancelación de la primera, pues implicaba simplemente pasarle por el lado y darlo por desconocido y, aunque muchos los vieron entrar juntos, nadie los vio hablar entre sí, por lo que no podía establecerse ninguna conexión, fuera de la catastrófica apariencia de ambos.

Aunque observó el uso desmedido de la fuerza contra su amigo, lo cual llamaba a intervenir y optar por la primera estrategia, se decidió por la segunda, que resultaba mejor para ambos, acorde con su lógica y suposiciones. De todas formas, a menos que le quitaran el anillo a Margaro, lo que resultaba prácticamente imposible, no tendría dificultad para escapar de cualquier circunstancia desagradable en la que pudiera encontrarse, se dijo Chiquitín, convencido ya del poder del anillo tras lo sucedido en el Mar de Adentro, por mucho que le costara admitírselo netamente a Margaro. Con eso en mente, pasó sin mucho ruido por el costado del grupo de ahora unos cinco dependientes de la farmacia, quienes tenían inmovilizado a Margaro contra el suelo a la espera de que llegara la policía, y se colocó al otro lado de la acera, a la sombra de un frondoso flamboyán amarillo, para desde allí darle seguimiento al devenir de su amigo, ayudante y socio comercial, Margaro Velásquez.

Primero llegó una patrulla de la policía municipal del pueblo de Guánica. Los tres oficiales que se apearon fueron hasta la concurrencia frente a la farmacia, donde el jefe de seguridad les ofreció la razón por la cual tenían sujeto a aquel individuo mediante la fuerza. Chiquitín observaba desde el lugar donde se había apostado, moviéndose nerviosamente y como que intentando colarse, a través de las piernas de los policías, en el campo visual de Margaro quien, a pesar de estar con el estómago contra el suelo, tenía libre la mirada. A los pocos minutos llegó otra patrulla de la policía, esta vez de los azules que llaman, encargados de atender los casos más serios, como aquel caso sencillo parecía haberse tornado. Los dos nuevos oficiales asumieron de inmediato el control de la situación y, según pudo colegir Chiquitín sin escuchar, un policía municipal les brindó un informe verbal de lo acaecido con el detenido. Uno de ellos, sargento, pidió la pieza de evidencia, el bolígrafo, el cual recibió de mano del gerente y examinó a la luz como si se tratara de leerle la temperatura a un termómetro de mercurio. Hubo gran discusión entre ellos y de repente comenzaron a mirar, esporádicamente primero y luego con cada vez mayor insistencia, hacia donde se encontraba Chiquitín oculto entre las sombras del flamboyán. Finalmente, uno de los verdes alzó el brazo y apuntó en su dirección, gesto que llevó hacia allí todas las miradas del grupo. Era evidente que lo habían relacionado con Margaro.

Como ajeno a cualquier culpa, Chiquitín comenzó a andar acera abajo procurando alejarse lo antes posible del grupo. Escuchó un grito a sus espaldas, un alarido de llamada, un Deténgase deteriorado por la distorsión de los sonidos de su propio cuerpo al desplazarse a toda carrera. Ignoró el alto ahí evidentemente dirigido a él y procuró unirse lo antes posible a la masa de personas que se movía en dirección al malecón. Seguido escuchó un pito, mas en ese instante apareció entre dos casas un callejón fino y alargado que le proporcionó la ruta de escape que necesitaba. Cuando los dos guardias municipales llegaron corriendo a la boca del callejón, ya Chiquitín era una silueta huidiza que se deslizaba por el dédalo del centro de Guánica y se perdía entre las muchedumbres de América.

Capítulo XXXVIII

Donde se da cuenta de las vicisitudes que pasara Margaro
en prisión y su milagrosa fuga, así como de los preparativos
de Chiquitín para el martirio

Cuando la policía le cuestionó el robo e indagó respecto a su socio en la estafa, el grandulón blanco que se escabullera entre las casas, Margaro dijo la verdad: que el grande blanco era su jefe, quien había insistido en que no realizara el robo, pero que había contravenido sus deseos y hecho el delito de todas formas, por encontrarse en necesidad extrema del instrumento.

¿Pero cuán urgente puede ser su necesidad de escribir, dígame, usted que no parece ni que pueda hacerlo?, preguntó uno de los sargentos municipales que lo interrogaban.

Mucho más urgente de lo que su pobre mente puede imaginarse, respondió Margaro sin chistar. Y así como hablo mejor que usted, y seguramente escribo también mejor, sin el bolígrafo que las circunstancias me han forzado a hurtar, no podré nunca sacar el gato del fogón. Claro, ahora que ustedes tan bondadosamente me han apresado y he perdido la pista de mi jefe, que es de quien iba a heredar mis futuras riquezas, luce como que el gato se achicharrará, y como que seguiré guayando la yuca como siempre, sin poder jamás sacar los pies del plato.

Usted mejor que yo sabe que una cosa no justifica la otra, y sean cuales sean sus circunstancias personales, tampoco veo cuál es la urgencia, contestó otro de los guardias que participaba en el interrogatorio, como para impresionar al sargento. Hurto es hurto, caballero, como quiera que lo ponga, y la ley es la ley, pareja para todos: ricos o pobres, amigos o enemigos.

Ya quisiéramos todos que fuera tan pareja como usted la pone, señor oficial, que la experiencia me dicta que aquí lo que impera es ese lema que dice que para los amigos, justicia y gracia, y para los enemigos, la ley a secas, comentó Margaro con voz y entonación de saber profundo. Aunque mal obrado estuvo de mi parte, de lo que estamos hablando es de un mero bolígrafo y de un pobre diablo.

Bueno, bueno, da igual, dijo el sargento apabullado por las razones de Margaro, y dirigiéndose ahora al gerente de la farmacia que permanecía allí parado escuchando el interrogatorio. A usted, ¿le interesa hacer una querella de hurto contra el susodicho?

Dejémoslo ahí, siempre y cuando me devuelvan el bolígrafo y me garanticen que este mequetrefe no vuelva a asomar el hocico mugriento por aquí.

Aguántese un momentito, intervino Margaro con expresión no sólo de amenaza sino ya casi de violencia. Eso de mugriento, ¿lo dice en serio o lo dice en broma?

Lo digo en serio, ¿y qué?, respondió el gerente, bruscamente violentado por la actitud de Margaro.

Pues muy bien hace, que con esas cosas no se bromea, dijo Margaro de súbito transformado por la ironía en un dechado de tolerancia y comprensión, lo que dejó al burlado gerente con la boca abierta y la cara de haberse ponchado. El sargento rio con disimulo para no abochornarlo más.

¿Y la mercancía hurtada?, preguntó de nuevo el gerente.

Ah, disculpe, aquí tiene, dijo el sargento entregándole el bolígrafo que pensó que era el hurtado, el cual sacó del bolsillo a lo loco de entre otros bolígrafos que en él llevaba y entre los cuales se confundió. El gerente lo tomó, lo examinó, lo puso a la luz del letrero de neón de la farmacia como si examinara su autenticidad, subió una ceja y, con el ojo bajo esa misma ceja, miró primero al bolsillo lleno de bolígrafos y luego a los ojos como queriendo decir que qué bonito truco le hizo.

Tras retirarse el personal de la tienda, el sargento dio la orden al guardia de poner en libertad al cautivo, y justo cuando se disponía a introducir la llavecita en las esposas que le pusieron en las muñecas a Margaro, aparecieron tres carros con cristales oscuros que se estacionaron bruscamente y en ángulos distintos alrededor de la escena. El concierto de las puertas de los carros al abrirse se escuchó como un solo y veloz eco, y de ellos se apearon con gran urgencia cantidad de hombres con pasamontañas y parafernalia paramilitar, identificados con las siglas del FBI en las gorras y los chalecos, que establecieron un perímetro con armas largas en torno al grupo protagonizado por Margaro. Del carro más próximo al grupo, se apeó al último un individuo alto, de andar agresivo, bigote poblado, cara abrumada de surcos, que se acercó a grandes trancos hasta donde se encontraban los policías municipales en el acto de liberar al esposado.

Alto ahí, oficial, no me suelte a ese sujeto todavía y póngale para atrás las esposas, que a este peje lo conozco yo de algo, dijo el hombre con una arrogancia insoportable, mientras se le acercaba amenazadoramente a Margaro. Sacó su placa del bolsillo y se la mostró al sargento demasiado pegado a la cara como para que pudiera leerla, en ánimo de que este se estremeciera con su autoridad y acatara sus órdenes.

Margaro se acordaba también del individuo, mas le pareció sorprendente la memoria suya, que de dos encuentros fugaces y secundarios pudiera decir que lo recordaba de algo.

Usted es el que anda con el mandulete blanco que intentó atacarme en Guayanilla, ¿verdad que sí?, preguntó acercándosele tanto a Margaro, que hasta pudo olerle un aliento de toalla húmeda abombada. ¡Quítate la gorra!, le ordenó.

El policía que había realizado el arresto original, consciente de que Margaro tenía ambas manos esposadas tras su espalda y envalentonado por la agresividad misma del despliegue federal, se la quitó con un movimiento brusco del dorso de la mano como si le espantara una abeja de encima de la cabeza.

¡Claro que te conozco, tiburón!, dijo ahora seguro de sus recuerdos. Eres el mismo que venía bajando con el grandulón en la bicicleta doble esa en la que andan, después de contaminar el río con el asqueroso aceite que le echaron.

Sí, añadió el sargento, el grandulón blanco andaba con él pero se nos escabulló… Debe estar por el vecindario. Este dice que es su jefe…

Oficial, le dijo el bigotudo agente federal al sargento municipal, mirándolo con insufrible intolerancia, aquí parece como que nadie sabe que el grandulón blanco que usted dice es el hombre más buscado de Puerto Rico en estos momentos. Está implicado en importantísimos casos federales y locales, y para colmo lo tengo fichado vertiendo líquidos tóxicos en un río de Yauco, contaminando las fuentes de agua potable, que es un acto terrorista. Me resulta incomprensible que ustedes no tengan siquiera una descripción del sujeto… Llévense a este mequetrefe para el cuartel local y manténganmelo allí encerrado, que este va a servirnos de carnada para atraer al peje gordo que es su jefe. Mientras tanto, vamos a peinar la zona a ver si damos con él, que esta vez sí que no se me escurre de la malla...

Aquello que decía el agente federal le resultó insólito a Margaro. Cierto era que les seguían varios grupos de gente, cierto que era testigo de algún enterramiento y de algún ultraje, y cierto que habían pasado varios días que no sabían nada del mundo exterior, pero de ahí a ser el hombre más buscado de Puerto Rico ya eso eran palabras mayores, se dijo. De todos modos, él no estaba acusado de nada ni tenía ningún crimen por purgar, así que tampoco podían arrestarlo así como así, sin motivo ni circunstancia. Mientras el policía le bajaba la cabeza para meterlo en la patrulla, Margaro se volteó para indicarle al agente federal que tenía derecho a un abogado y a una fianza.

A lo que tú tienes derecho es a que te meta la cabeza dentro de un inodoro hasta que cantes y digas qué se trae tu jefecito entre manos y por dónde es que anda, a eso es a lo que tienes derecho tú, boquisucio, le contestó a boca de jarro para el espanto del sargento y del resto de los oficiales municipales, que todavía conservaban esa fe un poco boba en la ley y el derecho. Negro, el abogado tuyo y la fianza tuya me los paso yo por donde no me da el sol, para que lo vayas entendiendo.

Tengo derecho a permanecer callado entonces, contestó Margaro desafiante. Eso sí que no podrá quitármelo, por mucho inodoro que intente, añadió a la vez que descubría en aquella mención el origen de los mismos métodos de confesión que quiso su exefe Chiquitín emplear con la pobre dominicana, que de princesa taína casi se le convierte en ángel exterminador.

Tú lo que vas a hacer es hablar como un cotorro cuando caigas en mis manos. Te grabaré, y después usaré tus propias palabras en contra de ti, dijo el bigotudo agente federal, acercándosele por la ventana a Margaro, esta vez tanto que le salpicaron las gotas de saliva en la cara. ¿O tú dudas de que cuente con los recursos necesarios para hacerte hablar, muchachón? ¡No me hagas reír! Llévatelo, Pucho..., le ordenó a los municipales, que procedieron a llevárselo en la patrulla para el cuartel.

Shhhh..., pidió silencio Jiménez Schalkheit. Muchachos, antes de que llegue nuestro mártir, quisiera pasar revista a las tareas de cada cual en esta Operación Chocolate que nos tiene aquí reunidos. Lo primero lo

saben de sobra porque lo he repetido tanto que parezco un disco rayado: tan pronto el personaje llegue, debemos tratarlo como si fuera una
estrella de rock, un actor de cine o, lo que yo prefiero, un líder religioso.
Debemos mostrarnos como ante la presencia de un titán, de uno de los
dioses del Olimpo. Señores: ¡Se trata del primer mártir de la Estadidad,
que poca cosa no es! ¡Claro que merece reverencia, cojones!

Una aprobación general a aquellas palabras, mostrada en el asentimiento de cabezas y en la producción de unos murmullos de aquiescencia revueltos entre sonrisas malévolas, se levantó entre los escuchas.

Tú encárgate, Johnny, que sabes lo fácil que pierdo los estribos con
ese tipo, dijo Hamilton desde un sillón donde se mecía con un trago de
whisky con agua de coco en una mano y una impaciencia rayana en la
neurosis regada por el resto del cuerpo. De mí no esperes demasiada celebración con ese ligón y subnormal, que si no llega a ser tan presentao
y no llega a inmiscuir las narices donde nadie le dijo que las inmiscuye-
ra, ni me tendría casi en jaque la Fiscalía, ni tendríamos que estar pasando tanto trabajo con estas pamplinas.

Pues resulta que ese no es el caso, así que mejor sea que hagas un esfuerzo, Hamilton, que todo esto es por ti que lo hacemos, por si no te
acuerdas, y de paso aprovechemos para meterle el fuetazo que se merecen esos malditos separatistas de mierda, añadió Catalina Cruz desde el
lado opuesto de la sala.

Todo por él no es, que yo estoy aquí nada más que por la acción política que queremos realizar, por llevarle al Congreso y al dichoso Delano Rodríguez el mensaje de hasta dónde estamos dispuestos a llegar los
estadistas en Puerto Rico a la hora de reclamar nuestros derechos, protestó la senadora Rodríguez Bacallao convencidísima de sus argumentos, sin siquiera mirar en la dirección de Masul, quien la tildó de vieja
bruja en su mente y le echó una mirada de tal desprecio y arrogancia
que su efecto nocivo duró más del tiempo que se detuvo en ella.

Tranquila, Margaret, que tú también mojaste en la venta del hospital de Arecibo, así que no te vengas a cantar ahora de la más santurro-
na, de la más pura, de la más cuyo dios es la Estadidad, porque detrás
de ese extremismo tuyo lo que hay es puro amor por el billete americano, puro oportunismo, eso lo sabemos aquí todos, dijo Masul sentenciosamente.

Es imposible que no caigas en lo bajuno, contestó la senadora Rodríguez Bacallao. Por eso te metes en los líos que te metes, porque eres
alguien sin principios ni escrúpulos de nada…

Gente mía, continuó Jiménez Schalkheit una vez recobrara la atención de aquella reducida audiencia, dejemos eso por ahora y hagamos repaso de las labores, por favor, para que esto fluya y corra como Dios manda. Miranda, tú eres el anfitrión del mártir, así que eres de los actores principales de este operativo. Te toca a ti recibir al personaje en la puerta, agasajarlo ahí mismo y luego guiarlo a través de las distintas fases del proceso. Te reitero que la clave es la actitud reverenciosa, la devoción exagerada. No le temas al ridículo. Entrégate al espectáculo y ya. ¿Entendido?

Entendido, contestó el licenciado Nimbo casi infantilmente.

Dale entonces y ponte para lo tuyo, ordenó Jiménez Schalkheit dejando de prestarle atención.

Hamilton, mi hermano, te guste o no, tienes que poner mejor cara. Sabemos que el tipo te cae como una piedra, pero tienes que hacer el esfuerzo. Si todos lo tratamos con la veneración que se requiere, y tú resultas la única nota discordante, vas a echar a perder la película entera, y más te la echas a perder a ti, que tienes que convencer a un juez de la demencia del alegado testigo de tus desmanes. Ajusta la guía y ponte en la bola, que tu única encomienda es saludar y poner cara de sentirte admirado.

¡Ya, ya, ya, déjame quieto que yo sé lo que hago!, protestó Masul desde el sillón, meciéndose ahora a un ritmo entre frenético y muy nervioso. Déjame tener la cara que me salga del culo, puñeta, que cuando entre el tipo sabré cambiarla. ¿O es que a ti te toma mucho tiempo cambiar la cara? ¡Qué mandón eres, Johnny!

Mandón no, organizado, que si no hacemos bien este espectáculo, te jodes tú primero que nadie y se jode después el Ideal, y por ahí nos vamos el resto por ese chorro. Y guarden los tragos, por favor, los que están bebiendo, que no puede parecer esto una pachanga y un antro solemne al mismo tiempo, dijo Johnny.

Los bebedores acataron de buena gana, menos Masul, desde luego, que refunfuñó al momento de esconder dentro de un aparador su trago recién servido.

La parte del baño merece explicaciones y hay que hablar con ciertas palabras para que nos entendamos, continuó Jiménez Schalkheit. A don Chiquitín se le va a ofrecer el servicio de baño corporal por parte de dos altas funcionarias del Partido, como si en realidad se tratara del personaje excelso que queremos que se crea que es. Si después de un poco de insistencia reniega del baño y prefiere hacerlo él solo, pues se salvaron; de lo contrario, tendrán que darle un poco de esponja y jabón a ese cuerpo repugnante como si se tratara de un emperador o un caudillo que regresara de las pocilgas del mundo. Ese es el sacrificio que les toca. Yo pienso, por criterios de juventud estrictamente, que deberían ser Catherine y Catalina; doña Margaret que se encargue de las comidas y el cuarto.

La representante Catherine Colón se levantó de su silla llevada no se sabía bien si por un impulso patriótico o por un libido oculto, y se colocó junto a su amiga, la senadora Cruz, sin decir palabra pero aceptando fácilmente la encomienda con su habitual sonrisa rechoncha de macabra jicotea.

Muy bien entonces, continuó Jiménez Schalkheit complacido con la resolución sin protesta de aquel detalle. Doña Margaret, a lo suyo entonces; Catherine y Catalina, con las cosas del baño; Hamilton, tú a dar buena cara en todas las etapas de la pantomima. Eso es todo. No tienes que hacer más nada.

Que así sea, dijo Masul. En todas menos en la parte del baño, que ahí sí que no me interesa estar con cara de nada.

¡Da! ¡Nadie ha mencionado que tienes que estar en el baño, Hamilton!, contestó el senador De la Peña Pi. Johnny quiere decir en las partes de acá, en el recibimiento de la víctima, en la última cena, en el montaje de las cargas mañana por la mañana, en la sesión de instrucciones. ¡Es obvio que esas son las partes a las que se refiere, chico, no jodas tanto!

Hamilton no protestó con aquella forma estrujada de hablarle del Senador. Lo acogió como una sacudida saludable a su ego recrecido que le hizo recordar el verdadero sacrificio que hacían ellos allí para sacarlo a él del apuro en el que se encontraba.

Dale, dale, dijo entonces con apenas un dejo de bochorno personal.

La parte de las instrucciones la vamos a hacer los varones, prosiguió Jiménez Schalkheit. A Rafito, como le gustan tanto el karate y las motoras y todo lo peligroso, lo convertimos en el experto en explosivos. Él se encargará de montar las cargas y preparar los detonadores...

En este punto no pudo continuar porque una carcajada lo sobrecogió de repente y se la contagió al resto de los presentes, en mayor grado al senador De la Peña Pi y en menor a la senadora Rodríguez.

En serio, en serio, continuó diciendo mientras hacía un esfuerzo evidente por recuperar la compostura. Como les decía, la parte de los explosivos se la dejan a él. Nadie meta la cuchara ahí por favor, que este tingladito se nos viene abajo en un dos por tres. Es fácil cagarla. Rafito sabe lo que tiene que decir. ¿Ya está el chaleco listo para mañana?

Claro, *daddy*, ¿con quién tú crees que estás bregando? Yo soy un profesional, papi, a mí no tienes que darme tanto seguimiento ni tanta supervisión, contestó el senador De la Peña Pi con una prepotencia exagerada. Tú despreocúpate, que ya las cargas están metidas en su hielo seco…

Bueno, Rafito, confío en que todo corra como debe ser en tu departamento. La cena, Margaret, de eso te encargas tú, continuó Johnny distribuyendo las labores. Ocúpate de que haya en la mesa un lugar bien puesto para un solo comensal. Nadie más se debe sentar con él en la mesa. Los demás observaremos de pie alrededor. ¿Estamos, Margaret?

Estamos, Johnny, contestó ella con suma eficiencia, contenta de que le hubieran encomendado la parte menos comprometedora de aquel inusitado operativo, al punto que se levantó y salió en dirección de la cocina y el comedor.

Aguántate, Margaret, le dijo antes de que saliera de la habitación. Recuerda: el aire del cuarto encendido, la cama hecha, la luz baja, las banderitas americanas cruzadas sobre la almohada, todo bien chévere como sólo tú sabes hacerlo, dijo mientras le echaba un guiño burlón al senador William Johnson Vázquez, quien dejó escapar una sonrisa un poco afectada que le subió los pómulos, achinó los ojos y dio a su rostro una pinta de mandarín mafioso.

Despreocúpate, Johnny, que todo está bajo control, le dijo ella con un poco de fastidio en la expresión antes de hacer amago de salir de la sala.

Me alegro de que eso esté tan bien atendido, comentó mientras elevaba la ceja en señal de extrañamiento con su apuro. Y lo último, el desayuno de mañana, del que también te debes encargar Margaret. Hazte de cuenta que eres la ama de la casa entre hoy y mañana, concluyó su sesión de instrucciones con la senadora. Resta mañana el montaje de los explosivos, que estará a cargo de Rafito, con la asistencia de William y Miranda, concluyó Johnny. ¿Estamos todos distribuidos? Adelante entonces. ¡Qué viva la Operación Chocolate!

En eso se apareció en la sala Israel, el vigía a cargo de la puerta, el mismo muchacho que los atendía en el Motel Paraíso cuando tenían sus sesiones extraordinarias de trabajo y con quien Chiquitín tuvo unas palabras más que agrias la vez que se vieron, para avisarles que acababan de tocar a la puerta. Bueno, manos a la obra. Miranda, a la puerta. Ya conoces la rutina, ordenó Jiménez Schalkheit. Catalina, las toallas, el baño, la ropa blanca, ¿está todo listo?

Listo todo, contestó ella con excelente disposición.

¿Tengo que bañarlo yo?, preguntó toda apenada.

Ya dijimos que esa es la idea, mi santa, explicó Johnny ya con un dejo de frustración. Seguro que al muy bambalán no le ha puesto una mujer las manos encima en varios años, mucho menos ver un pelo de crica o cosa que se le parezca, que ahí sí te digo yo que deben haber pasado décadas...

Todos se rieron con alegre complacencia del súbito giro hacia la vulgaridad.

Acorde con las instrucciones, Chiquitín tocó tres veces a la puerta de aquella casa un poco tenebrosa que coincidía con el número en la avenida 25 de julio que le indicara Jiménez Schalkheit en su última comunicación telefónica. Un rato un poco extenso esperó antes de la actividad humana en el interior de aquel recinto, que fue la aparición de una sombra que bloqueó el ojo de la puerta y se extendió por debajo de ella. Una voz preguntó por la contraseña, a lo que Chiquitín respondió con las palabras *burger with fries*. Tras un silencio menos extenso que el de la espera inicial, se escucharon descorrerse los cerrojos.

¿Tú, aquí?, preguntó Chiquitín genuinamente escandalizado tan pronto reconoció al personaje que le abriera la puerta. Israel, según instruido, se hincó de rodillas ante él y le rogó disculpas por el malentendido de antaño, asegurándole que de haber sabido entonces de él lo que sabía hoy, lo hubiera tratado con las fórmulas de cortesía propias de un alto dignatario. Allí se mantuvo a sus pies, apenas pudiendo vencer la hilaridad y soportar el hedor proveniente del cuerpo de Chiquitín, que era algo realmente ofensivo.

Fueron muchas las impresiones que atravesaron el sistema sensible de Chiquitín en aquel instante, una estampida de ellas atropelladas, y en una secuencia difícil de identificar por separado. Primero le sobrevino un estado de nerviosa confusión. ¿Cómo se caía de tan alta altanería en tan baja pleitesía?, se preguntó en relación con aquel muchacho que tenía hincado en frente. No fácilmente, se dijo, seguro bajo algún nivel de coacción, añadió, tras alzarse en su entendimiento el viento de la sospecha. Era demasiado estrepitosa aquella caída de un orgullo como para alguien estar tan dispuesto a darla, en especial una persona como él, que no podía ser ángel de la devoción del hincado. Mas la humillación persistente del muchacho, la sumisión del súbdito, la postración del penitente, el gesto desesperado de suplicarle indulto plenario, le hizo de nuevo sentirse sumergido en una marea de entre indignación y benevolencia que culminó con el sobrecogimiento de su alma ante el gesto del arrepentido. En ese momento llegó Miranda Nimbo a la escena, cuya mera presencia no sólo arrió la bandera de la duda izada en su mente con la postración del joven personaje, sino que legitimizó aquel extraño evento, cuya dilación comenzaba ya a inquietarle.

¡Chiquitín Campala Suárez, primer y único gran mártir del Ideal Anexionista, bienvenido a la gran noche de su vida!, saludó Miranda con grandes aspavientos mientras se acercaba al dúo frente a la puerta que, en aquella luz de penumbras, más bien parecía el cuadro barroco de algún pintor español.

¡Ah, licenciado Nimbo, qué bueno verle! Ya me tenía preocupado no ver ninguna cara conocida por ningún lado, digo, conocida y de confianza, dijo mientras le extendía la mano al licenciado, que la recibió entre las suyas bajando la cabeza, como se hace con un personaje de la realeza. Chiquitín, aunque podía comprender aquel postrarse de parte del muchacho que abrió la puerta, no podía aceptarlo de parte de los líderes del Partido.

El gusto es mío de verle a usted, don Chiquitín, porque le confieso que la última vez que nos vimos no quedé muy convencido de la solidez de sus principios anexionistas, y hasta pensé que no volveríamos a verlo. Claro, su presencia aquí me desmiente y me demuestra mejor su intención real más que un millón de promesas y palabras dadas o dichas, dijo con la vista baja y la respiración contenida, lo cual aumentó el nivel de sorpresa de Chiquitín. Levántate, Israel, le ordenó ahora al muchacho que aún se encontraba de hinojos, quien acató al instante y se colocó junto a Nimbo en disposición de ser mandado.

¿Trae algún equipaje, don Chiquitín?

Ninguno traigo. Todo lo perdí en mi última aventura, de la que no quisiera ni acordarme, contestó Chiquitín.

Siéntese entonces aquí, si es tan amable, lo guio Miranda hasta una banqueta larga colocada contra una de las paredes de la oscura antesala de aquella casa de cemento de techo plano a ochos pies de alto. Allí sentado, Chiquitín sintió una acogedora frescura, como si le llegara un viento de aire acondicionado de algún lugar profundo de la casa.

Seguro viene muerto de hambre y sed. ¿Le puedo ofrecer algo de beber, para que vaya entonando?, le preguntó Miranda, quien apenas podía soportar la hedentina de Chiquitín, al tiempo que lo conminaba a echarse hacia atrás y relajarse.

Una Coca-Cola me la tomo, licenciado, contestó Chiquitín, lo cual provocó una mueca de desagrado por parte del licenciado Nimbo fuera del alcance de la vista del incauto.

¿Y no le interesaría mejor una copita de champán, un traguito, alguna cerveza fría, algo más cargado?, inquirió Nimbo empeñado en que lo primero que debía hacerse para garantizar el éxito de la Operación Chocolate era abotagarle los sentidos al engañado para evitar que se percatara de las inconsistencias o los errores menores del montaje.

No gracias, licenciado, soy abstemio, pero se lo agradezco como si bebiera, dijo Chiquitín. Para mí una Cocacolita bien fría es mejor que cualquier champán y cualquier vino añejado mil años...

Búscale una Coca, Israel, y tráete las toallas, le ordenó Nimbo al muchacho, quien se retiró al instante. Don Chiquitín, continuó diciéndole en lo que se cumplía aquel primer deseo del mártir, usted no sabe lo que me enorgullece poder ser su siervo en estas últimas horas gloriosas de su paso por la vida.

Chiquitín tragó grueso y por primera vez sintió sobre sí un peso enorme de algo que podría clasificarse como miedo. Hasta allí, nadie le había puesto tan en blanco y negro que ya desandaba sus pasos finales. Era, aparentemente en realidad, la conclusión de todo lo suyo, la culminación de una existencia exprimida y casi sin sustancia, y más ahora que fracasara la empresa de recuperación del Guanín y el resto de sus pertenencias. Carente, pues, su vida, de un renovado sentido, llenarla de sopetón con un sentido supremo, un sentido que beneficiara a las masas proamericanas, un sentido patriótico en su acepción más profunda, sin que importara ya que fuera póstumo, resultó una oportunidad excepcional que debía aceptar como persona agraciada, como quien se pega en una lotería virtual. Pareciera que fuera él el único que ignorara la absoluta trascendencia que tenía su salida de esta vida para los anexionistas que permanecían en ella. Su acto más bien sería un sacrificio, un ritual primitivo de sangre sobre la piedra fundacional del Estado cincuenta y uno de Puerto Rico en el seno paterno de la Gran Corporación Americana. ¿Podía haber un fin más elevado? ¿Existía mejor muerte para alguien como él, a quien la oportunidad de ser algo más de lo que era, algo mejor, algo más evolucionado, se le presentó en bandeja de plata? No lograba pensar en ninguna muerte superior a la que le esperaba.

A Chiquitín lo avasalló el peso inexorable de la deferencia. Sencillamente, nunca nadie jamás lo había tratado con la adulación con la que lo hacía el licenciado Nimbo, y, aunque aquellas loas eran elementos ajenos a su experiencia y circunstancia, su boca decidió callar cualquier otra queja o forma de protesta que estuviera tentada a proferir. En un momento en que el licenciado casi se desgañitaba añadiéndole elogio al halago y lisonja al agasajo, regresó el muchacho con una bandeja en la que se destacaban el vaso con hielo y la lata de Coca-Cola y en la que, además, se observaba una toalla cuidadosamente enrollada que emitía un vapor de casi nada.

Aquí tiene, don Chiquitín, indicó Nimbo mientras le pasaba el vaso con el burbujeante refresco que el muchacho sirvió sin que nadie se lo requiriera. Chiquitín lo tomó con gran contentura, le dio un sorbo largo de varios tragos entrelazados y exclamó con orgullo que sí, que aquella Coca era fresca, porque las Cocas son como el pan, que los hay recién horneados y los hay viejos apelmazados, y que aquella Coca seguro no llevaba en la calle tres días desde que saliera de la planta.

Pásese ahora esta toallita por la cara y los brazos para que se quite un poco la costra y se sienta refrescado, añadió Nimbo mientras le alcanzaba la toalla tibia a Chiquitín, quien la tomó inocentemente y al instante la soltó y rehusó su uso alegando que estaba que pelaba de caliente y que antes que quitarle la costra, más bien le quitaría capas de piel cruda. Tómese su refresquito entonces que ya pronto vengo por usted, le dijo Miranda mientras se retiraba con el muchacho por una puerta lateral de la antesala.

Mientras se bebía el refresco de varios sorbos seguidos y disfrutaba un poco aquella sensación de frío dentro del cuerpo y la efervescencia en las encías y garganta, sus pensamientos emigraron hacia el porvenir de Margaro, a quien dejó en manos de las autoridades frente al Walgreens. ¿Dónde se encontraría a esta hora tardía la pobre alma errante de Margaro?, se preguntaba con cierta consternación poco común en él. De seguro que en algún cuartel de la policía, se dijo, aunque le resultaba difícil pensar que llegara a la encarcelación por el hurto de un bolígrafo. ¡Seguro lo tienen ya fichado como cómplice mío! ¿Habrá hablado en su celda, expuesto lo que sabe de mis planes de mañana? ¡Qué va!, se corrigió, que yo conozco el material y sé el nivel de astucia y he escuchado esa lengua ladina de Margaro capaz de convencer a una piedra de ser venado y a la lluvia de ser vinagre, y entre sus dichos y su refranero los habrá turbado al punto de creerse creer lo que él quiere que se crean. ¿Habrá admitido ser mi ayudante? Tal vez lo admitiera, por error seguro, o por coacción, o por compromiso, o por chantaje, o por extorsión, o por inducción...

En tanto estos pensamientos nacidos de la culpa arrasaban con él, reapareció Nimbo por el mismo pasillo por el que se esfumara, libretita y bolígrafo en mano.

Don Chiquitín, dijo ceremonioso, disculpe la interrupción y lo abrupto del pedido, pero quisiera en este punto que me dictara sus últimos deseos gastronómicos, tanto para la cena de esta noche como para el desayuno de mañana. Pida lo que se le antoje, que le será concedido. Hasta cierto punto, claro, que debe tomar en cuenta la hora que es, el hecho de que estamos en Guánica, y la realidad de que no somos magos ni tenemos pactos secretos con seres supremos. Por lo demás, pida, don Chiquitín, pida, que el que no llora no mama, y usted mejor que nadie sabe de eso…

¿Y por qué dice que yo sé de eso, licenciado?, preguntó con cierta arrogancia disfrazada de ingenuidad fingida.

No sé, se me ocurre a mí que…, titubeó Nimbo, que tuvo que haber pedido mucho en esta vida para ser quien es hoy, para haber llegado tan lejos y ser la lumbrera que es, añadió como para confundir y salir del paso.

¿Cómo que pedido mucho en esta vida? ¿Pedido a quién se refiere, licenciado?, preguntó ahora Chiquitín, envalentonado por la manera nerviosa y entrecortada en que respondía el licenciado a sus preguntas.

¿A quién va a ser? ¡Al Americano! ¿A quién más tenemos nosotros para pedirle?, contestó Nimbo con la exaltación de lo obvio, como si recibir mucha ayuda económica americana fuera un título de nobleza en el ambiente anexionista.

¿Pedido yo al Americano?, se cuestionó a sí mismo e hizo gesto de hacer memoria. Tal vez cuente pedir servicios de…

¡Usted ve que ha pedido! Servicios son entregas, son dádivas, son ayudas que nos brinda, contestó Nimbo como para corroborar sus aseveraciones y escapar cuanto antes de aquel entrecruce dialéctico en el que se había metido desde una posición muy desventajosa.

Servicios de veteranos son los que he recibido, aclaró Chiquitín, los cuales no se piden sino que me deben. En todo caso, quien pidió fue el Americano cuando me ingresó a las filas de sus fuerzas armadas para combatir a los rojos en Vietnam.

Mientras decía aquello Chiquitín sufrió un espasmo de culpa al reconocer en su fuero interno que no fue pedido por el Americano, sino que él se enlistó voluntariamente, aunque por presión de sus padres, que en paz descansen…

¡Usted ve, que alguien pidió! Alguien siempre pide, don Chiquitín, alguien siempre…, contestó Nimbo, atrapado ya en el colmo de la madeja de su propio enredo.

Chiquitín estimó que lo apropiado era dejarlo ahí y no proseguir batiendo aquel fango, que no le interesaba continuar pensando aquellas cosas que la indiscreción del licenciado Nimbo le habían obligado a pensar. No obstante, se dijo que debía aprovechar aquella victoria argumentativa para pedirle algo al licenciado Nimbo.

Porque conozco de sus buenas conexiones dentro de la Uniformada, licenciado, quisiera que me concediera un favor que sé que no será para usted ninguna condena, le dijo con completa naturalidad.

¡Usted ve cómo sí le gusta pedir, don Chiquitín!, exclamó lleno de jocosidad. Dígame, que le será concedido lo que pida sin que me sea condena alguna.

A mi ayudante Margaro lo detuvieron intentando robarse un bolígrafo de Walgreens y sospecho que está preso. Seguro ya lo entrevistaron y establecieron el vínculo conmigo, dijo a modo de explicación. Nimbo brincó como electrocutado por aquella información.

¡¿Y sabe algo de lo nuestro?!, preguntó alteradísimo.

No los detalles, pero algunas cosas le he dicho para justificar traerlo hasta acá, y más con tanto asunto que ha quedado pendiente de nuestra empresa conjunta. Que no es fácil mentir en un asunto de esta envergadura, licenciado, porque se me nota en la cara y se me lee en la mirada que, por muy mártir que sea y muy osado que usted me vea, me tiemblan las canillas como a cualquier hijo de vecino y la cercanía del fin me pone la piel transparente. Pero sabrá que mi ayudante Margaro es persona que no cree en velorios, ni se deja velar el gato o le gusta comer agallas, como diría él mismo, por lo que tuve que dejarle caer algunas verdades para convencerlo de que me acompañara hasta aquí. ¡Si desde que salimos de Ponce me lo viene viendo en la cara!

Bueno, tomaré cartas en ese asunto. Usted déjelo en mis manos, le dijo Nimbo.

Si está preso, licenciado, es importante que se encuentre libre mañana para el triunfo de nuestro operativo, le indicó Chiquitín temeroso de las preguntas que aquella información levantara.

¿Cómo es eso?, le preguntó Nimbo acercándosele.

No le puedo explicar, licenciado, pero no es nada de lo que usted se imagina, se lo juro por el mismo Jorge Washington. Se trata de una garantía de éxito que me sería imposible explicarle a esta hora y en este momento último al que me acerco. Confórmese con saber que debe estar en la calle mañana. Quizá ya lo esté. Quizá no lo arrestaran después de todo. Pero es algo que debemos saber esta misma noche.

Bueno, tendré que confiar en lo que me dice, don Chiquitín. Despreocúpese, que yo me encargo del asunto. ¿Margaro qué es él?

Velásquez.

Margaro Velásquez, repitió Nimbo para fijar el nombre. Ahora, si es tan amable, déjeme saber sus deseos de cena y desayuno, a ver si nos vamos moviendo en ese tema, le dijo y volvió a sacar la libretita y el bolígrafo y a ponerse en actitud de tomar dictado.

Para la cena quisiera un combo de Whopper agrandado con su buena torre de papas fritas, dos órdenes de *chicken tenders* con salsa agridulce y dos *apple pie* de postre. Para desayuno, un McMuffin con papas *hash brown* y una Coca-Cola agrandada, indicó con absoluta soltura y certeza de su pedido, como si Nimbo fuera el micrófono de un servicarro y el menú lo estuviera leyendo en una pared a sus espaldas. No creo que vaya a desayunar demasiado. Me sospecho que los nervios, a esa hora, ya me estarán traicionando…, añadió.

Lo primero que pensó Nimbo fue que aquel tipo, con su cara de bobo y su ñañañá, le quería correr la máquina, por lo que su primera reacción fue de reírse. Pero la expresión de absoluta seriedad que conservó Chiquitín le dio a entender que no se trataba de broma alguna, por lo que tuvo que presumir que no escuchó lo que escuchó y hasta le preocupó estar escuchando alucinaciones sonoras.

¿Pero no prefiere una langostita a la parilla o al ajillo con su buena orden de tostones? ¿Una ensalada de carrucho, un chillo frito en mojito criollo, que es la especialidad de la zona? ¿De qué planeta viene usted, don Chiquitín?, le sugirió Nimbo.

Vengo del único planeta del que vale la pena venir, licenciado, donde no comen ni yuca ni malanga ni habichuelas con arroz ni mazamorra ni ninguna de esas asquerosidades que lo que hacen es tapar venas y crecer panzas. Mi planeta es los Estados Unidos de América, y hasta me sorprende que me lo pregunte, licenciado, le contestó con tal firmeza y convencimiento que hasta Nimbo se sintió levemente abochornado por carecer del mismo arrojo asimilista que aquel loco.

Don Chiquitín, usted tiene toda la razón: hasta que no dejemos esas malas costumbres en el comer y ajustemos el paladar de ellos aquí, el Americano no va a querer tocarnos ni con una vara larga, se lo aseguro. Dígame de nuevo lo que quiere, que no pude apuntarlo a la primera, claudicó Nimbo.

Chiquitín repitió y Nimbo apuntó la orden mientras hacía un esfuerzo sobrehumano por evitar la salida súbita de una carcajada estentórea que sin duda rompería la cortina de aquel descabellado montaje.

Ahora sígame, por favor, que debe asearse y purificarse antes de la cena, pidió Nimbo del modo más solemne del que fue capaz en aquel punto tan cercano como se encontraba a la pavera descarada.

Chiquitín lo siguió por un pasillo hasta llegar a una puerta más pequeña que las otras, o por lo menos así le pareció a él, a través de la cual se observaba un baño de grandes proporciones, cubierto sus pisos y hasta media pared de diminutas losas azul celeste. Nimbo se detuvo a un costado de la puerta y se hizo a un lado para permitirle a Chiquitín la entrada al recinto.

Por favor, entre, desvístase y eche la ropa en el zafacón, que ya no tendrá más uso para ella, le dijo con un casi imperceptible dejo de severidad. Chiquitín entró en el baño y la puerta se cerró de súbito tras de él. Era la segunda vez que Nimbo lo dejaba metido en un baño, y si la primera ocasión pasó lo que pasó, ¿qué le podía esperar ahora?, se dijo. Se sentó en el borde de la bañera y observó en su memoria el recuerdo del baño de la mansión de la Alhambra donde lo bañaban de pequeño. Aquel en el que se encontraba no parecía muy en uso, a juzgar por la ausencia de jabones y toallas y demás esenciales del aseo corporal.

Hizo, no obstante, lo que le pidió el licenciado, salvo quitarse el calzoncillo que, aunque era la pieza de ropa más cochambrosa de todas, la ausencia de toallas o cualquier otra tela que sirviera para sustituirla, la convertía en la única capaz de guardar aún el mínimo de pudor que le quedaba. Hubiera querido meterse bajo la ducha allí mismo y comenzar a zafarse de encima las capas geológicas de costra que reposaban sobre el paisaje de su piel, pero tuvo la impresión de que de un momento a otro entraría alguien sin anunciarse por aquella puerta. Pero igual, tampoco tendría con qué secarse cuando terminara y no poseía otra ropa que la que acababa de desechar. Seguro le tenían un ajuar nuevo, pues Nimbo no le hubiera pedido que echara la ropa a la basura si tal no fuera el caso.

En eso escuchó pasos aproximarse por el pasillo y, tal como se imaginó, la puerta se abrió de sopetón. Como una avalancha, hicieron su ingreso en aquel estrecho recinto la senadora Catalina Cruz, quien traía sobre una bandeja los materiales de aseo corporal necesarios para cumplir su encomienda, junto con una jarra de una agua turbia que no se sabía bien qué era, seguida por la representante Catherine Colón, quien cargaba dobladas en los antebrazos toallas y piezas de vestimenta relucientes.

La presencia de dos tan prominentes damas de la política anexionista en aquel baño, vestidas ambas como si estuvieran en plena sesión del Hemiciclo, apabulló a tal punto a Chiquitín que se deseó la muerte prematura debido al gran bochorno que sobrecogió su espíritu.

¡Señoras!, dijo llevándose las manos a los genitales y cruzándose las rodillas. ¡Por favor, dignas damas, no quiero ofenderlas con mi desnudez y mis olores!

No nos ofende, don Chiquitín, ni tenga pudor con nosotras, dijo la senadora. Por el contrario, sus olores nos halagan y su desnudez es el paisaje de la belleza del sacrificio supremo.

¡Pero ustedes, damas tan honorables!, protestó Chiquitín, que aún no comprendía bien lo que ocurría.

Honorable es usted, don Chiquitín. Nosotras somos meras siervas suyas..., añadió con sumo grado de drama la representante Colón.

¡Senadora, representante, por lo más que quieran, déjense de estos juegos! ¿No ven que la vergüenza me tiene al borde del desmayo, por lo más sagrado?, imploró Chiquitín por que las cosas regresaran a la normalidad. Además, añadió, si no fuera por la embarazosa situación en la que me hallo, el honor tiene que ser mío de conocerlas a ustedes.

¡Estará usted tocado de la sesera!, casi gritó la senadora. ¿Pero es que acaso no sabe siquiera quién es usted?

Un silencio ocupó el ámbito entre los tres. Chiquitín se quedó mirando fijamente la boca de la senadora que acababa de hacerle aquella pregunta inusitada.

Sí, dijo por fin. Yo sé quien soy, continuó diciendo sin sacar la vista aún de la boca de la senadora y como si estuviera de pronto solo y sólo hablara con su propia consciencia. Soy Chiquitín Campala Suárez, americano de pura cepa, Mártir del Anexionismo.

Exactamente, confirmó la senadora, Mártir del Anexionismo.

También podría llamarse Sangre del Mañana, añadió la representante inventándoselas en el momento, Redentor del Espíritu Yanqui, Concordato de las Américas. Don Chiquitín, nuestra misión en el Partido es pasajera, ligera, comparada con la suya, que es misión eterna, continuó diciéndole mientras asumía una actitud grave. Quien único sacrifica su vida por la nuestra es usted; quien único termina en cuerpo, pero perdura en el recuerdo de miles de millones de ciudadanos proamericanos será usted, don Chiquitín, no yo, ni Catalina, ni Miranda, ni ninguno de los demás, que somos aves de paso.

Nuestra labor en este baño, en caso de que se lo haya preguntado, es asear al mártir y entregarlo purificado por las Aguas de la Estadidad a su misión redentora del pueblo anexionista, dijo la senadora. ¡Convénzase, don Chiquitín, usted es el único héroe aquí! Nosotras dos, por muy senadora y representante que seamos, no somos más que sus siervas hoy.

Yo preferiría bañarme solo, si no es mucha molestia, contestó Chiquitín tornado un tomate colorado de pudor insoportable. Ambas mujeres enmudecieron de pronto y lo miraron fijo a los ojos.

¿Usted piensa quitarnos la oportunidad de hacer contacto con su carne santa?, le preguntó la senadora en la cúspide del histrionismo.

Porque lo que se dice yo, añadió la representante Colón, le juro que después de este baño no pienso lavarme las manos hasta que me toque el día y me reclame la Flaca. Vamos, déjese de tanta jeringa, suspenda la peleíta monga, despójese de lo que le queda de ropa y métase en la bañera, que tampoco tenemos la noche entera para estas abluciones, dijo la senadora queriendo de pronto acortar aquella parte de la pantomima por sentirse asfixiada con el olor que fluía del cuerpo de Chiquitín, que parecía como si supurara lixiviados.

Incapaz de protestar ya más, Chiquitín se quitó los calzoncillos asquerosos, los cuales lanzó en dirección del zafacón al otro lado del baño, procurando que ofendiera lo menos posible su olor a las damas. Se metió en la bañera con los ojos cerrados y se dejó bañar con el mayor nivel de recato del que fue capaz dentro de aquellas circunstancias tan desconcertantes.

La resolución de Chiquitín de cerrar los ojos mientras era bañado se prestó para que Catalina y Catherine hicieran toda clase de bromas miméticas respecto a la sobaquina que emitía su cuerpo, respecto a lo rosado de su pene casi prenatal, respecto a la extensión de las uñas en sus pies y manos, respecto a la carnosidad boba de su piel lampiña y respecto al afecto entrañable que mostraba la costra maldita por ella, que ni las esponjas más ásperas conseguían desencariñarla.

Don Chiquitín, ¿qué le pasó que tiene el cuerpo tan machucado y lleno de moretones? Y la cabeza, mártir nuestro, ¿por qué dejó que le hiciera eso el sol a su cabeza? ¿No le pica? ¿No le arde? ¿No le duele?, le preguntó la senadora genuinamente intrigada con aquellos golpetazos y con las lascas de piel seca que botaba su cabeza.

Cada mamellazo que ven en mi cuerpo tiene una fecha, una razón y un autor, contestó Chiquitín sin abrir los ojos para observarse. Así de poblado que lo ven de marcas, así de numerosas han sido mis aventuras por los caminos de esta maldita isla. No ha sido fácil, pero aquí estoy, señoras…

¿Y la calva?, inquirió la representante Colón.

Negligencia mía. Pura y llana negligencia mía, contestó Chiquitín al escape y aún sin abrir los ojos. Y no, no me pica, ni me arde, ni tampoco me duele. Nada.

Y si lo hiciera, qué importa, si ya mañana a esta hora no le va a doler ni una uña, añadió la representante Colón con cierto nivel de crueldad no premeditada.

Cierto es, me temo decir, afirmó Chiquitín con la voz un poco temblorosa.

Lo primero es la ablución con las Aguas de la Estadidad, dijo la senadora.

¿Y cuál agua es esa, si se puede saber?, preguntó Chiquitín desde la oscuridad de sus ojos cerrados.

¡Pues cuál va a ser, don mártir, agua de coco de verdad!, contestó la representante Colón mientras cogía la jarra de agua turbia que era parte de la reserva de agua de coco que tenía Masul para mezclarla con el whisky que le gustaba beber, y comenzaba a echársela lentamente por encima a Chiquitín, mientras la senadora fingía conjurar al espíritu de don Luis Ferré, a quien estimaban los anexionistas en calidad de padre ideológico, para que recibiera en su seno a aquel hijo suyo que daba su vida por la culminación del Ideal. Ambas tuvieron que hacer un esfuerzo casi sobrehumano por no romper a reírse en mitad de aquella absurda invocación.

Luego prosiguieron con el baño mientras proferían todo tipo de alabanzas y encomios con los que pretendían inundar a Chiquitín de sí mismo, recrecerle el ego hasta el borde de la explosión, ensalzarlo en el convencimiento de su naturaleza protodivina y de su pacto con las cosas grandes que existen en el paraíso anexionista.

A medida que el sucio del camino fue abandonando los pliegues de su piel y los aromas de las fragancias y jabones acaparando la totalidad del ambiente, Catherine se vio destapando a un ser tan similar a ella en tantos de sus propios aspectos físicos, que se sintió de pronto atraída hacia él como sólo lo había estado hasta entonces hacia otras mujeres. Pensó de repente que ambas pieles, la suya y la del mártir, eran una sola; observó que hasta la estructura ósea y la manera de acomodarse la carne sobre ella correspondían. Sintió extraña su propia mirada; sus ojos, autónomos, auscultaron al cachalote en la bañera con un deleite desconocido, como si auscultara en sí misma sus propios atractivos físicos. Una imantación de su cuerpo comenzó a exigirle proximidad al de él, cercanía carnal. Catalina se percató de aquello y quiso confirmarlo haciéndole un gesto en el que actuaban mano, cachete y lengua en pantomima de felación, a lo que Catherine reaccionó sonrojándose y riéndose en silencio y haciéndole a la senadora un guiño de complicidad. En efecto, Catherine se sintió excitada con el gesto de la senadora y hasta pensó meter la mano debajo del agua para ver si le hacía florecer un poco el capullo al mártir. Le vendría bien también a ella, pensó, que no recordaba siquiera cuándo fue la última vez que tuvo algún tipo de contacto de aquella índole con la especie masculina. Se miró a sí misma y se sintió Chiquitina. Como el suyo, se dijo, también aquel cuerpo fue golpeado antes del parto por el puño de la fealdad; y como el de él, también el de ella sufría de aquella rechonchidez exacerbada, de aquel desbordamiento sebáceo evidente en los muslos, en la cintura y los brazos, y latente en los pómulos, las cejas, la barbilla, los labios y la papada peluda, que combinados con su pelo pajoso y rubio y su boca de minúsculos labios, casi imperceptibles dientes, le resultaba un adefesio a casi la totalidad del universo de los hombres. Pero nadie como aquel hombre, casi su equivalente, que tenía desnudo en frente, para espabilarle los deseos reprimidos; nadie como aquel hombre decente de espíritu, convencido de sus ideales, se decía, nadie como aquel Faro del Anexionismo —palabra que le trajo a la mente de nuevo el deseo de acariciarle el miembro—, un valiente de los buenos de verdad, listo para ofrendar su cuerpo en el altar del proamericanismo, y a quien desgraciadamente venía a conocer en las postrimerías de su vida, la de él, quiso decir ella, cuando ya su vela se apagaría en el altar de la patria… Sacudiéndose la cabeza, despegó aquellas ideas locas de su mente y le hizo señas a Catalina para que acercara las toallas y la ropa nueva del mártir.

El mártir, que así comenzaron a llamarlo los demás desde que la representante Colón lo hizo, salió del baño oloroso a jabones y vestido de blanco, por su pureza, según Catalina, pese a la protesta leve de que no le gustaba tanto aquel atuendo que él llamaba de santero. Las doncellas que lo bañaron lo llevaron directo a la sala, en cuyo umbral Miranda lo recibió para introducirlo al resto de la reducida concurrencia, quienes le esperaban con fingida ansiedad.

Se pusieron de pie en silencio al entrar Chiquitín a la sala, como se hace con personajes excelsos. El mutismo general se prolongó durante un periodo más extenso del que resultaba cómodo, de puro admirados que quedaron todos con la pinta de demencia de aquel sujeto, que para algunos era la primera vez que lo confrontaban de cuerpo presente tras tantas semanas mentándolo casi a diario. Chiquitín interpretó aquel mutismo al respeto y adoración que allí le profesaban. Miranda, colocado entre Chiquitín y la concurrencia, acomodada al frente en semicírculo, hizo la introducción correspondiente.

Señores, dijo, Chiquitín Campala Suárez, primer mártir del anexionismo y protopatriota de la Estadidad.

Todos inclinaron sus testas. Hamilton, inclusive, se atrevió a decir a modo de cuchufleta ¡Evohé, Evohé!, lo cual Chiquitín reconoció por los cantos del culto del Pastor cerca de su casa en Ponce y determinó que si en el templo eran alabanzas dirigidas al Señor, allí estaban dirigidas a él.

Don Chiquitín, le presento al alto liderato del Partido y del Ideal, dijo con orgullo Miranda Nimbo. Compromisos de último momento le han impedido al doctor Quirindongo estar presente para despedirlo en persona, como es costumbre suya en todos nuestros operativos. ¿No es así, muchachos?

Sin duda que lo es, contestó Jiménez Schalkheit, quien rápido se adelantó de donde se encontraba y llegó hasta Chiquitín, parado allí sin salir de su asombro con las personalidades que observaba en torno suyo. Pero yo estoy aquí para representarlo. ¡Estimado amigo Chiquitín, qué gusto verle de nuevo!, añadió con alegría exagerada. Le confieso que en los meses que llevamos sin vernos he dudado varias veces de su compromiso verdadero con nuestro ideal y con el futuro de esta pobre islita nuestra que, por razones imposibles de explicarle en este momento, el Americano mismo, aunque no lo crea, está a punto de soltarle las amarras y entregarla a su propio destino.

¿Usted también?, preguntó Chiquitín, sorprendido con que Jiménez Schalkheit compartiera las mismas dudas respecto a su compromiso que el licenciado Nimbo.

¿También qué? ¿Que se me hace imposible explicarle?, inquirió Johnny.

No, que dudó de mí, como dudó el licenciado Nimbo antes que usted, contestó Chiquitín.

¿Cómo que dudó?, preguntó conturbado. ¿Miranda, tú también dudaste de que vendría?, le preguntó volteándose hacia él para lanzarle una mirada asesina, como si hubiera transgredido alguna de las instrucciones del operativo.

¡No tanto, no tanto!, contestó Miranda con voz de culpa. Y ahora que lo pienso, me parece que no, que no es verdad, que nunca dudé de su compromiso.

¡Ah bueno!, dijo Jiménez Schalkheit, ya decía yo. Yo sí dudé, yo fui el único que dudé, recalcó alzando la voz al proferir la última cláusula como para subrayarla, pero ahora veo que jamás debí titubear con usted, y que tal debilidad no formó siquiera ni por un instante parte del abanico de opciones que debiera plantearse cualquiera que, como usted, opta por el martirio. Tarde veo que mis preocupaciones fueron tiempo y esfuerzo mental echados a la basura. Déjeme, antes que nada, estrechar su mano, amigo, que para mí es un genuino honor encontrarme en su presencia.

Aquellas palabras saltaron de la boca de Jiménez Schalkheit con absoluta apariencia de convencimiento, camufladas por lo que era un don para la actuación desconocido incluso para él. Cuando comenzó la acción de hincarse frente a Chiquitín, este intervino para prohibírselo.

¡Ni se le ocurra, secretario general, ni se le pase esa sumisión por la mente!, gritó Chiquitín, al tiempo que detuvo por los hombros aquellos movimientos de postración. ¿Se ha vuelto loco? ¡No es para tanto, se lo suplico, no es para tanto! Mire que apenas soy un mero mortal como usted y como cualquiera. ¡Si no lo fuera, tampoco sería mártir!

Gracias, gracias por su indulgencia, es usted muy humilde, dijo Jiménez Schalkheit, irguiéndose con ademanes de protesta de que no, de que debería estar postrado. Acompáñeme por aquí entonces para presentarle al equipo, añadió, al tiempo que le arrebató a Miranda el papel de cicerone, al menos durante la fase de las instrucciones, que era una fase muy delicada.

Honorable Hamilton Masul, a quien no tengo que presentarle, dijo Jiménez Schalkheit echándole una mirada amenazadora a Masul quien, en el acto, se puso de pie, bajó la mirada y extendió la mano, gesto que a Chiquitín le pareció de un nivel de rebajamiento inexplicable en un personaje de tan alta categoría.

Por favor, honorable, déjese de cosas, le suplicó, de repente intrigado con su presencia en aquel recinto, habiendo leído por última vez en la prensa que estaba bajo arresto.

Se equivoca, don Chiquitín, contestó Masul con voz convincente, que aquí el único honorable es usted, por lo que le ruego no vuelva a utilizar ese título conmigo porque, viniendo de su boca, me abochorna. Parece que usted no entiende el nivel de agradecimiento que tenemos todos con su gesto de amor hacia el Ideal. El cheche de la película es usted, don Chiquitín, no se equivoque. Ni yo, ni Johnny, ni Miranda, ni ninguno de nosotros valemos un chavo prieto al lado de usted. El único que pone su sangre en la línea es usted, y eso lo menos que merece es nuestra absoluta admiración.

Sus palabras me conmueven, don Hamilton, dijo Chiquitín la verdad que afectado con tales muestras de afecto, a la vez que alegre de verlo en libertad.

Véngase por aquí, don Chiquitín, instó Jiménez Schalkheit. Le presento al distinguido senador William Johnson Vázquez, expresidente del Senado y líder nuestro allí.

El senador juntó los pies, dio un golpe talón con talón al modo prusiano, colocó la mano plana sobre la ceja derecha, con la que realizó un saludo castrense, y luego se la extendió a Chiquitín mientras inclinaba la cabeza. Tras el saludo, el senador alzó la cabeza y le mostró una amplia sonrisa fingida que, como se ha dicho antes, acentuaba sus facciones orientales, lo que impactó a Chiquitín de manera notable, quien de repente se sintió ante la presencia de un oficial del Ejército de Vietnam del Norte.

Querido amigo Chiquitín, dijo Jiménez Schalkheit con mucho realce ahora en las palabras, le presento al senador Rafael De la Peña Pi, a quien seguro conoce por la prensa y quien, además, es nuestro perito en explosivos.

El senador, con su inconfundible pinta de capo siciliano, extendió su mano e inclinó también la cabeza en señal de vasallaje, a lo que Chiquitín respondió también pidiéndole de favor que no se pusiera con esos besamanos, que por muy mártir que fuera, no podía evitar que aquellas deferencias lo ababacharan tanto.

¿De dónde es su adiestramiento en explosivos?, inquirió Chiquitín como lo más normal del mundo, aprovechando su aparente autoridad sobre aquellos individuos y tomando a todos por sorpresa.

Del internet, por supuesto, contestó el senador de lo más campante. ¡Ahí está todo, mi querido mártir, las fórmulas para toda clase de cosas la mar de interesantes! Con decirle que la dinamita es la más inofensiva de las cosillas que he aprendido a hacer, se lo digo todo. Estamos hablando de explosivos plásticos, de bombas de Solidox, de Thermite, de fertilizantes, de Semtex, de permanganato de potasio y gasolina, de carburo de calcio, de napalm... Cosas todas bien, bien réquete *nasty*...

Habrán realizado sus pruebas supongo, reventado su par de cositas por aquí y por allá, se figuró Chiquitín, preocupado de que una negligencia en el manejo de las cargas pudiera trocar su destino de mártir glorioso a mero vegetal dolorido.

¡Claro que hemos hecho pruebas! ¡Eh! ¿En qué clase de gente piensa usted que está poniendo su destino? Y no sólo pruebas, hemos perfeccionado la magnitud de las detonaciones hasta el nivel del arte, si la modestia me permite decirlo, en caso de que le preocupe continuar con vida carnal después del martirio, que creo que es por donde vienen los tiros, acentuó el senador con suma insistencia, quien no se esperaba aquellas preguntas tan impertinentes. No se preocupe, don mártir, que ya hemos reventado suficientes muñecos de guata y maniquíes para saber lo que estamos haciendo. Mañana vamos a usar una mezcla de Thermite con Semtex que en las pruebas nos ha dado unos resultados apoteósicos. Bueno, del último maniquí no pudimos recuperar ni una pieza así de chiquitita, dijo mientras le mostraba la punta de la uña del dedo pulgar... Créame, don mártir, usted va derechito al cielo de los Estadistas. ¡El *fast track* es la especialidad de la casa!

Jiménez Schalkheit quiso cortar aquella conversación que De la Peña Pi había tornado indiscreta y de mal gusto e instó a Chiquitín a ocupar una cómoda silla que tenían reservada para él en el centro de la sala. Se le ofreció nuevamente algún líquido para su relajamiento y de nuevo solicitó una Coca-Cola, lo que significó para aquella concurrencia un revés a sus intereses etílicos, al impedirle recobrar los tragos que dejaron escondidos por los rincones. A una señal de Jiménez Schalkheit, el grupo acercó sus respectivas sillas en torno a la butaca de Chiquitín y, con susurros, a modo de aquelarre, bajo el mando de Jiménez Schalkheit, instruyeron a Chiquitín respecto al operativo del día siguiente y su ruta directa al Paraíso Anexionista, donde le aseguraron que gozaría de los favores de todas las *cheerleaders* rubias y americanas que quisiera.

Margaro fue llevado al cuartel de la policía municipal según instrucciones del FBI. Técnicamente, se encontraba bajo jurisdicción federal, sin las acusaciones suficientes para encarcelarlo, pero con las sospechas necesarias para detenerlo. Fue puesto bajo la supervisión del único policía que quedaba en el cuartel, quien también estaba a cargo de contestar los teléfonos y mantener la comunicación central con los radiotransmisores de las patrullas. Puesto que sería tanta la concurrencia en Guánica aquella noche y al día siguiente, todos los agentes se encontraban en la calle y no había personal suficiente para hacer aquella labor clerical. Margaro quedó sentado junto a aquel oficial, esposado a un tubo que salía de la pared para ese propósito. Era tanto el ajetreo de los teléfonos y los radios, que el pobre policía, aparentemente novato, estimó Margaro por las muchas preguntas que hacía por radio y lo poco informado que estaba de los protocolos policíacos, apenas tenía respiro para hablarle y ocuparse de él.

De hecho, la presencia de Margaro y su intensa observación de aquellas labores que realizaba con inseguridad y torpeza, tuvo un efecto demoledor en la confianza de aquel oficial, quien también estaba asqueado con el hedor que emitía ese cuerpo inmundo. En un inusitado momento de silencio en las comunicaciones, aprovechó para meter a Margaro en la pequeña celda del cuartel que se encontraba desocupada, mas lo hizo tan apuradamente y con tanto sentido de confusión interior que, tras removerle las esposas, olvidó retirarle los objetos personales que llevaba consigo el prisionero, según el protocolo, y luego dio un giro inapropiado al pestillo de la puerta de la celda que dejó abierta sin que él se percatara al marcharse ni Margaro al permanecer.

Varias horas pasó allí sin que viniera nadie a verlo ni se le ofreciera agua ni alimentos ni servicios de orientación legal o apoyo emocional. El paso de las horas transformó la situación de Margaro allí dentro de simple confinamiento preventivo en negligente abuso mental y físico. Mientras más tiempo pasaba, más comenzó a temerle al regreso de los agentes federales como a un peligro real e inminente a su integridad física. Pensó que no fueron pocas las amenazas que ya le hiciera el bigotudo federico, y que si aquellas se materializaban, pudiera terminar víctima de ciertas experiencias que no le agradaba pensarlas ni siquiera el comienzo de un poquito.

La deshidratación, el hambre, la encerrona y el aislamiento —había gritado en varias ocasiones pidiendo agua sin ningún resultado—, fueron poco a poco minando su tolerancia y torciendo sus pensamientos hasta llevarlo al de usar el anillo para escapar de aquella prisión y librarse de las manos del violento bigotudo, y para salvar también a su jefe Chiquitín de su propia locura, que lo llevaba directo a la destrucción de su organismo y la de muchos otros a la redonda. Eventualmente, llegó al convencimiento de que si el loco de su jefe llevaba a cabo su atentado mientras él permanecía bajo custodia, sin duda vendrían a buscarlo para, si no pagarlos, recoger aquellos platos rotos. Algo me achacan, alguna droga me inyectan para que diga algo en contra de la verdad, que sirva para enjuiciarme y hacerme cargar con la culpa, se dijo. Estos y muchos otros pensamientos similares le fueron minando la razón y colmando el cerebro de forma tal que la urgencia de salir de aquel confinamiento antes de que regresaran los federales, se convirtió en el foco de sus deseos. Si usar el anillo era una condena, condenado estaba ya por haberlo puesto a buen uso allá en el Mar de Adentro. ¡Qué más daba usarlo ahora para salir de aquella encerrona de la cual, de otro modo, acabaría golpeado y culpable!

Convencido de que las condenas por utilizar el anillo serían concurrentes, se colocó frente a la puerta, apuntó hacia ella con el dedo índice de la mano izquierda, convocó sus poderes para permitirle escapar ileso de aquella injusta prisión y le dio la vuelta de rigor hacia la izquierda. Comenzó a caminar ceremoniosamente en dirección a la salida con la mano misma del anillo puesta plana hacia el frente para empujar la puerta con ella y, en efecto, al tocarla, la puerta se desplazó y abrió sin hacer el menor sonido. Margaro palideció, se erizó de cuerpo entero, casi llora de alegría, besó el anillo muchas veces y agradeció a su poder magnánimo mirando hacia arriba primero y luego, como equivocado de dirección, hacia abajo. Tan alegre se puso que a poco estuvo de perder el sentido del sigilo, el cual aún era de suma importancia para escapar del cuartel.

El mismo policía seguía allí ajetreado con los teléfonos y los radios, según lo observó a través de los vidrios de las puertas que dividían la sala de estar y centro de mando del resto del cuartel; se notaba visiblemente demacrado por el trabajo incesante de tantas horas que habían transcurrido. Debe estar ciego de cansancio, muerto del sueño, sordo de entendimiento, se dijo Margaro. Buscó primero una salida lateral o trasera y la encontró, sólo que con un sistema para emergencias que hacía sonar una alarma si alguien la usaba. Optó por volver al mismo ángulo que le permitía observar al oficial a través de los vidrios y esperar a que las necesidades corporales lo mandaran al baño, o que el cansancio lo venciera un tanto, para escabullírsele por la puerta principal. No tuvo que esperar demasiado. A los pocos minutos, un receso en las llamadas telefónicas coincidió con un silencio de los radiotransmisores, sosiego que el agotado oficial aprovechó para recostar la cabeza sobre un abrigo hecho un bollo encima del escritorio, y también Margaro para salir caminando tranquilamente por la puerta sin siquiera un soplo de sospecha. ¡Ja!, gritó y saltó de alegría al salir. Corrió a ocultarse entre una maleza cercana.

A salvo de la mano larga de la justicia, encaminó sus pasos hacia el balneario de Virgen Gorda, donde pensó pasar la noche por ser un lugar apartado y solitario de noche y por contar con duchas públicas en las que podría asearse un poco y zafarse el polvo del camino. Justo antes de subir la cuesta inicial de la carretera que lleva al balneario, se detuvo en un negocio de frituras y cervezas donde mendigó por una alcapurria con tal denuedo y gesticulaciones tan estrambóticas que, combinadas con su desastroso aspecto y ofensivo tufo, le ganó, además, una empanadilla de chapín, una rebanada de pizza y hasta un refresco helado por parte de la dueña del lugar, quien se compadeció de él. Llegó unas dos horas después, tras andar con suma precaución por aquel camino de curvas y recurvas tan conveniente para cualquier emboscada por parte de las autoridades, quienes, a aquella hora, seguro andaban como locos buscándolo. Varias veces se escondió entre los matorrales para evitar los haces de luz de los carros que aparecían de súbito tras las curvas. En el camino volvió a ver el mar y a tener una visión amplia de sus tranquilas aguas y pensó obligatoriamente en aquel otro mar y en cuán distintos eran. ¡La paz de esta agua, la paz!, se dijo de veras admirado por aquel oleaje civilizado.

Se bañó en una de las duchas públicas y, gracias a la oscuridad de la noche, pudo hacerlo libre y en pelotas. La dicha fue encontrar al pie del desagüe una lasca de jabón descartada por alguien, que le rindió milagrosamente para lavarse, además del cuerpo y la maranta de pelo, la ropa hedionda que estrujó con los pies contra el piso de la ducha como si pisara uvas. La calidez de la noche propició que fuera poco el rato que tuvo que permanecer con las carnes al aire, porque la brisa también secó pronto las telas y en poco rato las tuvo otra vez puestas encima, sintiéndose ahora fresco y rozagante. El resto de la noche la pasó metido en una cueva formada por tres palos de uva caleta abrazados entre sí, que formaron un techo compacto que apenas dejaba ver las estrellas, y sobre el suelo un cómodo colchón de hojas secas. Allí se acomodó Margaro, sintiéndose, por primera vez desde que saliera de Ponce en aquella aventura, genuinamente liberado. Y no sólo de las rejas de las que recién escapara, sino que era la primera noche que pasaba sin su jefe al lado roncando o incordiando y, pese a la costumbre de hacer que cosas molestosas se echen de menos, no podía sino admitirse que aquel estarse consigo mismo le venía de maravilla. Descansó la cabeza en el colchón de hojas, miró hacia el enrejado de ramas que apenas dejaba pasar las titilaciones astrales, y encauzó sus pensamientos hacia el desastre y el milagro de la aventura del Mar de Adentro, y contempló con pena en el recuerdo la imagen de su mochila, su centro de mando y almacén de todos sus bienes, flotando en las aguas procelosas de aquel extraño cuerpo marino. Y así como se tragaron la mochila aquellas aguas, se tragaron también sus últimas esperanzas de lograr salir de aquel polvillo de marihuana en que se convirtieron las hurtadas flores aromáticas, y convencerse al menos de la ilusión de que no todo fue en balde, que algo al menos, algo contante y sonante, habían aumentado su peculio y llenado, siquiera parcialmente, sus tristes bolsillos. A la reproducción de aquellas memorias le fue ganando poco a poco el batir del sueño, hasta que quedó rendido y fue llevada su consciencia a las regiones oníricas. Aquella fue la mejor noche que durmió de las muchas que llevaba pernoctando en el ambiente natural.

Capítulo XXXIX

Que cuenta del trágico desenlace de la Operación Chocolate

El cuarto que le prepararon para su última noche en la Tierra, acogedor pero austero, contaba con los atributos necesarios para propiciar el plácido descanso. En cambio, lo menos que obtuvo Chiquitín de aquello fue un sueño acogedor. La comida con la que se atosigó en la cena le provocó unas agruras diabólicas que le achicharraron el esófago y subieron a la boca un sabor de jugo gástrico que no lograba contrarrestar su saliva espesa. Se la pasó sentado en la cama contra la pared, con la almohada metida en la región del coxis para forzar la verticalidad del torso y aminorar el reflujo, así como para ayudar a las flatulencias en su fuga trasera. Atribuyó al cambio súbito de estilo de vida aquella acidez insoportable. Porque salir de una vida casi monástica como la que llevaba en su cama dura de Ponce y del piso pelado durante las semanas de aquella travesía sin techo, paredes, agua, electricidad y condiciones sanitarias, para meterse de sopetón en la comodidad de aquella cama mullida, esas luces bajas, el aire acondicionado, las sábanas limpias y las frisas cálidas, a cualquiera le causa agruras, se dijo, convencido de que ni la comida ni el efecto del evento del día siguiente sobre su sistema nervioso tenían nada que ver con aquel evento gástrico.

Salió de la cama antes de que la senadora Rodríguez le tocara a la puerta. Se cepilló los dientes en el bañito del cuarto, actividad que no realizaba desde tiempos inveterados, en especial porque las pedradas que le metieron en la boca en el episodio del cementerio indígena, los puños que les dieron cuando lo del ovnipuerto y el golpetazo de la princesa taína, le dejaron la dentadura en una situación precaria, cuando no lamentable. Cuando la senadora tocó a las ocho en punto, según lo convenido, ya él se había lavado también la cara y los sobacos y secado con las suaves toallas y puesto de nuevo la ropa de la noche anterior. Adelante, dijo él, y en el acto se abrió la puerta y apareció la cara risueña de la senadora, la cual, apenas ingresó, transformó y convirtió su gesto en el que adquiere cualquier rostro humano que de pronto inhala amoníaco o gas sulfúrico.

¿Está bien, don mártir?, le preguntó genuinamente preocupada de que un descalabro estomacal no le permitiera realizar su misión.

Sí, estoy bien. ¿Por qué pregunta?, contestó Chiquitín.

¿Le cayó bien la cena?, le preguntó ahora la verdad que alarmada con los potentes efluvios que seguían emanando por la puerta de la habitación, producto de las salvajes flatulencias acumuladas allí durante la noche. Pese a ello, la buena disposición de Chiquitín y el buen color de su semblante la forzaron a concluir que aquella hedentina era natural en ese cuerpo, por dentro, sin duda, descompuesto.

¡Y sabrosa que estaba! Un poco de acidez durante la noche, pero normal, lo que le pasaría a cualquier estómago desacostumbrado ya a los manjares de la mesa americana, dijo lleno de ufanía y echándole la culpa a la comida para no tener que dar otras explicaciones. ¿Ya está el desayuno? Preguntó, abierto de nuevo el apetito con la conversación.

Casi. Está de camino. Relájese en lo que llega, contestó la senadora.

Mientras desayunaba, comenzaron a llegar por lo que parecía una puerta trasera los presuntos implicados en la Operación Chocolate, quienes fueron uno a uno desfilando en silencio ante Chiquitín en el comedor, poniendo una rodilla en el suelo frente a él y besándole la mano. Aquella última mañana optó por resignarse a esas pleitesías y hasta se dijo que igual era su último día y que a esa hora de la vida lo mismo daba Petra que Juana. Todos venían ataviados con ropas ligeras y mangas de camisa, como prestos para sudar y pasar bajo el sol varias horas seguidas. El senador De la Peña Pi, ávido de los gimnasios y las artes marciales, y ansiosos por mostrar los resultados de su entrenamiento, vino de camisilla y cortos, más en ánimo de playa que de concentración política. El único que no apareció aquella mañana por allí fue Hamilton Masul, mas Chiquitín presumió que, dada su alta posición en la jerarquía política, quizá fuera mejor que no se le viera rondando por allí a plena luz del sol. Tras reposar unos minutos luego del desayuno, Miranda apareció y le pidió que lo siguiera hasta la sala, donde los demás aguardaban.

Amantísimo Mártir del Ideal, arrancó diciendo Jiménez Schalkheit, bienquisto amigo Chiquitín Campala, llegó el momento de la preparación final. Es imprescindible que estemos relajados para esta fase del operativo, que un error aquí puede dañarnos severamente la salud. Vamos a bregar ahora con las cargas explosivas, que es cosa en extremo delicada, por lo que no podemos estar riéndonos ni hablando demasiado. Las instrucciones están claras, aunque haremos un repaso antes de que usted parta. Las mujeres, senadoras, dijo dirigiéndose a Margaret Rodríguez Bacallao y Catalina Cruz, y representante, añadió en dirección a Catherine Colón, les recomiendo que vayan saliendo ya para la actividad del Partido porque aquí, mientras menos perros menos pulgas, y ya ustedes han cumplido su parte. Además, si esto revienta, no queremos decapitar por completo el liderato del Partido, ¿verdad que no, muchachas? ¡Alguien tiene que tomar las riendas!

Seríamos muchos los primeros mártires de la Estadidad, dijo el senador De la Peña Pi a modo de broma, riéndose de su propia picardía.

Bueno, pues yo voy andando, anunció la senadora Rodríguez. Johnny, encima de la cama del mártir dejé su ropa para hoy.

Bien hecho, Margaret, represéntanos allá en la tarima en lo que llegamos, le pidió Jiménez Schalkheit.

Nosotras también vamos yendo, agregó la senadora Cruz en representación propia y de la representante Colón.

No se váyanse, se los suplico, no se váyanse, dijo De la Peña Pi, de nuevo jocosamente.

Un poquito de seriedad, señores, pidió Jiménez Schalkheit de modo jovial. No olviden pedirle la bendición al mártir, damas…

Las tres se arrodillaron frente a él sucesivamente, sobre las tres posó sus manos a modo de ministro protestante y a las tres les dijo las mismas palabras: Que vivas en la Estadidad, mi hija. Todos en el cuarto tuvieron que voltearse o morderse los labios o la manga de la camisa —Catherine mordió el mango de cuero de su bolso— para evitar reírse. Chiquitín, sin embargo, no se percataba de nada y realizaba aquel rito con una solemnidad que resultaba un factor multiplicador para la hilaridad del grupo.

Miranda, trae la ropa, ordenó Jiménez Schalkheit como coordinador general de aquella máquina de ludibrio, tras reponerse del conato de carcajada. William, las cargas en hielo seco. Rafito, el chaleco con el bulto, los detonadores y las herramientas. ¡Avanzando, que no tenemos todo el día!

Sin refunfuñar, los tres se movilizaron hacia sus respectivos objetivos, mientras Chiquitín permaneció de pie en medio de la sala y Jiménez Schalkheit lo observaba a la vuelta redonda como si se tratara de un maniquí a punto de ser vestido. El senador De la Peña Pi regresó primero con el bulto de un electricista amigo de Israel preñado de cables y pinzas y todo tipo de instrumentos que le salían de cada uno de sus bolsillos, el cual colocó junto a una butaquita baja sin respaldo en la que se sentaría el mártir. Luego regresó Miranda con las tres piezas de ropa perfectamente dobladas y un par de chanclas de dedo nuevas colocadas sobre ellas.

¡Chanclas!, protestó Jiménez Schalkheit, lo cual Chiquitín agradeció, percatado de lo inadecuado de aquel calzado para aquella circunstancia.

Doña Margaret fue quien escogió el ajuar, explicó Miranda. Yo también le cuestioné las chanclas, pero ella se puso como un guabá e insistió en que el calzado oficial del separatista era la chancleta.

¿Pero tú has visto los jengibres que tiene este pobre hombre por pies?, dijo exaltado Jiménez Schalkheit. Discúlpeme, don mártir, le dijo a Chiquitín en un aparte. Manda a Israel a que busque unos zapatos cerrados. ¿Qué tamaño es usted? ¡Doce! ¡Diablo, qué lancha! Miranda, doce, le gritó.

De la Peña Pi se le acercó a Chiquitín con una pieza de ropa color verde castrense forrada de bolsillos a toda la redonda. Poco después apareció el senador Johnson Rivera con una neverita portátil que traía con sumo cuidado entre ambos brazos, como si dentro hubiera algo vivo o asesino.

Ponla por aquí, William, le indicó De la Peña Pi para que la colocara en un ángulo un tanto oblicuo a la vista de Chiquitín, de manera que este pudiera ver lo que de allí se sacaba, pero sólo un poco y de reojo.

De la Peña Pi tomó ahora el chaleco y le pidió a Chiquitín que se lo pusiera, lo cual hizo, para regocijo general de los presentes, que celebraron lo perfectamente ajustado que le ceñía.

¡Ave María purísima, Johnny, te la comiste! ¡Y eso que lo mediste al ojo pelao y de memoria!, exclamó De la Peña Pi, mientras hacía los ajustes finales del chaleco, al cual le habían cosido las dos hileras de bolsillos alrededor.

Ojo de sastre que tengo, explicó Jiménez Schalkheit. Me viene por la familia. Papi fue sastre antes de ser alcalde.

Ahora siéntese por aquí, don mártir, lo instruyó De la Peña Pi a que ocupara la banqueta. Vamos a comenzar el montaje de las cargas, por lo que tiene que estarse relajado y más quieto que un trofeo. No le vaya a dar una turumba aquí, se lo suplico, que reventamos to's pal' carajo, y me disculpa el inglés. Me comprende, ¿verdad? Le voy a pedir que me desarrolle un ritmo de respiración llano y pausado que me permita colocar las cargas sin mucho ensanchamiento del tórax. Si siente que le viene un ataque de ansiedad, o de taquicardia, o de tos, o un estornudo, me lo anuncia para detener suavemente las labores y airearnos un poco. Esto es por ahora, mientras montamos. Una vez estén conectados los detonadores, se va a poder mover más libremente, aunque de aquí en adelante siempre con sumo cuidado. ¿Me copia?

Chiquitín respondió positivamente con la cabeza, mudo como estaba de puro nervio, mientras comenzaba a calmar la respiración galopante en un intento por alcanzar el ritmo sosegado que se le exigía para aquella parte del operativo.

De la Peña Pi fue hasta la neverita que contenía el hielo seco y las dieciséis largas barras de chocolate envueltas en papel de aluminio y congeladas al nivel de la piedra. El humo blanco y denso que salió de la neverita y se extendió por el suelo alrededor de ella causó un gran impacto en el ánimo de Chiquitín, quien se sintió de nuevo seguro y en manos de personas competentes en materia de explosivos.

Sudando a chorros, tendido y haciendo alarde de grandes dotes de actuación, De la Peña Pi fue trasladando una a una las fraudulentas cargas desde la neverita y colocándolas en cada uno de los bolsillos del chaleco, comenzando por los postreros, y concluyendo con los cuatro últimos: dos sobre la caja del pecho y cuatro sobre el abdomen. Fue en aquel momento que Chiquitín sintió la totalidad del peso de las cargas asesinas sobre su cuerpo y estimó que una sola de ellas que estallara haría el trabajo, no podía imaginarse lo que ocurriría si todas reventaban. Estamos hablando de una explosión masiva, de un hongo de humo negro gigantesco, se dijo, y le preocupó que Margaro se encontrara demasiado cerca cuando ocurriera y pudiera salir lastimado.

Don Miranda, si me permite, ¿ha hecho alguna de las gestiones que le pedí que me hiciera respecto a mi ayudante Margaro Velásquez?, preguntó Chiquitín apenas girando la boca por miedo a que movimientos mayores de la garganta pudieran ser letales.

Tengo entendido que está preso en el cuartel municipal de aquí de Guánica. Aparentemente está bajo la custodia de los federicos, le contestó el licenciado, quien sí había contactado a su gente y hecho las averiguaciones la noche anterior y conocido inclusive su fuga de la cárcel, detalle que no quiso compartir de inmediato con el señor mártir.

Los federales querrá decir, don Miranda, que esas no son formas de referirse a nuestros aliados en el Ideal, lo reprendió Chiquitín, sintiendo de repente que se había convertido en la voz suprema de la moralidad anexionista. Disculpe, don mártir, tiene razón, contestó Miranda, falsamente abochornado.

Me decía de los federales…

Que tienen a su amigo cautivo por hurto en Walgreens. Presumo que lo acusarán de violación al comercio interestatal o algo por el estilo, añadió Nimbo fingiendo ingenuidad.

¡Qué comercio interestatal ni comercio interestatal, chico! Que también están siguiéndole los pasos al mártir, no seas idiota, Miranda, reprendió Jiménez Schalkheit con suma preocupación, tomando por genuinas las falsas conjeturas del abogado. Obviamente tienen información de nuestro operativo, eso es lo que está pasando, eso significa que el disfraz que usemos para usted tiene que ser exacto, indetectable. Llámate a Israel por el celular y dile que también busque pañuelos y bandanas estampadas con la bandera de Puerto Rico, le ordenó Jiménez Schalkheit a Nimbo.

Las noticias que recibió respecto al paradero de Margaro consternaron a Chiquitín por partida triple. Primero, porque se esfumaba la garantía de éxito de su atentado político al descartarse la influencia del anillo, de cuyo enorme poder fuera testigo de primera fila él mismo. Segundo, que nunca consumó el traspaso de sus bienes mediante testamento escrito, que de tanta relevancia era para Margaro. Y tercero, porque sin duda le unía un lazo de afecto y amistad a Margaro, quien se prestó a acompañarle hasta su momento final sin estar obligado a ello, y ahora se encontraba en manos de las autoridades por culpa suya.

De la Peña Pi sacó del bulto los detonadores, que no eran otra cosa que un montón de conectores de antiguos audífonos que Israel rescató de la basura de una tienda de equipos estereofónicos. Sacó también una caja de metal pequeña y delgada con una luz verde parpadeante en su centro y un cable de plástico enroscado que moría en una especie de interruptor con botón rojo, que construyeron De la Peña Pi y el muchacho con piezas viejas de una máquina de rayos equis de un dentista amigo del senador, y con una bombillita intermitente que Israel consiguió de una promoción de cerveza en un concierto de regguetón. Con cuidado extremo, temblándole las manos del nerviosismo que le causaba la delicada tarea, De la Peña Pi fue espetándole a cada barra de chocolate su correspondiente detonador; luego recogió los cables provenientes de cada carga, los unió con una pinza al frente y los conectó a la caja de metal, la cual quedó amarrada al chaleco con unas correas provistas para ello sobre el esternón del suicida.

¡Ya están las cargas conectadas!, anunció De la Peña Pi soltando un suspiro como si hubiera estado aguantando la respiración el tiempo que estuvo montando los detonadores. Ahora se puede mover con más libertad, añadió el senador, que ya es difícil que estallen con el contacto y hasta con ciertos golpes. Lo primordial ahora, lo que más debe mantener presente antes de que alcance su destino, es no oprimir el botón rojo, porque ahí sí le digo yo que vuela con usted la cuadra entera, incluidos nosotros y a saber cuántos otros buenos anexionistas que vivan por la zona.

En ese momento entró Israel con unos troncos de zapatos negros que más bien parecían los que usara algún ogro para una ocasión formal. A Chiquitín le gustaron aquellos bodrogos que se parecían a los que había usado toda la vida, sólo que un poco más voluminosos. Israel también trajo un paquetón de banderitas de Puerto Rico en palitos, así como varios pañuelos con la misma insignia y hasta un paraguas con la monoestrellada.

Muy bien, muchacho, le agradeció Jiménez Schalkheit. Vamos a vestirlo. Don mártir, si es tan amable, de pie.

Los pantalones marrón de poliéster, tamaño extragrande, le cayeron al dedillo, lo mismo que la guayabera azul oscura, también extragrande, la cual cubrió el chaleco sin aumentarle demasiado volumen al cuerpo. Cuando Chiquitín vio la guayabera estuvo de acuerdo con el disfraz, y disfraz era sin duda si se piensa que él, ni bajo amenaza de muerte, se hubiera puesto jamás semejante pieza de ropa subversiva sobre sus carnes americanas, por considerarla, además de fea, de un gusto tropical que debía eliminarse del ámbito de los estilos de vestimenta, si es que pretendían los puertorriqueños ser aceptados como iguales por sus conciudadanos del norte. Pero cuando el senador Johnson Rivera le amarró el pañuelo con la bandera estampada sobre la cabeza, pidió enseguida que se lo quitaran.

¡Sentí una quemazón como si se me derritiera la calva! ¿No se dio cuenta?, le dijo al senador mientras se abanicaba con las manos la cabeza como para refrescársela. Parecía como si en vez de tela, fuera de lava ese pañuelo, añadió.

No, no me percaté, señor mártir, le contestó el senador Johnson Vázquez, haciendo acopio de paciencia con aquella sonrisa suya hipócrita de mandarín complicado. La verdad del caso es que si los federicos, digo, los federales, anduvieran a su acecho, no va a poder salir a la calle así con la calva al aire y la misma cara de siempre. Algo hay que hacerle en la cabeza para disimularlo.

Un sombrero, entonces. ¿Mandamos a Israel, William?, sugirió Jiménez Schalkheit desde el otro lado del cuarto.

Un sombrero va a tener que ser, ¿qué otra cosa?, estuvo de acuerdo el senador.

Israel, llamó el licenciado Nimbo adelantándose a las intenciones de Jiménez Schalkheit como para demostrar su eficiencia. Vete y consíguete un sombrero por ahí y pásate por Walgreens y consíguete también cualquier disfraz que tenga bigote. ¿Verdad que allí tienen disfraces aunque no sea octubre?, preguntó retóricamente. Yo creo que sí, pero apúrate, muchacho, que al paso que dura, no madura…

¡Avanza, coño!, le gritó Jiménez Schalkheit justo antes de que se escuchara la puerta trancarse. Mira que el tiempo apremia, añadió más suave, menos para el muchacho que para los que quedaban, consciente de que el chocolate es sustancia que deshiela rápido y nadie quería que comenzara a levantarse del ámbito del chaleco el tufo a cacao que los delataba si no se improvisaban mentiras.

El muchacho regresó más pronto de lo que nadie esperaba y con todo lo que se le encomendó. El sombrero de paja con cinta negra alrededor de la copa, como los que usan los jinetes de caballos de paso fino o los trovadores de la montaña, que consiguió en un puesto al lado de la casa, resultó perfecto para la indumentaria; asimismo, en la farmacia antes de llegar a Walgreens consiguió unos espejuelos que llevan pegados una nariz plástica y un bigote postizo, del cual desprendieron el bigote para ponérselo a Chiquitín con el mismo superpegamento que usaron para pegarle la lucecita intermitente a la cajita metálica.

Emperifollado con aquella parafernalia independentista, procedieron a impartirle las instrucciones finales. Debía llegar hasta la tarima de los líderes separatistas, en donde haría su acto patriótico y diría sus palabras antes del estallido. Si no alcanzaba la tarima porque algún sistema de seguridad se lo impidiera, debía acercarse lo más que pudiera y allí mismo, en medio de aquella zahorria separatista, realizar su acto, le dijo Jiménez Schalkheit.

De todos modos, le aseguró De la Peña Pi, la carga es tan potente que va a limpiarse a cualquiera que se encuentre a por lo menos doscientos pies de usted.

¡Pues claro que se llevará enredada en la jugada a muchísima otra gente además de los líderes!, justificó Jiménez Schalkheit. Pero así son estos actos suicidas: inexactos. Lo que no habrá son víctimas inocentes, porque allí nadie es inocente, todos son separatistas, todos son independentistas, todos son comunistas furibundos, sean ancianos, mujeres o niños. Porque descabezar a los líderes solos, con tantos otros cangrimanes allí listos para saltar a sustituirlos, es sacar agua en canasta. Mejor también llevarnos en el acto dos o tres capas de sustitutos.

Daño colateral le llamábamos a eso en Vietnam, añadió Chiquitín para darle a entender que no tenía que explicarse tanto, que entendía perfectamente lo que quería decirle.

Such is life, le llamo yo, dijo el senador De la Peña Pi con una mordacidad cáustica y una risotada estruendosa.

Como no llevaba insignia patria alguna, le metieron en cada uno de los bolsillos de la guayabera un manojo de banderitas de papel en varita que, junto al sombrero, el bigote y la guayabera, le dieron a su conjunto un aspecto folclórico extremadamente convincente.

Ya era la hora de que partiera en dirección a la tarima de lo que parecía ser la última protesta de los independentistas a la invasión norteamericana de Puerto Rico, ahora que parecía inminente la proclama de la República de Puerto Rico por parte del Congreso en los meses venideros. Antes de salir por la puerta trasera de la casa, los presentes en la casa fueron pasando uno a uno frente a Chiquitín para postrarse y pedirle la bendición al mártir antes de su partida.

Que vivas en la Estadidad, hijo mío, le dijo a cada uno de ellos reconcentradamente, para regocijo y carcajada interna de todos ellos.

Los cuatro durmieron poco y mal, apiñados dentro del viejo Oldsmobile. Rafo resultó que roncaba como un tren y Chucho se la pasó la noche entera repitiendo el estribillo ¡Qué calor, por Dios!, incluso desde la inconsciencia de la duermevela, pese a que escogieron el tope de una loma que miraba hacia la bahía de Ensenada, hasta la cual llegaba un poco de brisa y donde, pensaron, pernoctarían mejor.

El sol de la madrugada y los mimes de esa hora despertaron primero a Rafo, quien encendió el carro, subió los cristales y prendió el aire acondicionado. Pero el lugar que escogieron en la oscuridad de la noche, en la mañana quedó en el trayecto directo de los rayos solares, contra los cuales el acondicionador de aire ya medio cayuco no pudo impedir que pronto los cuatro cuerpos dentro se sancocharan.

Papote abrió su puerta primero y salió como expulsado del carro, cayéndose casi al suelo con la maroma; Freddie Samuel lo hizo después con tremendo sofocón. Luego fue Rafo quien salió, dejando el carro encendido para Chucho, que se quedó un rato dentro intentando recuperar con el escaso fresquito del aire las horas de sueño perdidas por el calor de la noche. El malhumor era generalizado, sobre todo por parte de Freddie Samuel y Papote, a quienes no había dios que les bebiera el caldo por ser las principales víctimas de los ronquidos de Rafo y la cantaleta de Chucho. El hurañismo de Rafo, por su parte, ni le era natural en sus mañanas ni le venía por la falta de sueño —que de los tres fue el que mejor durmió, como ocurre siempre con los que roncan—, sino que respondía a la hostilidad de los otros.

Roncaste como te dio gusto y gana, papi, le dijo Freddie Samuel mientras observaba a Rafo echarse por la cabeza agua de los galones que compraran la noche anterior.

¿De verdad?, preguntó Rafo como ajeno a aquel asunto.

Vamos, no te hagas el nuevo, Rafo, contestó Papote, que lo tuyo es un ronquido viejo y practicado, no una cosa del momento.

No sólo eso, Papote, interrumpió Freddie Samuel como para fortalecer los lazos del sufrimiento nocturno, para colmo es ronquido de entrada y ronquido de salida.

¡Sí, Freddie, es verdad! ¡Es continuo, como un motorcito eléctrico que tiene un aspa del abanico rozándole algo!, estuvo de acuerdo Papote, quien provocó con aquella observación una carcajada de Freddie Samuel que él también compartió, al tiempo que se chocaban las manos en el aire.

No en balde se ha divorciado tres veces, le dijo Freddie Samuel a Papote en voz alta, ingresando en el terreno de la vida privada de su amigo, que era la única forma de vengar los ronquidos en aquel momento. ¡No existe mujer viva que aguante ese abaniquito roto toda la vida, no existe! Rafo, apaga el carro y dile al vago ese que salga, le ordenó Freddie Samuel casi por primera vez desde que se conocían. Rafo acató, aunque desconcertado y con la cara larga.

Desayunaron en Yauco en una panadería que conocía Rafo, donde se saciaron a plenitud. Llénense ahora para que no pierdan tiempo después comiendo por ahí, les recordó Freddie Samuel a la hora de hacer las órdenes. Eso hicieron, quedando al poco rato pimpos, lo que propició una recuperación en el buen ánimo del grupo. Allí mismo, en la última mesa de la esquina donde se encontraban, trazaron sus planes finales. Como eran dos las actividades que allí ocurrirían, y dado que desconocían en cuál de ellas pudiera encontrarse el sujeto buscado, si sumando su bulla a la de los celebradores o interrumpiendo las quejas de quienes protestaban, decidieron dividirse en dos grupos iguales. Freddie Samuel y Papote asistirían a la actividad de los independentistas, mientras que Rafo y Chucho asistirían a la de los anexionistas. Sin duda, habría un gran operativo de seguridad en ambas actividades, por lo que era importante que se mezclaran entre la concurrencia sin dejar ver la costura. Recuerden que se nos va la vida en esto, y con la de cerdos que habrá…, se atrevió a decir Freddie Samuel, considerando como improbable que alguno de ellos se sintiera aún policía. Si el tipo está aquí hoy, o lo agarramos nosotros o lo agarran ellos. Es así de fácil. Si lo agarran ellos, estamos fritos.

Margaro maldijo a los niños, los estimó en calidad de peste peor que la de los saltamontes que llovieron sobre Egipto en una película bíblica de Semana Santa que recordó en aquel momento. O por lo menos aquel grupito de ellos que llegó casi de madrugada a la playa y cuyos gritos y chapaleteos en el agua lo sacudieron de un sueño la verdad que placentero, a una hora la verdad que desconsiderada. Ubicada en el lugar preciso donde iban a parar los ecos de la playa completa, la cueva vegetal que halló para pernoctar resultó perfecta en todos sus aspectos, salvo en el acústico. Se asomó por entre las hojas y corroboró la distancia asombrosa que lo separaba de aquellos infantes y, sin embargo, sentía las agujas de sus chillidos como si le retozaran en lo más profundo del tímpano. ¡Qué madre!, volvió a quejarse. ¡Herodes, rey querido, ven aquí y acaba con esta plaga!, repitió aquella cita directa de su abuela que no era muy tolerante con la infancia, sin conocer detalles del personaje histórico, salvo que debió ser tremendo carnicero. Pudo haber dormido un poco más en aquel lugar porque la temperatura dentro era perfecta y, al parecer, un escudo invisible contra mosquitos y mimes le amparaba, se dijo a modo de reflexión científica. Volvió a mirar en dirección a los niños, volvió a observar aquel mar tranquilo de la mañana, y volvió a recordar la excitación del Mar de Adentro, y a estremecerse de temor con apenas su recuerdo.

Salió de allí sin percatarse de su apariencia personal, descalzo, descamisado, con la violenta mata de pelo al aire y velludo de cuerpo como era, y encaminó sus pasos en dirección a la salida del balneario, que era la misma de los niños, quienes, al percatarse del personaje que se aproximaba por la orilla, trocaron gritos de alegría en frémitos de espanto, pasaron sin transición del júbilo al horror y huyeron en banda hacia los brazos de los adultos que se protegían del sol entre las palmeras. Margaro se percató de ello al instante y al instante se ocultó la maranta bajo el gorro y se puso la camisa. Cuando llegó hasta donde se encontraban los adultos, lo observaron a él primero, miraron a los jirimiquiosos chiquillos después y estuvieron de acuerdo en que no había motivo para tanta histeria. Margaro los saludó con una sonrisa de oreja a oreja. Al tanto de que le esperaba una caminata al sol como de dos horas, bebió agua de una de las duchas hasta ponérsele el estómago como bota de vino a punto de rajarse.

La caminata le resultó un martirio. Como la brisa del monte había muerto desde la madrugada y la del mar aún no se alzaba, la brea del pavimento y los arbustos aglomerados a ambos lados de la carretera fueron elementos claves en aquella sensación de recorrer un horno curvado y sempiterno.

Llegó hasta el mismo negocio donde, de subida, se apiadaran de él y lo alimentaran, sólo que esta vez no volvía a mendigar, sino a trabajar por el bocado que su cuerpo le exigía. Allí se encontró de nuevo con la dueña del establecimiento, a quien le propuso hacer un trueque de labor manual por alimentación. La dueña, una señora la verdad que generosa y compasiva, estuvo de acuerdo con su propuesta, y más con la turbamulta de gente que se esperaba aquel día. Así que, tras dejar de sudar e hidratarse lo suficiente, lo puso a barrer y mapear el salón comedor primero, luego a bajar las sillas de las mesas, acomodarlas y pasarles un paño y, por último, a llenarle las neveras de los refrescos y las cervezas a capacidad, que aquel 25 de julio ya pintaba como que sería uno de los más ajetreados que se hubiera visto en tiempos recientes. Esta doña vira el banco hoy, se dijo Margaro mirando de reojo a la dueña mientras se asombraba con la capacidad de almacenamiento de aquellas neveras comerciales. Al término de aquella tarea, la señora lo conminó a que entrara a la cocina donde, sobre una mesita, le tenía servido un plato de carne guisada con arroz mamposteado y amarillos, pese a que eran apenas las diez de la mañana.

Señora mía, dijo Margaro al borde del desmayo, luego de atragantarse lo que le sirvieron y repetir dos veces, comer es un atraso. Pero si es suya la comida y la sazón también, pues que mis pasos sean pausados y mi segundero demore en marcarse, que yo viviré feliz con el atraso y gritaré a los cuatro vientos que se detenga el progreso y el adelanto. Señora, dueña de esto, que más que restaurante, posada ha sido para mí, de hoy en adelante me declaro esclavo de su cocina y pienso defenderla, así tenga que batallar yo solo contra las hordas barbáricas del norte.

La doña se moría de la risa con la forma de Margaro de hablarle y sus ocurrencias y le propuso que, si no tenía nada que hacer aquella tarde, ahora que por lo menos se había aseado, se pasara por allí para ayudarla con el movimiento de la mercancía, que así podía ganarse también la cena. A Margaro no le pareció mala la idea, y le comentó que tenía primero una encomienda que llevar a cabo, pero que ya para la media tarde estaría libre de compromisos y disponible para echarle la mano, al tiempo que cumplía con los requerimientos nutritivos que le exigiría el cuerpo.

Antes de partir fue al baño del negocio para hacer sus necesidades. Allí, tras dar del cuerpo, se miró en el espejo frente al lavamanos y contempló su figura de la manera más objetiva de que fue capaz. A pesar del aseo de la noche anterior, a pesar de la relativa limpieza de su vestimenta, tenía la misma barba loca de ayer y el mismo colchón de pelo, que eran sin duda aspectos de su persona extremadamente perturbadores y a la vez señas evidentes para identificarlo. Si de verdad quería pasar desapercibido, debía transformar de forma contundente aquella apariencia mequetréfica suya.

A la señora le pidió discretamente una navaja de afeitar y una tijera, y ella le prestó con regocijo la tijera, mas no la navaja por no tenerla. La tijera le bastó para cortarse él mismo los mechones de aquella enorme maranta de pelo ensortijado que hasta ese momento fue consubstancial con su persona. Sorprendido con su poca conmoción, vio caer al suelo las guedejas en que se convirtió aquel pelo suyo tan poco lavado, tan impregnado de mugre, pero hasta entonces tan cercano a su corazón, que tan bien le protegiera el casco de patadas malvadas y pedradas infernales; le pareció que fuera un sueño aquello que hacía, que la acción de sus dedos sobre la tijera respondía a una fuerza fuera de sí, ajena a su voluntad. Se dijo que, si lo atrapaban de nuevo e iba preso como cómplice de las locuras de Chiquitín, de todos modos se lo cortarían al ingresar a prisión. Tras dejarse la cabeza con apenas una alfombrilla más o menos uniforme, hasta donde podía observarse en el espejo, le metió tijera a la barba, que también dejó al nivel de tucos incipientes. Salió del baño hecho un hombre nuevo. La dueña se impresionó con su decencia recuperada y le dijo con una gran sonrisa que el cambio era del cielo a la tierra; hasta le quitó de las manos las tijeras para emparejarle la parte trasera del cráneo, que se había dejado poblada de unos mechones irregulares.

Del pelo se deshizo en la basura, junto con la gorra mugrosa, y tras agradecerle a la dueña sus tan buenas cortesías y la confianza brindada, le estampó un beso en la frente y partió hacia la zona del mitin independentista. Apenas llevaba cinco minutos de camino cuando, a lo lejos, vio aproximarse a gran velocidad y en dirección contraria a la suya, una línea de carros con cristales ahumados que reconoció como la caravana de los federales. Se dijo que de nada le valió picarse el pelo y podarse la barba para que lo apresaran tan rápido, mas su sorpresa fue absoluta cuando los vehículos le pasaron como bólidos por el costado en dirección al balneario sin que la luz de los frenos de ninguno de ellos mostrara la menor dubitación. Margaro respiró hondo. El cambio de apariencia era grande. Prácticamente estaba disfrazado. Ni el mismísimo don Chiqui sería capaz de reconocerlo ahora, se dijo.

Confiado en el poder de su camuflaje, se deslizó sin mucho cuidado y menos preocupaciones por las callejas del poblado hasta encontrarse metido en medio de aquel batiburrillo de gente que se había aglomerado en torno a una tarima enorme en la que un gran número de personalidades políticas se encontraban ya sentadas a la espera de que comenzaran los actos del día. Margaro se propuso encontrar algún tipo de promontorio con buena vista de los eventos en la plataforma, si era posible por encima de la concurrencia y apartado de ella, no fuera a ser que también él se llevara su agüita con la explosión, en caso de que ocurriera, que preferible era quedar de nuevo en la bancarrota solamente, que tullido y además en la bancarrota. Porque dos males jamás suman un bien, sino muy por el contrario, se dijo, ambos se intensifican. Tras poco buscar, encontró una reata larga donde había dos palmas que crecieron a poca altura por el poco espacio disponible para su desarrollo. Parado debajo de una de ellas, tenía una visión directa y perfecta de la plataforma, a una distancia prudente y a la sombra de las pencas, que lo cubrían más arriba de su cabeza como una pollina de paja.

Chiquitín salió a la calle poco después de las once de la mañana, bajo un sol a punto de encaramarse en el cenit de un cielo azul intenso que apenas un par de cirros deshilachados firmaban. Por el alboroto callejero y la densidad humana, Chiquitín saltó un instante al recuerdo de una de las callejuelas de Saigón, por las que tantas veces se paseó con los muchachos en busca de putas. En efecto, mediante un tinglado de puestos y carpas y sombrillotas y timbiriches hechos con cinco tablas, aquella gente que Chiquitín estimaba en calidad de salvajes había transformado en cuestión de horas las calles de Guánica en casi las del mercado de una medina árabe. Se detuvo un momento, respiró hondamente varias veces como un asmático a punto de pompearse, y se integró al flujo humano. Al instante se sintió arropado, metido en la gruta del oso, o más bien lanzado en un mar infectado de tiburones. Pero el disfraz que con tanto esmero le construyeran sus hermanos en el Ideal y el Partido era perfecto, de modo que no sólo pasó desapercibido, sino que se amoldó con facilidad a la concurrencia hostil. Aunque su aspecto era normal en aquella multitud, provocó que algunos lo escrutaran con extrañeza y otros con diversión, pese a que tantos otros alrededor de él vestían igual o hasta más extravagantemente. Entre los más estrambóticos, se destacaba un anciano como de ochenta años, alto y desgarbado, que llevaba puesto lo que cabe llamarse un traje de luces criollo, hecho de millones de banderitas monoestrelladas cosidas con otro millón de cuentas y canutillos y cintas y ribetes de los mismos colores, junto con un sombrero de copa forrado de la misma manera, que bailaba en *rollerblades* alrededor de un radio gigantesco al ritmo de una música patriótica de trovadores. Al lado de este loco, soy invisible, se dijo. También observó a una persona vestida al modo taíno y, aunque a la distancia se turbó tanto que pensó que podía ser Podamo —al punto que hasta temió que fuera a reconocerlo y descubrir su impostura—, de cerca se dio cuenta de que se trataba de un mero disfraz, como el suyo.

Pero a quien más engañó aquel disfraz estrafalario, dado que posó un buen rato sus ojos en él, lo escrutó a la distancia y lo tomó por uno de los muchos personajes de feria que siempre pululaban por los eventos políticos, fue al arqueólogo Carlos Auches, quien llegó al evento acompañado de su usual séquito de colegas del gremio, para unirse a la gente del Bajareque de la Séptima Esfera, los que, desde la aventura del *yucayeke* de Guaynía, andaban de arriba para abajo con los arqueólogos, en parte porque los propósitos de ambos grupos coincidían en más de uno de sus postulados, en parte porque los hilos de sus respectivos líderes, la cacica Maguadanami y el propio Carlos Auches, se habían entrelazado en una inexplicable relación de la que ninguno de los miembros de ambos grupos comentaba por encima de un susurro. Aunque Auches sabía que el demente de Chiquitín Campala acudiría a aquel evento, jamás ni nunca creyó encontrárselo allí camuflado entre ellos y sí por el lado de la tarima celebratoria de los anexionistas. Quizá fuera por eso que sus ojos fueron incapaces de penetrar las capas del ridículo atuendo y descubrir tras de ellas la estructura ósea de mamut, y los movimientos en bloque, y la blancura lampiña de quien sin duda era su mayor anatema por todo lo largo y ancho de esta tierra.

El bullicio alrededor de Chiquitín, el festival de la descolonización y la independencia de Puerto Rico que era aquello, el público en estado de excitación anhelante respecto a los actos del día, pronto se lo tragó y sacó de la vista y escrutinio de Auches, quien continuó su marcha hacia la tarima embelesado en sus pensamientos. Era evidente que algún gran anuncio se esperaba para aquella ocasión. Chiquitín escuchó a unos decir que hoy se anunciaba la consolidación de los movimientos independentistas desperdigados por la isla; a otros que hoy mismo se declaraba la república. En ambos casos, Chiquitín, enloquecido como iba, estuvo a punto de dispararse tremenda carcajada. ¡Cuánta ingenuidad! ¡Cuánta ignorancia y tontería!, se dijo desde el punto de superioridad que le otorgaba conocer por adelantado el desenlace de aquella jornada.

Comenzó a sentir un sofocón agobiante, por lo que se dio a la tarea de buscar la sombra, no fuera a reventar allí en mitad de aquella paca de gente vana y sin sentido, sin llevarme enredado ninguno de los dirigentes importantes, se dijo, poseído por la idea de que el calor del sol podía hacer estallar los explosivos. Al poco rato de andar en dirección al templete, Chiquitín se sintió por fin completamente invisible en el corazón de aquella turbamulta enemiga.

Atravesar la avenida principal fue para él un ejercicio en esfuerzo y paciencia. Aunque era una vía bastante ancha, los puestos de venta colocados a ambos lados disminuyeron el tamaño del centro, lo que provocó un apiñamiento y un calor tan fuertes en esa zona fluida que a punto estuvo de perder el sentido. Procurando evitar ser empujado o impactado por alguien que fuera a revelar sus intenciones o a reventarle las cargas, Chiquitín se movió cerca de los puestos de venta y asumió un ritmo más lento, como si escrutara la mercancía para hacer compras.

Como era de esperarse, a medida que se aproximaba a la tarima ubicada a un extremo del malecón, justo frente al peñasco que marcaba el evento histórico, el gentío se hizo más compacto e imposible para Chiquitín cruzarlo. Mas su altura le permitió ver que, detrás del templete, entre este y el malecón, había un espacio despejado del público. Observó mejor y se percató que por allí se ubicaban los baños portátiles, por lo que era una zona de transición; un poco más de observación le permitió concluir que también por allí se subía a la tarima.

Optó por hacer un cruce lateral y subir por una calle paralela a la avenida, alejándose de la multitud, de manera que pudiera llegar más rápido hasta el malecón y allí de nuevo tomar la dirección hacia la tarima. Y justo en el momento que hacía el cruce frente a un puesto de churros muy concurrido, alguien, a quien no alcanzó a ver, le metió un codazo por la espalda que hizo ceder algo dentro del chaleco. Nada pasó, por fortuna, se dijo mientras respiraba de alivio. Ninguna tragedia prematura, añadió. Intentó pasar ahora con mayor prontitud y, en el intento, un olor a chocolate mezclado con el de churros le invadió las fosas nasales hasta casi nausearlo. ¡Fo!, salió del tumulto diciendo. ¡Churros con chocolate! ¡Qué asco!

La calle lateral por la que entró también estaba atestada de personas, aunque en menor densidad que en la avenida principal. Pegado contra una pared recobró el aliento extraviado e intentó sacarse un poco aquellos olores persistentes del fondo de las narices y, pese a que pudo zafarse por completo del aceitoso olor a churros, el de chocolate persistía. Debía ser chocolate barato, se dijo, chocolate mexicano tal vez, chocolate europeo, porque el chocolate americano no apesta así. Una brisita que comenzó a soplar desde el mar y a través de la cuadrícula de calles llegó hasta él, llevándose momentáneamente los efluvios del cacao, lo que hizo que recuperara el entusiasmo y no se sintiera tan asqueado en su ánimo. Intentó acomodarse el bigote adherido a la piel con el superpegamento, el cual comenzó a causarle en ese preciso momento un molesto escozor que amenazaba con echarle a perder la concentración. Procedió a palparse la parte baja de la espalda, donde sintiera una carga ceder bajo la insistencia del codo fugitivo; en efecto, en uno de los bolsillos traseros del chaleco descubrió la hendidura en el centro de una de las cargas. Pensó que tal vez se echara a perder esa, mas no estaba seguro. El explosivo plástico revienta sin importar su forma, pero ignoraba si aquella particular carga podía considerarse plástica.

Comenzó otra vez a andar. Quiso atravesar un grupo grande y compacto de personas que se dirigían hacia la zona de la tarima, cuando, entre el grupo que se aproximaba, reconoció a dos de los indígenas que intentaron asesinarlo en la canalización del río en Ponce, que sabía por la prensa que eran sospechosos del asesinato de una mujer. Eran ellos sin duda. Aquellas caras las llevaba esculpidas en la piedra de la memoria. Al instante comprendió que estaban allí en busca de él, y puesto que venían en su dirección, se dio por sorprendido y descubierto. ¡Porque atrapado jamás! Antes aprieto el botón y adiós yo, adiós mundo, y sin duda adiós indígenas asesinos. En cambio, le pasaron justo por el costado y, aunque uno de ellos, el líder, se volteó luego y miró a la redonda como si lo hubiera olfateado, no pudo identificarlo. Era bueno de verdad el disfraz, se dijo, engañaba inclusive el instinto más acendrado de un indígena malicioso. Sin voltearse de nuevo o realizar movimientos sospechosos, Chiquitín apretó el paso para alejarse de ellos y acelerar la realización del operativo, que estaba en mayor peligro de avinagrarse de lo que había imaginado.

Alcanzada la esquina, dobló a la derecha y al instante se topó de frente con el malecón y el mar, del cual venía una ventisca continua. Caminó en dirección a su destino y, tras pasar un área techada, se colocó en un esconce donde tenía una visión perfecta de la escalera trasera de la tarima, por la cual observó subir cantidad de personajes de porte distinguido y guayaberas. No había que ser un genio para reconocer que aquel era el lugar por el que debía penetrar para realizar su acto. Observó a su vez la presencia de un oficial de la policía parado a la entrada de la escalera. Uno sólo, se dijo, tras peinar con la mirada los alrededores y corroborar la ausencia del resto de las fuerzas del orden. Parece que nadie sospecha siquiera de nuestro operativo, se dijo. ¡Uno sólo! Fortuna para mí y qué descuido para ellos. El sudor, que comenzó a bajarle ya en cataratas por la cara, se le mezcló con el superpegamento y comenzó a provocarle una reacción alérgica preocupante. Sintió el labio hinchársele a una velocidad pavorosa. Debía apresurarse…

Sin ser visto, enfocados todos sus sentidos, puso su concentración en el acto de alcanzar la escalera sin ser detenido y comenzó a andar. A la derecha tenía una hilera de baños portátiles que seguía de corrido hasta la casa de la esquina cerca de la tarima, a la izquierda, la acera amplia frente al malecón, más adelante, un área techada donde alguna gente se refugiaba del sol mientras esperaban para escuchar los discursos. Frente a los baños había varias colas de hombres y más aún de mujeres que aguardaban su turno. A medida que se aproximaba a la tarima, su sentido de observación se agudizó de manera dramática, a la par con su percepción del entorno. Observó, por ejemplo, en un detalle sorprendente, a dos hombres en la cola del baño que mordían al unísono el mismo tipo de fritura, les saltaba en el rostro el mismo chorrito de aceite caliente y compartían una risa atragantada; detrás observó, parada en la línea del baño, a una señora blanca de facciones distinguidas, seria, con los labios de un rojo subido como de sangre fresca, abstraída en un pensamiento tan profundo que ni la cola de un pañuelo que llevaba atado al cuello y que el viento insistía en ondearlo frente a su cara la sacaba de aquel ensimismamiento.

Regresó el foco de su mirada a la escalera que tenía ya de frente, aunque todavía un poco a la distancia, y observó cómo subía por ella un anciano cabezón, de guayabera blanca, cundido de manchas y lunares de vejez por toda una calva que aún cubría una pelusilla cana, quien era recibido arriba de la tarima muy solícitamente por un personaje joven, ataviado de mahón y camisa de manga larga. Continuó andando en la dirección programada y, poco más adelante, el policía, que salió un momento de su campo visual, volvió a entrar en él. Se veía distraído. Apenas cotejaba el movimiento frente a la escalera. Los ruidos de la muchedumbre le llamaban más la atención que el sube y baja de la tarima. Chiquitín se sintió confiado en su apariencia comunistoide para subir a la tarima sin requerírsele identificación o detenérsele el paso. Al acercarse más, disminuyó la velocidad de su trote y puso su mente entera en pasar desapercibido. Un reperpero de aplausos se formó en algún lugar de la muchedumbre cerca de la tarima que llamó la atención del guardia, quien se volteó para saber lo que ocurría en el instante exacto en que llegaba Chiquitín a la boca de la escalera, la cual comenzó a subir sin interrupción, uno a uno los peldaños a un ritmo anormalmente lento, como si caminara dentro de una piscina llena de aceite. Ya los mensajes de los actos habían comenzado y, aunque era capaz de escucharlos, no tenía mente para entenderlos. Al nivel del último peldaño de la escalerita escuchó a sus espaldas, lejano aún pero nítido, el sonido de varias gomas que chillaban al detenerse bruscamente y, poco después, el de varias puertas de carro cerradas con urgencia.

Margaro supo de inmediato, por sus movimientos en bloque, que el individuo que acababa de subirse a la tarima, por mucho sombrero y bigote y guayabera que lo ocultara, era el mismísimo jefe suyo, don Chiquitín Campala Suárez, enemigo declarado del separatismo puertorriqueño. Aunque estaba allí él para precisamente evitar que su jefe cometiera la locura que estaba por cometer, en el fondo de su corazón quiso creer siempre que todo era máquina y entelequia de aquella imaginación febril suya, por lo que hasta cierto punto también quedó asombrado y en suspenso con su aparición en escena. Apenas tuvo tiempo para dirigir su dedo índice izquierdo en dirección a la tarima, convocar sus poderes y hacer girar el anillo, cuando Chiquitín lanzó al aire el sombrero, rompió con ambas manos los botones de su guayabera casi con gestos de gorila y dejó al descubierto el chaleco con su revolú de cables y bombillita intermitente y bolsillos abultados a toda la redonda de su torso. Al tiempo que el público soltaba un gran frémito de entre sorpresa y horror, Chiquitín tomó con ambas manos un interruptor conectado por un cable en serpentina a una caja sobre su pecho que latía con luz intermitente, gritó a voz en cuello ¡Viva Puerto Rico Estado cincuenta y uno!, y apretó el botón rojo del interruptor.

Freddie Samuel y Papote cruzaban la concurrencia paralelos a la tarima y perpendiculares a la atención del público, por lo que iban escrutando las caras de los presentes sin que estos, por tener los sentidos comprometidos con los actos en la tarima, los escrutaran a ellos. Abre bien los ojos, que siento en el aire la presencia del sujeto, le dijo Freddie Samuel a Papote en el oído. En su conjunto, las caras parecían más o menos apacibles, algunas sobreexcitadas de emoción con el desarrollo de los eventos políticos, pero todas pendientes a la voz que provenía del podio. De súbito la voz calló, se escuchó un sonido metálico como de algo que chocara con el micrófono, las caras de la concurrencia entera cambiaron de júbilo a terror, un grito se escuchó provenir de la tarima, al tiempo que los cuerpos soltaron al unísono un aire de sorpresa y se agacharon, algunos tapándose los ojos para no ver lo que ocurría, otros tapándose los oídos para no escucharlo, otros tantos emitiendo por sus bocas baladros inaudibles.

Margaro abrió los ojos luego de que, a las palabras de su jefe don Chiqui, no siguiera el estallido. Miró su anillo con asombro y pensó que era grande, enorme, bestial, monstruoso su poder, infinito. En ese instante se percató de los dos hombres que aún continuaban de pie en mitad de una concurrencia agachada. Claramente vio cómo uno de ellos, el que iba a la vanguardia, volteó primero la cabeza hacia la tarima tras escuchar la consigna del suicida y luego, en un movimiento ágil del brazo, se sacó de la espalda con la mano derecha una pistola negra tipo 9 mm que dirigió hacia Chiquitín, quien se encontraba paralizado sobre la tarima, incapaz por lo pronto de comprender lo que no había ocurrido. Esta vez Margaro dirigió su dedo anillado en dirección al individuo del cañón y, haciéndolo girar de nuevo, convocó sus poderes para salvar por segunda vez corrida la vida de su jefe y amigo.

Dado que el público se encontraba aplanado contra el suelo y en estado de rotunda incapacidad para determinar qué era lo que ocurría allí y cuál debía ser el curso de acción, Freddie Samuel tenía no sólo un tiro limpio hacia el sujeto, sino la excusa perfecta para dispararle: al tiempo que liquidaba al terrorista, liquidaba al testigo en su contra. Era lo que se llamaba matar dos pájaros de un tiro, o más bien matar un pájaro de dos cabezas con un solo plomazo, se dijo. Sacó la Glock que llevaba oculta en la cintura, puso la mira sobre su corazón y cerró el ojo izquierdo.

Ante el primer fracaso en activar las cargas explosivas y cumplir su martirio, la atención de Chiquitín se subdividió en los cinco frentes sensoriales. El aspecto táctil quedó reducido al contacto de su dedo sobre el botón rojo; ningún otro contacto tenía valor alguno para él, o más bien las señales nerviosas de cualquier otro contacto dejaron de alcanzar su cerebro. El ardor, que un instante antes era insoportable en la piel irritada sobre el labio superior, dejó de existir, como también dejó de existir el roce áspero de la tela del chaleco cubriendo su piel, así como la sensación de su propio peso sobre el suelo. Su mundo táctil lo componían solamente un dedo y un botón.

En lo que a su visión respecta, esta se enfocó en la pistola que vio al indígena sacar desenfundada de la parte baja de la espalda y llevarla con lentitud hacia el frente hasta apuntarle directo a su pecho. Nada, salvo la pistola, existía para sus ojos. Sintió como si la observara a través de un túnel muy angosto y extendido. Las miles de personas en el suelo con caras de terror fueron para su mirada una neblina gris, como lo fue la figura de su ayudante Margaro trepada en la reata con el dedo apuntado hacia el indígena homicida y a plena vista desde la tarima; y lo fue también la de su principal contrincante, Carlos Auches, quien se encontraba en primera fila frente a la tarima y también se lanzó al suelo, mirándolo de puro asombro, con una expresión descoyuntada hasta el límite de la elasticidad de su piel, lo mismo que la del arcoflechado miembro del Bajareque parado detrás de él, que mientras se agachaba hizo amago de sacar del carcaj que llevaba a su espalda una azagaya para dispararársela al atacante suicida. Tampoco existieron para sus ojos los líderes independentistas que se revolcaban como culebras por el suelo de la tarima entre las patas de las sillas regadas alrededor.

El sentido olfativo lo ocupó una vaharada de aroma a chocolate que nuevamente le empalagó el entendimiento. ¿Cómo era aquello posible?, se preguntó, a la vez que observaba la pistola y se disponía a oprimir el botón rojo de nuevo. ¿De dónde venía aquella tufarada? ¿Es que se lo trajo enredado en las cavidades profundas de las fosas nasales? ¿O acaso la brisa, levantada desde el mar y repartida por las callejas, la recogió otra vez del puesto de churros con chocolate y se la trajo de nuevo para nausearlo y embotagarle los demás sentidos?

En lo auditivo, dejó de escucharlo todo: los gritos, los llantos, las sillas cayendo o rodando, los suspiros de horror y de espanto. Sólo escuchó tres cosas sucesivas: primero, al policía de la escalera que le gritaba ¡Ey, deténgase!; segundo, unos pasos acelerados que subieron por la escalera y anduvieron por la tarima un instante; y por último, su propia voz gritar por vez segunda: ¡Viva Puerto Rico Estado cincuenta y uno! Vio, sin escuchar, el fuego escapar por tres puntos del cañón de la pistola, al tiempo que su dedo oprimía el botón rojo y un sabor entre almizcle y cobre le ocupó la lengua en el momento del fogonazo.

Freddie Samuel disparó certeramente, casi tapando con el ruido de la explosión los últimos sonidos de la consigna gritada por el atacante suicida. El proyectil recorrió con exactitud el trayecto por el cual fuera enviado, sólo que en lugar de penetrar el pecho del testigo de su crimen, penetró el cuello del bigotudo agente del FBI que en ese instante llegó volando por los aires, escondido tras el párpado cerrado de su ojo izquierdo, y cayó sobre el terrorista con todo el peso de su propia muerte. La bala reventó la arteria carótida, hizo polvo la primera y segunda vértebras cervicales y cortó como una navaja el cordón espinal, eventos que pusieron, en el acto, fin a su existencia. Chiquitín, quien cayó de pecho sobre la tarima, recibió tan fuerte golpe que perdió el viento de los pulmones y, por un instante, el conocimiento. Lo trajo de vuelta en sí la sangre casi hirviendo que manaba del cuello del agente muerto sobre él y que al principio creyó suya. Pensó que aquella conmoción en su cuerpo fue el estallido de las cargas asesinas. Todo está cumplido, se dijo un instante antes de comprobar que no, que seguía allí con su integridad física intacta, con la consciencia unida al cuerpo. Casi de inmediato recuperó todas sus sensaciones físicas y sintió el embarre de una sustancia marrón alrededor de él que confundió al principio con su propia excreta por la consistencia y la circunstancia. El olor a chocolate le regresó, al tiempo que reconoció allí parado, incólume entre el corre y corre que provocó el tiro, mirándolo con tremenda cara de tristeza que, en su confusión, interpretó de culpa, pese a faltarle la maranta de pelo y llevar la barba rala, la figura de su amigo Margaro. Maldito Margaro, se dijo

Chiquitín, allí boca abajo sobre la tarima como se encontraba inmovilizado por la pesadez del cuerpo del federico muerto. Maldito anillo, añadió con un suspiro y en un intento desesperado por comprender el absurdo desenlace de aquel operativo.

Capítulo XL

*De las repercusiones de la Operación Chocolate y las advertencias
del secretario general del Partido a la ciudadanía*

Dos helicópteros surcaban los cielos en todas direcciones como si urdieran una malla de aire sobre el poblado de Guánica. Uno de ellos pertenecía a la policía, esforzado en identificar desde el aire al autor o autores del disparo; el otro, a un canal televisivo, afanado en capturar las imágenes de histeria y pandemonio que se propagaron por las calles. Alguna gente andaba rápido, otra corría, pocos miraban hacia atrás. Se hablaba de varios terroristas, de atentados con bomba, con metralla, de ataques coordinados en los principales centros urbanos: Ponce, Mayagüez, San Juan, Arecibo y Caguas.

Al poco rato se contrajo la hipérbole. Unos dijeron que fue un tiro, otros escucharon varias ráfagas. Nadie sabía a ciencia cierta qué había ocurrido, quiénes eran los afectados, cuántos los heridos, cuál fue el motivo de tan pavoroso reperpero. Las expresiones de consternación eran prácticamente unánimes. Nadie se veía, sin embargo, herido, ni ensangrentado; tampoco se observaba el humo típico de los estallidos o la destrucción de estructuras, ni se olía el fuego o la pólvora de explosivos incendiados. Por todas partes se escuchaban sirenas de varios tipos, a medida que más y más patrullas, ambulancias y camiones bomba llegaban a la escena de los acontecimientos.

Pese a que el disturbio ocurrió en la actividad de los independentistas, la conmoción, como la onda expansiva de la explosión que no ocurrió, desbandó también en la actividad de los anexionistas. Las noticias que recibían los líderes de esta facción, movidos de inmediato por los agentes encargados de su seguridad a una escuela pública cercana en lo que se aclaraban los hechos, eran confusas y contradictorias. Cada uno atendía por separado su respectivo teléfono celular y compartía en voz alta la información que recibía, lo que agregaba al desconcierto general. Se hablaba de muertos, mas no de cuántos. Los implicados en la Operación Chocolate se miraron entre sí y concluyeron cada uno sin discutirlo entre ellos que, si muerto había, sin duda era el pobre mártir de la Estadidad Chiquitín Campala Suárez. Pero tampoco eso estaba claro. La recepción telefónica iba y venía en aquel salón de la escuela donde se encontraban recluidos, lo cual los mantenía en estado de conversación suspendida y anhelo frustrado por conocer los pormenores.

Comenzaron a llegar poco a poco datos más confiables por parte de la policía. Aparentemente eran cuatro los atacantes suicidas que embistieron la tarima de los independentistas. Tres escaparon y sólo el atacante dinamitero fue detenido.

¿Cuántos eran suicidas, entonces?, quiso saber la senadora Rodríguez, quien daba impresionantes muestras de sus dotes de fingimiento con aquella cara de escándalo que ponía.

Uno solo era suicida, le contestó alguien entre el grupo. Luego llegó la noticia de que el muerto era un agente federal del FBI. Ningún herido. Parece que la cosa era dramática.

¿Un muerto?, preguntó la senadora Cruz escandalizada. ¿Agente federal? ¿Cómo es eso?, siguió preguntando mientras miraba a Jiménez Schalkheit.

Por fin, apareció un coronel de la policía para proveerles a los políticos la información oficial disponible hasta el momento de lo ocurrido en las actividades políticas cerca del malecón de Guánica. El atacante suicida resultó ser o un artista o un loco de remate que se subió a la tarima forrado de barras de chocolate fingiendo que eran cargas explosivas. Los testigos oculares del suceso en frente de la tarima alegan que la cara de decepción del sujeto cuando no reventaron, la desesperanza que lo invadió, la frustración, el desengaño, eran de persona convencida de la realidad de los explosivos.

¿Y qué quería el sujeto?, preguntó el senador De la Peña Pi. ¿Dijo algo?

Era uno de los suyos, contestó el coronel, y le repitió la consigna que gritara Chiquitín antes de oprimir el supuesto detonador. Todos se mostraron escandalizados, más que todos los implicados, quienes, en su fuero interno, estuvieron satisfechos con la cabalidad con que el mártir había cumplido su encomienda. Jiménez Schalkheit los miró a todos ellos con callada complacencia, como queriendo decir: ¡Exitosa la Operación Chocolate!

Dígame, coronel, ¿quién disparó?, preguntó Jiménez Schalkheit en representación de la colectividad.

No sabemos aún, contestó él. Se habla de dos pistoleros, aunque sólo uno hizo el disparo, que resultó mortal, aunque no certero. Todavía andan sueltos. Desconocemos qué relación tienen con el atacante suicida, pero sin duda estaban relacionados. Un agente federal que se lanzó sobre el terrorista cogió el tiro en el cuello. Un evento lamentable. Por eso, hasta que estemos seguros de que los alrededores están despejados y no hay más pistoleros al acecho, preferimos que permanezcan aquí en lo que se aclara la confusión. Al doctor Quirindongo ya lo sacamos en helicóptero. Afuera está la prensa. Quieren saber la opinión de ustedes sobre lo ocurrido. Recomiendo que sea uno solo el que hable en nombre del grupo.

No se preocupe por eso, coronel, que yo me encargo, dijo Jiménez Schalkheit con total confianza. Déjelos pasar.

La prensa ingresó por una puerta estrecha como un río crecido que trajera consigo micrófonos, luces, cámaras, teléfonos, grabadoras, confusión, gritos y palabras destempladas, además de un viento frío que a todos en el salón dejó perplejos y llevó al senador De la Peña Pi a comentar que andaba un oso polar suelto. Los propios periodistas, igualmente sorprendidos con aquella temperatura en medio de una escuela pública sin sistema de acondicionador del aire y en pleno verano tropical, mostraban en los pómulos, en las orejas, en la nariz, el granate de una piel de súbito enfriada por no se sabía cuál fenómeno inexplicable. Ecuánime, mostrándose lo más imperturbable posible ante la situación, Jiménez Schalkheit los conminó a ordenarse por una esquina para una rueda de prensa improvisada en torno a los eventos del día.

Antes de comenzar, quiero darle las gracias a la prensa del país por decir siempre presente cuando más el pueblo de Puerto Rico necesita estar informado de los acontecimientos que nos sacuden y afectan por igual a todos, por encima de banderías partidistas y del debate politiquero al que nos tienen acostumbrados los politiqueros de este país. Porque, aunque lo vivido hoy en el área de la actividad independentista es de origen político, la realidad es que se trata de una situación muy grave, que merece la más enérgica condena de todos, más allá de las diferencias que tengamos respecto al futuro político del país. Lo que ha ocurrido hoy es sin duda el acto de un loco que ha culminado en una tragedia. No tengo los pormenores del suceso, pero sabemos que un agente federal cayó en el cumplimiento del deber y se habla de un par de pistoleros que no han sido aún identificados. Sea como fuere, y aunque las horas vayan aclarando mejor los eventos del día, luce como que el asunto fue obra de un demente, de alguien a quien la política bajuna de este país, sin duda, ha sacado de sus cabales. Pese a ello, podemos decir que se trata de un acto muy significativo, sobre todo en la actual coyuntura histórica en que se encuentra nuestro pueblo y su alarmante estado de deterioro mental. A pesar de que el atentado no tuvo éxito, por estar de por medio la insania, se trata sin duda del primer atacante suicida que vemos en la historia completa de Puerto Rico. ¿Qué significa para nosotros esto, señores? ¿Hasta dónde vamos a empujar al pueblo con nuestra demencia? Esa es la pregunta que debieran hacerse los miembros de esta sociedad nuestra. ¿Cuál es el límite de lo permitido? ¿Cuándo volverá a lanzarse a la calle otro loco como el de hoy, esta vez quizá forrado de verdadera dinamita en vez de inofensivas barritas de chocolate? ¿Podrá la maldita ambivalencia política que nos mantiene engrapados unos con otros, en estado de esquizofrenia permanente, al borde del delirio, empujarnos a la locura colectiva? Se trata, señores, de una problemática compartida, que concierne a todos los puertorriqueños, que toca lo más profundo de nuestra fibra de gente civilizada y próspera. El hecho de que el atacante suicida esté identificado con el ideal anexionista que profesamos los miembros distinguidos de este partido político, el hecho de que haya intentado decapitar al liderato separatista, que era evidentemente lo que buscaba, merece también un comentario nuestro. Estamos al tanto de hasta qué punto los Estados Unidos mismos han generado esta desestabilización, arrinconando y poniendo en estado de zozobra a los verdaderos partidarios de los valores americanos en Puerto Rico, a los verdaderos defensores del modo de vida americano en nuestra isla, a los únicos aliados con los que cuenta aquí la democracia, amantes de su ciudadanía y lo que eso significa. Tras defender las causas americanas por más de un siglo, los anexionistas puertorriqueños nos sentimos defraudados, por no decir traicionados; sentimos que el hermano del Norte, a quien tantas veces le sacamos los panes del horno, nos ha dado la espalda, el hombro frío como dicen ellos; nos sentimos dejados a la deriva en el mar de la incertidumbre, ciegos en mitad del día, mudos ante la bofetada del socio americano, cosa que afecta y desestabiliza a gran número de buenos anexionistas que, como el falso suicida de hoy, han perdido sus cabales. Estamos hablando de ideales vivos, amasados durante una vida entera de vil coloniaje que los anexionistas hemos soportado con la cabeza baja, confiados en que la indignidad del coloniaje pudiera transformarse en una situación favorable para los puertorriqueños y lanzarnos hacia la dignidad de la era moderna. A mí nadie me convence de que el acto desesperado cometido hoy por este pobre diablo cuyo nombre aún desconocemos, es el acto de un patriota proamericano llevado por las circunstancias hasta los límites de la sinrazón. Y no nos vayamos por la fácil de demonizar al pobre individuo, que no es sino un ejemplo perfecto del estado de demencia política a la que nos lleva nuestra actual debacle colonial. ¿O no es debacle, señores y señoras de la prensa, la realidad que vivimos aquí hoy en este país? ¿No es debacle una economía derrotada, sin esperanza, una clase política fanatizada, una sociedad enferma, asesina, violadora, y ahora, para colmo, suicida? No sé ustedes, pero yo me respondo estas preguntas en la afirmativa. Que nadie se llame a engaño, señores, que sepan los puertorriqueños que estamos al borde del abismo, traídos hasta aquí de la manito misma de los propios Estados Unidos, que ahora nos demuestran con sus actos, o más bien con la actitud de algunos de sus congresistas, su desprecio hacia nuestros derechos adquiridos, nosotros, los ciudadanos de segunda categoría que hemos sido siempre los hijos de esta isla. La canalla que gobierna a los Estados Unidos en este momento nos ha espachurrado como a cucarachas con la suela de su bota a nosotros, los buenos americanos que vivimos aquí en esta balsa de roca volcánica, seguro que instigados por las presiones y el chantaje de las naciones enemigas de Puerto Rico. ¿A cuenta de qué tiene que estar metiendo la cuchara en esto las Naciones Unidas, tratándose, como sabemos, de un asunto doméstico entre ciudadanos de un solo país? ¿O no? Sabemos que la isla está llena de locos que piensan lo contrario, pero la sociedad ha de estar en manos de los cuerdos, en manos de quienes comprendemos el valor de la democracia, en manos de gente que lo que cree es en la comuna, en el racionamiento, en picar caña y comer masa cárnica. Porque quien piense que Cuba no está detrás de lo que nos ocurre, a la cabeza de los países que han metido la dichosa presión y removido tanto la masa, no sabe ni una cosa de política internacional. ¡Señores, se siente la presencia de la mano mugrosa del viejo Fidel Castro aquí mismo en Guánica hoy! ¡Que nadie se sorprenda al enterarse de que los pistoleros eran miembros del servicio secreto cubano, metidos aquí a lo sucusumucu para desestabilizarnos! Lo que les digo es la realidad chata y sin adornos, señores. Quien la quiera ver, que la vea, quien no la quiera ver, que se engañe. Aunque desconocemos todavía los pormenores de lo ocurrido, la información preliminar, como les adelanté, es que se trata de algún buen anexionista enfermo de los nervios. Pero más que un anexionista enfermo de los nervios, nuestro loco es un mensajero al Congreso americano de las desgracias por venir en caso de que metan la pata con nosotros allá; es una advertencia de hasta dónde están dispuestos a llegar algunos ciudadanos proamericanos aquí para reclamar lo suyo, lo ganado con sudor patriótico, con los sacrosantos derechos que nos otorga la ciudadanía, que nos otorgaron sin siquiera nosotros pedirla, que tomamos casi para hacerles el favor y dar la lucha por ellos en los campos de batalla de todo el mundo, que reconocida es por toda la tierra la fiereza del soldado boricua. Si en un tiempo fueron los independentistas y separatistas los que recurrieron al terror, parece que ahora tendrán que ser los buenos anexionistas quienes empuñen esa arma desesperada en su modalidad más destructiva del atacante suicida. Señores, quienes creímos que esto sólo ocurría por allá por los países islámicos, lo vemos de repente aquí en nuestro propio suelo. El Congreso de los Estados Unidos debe sentirse responsable por este evento trágico ocurrido en el día de hoy y por cualquier otro que ocurra en el mañana. ¿O acaso concederle la soberanía al chorro de comecandela izquierdistas que hay en este país no es empujarnos a nosotros, la gente decente que queda, al fanatismo, a la desesperación, a la muerte, como ha ocurrido hoy? Yo diría que sí, y me sospecho que serán más los muertos la próxima vez. Señores, es una bandera roja la que se iza aquí hoy en Guánica. Que sepa Puerto Rico entero que los estadistas, los buenos anexionistas de este país, están dispuestos a llevar su reclamo hasta las últimas consecuencias. Ni por un segundo piensen que se trata de una amenaza o un hecho aislado; se trata de una realidad palpada hoy aquí, que ha dado ya su primer vástago, su primer mártir, por así decirlo. ¿Comprende cabalmente el pueblo la seriedad de este demente atentado de hoy? Señores, pueblo de Puerto Rico: hoy fueron barras de chocolate las que intentó estallar el personaje que ha hecho historia, pero me sospecho que no serán tan benignas las cargas del próximo extremista de la Anexión que se presente a cumplir su misión. Que sepan los puertorriqueños que el ala anexionista más fanatizada del país, la cual condenamos en los términos más enérgicos, por supuesto, está dispuesta a todo. ¿Alguna pregunta?

Entre las manos de los periodistas que se alzaron casi al mismo tiempo, se destacó un brazo flaco, pecoso y largo, que se irguió al fondo del salón con por lo menos medio antebrazo de ventaja sobre las demás. Jiménez Schalkheit sucumbió a la evidente tentación visual de llamarle primero.

Usted, al fondo, identifíquese y pregunte, le dijo.

Desde el fondo del salón se levantó un individuo enclenque, vestido con la camisa amarilla de cuello en pico más estrafalaria que muchos allí habían visto, cundida la piel lechosa de numerosas pecas, coronado por un nido de pelo rojo encendido que casi parecía una peluca de payaso, que miraba con unos ojos casi blancos de gaviota, separados por una nariz pronunciada que daba vértigo observarla. Los presentes se voltearon al unísono para observarlo, también sorprendidos por aquel personaje que parecía sacado de alguna fábula irlandesa y de quien nadie se había percatado hasta entonces.

Diosdado Bartolomei, del diario *La República*, dijo el individuo con cierta sorna en su voz gélida escapada a través de unos labios exageradamente gruesos y con una maledicencia regada como un veneno por toda la región de su pecosa cara.

En otras palabras, añadió con un acento extranjero difícil de identificar, debemos entender de sus palabras, señor secretario general, que, si esto han hecho los suyos en seco, nos preparemos para lo que harán en mojado...

Índice

LIBRO UNO